Faye Kellerman · Der Väter Fluch

Kroll

Faye Kellerman

Der Väter Fluch

Roman

Deutsch von Franca Fritz
und Heinrich Koop

C. Bertelsmann

Die Originalausgabe erschien 2001 unter dem Titel »The Forgotten«
bei William Morrow, New York

Umwelthinweis:
Dieses Buch und sein Schutzumschlag wurden
auf chlorfrei gebleichtem Papier gedruckt.
Die Einschrumpffolie (zum Schutz vor Verschmutzung)
ist aus umweltschonender recyclingfähiger PE-Folie.

2. Auflage

Satz: Uhl + Massopust, Aalen
Druck und Bindung: GGP Media, Pößneck
Printed in Germany
ISBN 3-570-00629-8
www.bertelsmann-verlag.de

1

Der Anruf kam von der Polizei. Nicht von Rinas Mann, dem Lieutenant, sondern von der *richtigen* Polizei. Sie hörte zu, während der Mann sprach, und als sie begriff, dass es nichts mit Peter oder den Kindern zu tun hatte, stieß sie einen Seufzer der Erleichterung aus. Nachdem sie den Grund für diesen Anruf erfahren hatte, war Rina jedenfalls nicht so schockiert, wie sie es hätte sein sollen.

Schon in der Vergangenheit war die jüdische Bevölkerung im West Valley von Los Angeles von rassistischen Hassverbrechen erschüttert worden – *Hate Crimes,* die vor einigen Jahren darin gipfelten, dass eine Bestie von Mensch aus dem Linienbus stieg und das Jewish Convention Center zusammenschoss. Das jüdische Gemeindezentrum war seit jeher ein geistiger Zufluchtsort und Mittelpunkt des jüdischen Lebens in Los Angeles gewesen und konnte mit einem reichhaltigen Angebot aufwarten, von der Kinderkrippe über Tanztherapie bis hin zu Gymnastikkursen für Senioren. Wundersamerweise war dort niemand getötet worden. Aber das Ungeheuer – das am selben Tag noch einen kaltblütigen Mord verüben sollte – verletzte mehrere Kinder und ließ das ganze Viertel in der lähmenden Angst zurück, dass so etwas jederzeit wieder passieren konnte. Seit dieser Zeit trafen viele der Juden von L. A. besondere Vorkehrungen, um ihre Familien und Einrichtungen zu schützen. Die Türen der Gemeindezentren und Synagogen wurden mit zusätzlichen Schlössern gesichert, und Rinas *schul*, ein kleines gemietetes Ladenlokal, war sogar so weit gegangen, den Aron ha-Kodesch mit einem Vorhängeschloss zu versehen – die heilige Lade, die die geweihten Thorarollen enthielt.

Die Polizei hatte Rina angerufen, weil ihre Nummer als Einzige auf dem Anrufbeantworter der *schul* angegeben war – nur für

Notfälle. Sie fungierte als inoffizielle Hausverwalterin der Synagoge, die die Entscheidungen traf, wenn Handwerker wegen eines Rohrbruchs oder eines Lochs im Dach gerufen werden mussten. Da es sich um eine junge Gemeinde handelte, konnten sich die Mitglieder nur einen Teilzeit-Rabbi leisten, und so sprangen manche Gemeindemitglieder häufiger ein, wenn es darum ging, am Sabbat die Predigt zu halten oder eine Mahlzeit nach dem Kiddusch zu finanzieren. Die Leute waren immer wesentlich kontaktfreudiger, wenn gleichzeitig etwas zu essen serviert wurde. Die kleine Gemeinde steckte voller Enthusiasmus, und das machte die schreckliche Nachricht umso schwerer.

Auf der Fahrt dorthin empfand Rina Angst, und dunkle Vorahnungen erfüllten sie – neun Uhr morgens, und sie hatte einen Knoten im Magen und Sodbrennen. Die Polizei hatte keine Angaben über den Schaden gemacht; stattdessen war immer wieder das Wort »Vandalismus« gefallen. So wie sie es sagten, klang es mehr nach Schmierereien an den Wänden als nach wirklichen Schäden am Gebäude – aber vielleicht war das ja auch nur Wunschdenken.

Häuser, Geschäfte und Einkaufszentren glitten vorüber, doch sie hatte kaum mehr als einem kurzen Blick dafür übrig. Sie rückte die schwarze Schottenmütze gerade, die auf ihrem Kopf thronte, und schob ein paar heraushängende Locken ihres schwarzen Haars hinein. Selbst unter normalen Umständen verbrachte sie kaum Zeit vor dem Spiegel, und heute Morgen hatte sie gerade noch das Telefon aufgelegt und war nur mit dem Nötigsten bekleidet – schwarzer Rock, weiße, langärmlige Bluse, Slipper und Mütze – sofort aus dem Haus gestürzt. Für ein Make-up war ihr keine Zeit geblieben; die Cops würden die ungeschminkte Rina Decker zu sehen bekommen. Die Ampeln schienen ihr heute besonders lange auf Rot zu stehen – so sehr drängte es sie, so schnell wie möglich in die Synagoge zu kommen.

Die *schul* bedeutete ihr sehr viel: Sie war der Hauptgrund für den Verkauf von Peters alter Ranch und den Kauf ihres neuen Hauses gewesen. Da in ihrem jüdischen Haushalt der Sabbat eingehalten wurde, hatte sie nach einem Gotteshaus gesucht, das sie zu Fuß erreichen konnte – und damit war kein fünf Kilometer langer Fußmarsch gemeint, wie zu Zeiten, als sie noch auf Peters Ranch lebten. Der Weg zu ihrer alten *schul*, Ohavei Torah Jeschiwa, hatte ihr zwar nichts ausgemacht, und auch die Jungs konnten die Strecke problemlos bewältigen, aber Hannah war damals erst fünf Jahre alt gewesen. Das neue Haus dagegen war genau das Richtige für Hannah: ein Spaziergang von fünfzehn Minuten bis zur *schul* und eine Menge kleiner Kinder, mit denen sie spielen konnte. Nicht viele ältere, aber das konnte Rina egal sein, weil ihre Söhne schon fast aus dem Haus waren. Shmueli hatte seine Sachen gepackt und sich nach Israel aufgemacht, und Yonkie, obwohl erst in der elften Klasse, würde vielleicht sein Abschlussjahr im Osten verbringen und die Jeschiwa Highschool beenden, während er sich gleichzeitig schon an der Universität einschrieb. Peters Tochter Cindy, mittlerweile eine erfahrene Polizistin, hatte ein äußerst traumatisches Jahr hinter sich. Gelegentlich kam sie am Sabbat zum Essen und besuchte ihre kleine Schwester – für Cindy jedes Mal ein Erlebnis, weil sie selbst als Einzelkind aufgewachsen war. Rina war die Mutter einer echten Patchwork-Familie, die ihr manchmal wie das reinste Chaos erschien.

Ihr Herz schlug schneller, als sie vor dem Laden eintraf. Das winzige Gotteshaus war Teil eines kleinen Einkaufszentrums, zu dem auch ein Maklerbüro, eine chemische Reinigung, ein Nagelstudio und ein thailändischer Imbiss gehörten. Im obersten Stock befanden sich ein Reisebüro und eine Anwaltskanzlei, die im Kabelnachtprogramm mit fröhlichen Interviews ihrer zufriedenen ehemaligen Klienten warb. Zwei schräg geparkte schwarz-weiße Streifenwagen beanspruchten den größten Teil der winzigen Parkfläche; ihre Lichtbalken sandten im Wechsel rote und blaue Blitze aus. Vor der Synagoge hatte sich eine kleine Menschenmenge versammelt, aber auch durch sie hindurch konnte Rina Teile eines frisch gemalten schwarzen Hakenkreuzes erkennen.

Ihr sank der Mut.

Sie zwängte ihren Volvo neben einen der Streifenwagen auf dem Parkplatz. Noch bevor sie aussteigen konnte, versuchte ein Uniformierter – ein Klotz von einem Mann in den Dreißigern –, sie wieder vom Parkplatz zu dirigieren. Rina erkannte ihn nicht, aber das hatte nichts zu sagen, weil sie die meisten der uniformierten Beamten im Devonshire-Revier nicht kannte. Peter war als Detective dorthin versetzt worden, nicht als Streifenpolizist.

»Sie können hier nicht stehen bleiben, Ma'am«, sagte der Officer.

Rina kurbelte die Scheibe herunter. »Die Polizei hat mich benachrichtigt. Ich habe die Schlüssel zur Synagoge.«

Der Polizist wartete; sie wartete.

Nach einer Weile sagte sie: »Ich bin Rina Decker, die Frau von Lieutenant Decker …«

Sofortiges Erkennen. Der uniformierte Beamte nickte entschuldigend und murmelte dann: »Kinder!«

»Wissen Sie, wer das getan hat?« Rina stieg aus dem Wagen.

Die Wangen des Polizisten röteten sich. »Nein, noch nicht. Aber wir werden die Täter finden. Vermutlich waren es irgendwelche Jugendliche.«

Ein weiterer Cop kam zu ihr herüber, den Streifen auf der Uniform nach ein Sergeant; auf seinem Namensschildchen las sie *Shearing*. Er war stämmig, mit gewelltem, spülwasserfarbenem Haar, rötlicher Gesichtsfarbe und schon etwas älter: Mitte bis Ende fünfzig. Sie erinnerte sich vage, ihn bei einem Picknick oder einem anderen gesellschaftlichen Anlass schon einmal gesehen zu haben. Der Name Mike fiel ihr ein.

Er streckte ihr die Hand entgegen. »Mickey Shearing, Mrs. Decker. Tut mir Leid, Sie wegen einer solchen Sache herrufen zu müssen.« Er bahnte ihr den Weg durch die kleine Schar von Neugierigen, die sich durch diese Störung belästigt fühlten. »Bitte … treten Sie doch zurück … oder besser, gehen Sie nach Hause.« Dann rief er seinen Männern zu: »Kann mal jemand das Gebäude absperren, und zwar sofort?!«

Als die Gaffer langsam zur Seite wichen, konnte Rina die Fassade vollständig sehen: ein großes Hakenkreuz, flankiert von ein paar kleineren auf jeder Seite. Daneben hatte jemand in Sprühfarbe geschrieben: *Tod allen Untermenschen!* Sie spürte, wie Tränen der Wut ihr in die Augen traten. »Ist das Schloss aufgebrochen worden?«, fragte sie den Sergeant.

»Ja.«

»Waren Sie schon drin?«

»Leider ja. Es ist…«, er schüttelte den Kopf, »es ist ziemlich heftig.«

»Meine Eltern sind Überlebende der Konzentrationslager. Ich kenne so etwas.«

Er zog eine Augenbraue hoch. »Passen Sie auf, wohin Sie treten. Wir sollten nichts verändern, bis die Detectives kommen.«

»Wer wird den Fall übernehmen?«, fragte Rina. »Wer ist für solche Delikte zuständig?«

Sie wartete die Antwort nicht ab. Als sie über die Schwelle trat, spürte sie, wie sich ihr Körper verkrampfte und sie unwillkürlich die Zähne zusammenbiss.

Sämtliche Wände waren mit bösartigen Sprüchen beschmiert, die alle auf unterschiedliche Art die Ausrottung der Juden forderten. Dazu so viele Hakenkreuze, dass es wie ein Tapetenmuster aussah. Eier und Ketchup waren gegen die Wände geschleudert worden und hatten glibberige Flecken hinterlassen. Aber die Wände waren noch nicht das Schlimmste – irgendjemand hatte die heiligen Schriften in Stücke gerissen und die Fetzen über den Boden verstreut. Doch selbst die Schändung der Thorarollen und der Gebetbücher war nicht so schlimm wie die grauenhaften Fotos von Opfern von Konzentrationslagern, die man auf die ruinierten hebräischen Texte gelegt hatte. Sie wandte den Blick ab, hatte aber schon zu viel gesehen – widerwärtige Schwarzweiß-Schnappschüsse, die einzelne Körper mit entstellten Gesichtern und weit aufgerissenen Mündern zeigten. Einige waren bekleidet, andere nackt.

Auch Shearing starrte darauf, schüttelte die ganze Zeit den Kopf und murmelte leise »O Mann, o Mann« vor sich hin. Er schien Rina völlig vergessen zu haben. Sie räusperte sich, auch um ihn aus seinen Gedanken zu reißen, aber vor allem, um die aufsteigenden Tränen zurückzudrängen. »Ich sollte mich wohl umsehen, ob irgendetwas Wertvolles fehlt.«

Mickey schaute Rina an. »Ja… ja, natürlich. Gab es hier irgendwas Wertvolles…? Ich meine, ich weiß ja, dass die Bücher wertvoll sind, aber gab es etwas Wertvolles, das jedem sofort ins Auge gefallen wäre? Irgendwelche ökumenischen Sachen aus Silber ... ist ›ökumenisch‹ überhaupt das richtige Wort?«

»Ich weiß, was Sie meinen.«

»Es tut mir so Leid, Mrs. Decker.«

Die Entschuldigung kam so ehrlich und aufrichtig, dass Rina zu weinen begann. »Niemand musste sterben, niemand ist verletzt. Es hilft, die Dinge im richtigen Verhältnis zu sehen.« Rina wischte sich über die Augen. »Die meisten unserer Gegenstände aus Silber und Gold sind in dem Schrank dort ... der mit den Gittern. Das ist unsere Heilige Lade.«

»Ein Glück, dass Sie die Gitter eingebaut haben.«

»Das haben wir nach der Schießerei im jüdischen Gemeindezentrum machen lassen.« Sie ging hinüber zum Aron ha-Kodesch.

»Nicht das Schloss anfassen, Mrs. Decker«, warnte Shearing sie.

Rina hielt inne.

Er versuchte zu lächeln. »Fingerabdrücke.«

Rina betrachtete das Schloss mit hinter dem Rücken verschränkten Händen. »Die Kratzer sind neu – jemand hat versucht, es aufzubrechen.«

»Stimmt, das ist mir auch aufgefallen. Wahrscheinlich haben die das Schloss gesehen und gedacht, dass hier die ganzen Wertsachen aufbewahrt sind.«

»Damit hätten sie Recht gehabt.« Pause. »Sie sagten ›die‹. Mehr als ein Täter?«

»Bei dem Schaden würde ich sagen, ja, aber ich bin kein Detective. Das überlasse ich Profis wie Ihrem Mann.«

Plötzlich wurde ihr schwindlig, und sie musste sich am Gitter festhalten, um nicht umzufallen. Sofort sprang Mickey ihr zur Seite.

»Alles in Ordnung, Mrs. Decker?«

Ihre Stimme war nur noch ein Flüstern. »Es geht schon wieder.« Sie richtete sich auf und schaute sich prüfend wie ein Handwerker im Raum um. »Der größte Teil der Schäden scheint nur oberflächlich zu sein – nichts, was ein Eimer Seifenlauge und ein

Malerpinsel nicht wieder in Ordnung bringen könnten. Die Bücher sind natürlich eine ganz andere Sache.« Sie zu ersetzen, würde die Gemeinde mindestens eintausend Dollar kosten, Geld, das sie eigentlich für einen Teilzeit-Jugendleiter zurückgelegt hatten. Wie die meisten Einrichtungen auf ehrenamtlicher Basis musste auch die *schul* mit einem äußerst knappen Budget auskommen. Eine Träne rann ihre Wange hinunter.

»Immerhin haben sie nicht versucht, es niederzubrennen.« Sie kämpfte gegen ihre Tränen. »Wir sollten positiv denken, oder?«

»Genau!«, bestätigte Mickey. »Das ist die richtige Einstellung!«

Rinas Augen wanderten erneut suchend über den Fußboden. Zwischen den Fotos entdeckte sie kopierte Tuschezeichnungen von Juden mit übertrieben großen Hakennasen. Sie stammten vielleicht aus alten Ausgaben von *Der Stürmer* oder dem *Protocol of the Elders of Zion*. Dann warf sie einen weiteren Blick auf die körnigen Fotografien. Bei näherem Hinsehen erkannte sie, dass die Schwarzweißfotos nicht wie Kopien aussahen, sondern wie Originalaufnahmen von jemandem, der damals vor Ort gewesen war. Allein schon der Gedanke – jemand hatte diese Toten fotografisch festgehalten – ekelte sie an. Und jetzt verteilte dieser Jemand sie als furchtbare Erinnerung oder als Drohung.

Erneut füllten sich ihre Augen mit Tränen der Wut. Sie war so zornig, so traurig, dass sie ihren Kummer am liebsten in die ganze Welt hinausgeschrien hätte. Stattdessen zog sie ihr Handy hervor und rief ihren Mann an.

Decker gingen viele Dinge durch den Kopf – vor allem die Frage, wie Rina mit der ganzen Sache fertig werden würde. Aber es ließ ihm auch Zeit, sich mit seinen eigenen Gefühlen zu beschäftigen. Zorn? Nein. Das ging weit über puren Zorn hinaus, und das gefiel ihm gar nicht. Blinde Wut brachte Menschen dazu, Fehler zu machen, und das war das Letzte, was sich Decker im Augenblick leisten konnte. Also zwang er sich, auf die Straße zu schauen, anstatt über etwas nachzugrübeln, das er noch gar nicht gesehen hatte, und versuchte, sich von der Gegend ablenken zu lassen.

Von den Häuserreihen, an deren Stelle einmal Zitrusplantagen gestanden hatten, und den Lagerhäusern und Läden entlang des Devonshire Boulevard. Er versuchte, nicht an seinen Stiefsohn in Israel oder an den, der auf eine jüdische Highschool ging, zu denken. Oder an Hannah, die gerade in die zweite Klasse gekommen war – jung und voller Vertrauen und so unschuldig wie die Kindergartenkinder, die vor ein paar Jahren nach dieser schrecklichen Schießerei aus dem jüdischen Gemeindezentrum entführt worden waren.

Er merkte, dass er schwitzte. Obwohl es einer dieser typischen bedeckten Maitage in L. A. war – die Luft kühl und ein wenig abgestanden –, drehte er die Klimaanlage voll auf. Irgendjemand hatte ihm die Adresse gegeben, aber selbst wenn er die Gegend nicht gekannt hätte, wären die Streifenwagen Hinweis genug gewesen.

Er parkte sein Zivilfahrzeug im Halteverbot, stieg aus und zwang sich selbst, erst einmal tief durchzuatmen. Er musste unbedingt ruhig bleiben, sich nicht um die Tat, sondern um Rina kümmern. Decker war gerade ein paar Schritte weit gekommen, als Mickey Shearing ihn entdeckte.

»Wo ist sie?«, knurrte Decker.

»In der Synagoge«, antwortete Shearing. »Wollen Sie die Details?«

»Haben Sie schon welche?«

»Ich habe …«, Mickey blätterte in seinem Block, »… die Information, dass der erste Hinweis um halb neun morgens eintraf, und zwar von dem Kerl, dem die chemische Reinigung gehört. Ich selbst bin zehn Minuten später hier angekommen und habe gesehen, dass das Türschloss aufgebrochen war. Dann habe ich bei der Synagoge angerufen, um zu erfahren, ob es einen Rabbi gibt oder wer hier sonst verantwortlich ist. Auf dem Anrufbeantworter war eine Telefonnummer angegeben. Stellte sich als die Ihrer Frau heraus.«

»Und warum haben Sie nicht daran gedacht, zuerst *mich* anzurufen, bevor Sie *sie* anrufen?« Deckers Augen funkelten wütend.

»Es war nur eine Telefonnummer angegeben, Lieutenant. Ich habe erst begriffen, dass es Ihre Frau ist, als sie schon hier stand.«

Decker sah zur Seite und rieb sich über die Stirn. »Okay. Vielleicht ist es sogar besser, dass Sie es ihr gezeigt haben. Irgendwelche Aussagen?«

»Wir sind dabei, die Nachbarn zu befragen.«

»Nichts?«

»Nichts. Wird wahrscheinlich in den frühen Morgenstunden passiert sein.« Shearing stieß seinen Zeh gegen den Boden. »Vermutlich Jugendliche.«

»Also mehr als nur einer?«

»Ist ziemlich viel kaputt. Ich glaube schon.«

»Erzählen Sie mir was über den Kerl von der chemischen Reinigung.«

»Gregory Blansk. Selbst noch ziemlich jung, ähm... neunzehn...« Shearing blätterte weiter. »Ja, stimmt.«

»Wie stehen die Chancen, dass er es war und jetzt weiter hier herumhängt, um sich anzusehen, wie die Leute sein Werk bewundern?«

»Ich glaube, er ist Jude, Sir.«

»Sie *glauben*?«

»Äh... ja. Da steht's. Er ist Jude.« Shearing schaute auf. »Er wirkte entsetzt und mehr als nur ein bisschen verängstigt. Und er ist selbst ein Import aus Russland. Zwei Punkte gegen ihn – Jude und Ausländer. Das Ganze muss ihm eine Höllenangst eingejagt haben.«

»Im Moment ist Detective Wanda Bontemps vom Jugenddezernat für die Hassdelikte abgestellt. Ich werde dafür sorgen, dass sie ihn vernimmt, sobald sie hier ist. Lasst hier keinen rein. Ich bin gleich zurück.«

Decker hatte selbst einige Jahre beim Jugenddezernat gearbeitet und kannte sich mit jugendlichen Straftätern und Vandalismus aus. Die Gegend, in der er damals arbeitete, war bekannt gewesen für Rocker, weiße Proleten und Mexikanergangs. Aber das hier? Das ging ihm verdammt nahe. Er war so abgelenkt von seiner Umgebung, dass er Rina erst bemerkte, als sie etwas sagte. Er schreckte zurück und prallte so heftig gegen sie, dass er sie fast umgestoßen hätte.

»Tut mir Leid.« Er griff nach ihrer Hand, zog sie dann fest an sich. »Tut mir so Leid. Bist du okay?«

»Ich …« Sie zuckte zusammen. *Nicht weinen!* »Wie lange dauert es, bis wir hier anfangen können aufzuräumen?«

»Eine ganze Weile. Ich möchte erst Fotos machen lassen und den ganzen Laden nach Fingerabdrücken …«

»Ich sehe mir das nicht länger an!«, Rina riss sich los und blickte zur Seite. *»Wie lange?«*

»Ich weiß es nicht, Rina. Erst mal muss die Spurensicherung sich das hier ansehen. Es ist kein Mordfall, also hat es auch nicht oberste Priorität.«

»Oh, ich verstehe. Wir müssen also warten, bis jemand erschossen wird.«

Decker versuchte, ruhig zu klingen. »Ich will das hier genauso schnell aufräumen wie du, aber wenn wir keine Fehler machen wollen, dann dürfen wir nichts überstürzen. Sobald die Teams weg sind, komme ich mit Bürste und Eimer in der Hand vorbei und schrubbe persönlich jeden Zentimeter dieser Scheußlichkeit weg. In Ordnung?«

Rina hielt sich die Hand vor den Mund und versuchte, blinzelnd ihre Tränen zurückzuhalten. Dann flüsterte sie: »In Ordnung.«

»Wieder Freunde?« Decker lächelte.

Sie erwiderte sein Lächeln mit feuchten Augen.

Deckers Lächeln gefror, als er das volle Ausmaß erkannte. »Mein Gott!« Er warf den Kopf zurück. »Das ist … grauenhaft!«

»Sie haben den Kidduschkelch mitgenommen, Peter.«

»Was?«

»Der Kidduschkelch ist verschwunden. Wir hatten ihn im Schrank aufbewahrt. Er war versilbert und mit Türkisen besetzt – genau die Art von Gegenstand, die gern gestohlen wird, weil er ins Auge sticht und leicht mitzunehmen ist.«

Decker dachte einen Augenblick nach. »Kids.«

»Das sagt hier fast jeder. Warum nicht eine antisemitische Gruppierung?«

»Richtig, das ist nicht ausgeschlossen. Ich werde auf jeden Fall zu Protokoll geben, dass es sich hier wahrscheinlich nicht um Junkies handelt. Wenn jemand etwas gesucht hat, das er für Drogengeld hätte eintauschen wollen, hätten wir es hier mit einem reinen Diebstahl zu tun.«

»Vielleicht liegt der Kelch ja unter den ganzen Trümmern.« Rina zuckte die Achseln. »Ich weiß nur, dass er nicht mehr im Schrank steht.«

Decker zog seinen Notizblock heraus. »Sonst noch was?«

»Frische Kratzspuren am Schloss des Aron – der Heiligen Lade. Sie haben versucht, sie aufzubrechen, aber ohne Erfolg.«

»Gott sei Dank.« Er klappte seinen Block zu und betrachtete sie prüfend. »Und mit dir ist wirklich alles okay?«

»Ich bin ... okay. Es wird mir besser gehen, sobald das alles hier wieder in Ordnung gebracht ist. Vielleicht sollte ich langsam Mark Gruman anrufen.«

Decker seufzte. »Mark und ich haben die Wände schon einmal gestrichen. Sieht ganz so aus, als müssten wir es noch mal tun.«

Rina flüsterte: »Wenn das hier erst mal die Runde macht, wirst du einen ganzen Haufen freiwilliger Helfer haben.«

»Das hoffe ich.« Decker stampfte mit dem Fuß auf – eine kindische Geste, aber er war so verdammt wütend. »Mann, bin ich angepi ... sauer! Wenn ich damit den Ort nicht noch mehr entweihen würde, würde ich mir die Lunge aus dem Leib fluchen.«

»Was unternehmt ihr normalerweise bei einem solchen Fall als Erstes?«

»Wir überprüfen alle Jugendlichen, die bereits wegen Vandalismus aktenkundig geworden sind.«

»Werden die Akten von Jugendstraftätern nicht versiegelt?«

»Doch, natürlich. Aber das bedeutet nicht, dass die zuständigen Beamten nicht darüber sprechen dürfen. Für den Anfang brauchen wir nur ein paar Namen.«

»Und was ist mit der Überprüfung *richtiger* antisemitischer Gruppierungen?«

»Das geschieht natürlich auch, Rina. Wir werden nichts unversucht lassen. Zwar fällt mir im Augenblick keine Gruppierung ein, die in dieser Gegend tätig geworden ist, aber ich erinnere mich an eine Gruppe in Foothill – die ›Hüter der Völkischen Reinheit‹ oder so ähnlich. Ist schon eine Weile her. Ich werde mir die Akten ansehen, und zwar gründlich. Aber dazu muss ich erst mal ins Revier zurück.«

»Okay. Fahr ruhig. Ich komm schon klar.« Sie drehte sich um und fragte: »Wer wird herkommen?«

»Wanda Bontemps bearbeitet die Hassdelikte. Versuch ihr nicht gleich den Kopf abzureißen. Sie hat in der Vergangenheit mit Juden ein paar schlechte Erfahrungen gemacht.«

»Und so jemand setzt ihr auf Hassverbrechen gegen Juden an?«

»Sie ist schwarz ...«

»Also eine Schwarze und Antisemitin. Glaubst du, das hebt sich irgendwie auf?«

»Sie ist überhaupt keine Antisemitin. Sie ist einfach eine gute Frau, die ehrlich genug war, mir gegenüber offen über ihre Probleme zu sprechen. Ich möchte nur ... Eigentlich hätte ich es gar nicht erwähnen sollen.« Er verzog das Gesicht. »Ich sollte endlich lernen, den Mund zu halten. Na ja, schreiben wir es einfach der Tatsache zu, dass ich ziemlich mitgenommen bin. Wanda ist neu dabei und hat sich die Stelle hart erarbeiten müssen – das ist gar nicht so einfach für eine vierzigjährige schwarze Frau.«

»Das glaube ich gern«, antwortete Rina. »Mach dir ihretwegen keine Sorgen, Peter. Solange sie einfach ihren Job macht, werden wir prima miteinander auskommen.«

2

Die Fotos der KZ-Opfer mussten aus irgendeiner Quelle stammen. Es bestand die Möglichkeit, dass sie von einer Neonazi-Website heruntergeladen und vergrößert worden waren, um sie wie Originalfotos aussehen zu lassen. Andererseits war es genauso gut denkbar, dass sie von einer lokalen faschistischen Organisation stammten. Die extremistische Gruppe, an die Decker sich aus seinen Foothill-Zeiten erinnerte, hatte sich den Namen »Hüter der Völkischen Reinheit« gegeben. Als er noch beim Jugenddezernat arbeitete, hatte es sich bei dieser Gruppierung um kaum mehr als eine Postfachadresse und ein halbjährlich stattfindendes Treffen im Park gehandelt. Nach ein paar kurzen Telefonanrufen erfuhr er, dass die Gruppe noch existierte und inzwischen eine richtige Adresse am Roscoe Boulevard hatte. Decker wusste nicht genau, was sie machten und wofür sie eintraten, aber bei einem derartigen Namen musste die darin versteckte Botschaft etwas mit der angeblichen Überlegenheit der weißen Rasse zu tun haben.

Er warf einen Blick auf seine Uhr; es war jetzt kurz vor elf. Er stand von seinem Schreibtisch auf und ging hinüber in den Bereitschaftsraum. Zahlreiche Schreibtische waren unbesetzt, was bedeutete, dass die meisten der Detectives der Devonshire Division zu einem Einsatz unterwegs waren. Aber glücklicherweise saß Tom Webster an seinem Tisch und telefonierte. Der junge Beamte vom Morddezernat war blond, blauäugig und sprach mit breitem Südstaatenakzent. Wenn irgendjemand sich als arischer Sympathisant ausgeben konnte, dann Webster ... wenn man mal von der Kleidung absah. Normalerweise hatten Neonazis keine Designerklamotten an. Heute trug Tom einen marineblauen Anzug, ein weißes Hemd und eine kastanienbraune Krawatte mit winzigem Muster – wahrscheinlich von Zegna. Nicht dass Decker selbst solche Einhundertdollarkrawatten besessen hätte, aber er kannte die Marke, da Rinas Vater Zegna mochte und Sammy und Jake häufig seine ausgemusterten Exemplare vermachte.

Webster sah von seiner Arbeit auf, und Decker bedeutete ihm, in sein Büro zu kommen. Eine Minute später betrat Tom den Raum und schloss die Tür hinter sich. Seine Haare waren erst vor kurzem geschnitten worden, aber einige Strähnen reichten noch bis zu den Augenbrauen, was ihn wie einen Schuljungen wirken ließ.

»Tut mir Leid wegen heute Morgen, Lieutenant.« Webster nahm auf der anderen Seite von Deckers Schreibtisch Platz. »Wir haben gehört, es war ziemlich heftig.«

»Da habt ihr richtig gehört.« Decker saß an seinem Tisch und konzentrierte sich auf seinen Computer, bis er gefunden hatte, was er suchte. Dann drückte er auf den Druckerknopf. »Wie sieht denn dein Zeitplan für heute aus?«

»Ich wollte in der Gonzalez-Geschichte noch einer Sache nachgehen, mich mit der Witwe unterhalten...« Er seufzte. »Die Verhandlung ist schon wieder verschoben worden. Perez' Anwalt hat seinen Dienst quittiert, und jetzt stellen sie ihm einen neuen Pflichtverteidiger, der aber mit dem Fall nicht vertraut ist. Die arme Mrs. Gonzalez möchte die ganze Sache einfach abschließen, aber das wird noch eine Weile dauern.«

»Schlimme Sache«, stimmte Decker zu.

»Ja, schlimm und wieder mal typisch«, erwiderte Webster. »Ich muss um halb zwei im Gericht sein. Ich dachte, ich geh noch mal meine Notizen durch.«

»Du hast 'nen Collegeabschluss, Webster. Das dürfte also nicht allzu lang dauern.« Decker reichte ihm den Ausdruck. »Ich möchte, dass du das hier mal überprüfst.«

Webster warf einen Blick auf das Blatt. »Hüter der Völkischen Reinheit? Was ist das? Eine Nazigruppe?«

»Genau das sollst du herausfinden.«

»Wann? Jetzt?«

»Ja.« Decker lächelte. »Sofort.«

»Und wonach such ich genau? Informationen zum Vandalismus in der Synagoge?«

»Ja.«

»Soll ich so tun, als wär mir der Vorfall gar nicht so unrecht?«

»Du willst Informationen, Tom. Also tu, was du tun musst. Da fällt mir ein: Nimm Martinez mit. Du bist weiß, er ist Latino. Bei diesen Rassisten könnt ihr das alte Spiel ›Guter Cop, böser Cop‹ allein schon mit eurer Hautfarbe spielen.«

Wanda Bontemps rief Decker von der Synagoge aus an und erzählte ihm von den drei Jugendlichen, die sie wegen früherer Vandalismusdelikte festgenommen hatte. Bei allen dreien war die Akte versiegelt.

»Wie wäre es mit ein paar Namen?«, fragte Decker.

»Jerad Benderhurst – ein fünfzehnjähriger weißer Jugendlicher. Das Letzte, was ich gehört hab, war, dass er bei einer Tante in Oklahoma lebt. Jamal Williams – ein sechzehnjähriger Afroamerikaner; nicht nur wegen Vandalismus festgenommen, sondern auch wegen Bagatelldiebstahl und Drogenbesitz. Ich glaube, er ist an die Ostküste gezogen.«

»Das ist nicht sehr viel versprechend. Sonst noch jemand?«

»Carlos Aguillar. Meines Wissens nach vierzehn Jahre alt und noch immer in der Besserungsanstalt. Das sind die Jugendlichen, an die ich mich im Zusammenhang mit Vandalismus erinnere. Sie könnten aber auch noch mal mit Sherri und Ridel reden, vielleicht wissen die noch andere Namen.« Pause. »Andererseits, Lieutenant, sollten Sie auch den größeren Zusammenhang nicht außer Acht lassen, wenn es darum geht, jemanden einzubuchten.«

Decker wusste genau, worauf sie anspielte – eine spezielle Gruppe weißer Jugendlicher aus der oberen Mittelschicht, die nicht nur vor Testosteron strotzten, sondern auch vom Leben entsetzlich gelangweilt waren. Erst kürzlich hatten diese Jugendlichen sich nach ihrer Festnahme sofort die Dienste von Daddys hoch bezahlten Anwälten gesichert, noch bevor überhaupt ihre Personalien aufgenommen waren. Die ganze Bande musste auf freien Fuß gesetzt und die Festnahme aus den Akten gestrichen werden, und das alles in Rekordzeit. Die meisten der Jungen gingen auf Privatschulen. Für sie waren selbst Drogen und Sex zu alltäglich und Straftaten die letzte Möglichkeit zur Rebellion.

»Letztes Jahr haben wir eine Gruppe Jugendlicher verhaftet«, sagte Wanda. »Etwa zwanzig Jungs, die sich wie Gettokids kleideten und unbedingt den Bösewicht spielen wollten. Sie haben eine ganze Reihe von Gebäuden beschädigt. Wenn ich eine Weile drüber nachdenke, könnte ich mich vielleicht an den einen oder anderen Namen erinnern.«

»Sie könnten sich aber auch 'ne Klage an den Hals holen, dafür, dass Sie mir die Namen geben«, erwiderte Decker. »Was die Akten betrifft, so existieren keine. Aber ich weiß, wen Sie meinen.« Ein Blick auf die Armbanduhr verriet ihm, dass es inzwischen zwanzig nach elf war. »Wie läuft's denn da so?«

»Die Fotografen sind fast fertig. Auch die Spurensuche braucht nicht mehr lange. Ihre Frau wartet mit einer Gruppe von Freiwilligen – alle mit Putzeimern, Reinigungsmitteln und Schrubbern bewaffnet – darauf, loslegen zu können, und sie sind wütend. Wenn die Polizei sich nicht beeilt, wird noch jemand auf einen Besenstiel aufgespießt.«

»Das klingt ganz nach Rina«, bemerkte Decker.

»Möchten Sie mit ihr reden? Sie hängt regelrecht über meiner Schulter.«

»Ich hänge nicht!«, rief Rina in den Hörer. »Ich warte.«

Wanda gab ihr das Telefon. »Detective Bontemps hat angeboten, uns während *ihrer* Mittagspause beim Putzen zu helfen«, sagte Rina.

»Ist das ein Wink mit dem Zaunpfahl?«

»Dreimal darfst du raten.«

Decker lächelte. »Ich komme, sobald ich mit der Arbeit fertig bin. Wenn es nötig ist, werde ich die ganze Nacht durch putzen und streichen. Was hältst du davon?«

»Akzeptiert. Obwohl… um die Uhrzeit, wann *du* hier auftauchen kannst, ist es wahrscheinlich gar nicht mehr nötig.«

»Ich hab gehört, du hast eine ganze Truppe zusammen?«

»Ja, alle Gemeindefrauen sind hier versammelt, alle mit Schrubbern und Eimern. Außerdem hat jemand mit dem JCC telefoniert, und sechs Leute sind vorbeigekommen und haben uns ihre Hilfe beim Saubermachen und Weißeln angeboten – einer ist sogar ein professioneller Maler. Und Wanda, die übrigens ein richtiger Schatz ist, hat tatsächlich in ihrer Gemeinde angerufen und ein paar Freiwillige besorgt. Sogar die Leute von der Presse wollen uns helfen. Wir würden jetzt wirklich gern loslegen.«

»Detective Bontemps sagte mir, dass sie fast fertig sind.«

»Es ist nur so… schrecklich, Peter. Jedes Mal, wenn ich es ansehen muss, wird mir schlecht. Und allen anderen geht es genauso.«

»Welche Zeitungen sind da?«

»Die *L. A. Times*, die *Daily News* und noch ein paar Fernsehteams, aber Wanda lässt sie nicht durch.«

»Ist auch besser so.«

»Hast du die Reihe der Verdächtigen schon eingrenzen können?«, fragte Rina.

»Ich muss ein paar Anrufe machen. Sobald ich etwas in Erfahrung bringe, lasse ich es dich wissen.« Er wartete einen Augenblick. »Ich hab dich lieb, Schatz. Ich freue mich, dass ihr so viel Unterstützung bekommt.«

»Ich liebe dich auch. Und diese *Mamzerim* werden noch ihr blaues Wunder erleben. Das passiert *nie* wieder!«

»Ich bewundere deinen Eifer.«

»Da gibt's nichts zu bewundern, mir bleibt keine andere Wahl. Hast du die Pfandleihen schon überprüft?«

»Was?«

»Der silberne Kidduschkelch. Vielleicht hat man versucht, ihn zu versetzen.«

»Ehrlich gesagt, nein, ich habe die Pfandleihen noch nicht überprüft.«

»Dann solltest du das sofort tun. Bevor die Pfandleiher Wind davon bekommen, dass es sich um heiße Ware handelt.«

»Sonst noch was, General?«

»Im Augenblick nicht. Jemand ruft nach mir, Peter. Hier ist Detective Bontemps noch einmal für dich.«

»Ein echtes Organisationstalent«, meinte Wanda.

»Wem sagen Sie das. Vielen Dank für Ihre Hilfe.«

»Das ist doch selbstverständlich.«

»Die Jugendlichen, von denen Sie sprachen, Wanda – die meisten von ihnen gingen auf eine Privatschule?«

»Einige, ja. Foreman Prep… Beckerman's.«

»Das könnte von Vorteil für uns sein. Bei Jugendlichen in öffentlichen Schulen kriege ich nur schwer einen Durchsuchungsbefehl. Aber für eine Privatschule gelten andere Regeln. Viele dieser Institute haben eigene Statuten, die der Schulverwaltung erlauben, nach eigenem Ermessen die Schränke ihrer Schüler zu öffnen, um nach belastendem Material zu suchen.«

»Warum sollte ein Privatschulleiter einverstanden sein, so etwas für uns zu tun?«

»Weil es keinen guten Eindruck machen würde, uns nicht zu

unterstützen. Es sähe so aus, als ob er etwas zu verbergen hätte. Aber wahrscheinlich werden wir nicht viel finden … ein oder zwei Joints vielleicht.«

»Und nach welcher Art von Belastungsmaterial suchen Sie, Sir? Antisemitisches Material?«

»Nach einem silbernen Kelch.«

»Ah ja. Ich verstehe.«

»Es ist einen Versuch wert«, meinte Decker.

Aber der Versuch würde nicht ohne Kontroversen und Konsequenzen bleiben. Denn um nach außen hin objektiv zu erscheinen – und die Polizei musste immer objektiv erscheinen –, würde er mehrere Privatschulen durchsuchen müssen, darunter auch Jacobs jüdische Highschool. Und dort würde er beginnen.

3

Wie ist die Adresse?«, fragte Webster.

Martinez gab ihm die Hausnummer und biss gleichzeitig so herzhaft in sein Truthahn-Tomaten-Senf-Sandwich, dass kleine Roggenbrotkrumen seinen stahlgrauen Schnurrbart besprenkelten. Er hatte überlegt, ihn abzurasieren, als immer mehr graue Stellen das Schwarz durchsetzten. Aber seine Frau meinte nur, dass er vielleicht gar keine Oberlippe mehr hätte – nach all den Jahren, in denen dieses Etwas über seinem Mund gehangen hatte. »Irgendein besonderer Grund, warum Decker Jungs von der Mordkommission für den Fall einsetzt?«

»Vielleicht weil ich gerade im Bereitschaftsraum war?« Er schaute auf das Sandwich seines Partners. »Hast du noch eins über, Bertie?«

»Na sicher.« Martinez holte ein zweites Sandwich aus einer Papiertüte. »Nicht zu Mittag gegessen?«

»Wann denn?« Webster verschlang die Hälfte seines Sandwichs mit drei Bissen. »Decker hat mich genau in dem Augenblick erwischt, als ich mich hinter die Gonzalez-Geschichte klemmen wollte. Der Lieutenant ist ganz scharf auf den Fall.«

»Stimmt. Ist was Persönliches.«

»Das kannst du laut sagen – persönlich, und ziemlich hässlich, vor allem nach der Furrow-Schießerei im JCC und dem Mord an dem Filipino-Kurier. Ich glaube, der Lieutenant will der Welt beweisen, was für verantwortungsbewusste, kompetente Leute Polizisten sind.«

»Ich hab nichts dagegen, ein paar kleine Gauner einzubuchten.« Martinez aß den letzten Bissen seines Sandwichs und spülte ihn mit einer Cola Light hinunter. »Weißt du irgendwas über diese Typen?«

»Nur das, was auf dem Ausdruck steht. Sind schon einige Zeit dabei. Ein Haufen Verrückter.«

Webster bremste vor einer Ladenzeile, deren größtes Geschäft ein Neunundneunzigcentwarenhaus war, das damit warb, alle seine Artikel für nur – wie zu erwarten – neunundneunzig Cent zu verkaufen. Außerdem gab es auf diesem Eckgrundstück ein Schuhgeschäft, einen Bioladen und einen mexikanischen Imbiss, der als Spezialität den Big Bang Burrito anbot. Kosmologie und Sodbrennen – wenn das kein Stoff zum Nachdenken war. »Ich sehe keine Hüter der Völkischen Reinheit.«

»Hinter der Nummer steht noch ein ›½‹«, meinte Martinez. Eine weiße, geraffte Gardine verhinderte, dass man durch die Glastür ins Innere sehen konnte. Neben der Tür war eine Gegensprechanlage in den Putz eingelassen. Webster parkte den Wagen, und beide stiegen aus. Martinez drückte auf die Klingel, worauf ein Summen ertönte.

Die Sprechanlage krächzte schrill: »Mittags geschlossen.«

»Polizei!«, bellte Martinez. »Aufmachen!«

Ein Augenblick Schweigen, dann ein lang anhaltendes Summen. Webster drückte die Tür auf, die gegen die Wand stieß, noch bevor sie völlig geöffnet war. Er schob sich hinein. Martinez holte tief Luft, bevor er eintrat, und hatte selbst dann noch Mühe, seinen Bauch durch den Türspalt zu zwängen. Der Empfangsbereich war so groß wie ein Wandschrank. Darin standen ein verkratzter Bridgetisch, der fast die gesamte begehbare Fläche einnahm, und ein Klappstuhl. Sie standen zwischen der Wand und dem Tisch und starrten einem verwahrlosten Kind oder Mädchen ins Gesicht, das auf der anderen Seite des Tischs saß. Ihr Gesicht wurde von langen, aschblonden Haarsträhnen eingerahmt. Sie trug kein Make-up und hatte eine kleine, spitze Nase, die kaum lang genug war, um das Drahtgestell ihrer Brille zu halten.

»Polizei?« Sie erhob sich und schaute nach links – auf eine Zwischentür, die einen Spalt offen stand. »Was ist denn?«

Martinez sah sich im Raum um. Zwei ungerahmte Drucke – Grant Woods *American Gothic* und ein Seestück von Winslow Homer – waren mit Klebeband an der Wand befestigt. Auf dem Tisch stand ein Telefon, daneben lagen Stapel von Handzetteln in verschiedenen Farben. Geistesabwesend griff er nach einem himmelblauen Blatt, auf dem ein Artikel abgedruckt war. Der letzte, in Kursivschrift gehaltene Absatz stellte den Autor als ehemaligen US-Marine und jetzigen Psychologen vor. Martinez nahm sich vor, den Text später zu lesen.

»Heute Morgen wurde eine Synagoge verwüstet.« Martinez nahm Augenkontakt mit der jungen Frau auf. »Wir haben uns gefragt, ob Sie etwas darüber wissen.«

Ihre Augen fuhren wie Scheibenwischer hinter den Brillengläsern hin und her. »Ich weiß nicht, wovon Sie sprechen.«

»Es war überall in den Nachrichten«, sagte Webster.

»Ich sehe mir keine Nachrichten an.«

»Ihr Radio läuft doch – und ich glaube, Sie haben sogar einen Nachrichtensender eingestellt.«

»Das ist nicht mein, sondern Darrells Radio. Warum sind Sie hier?«

»Weil wir wissen, worum sich's bei diesem Laden hier handelt«, erwiderte Martinez. »Wir fragen uns nur, welche Rolle ihr bei dem Einbruch genau gespielt habt?«

Plötzlich erschien ein Mann in der teilweise geöffneten Tür. Er war etwas über einsachtzig groß und dünn, mit kaffeebraunem Kraushaar und gelbbraunen Augen. Er hatte eine breite Nase und weit auseinander stehende Wangenknochen, und Martinez fragte sich, wie dieser Typ ein Hüter der Völkischen Reinheit sein konnte, wenn alles in seiner Physiognomie nach einer Mischung verschiedener Rassen aussah.

»Darf ich fragen, wer Sie beide sind?«, erkundigte er sich.

»Polizei«, antwortete Webster. »Wir würden Ihnen gern ein paar Fragen stellen, wenn Sie nichts dagegen haben.«

»Doch, ich habe etwas dagegen«, sagte der Mann. »Denn meine Worte werden verdreht und verzerrt werden, ganz egal, was ich sage. Wenn Sie einen Durchsuchungsbefehl haben, zeigen Sie ihn mir. Wenn nicht – dort hinten ist die Tür.«

»Das ist nicht gerade sehr kooperativ von Ihnen«, meinte Webster.

Der Mann ließ seine Wut an dem Mädchen aus. »Wie oft muss ich dir noch sagen, dass du hier niemanden reinlässt, solange du nicht genau weißt, wer es ist!«

»Die haben gesagt, sie sind von der Polizei, *Darrell*! Was soll ich denn machen? Sie einfach vor der Tür stehen und klopfen lassen?«

»Warum glaubst du eigentlich alles, was irgendwer dir erzählt? Du weißt doch, dass da draußen Leute hinter uns her sind. Hast du dir wenigstens ihre Ausweise zeigen lassen?« Darrell drehte sich um. »Kann ich Ihre Ausweise sehen?«

Webster holte seine Marke heraus. »Zurzeit sind wir nicht an Ihrer Philosophie interessiert, obwohl wir nicht abgeneigt wären, uns ein paar von diesen Ideen anzuhören. Aber im Augenblick wollen wir mit Ihnen über eine Synagoge sprechen, die heute Morgen verwüstet worden ist. Haben Sie davon gehört?«

»Kein Wort«, behauptete Darrell. »Wieso auch?«

»Gibt es jemanden, der bestätigen kann, wo Sie sich letzte Nacht oder in den frühen Morgenstunden aufgehalten haben?«, fragte Martinez.

»Da müsste ich mal nachdenken«, entgegnete Darrell. »Wenn ich gewusst hätte, dass Sie mir die Hölle heiß machen wollen, hätte ich mir ein Alibi besorgt.«

»Wie bitte?«, fragte Webster. »Das nennen Sie ›die Hölle heiß machen‹?«

»Sie platzen hier rein ...«

»Sie hat uns die Tür aufgemacht«, unterbrach Martinez. »Und Sie haben unsere Frage nicht beantwortet. Wo waren Sie letzte Nacht, und was haben Sie gemacht?«

»Ich war zu Hause.« Darrell kochte. »Im Bett. Und habe geschlafen.«

»Allein?«

»Ja, allein. Außer wenn Sie meine Katze mitzählen wollen. Sie heißt Shockley.«

»Und heute Morgen?«, bohrte Webster nach.

»Mal sehn. Ich bin um halb zehn aufgewacht… etwa um den Dreh. Ich möchte hier nicht auf eine genaue Uhrzeit festgelegt werden.«

»Und weiter?«, drängte Webster.

»Ich war an meinem Hometrainer… habe gefrühstückt… dann die Zeitung gelesen. Gegen viertel nach zehn, halb elf bin ich hier eingetroffen. Erin war bereits da.« Seine Augen wanderten von den Gesichtern der Polizisten zu der Heugabel auf dem Grant-Wood-Gemälde. »Und was genau wollen Sie von mir?«

»Sagen Sie uns doch erst mal Ihren vollständigen Namen.«

»Darrell Holt.«

Martinez schaute die Frau an. »Und wie heißen Sie, Ma'am?«

»Erin Kershan.«

Holt tippte ungeduldig mit dem Fuß auf und ließ dann seiner Aggression freien Lauf. »Ich habe mit der Verwüstung der Synagoge nichts zu tun! Darum geht es bei unserer Gruppe nicht! Wir hassen nicht! Wir verfolgen niemanden aus religiösen oder politischen Gründen! Und falls Ihnen jemand etwas anderes erzählt hat, lügt er. Wir verfolgen niemanden – ganz im Gegenteil. Wir unterstützen völkische Reinheit. Ich ermutige alle Juden dazu, sich mit anderen Juden zusammenzutun und Afroamerikaner mit Afroamerikanern, Lateinamerikaner mit Lateinamerikanern, Weiße mit Weißen…«

»Und welcher Bevölkerungsgruppe gehören Sie an?«, fragte Webster.

»Ich bin Akadier, wenn Sie es unbedingt wissen wollen.«

»Ich habe noch nie einen Cajun getroffen, der so redet wie Sie«, sagte Webster.

»Die Akadier kamen ursprünglich aus Kanada – Französisch-Kanada. Neuschottland, um genau zu sein.« Holt schenkte ihnen ein Lächeln, herablassend und unangenehm. »Ich bin stolz auf meine Abstammung, und aus diesem Grunde setze ich mich auch so entschieden für die Bewahrung völkischer Reinheit ein. Das hat nichts mit Rassismus zu tun, denn wie Sie selbst sehen können…«, er wies auf sein Haar und seine Nase, »…habe ich schwarzes Blut in mir.«

»Also geben Sie zu, ein Mischling zu sein«, sagte Webster.

Holt zuckte zusammen. »Ich spreche nicht von Blutlinien, sondern von Volksgruppen«, erklärte er ungehalten. »Ich gehöre der Volksgruppe der Akadier an und möchte die Reinheit meines Volkes bewahren. Es ist unsere Überzeugung, dass die Mischung von Volksgruppen die Zivilisierung und mit Sicherheit die Individualisierung und den Stolz zu vieler Kulturen ruiniert hat. Die Immigration verwandelt alles in eine einzige amorphe Masse. Sehen Sie sich dagegen die Kochkunst an! Wenn man Lust auf ein französisches Essen hat, geht man in ein französisches Restaurant. Will man Enchiladas, isst man in einem mexikanischen Restaurant. Oder man geht zum Italiener oder Amerikaner oder Südamerikaner oder Tunesier – je nachdem, auf welche Küche man Lust hat. Stellen Sie sich vor, wie es wäre, wenn man all diese Nuancen, all diese Geschmäcker miteinander vermischte. Einzeln schmecken sie großartig, aber zusammen ergeben sie einen fürchterlichen Mischmasch.«

»Wir reden hier nicht über Bœuf Stroganoff, Sir«, sagte Martinez. »Hier geht es nicht ums Essen, sondern um Verbrechen. Vandalismus ist ein Verbrechen. Was heute in der Synagoge passiert ist, stellt ein *Hassverbrechen* dar. Diese Vandalen werden ihrer Strafe nicht entgehen. Falls Sie also etwas wissen, würde ich Ihnen raten, jetzt Ihr Gewissen zu erleichtern. Denn wenn wir noch einmal zurückkommen müssen, wird es kein so nettes Gespräch mehr sein.«

»Sie verstehen uns völlig falsch.« Holt nahm eine Hand voll Flugblätter und gab sie Martinez. »Sie werden sie wahrscheinlich wegwerfen. Aber falls Sie dennoch genug Toleranz aufbringen, uns eine faire Chance zu geben, werden Sie feststellen, dass unsere Ideen durchaus vernünftig sind.«

»Wir haben alle Arten von Mitgliedern«, mischte Erin sich ein.

»Alle Arten von Volksgruppen«, ergänzte Holt. »Wir haben ein Herz für die Entrechteten.«

»Und wer wäre das?«, fragte Martinez.

»Lesen Sie unsere Broschüren. Unsere Mitglieder schreiben die Artikel selbst.« Er nahm ein paar Flugblätter vom Tisch. »Dieser hier – über die Missstände der Diskriminierung von Minderheiten – wurde von Joe Staples verfasst, einem Afroamerikaner. Der andere Text, über den Vorrang der englischen Sprache in Amerika, stammt von einem ehemaligen Marineinfanteristen, der jetzt als Psychologe arbeitet.« Holt konzentrierte sich jetzt ganz auf Martinez. »Mr. Tarpin beleuchtet hier nur ein allgemein bekanntes Phänomen – nämlich die Tatsache, dass die Vereinigten Staaten nur eine einzige Amtssprache haben und es sich bei dieser Sprache um Englisch handelt. Wenn Sie diesen Artikel lesen, werden Sie feststellen, dass er nichts gegen Lateinamerikaner hat. Jeder, der in den USA lebt, sollte Englisch sprechen.« Er lächelte. »So wie Sie es gerade tun.«

»Freut mich zu hören, dass Mr. ...«, Martinez schaute auf das Flugblatt, »Mr. Tarpin meine Englischkenntnisse gutheißen würde.«

»Was niemanden verwundert, da es sich bei Detective Martinez um einen Amerikaner handelt«, bemerkte Webster. »Das bedeutet natürlich auch, dass Detective Martinez weitaus mehr Amerikaner ist als ein Kanadier wie Sie, Mr. Holt. Und da Sie ja so sehr dafür eintreten, dass Angehörige eines Volkes unter sich bleiben sollten, wäre es vielleicht besser, wenn Sie nach Kanada zurückgingen.«

Webster kochte vor Wut, seine Hände waren zu Fäusten geballt. Martinez hingegen schien völlig gelassen, während er in Mr. Tarpins Artikel las, in dem Englisch als wunderbare, ausdrucksstarke und vielschichtige Sprache gepriesen wurde. Dagegen ließ sich überhaupt nichts einwenden: Verglichen mit den aufblühenden Knospen des Spanischen wirkte Englisch wie ein ganzer Blumenstrauß, weil es auf so viele Wörter aus unterschiedlichen Sprachen zurückgriff. Die Ironie des Ganzen war dem Autor völlig entgangen.

»Haben Sie die Flugblätter selbst gedruckt?«, fragte Martinez.

»Die HVR haben sie drucken lassen.«

»In der Synagoge hat man einige Andenken hinterlassen«, sagte Martinez. »Nazislogans auf Flugblättern, die genauso aussahen wie die hier.«

»Es gibt einen Copyshop ein paar hundert Meter die Straße entlang«, gab Holt zurück. »Warum fragen Sie dort nicht einmal nach?«

»Und wenn wir uns Ihre Computerdateien ansehen, werden wir nicht zufällig auf Links zu Nazigruppierungen stoßen, die Sie unter ›Favoriten‹ abgelegt haben?«, fragte Webster.

»Nein, das werden Sie nicht«, antwortete Holt selbstsicher. »Und selbst wenn Sie etwas entdecken würden, das Sie für anstößig hielten, würde das immer noch nichts beweisen. *Ich* habe nichts verwüstet!«

»In der Synagoge wurden auch ein paar Fotos gefunden«, sagte Martinez. »Grauenhafte Bilder von Opfern des Holocaust...«

»So was ist schrecklich«, piepste Erin. »Das ist nicht unser Ding.«

»Was ist denn euer Ding?«

»Erin, ich kümmere mich darum«, sagte Holt.

Sie ignorierte ihn. »Unser Ding ist die Bewahrung der völkischen Reinheit. Ich meine, genauso machen wir es doch auch mit den Tieren – reinrassig hier und reinrassig da. Also, was ist dann falsch daran, wenn die Menschen auch reinrassig bleiben wollen? Für euch ist das vielleicht Rassismus, aber wie Darrell schon gesagt hat – wir sind keine Rassisten, sondern Hüter! Wir haben nichts gegen Juden, solange sie unter sich bleiben und endlich aufhören, den Aktienmarkt zu kontrollieren...«

»Erin...«

»Ich sag doch nur, was Ricky gesagt hat. Er meint, die Juden kontrollieren alle Computer. Sieh dir doch nur mal Microsoft an!«

»Erin, der Chef von Microsoft ist William Gates III«, warf Holt ein. »Klingt das vielleicht wie ein jüdischer Name?«

»Nein.«

»Das liegt daran, dass William Gates III auch kein Jude ist. Wenn Ricky dir das erzählt hat, dann hat er dir Scheiße erzählt!«

Erins Mund formte ein leises »Oh«.

»Wer ist Ricky?«, erkundigte sich Martinez.

»Ein Idiot …« Holt schnitt eine Grimasse in Richtung Erin. »Warum hast du ihn erwähnt?«

»Du hast gesagt, er wäre dein Freund. Seid ihr nicht zusammen nach Berkeley gegangen?«

Holt rollte die Augen. Dann sagte er zu den Cops: »Ricky Moke steht noch rechts von Hitler. Warum gehen Sie nicht los und nerven ihn?«

»Und wo finden wir ihn?«

»Das ist eine gute Frage«, meinte Erin. »Er versteckt sich ziemlich oft.«

»Halt's Maul, Erin!«

»Schrei mich nicht an, Darrell. Schließlich hast *du* den Cops seinen Nachnamen gegeben.«

»Ist Moke auf der Flucht?«

Erin und Darrell warfen sich einen Blick zu. Dann sagte Holt: »Moke erzählt gern Geschichten – unter anderem das Märchen, er würde von der Polizei gesucht und sei auf der Flucht.«

»Und weswegen wird Moke angeblich gesucht?«

»Bombenattentate.«

Martinez und Webster sahen sich erneut an.

»Bombenattentate worauf?«, wollte Webster wissen. »Synagogen?«

Holt schüttelte den Kopf. »Tierlabore. Nicht die eigentlichen Käfige, sondern die Rechenzentren. Der gute Ricky ist, wie er selbst zugibt, ein Tierfreund.«

4

Die Thora-Akademie von West Hills befand sich in den Räumen einer ehemaligen Tierklinik. Es musste sich einst um eine gut gehende Praxis gehandelt haben, denn die Untersuchungsräume waren extrem groß, wenn auch als Klassenzimmer immer noch zu klein. Daher fand der größte Teil des eigentlichen Unterrichts – bis auf einige Kunstkurse, die man in die ehemalige Leichenhalle verlegt hatte – in Wohncontainern statt, die auf dem Parkplatz aufgestellt worden waren. Die anderen Räume der Klinik dienten als Büros für die Schulverwaltung. Wie jeder andere in dieser Gemeinde wusste Decker, dass diese Schule nur dank der Unterstützung von Freiwilligen und gelegentlichen, völlig unerwarteten Spenden existierte.

Rabbi Jeremy Culter war der Verantwortliche für den säkularen Unterricht – ein Mann um die fünfunddreißig, dessen Ansichten für einen orthodoxen Rabbiner als sehr modern galten. Bezeichnend für ihn war auch, dass er einen Doktor in Pädagogik besaß und keinen Bart trug. Culter war hellhäutig und relativ klein, aber kräftig, mit langen, muskulösen Armen. Sein Büro wirkte fast minimalistisch: ein Tisch, ein paar Stühle und ein Bücherregal, gefüllt mit *seferim* – jüdischen Werken – neben Büchern über Psychologie, Soziologie und Philosophie. Die Wände waren mit Zedernholz vertäfelt, das immer noch einen leicht antiseptischen Geruch verströmte, gelegentlich durchsetzt von einem Hauch Urin.

Wenn Decker die Schule besuchte, trug er gewöhnlich eine Jarmulke, die Kappe der jüdischen Männer. Doch heute war er nicht als Vater hier, sondern in offizieller Funktion. Bei der Arbeit trug er keine Kopfbedeckung, weil er es häufig mit Leuten zu tun hatte, die Cops im Allgemeinen und ihn im Besonderen hassten, und weil er nicht irgendeinem Psychoverbrecher und Antisemiten Material in die Hand geben wollte, das dieser gegen die Juden verwenden konnte. Aber als er vor Culter saß, fühlte er sich ohne seine Jarmulke nackt. Falls Culter es bemerkt haben sollte, zeigte er es nicht.

»Ich kann einfach nicht glauben, dass Sie tatsächlich annehmen, einer unserer Jungs – ein Klassenkamerad Ihres Sohnes – könnte eine *schul* entweihen und Konzentrationslagerfotos zurücklassen«, sagte er. »Kinder, deren Großeltern diesen Horror überlebt haben!«

Decker musterte ihn. »Woher haben Sie von den Einzelheiten dieses Verbrechens erfahren?«

»Das ist eine kleine Gemeinde. Muss ich Ihnen das wirklich erklären?«

»Hat meine Frau Sie angerufen?«

Der Rabbi schüttelte den Kopf.

»Dann muss es jemand von der Putzkolonne gewesen sein«, lächelte Decker. »Ich habe Sie soeben zu meinem Beichtvater erkoren und möchte Sie um Verschwiegenheit bitten. Einverstanden?«

»Reden Sie weiter«, forderte der Rabbi ihn auf.

»Die Sache sieht folgendermaßen aus: Wir nennen es einen routinemäßigen Drogentest für Ihre Jungs. Ich werde das Märchen an allen Schulen erzählen, die ich besuche, und mich dann nach möglichen Beweisen umsehen. Wenn Sie und Ihre Schule in dieser Sache mit mir zusammenarbeiten, Rabbi, dürfte ich keine Schwierigkeiten mit den anderen Privatschulen haben.«

Culter nickte. »Das Gesetz ist objektiv, und das gilt auch für die Polizei.«

»Genau«, nickte Decker. »Wenn ich sogar die Schule überprüfe, auf die mein eigener Sohn geht, welche Entschuldigungen können die anderen Schulleiter dann noch vorbringen?«

»Gibt es Widerstand?«

»Ich fange mit Ihrer Schule an; alles Weitere wird sich ergeben. Aber ich kann Ihnen versichern, dass keine piekfeine Privatschule gern zugibt, Vandalen unter ihren Schülern zu haben. So etwas macht sich gar nicht gut bei den Eltern, die enorme Schulgelder auf den Tisch legen müssen.« Er deutete auf seine Brust. »Ich kann das persönlich bezeugen.«

»Sind Sie sicher, dass Jugendliche hinter der Sache stecken?«

»Nein. Zurzeit geht die Polizei einer Reihe von Hinweisen nach. Ich habe mich selbst als Schulschnüffler eingeteilt. Ein toller Job. Das dürfte mich bei meinem Stiefsohn nicht gerade beliebter machen – in seine Privatsphäre und die seiner Freunde einzudringen. Aber in diesem Fall heiligt der Zweck die Mittel. Wenn andere Schulleiter sehen, dass nicht einmal ein Mann der Kirche versucht, seine eigene Schule zu schützen, welche Argumente bleiben ihnen dann noch?«

»Die Eltern werden nicht gerade erfreut sein.«

»Rabbi, ich möchte diese Bastarde *unbedingt* erwischen. Und Sie möchten es auch – das weiß ich.«

Culter zog eine Augenbraue hoch. »Also soll ich jedem sagen, dass es sich nur um eine routinemäßige Drogenkontrolle handelt.«

»Wenn Sie das tun könnten, würden Sie mir einen großen Gefallen erweisen.«

»Und wenn …«, der Rabbi faltete die Hände und legte sie auf den Tisch, »… wenn Sie etwas finden, das Ihren Sohn belastet?«

»Was meinen Sie?«, fragte Decker mit ausdrucksloser Miene.

»Ich glaube, Sie wissen sehr wohl, was ich meine. Yaakov hat mir den Eindruck vermittelt, dass Sie beide über persönliche Dinge sprechen.« Eine sehr lange Pause. Culter rieb sich mit dem Zeigefinger über die Nase. »Vielleicht hätte ich das nicht sagen sollen.«

»Sie meinen Drogen?«

Culter zuckte die Achseln.

»Jake hat mir davon erzählt, dass er Marihuana geraucht hat. Wenn es noch um etwas anderes geht, weiß ich nichts davon.«

Der Rabbi blieb hartnäckig. »Was werden Sie tun, Lieutenant, wenn Sie etwas in seinem Schrank finden?«

Die Frage war durchaus legitim, aber sie traf Decker wie ein Schlag in den Magen. »Das entscheide ich, wenn sich die Frage stellt. Im Augenblick muss ich es darauf ankommen lassen. Denn vor allem möchte ich diese Typen hinter Gitter bringen. Bitte helfen Sie mir. Helfen Sie Ihrer Gemeinde. Denn es geht ja nicht nur darum, die Täter zu fassen – wir wollen auch verhindern, dass es noch einmal vorkommt.«

»Da stimme ich Ihnen zu.«

»Also, werden Sie mir helfen?«

»Widerstrebend – aber ja, ich werde es tun.«

»Haben Sie vielen Dank«, sagte Decker und erhob sich, »und bringen wir's hinter uns.«

»Wollen Sie die Durchsuchungen persönlich durchführen?«

»Ja. Wenn ich nichts finde, ernte ich die Lorbeeren; andernfalls übernehme ich die Verantwortung. Wo werden Sie sich währenddessen aufhalten?«

»Direkt neben Ihnen«, gab Culter zurück. »Sie sind nicht der Einzige, der an Gerechtigkeit glaubt.«

Die Ausbeute bestand aus ein paar Schmuddelheftchen sowie mehreren Plastikbeuteln voll verdächtig aussehender getrockneter Kräuter – was Decker genügte, den harten Kerl heraushängen zu lassen und einige der Jungs wieder auf den Pfad der Tugend zu bringen. Dabei arbeitete er eher mit Einschüchterungsmaßnahmen als mit tatsächlichen Strafen, um seinen Argumenten Nachdruck zu verleihen. Yonkies Schrank war in jeder Hinsicht sauber – alles ordentlich aufgeräumt und ohne Müll. Zwar hatte das Verhalten seines heranwachsenden Sohns in letzter Zeit ohnehin eine Wendung zum Besseren genommen, aber Decker war dennoch erleichtert, dass es eine Sache weniger gab, um die er sich Sorgen machen musste. So wie es aussah, würde die ganze Angelegenheit noch ein Nachspiel haben, weil die Schüler nicht verstanden, warum Decker – ein jüdisch-orthodoxer Lieutenant – gerade sie ausgesucht hatte. Den Jungs musste es so vorkommen, als hätte die Gestapo einen jüdischen Kapo geschickt, der sie verfolgen sollte. Yonkie war schlau genug, den Mund zu halten, aber seine Augen funkelten vor Wut.

Zu Hause würde es Ärger geben, aber Decker nahm sich vor, sich nichts anmerken zu lassen. Sein Plan war aufgegangen. Noch bevor er die Jeschiwa verließ, telefonierte er mit Keats Williams, dem Schulleiter von Foreman Prep, einer exklusiven Privatschule für Jungen, und vereinbarte einen Termin mit ihm. Wenn schon der Rabbi einer Überprüfung zugestimmt hatte, welche Entschuldigung blieb dann den anderen Rektoren?

Decker stand bereits an seinem Wagen, als Yonkie ihn einholte. Mit knapp siebzehn Jahren wirkte er mit seinen durchdringenden eisblauen Augen und dem pechschwarzen Haar wie ein Teenie-Star. Sogar in der Schuluniform – weißes Hemd und blaue Hosen – machte er eine gute Figur. Der Junge warf einen schnellen Blick über die Schulter, wobei sein Körper zuckte wie ein Fisch auf dem Trockenen.

»Die Sache hat nichts mit meiner früheren Drogensache zu tun, oder?«

»Stimmt.«

»Denn du würdest das alles nicht veranstalten, nur um mich zu kontrollieren.«

»Stimmt auch.«

»Ich meine, nicht mal du hättest so viel Macht.«

»Nein, nicht mal ich habe so viel Macht, und außerdem wäre das ein ziemlich großer Machtmissbrauch.«

»Ja ... genau. Also muss es einen anderen Grund geben.«

Decker hätte den Jungen küssen können. »Sehr gut.«

»Aber meine Freunde wissen das nicht. Sie sind völlig ausgerastet. Sie glauben, du bist sauer auf mich und lässt es an ihnen aus.«

»Das ist lächerlich.«

»Ich habe ihnen gesagt, dass du nicht fürs Drogendezernat arbeitest. Dass das hier etwas anderes sein muss. Also ist diese ganze Drogensuche wahrscheinlich ein Vorwand. Hat sie vielleicht mit der Verwüstung der *schul* zu tun?«

Decker zögerte. »Wer hat dir davon erzählt?«

»Dad, die ganze Schule redet darüber. Alle wissen es und sind ziemlich geschockt. Und jetzt tauchst du auf... Glaubst du wirklich, dass einer von uns der Täter ist? Das kann ich mir nicht vorstellen. Das ist doch lachhaft.«

Decker antwortete nicht.

»O Mann!« Yonkie drehte sich weg, wandte sich ihm dann aber wieder zu. Sein Gesicht war rot angelaufen. »Du weißt, dass sie schlecht über dich reden werden. Darüber, wie du auf deinem eigenen Volk herumhackst. Und Eema wird sich auch einiges anhören müssen. Wenn du das hier tun musstest, warum bist du dann selbst gekommen? Um deinen Chefs zu zeigen, dass du nicht voreingenommen bist? Das hättest du aber sein sollen. Du hättest dich entschuldigen lassen können. Du hättest Beckerman's durchsuchen können oder Foreman Prep. Oder bekommen die Reichen eine Vorzugsbehandlung?«

Yonkie kochte vor Wut. Decker versuchte, möglichst ruhig zu bleiben. Es musste einfach sein. Aber die Worte verletzten ihn mehr, als er sich eingestehen wollte. »Darauf werde ich nicht eingehen. Es wäre besser, du gehst wieder in deine Klasse zurück ...«

»Reicht es dir nicht, dass sie hinter deinem Rücken lästern?«, platzte Yonkie heraus. »Musst du auch aus Eema und Hannah und mir Parias machen?«

Dieser Vorwurf saß – so viel Gehässigkeit aus dem Mund eines Kindes, das er großgezogen und wie sein eigenes behandelt hatte. »Jacob, es tut mir Leid, dass meine Position als Polizist einen Keil zwischen dich und deine Freunde getrieben hat. Aber ich kann es nicht ändern. Ich muss jetzt wirklich los.«

»Wohin fährst du?«, wollte Yonkie wissen.

»Auch wenn es dich eigentlich nichts angeht – zur Foreman Prep.«

Einen Augenblick lang schwieg der Junge; seine Gedanken überschlugen sich auf der Suche nach einer passenden Antwort. Er errötete vor Scham. »Das heißt also ... du überprüfst alle Schulen?«

Decker schenkte ihm ein versöhnliches Lächeln. »Ich überprüfe alles. Die Verwüstungen waren bösartig und machen die Tat zu einem Hassdelikt, das besondere Aufmerksamkeit und eine besonders schwere Strafe verdient. Ich will die Täter unbedingt schnappen. Und ich denke mal, dass dir das genauso geht. Also sind wir uns zumindest in diesem Punkt einig. Auf Wiedersehn.«

»Da bin ich wohl gerade gewaltig ins Fettnäpfchen getreten«, platzte Jacob heraus.

»Mach dir deswegen keine Sorgen.«

Der Junge drehte den Kopf weg, blieb aber stehen. »Bisher habe ich eigentlich immer den Mund gehalten und nie offen gesagt, was ich denke.« Er rieb sich über das Gesicht; die ersten

Bartstoppeln bedeckten seine Wangen und juckten ihn. Jacob hatte immer einen wunderbaren Teint gehabt, glatt wie Porzellan mit einem Hauch von Rot an den Wangenknochen. Auch heute noch war seine Haut ohne Makel, nur rauer. »Was zum Teufel ist mit mir passiert?«

»Du hast Geheimnisse gehabt – und Angst davor zu reden. Jetzt hast du keine Geheimnisse mehr, aber dafür eine große Klappe. Aber es ist schon okay, Jake. Ich kann einiges einstecken, und ein paar Frechheiten schon allemal. Wir sehen uns heute Abend zu Hause.«

»Die ganze Sache war nur ein Trick«, flüsterte Jacob, mehr zu sich gewandt als zu Decker. »Damit du überallhin gehen und sagen kannst: ›Ich kontrolliere jeden, sogar die Highschool, auf die mein Sohn geht.‹ So kann sich niemand rausreden.« Er sah seinen Stiefvater an. »Hab ich Recht?«

»Halt den Mund und geh wieder in deine Klasse.«

»Ich bin wirklich blöd.«

»Eher impulsiv.«

»Das auch.« Instinktiv umarmte der Junge Decker. Dann zog er ab, peinlich berührt von seinem plötzlichen Gefühlsausbruch.

Decker biss sich auf die Lippe und sah ihm nach. Einen Augenblick stand er da, dann flüsterte er: »Ich liebe dich auch.«

5

Auf seinem Weg zur Foreman Prep wurde Decker schmerzlich der Unterschied zwischen einer kirchlichen Privatschule und einer privaten Preparatory School vor Augen geführt, die ihre Schüler für die Aufnahme an einer Eliteuniversität vorbereitete. Foreman Prep lag in einer ausgedehnten, grünen Parklandschaft mit prachtvollen Weiden und majestätischen Platanen. Hinter diesem natürlichen Sichtschutz standen verstreut eine Reihe von Ziegelbauten im amerikanischen Kolonialstil. Vielleicht handelte es sich aber auch nur um Ziegelverkleidungen, weil kein Architekt im von Erdbeben heimgesuchten Los Angeles derart massive Steinbauten errichtet hätte. Ob Verkleidung oder nicht – die Gebäude waren jedenfalls so eindrucksvoll und efeubewachsen, dass sie die Atmosphäre der Universitäten im Osten mühelos heraufbeschworen. Doch Decker interessierte sich nicht für das Äußere, ihm kam es allein auf den Inhalt an. Das Kursangebot von Foreman Prep konnte sich mit dem der meisten anderen Colleges messen. Jeder seiner beiden Stiefsöhne hätte die Schule besuchen können, aber Rina wollte nichts davon wissen. Religiöse Erziehung hatte für sie absoluten Vorrang, selbst wenn die jetzige Jeschiwa kaum über Mittel verfügte und mit wechselnden Lehrern arbeiten musste. Für sie – und für das Andenken ihres verstorbenen Ehemanns – standen manche Dinge außerhalb jeder Diskussion.

Der Leiter der Schule, Keats Williams, hätte als Basil-Rathbone-Double durchgehen können, wenn nicht sein kahler Kopf gewesen wäre – eine topografische Karte aus Venen und Beulen, über die sich eine glänzende Haut spannte. Williams' Augen waren haselnussbraun, und er sprach mit einem leicht britischen Akzent. Affektiert? Vielleicht. Doch zumindest hörte er sich Deckers Anliegen an, ohne ihn durch eine spöttische Bemerkung zu unterbrechen. Während der Rektor in dozierendem Tonfall seine Antwort vortrug, versuchte Decker beim Anblick von Williams' luxuriösem Büro – einem Raum, in dem sich selbst Churchill wohl gefühlt hätte – nicht zu verwundert zu schauen. Williams war nicht irgendein Schulleiter oder Doktor der Soziologie, wie sein Ivy-League-Diplom verkündete – Williams war mehr. Viel mehr. Williams war ein gottverdammter Generaldirektor.

»Wir haben vor kurzem in der gesamten Schule Drogenkontrollen durchführen lassen«, teilte der Rektor Decker mit. »Drogen werden bei uns unter keinen Umständen geduldet. Drogen, Waffen und jugendgefährdende Schriften. Selbst die Bikini-Ausgabe von *Sports Illustrated* wird auf dieser Schule nicht geduldet, auch wenn dies kein Grund für eine Suspendierung darstellt – zumindest nicht beim ersten Mal. Es scheint einfach unmöglich, Jungen in diesem Alter vom Gedanken an Sex abzuhalten. Er ist immer gegenwärtig, wie der Pulsschlag. Doch das heißt noch lange nicht, dass man ihn auch noch zusätzlich anregen muss. Wir wollen schließlich versuchen, den Verstand weiterzuentwickeln.«

»Das ist mir bekannt«, erwiderte Decker. »Und ebenso, dass Ihre Schule ein äußerst liberales Prinzip der Redefreiheit vertritt, das auch Diskussionen über Abtreibung, Legalisierung von Drogen sowie Prostitution und Euthanasie eine Plattform bietet.«

»Das kann ich nur bestätigen.«

»Vor kontroversen Themen schrecken Sie nicht zurück.«

»So ist es. Aber ich brauche Sie sicher nicht ernsthaft daran zu erinnern, dass es sich dabei nur um einige Themen handelt, die auch von unserer gesetzgebenden Körperschaft besprochen wurden. Wir sehen es gern, wenn unsere Schüler auf der Höhe der Zeit bleiben ... aktuell informiert, wenn Sie so wollen. Wie auch immer – auch kontroverse Diskussionen müssen nicht unbedingt zu Hassdelikten führen, die ich persönlich als widerwärtig und widerrechtlich ansehe. Ich weiß, dass Sie die Drogen vorschieben, um sich damit Zugang zu den Schränken der Schüler zu verschaffen, aber falls Sie irgendeinen ... und ich *meine* damit irgendeinen ... Hinweis darauf finden, dass unsere Jungen hinter diesen abscheulichen Vorfällen stecken, möchte ich darüber sofort informiert werden. Dann würden geeignete Gegenmaßnahmen ergriffen werden, um sicherzustellen, dass auch dieses Thema erschöpfend diskutiert wird.«

»Doktor, wenn ich Beweise dafür finde, dass einer Ihrer Jungen mit der Verwüstung heute Morgen zu tun hatte, werde ich ihn verhaften.«

Williams schwieg. Es war eine Sache, die beteiligten Schüler zu tadeln und gegebenenfalls zu bestrafen – aber es war etwas ganz anderes, wenn ihre Verbrechen durch die Medien gingen. Das war nicht die PR, die sich Foreman Prep wünschte. »Wie genau definieren Sie Beweis?«

»Das hängt davon ab.«

»Falls Sie Beweise finden ... oder lautet der korrekte Ausdruck ›Beweismaterial‹?«

»›Beweismaterial‹ ist korrekt«, antwortete Decker.

»Und falls es nötig sein sollte ... dass Sie entsprechende Maßnahmen ergreifen, gibt es eine Möglichkeit, eine derartige Angelegenheit … ohne übermäßig großes öffentliches Aufsehen zu regeln?«

»Ich habe nicht vor, die Presse einzuschalten.«

»Und wenn die Presse sich selbst einschaltet?«

Decker schwieg.

Der Rektor legte seine Hände, die Finger gespreizt, auf die hochglanzpolierte Schreibtischplatte. »Unsere Jungen sind minderjährig. Falls ihre Namen der Presse zugespielt werden, dürfte es zu Problemen kommen.«

»Dr. Williams«, sagte Decker tadelnd, »ich gehe doch davon aus, dass Sie nicht für die Unterdrückung des Rechts der Öffentlichkeit auf Informationen eintreten.«

»Unschuldig bis zum Beweis des Gegenteils«, erklärte Williams.

Decker lächelte. Die Worte eines wahren Amerikaners – der mit dem Rücken zur Wand stand.

»Ich bin Dr. Jaime Dahl – Schulverwaltung.«

Decker streckte seine Hand aus. »Vielen Dank, dass Sie sich die Zeit genommen …«

»Ich habe mich nicht freiwillig für diese Hexenjagd gemeldet, man hat sie mir aufgezwungen. *Eines* sollten wir gleich klarstellen: Ich heiße diese Art von Kontrollen nicht gut. Ich halte sie für einen klaren Verstoß gegen die Bürgerrechte.«

Anscheinend machte Decker sich Freunde, wohin er kam. Aber man konnte ihr keinen Vorwurf machen: Auf seine Bitte hin hatte Dr. Williams weder sie noch sonst jemanden über die wahren Hintergründe seiner Kontrollen informiert. Wahrscheinlich stießen Hassverbrechen sie ebenso ab wie ihn, obwohl sie es zweifellos mit den Worten kommentiert hätte: »Eine Verletzung der Rechte rechtfertigt keine andere.«

Durch ihre Designerbrille warf sie böse Blicke in seine Richtung. Ihr Aussehen machte die Sache nur noch schlimmer – sie musste um die fünfundzwanzig sein, blonde Haare, volle Lippen und tolle Beine. Sie trug ein schwarzes Businesskostüm und wirkte eher wie eine Schauspielerin in der Rolle einer Schulverwalterin. Wenn das hier ein Hollywood-Drehbuch wäre, lägen sie beide spätestens eine Stunde später miteinander im Bett. Anscheinend musste er unbewusst gelächelt haben, denn ihre Augen funkelten noch wütender. Sie bedachte ihn mit einem höhnischen Lächeln. Zu schade – er mochte nicht gern wie ein Stück Dreck behandelt werden, schon gar nicht von einer Klassefrau.

»Folgen Sie mir«, sagte sie kurz angebunden.

Sie führte ihn eine Treppe hinunter, durch einen langen, breiten, mit Berberteppichen ausgelegten Gang, in dem die Schließfächer der Schüler untergebracht waren. Man erwartete ihn bereits. Die Hände an der Hosennaht, standen Reihen heranwachsender Jungen neben ihrem letzten Rest von Privatleben. Zwei uniformierte Wächter flankierten sie. Beim Anblick dieser Szenerie kam Decker sich wie ein Eindringling vor, und das passte ihm überhaupt nicht. Er blieb stehen. »Gibt es einen bestimmten Ort, an dem ich anfangen soll?«

»Einer ist so gut wie der andere.« Jaime wippte mit dem Fuß, wobei ihre linke Gesäßhälfte mit jedem rhythmischen Klicken ihres Schuhs mitwippte. »Sie können sich von der ersten Klasse zur Abschlussklasse vorarbeiten. Sie wissen, was von ihnen erwartet wird. Sie haben diese Prozedur erst vor ein paar Wochen über sich ergehen lassen müssen.«

»Sie mögen die Prozedur vielleicht schon kennen – ich aber noch nicht.«

Jaime seufzte ungeduldig. »Ein Junge nach dem anderen wird seinen Schrank aufschließen, die Tür weit aufschwingen lassen und danach zwei Schritte zurücktreten. Dann können Sie Ihre Durchsuchung und Beschlagnahme durchführen. Wenn Sie fertig sind, treten *Sie* einen Schritt zur Seite und lassen den Jungen seinen Schrank abschließen. Geben Sie ihnen ein kleines Stück ihrer mit Füßen getretenen Würde zurück.«

»Das klingt gut …«

»Freut mich, dass es Ihnen gefällt«, erwiderte Jaime bissig. »Können wir jetzt endlich anfangen?«

»Je eher ich hier raus bin, desto besser.«

»Das hätte ich nicht besser formulieren können.«

»Warum sind Sie so verärgert, Dr. Dahl? Drogenkontrollen gehören an dieser Schule zum Standard. Haben Sie das nicht gewusst, als Sie hier anfingen?«

»Es ist eine Sache, im Rahmen der Verwaltungsaufgaben alles zu tun, um gewisse Standards aufrechtzuerhalten. Aber wir brauchen keine Polizisten, die uns sagen, wie wir unsere Schule zu führen haben.«

»Ah …«

»Ganz genau – ah!«

Deckers Lächeln wurde immer breiter. Er versuchte, es zu unterdrücken, aber das machte sie nur noch wütender. Sie ging auf den ersten Jungen zu – ein vierzehnjähriges Mondgesicht mit einem Ring von Sommersprossen um die Nase – und bat ihn, seinen Schrank zu öffnen.

Er befolgte Jaime Dahls Anweisungen in allen Einzelheiten. Decker war beeindruckt.

Im Innern des Schranks fand er Papier, Stifte, ein paar Automagazine und einen ganzen Haufen Bonbonpapierchen.

»Vielen Dank«, sagte Decker und trat einen Schritt zurück.

Der Junge schloss seinen Schrank ab. Jaime sagte ihm, dass er gehen könne.

Der Junge ging.

Einer weniger – und noch gut dreihundert vor sich.

Im Schrank des zehnten Jungen entdeckte er zwei Gläser mit Tabletten. Es schienen verschreibungspflichtige Medikamente zu sein, und er fragte Dahl danach.

»Solange die Medikamente von einem Arzt stammen, lassen wir sie in der Schule zu.«

»Kann ich die Gläser herausnehmen?«, fragte er sie.

»Warum fragen Sie mich? Sie haben doch hier das Kommando.«

Decker sah sich die Gläser an. »Es sind alles die gleichen Tabletten.«

»Ich habe eine Erlaubnis«, sagte der Junge ängstlich. »Sie können meine Mom anrufen.«

Decker musterte ihn. Eine Bohnenstange; der Junge zitterte am ganzen Körper. »Ich frage mich nur, warum du sechzig Pillen irgendeines Medikaments *in der Schule* brauchst, wenn die Dosis eine Pille pro Tag beträgt ... und *abends* eingenommen werden muss.«

Der Junge schwieg.

Decker stellte die Gläser in den Schrank zurück. »Darüber solltest du mal nachdenken. Irgendjemand könnte auf falsche Gedanken kommen ... beispielsweise, dass du versuchst, den Überschuss in der Schule zu verkaufen. Natürlich weiß ich, dass du so etwas nicht tun würdest. Aber ... es macht irgendwie keinen guten Eindruck.«

Der Junge murmelte ein klägliches »Ja, Sir.«

»Ist schon gut, Harry«, beruhigte Jaime ihn. »Wir können später darüber reden.«

»Ja, Dr. Dahl.«

Decker ging zum nächsten Schrank, dann zum übernächsten. Im Lauf der folgenden Stunde fand er eine ganze Reihe von Gläsern, die verdächtig aussahen. Entweder handelte es sich um echte pharmazeutische Behälter mit Tabletten, die nicht mit den verschriebenen Mitteln übereinstimmten, oder sämtlich Etiketten waren gefälscht. Aber da Arzneimittel zugelassen waren, überließ Decker Dr. Dahl die Bestrafung. Meist genügte ein strenger Blick der schönen Doktorin, um die Jungs zu Tode zu erschrecken. Decker hatte Mitleid mit ihnen, so wie er auch mit Jacob gefühlt hatte, als der Junge ihm seinen Drogenkonsum beichtete. Kinder lösten diese Reaktion bei ihm aus – er fühlte sich schuldig, selbst wenn er nur seinen Job machte.

Er wühlte sich durch Berge von verfaultem Essen, altem Papier, Einpackpapier und Müll. Ganz zu schweigen von alten, feuchten Sportsachen, die schlimmer rochen als verfaulte Papayas. Neben den Tabletten entdeckte Decker mehr als nur ein paar Zigarettenkippen – die nicht alle nur Tabak enthielten. Er tat so, als habe er nichts bemerkt. Außerdem stieß er auf Packungen voller Kondome, die meisten ungeöffnet, sowie eine Reihe von Pin-ups – meist weiblich, aber er fand auch einige äußerst stattliche Männer darunter. Alle Modelle trugen nur ein Lächeln auf den Lippen und dazu einen Hauch von Nichts. Daneben fand er noch mehrere eindeutige Polaroidfotos, die er einfach überging. Es dauerte nicht lange, bis Jaime Dahl scharfsinnig seine Nachlässigkeit registrierte. Das machte sie nicht freundlicher, sondern nur neugieriger.

»Sie machen sich ja gar keine Notizen«, rügte sie ihn.

»Wie bitte?«

»Ich stelle fest, dass Sie sich gar keine Notizen über die Dinge machen, die Sie finden.«

»Bis jetzt habe ich auch noch nichts von Bedeutung entdeckt.«

»Was ist für Sie von Bedeutung?« Die blauen Augen verengten sich. »Offensichtlich sind Sie gar nicht von der Drogenfahndung. Was tun Sie hier?« Plötzlich umfasste sie seinen Arm und zog ihn beiseite, außer Hörweite der wartenden Schüler, und flüsterte: »Ein Lieutenant der Polizei hat doch sicher Besseres zu tun als junge Menschen in ihrer Suche nach Freiheit zu behindern.«

»Sicher.«

»Sie haben meine Frage nicht beantwortet.«

Jetzt war Decker an der Reihe, die Augen zusammenzukneifen. Es schien sie zu verunsichern. »Wenn wir schon nicht Freunde sein können, wie wäre es mit etwas Höflichkeit?«

»Typen wie Sie kenne ich! Versuchen Sie *ja nicht*, sich mit mir zu verabreden!«

Er starrte sie an und musste lachen. *Was geht nur in deinem Kopf vor, Mädchen?* Dann sagte er: »Meine Frau würde mir was erzählen, wenn ich das täte.«

Ihre Augen glitten nach unten auf seine Hand.

»Nicht alle verheirateten Männer tragen einen Ehering«, sagte Decker.

»Nur diejenigen, die andere Frauen glauben machen wollen, sie seien nicht verheiratet.«

»Dr. Dahl, ich habe eine Frau, vier Kinder, drei atemberaubende hohe Privatschulbeiträge, eine Hypothek und Ratenzahlungen für einen Volvo Kombi, an dem bereits die Spur verzogen ist. Mir gehören volle zehn Quadratmeter Vorstadt. Und ich kann immer noch lachen, denn trotz meiner zynischen Sicht dieses gesamten Planeten, den wir Erde nennen, bin ich tief in meinem Innern ein sehr glücklicher Mann. Können wir jetzt bitte weitermachen? Ich habe einen Zeitplan einzuhalten, und ich denke, Sie auch.«

Sie schaute ihm prüfend ins Gesicht, gab aber keine Antwort. Decker nahm ihr Schweigen als Aufforderung, die Sache zu Ende zu bringen. Er war bereits bei der Abschlussklasse angekommen und hatte sich halb durch die Namenliste gearbeitet, ohne etwas Belastendes zu finden. Sein Misserfolg entmutigte und ermutigte ihn gleichermaßen – vielleicht war diese Schule wirklich die beste und sauberste der Stadt.

Schließlich stand er vor der letzten Reihe von Schränken. Einer davon gehörte einem gut aussehenden siebzehnjährigen Jungen, etwa einsachtzig groß und muskulös. Er trug sein braunes Haar kurz geschnitten und hatte tiefblaue Augen. Sein Schrank enthielt keinerlei verdächtiges Material und war peinlich sauber. Keine Bilder, keine Pillen, alles ordentlich an seinem Platz. Und dennoch gab es etwas im Gesicht dieses Jungen, ein Grinsen, das ihn von den anderen abhob. Decker sah ihm in die Augen, fixierte ihn für einen Moment.

»Lass mich mal in deinen Rucksack schauen …«

»Was?« Der Junge blinzelte verblüfft, fing sich dann aber.

»Das gehört nicht zum üblichen Verfahren«, erklärte Jaime.

»Ich weiß«, sagte Decker. Dann wandte er sich dem Jungen zu. »Hast du etwas dagegen?«

»Ja, hab ich.« Der muskulöse Junge klopfte ungeduldig mit dem Fuß auf den Boden. »Und zwar aus Prinzip. Es wäre eine Verletzung meiner Bürgerrechte.«

Decker schaute ihm erneut in die Augen. »Wie heißt du?«

»Muss ich das beantworten?«, fragte der Junge.

Decker lächelte und wandte sich Jaime Dahl zu. »Wie heißt er?«

Das brachte sie in eine Zwickmühle. Alles schien darauf hinzudeuten, dass der Muskelprotz etwas verbarg. Wenn sie nicht zumindest in Ansätzen Kooperationsbereitschaft zeigte, würde es so aussehen, als ob sie auch etwas zu verbergen hätte. Schließlich sagte sie zögernd: »Beantworte die Frage.«

Der Name des Jungen war Ernesto Golding.

»Ich schlag dir einen Deal vor, Ernesto«, meinte Decker. »Ich bin nicht interessiert an Drogen, Pillen, Waffen ... na ja, vielleicht doch an Waffen. Wenn ich auf deinen persönlichen Vorrat an Dope stoße, und du mir sagst, es ist Fischfutter, werde ich das akzeptieren.«

»Warum wollen Sie denn dann in seinen Rucksack schauen?«, fragte Jaime.

»Ich habe meine Gründe.« Er lächelte. »Na, was meinst du?«

Der Junge schwieg. Jaime sah ihn an. »Ernie, es ist deine Entscheidung.«

»Das ist ein klarer Fall von Polizeiwillkür.«

Decker zuckte die Achseln. »Wenn sie dich nicht dazu überreden kann, habe ich keine Chance. Aber dann werden wir uns bald wiedersehen, mein Junge. Und beim nächsten Mal bin ich nicht mehr so großzügig.«

Ernesto stand schon auf den Zehenspitzen, wie ein Boxer kurz vor dem Kampf. »Wollen Sie mir drohen?«

»Ach was, ich drohe nie ...«

»Für mich klang es wie eine Drohung.«

»Sollen wir weitermachen, Dr. Dahl?«

Aber Jaime blieb stehen. Schließlich sagte sie: »Ernie, gib ihm deinen Rucksack.«

»*Was?*«

»Auf der Stelle!«

Eine tiefe Röte überzog das Gesicht des Jungen. Er ließ den Rucksack fallen. Decker hob ihn auf und übergab ihn sofort Dr. Dahl. »Sie durchsuchen ihn. Ich möchte nicht beschuldigt werden, irgendetwas hineingesteckt zu haben. Sagen Sie mir einfach, wenn Sie etwas Ungewöhnliches finden.«

»Und wonach suche ich?«

»Wenn Sie es sehen, werden Sie es wissen.«

Decker hatte widerwärtige Fotos von Opfern der Konzentrationslager erwartet. Doch was Jaime Dahl aus dem Rucksack hervorzog, war ein silberner Kidduschkelch.

6

Der Kelch fiel sofort ins Auge – eine glatte Metallfläche zwischen Büchern und Heften. Decker sah den jungen Mann an. Ernesto Golding trug Khakihosen und ein weißes Hemd. Er hatte einen durchdringenden Blick, ein gut geschnittenes Gesicht, eine breite Stirn und Arme wie ein Gewichtheber. Ernesto Golding sah nicht aus wie ein Verbrecher. Er sah aus wie ein muskulöser Teenager, der Besseres im Sinn hatte als Juden zu töten. Decker zog ein Taschentuch aus seiner Jacke, umfasste damit den Kidduschkelch und hob ihn hoch. »Wo hast du das her?«

Der Junge kreuzte die Arme über der Brust.

»Das ist ein Familienerbstück.«

»Und warum bringst du ein Familienerbstück mit in die Schule?«

Im Gesichtsausdruck des Teenagers mischten sich Angst und Aufsässigkeit. »Für ein Referat, Sir.«

Ich wette, du hast hier schon jede Menge referiert, dachte Decker. Dann sagte Jaime laut: »Was geht hier vor?«

»Das versuche ich gerade herauszufinden«, antwortete Decker, ohne dabei den Blick von seiner Beute abzuwenden. »Der Kelch hat eine Aufschrift in hebräischer Sprache. Siehst du?« Er zeigte Golding die Worte. »Es ist einfaches Hebräisch. Lies es mir mal vor.«

»Ich kann kein Hebräisch ...«

»Aber du hast doch behauptet, es wäre ein Familienerbstück.«

»Meine Familie ist jüdischer Abstammung. Aber das muss nicht heißen, dass ich Hebräisch spreche. Es ist so, als ob Sie annehmen würden, dass jeder Italiener Latein kann.«

Decker war sprachlos. »Deine Familie ist jüdisch?«

»Nein, meine Familie ist nicht jüdisch. Wir sind Humanisten, deren Vorfahren der jüdischen Rasse entstammen.«

Die jüdische *Rasse* – ein typisches Nazi-Schlagwort.

»Ich möchte mich nicht gern wiederholen«, warf Jaime erneut ein, »aber was geht hier vor?«

»Haben Sie heute Morgen die Nachrichten verfolgt, Dr. Dahl?«, fragte Decker.

»Natürlich.«

»Dann müssten Sie eigentlich wissen, dass eine Synagoge in der Stadt aufgebrochen und verwüstet wurde. Ich bin dort gewesen. Der größte Teil der Schäden ist unangenehm, kann aber repariert werden. Bei dem Einbruch wurde nur ein Gegenstand gestohlen – und das war ein silberner Kidduschkelch.«

Jaime schaute zunächst Ernesto, dann Decker an, der den Kelch noch in der Hand hielt.

»Auf diesem Familienerbstück sind die Worte ›Bet Yosef‹ eingraviert. Das ist der Name der verwüsteten Synagoge.«

»Es ist ein Familienerbstück«, beharrte Ernesto seelenruhig. »Wir erstellen eine Familienchronik. Einen Stammbaum. Dr. Dahl weiß von diesem Referat. Das stimmt doch? Es ist für den Leistungskurs Staatsbürgerkunde. Sagen Sie es ihm, Doktor.«

»Es sind tatsächlich Referate über Familienstammbäume in Staatsbürgerkunde vergeben worden – bei Dr. Ramparts.«

»Genau. Dritte Stunde.« Ernesto rieb sich mit dem Handrücken über die Nase. »Ich habe es extra mitgebracht, um die Vergangenheit meiner Familie anschaulicher zu machen und um Dr. Ramparts ein besonders… authentisches Gefühl für meine Abstammung vermitteln zu können. Ich bin sicher, dass es mehr als nur ein Bet Yosef auf der Welt gibt.«

Der Junge kam sich unglaublich cool vor – und wahrscheinlich glaubte er sogar noch, mit der Nummer durchkommen zu können. Anscheinend war ihm gar nicht bewusst, dass Schweißperlen auf seiner Oberlippe standen.

»Davon gehe ich aus. Und trotzdem kommst du jetzt mit.«

»Ich will einen Anwalt.«

»Das lässt sich machen.«

Sie brachten ihn in Dr. Williams' Büro. Decker blieb direkt hinter Ernesto stehen, während dieser seine Eltern anrief – Jill und Carter Golding. Decker konnte erregte Stimmen auf der anderen Seite der Leitung hören. Viel war nicht zu erkennen, aber soweit er es mitbekam, wiesen sie Ernesto an, mit niemandem mehr zu sprechen. Und von diesem Augenblick an ging alles sehr schnell.

Mom schaffte es in sechs Minuten. Sie erinnerte Decker an eine Elfe, mit schmalem Gesicht, in der Mitte gescheiteltem, geradem hellbraunem Haar. Sie trug eine randlose Brille und kein Make-up. Die Augen hinter den Gläsern funkelten zornig. Als Erstes richtete sie ein paar ausgesucht böse Blicke in Deckers Richtung. Aber die noch böseren waren für ihren Sohn reserviert. Decker wusste, was sie damit sagen wollte.

Dad kam etwa zehn Minuten später. Er war klein und dünn, hatte dunkle Augen. Den größten Teil seines Gesichts bedeckte ein sauber gestutzter brauner Bart, durchzogen von grauen Haaren. Er wirkte eher verwirrt als zornig. Als sie einander vorgestellt wurden, gab er Decker sogar die Hand. Ernesto ähnelte keinem seiner Elternteile, und Decker fragte sich, ob der Junge vielleicht adoptiert worden war.

Der Letzte im Trio folgte Dad auf dem Fuß. Everett Melrose war ein Rechtsanwalt aus Encino, der sich in der Demokratischen Partei Kaliforniens einen Namen gemacht hatte. Er war gut gebaut, tief gebräunt, hatte genau das richtige Quantum Aufrichtigkeit im Blick und dank seines grauen, gewellten Haars auch die dazu passende Würde im Auftreten. Melrose trug Designeranzüge und wusste, wie man sich geschmackvoll kleidet. Er hatte eine Frau, sechs Kinder und war aktives Mitglied seiner Kirchengemeinde. Im Lauf der Jahre hatte er einige große Gangster verteidigt und war trotzdem ganz nach oben gekommen. Soweit Decker wusste, war Melroses Vergangenheit absolut sauber. Eigentlich unglaublich – ein Verteidiger und Politiker, der nichts zu verbergen hatte. Er schüttelte jedem im Raum die Hand und bat dann darum, mit seinem Klienten, dem jungen Ernesto, allein sprechen zu dürfen.

Seiner Bitte wurde stattgegeben.

Die folgenden zwanzig Minuten vergingen schleppend und waren spannungsgeladen.

Als beide in Rektor Williams' Generaldirektorenbüro zurückkehrten, wirkte Ernesto aufgebracht, aber Melroses Miene war unergründlich. Er sagte zu Decker: »Können Sie mir den Grund für diese Festnahme nennen?«

»Ihr Klient hatte einen gestohlenen Kelch in seinem Besitz...«

»Haben wir schon festgestellt, dass es sich um einen gestohlenen Kelch handelt?«, fragte Melrose mit unschuldiger Miene. »Mein Klient behauptet nämlich, dass es sich bei dem Kelch um ein Familienerbstück handelt.«

»Mr. Melrose, der Kelch gehörte der Bet-Yosef-Synagoge, die heute Morgen verwüstet wurde...«

»Das ist unmöglich!«, unterbrach Jill.

»Meinen Sie mit unmöglich, dass die Synagoge verwüstet wurde oder dass Ihr Sohn an einem derartigen Verbrechen beteiligt sein könnte?«

»Antworten Sie nicht darauf!«, warnte Melrose sie.

»Ernesto, was ist hier los?«, fragte Carter.

»Ich wünschte, ich wüsste es, Dad.« Ernesto schaute zu Boden.

Ein guter Bluff, aber nicht gut genug. »Der Kelch wurde in Ernestos Rucksack gefunden«, sagte Decker. »Das ist eine Tatsache. Dr. Dahl kann es bezeugen.«

»Hat er Ihnen die Erlaubnis erteilt, seinen Rucksack zu durchsuchen?«

»Ganz im Gegenteil«, erklärte Ernesto.

»Es tut nichts zur Sache, ob du es ihm erlaubt hast oder nicht!«, brauste Carter Golding auf. »Ich wüsste gern, wie der Kelch in deinen Besitz kommt!«

»Sie sagen also, es handelt sich *nicht* um ein Familienerbstück?«, bemerkte Decker.

»Carter, bitte!«, intervenierte Melrose. »Er sagt überhaupt nichts. Er ist nicht Gegenstand dieser Untersuchung. Ich stelle nur fest, dass niemand hier die Erlaubnis hatte, Ernestos Rucksack zu durchsuchen!«

Dr. Williams meldete sich zu Wort. »Die Richtlinien der Schule besagen, dass Angehörige des Lehrkörpers jederzeit dazu befugt sind, Schränke und persönliche Gegenstände eines Schülers zu inspizieren, um Schmuggelware oder illegale Substanzen ausfindig zu machen. Mr. Golding kennt diese Richtlinien. Er hat eine Ehrenerklärung unterschrieben, in denen er diese Richtlinien anerkennt und das Versprechen ablegt, sie einzuhalten. Das Gleiche gilt auch für Mr. und Mrs. Golding. Es ist eine Voraussetzung für den Besuch dieser Schule.«

»Lieutenant Decker ist kein Angehöriger des Lehrkörpers.«

»Aber Dr. Dahl«, konterte Decker. »Sie hat Ernesto die Anweisung gegeben, seinen Rucksack zu öffnen.«

Einige Sekunden blieb es still. Dann wandten Melroses neugierige Augen sich Jaime Dahl zu. »Wenn Sie regelmäßig Kontrollen auf der Suche nach Schmuggelware durchführen, dann haben Sie auch eine Liste, die definiert, was darunter zu verstehen ist, oder?«

»Natürlich.«

»Und werden dort alle Gegenstände aufgeführt, die unter diesen Begriff fallen?«

»Gestohlene Gegenstände sind Schmuggelware«, warf Williams ein.

»Ein solcher Kelch ist nicht illegal.«

»Der gestohlene Kelch ist es aber«, sagte Decker.

»Ihrer Aussage nach, Lieutenant, wurde ein silberner Kelch aus einer Synagoge als gestohlen gemeldet«, erklärte Melrose. »Woher wollen Sie so genau wissen, dass *dies hier* der fragliche Kelch ist? Es könnte hunderte wie ihn geben.«

»Möchten Sie Beweise dafür, dass der Kelch in die Synagoge gehört? Das lässt sich machen. Vielleicht kann ich sogar noch die Originalquittung auftreiben. Aber eines möchte ich in Ihrem eigenen Interesse anfügen, nur für den Fall, dass Ihr Klient seine Geschichte ändert. Dieser Kelch ist kein Familienerbstück. Wir haben ihn vor einem Jahr gekauft, als die Synagoge damit begann, nach dem Gebet regelmäßige Kidduschim abzuhalten.«

»Was sind Kidduschim?«, fragte Jaime Dahl.

»Horsd'œuvres nach den Sabbatgebeten. Bevor Sie essen, müssen Sie mit Wein einen Segensspruch ausbringen. Daher der silberne Kelch.« Plötzlich wurde Decker bewusst, dass er im Augenblick der Experte für das Judentum war – eine Position, die normalerweise Rina innehatte. Es berührte ihn eigenartig.

»Sie wissen eine Menge über die bewusste Synagoge«, meinte Melrose. »Darf ich fragen, ob Sie Mitglied dieser Gemeinde sind?«

»Sie dürfen fragen, Herr Rechtsanwalt, und ich werde Ihnen die Frage sogar beantworten. Ja, ich bin Mitglied dieser Gemeinde.«

»Also dürften Sie wohl kaum unvoreingenommen an diese Untersuchung herangehen.«

»Das mag sein. Aber das ändert nichts an der Tatsache, dass ich diesen Kelch als gestohlen identifizieren kann.«

»Nichts davon wird vor Gericht standhalten«, schnaubte Melrose. »Es war eine illegale Durchsuchung, die unter falschem Vorwand durchgeführt wurde. Sie haben den Schülern erzählt, es würde sich um eine Routinekontrolle handeln.«

Carter erhob sich. »Übersehen wir hier nicht, worum es eigentlich geht? Was hast du mit einem Kelch aus einer verwüsteten Synagoge gemacht, Ernesto?«

»Jetzt ist nicht der richtige Augenblick, um darüber zu sprechen«, meinte Melrose.

»Das Ganze ist ein Missverständnis«, sagte Jill. »Unser Sohn würde nie etwas mit einem ...«

»Werden Sie den Jungen festnehmen?«, fragte Melrose. »Ja oder nein?«

Decker lehnte sich in seinem Stuhl zurück. Er richtete seine Worte an den Jungen: »Ernesto, das hier wird sich nicht unter den Tisch kehren lassen. Ich werde in Erfahrung bringen, was passiert ist, und wenn du darin verwickelt bist, wird es herauskommen. Wir können die Angelegenheit hier und jetzt ohne Probleme regeln, oder irgendeiner deiner Freunde wird dich ans Messer liefern. Entscheide dich!«

»Ernie, was wird hier gespielt?«, fragte seine Mutter.

»Nichts, Mom«, antwortete Ernesto. Sein Atmen war jetzt

deutlich zu hören. »Er versucht nur, dir Angst einzujagen. Er ist Teil einer unmenschlichen Organisation. Die Polizei lügt ständig. Man darf ihnen nie trauen. Das hast du mir selbst oft genug gesagt.«

Decker beobachtete, wie Jill Golding die Röte ins Gesicht stieg. »Ernesto«, sagte er, »wenn du mir alles erzählst, werde ich beim Richter ein gutes Wort für dich einlegen. Das Schlimmste, was dir dann blüht, ist gemeinnützige Arbeit. Und was noch wichtiger ist – wenn du kooperierst, werde ich versuchen, dafür zu sorgen, dass man deine Akte versiegelt, obwohl du schon fast achtzehn bist. Auf diese Weise werden die Eliteunis im Osten nie etwas davon erfahren.«

»Ich glaube kein Wort von dem, was Sie da erzählen«, erwiderte Ernesto. »Bullen sind pathologische Lügner.«

Decker hob die Augenbrauen. »Na gut, mein Junge. Ganz wie du willst. Dann werde ich mich dafür einsetzen, dass man dich wie einen Erwachsenen behandelt.«

Ernesto stand auf. »Sie werden mich nicht einschüchtern! Ich habe schon Schlimmeres erlebt.« Er stampfte aus dem Raum und schlug die Tür hinter sich zu. Seine Mutter verließ als Nächste das Zimmer. Der Vater wartete eine Sekunde, fluchte dann leise und lief hinter den beiden her. Einen Augenblick lang hörte man nur das Ticken der Uhr.

Dann sagte Decker: »Wollen Sie ihn zurückholen, Mr. Melrose, oder soll ich die Handschellen herausholen?«

»Ich gehe schon.« Melrose verschwand.

Wieder trat Stille im Raum ein, bis Jaime Dahl das Schweigen brach: »Ich kann es einfach nicht fassen! Ausgerechnet er!« Sie sah Decker prüfend an. »Sie müssen immer noch einige der Jungen kontrollieren. Wollen Sie, dass ich das übernehme?«

»Ich mache weiter, sobald ich mit Ernesto fertig bin. Ich brauche eine Liste seiner Freunde …«

»Ich glaube nicht, dass Sie die von mir bekommen, Lieutenant«, antwortete Jaime. »Spitzeldienste gehören nicht zu meinen Aufgaben.«

»Spitzeldienste?«

»Es ist eine Sache, einen Jugendlichen mit Diebesgut zu erwischen, und eine ganz andere, ihn dazu zu bringen, einen anderen zu verpfeifen.«

»Die Synagoge war das reinste Trümmerfeld«, erwiderte Decker. »Überall lagen Bilder von ermordeten Juden verstreut. Er hat es nicht allein getan. Ich will Namen!«

Williams stand kurz davor, etwas zu antworten, als ihre Diskussion unterbrochen wurde. Die Tür öffnete sich, und Ernesto trat in den Raum. Immer noch außer Atem, japste er: »Ich will mit Ihnen sprechen.«

Decker deutete auf seine Brust. »Redest du mit mir?«

»Genau, ich spreche mit Ihnen … Sir.«

»Gefällt mir, das mit dem ›Sir‹«, bemerkte Decker. »So was wirkt gleich viel höflicher.«

Die Eltern und Melrose erschienen. Carter Goldings Gesicht war rot vor Wut. »Ich bin der Vater des Jungen. Ich will wissen, was hier vorgeht!«

»Ich versuche, das hier selbst hinzukriegen, Dad«, fauchte Ernesto wütend. »Kannst du uns nicht einfach … einen Moment in Ruhe lassen oder so?«

»Du wirst beschuldigt, ein Gotteshaus verwüstet zu haben, und ich soll dich *in Ruhe lassen*?«

»Carter, ich weiß ja, dass Sie erregt sind, aber bitte lassen Sie uns ein Problem nach dem anderen angehen«, beruhigte Melrose ihn.

»Ich sage dem Cop, was hier los ist«, meinte Ernesto. »Aber erst müssen Sie mir das garantieren, was Sie gerade angesprochen haben … das mit dem Versiegeln«, wandte er sich an Decker.

»Der Mann ist ein Lieutenant der Polizei, Ernesto«, sagte Melrose. »Wenn du jemanden um einen Gefallen bitten willst, solltest du lernen, entsprechend bescheiden aufzutreten.« Er sah Decker an. »Was können Sie tun?«

»Ich könnte versuchen, reine Sachbeschädigung für ihn auszuhandeln – was allerdings einiger Erklärungen bedürfte, weil es sich um ein Hassdelikt handelt. Aber wenn sich rausstellt, dass er mich linken will, ist der Deal geplatzt.«

»Was ist Sachbeschädigung?«, fragte Jill. »Was bedeutet das?«

»Es bedeutet ein leichtes Vergehen«, erklärte Melrose knapp. »Ich bin mir immer noch nicht sicher, ob das die beste Lösung ist.«

»Warum der plötzliche Meinungsumschwung?«, fragte Decker Ernesto.

»Ich habe meine Gründe«, antwortete der Junge. »Wenn Sie mehr darüber wissen wollen, müssen Sie mir eine Garantie geben.«

»Ich tue mein Bestes«, entgegnete Decker.

»Nicht gut genug«, erklärte Ernesto.

Decker stand auf und holte die Handschellen heraus. »In Ordnung. Du bist hiermit verhaftet…«

»Warten Sie doch, verdammt noch mal!«, unterbrach Carter. »Ernesto, wenn dieser Mann dich erst einmal verhaftet hat, kannst du nicht wieder freigelassen werden! Bist du dir dessen bewusst?«

Ernesto schwieg.

»Damit kommt er nicht durch, Carter«, versicherte Melrose ihm. »Er hat hier keinerlei Befugnisse.«

»Können Sie mir das garantieren?«

Alle schwiegen.

»Die Sache sieht so aus, Ernesto«, begann Decker. »Du redest, ich höre zu. Wenn mir gefällt, was ich höre, werde ich mich für dich einsetzen. Wenn nicht, bist du auch nicht schlechter dran als jetzt. Ich nehme dich dann immer noch fest. Aber was du mir dann sagst, ist vor Gericht unzulässig, weil du es mir ohne einen Rechtsanwalt erzählt hast.«

»Nein, nein, nein!«, mischte Melrose sich ein. »Niemand hat gesagt, dass er ohne Rechtsbeistand befragt werden soll.«

»Herr Anwalt, wenn Sie dabei sind, ist es offiziell. Dann muss ich ihm seine Rechte vorlesen. Und wie wir alle wissen, kann ich seine Aussage dann auch bei Gericht verwenden. Wenn Sie aber nicht dabei sind, darf ich nichts davon verwenden.«

»Und was geschieht, wenn Ihnen gefällt, was Sie hören?«, wollte Carter wissen.

»Er schreibt alles in einer beglaubigten Zeugenaussage auf. Wir versiegeln sie. Dann nehme ich sie mit zum Staatsanwalt, und der wird ihn vielleicht mit einer simplen Ermahnung davonkommen lassen …«

»Vielleicht?«

»Genau. Vielleicht. Ich weiß es nicht sicher. Aber mehr kann ich nicht tun …«

»Abgemacht«, sagte Ernesto.

»Ernesto, du bist erst siebzehn. Du hast hier nicht das letzte Wort. Ist dir das klar?«

»Und Sie sind gefeuert, Mr. Melrose. Ist Ihnen das klar?«

»Ernie, was zum Teufel ist mit dir los?«, rief Jill. »Entschuldige dich gefälligst!«

»Das ist genau der Grund, warum ich ihn nicht ohne Rechtsbeistand eine Aussage machen lassen würde«, warf Melrose ein.

Ernesto ballte die Fäuste. »Es geht hier um mein Leben, Mr. Melrose. Nicht ihres, nicht Moms, nicht Dads … *meins.*« Er schaute Decker an. »Ich kann für mich selbst sprechen.«

»Carter, Sie können das nicht zulassen!«, rief Melrose.

»Und ob er das kann«, erklärte Ernesto. »Meine Eltern haben mich zur Unabhängigkeit erzogen. Also werden sie sich jetzt auch daran halten und mir vertrauen, dass ich das Richtige tue!«

Was konnten die Goldings darauf antworten? Decker hätte es nicht besser planen können. Er mischte sich wieder ein: »Wo möchtest du dich mit mir unterhalten, mein Junge?« Schweigen. »Gibt es irgendwo ein freies Klassenzimmer?«

»Sie können den Altbau des Lehrertrakts benutzen«, sagte Williams.

»Ich habe in der letzten Stunde einen Analysistest. Das ist in einer Stunde. Können wir die Sache bis dahin hinter uns bringen?«, fragte Ernesto.

»Das hängt davon ab, was du mir alles zu berichten hast«, erwiderte Decker.

»Ich werde auf keinen Fall meinen Test verpassen«, beharrte Ernesto. »Ich habe zwei Tage für den Mist gelernt.«

»Ernesto, es gibt jetzt Wichtigeres als sich über Analysis Gedanken zu machen!«, platzte Jill dazwischen.

»Natürlich ist Analysis nicht das Wichtigste, Ma – sondern eine Eins in Analysis. Wenn ich keine Eins schaffe, kann ich Harvard vergessen.« Zu Decker gewandt, wollte er wissen: »Sie sagen, die Akten werden versiegelt?«

»Wenn mir gefällt, was ich höre, werde ich mich dafür einsetzen.«

»Also wird nichts davon in meinen College-Bewerbungen auftauchen?«

»Nicht wenn sie versiegelt sind.«

»Also werden die Unis nichts davon erfahren …«

»Vergiss die verdammten Unis jetzt endlich!«, schnauzte Carter.

»Wie soll ich das denn machen, Dad?«, explodierte Ernesto. »Außer Sex denke ich nur noch ans College – denn das ist das Einzige, an das *Mom und du* jemals denken!«

7

Foreman Prep bot Schülern wie Lehrern eine Reihe von Annehmlichkeiten, und dazu gehörte auch der Lehrertrakt. Er war ausgestattet wie ein Café mit einer Buchhandlung, mit Tischen, Stühlen, ein paar bequemen Sofas und mehreren Computern, an denen die Lehrer ins Internet gehen und ihre E-Mails lesen konnten. Die Einbauregale an einer Seite des Raums waren prall gefüllt mit Lesestoff – Romane, Sachbücher, Zeitungen und Zeitschriften –, und einige ausgesuchte, von Schülern angefertigte Kunstwerke zierten die übrigen Wände. Der größte Vorteil in Deckers Augen war jedoch der Wäscheservice für Lehrer. Als Dr. Dahl bemerkte, wie er mit offenem Mund die Theke anstarrte, erklärte sie Decker, die Kollegen würden immer sehr lange arbeiten. Das sei das Mindeste, was man für sie tun könne.

Decker hatte Mühe, ihre Worte zu verstehen, denn Ernesto ging zwischen ihnen beiden. Er folgte der Schulverwalterin durch den Raum und ignorierte die Blicke der übrigen Anwesenden. »Ein Arbeitgeber, der einem die Wäsche macht«, sagte er. »Wie hoch ist hier das Anfangsgehalt?«

Die Frau brachte tatsächlich ein Lächeln zu Stande. »Es ist relativ hoch, da alle unsere Lehrer noch ein Postgraduiertenstudium aufweisen müssen.«

Offensichtlich ein Seitenhieb, der ihn in die Schranken weisen sollte. Decker zuckte nur kurz die Achseln. »Ich bin Rechtsanwalt. Zählt das auch?«

Sie wurde langsamer und warf ihm einen Blick zu. »Sie sind Rechtsanwalt?«

»Lang, lang ist's her.«

»Sie waren tatsächlich als Anwalt zugelassen?«

»Jetzt werden Sie beleidigend.«

Sie errötete. »Ich wollte damit nur ...«

»Ja, ich hatte eine Zulassung«, bestätigte Decker.

Sanft schob Jaime Ernesto vorwärts. »Hier entlang.«

Der Anbau des Lehrertrakts bestand aus einem kleinen Raum, holzvertäfelt, gemütlich und mit mehreren Sofas und zwei Tischen ausgestattet, auf denen je ein Computer stand. Daneben gab es sogar separate Toiletten, was Decker sehr beeindruckte. Beim Eintreten unterbrachen sie ein Paar mitten in einer angeregten Unterhaltung. Die junge blonde Frau stand auf, rot im Gesicht und mit verheulten Augen, und warf Dr. Dahl ein nervöses Lächeln zu. Der Mann – ein wenig älter, etwa Mitte dreißig – blieb auf der Couch sitzen, versuchte möglichst lässig zu wirken und fuhr sich mit den Fingern durchs Haar.

»Wir brauchen den Raum, Brent«, sagte Jaime.

Der Mann erhob sich. »Natürlich. Kein Problem.« Dann ging er zusammen mit der Blonden hinaus, wobei beide deutlich Abstand voneinander hielten.

Dahl versuchte, einen Seufzer zu unterdrücken. Dann sagte sie zu Decker: »Möchten Sie einen Kaffee?«

»Wie wär's mit etwas Wasser für uns beide?«

»Für mich nicht, danke«, lehnte Ernesto ab.

»Ich bringe einfach zwei Gläser, für alle Fälle.« Jaime verließ den Raum.

»Wo soll ich mich denn hinsetzen?«

»Wo du willst«, antwortete Decker.

Der Junge blickte sich um und entschied sich dann für die Couch. »Sind Sie wirklich Rechtsanwalt?«

»Ja.«

»Und warum sind Sie dann Cop geworden?« Ernesto sah zu Boden. »Eigentlich geht es mich ja nichts an …«

»Der Job gefällt mir«, meinte Decker und zog sein Notizbuch aus der Tasche.

»Ich hab mal so einen Dokumentarfilm gesehen … über Cops. Wenn sie aus dem Dienst ausscheiden, fällt es ihnen schwer, sich wieder in die zivile Welt zu integrieren. So nennen Sie es doch, oder?« Er suchte in Deckers Gesicht nach einer Bestätigung, aber der zeigte keine Reaktion. »Na, auf jeden Fall sagte der Moderator oder Erzähler auch irgendwas darüber, dass alle Cops Adrenalinjunkies wären … und dass sie die normale Welt fürchterlich langweilig fänden im Vergleich zu dem, woran sie gewöhnt wären. Ein hoher Prozentsatz würde Selbstmord begehen. Weil sie so vom Adrenalin abhängig sind wie andere von Drogen.«

»Bist du drogenabhängig?«, fragte Decker.

Ernesto zuckte die Achseln. »Nö. Drogen sind nur was zur Entspannung. Damit man was zu tun hat, weil die Partys so verdammt langweilig sind.«

»Hast du deshalb die Synagoge verwüstet? Aus Langeweile?«

Jaime Dahl betrat den Raum mit einer Flasche Evian und zwei Gläsern. »Sonst noch etwas?«

»Nein, danke.« Decker gelang es nicht, seiner Stimme die Schärfe zu nehmen. Am liebsten hätte er gesagt: *Hauen Sie endlich ab!*

Dahl begriff. »Ich werde im Lehrertrakt warten.«

»Wo sind meine Eltern?«, fragte Ernesto.

»Bei Doktor Williams.«

»Mr. Melrose auch?«

»Ja.«

»Wann immer du aufhören und deine Eltern oder den Anwalt etwas fragen willst, lass es mich wissen«, sagte Decker.

Ernesto holte tief Luft und stieß sie geräuschvoll aus. »Alles okay. Ich schaff das schon.«

Keiner sagte etwas. Dann meinte Jaime: »Ich gehe dann mal.«

Decker lächelte. Er lächelte auch noch, nachdem sich die Tür geschlossen hatte, und wartete darauf, dass der Junge zu reden begann. Er versuchte, Augenkontakt herzustellen. Ernesto schaute ein paar Sekunden lang nach hinten; dann richtete er seinen Blick auf andere Dinge im Raum: den Bildschirmschoner der Computer, den Süßwarenautomaten, das hässliche Landschaftsgemälde an der Wand. Ernestos Haltung war lässig, aber die Ader an seiner Schläfe pulsierte, und er schob nervös seinen Unterkiefer vor. Er wirkte kein bisschen mehr arrogant. Ganz im Gegenteil – Ernesto sah besorgt aus … und ängstlich.

»Eigentlich ist das gut so.«

»Was meinst du?«, fragte Decker.

»Sie und ich hier. Ich möchte nicht, dass meine Eltern oder ihr Anwalt in allen Einzelheiten erfahren, was passiert ist.«

»Ihr Anwalt ist auch dein Anwalt. Du wirst ihm alles sagen müssen.«

»Das werde ich, aber auch er muss nicht alle Einzelheiten erfahren. Ich meine, er braucht natürlich Einzelheiten, aber nicht alle …« Ernesto suchte nach Worten.

»Ausführlichen Einzelheiten?«, schlug Decker vor.

»Ja, genau. Ich werde sie Ihnen erzählen, und vielleicht können Sie es in die richtige Form bringen.«

»Du kannst sie deinem Anwalt so präsentieren, wie du willst.«

»Schließlich ist ja niemand verletzt worden, stimmt's?«

»Ja. Das stimmt.«

»Meinen Sie, wir könnten uns etwas einfallen lassen?«

»Das weiß ich erst, wenn ich gehört habe, was du zu sagen hast.«

»Und wenn uns nichts einfällt?«

»Dann bist du auch nicht schlimmer dran als vor ein paar Minuten.«

Ernesto faltete die Hände im Schoß; Schweiß glänzte auf seiner breiten Stirn. »Ich bin nicht übergeschnappt. Ich weiß, dass Sie glauben, ich wäre es, aber das stimmt nicht. Trotz allem, was ich getan hab, bin ich nicht sauer auf meine Eltern oder so was. Mein

Leben ist okay. Ich hasse meine Eltern nicht. Ich habe Freunde. Ich bin nicht drogenabhängig, auch wenn ich ab und zu mal was rauche. Ich bin einer der Besten in der Klasse und ein guter Sportler. Ich hab jede Menge Taschengeld und eine eigene Karre …«

Schweigen.

»Aber du langweilst dich«, sagte Decker.

»Nicht wirklich.« Der Junge leckte sich die Lippen. »Ich hab dieses Problem. Ich brauche Hilfe.«

Niemand sagte etwas. Dann meinte Decker: »Willst du damit andeuten, ich soll dem Richter vorschlagen, dich anstelle einer Strafe in psychiatrische Behandlung zu schicken?«

»Nein, ich will ja gemeinnützige Arbeit leisten. Ich hab's vermasselt. Das weiß ich. Aber es war nichts Persönliches, Lieutenant Decker. Ich möchte, dass Sie das wissen. Es ist nur … dieser Zwang. Ich … ich musste es einfach tun.«

»Du hattest den Zwang in dir, eine Synagoge zu schänden?« Deckers Stimme blieb ausdruckslos. »Wieso?«

»Ich musste einfach immer daran denken. Wieder und wieder. Ich brauche Hilfe. Aber ich brauche den richtigen Therapeuten – das ist wichtig.«

»Ich bin mir nicht ganz sicher, worauf du hinauswillst, Ernesto. Ich kann dir nichts empfehlen.«

»Meine Eltern würden es liebend gern sehen, dass ich eine Therapie mache.« Er senkte den Kopf. »Sie sind schon ewig in Therapie. Sie glauben, dass jeder eine Therapie braucht. Wenn ich also zu einem Seelenklempner gehe, mache ich sie damit glücklich.«

Decker wartete.

»Ich möchte nur nicht zu ihrem Therapeuten oder zu jemandem, den er empfiehlt«, sagte Ernesto. »Er ist nicht das, was ich brauche … ein *guter Freund*, mit dem man alles Mögliche bespricht. Ich brauche wirklich einen Rat. Darum wollte ich auch mit Ihnen sprechen.«

»Ich bin kein Psychiater, Ernesto.«

»Ich weiß, ich weiß. Sie sind nur daran interessiert, Ihr Geständnis zu bekommen und den Fall abzuschließen. Aber wenn

Sie die Hintergründe kennen, könnten Sie vielleicht zum Staatsanwalt gehen und sich ein paar Empfehlungen geben lassen?«

Wenn der Junge schauspielerte, machte er seine Sache jedenfalls verdammt gut. Er wirkte ernsthaft verstört und rutschte nervös zappelnd herum. Decker, als unverbesserlicher Optimist, entschloss sich, ihn ausreden zu lassen. Vielleicht hatte dieser Junge ja nicht nur mit obszönen Sprüchen und grauenhaften Bildern eine Synagoge entweiht, sondern tatsächlich etwas zu berichten.

»Ich werde tun, was ich kann, Ernesto. Aber zuerst musst du mit mir reden. Wenn du also etwas zu erzählen hast – ich bin ganz Ohr.«

»Okay, das werde ich. Aber es ist nicht leicht. Trotz der liberalen Einstellung meiner Eltern gegenüber radikalen Ansichten herrscht in unserer Familie keine offene Kommunikation. Ich weiß, was meine Eltern von mir erwarten, und wenn ich dem entspreche, bekomme ich meine Belohnung. Ich säge nicht an dem Ast, auf dem ich sitze, sondern verhalte mich ganz ruhig. So läuft das bei uns.«

Decker nickte ermutigend.

»Als sie mich fragten, ob meine Familie jüdischer Abstammung ist, und ich sagte, dass sie es einmal war, habe ich nicht gelogen. Aber ich war auch nicht völlig ehrlich, und das ist das Problem. Mein Nachname ist Golding und der Vater meines Vaters ... mein Großvater väterlicherseits ... war Jude. Meine Großmutter väterlicherseits war katholisch. Die Mutter meiner Mutter ist Lutheranerin, ihr Dad war ein irischer Katholik. Ich bin also ein richtiger Mischling, was den Glauben angeht. Also haben mich meine Eltern – überzeugte Liberale – ohne jede Religion erzogen, nur mit einer Vorstellung von Gerechtigkeit für alle. Damit will ich meine Eltern nicht schlecht machen ... Sie wissen, wer sie sind?«

»Golding Recycling.«

»Ja. Wussten Sie, dass sie zu den fünfzig größten Industriellen von L. A. gehören?«

»Der Name deiner Eltern ist ein Begriff in der Stadt.«

»Das muss ich ihnen lassen: Sie geben sich echt Mühe. Alles, was sie tun, hat entweder mit der Umwelt oder den Bürgerrechten oder den Obdachlosen oder Aids oder irgendeiner anderen guten Sache zu tun. Sie sind erfolgreiche Spendensammler. Manchmal gab es deshalb zu Hause Stress, aber zumindest fünfzig Prozent der Zeit war immer einer von den beiden für mich oder meinen Bruder Karl da. Karl übrigens mit einem K.«

»Wie bei Marx. Und du bist nach Che benannt.«

»Genau. Meine Eltern sind nicht gerade für ihr Feingefühl bekannt. Sie haben zwar einiges dazugelernt, aber selbst in ihren radikalsten Tagen sind sie nie wirklich selbst aktiv geworden. Darum leben sie heute auch in einem Sechshundertfünfzigquadratmeterhaus in Canoga Estates, anstatt vor dem Gesetz davonzulaufen und sich immer neue Identitäten zuzulegen.«

»Du magst deine Eltern.«

»Tja ... ja, eigentlich schon. Ich ... bewundere sie irgendwie, auch wenn ich ihre Fehler erkenne. Darum ist die ganze Situation auch so total kaputt.«

»Was ist kaputt?«

»Ich. Ich erzähle Ihnen, inwieweit ich an der Sache beteiligt war, aber sonst werde ich nichts sagen. Ich bin kein Verräter und nenne deshalb keine Namen.«

»Also gibt es andere?«

»Das habe ich nicht gesagt. Für Sie reicht doch ein einziger Täter.«

»Das ist lächerlich.«

»Das ist meine Geschichte. Soll ich weitermachen?«

»Ich bin immer noch hier«, sagte Decker. Der Junge schien nicht zu wissen, wie er anfangen sollte. Decker kam ihm zu Hilfe. »Warum hast du die Synagoge verwüstet?«

»Das ist eine gute Frage. Ich habe nämlich nichts gegen Juden.« Er sah zur Seite. »Es ist mehr wegen meiner eigenen Probleme. Ich bin schon immer zwanghaft gewesen – und ich werfe hier nicht nur mit Psychovokabeln um mich. Ich hatte meine schrägen Rituale. Aus manchen bin ich im Lauf der Zeit herausgewachsen, aber andere ... ich kann einfach nichts dagegen machen. Ich möchte jetzt nicht ins Detail gehen, aber meine Obsessionen sind ernst zu nehmen, denn sobald ich einen Gedanken im Kopf habe, lässt er mich nicht mehr los. Und das ist das Problem. Ich habe diese Träume... es sind mehr Phantasien, denn ich bin wach, wenn sie kommen. Sie haben etwas mit meinem jüdischen Großvater zu tun – Isaac Golding. Na ja, es hat sich rausgestellt, dass er gar kein Jude war. Ich glaube sogar, dass er ein Nazi gewesen sein muss.«

Deckers Stimme blieb ausdruckslos. »Isaac ist ein seltsamer Name für einen Nazi.«

»Ja, aber es ist nicht sein richtiger Name gewesen. Ich habe das alles vor etwa sechs Monaten herausgefunden. Erinnern Sie sich, dass ich Ihnen von dem Leistungskurs Staatsbürgerkunde erzählt habe?«

»Der Stammbaum. Dr. Ramparts.«

»Richtig. Genau der. Es ist ein Halbjahresprojekt. Dr. Ramparts möchte, dass wir ihn bis ins Detail und absolut korrekt erstellen. Also beschäftige ich mich schon eine ganze Weile damit – hauptsächlich, indem ich mir von meinen Eltern viel über die Geschichte der Familie erzählen lasse, weil alle meine Großeltern tot sind. Aber ich muss natürlich auch andere Nachforschungen anstellen. Also habe ich damit angefangen, mich durch Koffer mit alten Dokumenten zu wühlen, die mein Vater auf dem Dachboden deponiert hat.«

»Ein Dachboden?«, fragte Decker.

»Genau. Ich weiß, das klingt seltsam für ein Haus in L. A. Aber wie ich schon sagte – es ist ein großes Haus.«

»Ich wollte dich nicht unterbrechen. Erzähl weiter. Du hast dich also durch alte Dokumente gewühlt.«

»Ganz genau. Ich glaube, nicht mal mein Dad wusste so richtig über den alten Kram Bescheid. Er hat ihn geerbt, nachdem seine Mutter gestorben war.« Ernesto zögerte, nahm dann einen Schluck Wasser. »Ist ja auch egal. Jedenfalls entkam mein Großvater 1937 angeblich den Nazis und ging nach Argentinien. Die Sache war nur, dass die alten Papiere bewiesen, dass er sich in seiner Erinnerung um zehn Jahre vertan hatte. Soweit ich feststellen konnte, ist Opa in Wirklichkeit erst 1946 oder 1947 nach Südamerika gekommen, und zwar unter dem Namen Yitzchak Golding. Yitzchak ist die hebräische Version von Isaac. Ich denke mal, dass ich Ihnen das nicht zu sagen brauche.«

Decker nickte. Yitzchak war der Name von Rinas verstorbenem Mann – dem Vater seiner beiden Stiefsöhne.

Ernesto atmete kurz durch und fuhr dann fort: »Also sagte ich mir … okay, Großvater ist erst nach dem Krieg rübergekommen. Er hat sich einfach vertan. Ich kannte ihn nur als alt und ein wenig senil, daher schien mir seine Geistesabwesenheit völlig ins Bild zu passen. Also erzählte ich meinem Dad von dieser kleinen Unstimmigkeit und erwartete eine logische Erklärung. Stattdessen erstarrte Dad total und warf mir dann vor, ich würde nur versuchen, Ärger zu machen … was völlig lächerlich ist. Normalerweise, wenn Dad über eine Sache nicht reden will, setzt er immer dieses gönnerhafte Lächeln auf und sagt so was wie ›Ein anderes Mal, Che.‹ Dad nennt mich immer Che, wenn er versucht, etwas zu beweisen. Aber diesmal wurde er wütend. Er lief rot an; dann ging er raus. Ich war total geschockt; denn das bedeutete, dass ich einen Nerv getroffen hatte.«

Schweigen.

»Und was geschah dann?«, fragte Decker.

»Nichts. Ich habe es nie mehr erwähnt, und Dad hat von sich aus auch kein Wort mehr darüber verloren.«

»Und jetzt bist du neugierig, hast keine logische Erklärung und niemanden, mit dem du darüber sprechen kannst.«

»*Genau!* Nach außen hin habe ich die ganze Sache auf sich beruhen lassen, aber innerlich quält sie mich. Ich muss die ganze Zeit daran denken. Denn wenn ich davon ausgehe, dass Großvater 1947 rübergekommen ist, bedeutet das, dass er während des Zweiten Weltkriegs in Europa war. Und als Jude muss er in diesem Krieg irgendwie gelitten haben. Denn einige meiner Freunde hatten Großeltern, die aus Europa kamen und Juden waren, und sie alle hatten etwas über den Krieg zu berichten. Aber ich kann mich nicht daran erinnern, zu Hause irgendwelche Kriegsgeschichten gehört zu haben. Nichts über den … den Holocaust … die Todeslager. Aber auch keine Überlebensgeschichten.«

»Ich verstehe.«

»Und dazu kommt, dass die Familie meines Großvaters intakt geblieben ist – die Eltern, eine Schwester, ein Bruder –, was einen Sinn ergeben würde, wenn sie alle schon 1937 nach Südamerika ausgewandert wären. Damals waren die Todeslager noch nicht voll in Betrieb. Aber es würde keinen Sinn ergeben, dass sie alle überlebt haben, wenn Opa erst 1947 rübergekommen ist. Verstehen Sie, was ich meine?«

»Dein Großvater war ein Betrüger.«

»Das war auch mein Gedanke. Mein Dad meinte, ich hätte die Daten durcheinander gebracht. Aber das stimmt nicht.«

»Hast du die Geburtsurkunde deines Großvaters?«

»Nein, und da liegt das Problem. Es gibt nichts außer ein paar alten Akten. Aber ich habe noch ein wenig nachgeforscht... hier und dort. Einige Quellen aufgetan. Dabei stieß ich auf einen Yitzchak Golding, der 1940 nach Treblinka, ein Lager in Polen, geschickt wurde. Er kam nie zurück. Seine Brüder und Schwestern wurden ebenfalls in Todeslager gesteckt. Genau wie seine Eltern. Keiner von ihnen hat überlebt. Keine Onkel, Tanten, Neffen, Nichten... alle verschwunden. Tot. Die ganze Familie ist ausgerottet. Ich trage den Namen jüdischer Geister. Sie verfolgen mich, Lieutenant Decker. Tagaus, tagein verfolgen sie mich, ihre Gesichter und ihre toten Körper.« Golding schaute ihn an, die Augen gehetzt und feucht. »Ich musste sie einfach loswerden. Also tat ich, was ich tun musste.«

»Du hast die Synagoge verwüstet.«

Ernesto nickte.

»Und – sind die Geister jetzt verschwunden?«

Er schüttelte den Kopf. »Natürlich nicht. Sie werden nie verschwinden, solange ich nicht meinen Frieden mit ihnen mache. Ich weiß nicht, ob das möglich ist. Es ist schwer, mit Geistern zu sprechen. Sie reden nämlich nur in Träumen, wissen Sie.« Ernesto fuhr sich über die Augen. »Ich bin über ein Jahr lang mit Lisa gegangen. Sie war wunderbar – große Klasse, wunderschön, gescheit. Aber als ich das mit meinem Großvater herausfand, habe ich mit ihr Schluss gemacht. Ich konnte einfach nicht mehr mit ihr zusammen sein.«

»Ist sie Jüdin?«

»Ja.«

»Und das ist der Grund, warum du mit ihr Schluss gemacht hast?«

»Natürlich. Ich hatte Angst, ihr wehzutun. Wegen dieser Träume … dieser Phantasien. Ich würde sie niemals verletzen wollen. Ich hab sie geliebt. Ich liebe sie immer noch. Aber selbst als mit ihr Schluss war, sind die Phantasien nicht weggegangen.

Diese Phantasien … sind sexueller Natur. Sie stoßen mich ab, aber irgendwie, auf irgendeine kranke, primitive Weise … erregen sie mich auch. Wir haben miteinander geschlafen, ganz normal eben. Aber jetzt kann ich nur noch an die kranke Art denken. Ich will sie erniedrigen … sie verletzen. Es macht mich krank, wenn ich darüber nachdenke, dass mir so was gefällt. Aber ich kann nichts dagegen tun. Manche Dinge lassen sich einfach nicht verbergen.«

Seine Hose beulte sich aus.

»Und die ganze Zeit, während ich meine S- und S2-Tests fürs College zu bestehen versuche, geht mir nur dieser Mist im Kopf herum … *Ich … brauche … Hilfe!*«

Decker war kein Seelenklempner, aber der Junge schien es wirklich ernst zu meinen. Aber was würde Rina sagen, wenn sie herausfand, dass Decker der Junge Leid tat?

»Erzähl mir Genaueres über den Vandalismus in der Synagoge«, sagte er. »Woher hast du die Bilder? Sie sehen aus wie Originale. Kommen Sie von einer Neonazigruppierung, oder gehörten sie zu den Sachen, die du auf eurem Speicher gefunden hast?«

»Was spielt das für eine Rolle? Ich hatte sie einfach.«

»Wer von deiner Schule war sonst noch daran beteiligt?«, fragte Decker weiter.

»Schauen Sie, ich gebe zu, dass ich es getan habe. Aber das ist auch alles. Ich werde nicht noch jemand anderen mit hineinziehen. Das ist Ihr Job, nicht meiner.«

Decker hätte es erzwingen können – und vielleicht würde er das auch noch tun, irgendwann später einmal. Aber sein Grundsatz war, ein Problem nach dem anderen anzugehen. Und jetzt, da er wusste, dass Ernesto an der Sache beteiligt war, würden sich andere Dinge von selbst ergeben. »Ich bin mir sicher – egal, welcher Richter den Fall bekommt –, er oder sie wird verlangen, dass du dich einer psychologischen Beratung unterziehst.«

»Ich brauche mehr als das.«

»Das denke ich auch.«

Ernesto hob abrupt den Kopf, überrascht von Deckers Offenheit.

Decker sagte: »Du wirst mit deinen Eltern sprechen müssen …«

»O nein – nein, nein, nein, nein! Das ist unmöglich! Ich verbiete Ihnen hiermit, meinen Eltern etwas von der Sache zu erzählen! Die Verwüstungen gebe ich zu. Ich glaube, dass Dad den Grund dafür kennen wird, denn ich bin mir sicher, dass er tief in seinem Innern alles über Großvaters Vergangenheit weiß. Aber er hat sich der Wahrheit noch nicht gestellt. Vielleicht wird er es auch nie tun. Wie auch immer – sie brauchen die Details nicht zu kennen. Meine Phantasien …«

»Wirst du mit deinem Therapeuten darüber sprechen?«

»Das würde ich gern. Wenn ich einen finde, dem ich vertrauen kann.«

Dabei hatte er Decker ohne zu zögern, all seine Gedanken mitgeteilt.

Ernesto schien sich an diesen Gedanken wieder aufzurichten. »Meine Eltern haben dieses überhöhte Bild von mir. Warum soll ich es ihnen völlig verderben? *Sie* glauben doch sowieso, dass ich ein Arschloch bin – ein verzogenes, reiches Jüngelchen, das mit dem Nationalsozialismus flirtet, weil es sich langweilt und ein Idiot ist. Was habe ich also noch zu verlieren? Ich sage Ihnen doch nur, was Sie schon von mir denken. Aber eigentlich bin ich gar nicht so. Ich meine, natürlich habe ich Probleme, aber ich bin mit Sicherheit kein Nazispinner. Fragen Sie doch einfach Jake.«

Decker spürte, wie sein Herz aussetzte, als der Name seines Stiefsohns fiel. Er gab keine Antwort.

»Wir sind früher auf die gleichen Partys gegangen«, erklärte Ernesto. »Alle wussten, dass Jakes Stiefvater ein großes Tier bei der Polizei ist. Wir waren zwar nicht eng befreundet, aber wir kannten uns.«

Was bedeutete, dass sie wahrscheinlich zusammen gekifft hatten. Decker schwieg.

»Nicht, dass Jake je von Ihnen gesprochen hätte.« Ernesto starrte auf einen Punkt über Deckers Schulter. »Eigentlich hat er nie was Persönliches erzählt. Er hatte so eine Art, mit einem zu reden, ohne je ein Wort über sich selbst zu verlieren. So als ob er wirklich daran interessiert war, was im Leben der anderen lief. Darum sind ihm auch alle Mädchen nachgelaufen – deswegen und weil er so aussieht, wie er aussieht. Und ich? Ich hab immer gedacht, er hätte was zu verbergen. Genauso wie ein Cop, schätze ich. Ich hab ihn längere Zeit nicht mehr gesehen. Wie geht's ihm?«

»Wir reden besser wieder von dir, Ernesto. Was soll ich deiner Meinung nach dem Staatsanwalt sagen?«

»Wie wär's damit ... dass ich Ihnen gegenüber eine Aussage machen wollte? Und dann basteln wir so lange daran herum, bis wir beide zufrieden sind.«

»Wie wär's, wenn du mir erzählst, was ich dem Staatsanwalt sagen soll?«

»Können Sie mir dabei nicht helfen?«

»Nein. Das würde bedeuten, dir die Worte in den Mund zu legen.«

»Schon gut. Ich lass mir selbst etwas einfallen. Was soll ich tun?«

Decker griff in seine Aktentasche und holte ein Blatt Papier und einen Stift heraus. »Fang einfach an zu schreiben.«

8

Sein Auftrag lautete, Hannah pünktlich um halb vier von der Schule abzuholen. Sich dagegen aufzulehnen, stand völlig außer Frage, denn Rina war immer noch mit den Aufräum- und Reinigungsarbeiten in der *schul* beschäftigt. Sie weigerte sich, den Altarraum zu verlassen, solange er sich nicht wieder in tadellosem

Zustand befand. Völlig egal, ob Decker mitten in einer dringenden Untersuchung steckte – er würde alles stehen und liegen lassen müssen, um seinen väterlichen Pflichten nachzukommen.

Decker verstand, warum seine Frau so aufgewühlt war. Mit der Vorstellung, eine Synagoge in einer solchen Unordnung zu verlassen, konnte sie als Tochter von Überlebenden der Konzentrationslager nicht umgehen. Die Reinigungsaktion war für sie nicht nur ein Weg, das Geschehene zu verarbeiten, sondern bot ihr auch die Möglichkeit, aktiv etwas zu unternehmen – zu *handeln*, anstatt tatenlos herumzusitzen. Die Spurensicherung hatte den größten Teil des Nachmittags in Anspruch genommen, sodass die Synagoge jetzt auch noch voller Fingerabdruckpulver war. Die hasserfüllten Pamphlete und schrecklichen Bilder waren eingetütet und als Beweismaterial abtransportiert worden. Und obwohl es eine ganze Weile dauern würde, alle Teile des Puzzles zusammenzusetzen, war Decker davon überzeugt, den Fall aufklären zu können. Jetzt ging es erst einmal darum, die Schritte des Jungen zurückzuverfolgen und herauszufinden, wer außer ihm noch an der Sache beteiligt gewesen war. Ein Fall für Wanda Bontemps: Sie würde sich richtig darin verbeißen – und als Neue in der Abteilung war es eine gute Chance zu zeigen, was in ihr steckte. Und falls sie Tipps und Unterstützung brauchte, gab es niemand Besseren als Webster und Martinez.

Decker stellte sein Zivilfahrzeug direkt neben dem Schulhof ab. Es handelte sich um einen reinen Innenhof, den man kaum als Spielplatz bezeichnen konnte. Hier gab es nicht viel mehr als einen Parkplatz für sechs Autos und zwei Basketballkörbe. Zweimal täglich wurden die Kleinen für je zwanzig Minuten ins Freie geschickt, um ein wenig Dreirad zu fahren, Ball zu spielen oder herumzulaufen. Decker stieg aus und starrte auf den Asphalt.

»*Wo sind die Schaukeln und Rutschen?*«, hatte er seine Frau gefragt.

»*Wo ist das Geld dafür? Wenn du das Geld besorgst, besorgen wir die Schaukeln und Rutschen.*«

Als er wartend mitten in der Gruppe schwatzender Mütter

stand, kam er sich wieder einmal völlig fehl am Platz vor. Eine der Frauen lächelte. Decker erwiderte das Lächeln, doch dem Gesichtsausdruck der Frau nach zu urteilen, war sein Versuch wahrscheinlich misslungen. Sie drehte abrupt den Kopf weg und wandte sich wieder den Gesprächen der anderen Mütter zu.

Rina hielt seine Reserviertheit nicht für gut, aber das hätte sie ihm nie gesagt. Sie wusste, dass er das Herz auf dem rechten Fleck hatte – und dazu zwei zupackende Hände: Die Toiletten der *schul* hatte er praktisch im Alleingang renoviert. Obwohl man ihm herzlich dafür gedankt hatte, wusste er, was die Gemeindemitglieder eigentlich darüber dachten. *Die Gojim… immer gut mit ihren Händen* – als ob er nicht clever und handwerklich geschickt zugleich sein konnte.

Alles in ihrer kleinen jüdisch-orthodoxen Gemeinde gründete sich auf den Glauben und wurde mit Eifer betrieben. Die Grundschule war ursprünglich ein dreißig Jahre altes Ärztehaus gewesen. Als das Gebäude kurz vor dem Abriss stand, hatte es jemand in letzter Minute mit einer Anzahlung für die Gemeinde gesichert. Dem Architekten – dem Bruder eines Gemeindemitglieds – war es gelungen, alle Räume unter einem Dach zu vereinigen. Die Klassenzimmer waren nicht viel größer als Wandschränke, aber zumindest besaß die Schule jetzt eine Heimat. Einer der Ärzte hatte sogar ein Skelett für den Biologiesaal hinterlassen – ihr bis heute modernstes Ausstattungsstück. Es hatte große Diskussionen darüber gegeben, ob man das Knochengestell behalten sollte oder nicht. Obwohl der Körper aus Kunststoff bestand, stammte der Kopf tatsächlich von einem echten menschlichen Wesen. Letzten Endes konnten die Progressiven die Konservativen überstimmen, und Mr. Klappergestell durfte bleiben.

Hannah kam aus dem Tor gerannt. »Dadddyyy!«

»Hannah Rosiiiie!«, rief Decker und hob die Siebenjährige hoch. »Wie war's in der Schule?«

»Toll! Wie viele böse Verbrecher hast du heute gefangen?«

»Eine Fantastillion.«

»Klasse!« Hannahs Füße zappelten in der Luft. Sie strampelte so lange, bis er sie wieder auf den Boden stellte. »Wo ist Eema?«

»Sie muss arbeiten.«

»Ist sie in der *schul*?«

»Äh, ja, richtig.« Er beugte sich herab und sah seine Tochter erstaunt an. »Was weißt du von der *schul*?«

»Die Lehrer haben uns erzählt, dass ein böser Mann alles schmutzig gemacht hat.« Ihre Stirn runzelte sich vor Trauer und Angst. »Jemand, der das jüdische Volk nicht mag. Wird er uns wehtun, Daddy? Wie der böse Mann, der im Zentrum auf die Kinder geschossen hat?«

»Nein, Liebes. Niemandem wird was passieren. Wir haben alles unter Kontrolle.«

»Hast du den Bösen schon gefangen, Daddy?«

»Beinah.«

»Ich hab Angst. Warum ist Eema dahin gegangen?«

»Um alles wieder schön sauber zu machen.«

»Aber niemand ist erschossen worden, oder?«

»Nein, Liebes, niemand ist erschossen worden.« Was für eine Welt! »Komm jetzt, Hannah. Die Zeichentrickfilme warten.«

Auf dem Heimweg blieb Hannah still. Decker versuchte, sie etwas aufzuheitern, aber das kleine Mädchen reagierte kaum. Kurz bevor sie zu Hause waren, fing sie plötzlich an zu erzählen, obwohl es nichts mit der *schul* zu tun hatte. Es war eine Schimpfkanonade gegen Moshe, der ihr immer die Stifte wegnahm … sie ihr einfach aus der Hand riss, ohne sie vorher zu fragen!

»Das ist sehr unhöflich«, pflichtete Decker ihr bei.

»Er hat nicht ein einziges Mal gefragt«, sagte sie empört. »Und … er sagt nie danke schön.«

»Sehr unhöflich.« Decker parkte den Wagen in der Auffahrt und half seiner Tochter aus dem Auto. Dann griff er nach Hannahs Rucksack. »Wie trägst du das alles?«

»Auf meinem Rücken.«

»Schon klar. Aber das Ding ist ganz schön schwer!«

»Ja, sehr«, stimmte Hannah zu. »Aber manchmal ziehe ich ihn auch auf den Rollen. Darf ich ein Maoam haben?«

»Keine Süßigkeiten vor dem Abendessen. Wie wär's mit Milch und Keksen?«

»Ich will keine Kekse. Wie wär's mit Milch und Maoam?«

Decker war zu müde zum Streiten. »Okay.«

»O Daddy!«, flötete Hannah und schlang ihre kleinen Ärmchen um seine Hüften. »Du bist der Beste!«

Was so viel hieß wie: Dich kann man viel leichter um den Finger wickeln als Eema. Er parkte die Kleine vor dem Fernseher und nutzte die ruhige Minute, um seine Frau anzurufen. »Ich wollte dir nur sagen, dass ich sie abgeholt habe.«

»Danke, Peter. Ist sonst alles okay?«

»Solange du nichts dagegen hast, dass sie zwischendurch Maoam isst ...«

»Und wenn doch?«

»Dann holst du sie beim nächsten Mal wieder selbst ab, würde ich sagen.«

Rina lachte. »Ich bin dir sehr dankbar, dass du es getan hast. Ich kann es einfach nicht ertragen, die *schul* in diesem Zustand zu sehen.«

»Und – seid ihr bald fertig?«

»Schön wär's. Ich weiß ehrlich gesagt nicht, wer hier mehr Schaden angerichtet hat – die Vandalen oder die Spurensicherung. Judith Marmelson und Renée Boxstein sind hier, und Renées Ehemann Paul holt gerade ein paar Eimer Farbe. Wenn du Hannah bei ihrer Freundin Ariella Hackerman ablieferst, kannst du vorbeikommen und mitmachen.«

»Das geht leider nicht. Ich warte auf Yonkie, damit er hier babysittet und ich wieder zur Arbeit fahren kann. Ich musste alles liegen lassen, um Hannah abzuholen. Aber ich war ganz froh, ein wenig rauszukommen.«

»Und was macht die Untersuchung?«

»Läuft ganz viel versprechend. Mehr kann ich dir aber noch nicht sagen.«

»Viel versprechend ist gut, ermutigend.«

»Da hast du Recht.«

»Ein Verdächtiger ...«

»Mehr wird nicht verraten.«

»Du bist ein Spielverderber.«

»Stimmt, aber das wusstest du schon, als du mich geheiratet hast.«

Yonkie kam pünktlich nach Hause. Decker wartete, bis er in seinem Zimmer war. Einen Augenblick später dröhnte ohrenbetäubender Punkrock aus Yonkies Stereoanlage, und Decker musste gegen die Tür hämmern, um sich bemerkbar zu machen. Der Lärm verebbte, und dann öffnete sein Stiefsohn die Tür und sah ihn mit ernstem Blick an. »Hi.«

»Hi.« Decker versuchte ein Lächeln. »Darf ich reinkommen?«

»Klar.« Er machte einen Schritt zur Seite. »Wie geht's?«

»Bist du immer noch sauer auf mich?«

»Nein, überhaupt nicht. Tut mir Leid wegen heute Mittag. Ich hab irgendwas gesagt, ohne nachzudenken.«

»Hast du viel Ärger mit deinen Kumpels gekriegt?«

»Ist schon okay. Ich schaff das schon.«

Die gleichen Worte wie Ernesto – das Glaubensbekenntnis der Heranwachsenden.

Yonkie leckte sich die Lippen. »Was ich nicht brauchen kann, ist deine Hilfe, okay?«

Das war deutlich. Decker nickte.

Yonkie wirkte nervös, wartete ungeduldig darauf, dass Decker wieder ging. »Sonst noch was?«

»Ich bin heute früher nach Hause gefahren, um Hannah abzuholen«, sagte Decker. »Dabei ist noch einiges liegen geblieben. Kannst du ein paar Stunden auf sie aufpassen?«

»Kein Problem.«

Auch wenn er einverstanden war, schwang dennoch Zorn in seiner Stimme mit. »Ist wirklich alles in Ordnung, Jacob?«

»Klar. Mach dir keine Sorgen.« Und nach einer kurzen Pause: »Wie geht's Eema?«

Seine Stimme klang besorgt. Der Junge liebte seine Mutter. »Sie schrubbt die Synagoge. Es war ziemlich schlimm.«

»Braucht sie Hilfe?«

»Du hilfst ihr, indem du auf Hannah aufpasst. Ist das wirklich okay?«

»Absolut. Wenn sie sich langweilt, unternehmen wir zusammen was.«

»Danke.« Decker klopfte dem Jungen auf die Schulter, aber es kam keine Reaktion. Jacob war hart wie Stein – oder vielleicht nur steif wie ein Brett. Er wusste, dass er genau taxiert wurde, aber er hielt Deckers prüfendem Blick stand. »Äh... bist du jetzt sofort wieder weg?«

»In ein paar Minuten.«

»Lass dir Zeit. Ruf mich, wenn du gehst.«

Er machte Decker die Tür vor der Nase zu. Jake war eine geballte Ladung unterdrückter Wut. Decker versuchte, es nicht persönlich zu nehmen, aber die Spannung hinterließ in ihm ein mulmiges Gefühl. Er ging zu Hannah, die sich gerade durch eine Packung Maoam hindurcharbeitete.

»Wie wär's mit einem überbackenen Käsesandwich?«

Ihre Augen klebten förmlich am Fernseher – Bugs Bunny. Der Hase hatte schon gesprochen, als Cindy noch ein kleines Mädchen war.

»Hannah, hast du gehört, was ich gesagt habe?«

»Käsesandwich ist okay.«

Sie hatte ihn gehört. Decker machte ihr mithilfe eines elektronischen Sandwichgrills, der nicht nur den Käse zum Schmelzen brachte, sondern zugleich auch das Brot in eine hübsche Muschelform presste, das vorgeschlagene Abendessen. Doch Hannah hatte keinen Blick für solche ästhetischen Feinheiten. Stattdessen bat sie ihn, das Sandwich in eine Serviette zu wickeln, damit ihr das Fett nicht über die Finger lief. In manchen Dingen peinlich sauber, in anderen mehr als unordentlich – Kinder würden ihm immer ein Rätsel bleiben.

Er sagte: »Hannah, ich fahre jetzt wieder zurück zur Arbeit. Yonkie ist hier, falls du was brauchst.«

»Wo ist Eema?«, fragte sie erneut.

Als ob eine Wiederholung der Frage ihre Mutter herbeizaubern könnte.

»Sie ist in der *schul*.«

»Okay.«

»Ich fahre jetzt.«

»Okay.«

»Ich hab dich lieb.« Er beugte sich hinunter und gab ihr einen Kuss. »Wiedersehn.«

Das kleine Mädchen knabberte an einer Ecke der geschmolzenen Käsescheibe. »Wiedersehn.«

Ein typischer Fall von Fernsehnarkolepsie. Er strich ihr über den Kopf und hörte, wie Jacob nach ihm rief. Er hatte sogar »Dad« gerufen, und das war ein gutes Zeichen. Wenn Jacob wütend war, nannte er ihn immer Peter.

»Bist du noch da?«, rief er aus seinem Zimmer.

»Ja. Was ist?«

»Kannst du mal kurz kommen?«

Decker fuhr Hannah noch einmal über den Kopf, dann betrat er Jacobs Allerheiligstes. Jacob machte immer sein Bett und ließ auch nie den Müll auf dem Boden herumliegen, aber sein Schreibtisch war übersät mit Büchern, Zetteln, Bonbonpapierchen und anderen seltsam geformten Gegenständen, die Decker nicht identifizieren konnte. Sammys Bett und Tisch befanden sich in tadellosem Zustand – er hatte nicht das kleinste bisschen Krimskrams hinterlassen. Jacob weigerte sich, sein Durcheinander auf die Seite des Zimmers hinüberwuchern zu lassen, die seinem abwesenden Bruder gehörte. Es schien fast so, als ob Jacob alles sauber hielt in der Hoffnung, dass Sammy plötzlich wieder auftauchte.

»Ich glaube, das hier musst du dir anhören.« Jacob drückte auf die Starttaste seines Anrufbeantworters.

Hi, Jake, hier ist Ernesto Golding. Lange her, wie? Ich weiß nicht, ob dein Stiefvater dir erzählt hat, was hier abgeht. Wahrscheinlich nicht. Eigentlich darf er auch gar nicht über mich sprechen, aber man weiß ja nie. Wahrscheinlich wird dir sowieso irgendjemand was erzählen. Also hab ich mir überlegt, dass ich es dir besser gleich selbst sage … dass ich in eure Synagoge eingebrochen bin … ein paar Sachen durcheinander geworfen habe, ein paar Hakenkreuze an die Wand gesprüht und irgendwelchen Nazischeiß auf den Boden geworfen habe. Ich hab an dem Tag einfach nur so rumgehangen, mich zugedröhnt, und eine Mutprobe führte zur anderen, bis das Ganze dann ziemlich aus dem Ruder lief. Ich weiß nicht ... es war nichts Persönliches gegen Juden oder so. Es ist einfach passiert. Die Sache tut mir echt Leid, aber wie schon gesagt, es war nichts Persönliches. Ich weiß zwar nicht, wie viel du und dein Stiefvater miteinander reden, aber wenn ihr miteinander sprecht, kannst du ihm das von mir sagen. Wahrscheinlich klinge ich ziemlich durcheinander – ich weiß. Na, jedenfalls, wir haben uns ja lange nicht gesehen und wahrscheinlich werde ich dich auch nicht mehr zu sehen bekommen. Ich lege jetzt auf.

Man hörte ein Klicken, dann nur noch das monotone Summen der Telefonleitung.

Jacob betrachtete neugierig seinen Stiefvater. »Hast du Ernesto Golding festgenommen, weil er die *schul* verwüstet hat?«

»Was er dir erzählt, ist seine Sache. Aber soweit es mich betrifft, rede ich nicht über jugendliche Straftäter.«

»Ich nehme das als ein Ja.« Jacob begann im Zimmer auf und ab zu gehen. »Was für ein ... Vollidiot!«

»Was glaubst du – warum hat er dich angerufen?«, fragte Decker.

»Keine Ahnung. Ich kenne ihn kaum.«

»Und was hältst du von ihm?«

Jacob stieß ein kurzes Lachen aus. »Meine vier Großeltern haben alle vier die Lager überlebt – zwei davon mit Nummern auf dem Arm. Dieser Typ verwüstet die *schul* und hinterlässt überall Nazidreck und Hasstiraden. Und ich soll das nicht persönlich nehmen?« Er biss sich auf die Lippen. »Ich sag dir, was ich von ihm halte – ich glaube, er ist ein Wichser.«

Decker konnte sich ein Lächeln nicht verkneifen.

»Er ist ein richtiges Reicheleutesöhnchen«, meinte Jacob, »und er macht ein Mordstheater darum, es bloß nicht zu sehr raushängen zu lassen. Er gibt sich so viel Mühe, dass es wirklich jeder mitkriegt. Geld hat ihm noch nie etwas bedeutet – weil er immer jede Menge davon hatte.«

»Ist er clever?«

»Er ist bestimmt nicht blöd. Hat zweimal den Zulassungstest gemacht und beim zweiten Mal über vierhundert Punkte geholt.«

»Besser als ich es hingekriegt hätte«, meinte Decker. »Natürlich ist das nicht deine Klasse …«

»Lass es!«, schnauzte Jacob.

»Mein Gott, reg dich ab!«, bellte Decker zurück. »Ich wollte nur nett sein.«

Jacob sah zur Seite. »Tut mir Leid.« Er griff sich an die Stirn. »Ich glaube, ich hab deine Anfälligkeit für Kopfschmerzen geerbt. Kein schlechter Trick – vor allem, wenn man bedenkt, dass wir gar nicht blutsverwandt sind.«

Decker versuchte zu lächeln, aber ohne Erfolg. »Ich fahre jetzt. Wenn irgendwas ist, ruf mich an, nicht Eema. Sie hat alle Hände voll zu tun.«

»Schon klar.« Jacob knetete seine Hände. »Wenn du mich was fragen willst, frag ruhig. Ich weiß kaum was über Golding. Ich kenne ihn nur von Partys. Und in den letzten sechs Monaten habe ich weder ihn noch einen der anderen gesehen. Ich hoffe, du weißt das.«

»Yonkie, ich spioniere dir nicht ständig hinterher.«

Der Junge ließ mit keiner Regung erkennen, ob er das auch glaubte.

»Vermisst du Sammy?«, fragte Decker.

»Ja.« Er leckte sich die Lippen. »Ja, und wie. Wir mailen uns zwar fast jeden Tag, also kann ich irgendwie noch genauso mit ihm reden wie früher. Aber dann passieren Sachen … Sachen, die man nicht schreiben kann. Es ist einfach nicht dasselbe.« Er schaute Decker an. »Golding hatte eine wirklich nette Freundin … Lisa Halloway. Sie waren echt verliebt, aber dann hat er einfach Schluss gemacht. Sie war deshalb völlig fertig. Wie vor den Kopf geschlagen. Zumindest hat sie mir das erzählt. Es tat mir Leid für sie. Ich hätte sie beinah gefragt, ob sie mit mir ausgehen will. Nicht weil ich sie bedauerte, sondern weil ich sie mochte. Sie ist richtig clever und sieht wirklich toll aus.«

»Und warum hast du sie nicht gefragt?«

»Was meinst du?«

»Ich bin mir sicher, sie wäre gern mit dir ausgegangen, Jacob«, sagte Decker. »Du hast nicht nur den Grips, sondern auch die babyblauen Augen deiner Mom.«

»Nein, das habe ich nicht gemeint. Ich *weiß*, dass sie mit mir ausgegangen wäre. Aber es hätte nicht gepasst, also warum Eema aufregen? Letzten Endes wäre ich für sie zu jüdisch gewesen und sie für mich zu gojisch.«

Er zuckte resigniert die Achseln.

»Weißt du, es sind nicht die Rabbis und die ganzen Mantras, mit denen sie uns in der Schule füttern und die dafür sorgen, dass ich orthodox bleibe. Es sind solche Idioten wie Ernesto Golding. Solche Typen machen mir immer wieder deutlich, wie fremd mir die große Mehrheit der Leute in diesem Land ist. Ich kann kein typisch amerikanischer Teenager sein – angefangen bei der Tatsache, dass ich noch nie einen Cheeseburger gegessen habe. Vielleicht haben die Rabbis ihren Job letzten Endes doch nicht so schlecht gemacht.«

»Bist du gern Jude?«

Jacob reagierte feindselig. »Was ist denn das für eine Frage? Bist *du* gern Jude?«

»Die meiste Zeit schon. Könntest du bitte aufhören, mir immer gleich den Kopf abreißen zu wollen?«

»Entschuldige.« Jacob klopfte mit dem Fuß auf den Boden. »Ich finde es ganz okay. Besser jedenfalls als noch vor sechs Monaten. Jetzt, wo der Druck weg ist und ich mir ein nichtjüdisches College aussuchen kann, ohne mich dabei schuldig zu fühlen, finde ich es *sehr viel* besser.«

»Schön zu hören.« Decker beugte sich vor und gab Jacob einen Kuss auf die Stirn – wobei er sich nicht allzu tief hinabbeugen musste. Der Junge hatte bereits die Einsachtzig erreicht. »Auf meinem Schreibtisch wartet ein Berg Papierkram.«

»Dann hau ab«, meinte Jacob. »Und mach dir keine Sorgen. Ich kümmere mich um Hannah.«

»Und was ist mir dir?«

»Ich bin okay.« Kurzes Schweigen. »Ein paar von uns wollen Samstagabend zum Magic Mountain. Ich fahre, und die Jungs schmeißen fürs Benzin zusammen. Ich hab zwar genug Geld für den Eintritt, aber dann bin ich blank. Hast du vielleicht irgendeinen Job, mit dem ich ein paar Dollar verdienen kann?«

»Zum Beispiel Babysitten!« Decker gab ihm einen Zwanziger. »Das sollte dich für eine Weile über die Runden bringen.«

»Das ist aber sehr großzügig.« Ein breites Lächeln… ein ehrliches Lächeln. »Vielen Dank. Ich werde jetzt besser wieder was tun. Ich hab 'ne Zwei plus in Gemara und würde sie gern behalten.«

»Ganz meine Meinung.« Geld – es war sicherlich nicht Liebe, aber manchmal eben ein verdammt guter Ersatz.

9

Als die Pizza aus der Mikrowelle kam, hatte sie nicht nur jeden Geschmack verloren, sondern auch eine aufgeweichte Kruste – aber sie war heiß und sättigend. Gegen fünf war er wieder zurück auf der Wache. Er wusste, dass Ernesto Golding nicht allein gewesen sein konnte, aber die anderen Täter würden nur schwer zu fassen sein. Am liebsten hätte Decker Ernestos Freunde ausführlich befragt – um herauszufinden, über welche Informationen sie verfügten –, aber er wusste, dass deren Eltern jeden Kontakt untersagen würden. Ohne einen Beweis für eine Beteiligung an der Sache hatte er keine Chance, bis in ihre Wohnungen vorzudringen, und weitere Beweise würde es nicht geben, solange Ernesto darauf beharrte, der einzige Täter zu sein. Dazu kam, dass Melrose sich gute Chancen ausrechnen konnte, die Anklage gegen Ernesto auf böswillige Sachbeschädigung – und damit auf ein leichtes Vergehen – herunterzuhandeln, weil dieser ja freiwillig mit der Staatsanwaltschaft kooperiert hatte. Und das bedeutete eine Strafe auf Bewährung *und* die Versiegelung seiner Akte.

Jetzt, da Ernesto in die Mühlen des Rechtssystems geraten war, spielte Decker in dem Stück bestenfalls noch eine marginale Rolle. Ihm blieb nicht mehr allzu viel Zeit. Wenn er nicht sehr bald mit etwas Neuem aufwartete, würde ihm der gesamte Fall aus den

Händen gleiten – offiziell abgeschlossen, mit Ernesto Golding als alleinigem Täter.

Als er den Bereitschaftsraum der Detectives betrat, war Decker froh, Martinez und Webster an ihren Schreibtischen vorzufinden. Auch Wanda Bontemps schrieb, über den Schreibtisch gebeugt, gerade an ihrem Bericht, während ihre Finger in den dichten Locken spielten. Sie trug eine schwarze Hose und einen blauen Pullover mit Stehkragen. Über der Rückenlehne ihres Stuhls hing ein schwarzer Blazer. Er winkte sie genau wie Martinez und Webster zu sich. Das Quartett versammelte sich in Deckers Büro.

»Ist Golding bereits dem Richter vorgeführt worden?«, fragte Webster.

»Vor einer Stunde«, antwortete Decker. »Kein Widerspruch eingelegt. Er ist wieder zu Hause – die Eltern haben die Kaution bezahlt. Der Gerichtstermin wird in etwa sechs Wochen sein.«

»Wurde er von der Schule verwiesen?«, fragte Wanda.

»Das weiß ich nicht«, antwortete Decker. »Aber irgendwas sagt mir, dass hinter den Kulissen Verhandlungen stattgefunden haben. Sie wissen ja, wie das so ist – Institutionen und Geld.«

»Der Lauf der Dinge«, bemerkte Webster. »Mit Geld kann man alles kaufen. Sogar Geld.«

»Ich weiß nicht, was der Schulleiter vorhat«, meinte Decker. »In einer gerechten Welt müsste Golding jetzt von der Schule fliegen.«

»In einer gerechten Welt müsste er jetzt in den Knast«, meinte Wanda.

»Wie wahr. Aber in Anbetracht der Tatsache, dass Melrose die Sache im Eiltempo durchzieht, scheint mir das mehr als fraglich.« Decker fühlte sich niedergeschlagen, als ob er Rina irgendwie enttäuscht hätte. »Was habt ihr über die Hüter des Völkischen Dingsbums rausgefunden?«

»Ihr Anführer ist ein Typ namens Darrell Holt«, sagte Martinez. »Eine Mischung verschiedener Rassen – von daher kann ich mir nicht erklären, wie er seine eigene genetische Herkunft mit dem ganzen völkischen Reinheitsgequatsche unter einen Hut bringt. Auf jeden Fall erhält er für seine Sache Unterstützung von einigen Alibiminderheiten: einem Filipino, einem Lateinamerikaner, einem Afroamerikaner, einem Asiaten, einem Juden und, der Vollständigkeit halber, einem Angloamerikaner.«

»Wie sieht die Unterstützung aus?«, fragte Decker.

»Hier, bitte.« Webster gab ihm die Handzettel. »Im Grunde alles der gleiche Mist. Man kann sie leider nicht allein auf Grund der Artikel festnageln. Sie reiten endlos auf dem guten alten ›getrennt, aber gleichberechtigt‹ rum.«

Decker überflog die Seiten und las einige der Zettel. »Hier ist einer, der für eine ›Englisch als einzige Sprache‹-Politik eintritt.«

»Richtig, das ist der Exmarinesoldat.«

»Hank Tarpin.« Decker warf einen Blick auf den Text. »Oberflächlich betrachtet, steht hier einiges, mit dem auch meine Frau einverstanden wäre. Sie würde ihre Söhne umbringen, wenn sie auf die Idee kämen, ein nichtjüdisches Mädchen heiraten zu wollen.«

»Da ist sie nicht die Einzige«, warf Wanda ein. »Ich sähe es auch gern, wenn meine Tochter einen guten afroamerikanischen Mann finden würde. Das Leben ist auch so schon schwer genug. Zumindest in unserem Viertel kann man sich sonst nicht blicken lassen, ohne angestarrt und ausgelacht zu werden. Ich spreche aus Erfahrung. Vor etwa drei Monaten hatte sie einen Latino als Freund.« Sie sah Martinez an. »Und überall gab es böse Blicke.«

»Was ist dann passiert?«, fragte Martinez.

»Sie haben sich wieder getrennt, aber nicht, weil sie aus unterschiedlichen Bevölkerungsgruppen kommen ... obwohl ich mir sicher bin, dass das auch nicht einfach war. Er ist ein Cop, sie ebenfalls, und das passte einfach nicht.«

»Eines meiner Mädchen hat einen Anglo geheiratet«, meinte Martinez. »Die andere ist mit einem netten Jungen verheiratet, dessen Familie ursprünglich aus Kuba stammt. Ich selber komme aus Mexiko, und das ist eine ganz andere Baustelle. Ich kann nicht behaupten, dass ich mit dem einen Schwiegersohn zufriedener wäre als mit dem anderen. Aber das gilt nicht für meine Eltern, die beide nicht besonders gut Englisch sprechen. Bei ihnen kann man von einer echten Sprachbarriere reden. Deshalb bin ich persönlich der Ansicht, dass in der Schule nur Englisch gesprochen werden sollte. Wer die Landessprache nicht beherrscht, wird immer ein Mensch zweiter Klasse bleiben. Ich möchte nicht, dass meine Kinder und Enkelkinder Bürger zweiter Klasse sind.«

»Da stimme ich dir zu, Bert«, sagte Webster, »aber ich schätze mal, dass du und der Exmarine die Sache von zwei unterschiedlichen Gesichtspunkten aus betrachten.«

»Na klar«, erwiderte Martinez. »Holt ist nichts anderes als ein Rassist.«

»Kann sein.« Decker legte die Blätter auf den Tisch.

»Aber momentan interessiert uns nur eine Frage: Haben wir irgendwas, das ihn mit der verwüsteten Synagoge in Verbindung bringt?«

»Nichts«, antwortete Martinez. »Aber wir haben mit Holt gesprochen, bevor du Golding verhaftet hast. Vielleicht sollten wir noch mal vorbeischauen und Goldings Namen erwähnen…«

»Damit Goldings Anwalt uns einen Tritt in den Arsch verpasst, weil wir den Namen eines Minderjährigen ausplaudern«, unterbrach Decker ihn. »Die Ernesto-Karte bleibt schön im Ärmel. Falls die Hüter der Völkischen Rassisten tatsächlich beteiligt sind, müssen wir sie festnageln, ohne Goldings Namen ins Spiel zu bringen.«

»Wie wär's mit ›einem entwichenen Verbrecher Unterschlupf gewähren‹?«, schlug Bontemps vor. »Sag dem Lieutenant, was du mir über Ricky Moke erzählt hast.«

»Wer ist Ricky Moke?«, fragte Decker.

Webster erklärte: »Angeblich ist Moke in ein paar Sprengstoffattentate auf Tierlabore von Universitäten verwickelt. Angeblich kennt Holt Moke. Angeblich ist Moke in seinem Büro gesehen worden. Angeblich ist Moke ein glühender Rassist.«

»Verdammt viele ›Angeblich‹«, meinte Decker. »Hat der Junge eine Akte?«

»Soweit wir wissen, nicht«, erwiderte Martinez. »Aber bisher haben wir auch nur in der Stadt nachgefragt.«

»Falls er tatsächlich mit Bomben zu tun hatte, müsste das FBI etwas über ihn wissen. Fragt da morgen mal nach.« Decker lehnte sich zurück. »Was ist mit Darrell Holt? Ist er schon aktenkundig?«

Webster schüttelte den Kopf.

»Irgendwelche Informationen über ihn?«, hakte Decker nach.

»Die Hüter haben eine Website«, sagte Webster. »Aber da steht nichts als Blödsinn.«

»Findet über ihn heraus, was ihr könnt.« Decker überflog noch einmal die Handzettel. »Sind das die einzigen Texte, die ihr aufgestöbert habt? Ich frage mich, ob Golding jemals etwas für sie geschrieben hat.«

»Ich überprüfe das morgen.«

Decker dachte daran, was Golding ihm über seinen deutschen Großvater und dessen fragwürdige Vergangenheit erzählt hatte. »Wenn ihr im Computer Personen überprüft, dann checkt auch Jill und Carter Golding, und zwar so gründlich wie möglich. Ich will alles über Ernesto wissen, was es zu wissen gibt, und es kann nicht schaden, mit den Eltern anzufangen. Da beide in der Stadt bekannt sind, sollte es nicht schwer fallen, an Informationen heranzukommen. Außerdem könntet ihr die Kombinationen ›Golding und Holt‹ und/oder ›Golding und Ricky Moke‹ eingeben und mal nachsehen, was dem Computer dazu einfällt.«

»Bei den Hütern im Büro arbeitet auch ein Mädchen«, sagte Webster. »Sie sieht aus wie zwölf.«

»Name?«

»Erin Kershan.«

»Überprüft sie auch.«

Wanda fragte: »Sollen wir beide überwachen, Lieutenant?«

Decker dachte kurz nach. »Leben sie in der Stadt?«

»Ja«, entgegnete Martinez. »Sie wohnen sogar im gleichen Gebäude, nur in unterschiedlichen Apartments. Ich übernehme das.«

»Lass mich das machen«, bot Webster an. »Ich muss sowieso um zwei Uhr nachts raus.« Dann sah er Decker an. »Könnte ich gegen eins gehen?«

»Kein Problem, Tom. Schreib dir die Überstunden auf.«

»Danke. Ich kann das Geld gut gebrauchen.«

Decker begann einen Zeitplan aufzustellen. »Wenn du die Überwachung übernimmst, fahre ich bei den Goldings vorbei und frage Ernesto nach Holt, Moke und den Hütern der Völkischen Reinheit. Der Junge wird mir bestimmt nichts verraten, aber manche Reaktionen sagen mehr als tausend Worte.«

Die Goldings waren nicht zu Hause, und Decker fragte sich, ob sie sich irgendwo verkrochen hatten. Ebenso gut konnten sie natürlich auch zum Abendessen ausgegangen sein. Es war erst kurz nach sieben. Decker rief Jacob an und machte sich Sorgen, als niemand ans Telefon ging. Dann versuchte er, Jacob über das Autotelefon zu erreichen. Nach zweimaligem Klingeln nahm der Junge den Hörer ab. »Hi.«

»Alles in Ordnung bei euch?«

»Oh, hallo Dad. Wir waren Eis essen.«

Im Hintergrund hörte er Hannah rufen: »Hi, Daddy!«

»Hi, Hannah Rosie.« Dann fragte er Jacob. »Sitzt sie auf dem Rücksitz?«

»Auf dem Rücksitz und angeschnallt«, erwiderte Jacob. »Wir sind gerade auf dem Heimweg.«

»Ich wollte noch mal kurz bei der *schul* vorbeifahren und Eema besuchen.«

»Kein Problem. Mach dir unseretwegen keine Sorgen. Ich bring Hannah ins Bett.«

»Könntest du mir noch einen Gefallen tun?«

»Welchen?«

»Bevor du Hannah hinlegst – könntet ihr beide kurz vorbeikommen und mir ein paar alte Sachen und meine Turnschuhe mitbringen, damit ich noch ein wenig beim Anstreichen helfen kann?«

»Geht klar.«

»Vielleicht sollte ich doch erst kurz nach Hause fahren, damit Hannah nicht sieht, was ...«

Aber die Verbindung war bereits unterbrochen. Er dachte daran, Jacob noch einmal anzurufen, denn er wollte nicht, dass

Hannah all die hasserfüllten Graffiti las. Andererseits hielt Rina sich schon eine ganze Weile in der *schul* auf, und die Chancen standen gut, dass die Räume mittlerweile davon befreit waren.

Er traf gegen acht vor der *schul* ein und stellte den Wagen auf der Straße ab, weil der winzige Parkplatz überfüllt war. Man hatte die eingeschlagenen Fenster mit Brettern vernagelt, aber durch die Vorhänge, die vor der intakten Glastür hingen, fiel Licht. Er trat ein und stand mitten in einer Baustelle. Der ganze Boden war mit Planen und Decken bedeckt, und mehr als ein Dutzend Leute arbeiteten mit Pinseln und Farbrollen in der Hand. Die Wände waren bereits vorgestrichen, und überall standen offene Farbeimer herum. Rina trug einen Overall und ein großes rotes Kopftuch, um ihr Haar zu schützen. Ihr Gesicht war mit weißer Farbe besprenkelt. Sie warf ihm eine Kusshand zu.

»Wie läuft's?«, fragte Decker.

»Baruch Haschem!« Sie lächelte. »Ich möchte dir einige Freiwillige vorstellen, die du noch nicht kennst.« Sie führte ihn zu zwei Afroamerikanerinnen, eine groß und dünn, die andere klein und dick. Pat und Patachon. »Das ist Letitia und das hier Bernadette. Sie sind Freundinnen von Wanda Bontemps aus deren Gemeinde. Wir hatten kaum angerufen, da standen sie schon vor unserer Tür, um mit anzupacken.«

Sie klopfte Decker mit einer farbbespritzten Hand auf die Schulter. »Und das hier ist mein Ehemann Peter.«

»Dein Ehemann«, sagte die Frau, die Rina als Bernadette vorgestellt hatte. Ihr Gesicht war glatt und rund, ihr Blick ernst. Sie wiegte sich leicht in den Hüften und wirkte so hoch wie breit. »Der Polizeilieutenant.«

Es klang, als ob sie ihm seinen Titel zum Vorwurf machte – in Anbetracht früherer Vorwürfe gegen sein Revier war das durchaus nicht auszuschließen. Er streckte ihr seine Hand entgegen, und sie ergriff sie.

»Vielen Dank, dass Sie uns helfen«, sagte Decker.

»Vielen Dank an Wanda, dass sie die beiden angerufen und gebeten hat vorbeizukommen«, fügte Rina hinzu.

»Unsere Kirche hat ein Hilfsprogramm zur Unterstützung anderer Gemeinden«, erklärte Bernadette. »Niemand sollte ein Gotteshaus entehren und ungeschoren davonkommen.«

»Da stimme ich Ihnen zu«, sagte Decker.

»So etwas brauchen wir in unserer Gemeinde auch.« Rina wandte sich ihren neuen Freundinnen zu. »Es liegt nicht daran, dass wir so provinziell sind – obwohl das auch dazu beiträgt –, sondern daran, dass wir alle Hände voll zu tun haben, unsere Gemeinde aufzubauen. Wir haben nicht einmal genug Zeit und Geld, um unsere Gottesdienste zu organisieren. Aber das wird sich bald ändern. Wir müssen uns einfach noch mehr engagieren.«

»Das hier hat mir die Augen geöffnet«, meinte Letitia. Ihr Lächeln erinnerte an das eines Pferdes. »Ich dachte immer, die Juden hätten alle große Synagogen.«

»Bei manchen ist das auch so«, erwiderte Rina. »Aber bei uns eben nicht. Wir können von Glück sagen, wenn es für die Miete reicht.«

»Tja, ich glaube, da haben meine eigenen Vorurteile mir einen Streich gespielt«, sagte Letitia. »Ich sollte besser wieder an die Arbeit gehen. Mich auf meine Stärken konzentrieren.«

»Wie wär's mit einem Kaffee?«, fragte Rina. »Ich könnte jetzt einen gebrauchen.«

Decker war froh, Rina so aufgekratzt und voller Tatendrang zu sehen. Es half ihr, den Schmerz über die Ursache ihrer Anwesenheit zu verdrängen. »Brauchst du wirklich noch mehr Koffein, so wie du hier herumtanzt?«, fragte er sie.

»Ich tanze nicht, ich bewege mich zielgerichtet«, erklärte Rina.

»Es sieht nur so aus, als ob sie tanzt, weil sie so graziös ist«, meinte Bernadette.

»Natürlich«, sagte Decker. »Ganz wie Sie meinen, Ma'am.«

»Moishe, wir brauchen frischen Kaffee!«, rief Rina laut.

Moishe Miller – ein Bär von einem Mann – stand vor ein paar Klapptischen, auf denen sich zerrissene Blätter und besudelte Bücher türmten. Im Augenblick war der bärtige Zahnarzt gerade dabei, in mühevoller Kleinarbeit zerrissene Seiten aus Gebetbüchern zusammenzufügen. »Richtigen oder koffeinfreien?«

Die Frauen warfen einen Blick auf die noch zu erledigende Arbeit und sahen einander dann an. »Nicht den kastrierten«, antwortete Rina. Dann sagte sie zu Decker: »Bist du zum Helfen gekommen? Wir haben alle Bücherregale auseinander genommen. Und jetzt brauchen wir jemanden, der sie anstreicht und wieder aufstellt.«

»Ja, ich bin zum Helfen gekommen. Jacob bringt gleich ein paar alte Sachen vorbei. Ich muss nur noch eine Kleinigkeit erledigen.«

»Es ist immer gut, jemanden dabeizuhaben, der weiß, was er tut. Das mit dem Anstreichen ist gar nicht so leicht, wie es aussieht – man kann nicht einfach nur Farbe an die Wand klatschen.«

»Das hast du also auch schon gemerkt.«

»Man braucht tatsächlich etwas Übung.«

»Heißt das, dass du mich jetzt noch mehr schätzt?«

»Ich habe deine handwerklichen Fähigkeiten schon immer bewundert. Du arbeitest nur nicht schnell genug.«

»Aber ich liefere gute Ergebnisse. Und ich bin billig. Du kriegst das, wofür du bezahlt hast.«

Rina nickte und warf dann den Frauen ein Lächeln zu. Aber ihre Miene war angespannt.

Bernadette spürte die Spannung. »Tja, es war sehr nett, Sie kennen zu lernen … Lieutenant.«

»Peter reicht völlig«, meinte Decker.

»Also, Peter.« Bernadette schüttelte ihm noch einmal die Hand, nickte dann Letitia zu, und die beiden Frauen gingen wieder an die Arbeit. Rina nutzte den Moment, um Peter beiseite zu nehmen. Sie sagte: »Yonkie hat angerufen …«

»Ich kann dazu nichts sagen«, unterbrach Peter sie. »Der Beschuldigte ist minderjährig.«

»Der Beschuldigte ist ein Junge namens Ernesto Golding«, flüsterte Rina. »Du brauchst es mir nicht zu sagen; ich weiß es von Yonkie.«

»Kennst du den Jungen?«, fragte Decker.

»Yonkie hat mir von ihm erzählt. Es müssen noch andere daran beteiligt gewesen sein. Das hier war nicht die Tat eines Einzelnen.«

Decker zuckte die Achseln.

»Sag schon – ja oder nein? Gibt es noch jemand anderen?«

»Kein Kommentar.«

»Jetzt klingst du wie ein Politiker.«

»Wenn du mich wütend machen willst – ich bin schon schlimmer beleidigt worden.«

Rina wurde ungeduldig. »Das hier ist auch deine *schul*, Peter.«

»Ich bin mir der Tatsache nur allzu sehr bewusst, Rina.« Dann fügte er hinzu: »Und bitte sag mir nicht, du hast Goldings Namen gegenüber anderen erwähnt.«

»Hältst du mich wirklich für so dumm?«

Jetzt starrte sie ihn wütend an. »Haben wir nicht genug anderes um die Ohren, dass wir uns auch noch streiten müssen?«, fragte Decker schließlich.

»Das ist kein Streit«, stellte Rina fest.

»Nicht?«

»Nein. Das ist… gegenseitiges wütendes Anstarren von zwei Menschen, die beide unter großem Stress stehen.«

»*Ich* starre *dich* wütend an?«, fragte Decker.

»Ja, du starrst mich wütend an.«

»Nein – *du* starrst *mich* wütend an!«

»Ich weiß«, erwiderte Rina. »Darum sagte ich auch, dass wir uns *gegenseitig* wütend anstarren!«

Decker hielt inne; dann begann er zu lachen. Das löste die Spannung, sodass Rina ebenfalls lachen musste. Sie griff nach seiner Hand und drückte sie fest. »Ich würde dich ja in den Arm nehmen, aber dann schmiere ich überall Farbe auf deinen Anzug.«

»Tu's trotzdem.« Decker zog sie an sich.

Sie umarmten sich lange und innig. Und Rina machte tatsächlich seinen Anzug voller Farbe. Aber das war ihm egal. Dafür hatte Gott die chemische Reinigung erfunden.

10

Es war bereits nach acht, und bei den Goldings ging immer noch niemand ans Telefon. Decker würde es am nächsten Morgen wieder versuchen, wenn der Schock etwas nachgelassen hatte. Trotzdem wollte er noch nicht mit der Arbeit aufhören. Vor sechs Monaten hatte Ernesto Golding eine Freundin namens Lisa Halloway gehabt, deren Namen er selbst erwähnte, und auch Yonkie kannte ihn, wobei sein Stiefsohn behauptete, die Trennung hätte sie schwer getroffen. Decker fragte sich, ob sie bei Ernesto vielleicht schon vor der Tat Anzeichen für antisoziales Verhalten bemerkt hatte.

Das Problem bestand darin, ihre Eltern aus dem Spiel zu lassen. Doch die Lösung gestaltete sich einfacher als erwartet: Ihre Eltern waren nicht zu Hause.

Zumindest schlug sie ihm nicht gleich die Tür vor der Nase zu.

Im Licht der Haustürlampe fiel ihm das Glitzern von Metall auf – eine Reihe von Steckern in ihren Ohren und ein kleiner Stein an einem Nasenflügel. Wie würde wohl ihr Bauchnabel aussehen? Decker wusste, dass man nicht nach Äußerlichkeiten gehen sollte – wenn Yonkie sie mochte, konnte sie nicht völlig oberflächlich sein –, aber er hatte, obwohl erst mittleren Alters, bereits die Vorurteile eines alten Mannes. Also versuchte er objektiv zu bleiben, hinter die Fassade zu blicken, und entdeckte dort ein hübsches Mädchen mit dunklen Augen, schöner Haut, einer ovalen Gesichtsform und Grübchen in den Wangen. Eine Fülle von Locken umrahmte ihr Gesicht. Sie stand vor ihm mit nach vorn gekrümmten Schultern, als ob ihr kalt wäre, und hielt die Arme vor der Brust verschränkt. Lisa war nicht sehr glücklich über die Situation und scheute sich nicht, das zu verbergen.

»Ich weiß nichts über diese Vandalismusgeschichte.« Ihre Stimme war rau und tief. »Aber selbst wenn ich etwas wüsste, würde ich Ernesto nicht verpfeifen.«

»Kann ich ein paar Minuten reinkommen?«, fragte Decker.

»Warum sollte ich Sie reinlassen? Sie könnten ein Vergewaltiger sein!«

Decker betrachtete Lisa – ein wütendes junges Mädchen in einem hautengen weißen Top mit Jeans und ohne Unterwäsche. Selbst in dem schwachen Licht konnte er ihre Brustwarzen erkennen. Es wäre nicht sehr klug gewesen, allein und unter Ausschluss der Öffentlichkeit mit ihr zu sprechen. Also sagte er: »Dann unterhalten wir uns hier draußen.«

»Damit alle Nachbarn uns sehen?«

»Genau.« Decker lächelte. »Das ist der Sinn der Sache. Damit du dich sicherer fühlst.«

»Sie können ruhig reinkommen«, lachte sie spöttisch. »Ich würde Sie nie für einen wirklichen Vergewaltiger halten.«

»Vielen Dank, aber hier gefällt's mir besser«, erwiderte Decker mit ausdrucksloser Miene. »Können wir uns einen Augenblick über andere Dinge unterhalten, Lisa? Nehmen wir mal an, wir haben zwei konkurrierende Eigenschaften: Loyalität und Gerechtigkeit. Beide sind bewundernswerte Eigenschaften, oder?«

»Ich weiß nicht, worauf Sie hinauswollen!« Sie rieb sich die Arme. »Außerdem ist mir kalt.«

»Ich warte gern, bis du dir einen Pullover geholt hast.«

»Vergessen Sie's!«

Jetzt war sie völlig missgelaunt, aber Decker ließ sich davon nicht beeindrucken. »Falls die fragliche Partei beschuldigt wird, eine kriminelle Handlung begangen zu haben, es aber keine definitive Schuld oder Unschuld gibt, verdient diese Partei es vielleicht, im Zweifelsfall für unschuldig gehalten zu werden, ergo Loyalität. Aber wenn man genau weiß, dass sie es getan hat – weil sie selbst es nämlich zugegeben hat –, verliert sie durch ihre kriminelle Handlung nicht auch den Anspruch auf Loyalität, *und* wäre die Frage der Loyalität dann nicht sowieso hypothetisch, weil sie die Tat bereits zugegeben hat?«

Sie spielte mit ihren Locken. »Ich hab keine Ahnung, wovon Sie sprechen.«

»Warum loyal sein, wenn du weißt, dass er's getan hat?«

»Lieutenant Lazarus, das ist alles hypothetisch. Ich weiß nichts über diese Vandalismussache. Darf ich jetzt gehen?«

Lieutenant Lazarus – sie benutzte Yonkies Nachnamen. »Lieutenant Decker«, korrigierte er. »Und dies ist ein freies Land. Du kannst gehen, wann immer du willst.«

Aber sie blieb.

»Du bist eine Weile mit Ernesto gegangen, stimmt's?«, fragte Decker.

»Das wissen Sie doch. Warum sonst würden Sie mit mir reden wollen? Um was geht es?«

»Ist dir an seinen Freunden vielleicht was komisch vorgekommen?«

»Ach, Sie wollen wissen, ob er mit den Braunhemden rumgehangen hat?« Sie verdrehte die Augen. »Und selbst wenn – glauben Sie, er hätte mir davon erzählt? Ich bin Jüdin.« Sie schnaubte kurz. »Für Sie natürlich nicht die *richtige* Art von Jüdin.«

Deckers Augen bohrten sich in ihre. »*Was* hast du gesagt?«

Die Heftigkeit in seiner Stimme brachte sie aus dem Konzept. Sie errötete, presste die Lippen zusammen und wandte sich ab – ein Zeichen dafür, dass sie sich verplappert hatte – und wahrscheinlich nicht zum ersten Mal.

»Mit wem hast du dich unterhalten, Lisa?«, drängte Decker.

Er wusste verdammt genau, mit wem sie sich unterhalten hatte. Jetzt war Decker im Vorteil. Ihr war klar, dass sie Jacob in Schwierigkeiten gebracht hatte. Sie würde ihn anrufen und alles erklären müssen. Aber zuerst musste sie die Angelegenheit mit Decker in Ordnung bringen. Wenn sie sich weiterhin so unhöflich benahm, würde das den Ärger für Jacob nur noch vergrößern.

Jetzt war sie verunsichert, vermied jeden Augenkontakt mit Decker. »Darf ich jetzt gehen?«

Decker ließ nicht locker. »Hast du mit meinem Sohn gesprochen?«

»Stiefsohn ...«

»Auch gut. Woher kennst du ihn?«

»Einfach so ...«

»*Woher?*«

»Ich hab ihn auf einer Party getroffen. Wo ist das Problem? *Mein Gott!* Jetzt weiß ich, warum ...«

Wieder unterbrach sie sich.

»Nur weiter!«

Lisa rieb sich die Hände. »Hören Sie, ich habe Jake auf einer Party kennen gelernt. Ernesto war auch da. Vielleicht hat Jake Ernesto oder mich beiläufig erwähnt.«

»Vielleicht auch nicht.«

»Na gut, vielleicht auch nicht. Ich sage nur, dass Eltern keine Entschuldigung brauchen, um an ihren Kindern herumzumäkeln. Sogar meine Eltern ... die eigentlich ziemlich cool sind ... stecken ihre Nase in alles rein. Alle Eltern tun das. Jake hat mir erzählt, dass auch Sie Ihre Nase in seine Angelegenheiten gesteckt haben. Vielleicht stimmt das, vielleicht auch nicht. Aber eins sollten Sie über Ihren Sohn ...«

»Stiefsohn.«

»... noch wissen: Er fühlt sich von Ihrem Lebensstil erdrückt. Er hat zwar dagegen angekämpft, aber anscheinend haben Sie gewonnen, denn er hat in den letzten vier Monaten keinen meiner Anrufe beantwortet. Herzlichen Glückwunsch.«

Also war sie hinter Jake her gewesen, hatte damit aber keinen Erfolg gehabt. Und jetzt machte sie Decker nicht nur dafür verantwortlich, dass Jake mit sich selbst zu kämpfen hatte, sondern gab ihm auch noch die Schuld dafür, dass es ihr nicht gelungen war, sich Jake zu angeln. »Weiß du was, Lisa? Ich werde dir jetzt einen großen Gefallen tun. Ich werde vergessen, was du gerade gesagt und wie du soeben das zweitausend Jahre alte Erbe meines *Stief*sohns beleidigt hast. Lass uns einfach wieder über Ernesto sprechen ...«

»Es ist auch mein Erbe, wissen Sie«, verteidigte sie sich.

»Wenn das so ist, sollte dich die Tat deines Exfreundes nur noch mehr anwidern. Ich frage dich noch einmal: Hatte Ernesto irgendwelche Freunde, die dir komisch vorgekommen sind?«

Eine ganze Weile antwortete sie nicht. Aber in ihrer Miene spiegelte sich eine ganze Bandbreite von Emotionen: Trotz, Scham, Unsicherheit, Verlegenheit, Zorn, Hass. Schließlich entschied sie sich für Resignation. »Ich hoffe, ich klinge nicht zu gehässig. Ich möchte nämlich nicht wie eine abgewiesene Frau erscheinen.«

»Und weiter?«

Sie seufzte. »Es gibt einen Jungen in unserer Klasse – Doug Ranger. Er hat eine ältere Schwester – Ruby. Sie muss etwa zweiundzwanzig oder dreiundzwanzig sein ... hat an der Uni in Berkeley einen Abschluss in Computerwissenschaft gemacht. Sie ist clever ... sexy ... die Jungs stehen auf sie. Sie hat wirklich was im Kopf ... aber das meiste davon ist Müll!« Feuchte Augen. »Ich habe ihr Auto ein paar Mal vor Ernestos Haus gesehen.«

»Vielleicht ist es Dougs Auto, und er hat Ernesto besucht.«

»Es gehört ihr, nicht ihm.«

»Offenbar sind Eltern nicht die Einzigen, die ihre Nase in fremde Angelegenheiten stecken ...«

Sie wurde ganz traurig und sagte mit sanfter Stimme: »Lieutenant, bitte.«

»Hast du nun Ruby Ranger in Ernestos Haus gehen sehen – ja oder nein?«

»Ja.« Jetzt war sie endgültig besiegt. »Ein paar Mal.«

»Und – wie ist sie?«

Ein langer Seufzer. »Politisiert.«

»Und um welche Art von politischen Ideen handelt es sich?«

»Anarchistischer Kram. Die Regierung soll endlich aufhören, für jeden den Babysitter zu spielen. Und außerdem hat sie kein Recht, jemandem was vorzuschreiben, wenn sie selbst so korrupt ist. Besonders wichtig ist für Ruby die Freiheit des Internet. Das ist zurzeit ihre *raison d'être* – der Kampf um ein freies, unzensiertes Internet. Wenn Zwölfjährige im Chat mit verurteilten Sexualverbrechern über Pornografie reden wollen, findet sie das okay. Oder wie wäre ein Chat zum Thema Inzest oder Unzucht mit Minderjährigen? Kein Problem. Braucht man Informationen, wie man an Drogen herankommt? Okay. Genauso wenig hat sie was dagegen, wenn jemand mit Neonazis über deren Held Hitler reden will oder Nazikram im Internet kauft. Das hat sie gesagt ... mit ziemlich genau diesen Worten.«

Decker nickte.

»Außerdem sagte sie – mir gerade ins Gesicht, während andere Leute zuhörten –, dass ich perfektes KZ-Futter abgegeben hätte, so jüdisch wie ich aussehe.«

Decker zuckte zusammen. »Das ist abscheulich. Nicht dass du jüdisch aussiehst, sondern der Teil mit dem KZ. Das ist absolut widerwärtig.«

»Es war der pure Horror.«

»Das glaube ich dir gern.« Decker dachte sofort daran, wie diese Frau Ernestos sadistische Sexualphantasien angeregt haben musste. Und diese Anstachelung war besonders effektiv, solange Golding an die Nazivergangenheit seiner Familie glaubte. »Was hast du geantwortet?«

»Nichts. Ich war viel zu geschockt, um etwas darauf zu erwidern. Und das war natürlich genau das, was sie wollte – durch ihre Unverschämtheit die Aufmerksamkeit auf sich ziehen.« Sie richtete den Blick auf ihre nackten Zehen. »Jake war nicht dabei. Ich habe ihm später davon erzählt. Er sagte mir, dass seine Großeltern in Konzentrationslagern gewesen wären.«

Decker nickte.

»Aber es sind nicht Ihre Eltern?«

»Meine Eltern sind Amerikaner«, antwortete Decker.

»Genau wie meine. Und mein Vater ist noch nicht mal Jude. Rubys Behauptung hat mich sehr verletzt. Aber dann gibt es noch diese andere Seite in mir ... ich war total verlegen, weil ich so jüdisch aussah und jüdische Mädchen den Ruf haben, nicht besonders scharf zu sein. Darum habe ich mir das Nasenpiercing machen lassen. Sie finden es sicher schrecklich, oder?«

Er fand es tatsächlich schrecklich. Aber er versuchte, sich nichts anmerken zu lassen. »Gefühle sind nichts Schreckliches.«

Das nahm sie ihm nicht ab. »Stimmt nicht. Selbstzerstörerische Gefühle sind etwas Schreckliches.«

Deckers Ton wurde sanfter. »Weißt du, wo ich Ruby Ranger finden kann?«

Lisa nickte. »Sie lebt bei ihren Eltern. Werden Sie mit ihr reden?«

»Sicher«, bestätigte Decker. »Aber ich weiß es natürlich nicht von dir, richtig?«

»Sie wird denken, dass Jake es Ihnen gesagt hat. Er *hasste* sie. Jedes Mal, wenn sie in einen Raum kam, ging er. Einmal stellte sie ihn zur Rede... und sagte irgendwas darüber, was für ein antiquiertes Leben er führen würde. Das war vielleicht ein Fehler! Mann, er hat mir richtig Angst...«

Sie schwieg plötzlich.

Jake hat mir richtig Angst eingejagt, hatte sie sagen wollen. Decker würde mit ihm darüber sprechen müssen – ein Moment, vor dem er sich schon jetzt fürchtete. Der Vater in ihm hatte einfach nicht die Kraft, sich noch mit einer weiteren Krise auseinander zu setzen. Aber der Polizist in ihm drängte ihn dazu. Er klappte sein Notizbuch zu. »Vielen Dank. Du hast mir sehr geholfen.«

»Vielleicht habe ich Ihnen ja tatsächlich geholfen«, sagte sie. »Aber Jake oder Ruby war ich bestimmt keine große Hilfe.«

Decker war nur noch Minuten von der *schul* entfernt, aber seine Gedanken kreisten immer noch um das, was Lisa Halloway ihm gerade erzählt hatte. Daher entschloss er sich, für einen kurzen Stopp nach Hause zu fahren. *Sei ein guter Vater und sieh nach, was deine Kinder machen.* Außerdem würde ihm die längere Autofahrt ein paar Minuten mehr Zeit zum Nachdenken geben.

Wie sollte er die Sache mit Ruby Ranger angehen? Mit zwei- oder dreiundzwanzig war sie nicht mehr minderjährig, aber er ging davon aus, dass sie finanziell immer noch von ihren Eltern abhing. Wenn er beide auf seine Seite bringen könnte, würde er vielleicht an Ruby herankommen. Andererseits – wenn die junge Frau derart strikte Ansichten vertrat, konnte das auch darauf hindeuten, dass die Eltern schon lange keinen Einfluss mehr auf sie hatten. Er bezweifelte, dass ihre Ideen der elterlichen Erziehung zu verdanken waren, aber man konnte nie wissen.

Es wurde langsam spät. Vielleicht wäre es das Beste, bis morgen zu warten. Vielleicht würde ihm irgendeine schlaue Idee einfallen, wie er an sie herankommen könnte. Vielleicht genoss sie es ja, andere Menschen zu provozieren, und vielleicht war es ein besonderes Vergnügen für sie, einen Cop herauszufordern. Er könnte den Dummen spielen. Wenn sie Jacob wirklich hasste, musste es ein echter Kick für sie sein, seinen Polizistenvater auf die Palme zu bringen.

Was ihn wieder auf seinen Stiefsohn brachte. Nach fünfzehn Jahren mit einem völlig problemlosen Kind bekam er jetzt die Rechnung präsentiert – und zwar mit Zins und Zinseszins. Jacob war launisch, mürrisch und sarkastisch. Aber Furcht einflößend? Der Junge schaffte es immer wieder, ihn zu überraschen.

Er nahm die Vordertür und ging in die Küche. Jacob schaute vom Tisch auf. Er trug eine Pyjamahose, kaute an einem Sandwich und las *Beowulf*, den gelben Marker in der Hand. »Hi. Was machst du zu Hause? Ich dachte, du wärst zur *schul* gefahren, um zu helfen.«

»Ich wollte erst noch kurz einen Blick hereinwerfen … sehen, ob du was brauchst.«

»Ich bin okay. Hannah schläft schon.«

»Gab's Probleme?«

»Nö. Sie ist ein tolles Mädchen.«

»Stimmt.«

»Du siehst müde aus«, sagte Jacob. »Als ob du gerade eine anstrengende Unterhaltung mit einer hysterischen Siebzehnjährigen gehabt hättest.«

Decker setzte sich an den Tisch. »Ich ziehe dich nur ungern in die Sache rein. Aber ich brauche deine Hilfe als Polizist – das heißt, je mehr Informationen, desto besser.« Er schaute auf Jacobs Teller. »Was isst du gerade?«

»Tunfisch. Es ist noch mehr im Kühlschrank. Ich kann dir auch ein Sandwich machen.«

»Lass nur, ich mach's selber.«

»Setz dich.« Jacob stand auf. »*Kibud Aw.* Seinen Vater zu ehren, bringt mir sicher Bonuspunkte beim großen Boss. Und ein paar mehr könnte ich gut gebrauchen.« Er bereitete Decker ein Sandwich mit Tunfisch auf Roggenbrot zu, komplett mit Salat und Tomaten. Decker vollzog die rituelle Waschung seiner Hände und sprach dann den Segen vor dem Essen. Zwei Bissen später war die Hälfte des Sandwichs verschlungen.

»Hast du aber einen Hunger!«

»Ich bin immer hungrig.« Decker klopfte sich auf den Bauch. Immer noch fest, aber ein wenig fülliger. »Können wir über Lisa reden?«

»Wenn du willst.«

»Eigentlich bin ich mehr an einer Frau namens Ruby Ranger interessiert. Lisa erzählte mir, dass du sie kennst, und sie sagte auch, dass du sie nicht magst.«

»Das ist die Untertreibung des Jahrhunderts. Ruby Ranger ist völlig durchgeknallt!«

»Lisa meinte, dass Ruby einmal versucht hätte, dich zu provozieren. Angeblich hast du verärgert und ziemlich aggressiv reagiert.«

»In Wahrheit habe ich ihr gesagt, wenn sie mich noch einmal dumm anmacht, würde ich ihr das Gesicht zu Brei schlagen.«

Decker antwortete nicht – er war viel zu schockiert, um ein Wort herauszubringen.

»Ich habe ihr nicht nur gedroht, sie umzubringen«, fuhr Jacob fort, »sondern ihr auch erklärt, wie ich es tun würde. Und dann habe ich ihr gesagt, wie ich den Mord vertuschen würde. Denn schließlich wüsste ich alles über Ermittlungen in Mordfällen und darüber, wie man sie ins Leere laufen lässt, weil ich der Sohn eines Polizeilieutenants sei und so oft miterlebt hätte, wie du in solchen Fällen vorgehst; dass ich alle Fehler vermeiden würde, die man als Mörder begehen könnte.« Er senkte den Blick. »Und sie hat mir tatsächlich geglaubt.«

Decker biss sich auf die Lippen und versuchte, sich darüber klar zu werden, wie er reagieren sollte. Aber immer noch fehlten ihm die Worte.

»Sie hat nie wieder mit mir gesprochen«, sagte Jacob. »Aber ich habe sie seitdem auch nicht mehr gesehen. Ich bin nicht mehr zu diesen Partys gegangen. Deshalb werde ich wohl nie herausfinden, was sie wirklich gedacht hat.«

»Hat jemand mitbekommen, wie du sie bedroht hast?«

»Ja. Wir haben einen ziemlichen Menschenauflauf verursacht. Eine Weile habe ich befürchtet, dass jemand die Behörden benachrichtigt – die *richtigen* Behörden, nicht dich. Was eigentlich auch logisch gewesen wäre. Aber niemand hat etwas gesagt. Sie alle ... kein Gerechtigkeitssinn.«

Schweigen.

»Eine Festnahme hätte damals perfekt in mein Selbstbild gepasst«, fuhr Jacob fort. »Ich war echt auf dem Tiefpunkt meines Lebens angelangt. Ich hab Hasch geraucht, Pillen eingeworfen, rumgebumst und nichts als Scheiße gebaut. Ich war völlig am Ende. Zum Glück hast du mich zuerst erwischt.« Er starrte Decker an. »Das war ein Kompliment.«

»Vielen Dank.« Decker sah ihn an wie einen Fremden. »Du hast mir nie erzählt, dass du auch Pillen geschluckt hast.«

Jacob machte eine abfällige Handbewegung.

»Was hast du mir sonst noch verschwiegen?«

Jacob warf den Kopf zurück. »Du bist ein prima Kerl, Dad. Du versuchst, mich zu verstehen. Aber selbst prima Kerle haben ihre Grenzen.« Er sah seinen Stiefvater an. »Ich jage dir eine Heidenangst ein, stimmt's?«

»Kann man wohl sagen.«

»Ich hasse alles und jeden«, sagte Jacob. »Ich bin die ganze Zeit über wütend. Aber nicht die anderen sind das Problem, sondern ich. Ich versuche, meine Wut in konstruktive Bahnen zu lenken. Klingt vielleicht wie ein Haufen Scheiße für dich, aber so ist es nun mal.«

Decker schwieg.

Jacob blickte zur Seite. »Ich gebe mir wirklich Mühe, vor allem wegen Eema – sie verdient was Besseres. In den letzten sechs Monaten habe ich außer Aspirin nichts angerührt. Ich bin gut in der Schule. Ich arbeite einmal in der Woche bei der Telefonseelsorge. Ich helfe einmal im Monat im Obdachlosenheim. Ich versuch's *wirklich*! Aber es ist *hart*!«

Decker legte seinem Sohn eine Hand auf die Schulter. Dann beugte er sich vor und küsste ihn auf die Stirn. »Was kann ich für dich tun, Jacob?«

Er schüttelte den Kopf. »Mach einfach so weiter wie bisher – das ist das Beste, schätze ich. Es ist schon toll, wenn du nicht ausflippst, wenn ich dir solche Sachen erzähle.«

»Das fällt mir nicht leicht«, meinte Decker. »Im Innern bin ich gerade ziemlich ausgeflippt.«

Der Junge schob seinen Teller weg und klappte das Buch zu. »Du hast im Lauf der Jahre schon einen ganzen Haufen Verrückte gesehen, oder?«

»Allerdings.«

»Und – passe ich ins Profil?«

Decker wagte nicht, sich mit dem Gedanken näher zu befassen. »Nein.«

Jacob lächelte mit feuchten Augen. »Vielen Dank, dass du nett sein willst.«

»Du hast ein Gewissen«, sagte Decker. »Ein Verrückter nicht. Aber das heißt nicht, dass du keinen Schaden anrichten kannst, wenn du Mist baust.«

»Ich weiß.«

»Hast du Ruby Ranger damals nur etwas vorgemacht, oder wolltest du es wirklich tun?«

»Zu der Zeit habe ich es wirklich tun wollen, nehme ich an. Sie ist ein schlechter Mensch. Sie verteidigt Leute wie Hitler und Stalin und Pol Pot. Als ich ihr drohte, blieb sie echt cool. Ich glaube sogar, es hat ihr gefallen. Ich *weiß*, dass es ihr gefallen hat. Es hat sie angemacht – erregt. Ihre Nippel wurden hart.«

»Das hätte auch Angst sein können.«

»Das war was Sexuelles, Dad. Glaub mir, ich weiß es. Diese Leute … sie sind so reich, so privilegiert. Sie haben schon fast alles ausprobiert und sind ständig auf der Suche nach immer neuen Kicks. Wenn Drogen ihnen nichts mehr bieten können, suchen sie eben nach etwas anderem. Ruby Ranger hält Massenmörder und Serienkiller für verkannte Genies. Glaube ich, dass sie hinter den Verwüstungen steckt – nach allem, was ich von Lisa darüber gehört habe, dass Ruby und Ernesto miteinander rumgemacht haben? Und ob! Es würde mich nicht überraschen, wenn Ruby das Ganze nur inszeniert hat, um mir eins auszuwischen – weil sie natürlich nur darauf gehofft hat, dass ich mit einer Pistole losziehe und sie suche. Wahrscheinlich hat sie die Idee geil gemacht …«

»Es reicht, Jacob!«

»Tut mir Leid, tut mir Leid.« Er schlug die Hände vors Gesicht. »Ich kann ein ziemliches Arschloch sein.«

»Du bist kein Arsch ... doch, manchmal schon. Und dann befürchte ich das Schlimmste. Außerdem weiß ich im Augenblick nicht, was ich tun soll.«

»Mach dir keine Sorgen. Ich werde keinen Blödsinn anstellen, das verspreche ich dir.«

»Bist du zu Dr. Dashoff auch wirklich offen, Jake?«

»Teilweise. So wie jetzt mit dir. Ich erzähle dir Teile der Wahrheit, bis ich genug Mut aufbringe, dir alles zu sagen. Er wird dir sagen können, welche Fortschritte ich mache, aber er lässt mich in meinem eigenen Tempo vorgehen. Er ist viel besser als die Ärztin davor; die konnte ich überhaupt nicht leiden.«

»Hast du ihm von deinen Drohungen gegenüber Ruby Ranger erzählt?«

»Ja. Wir haben daran gearbeitet.«

»Gut.« Decker wählte sorgfältig seine Worte. »Hättest du was dagegen, dass ich ihn anrufe? Ich könnte ein paar Tipps gebrauchen, wie ich mich in Zukunft verhalten soll.«

»Du machst das prima, Dad. Wahrscheinlich spreche ich mit ihm auch nicht mehr als mit dir.«

Nein, ich mache das ganz und gar nicht prima! Sanft fragte Decker: »Also wäre es dir lieber, wenn ich ihn nicht anrufe?«

»Lass mich zuerst mit ihm reden, okay?«

»Dagegen ist nichts einzuwenden. Gibt es noch etwas, das du mir sagen möchtest?«

»Über Ruby Ranger oder über mich?«

»Im Augenblick bin ich mehr an dir interessiert als an Ruby Ranger.«

»Irgendwas Besonderes? Drogen? Stimmt, ich hab auch Pillen eingeworfen. Meistens Downer, wenn Hasch nicht ausgereicht hat. Ich war gern völlig zugedröhnt. Es hat die Wut erträglicher gemacht.«

»Was sonst noch, Yonkie?«

»Das war's.«

Schweigen.

»Nein, wirklich – das war's.« Er zeigte Decker seine Unterarme. »Siehst du? Clean. Ich bin clean. Ich bin immer noch sehr wütend, aber das kommt nicht von der Chemie. Du siehst vor dir den puren, unverfälschten Yonkel.«

Decker versuchte zu lächeln. Anscheinend hatte er zumindest teilweise Erfolg gehabt. »Was ist mit Sex?«

»Was soll damit sein?«

»Bist du sexuell aktiv? Ich möchte nur sichergehen, dass du dich selbst schützt.«

»Darauf kannst du dich verlassen«, lächelte Jacob. »Zumindest verkehre ich mit niemandem.«

Deckers Lachen klang offen. »Okay.«

»Ich hab einen Deal mit mir selbst geschlossen: Ich will versuchen, mich bei den Mädchen zurückzuhalten, bis ich nächstes Jahr auf die Johns Hopkins gehe. Dafür muss mein Notendurchschnitt so gut bleiben wie jetzt, und Mädchen würden mich dabei nur ablenken. Außerdem – wenn ich älter bin, sind auch die Mädels älter. Es ist nicht leichter, aber ich kann warten.«

»Sehr clever von dir.« Decker zögerte. Aber dann brachte er die Worte doch heraus: »Als ich dich gefragt habe, ob du mir noch etwas sagen möchtest, hatte ich eigentlich mehr an kriminelle Aktivitäten gedacht, Jacob.«

Jacob wurde rot und wandte sich ab.

»Liege ich so daneben?«, fragte Decker.

Jacob konnte ihm immer noch nicht ins Gesicht schauen. »Ich habe ein paar Ladendiebstähle begangen.«

»Einbrüche?«

»Nein.« Er sah Decker an. *»Nein.«*

Decker war im Begriff zu sagen: »Gut, ich glaube dir«, aber seine Stimme versagte ihm.

»Ich hab geklaut«, fuhr Jacob fort. »Meistens Schnaps, aber auch so ungefähr ein Dutzend CDs, im Lauf von gut drei Monaten.« Er schwieg kurz. »Sechzehn CDs. Frag mich bitte nicht, wie ich das mit den ganzen Metalldetektoren hingekriegt hab. Es gibt ein paar Tricks. Ich tue *kapparah* dafür.«

»Welche Art von Buße?«, fragte Decker und benutzte den nichtjüdischen Ausdruck dafür.

»Ich habe die CDs nie geöffnet. Sie waren die ganze Zeit originalverpackt.« Pause. »Vor zwei Monaten rief Dr. Dashoff den Geschäftsführer an. Er erklärte die Situation, ohne Namen zu nennen. Dann gab er an meiner Stelle die CDs zurück.

Niemand stellte Fragen. Was den gestohlenen Schnaps betrifft, habe ich all meinen Mut zusammengenommen und bin selbst hingegangen. Ich hatte immer diesen Tante-Emma-Schnapsladen beklaut. Der Besitzer, Mr. Kim, war in der Sache mehr als anständig. Wir haben eine Vereinbarung getroffen – einen Betrag ausgemacht. Den arbeite ich jetzt ab – in Handarbeit. Regale auffüllen, fegen, putzen... darauf achten, dass niemand Schnaps klaut. Ist das ironisch, oder was? Ich gehe immer an Sabbat hin, weil das mein einziger freier Tag ist. Eema glaubt, dass ich bei Freunden bin, aber das stimmt nicht. Du kannst es überprüfen, wenn du willst.«

»Wo ist dieser Laden?«

»Etwa fünf Kilometer von hier. Ich gehe nach dem Mittagessen hin, und Yossie holt mich nach Einbruch der Dunkelheit wieder ab. Früher habe ich ein paar aus der alten Clique da getroffen, aber heute halten sie sich von mir und Mr. Kim fern. Vielleicht habe ich nicht Ruby Ranger einen Schrecken eingejagt – sondern den Jungs.«

Decker rieb sich den Kopf.

»Ich hab dir wohl ganz schön Kopfschmerzen bereitet, was?«

»Ich bin nur froh, dass du es mir wenigstens jetzt erzählt hast.«

»Ich gebe mir echt Mühe, Dad. Es ist hart, aber ich werd's schaffen.«

»Yonkie...« Decker räusperte sich. »Kann es sein, dass dir der Mistkerl, der dich damals belästigt hat, mehr angetan hat, als du uns gesagt hast?«

Wieder lief Jacob rot an. »Ich habe euch alles erzählt, an das ich mich erinnern kann. Aber es können Sachen passiert sein, die... die ich einfach total verdrängt habe. Ich war erst sieben Jahre alt, also... du weißt schon.«

Decker spürte Übelkeit in sich aufsteigen. *Was hatte dieses Schwein dem Jungen angetan?* Äußerlich ruhig, fragte er: »Hast du darüber auch mit Dr. Dashoff gesprochen?«

»Bruchstückhaft. Wann immer ich mich an etwas erinnern kann.« Jacob schenkte ihm ein knappes Lächeln. »Wolltest du nicht etwas über Ruby Ranger wissen?«

Decker war froh, das Thema zu wechseln. Konnte das ein Anzeichen von Schwäche sein, dass er der Sache nicht weiter auf den Grund gehen wollte? Oder versuchte er nur, das Ganze auf eine rationale Ebene zu bringen und solche emotionalen Dinge am besten einem Fachmann zu überlassen? Er war eben auch nur ein Mensch, und irgendwann erreichte er die Grenze dessen, was er an einem Tag verkraften konnte. »Was kannst du mir über sie erzählen?«

»Rein objektiv betrachtet ist sie clever – ein Computermensch. Ich möchte wetten, dass sie auch als Hacker Erfolg hat. Sie ist so sexy, dass die Typen bei ihr Schlange stehen – wenn man den düsteren Gothic-Look mag. Ich kann mir gut vorstellen, dass sie Ernesto dazu überredet hat, die *schul* zu verwüsten. Auf so was fährt sie voll ab. Aber sie würde sich nie selbst die Hände schmutzig machen. Das ist nichts für sie. Sie steht auf Manipulation – andere dazu zu bringen, dass sie ihre pathologischen Ideen ausführen.« Er grinste. »Jetzt klinge ich schon selbst wie ein Seelenklempner, oder?«

»Du hast den Fachjargon gut drauf.«

»Gelernt ist gelernt...« Er schaute Decker an. »Wenn du sie siehst, richte ihr von mir aus, dass sie zur Hölle fahren kann.«

»Sie wird vernommen werden, aber nicht von mir.«

»Verstehe«, lächelte Jacob, »Interessenskonflikt.«

»Genau.«

»Tut mir Leid, dass ich so eine Last für dich bin. Aber tröste dich – in sieben Monaten bist du mich los. So lange kannst du sicher noch durchhalten.«

»Ich will dich überhaupt nicht loswerden, Jacob.«

»Klar, Dad.« Sein Lächeln war bitter. »Im Grunde freue ich mich auf die Johns Hopkins und darauf, auf eigenen Beinen zu stehen. Und ich werde niemanden erschießen. Obwohl ich der Welt wahrscheinlich einen Gefallen täte, wenn ich Ruby Ranger umlege.«

»Das ist nicht witzig, Jacob.«

»So hab ich's auch nicht gemeint, Dad.«

11

Das Zusammenbauen und Lackieren von Bücherregalen gab Decker die Gelegenheit, zur Ruhe zu kommen – statt seines Geistes konnte er zur Abwechslung mal seinen Körper einsetzen. Gegen zwei Uhr morgens waren die chemischen Dämpfe aus der benachbarten Reinigung so unerträglich geworden, dass die Putzkolonne es für diese Nacht gut sein ließ. Rina schlief in dem Moment ein, in dem ihr Kopf das Kissen berührte, aber Decker wälzte sich unruhig hin und her, träumte immer wieder von aufsässigen Jugendlichen, einschließlich seines eigenen Stiefsohns. Gegen halb sechs wachte er unvermittelt auf – draußen war es noch dunkel – und vertrieb seine Müdigkeit mit drei Tassen Espresso. Um sechs Uhr nahm er Gebetsschal und Gebetsriemen und eilte zur Synagoge, um sich den Männern beim Morgengebet anzuschließen – eine Seltenheit, denn normalerweise konnte ihr kleines Gotteshaus um diese Uhrzeit nicht genügend Leute zusammenbringen. Doch die Ereignisse des vorangegangenen Tages motivierten die Gemeinde, sich noch mehr Mühe zu geben.

Unmittelbar vor Beginn des Gottesdienstes strömte die Hälfte von Yonkies Schulkameraden – einschließlich Yonkie selbst – in die Synagoge. Einige hatten sogar Gebäck und Saft als Dank für ihre Teilnahme mitgebracht. Die Atmosphäre war ausgesprochen familiär, und jeder schien freundlicher als sonst zu sein, geselliger … und viel ernsthafter im Gebet. Gegen acht Uhr, nachdem sämtliches Gebäck aufgegessen war, verließen die Männer die Synagoge, um ihren Arbeitstag zu beginnen. Genau in dem Moment kam Rina in Begleitung einiger anderer Frauen herein. Sie hatten Eimer, Bürsten, Putzlappen und jede Menge Klebeband dabei, um die Fetzen der zerrissenen heiligen Bücher wieder zusammenzukleben. Decker half ihnen, die Putzutensilien abzustellen.

»Ich hab die Synagoge noch nie so sauber gesehen«, sagte er zu seiner Frau.

»Fast, als ob nichts geschehen wäre«, erwiderte Rina. »Was ist nur in diesen Jugendlichen gefahren? Warum um alles in der Welt hat er so etwas Schreckliches getan? Ich weiß, dass du mir darauf keine Antwort geben kannst. Ich frage mich einfach nur laut.«

»Ich stehe genau wie du vor einem Rätsel, Liebes.«

Rina betrachtete ihren Mann. »Du siehst müde aus, Peter.«

»Mir geht's aber ganz passabel.« Decker lächelte zur Bestätigung. »Wie machst du das nur, dass du so toll aussiehst? Das ist ungerecht.«

»Das Zauberwort heißt Foundation – damit deckt man die dunklen Ringe unter den Augen ab.«

»Aha.«

»He, du trägst deine Brille ja gar nicht!«

»Noch brauche ich keine Brille!«, behauptete Decker eigensinnig. »Nur für das Kleingedruckte auf Medikamentenpackungen. Man soll nichts übertreiben.«

Rina lächelte. »Hab ich dir heute schon gesagt, dass ich dich liebe?«

»Nein, noch nicht.«

Sie stellte sich auf die Zehenspitzen, flüsterte ihm eine Liebeserklärung ins Ohr und küsste ihn. Dann reichte sie ihm eine Papiertüte. »Ich hab dir was für Mittag eingepackt. Vergiss bitte nicht, es zu essen.«

»Das war noch nie ein Problem … zu essen.«

Sie kniff ihn zärtlich in den Bauch. »Allerdings.«

»Weiter unten, Süße.«

»Hör auf, so zu reden.« Rina lächelte. »Wir sind in einem Gotteshaus.«

Decker lachte und umarmte sie. Sie fühlte sich verspannt an. »Übertreib es nicht mit dem Putzen, Rina. Das schadet nur den Muskeln, die sind so was nicht gewöhnt.«

Sie befreite sich aus seiner Umarmung und rieb ihre Schulter. »Das weiß ich.«

»Ich werde dich an das ›Weiter unten, Süße‹ erinnern«, sagte Decker. »Heute Abend.«

»Na, das will ich doch hoffen.«

Decker zwinkerte ihr noch einmal zu und ging zu seinem Wagen. Bevor er den Motor anließ, rief er erneut bei den Goldings an. Als wieder niemand abhob, hinterließ er eine weitere Nachricht auf dem Anrufbeantworter. Er hatte schon fast den Parkplatz des Reviers erreicht, als er einem Impuls folgte, in der Straßenmitte unerlaubt wendete und wieder zurückfuhr, bis er das Viertel erreichte, in dem die Goldings residierten – eine feudale Wohngegend mit exklusiven, freistehenden Häusern auf großen Grundstücken. Die Wohnanlage besaß ihre eigenen Tennisplätze, Schwimmbäder, Saunaanlagen, Whirlpools, Fitnesscenter und ihre private Schutzpatrouille. Während Decker auf der Suche nach der richtigen Adresse langsam durch die Straßen fuhr, setzte sich ein blau-weiß gekleideter Mann vom Sicherheitsdienst mit seinem Wagen neben ihn und bedeutete ihm anzuhalten, um seine Personalien zu überprüfen. Decker zeigte seine Dienstmarke. Der Wachmann nickte, parkte seinen Wagen in der Mitte der Straße, stieg aus und zeigte Decker den Weg zum Anwesen der Goldings.

Ernesto wohnte in einem Haus, das an einen großen Berg aus schmelzendem Schokoladeneis erinnerte. Es bestand aus Lehmziegeln und hätte in Santa Fe wahrscheinlich phantastisch ausgesehen, aber in einer Straße mit Häusern im traditionellen Tudor-, Kolonial- und mediterranen Stil wirkte das Gebäude seltsam unfertig. Das Ganze sah aus wie ein Projekt, mit dem man noch gar nicht richtig begonnen hatte. Der Bereich vor dem eigentlichen Haus bestand aus einer Ansammlung von Felsbrocken und Steinen, die zusammen mit verschiedenen Kakteen in Sandbeeten platziert worden waren. Daneben fanden sich aber auch Eiskraut als Bodendecker und andere mintgrüne Blattpflanzen. Zwei kleine Krüppelkiefern flankierten eine alte, geschnitzte Holztür – den Eingangsbereich.

Decker klopfte, rechnete aber nicht mit einer Antwort. Zu seiner Überraschung öffnete Carter Golding die Tür, während Jill über seine Schulter schaute. Und noch überraschender war die Tatsache, dass sie so taten, als freuten sie sich, ihn zu sehen.

Wir wollten Sie gerade anrufen.

Decker wurde ins Haus gebeten.

Das Hausinnere wirkte luxuriös und geräumig und basierte auf einem offenen Grundriss: Die einzelnen Räume und Bereiche waren nur durch entsprechende Möbel und Wandschirme voneinander getrennt. Auch die aus braunen Lehmziegeln gefertigte Treppe zu den oberen Geschossen stand frei im Raum. Die lehmfarbenen, grob strukturierten Wände besaßen winzige Fensteröffnungen, durch die jedoch viel Licht fiel. Gedämpfte Farben beherrschten den Raum, hauptsächlich deshalb, weil die Polster von Sofa und Sesseln schon ziemlich verschossen und verschlissen waren. Das Ganze wirkte alles andere als streng strukturiert und erweckte eher den Anschein, als handle es sich bei den Möbeln, dem Nippes, den Bildern und der Wanddekoration um die ausgemusterten Sachen eines anderen. Dennoch sah die Einrichtung nicht wie Trödelkram aus, sondern erinnerte an »schäbigen Schick«, dem man die Designerhand anmerkte.

Jill fing Deckers Blick auf, als er sich umsah. »Alles hier ist recycelt. Bei den Polstern handelt es sich entweder um die Originalbezüge oder um ›entsorgte‹ Stoffe, die wir als Überwurf wieder verwendet haben. Auch die Fensterscheiben – alles im Recyclingverfahren hergestellt.«

»Sämtliche Baumaterialien stammen aus Abrisshäusern«, erklärte Carter. »Darauf sind wir besonders stolz. Sogar das Holz für die Dachkonstruktion wurde aus anderen abbruchreifen Häusern geholt und wieder verwendet.«

»Eine konsequent umweltbewusste Haltung«, meinte Decker.

»Wir tragen unseren Teil dazu bei«, verkündete Jill.

»Und wahrscheinlich zu einem Bruchteil der Kosten«, fuhr Decker fort. »Ich will demnächst unsere Küche renovieren. Das hier bringt mich auf eine prima Idee.«

Jills Gesicht leuchtete auf. »Wenn Sie möchten, zeige ich Ihnen gern einmal unseren Betrieb. Wir bekommen ständig alte Schränke herein. Wundervolle Schränke, Detective, aus massivem Holz. Nicht das heute verwendete Sperrholzzeug.«

Das klang zwar sehr verlockend, war aber nicht nur unmoralisch – Decker konnte sich schon Rinas Reaktion vorstellen, wenn sie erfuhr, dass die Schränke von der Familie stammten, deren Sohn die Wände der Synagoge mit Sprüchen wie *Hitler hätte noch viel mehr von euch umbringen sollen* beschmiert hatte –, sondern auch ziemlich zwecklos. Es hatte Decker bereits große Mühe gekostet, Rina dazu zu überreden, in seinem frisch aufgemöbelten Porsche zu fahren.

Carter reichte ihm seine Visitenkarte. »Die Nummer auf der Rückseite ist meine private Geschäftsnummer. Darunter können Sie mich jederzeit erreichen.«

Decker steckte die Karte ein, um erstens die Telefonnummer zu haben und zweitens höflich zu sein.

»Bitte nehmen Sie doch Platz«, sagte Jill. »Wo Sie gern möchten.«

Decker entschied sich für das Sofa mit dem Muster aus Rosenranken, das sich als sehr bequem erwies. Carter ließ sich in einen dick gepolsterten Sessel sinken und schaute sich in seinem Haus um, als sähe er es zum ersten Mal.

»Meine Frau hat einen Blick fürs Design.« Carter lächelte freundlich – weiße Zähne blitzten hinter seinen graubraunen Barthaaren auf. »Sie weiß, wie man die Dinge miteinander kombinieren muss. Das ist eine hohe Kunst.«

Der Mann gab sich allzu heiter. Klein und dünn von Gestalt, wurde er fast von den riesigen Kissen des Sessels verschluckt. »Kann ich Ihnen etwas zu trinken anbieten?«

»Nein, vielen Dank, Mr. Golding.«

»Nennen Sie uns doch einfach Jill und Carter«, sagte Jill. Die Haut ihres elfenhaften Gesichts wirkte klar und rein. Ihr langes Haar war zu einem Pferdeschwanz zusammengebunden, und sie schien insgesamt weniger gestresst und um Jahre jünger. Beide Goldings trugen Jeanshemden und -hosen. Decker kam sich in seinem Anzug ziemlich förmlich vor.

»Was für ein glücklicher Zufall, dass Sie vorbeigekommen sind.

Von Angesicht zu Angesicht redet es sich doch sehr viel besser«, meinte Jill.

»Ich würde mich sehr gern mit Ihnen unterhalten.« Doch Decker war in Gedanken bereits bei Ricky Moke und Darrell Holt und der Frage, ob sie etwas mit Ernesto und den Verwüstungen zu tun hatten. »Aber wenn es Ihnen nichts ausmacht, würde ich zuerst lieber mit Ernesto reden.«

»Er ist nicht da«, sagte Carter. »Er hält sich bei Verwandten auf. Dieses ganze Theater hat ihn ziemlich mitgenommen. Außerdem braucht er Zeit und Muße, um sich über die Bedeutung seiner Tat Gedanken zu machen.«

»Vielleicht kann ich ja dort mit ihm sprechen... wo er zurzeit gerade ist.« Decker lächelte. »Es würde mir sehr helfen, wenn ich ihm ein paar Fragen stellen könnte.«

Jill seufzte. »Es tut uns sehr Leid, Detective, aber sein Anwalt lässt nicht zu, dass Sie ihn ohne juristischen Beistand befragen. Aber wenn Sie eine Nachricht hinterlassen wollen, werden wir sie gerne weiterleiten.«

»Ich möchte wirklich gern persönlich mit ihm sprechen.« Decker spürte, dass auf der Gegenseite eine gewisse Bereitschaft zur Kooperation bestand. »Gibt es irgendeine Möglichkeit, eine kurze Stippvisite zu arrangieren? Vielleicht könnten Sie mich zu ihm bringen? Es macht mir nichts aus, wenn Sie dabei sind, während ich ihm ein paar Fragen stelle...«

»Nein, das wird nicht gehen«, unterbrach Carter ihn. »Nicht ohne seinen Anwalt. Ich hoffe, Sie haben dafür Verständnis.«

Decker nickte. »Ich habe nichts gegen Mr. Melroses Anwesenheit einzuwenden.«

»Everett hat einen ziemlich straffen Zeitplan«, erklärte Jill. »Ich fürchte, der gestrige Tag hat ihn sehr aufgehalten. Aber wir werden ihn natürlich informieren. Vielleicht kann er ja kurzfristig ein wenig Zeit erübrigen.«

»Würden Sie das tun?«, fragte Decker.

»Es wäre mir ein Vergnügen«, antwortete Jill.

Aber Decker wusste, dass sie den Anwalt nicht fragen würde. »Was ist mir Karl?«

»Was soll mit ihm sein?«, wollte Jill wissen.

»Vielleicht könnte ich mit ihm reden?«

»Wozu?«, mischte Carter sich ein. »Es hat doch keinen Sinn, ihn in die ganze Geschichte hineinzuziehen. Wir glauben nicht an Sippenhaft, Lieutenant.«

»Natürlich.« So kam er nicht weiter. Er erhob sich. »Ich danke Ihnen, dass Sie sich die Zeit ...«

»Bitte, bleiben Sie noch einen Moment.« Carter wartete einen Augenblick und strich sich über seinen sorgfältig gestutzten Bart. »Wir möchten Sie um einen Gefallen bitten.«

»Mich?«

»Bitte, nehmen Sie doch wieder Platz«, sagte Jill. »Wollen Sie wirklich nichts trinken?«

»Nein, danke.«

Jill wartete, dass er sich hinsetzte, und folgte dann seinem Beispiel. Sie strahlte ihn an. »Wir haben hervorragende Therapeuten für Ernesto gefunden. Es hat zwar die ganze Nacht gedauert, aber jetzt glauben wir, die richtigen Leute für ihn aufgetrieben zu haben.«

Und Carter fügte hinzu: »Diese Vandalismusgeschichte ist unverzeihlich – ungeheuerlich und widerwärtig. Dennoch haben wir das Gefühl, dass wir dem Problem auf den Grund gehen müssen. Da stimmen Sie mir doch zu, oder?«

Decker nickte.

»Ernestos Verhalten zeigt einen deutlichen Mangel an Verständnis von unserer Seite.« Carter blickte zu Boden und schüttelte den Kopf. »Da versucht man sein Bestes, aber es ist nie gut genug. Wir brauchen die Hilfe eines Profis.«

»Haben Sie Kinder?«, fragte Jill.

Decker nickte erneut.

»Kinder im Teenageralter?«

»Jill, das geht jetzt ein wenig zu weit«, schaltete Carter sich ein.

Offensichtlich hatte Ernesto seinen Eltern nichts von Jacob erzählt. »Ja, auch ich habe Kinder im Teenageralter. Und ich weiß, dass sie manchmal voller Überraschungen stecken«, meinte Decker.

»Genau!«, rief Jill. »Es freut mich, dass Sie in unserem Team sind!«

»In Ihrem Team?«

»Ja, sozusagen.« Auch Carter war jetzt ganz aufgeregt. »Denn Sie könnten uns eine große Hilfe sein. Ernesto hat darum gebeten, dass Sie mit dem Therapeuten reden.« Er lächelte. »Ich weiß nicht, was Sie unserem Sohn gesagt haben, aber offensichtlich vertraut er Ihnen, hat so was wie eine Beziehung zu Ihnen, wenn Sie so wollen. Ich persönlich finde das ganz ausgezeichnet. Und ich muss sagen, dass diese Art von ... von Bindung sehr unerwartet kommt ... von Seiten eines Polizisten.«

Die letzten Worte spuckte er fast aus.

»Es ist nicht so, als würden wir die örtlichen Behörden nicht unterstützen. Aber angesichts der jüngsten Vorfälle beim Los Angeles Police Department, macht man sich doch so seine Gedanken ...«

»Das müssen wir jetzt nicht näher erörtern, Carter«, fiel Jill ihm ins Wort. »Lieutenant Decker, wir möchten Sie bitten, mit Dr. Baldwin zu sprechen. Das wäre wirklich sehr freundlich von Ihnen.«

Decker war sprachlos. »Mrs. Golding ...«

»Jill ...«

»Ich freue mich, dass Ernesto professionelle Hilfe erhält. Aber ich bin nicht derjenige, der hier als Mittelsmann auftreten sollte.«

»Ganz im Gegenteil«, protestierte Charter. »Mich interessiert Ihre Meinung. Und was noch wichtiger ist: Sie interessiert Ernesto.«

»Hören Sie, Mr. Golding, wenn ich mich mit einem Verdächtigen zusammentue – und sei es auch zum Nutzen der Gesellschaft –, dann begebe ich mich in einen Interessenskonflikt. Und selbst wenn ich diesen Mann ...«

»Dr. Baldwin«, warf Jill ein.

»Ja, Dr. Baldwin. Selbst wenn ich mit ihm einverstanden bin, Ma'am, dann bedeutete das noch lange nichts. Und falls ich es nicht bin, heißt das auch nichts, weil ich keinen guten Therapeuten von einem schlechten unterscheiden kann.«

»Wir wollen nur Ihre persönliche Meinung hören«, sagte Jill.

»Es tut mir Leid. Das kann ich nicht.«

»Das ist sehr bedauerlich.« Carter wirkte wieder nachdenklich und ernst. »Ernesto bestand uns gegenüber darauf, dass Ihnen seine Interessen am Herzen liegen.«

Dieser manipulative kleine Mistkerl. »Auch ich würde es begrüßen, wenn alles gut ausginge. Aber mein Beruf steht in direktem Gegensatz zu dem, was Sie von mir verlangen.«

Carter strich sich über den Bart. »Wie wäre denn folgender Vorschlag: Sie stimmen zu, mit Dr. Baldwin zu reden, und wir lassen Sie mit Ernesto sprechen und ihm ... ein paar Fragen stellen.«

Eine ganze Bande von manipulativen Mistkerlen.

Jill schaltete sich ein. »Ernesto scheint Ihnen zu vertrauen. Er möchte wirklich Ihre Meinung hören.«

»Ich kann ihm keine Meinung bieten. Ich verstehe nichts von Therapeuten oder Psychologie.«

»Aber bestimmt haben Sie in Ihrem Beruf schon mit diversen Therapeuten zu tun gehabt«, sagte Carter. »Sie können nicht ohne irgendeine Form von Stressbewältigung tagaus, tagein mit verzweifelten Menschen umgehen.«

»Der letzte Therapeut, mit dem ich gesprochen habe, war auf Kinder- und Jugendpsychologie spezialisiert«, erwiderte Decker.

»Tatsächlich?«, rief Jill. »Wie hieß er denn? Ich bin mir sicher, dass ich ihn kenne.«

»Jill, auch das geht jetzt wieder ein wenig zu weit.«

»Woher sollten Sie ihn kennen?«, fragte Decker.

»Weil ich eine Zulassung als Ehe- und Familienberaterin habe«, erklärte Jill. »Ich dachte, Sie wüssten das.«

»Nein, das wusste ich nicht.«

»Ich dachte, die Polizei würde alles über einen Verdächtigen in Erfahrung bringen«, sagte Carter.

»Wie bitte?«, fragte Decker. »So weit mir bekannt ist, stehen Sie beide noch nicht auf der Verdächtigenliste.«

»Ich meine, die Familie eines Verdächtigen. Sie wollen doch wohl nicht sagen, dass wir nicht unter einem gewissen Verdachtsmoment ...«

»Carter, das können wir später noch klären«, unterbrach Jill ihren Mann. »Wie heißt der Arzt? Ich meine, der Kinderpsychologe?«

»Fällt das nicht unter vertrauliche Informationen, Jill?«, wollte Carter wissen.

»Oh, ich glaube, da hast du Recht.« Sie nickte ernst. »Es tut mir Leid. Sie schienen uns gegenüber so offen, dass ich ein wenig zu weit gegangen bin. Wie dem auch sei – für Ernesto ist es wichtig, dass Sie mit dem Therapeuten sprechen. Und mich persönlich interessiert Ihre Meinung ebenfalls. Wir alle wollen doch nur Ernesto helfen. Sie doch auch, oder?«

»Wenn Sie uns helfen, Lieutenant«, sagte Carter, »bin ich mir sicher, dass wir bezüglich Everett etwas arrangieren können. Wenn er sieht, wie sehr Ihnen Ernestos Wohlergehen am Herzen liegt, wüsste ich keinen Grund, warum er Sie nicht mit ihm reden lassen sollte.«

»Und letztendlich ist es ja unsere Entscheidung«, fügte Jill hinzu, »ob wir Ihnen erlauben, mit Ernesto zu reden.«

»Also – eine Hand wäscht die andere. Ist es das, was Sie meinen?«

Sie errötete. »Ich sagte lediglich, dass es unsere Entscheidung ist. Sie sehen doch sicherlich auch, dass Ernesto kein Krimineller ist.«

Decker konnte nichts dergleichen sehen. Er hatte jetzt eigentlich eine halbe Stunde Mittagspause und wollte das von Rina eingepackte Rauchfleischsandwich mit Senf, Majo, Sauerkraut und Gewürzgurken vertilgen – aber was sprach dagegen, sich seine Verdauungsstörungen von etwas anderem als Essen zu holen?

12

Außer von Vandalismus wurde die Stadt auch von Verbrechen anderer Art heimgesucht: Vergewaltigungen, Überfällen, Autodiebstählen und diversen Einbruchsdelikten. Decker dachte darüber nach, ob es sinnvoll wäre, wertvolle Zeit mit der Befragung eines Psychiaterehepaars zu verbringen, auch wenn das für Ernesto eine Chance bedeutete. Andererseits: Warum sollte er nicht wenigstens versuchen, das Kind anderer Leute zu verstehen, wenn ihm schon sein eigener Stiefsohn Rätsel aufgab?

Wanda hatte im Internet eine ganze Menge Informationen über Mervin Baldwin und seine Frau Dee, ebenfalls Psychologin, gefunden. Sie waren von diversen hochkarätigen Zeitschriften interviewt worden und hatten eine Titelstory in *Psychologie heute* gehabt. Darüber hinaus fanden sich mehrere »intime« Reportagen über das Paar in den Magazinen sowohl regionaler als auch nationaler Psychologenorganisationen. Außerdem hatten die Baldwins selbst etwa ein Dutzend Zeitschriftenartikel verfasst, von denen die meisten das Thema »Auflehnendes Verhalten bei Jugendlichen« behandelten. Nach Lektüre der Zusammenfassung schloss Decker, dass Merv Baldwin sich auf die Arbeit mit schwierigen Jugendlichen spezialisiert hatte.

Einige Essays beschäftigten sich auch mit Baldwins eigener neuer Behandlungsmethode namens Naturtherapie, bei der es darum ging, eins mit der Natur und dem Land zu werden – eine Kombination aus intensiver Gruppenarbeit in der Wildnis und Einzeltherapiegesprächen. Da die Artikel nur so von Psychologiejargon strotzten, den Decker nicht verstand, machte er sich ein paar Notizen. Er war sich nicht sicher, was es bedeutete »eins mit dem Land zu werden«, aber für ihn klang das verdammt nach Camping.

Die Baldwins besaßen mehrere Dependancen, aber ihr Hauptwohnsitz befand sich in Beverly Hills; die genaue Adresse erhielt Decker von Golding, bevor er ging. Wanda hatte mehrere Bilder von den Psychologen aus dem Internet heruntergeladen, die sich jedoch nicht gut reproduzieren ließen. Anhand der Fotografie war Merv Baldwin kahl, aber teuer gekleidet und ungefähr Anfang fünfzig – also etwa zehn Jahre älter als seine Frau Dee, die äußerst gepflegt wirkte und so steif war wie ihre kunstvolle Frisur.

Auf Grund von Straßenarbeiten war der Verkehr auf dem Highway besonders dicht. Decker fuhr am Sunset Boulevard nach Osten ab und durch Westwood hindurch bis in das exklusive

Wohnviertel von Beverly Hills. Auch den kurvenreichen Boulevard hatte man wegen Bauarbeiten auf zwei Spuren verengt, und dank heftiger Regenfälle war der Asphalt mit einer dünnen Schmierschicht bedeckt und sehr rutschig, was den Verkehrsfluss fast zum Erliegen brachte. Los Angeles war zu keiner Zeit auf Regen vorbereitet, und wenn er dann tatsächlich einmal kam, fuhren seine Einwohner wie Anfänger, entweder zu langsam oder zu schnell.

Decker bog nach links in den Roxbury Drive und folgte der Straße, bis sie zu einer Einbahnstraße in die Gegenrichtung wurde. Er lenkte den Wagen durch die Menge der Kauflustigen und Touristen, bis er schließlich wieder der Verkehrsordnung gemäß weiterfahren konnte. Das Problem war nur, dass sämtliche Parkplätze am Straßenrand als auch auf den öffentlichen Parkflächen belegt waren. Als er endlich doch einen Platz gefunden hatte, wo er den Wagen stehen lassen konnte, war er bereits zehn Minuten zu spät.

Aber offensichtlich spielte das keine Rolle, denn die Baldwins ließen ihn ihrerseits warten. Decker hatte nicht angenommen, dass sie ihn mit offenen Armen empfangen würden, aber dass sie ihn so lange schmoren ließen, war nicht Teil seines Plans. Er wollte gerade gehen, als die Tür aufgerissen wurde und eine junge afroamerikanische Frau, die sich selbst als Maryam Estes vorstellte, Decker um Entschuldigung für die Verspätung bat. Hübsch und mit atemberaubenden Kurven ausgestattet, ging sie hüftenschwingend vor Decker zu einer Suite mit einer sehr niedrigen Decke. Die Suite war sehr geräumig und im Stil von Frank Lloyd Wright gehalten – mit zahlreichen Holzeinbauten, einem Konferenztisch und einem Doppelschreibtisch aus poliertem Nussbaumholz. Die beiden Sofas waren aus Lattenrosten konstruiert und mit dutzenden farblich abgestimmter Kissen bedeckt. An den Wänden hingen üppige Blumenstillleben, und im Kamin brannte ein Feuer.

Auch wenn die Umgebung jetzt exklusiver war, hatte Decker nicht vor, noch länger zu warten. Er wollte gerade seinem Unmut Luft machen, als eine Frau hereinkam, seine Hand mit beiden Händen umfasste und sich als Dee Baldwin vorstellte. Sie sah noch jünger aus als auf dem Foto und musste etwa Ende dreißig sein. Doch auch jetzt trug sie diese sorgfältig arrangierte Frisur, die in freier Wildbahn nicht lange halten würde. Sie hatte ein rundes Gesicht, kupferbraune Augen und weiße Zähne, wodurch sie entfernt an eine Löwin erinnerte. Insgesamt wirkte sie jedoch sehr zierlich, wenn man von ihren breiten Schultern absah, die durch Polster im Jackett ihres schwarzen Hosenanzugs noch betont wurden. An ihren Ohrläppchen baumelten Goldohrringe, und auch um ihren Hals glänzte es golden. Ihr leichtes, luftiges Parfüm erfüllte den Raum.

»Es tut mir schrecklich Leid, dass Sie warten mussten.« Ein entschuldigendes Lächeln. »Eine unvorhergesehene Krisensituation … noch schlimmer als bei Ernesto Golding. Dieser Junge hier steckt *wirklich* in Schwierigkeiten. Merv kümmert sich noch um die Eltern, aber er wird gleich hier sein. Ich weiß, Sie sind ein viel beschäftigter Mann, daher schlage ich vor, dass wir schon einmal ohne ihn anfangen.«

Dee ließ sich Decker gegenüber auf einem Stuhl nieder.

»Es war sehr freundlich von Ihnen, direkt zu uns zu kommen. Zumal Ihre persönlichen Gefühle für Ernesto ziemlich gemischt sein dürften.«

»Da wir beide unter Zeitdruck stehen, möchte ich Sie bitten, mir zu erklären, warum alle so sehr darauf bedacht sind, dass wir miteinander reden«, sagte Decker.

»Wir übernehmen immer die Gespräche mit der Polizei.«

»Das wusste ich nicht.«

»Vielleicht sollte ich Ihnen ein wenig über Merv und mich erzählen. Unsere Therapie gilt auf dem Gebiet der konservativen Psychotherapie als recht unorthodox.«

»Ich hatte die Psychologie bisher nicht als konservativ eingeschätzt.«

»Das ist sie aber.« Dee schlug die Beine übereinander. Stoff rieb an Stoff und erzeugte ein raschelndes Geräusch. »In der Praxis kommen die gleichen Methoden und Ansätze wieder und wieder zur Anwendung. Entweder Freud und Psychoanalyse oder Skinner oder eine Variante der behavioristischen Verhaltenstherapie oder Roger und seine klientzentrierte Gesprächstherapie oder eine Form der humanistischen Psychologie – Gestalttherapie. Ferner sind da noch die zahlreichen Therapieansätze, die sich mit Ängsten und Phobien beschäftigen – Hypnose, Meditation oder Entspannungstherapie. Aber kein Bereich der Psychologie hat sich bisher mit der Tatsache auseinander gesetzt, dass wir als menschliche Wesen durch die Domestikation und Urbanisierung unserer wahren Natur beraubt wurden. Wir haben das primitive Leben hinter uns gelassen. Daran ist auch nichts auszusetzen – verstehen Sie mich bitte nicht falsch –, aber es gibt in uns immer noch einen Teil, der sich danach sehnt, in Harmonie mit der Natur zu leben.«

»Deshalb gibt es die Nationalparks, vermute ich mal.«

»Camping, Jagd, Angeln…« Sie machte eine wegwerfende Handbewegung. »Das sind Hobbys, aber nichts, womit man seinen Lebensunterhalt verdient. Wir sind solche Großstadtmenschen geworden, dass wir vergessen haben, aus welchem Holz wir geschnitzt sind. Wir können zwar nicht die Uhr zurückdrehen – die Zeit schreitet unaufhaltsam fort –, aber wir müssen uns mit diesem Aspekt unserer animalischen Seite beschäftigen. Wenn wir ihn nicht in konstruktive Bahnen lenken, dann übernehmen die destruktiven Kräfte diese Aufgabe. Wie etwa bei Ernesto Golding. Ernesto ist ein junger Mann, dessen *primitus* hin zu *constructo* und nicht zu *destrudo* geführt werden sollte.«

Decker lächelte. »Und was bedeutet das?«

Von der Tür drang dröhnend eine Stimme zu ihnen. »Er muss körperlich gefördert werden! Das heißt es.«

Decker drehte sich um. Im Gegensatz zu seiner Frau sah Merv Baldwin älter aus als auf dem Computerfoto; er war etwa Mitte fünfzig, was bedeutete, dass ungefähr fünfzehn Jahre zwischen ihm und Dee lagen. Decker wollte keineswegs ein Urteil über ihn fällen – er war schließlich selbst zwölf Jahre älter als Rina –, aber er hatte es durchaus bemerkt. Während Dee als eine Schönheit bezeichnet werden konnte, ließ sich das von Merv nicht gerade behaupten: Der Mann war nicht nur kahl, sondern besaß auch einen dicken Bauch und ein rundes Gesicht mit Hängebacken. Er hatte kurze Gliedmaßen und Finger und mit Sicherheit auch kurze Zehen, denn seine Schuhe – Krokoledermokassins mit Quaste – waren relativ klein. Decker fragte sich, wie es ihm gelang, auf solch winzigen Füßen das Gleichgewicht zu halten. Baldwin trug einen teuren, maßgeschneiderten Anzug, der Größe und Applikation am Kragen nach zu urteilen, sicherlich ein Einzelstück. Und er besaß ein gutes Farbgespür: blauer Nadelstreifenanzug, weißes Hemd, goldene Krawatte.

»Merv Baldwin.« Ein kräftiger Händedruck. »Bitte, entschuldigen Sie meine Verspätung. Große Krise! Kam nicht vollkommen unerwartet, jedenfalls nicht für mich, aber manche der Beteiligten waren doch ziemlich überrascht.« Er begann auf und ab zu gehen. »Also Sie sind der Detective, der Ernesto das Geständnis entlockt hat. Ein schriftliches Geständnis wie auch eines der Seele. Ich muss Sie darauf aufmerksam machen, dass ich mit diesem Treffen nicht einverstanden war.«

»Ich auch nicht«, erwiderte Decker.

Baldwin blieb stehen, musterte Decker und setzte sich dann wieder in Bewegung. Decker warf dem weiblichen Part der Baldwins einen Blick zu und versuchte in Dees Gesicht eine Reaktion auf Mervs ständiges Auf- und Abgehen zu lesen. Aber sie war völlig entspannt, als sei das Ganze vollkommen normal.

»Vielleicht waren wir beide nicht einverstanden, weil wir auf unterschiedlichen Seiten stehen, richtig?«, fragte Merv.

»Keine Ahnung«, erwiderte Decker. »Wir möchten beide die Wahrheit herausfinden.«

»Ja, aber Sie wollen eine greifbare, eine sensorische Wahrheit. Eine Wahrheit, die Sie sehen, hören oder fühlen können. Ich dagegen möchte die Wahrheit hier oben erfahren.« Er tippte mit dem Finger gegen seine Schläfe. »Für mich ist das, was in der Synagoge passierte – so schrecklich es auch sein mag – nicht so wichtig wie das, was im Kopf des Jungen vorging. Das *Warum*. Für Sie ist das Warum nicht von vorrangiger Bedeutung. Natürlich suchen auch Sie nach einem Motiv; auf diese Weise lässt sich der Fall schneller abschließen. Aber Ihr Hauptinteresse gilt der Tatsache, dass ein Verbrechen begangen wurde.«

»Das stimmt so nicht«, sagte Decker.

»Ach, nein?«, rief Merv, während er weiter auf und ab marschierte. »Das Gesetz berücksichtigt einige mildernde Umstände, aber nicht alle. Im Kopf gibt es jedoch *immer* mildernde Umstände.«

Der Mann war wirklich eine Nervensäge. Decker wurde langsam ärgerlich. »Warum bin ich hier, Dr. Baldwin?«

»Ernesto hat verlangt, dass ich Ihnen meine Therapie erkläre und Ihre Zustimmung einhole. Nicht dass es mich interessiert, ob Sie zustimmen oder nicht. Ich versuche nur, einem alten Freund zu helfen.«

»Sie sind mit den Goldings befreundet?«, fragte Decker.

»Wir haben zusammen demonstriert.« Baldwin blieb stehen, um Deckers Gesicht zu betrachten. »Sie müssten eigentlich zur gleichen Generation gehören.«

»Als Kriegsveteran stand ich auf der anderen Seite, Doktor.« Decker lächelte. »Scheint so was wie ein wiederkehrendes Muster zu sein.«

Merv lächelte. »Nicht so, wie Sie denken. Auch ich habe meine Dienstpflicht erfüllt – allerdings nicht an der Front. Ich schätze, dass Sie von mir jetzt keine besonders gute Meinung haben. Aber ich war nicht gegen die Armee, sondern nur gegen den Vietnamkrieg. Ich war als Militärpsychologe in Deutschland stationiert – einer derjenigen, die man bei Kriegspsychosen zu Rate zieht. Es war ein wirklich hässlicher Krieg.«

»Ja, das stimmt.« Decker warf einen Blick auf seine Uhr. »Es war sehr nett, mit Ihnen über Politik zu plaudern, aber ich habe noch andere Verpflichtungen.«

»Wir wissen, dass Sie ein viel beschäftigter Mann sind«, meinte Dee ohne jeden Sarkasmus in der Stimme. »Vielen Dank, dass Sie sich für uns und Ernesto Zeit genommen haben. Wir haben ständig mit Extremsituationen zu tun und helfen jungen Männern dabei, ihre Energie in konstruktive Bahnen zu lenken. Und so lange sie nicht ein Gespür für ein Leben in Harmonie mit der Natur entwickeln, können sie den *constructo* in ihrem Innern nicht erreichen. Deshalb nennen wir unsere Therapie ›Naturtherapie‹. Wir führen unsere Patienten aus der Stadt hinaus und hinein in die Wildnis. Tagsüber werden sie körperlich gefordert: Sie müssen eine Hütte bauen, nach Nahrung suchen, sich vor wilden Tieren, Insekten und den Kräften der Natur schützen. Dieses Training wird von erfahrenen Survivalspezialisten überwacht, die den Auftrag haben, den Patienten alle wichtigen Dinge des Überlebens beizubringen. Sie selbst dürfen jedoch keinerlei Therapie anbieten. Selbst wenn ein Patient sich ihnen anvertrauen möchte, haben sie die Anweisung, ihn zu bitten, seine Fragen oder Probleme bis zur nächsten Gruppen- oder Einzeltherapie aufzuschieben. Jeder unserer Jugendlichen bekommt sowohl Einzel- als auch Gruppentherapie. Gerade die Integration von Psyche und Körper bringt unsere Patienten wieder in Harmonie mit sich selbst und der Natur.«

Merv setzte den Vortrag fort: »Wir haben eine enorme Erfolgsquote zu verzeichnen. Zwar sind wir nicht perfekt, aber keine Therapieform bietet ein Allheilmittel, zumal wenn der Patient nicht bereit ist, sich zu ändern. In Ernestos Fall haben wir den Eindruck, dass er für unsere Selbsterfahrungstherapie reif ist. Er ist intelligent, körperlich fit und über das, was er getan hat, sehr bekümmert. Sicher sind auch Sie der Meinung, dass der Junge sich – mit der richtigen Begleitung – doch noch zu einem nützlichen Mitglied der Gemeinschaft und einer Stütze der Gesellschaft entwickeln kann.«

»Wenn Sie glauben, dass Sie ihn ändern können – prima!«, sagte Decker.

»Das würde Ihnen gefallen, was?«, sagte Merv.

»Aber sicher.«

»Und es stünde im Widerspruch zu Ihrer vorgefassten Meinung über den Jungen?«, fragte Merv. »Ich bin mir sicher, dass Sie ihn als problematisch eingestuft haben.«

»Eher als kriminell«, erwiderte Decker. »Aber überzeugen Sie mich doch einfach vom Gegenteil.«

Dee lächelte. »Oh, das werden wir, Lieutenant. Daran besteht kein Zweifel. Das werden wir.«

»Hört sich für mich wie ein Sommerlager für Problemjugendliche an.« Decker lehnte sich in seinem Stuhl zurück und betrachtete Martinez, Webster und Bontemps. Die drei sahen aus wie eine ältere Ausgabe der Twen-Police. »Habt ihr schon mal einen Blick auf die letzte Seite des *Sunset Magazine* oder ähnlicher Zeitschriften geworfen? Da wimmelt es nur so von Naturcamps für jugendliche Problemfälle. Ich wüsste wirklich nicht, wodurch sich dieses von den anderen unterscheiden sollte.«

Martinez rieb sich sein müdes Gesicht. Es war bereits kurz vor fünf, und sein Magen rumorte. »Vielleicht liegt der Unterschied darin, dass die Baldwins eine reiche Klientel ansprechen.«

»All diese Lager sprechen eine reiche Klientel ein, Bert. Hast du schon mal da angerufen und dich nach den Preisen erkundigt?«

»Vielleicht haben sie einen höheren Betreuer-Patienten-Schlüssel. Oder die beiden Psychologen sind mit ihrer Therapie einfach erfolgreich«, meinte Wanda.

»Vielleicht verstehen sie es aber auch nur besser als andere, sich in Szene zu setzen«, meinte Decker. »Wenn es die Jugendlichen jedoch zur Einsicht bringt, bin ich voll dafür.«

»Aber du hast so deine Zweifel«, stellte Martinez fest. »Ich auch. Lass mal hören, was dich daran stört.«

Decker legte die Fingerspitzen aneinander. »Wenn die Kids ihre Fehler wieder gutmachen würden, dann könnte es vielleicht funktionieren. Aber ehrlich gesagt – wie man in den Wald hineinruft … Ich glaube, dass diese Survivalcamps aus kleinen Psychos nur große machen. Denn da lernen sie genügend Survivaltechniken, um wunderbar unterzutauchen.«

»Ganz meine Meinung«, sagte Martinez.

»Glaubst du wirklich, dass Ernesto ein derart hoffnungsloser Fall ist?«, fragte Webster. »Ich will die kleine Ratte nicht entschuldigen – meines Erachtens verdient er eine höhere Strafe als gemeinnützige Arbeit –, aber sein auffälliges Verhalten ist wahrscheinlich nur eine Auflehnung gegen seine extrem liberalen Eltern. Ihr wisst doch, wie das ist. Die Kids experimentieren, und wenn es ihnen nicht gelingt, ihre Eltern wirklich auf die Palme zu bringen, haben sie was falsch gemacht.«

»Das hier geht aber über die übliche Rebellion hinaus«, sagte Decker. »Der Junge hat am Tatort Bilder von zahlreichen toten Juden zurückgelassen. Es war einfach widerwärtig!«

Webster war noch nicht bereit aufzugeben. »Ich weiß, dass es dich wirklich mitgenommen hat, aber denk doch mal über Folgendes nach: Auf welche Weise rebellieren Jugendliche? Drogen? Sex? Seltsame Kleidung und laute Musik? In Anbetracht von Ernestos familiärem Hintergrund kann ich mir nicht vorstellen, dass sich die Goldings über irgendeinen dieser Dinge sonderlich aufregen würden. Aber Rassismus oder Gewalt – Hakenkreuze und Gräuelfotos –, das würde sie an ihrer empfindlichsten Stelle treffen.« Er machte eine kurze Pause. »Sie waren doch schwer getroffen, oder?«

»Ich denke schon.«

»Du *denkst* schon?«, fragte Martinez.

»Ich will es mal so sagen: Sie waren sehr froh darüber, dass ihr Sohn eine Therapie macht. Das war für sie das Wichtigste, nicht die Zerstörung einer Synagoge. Jill und Carter glauben an Psychotherapie, und mit den Baldwins glauben sie die richtigen Leute für Ernestos Problem gefunden zu haben. Was natürlich völliger Schwachsinn ist. Der Junge wusste verdammt gut, was er tat. Und um deine Frage zu beantworten, Tom: Ich denke schon, dass Ernesto noch zu retten ist, aber das habe ich jetzt nicht mehr in der Hand. Der Deal ist gelaufen, und ich war daran beteiligt. Die Therapie und die gemeinnützige Arbeit werden den Richter zufrieden stellen, und das war's dann auch schon. Wenn ich mehr erreichen will, muss ich es auf eigene Faust tun.«

Decker strich über den Schnurrbart.

»Ernesto mag diesen Nazischeiß vielleicht aus dem Internet heruntergeladen haben, aber das mit der Synagoge war er nicht allein. Ich wüsste wirklich zu gern, wer sonst noch mitgemischt hat. Ernesto will keine Namen nennen, aber vielleicht finden wir ja jemanden, der bereit ist auszupacken.« Er wandte sich an Webster. »Ich nehme an, die Überwachung hat nichts gebracht, oder?«

»Na, so kann man das nicht sagen. Ich hab zumindest einige recht interessante Hörbücher gehört.« Tom zuckte die Achseln.

»Weder Holt noch das Mädchen sind rein- oder rausgegangen. Ich bin dann gegen Viertel nach eins weg.«

»Bis auf die Hüter der Völkischen Reinheit haben wir auf lokaler Ebene keine Verdächtigen«, sagte Wanda. »Aber in den Randgebieten – in den Bergen und den Cañons – gibt es zahlreiche Splittergruppen.«

»Wo wir gerade von Bergen und Verstecken sprechen, erinnert ihr euch noch an Ricky Moke?«, fragte Martinez.

»Darrell Holts Freund?«, wollte Decker wissen.

»Ja, genau der. Das FBI führt eine Akte über Ricky Moke. Aber nicht wegen irgendwelcher Bombenattentate.«

»Sondern?«

»Hacken von Computern. Moke ist ziemlich mysteriös. Die Kollegen beim FBI haben kaum Informationen über ihn.«

»Und was wissen sie dann über ihn?«

»Es gab einen Typen, der den Decknamen Ricky Moke verwendete und vom FBI dabei erwischt wurde, als er sich von einem Ort in der Nähe von San Francisco in den Rechner von Lunar System Inc. hackte. Als die Beamten loszogen, um den Zugang zu überprüfen, stellten sie fest, dass die Adresse einem Lebensmittelhändler gehörte, der von nichts wusste. Irgendjemand hatte den Port mit einem abbruchreifen Haus verkabelt. Niemand weiß, wer dieser Moke wirklich ist.«

»Es gibt keine Fotos von ihm?«

»Nichts.«

»Also wissen wir nicht einmal, ob Moke wirklich existiert.«

»Darrell Holt behauptet, ihn zu kennen«, meinte Webster. »Ich könnte ihn um eine Beschreibung bitten.«

»Der Vollständigkeit halber könnten wir das machen. Aber das ist irrelevant, falls Mike nicht mit irgendwelchen Hassdelikten in Verbindung gebracht werden kann.«

Martinez meldete sich wieder zu Wort. »Ich persönlich denke ja, dass Moke in Bezug auf den Vandalismus eine Sackgasse ist.«

»Also vergessen wir Moke mal«, sagte Decker, »und konzentrieren wir uns auf die antisemitischen Gruppierungen, die wir haben. Von denen gibt es schließlich mehr als genug.«

»Wenn wir diese Hassgeschichte auf die nächsthöhere Ebene bringen wollen, müssen wir nicht lokal, sondern regional suchen«, erklärte Webster. »Das könnte eine Weile dauern. Aber wäre das wirklich zu verantworten, zumal Ernesto die Verwüstung der Synagoge gestanden hat?«

»Normalerweise würde ich sagen, dass das wunderbar in die Lokalpolitik passt. Die Polizei zeigt absolut keine Toleranz gegenüber Rassismus, insbesondere nach dem, was mit Buford Furrow im jüdischen Zentrum geschah. Und auf persönlicher Ebene würde ich mir diese Mistkerle gern mal vorknöpfen. Aber … « Decker seufzte, »… aber wir können mit Ernesto nicht viel anstellen, weil er minderjährig ist und die Zuständigkeit für den Fall nicht mehr bei uns liegt.«

»Woher bekommt ein Jugendlicher aus der Oberschicht wie Ernesto solche Fotografien? Aus dem Internet?«, fragte Martinez.

»Vielleicht«, antwortete Decker.

»Dann sollte vielleicht mal jemand überprüfen, was so alles im Internet … auf den Websites erhältlich ist.«

»Gute Idee«, meinte Decker.

»Ich könnte das in meiner Freizeit machen«, bot Webster an, »solange gewährleistet ist, dass das FBI darüber Bescheid weiß. Ich hab keine Lust, dass die Jungs eines Abends bei mir auf der Matte stehen und von mir verlangen, alles von meinem Computer runterzuladen.«

»Ich klär das für dich«, sagte Decker.

»Ich könnte mich auch darum kümmern, wenn Sie wollen«, bemerkte Wanda.

»Okay, ich klär das für euch beide«, erwiderte Decker. »Oder noch besser: Ihr beide fahrt rüber zum Tolerance Center. Ich bin sicher, die haben alle Informationen, die wir benötigen.« Er überlegte einen Moment lang. »Rina kennt einige Mitarbeiter des Zentrums. Ich werde sie bitten, für euch ein paar Telefonate zu führen.«

»Prima«, sagte Webster. »Also, wie ist der Stand der Dinge jetzt?«

»Ich hab noch eine weitere Spur – die mögliche Freundin von

Ernesto Golding. Nach allem, was ich so gehört hab, hat sie einige ziemlich schräge Vorlieben. Aber es gibt ein kleines Problem: Da sie über einundzwanzig ist, können wir nicht mehr ihre Eltern in die Zange nehmen, damit sie sie mit uns reden lassen.«

»Vielleicht können wir sie ja direkt bearbeiten«, schlug Wanda vor.

»Sie scheint nicht der Mensch zu sein, der sich leicht ins Bockshorn jagen lässt.« Decker zuckte die Achseln. »Aber da wir sonst nichts in der Hand haben, versuchen wir es doch mal mit der alten Masche.« Er überflog seine Notizen und schrieb dann die wichtigsten Daten auf ein Stück Papier. »Hier.«

Martinez nahm das Blatt. »Ruby Ranger?«

»Klingt nach einem Pornostar«, sagte Webster.

»Vielleicht ist sie das ja«, meinte Decker.

Websters Augen leuchteten auf. »Möchtest du, dass ich die Sexfilme im örtlichen Videoladen überprüfe?«

»Du könntest deine Zeit besser nutzen, Tom«, erwiderte Decker.

»Meine Frau beschäftigt sich seit sechs Wochen nur noch mit unserer Tochter. Wenn du also eine bessere Freizeitbeschäftigung weißt... ich bin ganz Ohr.«

»Das Problem ist doch, dass ihm allmählich die Hand einschläft«, fügte Martinez hinzu.

»Muss ich mir das wirklich anhören?« Wanda hielt sich die Ohren zu.

Decker grinste. »Tun Sie mir einen Gefallen, Wanda. Setzen Sie sich bitte ans Steuer. Im Augenblick scheinen Sie die Einzige zu sein, die sich nicht von irgendwelchen Phantasien ablenken lässt.«

13

Auf dem Messingschild am Tor stand der Name »Hacienda del Ranger«. Die Villa bestand aus mehreren Etagen aus rosa Putz, grünen Fensterläden und rotem Ziegeldach und besaß einen zweigeschossigen runden Turm, in dem sich der Eingang befand.

Webster drückte auf eine Klingel, die mit einer Sprechanlage verbunden war. Nachdem ihnen geöffnet wurde, gingen Martinez, Bontemps und er durch einen schattigen Innenhof mit mexikanischen Fliesen, der mit üppigen Kübelpflanzen bestückt war. In der Mitte des Hofs plätscherte ein dreistöckiger Brunnen mit gewelltem Rand leise vor sich hin.

Die Frau, die sie hereingelassen hatte, war durchschnittlich groß und extrem dünn. Ihr gegerbtes Gesicht wirkte durch die hochtoupierten, blondierten Haare noch älter. Die Hände mit den langen, rot lackierten Fingernägeln waren von Adern und Knoten überzogen. Sie trug einen schwarzen Hosenanzug aus Wolle, der ihr ein gespenstisches Aussehen verlieh. Die drei Detectives zeigten ihre Ausweise vor, aber sie machte sich nicht die Mühe, auch nur einen Blick darauf zu werfen. »Um was geht es?«

»Sind Sie Mrs. Ranger?«, fragte Martinez.

»Ja. Was wollen Sie?«

»Wenn es Ihnen nichts ausmacht, würden wir gern mit Ihrer Tochter Ruby sprechen…«, sagte Wanda.

»Sie ist nicht da.«

»Alice, lass den Scheiß!«, unterbrach sie eine weibliche Stimme. Einen kurzen Moment später wurde die dünne Frau regelrecht beiseite geschoben, sodass sie auf ihren schwarzen hochhackigen Schuhen ins Wanken geriet.

»Was soll denn das, Ma?« Die Stimme gehörte zu einer jungen Frau, die mit in die Hüften gestemmten Händen vor ihnen stand. Sie war ziemlich groß und hager, wenn man von ihren üppigen Brüsten absah. Ihr schwarzes, glattes Haar war direkt unterhalb der Ohrläppchen abgeschnitten; der Pony reichte bis zu ihren Augenbrauen. Sie hatte einen kreideweißen Teint, aus dem die rot geschminkten Lippen und die grünen, mit schwarzem Kajal umrandeten Augen hervorstachen. Die Nägel an ihren langen schmalen Händen waren – im Gegensatz zu denen ihrer Mutter – kurz und eingerissen. Sie trug eine schwarze Lederhose und eine nabelfreie Jeansweste, die kaum ihr Dekolleté bedeckte. Außer dem Bauchnabel waren auch ein Augenlid und die Nase gepierct.

»Ich habe schon damit gerechnet, Alice. Sie wissen, dass ich mit

Ernesto zusammen war. Ich bin schuldig, weil ich ihn kenne. Ist zwar nicht rechtens, aber das kümmert die einen Dreck.«

»Musst du denn immer diese ordinäre Sprache verwenden?«, fragte Alice.

»Ja, muss ich …«

»Und warum musst du das in meiner Gegenwart tun?«

»Weil es so viel Spaß macht, dabei zuzusehen, wie du dich windest. Aber reg dich nicht auf, alte Ziege. Ich verschwinde sowieso bald von hier.«

Mom zog sich, Tränen in den Augen, ins Haus zurück. Ruby schenkte den Cops ein kurzes Lächeln, wobei sie ihre weißen Zähne und ihre gepiercte Zunge zeigte. »Ah, die unheilige Dreifaltigkeit. Ich muss ja ziemlich wichtig sein, dass man gleich drei so kleine Beamte herschickt.«

»Ruby Ranger?«, fragte Martinez.

»Hey, gut!« Sie tippte sich an die Schläfe. »Was sind wir heute doch schlau!«

»Dürfen wir hereinkommen?«, fragte Wanda.

»Ja, ihr dürft reinkommen.« Ruby machte die Tür weit auf. »Ihr könnt mit mir reden, während ich packe. Denn sobald ich damit fertig bin, hau ich hier ab.« Abrupt drehte sie sich um und marschierte die Treppe hinauf.

Wanda hob eine Augenbraue. »Mannomann!«

»Was immer sie beruflich macht – mit dem Pornostar lagen wir gar nicht so weit daneben«, meinte Webster.

Sie folgten Ruby, aber plötzlich tauchte Alice wieder auf. »Möchte jemand von Ihnen eine Tasse Kaffee oder Tee?«

»Nein, vielen Dank, Mrs. Ranger«, sagte Webster.

Durch Alices Körper gingen kurze, krampfartige Zuckungen, als würde die Anspannung sich in ihrem Nervensystem stoßweise entladen. »Sie dürfen nicht schlecht von Ruby denken. Sie ist ein Freidenker, weil wir sie so erzogen haben. Vielleicht etwas zu freidenkend, aber ich weiß, sie wird eines Tages zur Ruhe kommen.« Die Frau lächelte, aber ihre Augen schimmerten noch feucht. »Wir waren doch alle mal Freidenker, nicht? Und jetzt sehen Sie uns mal an.«

Für Wanda war das keine Entschuldigung. »Wir möchten gern mit Ihrer Tochter sprechen, bevor sie geht. Wenn Sie uns jetzt also entschuldigen würden.«

»Aber natürlich. Ich versuche ja nur zu erklären ...«

Sie ließen sie stehen und weiter nach Worten der Erklärung suchen. Die Tür zu Rubys Zimmer stand weit offen. Ruby schleuderte im wahrsten Sinne des Wortes ihre Sachen in einen überdimensionalen schwarzen Seesack. Die meisten ihrer Kleidungsstücke waren schwarz und erinnerten an Trauerfähnchen. Ihr Zimmer war so spärlich eingerichtet wie eine Gefängniszelle: ein großes Bett mit einer Tagesdecke und ein Sideboard mit einem Gettoblaster. Die Wände und der Holzboden waren völlig kahl. Kein Spiegel, kein Fernseher. Die junge Frau selbst wirkte äußerst gepflegt. Wanda ging ein paar Schritte in Richtung Badezimmer und warf einen Blick hinein. Auf dem Badewannenrand standen zahlreiche Flaschen und Tiegel, und über dem Waschbecken hing ein Spiegel.

»Wohin wollen Sie denn?«, fragte Wanda betont beiläufig.

»Das geht dich nichts an.« Ruby würdigte sie keines Blickes, während sie sprach. »Aber ich werde es dir trotzdem verraten. Wahrscheinlich zurück nach Nordkalifornien. Vielleicht aber auch nicht.«

»Silicon Valley?«, warf Webster ein.

»Hängt davon ab, was für mich dabei herausspringt.« Sie stopfte eine Jeans in eine Seitentasche. Dann zog sie ein äußerst knapp geschnittenes Lederbustier aus einer Schublade und hielt es über ihr kurzes Top. »Was haltet ihr davon?«

Keine Antwort.

»Ja, ja, ich weiß, was ihr denkt ... gibt meinen Titten nicht genügend Halt.« Sie umfasste ihre Brüste. »Neunzig D. Alles Natur, keine Implantate. Wer da nicht neidisch wird ...« Sie warf Martinez das Bustier zu. »Schenk's deiner Frau oder Freundin.« Dann schleuderte sie den Slip hinterher. »Und denk an mich, wenn du sie das nächste Mal vögelst.«

Martinez warf beide Kleidungsstücke zurück. »Ich verzichte. Wo waren Sie gestern Morgen?«

»In meinem Bett. Hab masturbiert.«

»Um wie viel Uhr?«, fragte Martinez ungerührt weiter.

»Keine Ahnung. Neun, zehn Uhr … ich hab nicht auf die Uhr geschaut.«

»Der Akt als solcher dauert nicht so lange«, erklärte Wanda. »Was haben Sie danach gemacht?«

»Keine Ahnung. Geduscht, meine Beine rasiert, aufs Klo gegangen … das Übliche halt. Ich bin nicht mal in der Nähe der Synagoge gewesen. Ja, ich bewundere Hitler, aber das Beschmieren von Wänden mit infantilen Sprüchen und das Verstreuen von Fotos mit Leichen ist kindisch.« Sie strich mit ihren abgebissenen Fingernägeln über ihre glänzenden Haare. »Ich bin kein Nazi … der Faschismus interessiert mich nicht. Es sind die diabolischen Führer, die mich faszinieren. Diejenigen, deren Leben am Rande der Gesellschaft beginnt und die sich bis zur Spitze hinaufarbeiten. Da muss man eher der Öffentlichkeit einen Vorwurf machen als ihnen selbst. Denn nichts geht ohne Unterstützung der Öffentlichkeit.« Sie grinste. »Nicht einmal Cops … vor allem Cops.« Sie warf Wanda einen schwarzen Leder-BH zu. »Wie wär's damit, Schwester? Passt gut zu deiner Hautfarbe.«

Wanda warf den BH zurück. »Ich bin nicht Ihre Schwester, und außerdem ziehe ich Farben vor. Der Gothic-Stil ist für mich längst passé.«

»Den Krähenfüßen nach zu urteilen muss das schon verdammt lange her sein«, erwiderte Ruby. »Kapiert ihr überhaupt, was ich hier sage, Leute? Der Totalitarismus kann nicht in einem Vakuum existieren. Überlegt doch mal, wie schnell die Berliner Mauer gefallen ist. Siebzig Jahre fest verankerter, eiserner Kommunismus fielen einfach so in sich zusammen.« Sie schnippte mit den Fingern.

»Haben Sie und Ernesto jemals über Hitler geredet?«, fragte Webster.

»Über Hitler, Stalin, Iwan den Schrecklichen, Ludwig XVI., Marie Antoinette, Blaubart, Jeffrey Dahmer, Gacy, Ed Gein, Lizzie Borden, Richard III … hab ich jemand vergessen? Es stimmt – ich bin auf die dunkle Seite der Menschheit fixiert. Aber soweit ich weiß, wurde der erste Zusatzartikel der Verfassung noch nicht abgeändert.«

»Es sieht so aus, als hätten Sie es eilig, hier wegzukommen«, sagte Webster.

»Für ein Landei bist du verdammt clever.« Sie setzte sich auf den Bettrand. »Falls du aber annehmen solltest, dass meine überstürzte Abreise eine Art Schuldeingeständnis ist, liegst du ziemlich daneben, mein Süßer. Ernesto hat gestanden, dass er die Synagoge verwüstet hat. Ob es dabei Helfer gab, weiß ich nicht. Wir haben nicht viel geredet. Wir hatten eine seck-su-elle Beziehung. Er ist ziemlich gut gebaut, und deshalb hab ich mich mit ihm abgegeben. Ich bin dreiundzwanzig und auf vielen Gebieten ein Genie. Er ist siebzehn – intelligent, aber kein Einstein. Trotz seiner viel versprechenden Anlagen braucht er noch ein paar Jahre, bis sein Verstand richtig funktioniert. Wir haben mehr gefickt als geredet.«

»Sie haben gerade den Weg für eine Anklage wegen Unzucht mit Minderjährigen freigemacht«, sagte Webster.

»O Mann, jetzt zitter ich gleich vor Angst. Aber klar doch, wenn ihr mich dafür verhaften wollt, weil ich mit ihm gevögelt oder ihm irgendwelche Ideen in den Kopf gesetzt hab – nur zu.« Sie stand auf und hob den Seesack hoch. »Nicht zu schwer.« Dann verschwand sie im Badezimmer, kam mit einem Arm voller Haar- und Pflegeprodukte zurück und warf sie ebenfalls in den Seesack. »Habt ihr schon mal mit dem Sohn eures Vorgesetzten über mich gesprochen? Jacob Lazarus. Der Junge ist wirklich intelligent. Ein echt irrer Typ, aber schwer gestört. Mann, hat der mich gehasst!« Sie grinste. »Ich würd ihn mal im Auge behalten. Denn sind es nicht immer die Söhne der Bosse, die am abartigsten sind?«

Sie schwieg einen Moment.

»Obwohl ich seine Wut ja verstehen kann. Das Leben erscheint einem so dämlich, wenn man selbst so clever ist. Das ist, glaube ich, auch der Grund, warum ich so besessen von Leuten bin, die andere beeindruckt haben – wenn auch in einem negativen Sinn.« Sie schloss den Reißverschluss des Seesacks und hob ihn erneut hoch. »Scheiße, ist der schwer! Hat einer von euch vielleicht Lust, mir zu helfen?«

»Nein, kein Interesse«, antwortete Wanda.

Ruby lächelte. »Okay, ganz wie ihr wollt. Ich verschwinde jetzt. Sagt meiner Mutter, dass Dad immer noch seine Sekretärin vögelt, also kann sie sich genauso gut das Stück Schokoladentorte genehmigen.« Sie zwinkerte ihnen zu und hievte den Seesack ein wenig vom Boden. »Bye, bye.«

Die drei folgten ihr die Treppe hinunter. Alice wartete bereits am Fuß. »Wann wirst du zurück sein?«

»Keine Ahnung.« Ruby küsste ihre Mutter auf die Wange. »Reiß dich zusammen, Ma. Du hast doch noch immer den Mann vom Reinigungsdienst.«

Sie zog den Seesack, der eine Kratzspur am Boden hinterließ, über die Holzdielen hinaus auf die Veranda. Dann schleppte sie ihn durch den Innenhof und über den Bürgersteig und wuchtete ihn auf die offene Ladefläche eines Jeeps mit Vierradantrieb. Krachend schlug sie die Heckklappe zu, schwang sich hinters Steuer und ließ den Motor aufheulen. Wenige Augenblicke später war sie verschwunden.

Wanda notierte sich das Kennzeichen und wandte sich dann Rubys Mutter zu. »Ich würde mir nicht allzu viele Sorgen machen, Mrs. Ranger. Wenn das Geld ausgeht, kommen sie meist schnell zurück.«

Alice musterte Wanda von Kopf bis Fuß. In ihren geröteten Augen standen immer noch die Tränen. »Sie wissen doch gar nicht, was ich durchgemacht habe. Man versucht zwar aufzugeben und sie loszulassen, aber irgendwas tief in einem drin versucht es immer wieder. Nur noch *ein* Gespräch, nur noch *ein* Versuch!« Sie wischte die Tränen von ihren Wangen. »Sie war doch einmal ein kleines Mädchen ... das in seinem Gitterbettchen lachte und krähte, genau wie alle anderen Kinder. Ihr Bruder ist ganz anders. Ich verstehe einfach nicht, was passiert ist!«

Martinez massierte seinen Nacken. »Kinder sind manchmal ziemlich schwierig. Aber sie ist kein Kind mehr, sondern erwachsen. Sie brauchen dieses Joch nicht länger zu tragen. Sie ist selbst für sich verantwortlich.«

Die Frau schüttelte den Kopf. »O nein, das Joch ist immer da ...

immer. Genau wie bei diesem afrikanischen Stamm, dessen Frauen ständig mehrere Eisenringe um den Hals tragen. Die Ringe dehnen den Hals in die Länge. Sie dehnen ihn und dehnen ihn. Es heißt, wenn man die Ringe entfernt, wäre der Hals nicht mehr in der Lage, den Kopf zu tragen, und die Frau müsste sterben. Und genau so verhält es sich mit mir, Detective. Das Joch ist die einzige Stütze, die ich noch habe.«

Bevor Jacob am Morgen die Synagoge verlassen hatte, war es Decker gelungen, sich seine Zustimmung zu einem Gespräch mit Dr. Dashoff geben zu lassen. Decker wusste, dass er seinen Stiefsohn in einem schwachen Moment erwischt hatte, und fühlte sich bei diesem Gedanken nicht sehr wohl. Aber er brauchte einen Rat. Er hinterließ eine Nachricht auf dem Anrufbeantworter des Psychologen und ging davon aus, dass dieser ihn später am Abend zurückrufen würde. Zu seiner großen Überraschung meldete sich Dashoff bereits fünf Minuten später.

»Sie haben mich gerade vor meinem nächsten Termin um sechs Uhr erwischt.«

»Und Sie mich gerade noch, bevor ich gehen wollte«, sagte Decker. »Vielen Dank, dass Sie anrufen.«

»Keine Ursache. Was kann ich für Sie tun, Lieutenant?«

»Jake hat mir die Genehmigung gegeben, mit Ihnen zu sprechen.«

»Ich weiß. Er hat mich bereits informiert.«

»Oh, prima.« Decker zögerte. »Ich wüsste gern, ob Sie mir bei einigen seiner Probleme helfen könnten… natürlich ohne Ihre Schweigepflicht zu verletzen.«

»Welche Probleme genau?«

Decker zögerte erneut. »Er ist sehr zornig… das sagt er selbst.«

»Das stimmt. Er hat eine Stinkwut.« Die Stimme des Psychologen klang nicht nur völlig ruhig, er sprach fast im Plauderton.

»Worauf ist er so wütend?«, fragte Decker.

»Nennen Sie ein Beispiel«, erwiderte Dashoff.

»Ich glaube, er befürchtet, ein Soziopath zu sein. Er hat mich gefragt, ob die Beschreibung der Soziopathen, die ich verhaftet habe, auch auf ihn zutrifft.«

»Was haben Sie ihm gesagt?«

»Ich habe natürlich mit Nein geantwortet.«

»Und empfinden Sie das auch so?«

»Natürlich.« Aber Decker zögerte ein wenig zu lange.

»Jacobs Leben wäre viel einfacher, wenn er an Soziopathie litte«, erklärte Dashoff. »Dann würde er nämlich einfach sein Ding drehen, und bei seiner Intelligenz und seinem Aussehen wäre er wahrscheinlich bald ein erstklassiger Wirtschaftskrimineller. Stattdessen schlägt der Junge sich mit einem zu stark ausgeprägten Gewissen und einem pathologischen Schuldgefühl herum. Er schämt sich für sein früheres Verhalten – den Drogenmissbrauch, den er Ihnen gestanden hat. Außerdem hat er eine Heidenangst, dass seine Mutter davon erfahren könnte. Ich habe eine Familientherapie vorgeschlagen, damit er ihr bestimmte Dinge in einer ›geschützten‹ Umgebung beichten und einige seiner Schuldgefühle loswerden kann. Aber er ist noch nicht so weit. Er hat ein großes Bedürfnis, sie zu beschützen. Weiß Ihre Frau überhaupt, was hier vorgeht?«

»Sie weiß wesentlich mehr, als Jacob vermutet.« Pause. »Aber ich glaube nicht, dass sie etwas von der sexuellen Belästigung weiß. Jacob hat mir zu verstehen gegeben, dass mehr passiert ist als das, was er eingestanden hat.«

»Könnte man so sagen«, entgegnete Dashoff.

»Ist es schlimm?«

»Daran arbeiten wir gerade.«

»Und Sie können nicht mehr darüber sagen?«

»Zurzeit sind wir dabei, die Phantasie von den Fakten zu trennen. Selbst Jacob ist sich nicht vollkommen sicher. So erinnert er sich zum Beispiel, dass sein Peiniger gedroht hat, seine Mutter würde sterben, wenn er ihr erzählt, was passiert ist. Das ist die Erinnerung, die er Ihnen gegenüber zugegeben hat, richtig?«

»Ja.«

»Ich denke, dass die Drohung eher so klang: ›Wenn du mich nicht das machen lässt, was ich will, dann werde ich deine Mutter umbringen.‹«

»Hat er das gesagt?«

»Nein. Das ist meine Interpretation. Versetzen Sie sich doch mal in den siebenjährigen Jacob. Dieses Ungeheuer versucht seine Mutter zu vergewaltigen und umzubringen. Der Junge muss doch annehmen, dass es irgendwie seine Schuld war. Wenn er dem Päderasten seinen Willen gelassen hätte, wäre seine Mutter außer Gefahr gewesen. Was natürlich nicht stimmt. Aber das kann ich ihm sagen, das können Sie ihm sagen, das kann die ganze Welt ihm sagen – dass es nicht seine Schuld ist. Dass ein Monster ein Monster ist und bleibt. Und auf intellektueller Ebene wird er Ihnen glauben und versichern: ›Natürlich war es nicht meine Schuld.‹ Aber dieses fest verankerte Schuldgefühl loszuwerden, ist eine völlig andere Sache.«

»Und wie wird er es los?«

»Ich bin mir nicht sicher, ob ihm das überhaupt gelingen wird. Daher rate ich ihm, sich nicht um die Schuldfrage zu kümmern. Stattdessen sollte er sich auf das Resultat konzentrieren. Seiner Mutter geht es gut. Mehr als gut. Sie ist wieder glücklich verheiratet und hat Kinder, die sie über alles liebt. Möglicherweise geht es ihr in Wirklichkeit nicht gut, möglicherweise sogar sehr schlecht. Aber das ist nicht das Entscheidende. Wenn er sie als glücklich wahrnimmt, dann genügt das schon.«

»Es geht ihr gut«, sagte Decker. »Zumindest hat sie nie angedeutet, dass das nicht der Fall wäre. Ich glaube aber, dass sie sich noch wohler fühlen würde, wenn Jacob glücklich wäre.«

»Wenn das nicht das Mantra aller Eltern ist … Aber sie wollten meine Meinung hören: Jacob wird sich prächtig machen im College. Und hoffentlich gesellschaftlich anerkannte Wege finden, um all seine Energie loszuwerden. Was sein Seelenleben betrifft, wäre es gut, wenn er in Baltimore die Therapie fortsetzen würde. Seine Probleme lassen sich nicht auf die Schnelle lösen. Aber das weiß er selbst am besten.«

»Und was könnte ich tun?«

»Er redet doch mit Ihnen. Also scheint das, was Sie bereits tun, zu funktionieren. In zwei Minuten kommt meine nächste Patientin, und ich muss noch ihre Karteikarte heraussuchen.«

»Kann ich Sie wieder anrufen?«

»Wie wär's, wenn ich Sie anrufe, sobald Jake und ich der Meinung sind, dass wir miteinander reden sollten? So müssen Sie nicht ständig Jacobs Einverständnis einholen, und er bekommt nicht das Gefühl, dass Sie sich zu sehr einmischen.«

»Das klingt akzeptabel. Ich danke Ihnen.«

»Keine Ursache. Auf Wiederhören.«

Mit anderen Worten: Keine Neuigkeiten waren gute Neuigkeiten, und das bedeutete für Decker weniger überschüssige Magensäure.

14

Die Untersuchungen im Vandalismusfall stagnierten seit einiger Zeit, doch die Verbrechen hörten nicht auf. Angesichts der Flut von Vergewaltigungen, Körperverletzungen, Einbrüchen, Raubüberfällen, häuslichen Ruhestörungen und Autodiebstählen blieb auch Decker nur wenig Zeit, über die ehemals verunstaltete Fassade einer Synagoge nachzudenken, die inzwischen wieder in ihrem früheren, mittelmäßigen Glanz erstrahlte. Der oder die Täter hatten allerdings erreicht, dass der Dialog zwischen den Religionen über Hassdelikte nunmehr öffentlich geführt wurde. Rina hatte sich mitten ins Getümmel gestürzt und organisierte eine Diskussionsrunde nach der anderen. Das war wohl ihre Art, mit den Ereignissen fertig zu werden. Hin und wieder fragte sie, ob es schon Fortschritte bei der Suche nach weiteren Tätern gebe. Wenn er jedoch ausweichend antwortete, drang sie nicht weiter in ihn.

Die Monate flogen nur so dahin, und Deckers Familie erlebte eine wohlverdiente Phase der Ruhe. Seine Tochter Cindy beendete ihr zweites Jahr als Streifenpolizistin, diesmal ohne besondere Vorkommnisse – die einzigen finsteren Gestalten, mit denen sie zu tun gehabt hatte, waren tatsächlich Kriminelle gewesen. Jacob hatte die offizielle Zusage zur Teilnahme an einem Gemeinschaftsprogramm der Johns-Hopkins-Universität und einer Jeschiwa in Baltimore erhalten. Er arbeitete hart, ohne zu klagen, und behielt seine Ansichten in der Regel für sich. Decker widerstand dem väterlichen Drang, nicht allzu neugierig zu sein und ständig bei ihm anzurufen. Stattdessen konzentrierte er seine Energien auf Hannah, die seiner Aufmerksamkeit viel mehr bedurfte.

Im Juni, zu Beginn der Sommerferien, hatte Ernesto Golding schließlich seine neunzig Tage gemeinnütziger Arbeit abgeleistet. Von Zeit zu Zeit hatte er bei Decker vorbeigeschaut und ihm lang und breit von seiner Therapie erzählt. Endlich würde er sein Leben wieder in den Griff bekommen, und außerdem hätte die gemeinnützige Arbeit ihm sehr gut getan: Er bekam endlich mit, was draußen im richtigen Leben los war. Ihm sei schließlich klar geworden, dass er eigentlich noch gar nicht gelebt hätte, jedenfalls nicht in der Realität. Und er sei froh, dass Ruby endlich aus seinem Leben verschwunden war. Im Bett sei sie zwar einsame Spitze gewesen, aber ansonsten hätte sie ihm überhaupt nicht gut getan. Sie hätte ihm alle möglichen verrückten Ideen in den Kopf gesetzt. Er sei sich inzwischen nicht mal mehr sicher, ob sein Großvater wirklich ein Nazi gewesen war – vielleicht habe er sich das alles auch nur eingebildet, weil Ruby ihn völlig durcheinander gebracht hatte.

In drei Wochen würde Ernesto an einer »Naturtherapie« der Baldwins teilnehmen.

»Freut mich, dass du so gut klarkommst«, hörte Decker sich sagen.

»Mich auch.«

»Bist du mit Dr. Baldwin zufrieden?«

»Um ehrlich zu sein, hab ich mit Ihnen wahrscheinlich mehr geredet als mit den beiden Baldwins. Vielleicht sollten Sie meinen Eltern mal eine Rechnung für Ihre Dienste schicken.«

Ein verlockender Gedanke – vor allem angesichts der Tatsache, dass die Baldwins bis zu dreihundert Dollar pro Stunde erhielten, so viel ungefähr, wie Decker am Tag verdiente – kein schlechter Verdienst, solange man ihn nicht mit anderen verglich.

»Ich würde mich gern noch länger mit dir unterhalten, Ernesto, aber ich habe in zehn Minuten eine Besprechung.«

»Ich weiß, dass Sie losmüssen. Ach übrigens, in zwei Tagen hab ich meinen Schulabschluss in der Tasche. Wenn Sie noch nichts anderes vorhaben, könnten Sie ja vielleicht zur Abschlussfeier kommen. Ich hätte jedenfalls nichts dagegen.«

»An welchem Tag ist das?«

»Freitag, um sechs.«

Gerade noch mal davongekommen. »Da fängt der Sabbat an …«, sagte Decker.

»Ach ja. Stimmt. Tja, ich geh dann jetzt mal zu Brown. Nicht schlecht für einen Kriminellen, was? Danke, dass Sie mir den Deal angeboten und dichtgehalten haben. Damit haben Sie mir den Arsch gerettet. Ich schaff das jetzt. Sie werden schon sehen.«

»Freust du dich auf das Camp?«, fragte Decker.

»Ich glaub zwar nicht, dass ich es noch brauche, aber es gehört nun mal dazu. Kann schließlich nicht schaden. Da lernt man bestimmt eine Menge nützlicher Überlebensstrategien. Der Ausbilder ist ein ehemaliger Marineinfanterist. Klingt doch gut, oder?«

»Ja, spitzenmäßig«, erwiderte Decker.

Ernest verdrehte die Augen. »Ach, wird schon werden. Ich komm klar. Wie geht's Jacob?«

»Gut.«

»Ein Jahr hat er noch, stimmt's?«

»Ja, aber er geht zurück in den Osten.«

»Ehrlich? Wohin denn?«

»Er nimmt an einem Gemeinschaftsprogramm der Johns-Hopkins-Universität und einer jüdischen Hochschule teil.«

»Is ja cool«, sagte Ernesto. »Obercool. Ich weiß, dass er mit den Kumpels von meiner Schule nichts mehr anfangen kann, aber das macht nichts. Grüßen Sie ihn von mir.«

»Mach ich.«

Das Lächeln des jungen Mannes verwandelte sich in ein Grinsen. »Ich schick Ihnen mal 'ne Karte aus der Wildnis, per Brieftaube.«

Decker lachte. »Viel Glück!«

Als er gegangen war, wurde Decker klar, dass er den Jungen fast schon lieb gewonnen hatte – ihm alles Gute wünschte. Weshalb ihn der Anruf dann auch bis ins Mark erschütterte.

15

Es war nur ein Katzensprung von den letzten Einfamilienhaussiedlungen bis zum Waldrand, von der Zivilisation bis zu dem, was früher einmal die Weite der südkalifornischen Berge gewesen war. An den Hängen standen die frühsommerlichen Wildblumen in voller Blüte – eine Farbpalette, die von Dunkellila über leuchtend Gelb bis zu einem ganzen Spektrum von Grüntönen reichte. Ein paar Meilen weiter im Inneren dieses Gebiets, dort, wo die Hügel in felsige Gipfel übergingen und die unbezähmbare, üppige Vegetation zu einer endlosen Wildnis wurde, fanden Mervin Baldwins Naturcamps statt. Für die kräftig gebauten Jugendlichen, die Baldwins typische Klientel bildeten, war es ein Leichtes, innerhalb weniger Stunden zu den Einkaufszentren der Stadt zu laufen – was sie auch häufig taten. Meist wurden sie wieder aufgegriffen, zurückgebracht und bekamen zur Strafe noch ein paar zusätzliche Pflichten aufgebrummt. Mervin Baldwin fand es sowohl erfreulich als auch verzeihlich, dass diese Jungs willens und in der Lage waren, auch in unbekanntem Gelände zum heimatlichen Stützpunkt zurückzukehren.

Aber er hatte sich zum letzten Mal gefreut: Mervin Baldwin war tot, ebenso Ernesto Golding.

Die Sonne war gerade über dem Horizont aufgegangen und stand so tief, dass sie Decker direkt in die Augen schien. Es war kurz nach sechs in der Früh, und er hatte bereits die erste Thermoskanne mit Kaffee geleert. Normalerweise brachte er seinen Kreislauf morgens mit einem kurzen, heftigen Work-out auf dem Laufband in Schwung, aber heute musste ein chemischer Kick diese Aufgabe übernehmen.

Er fuhr einen Jeep Cherokee, der einmal schwarz gewesen war, inzwischen aber dank einer feinkörnigen Staubschicht eher anthrazitfarben aussah. Als der Schotterweg schließlich in einer Sackgasse endete, schaltete er auf Allradantrieb und fuhr den felsigen Hang hinauf. Der Jeep rumpelte und holperte und näherte sich mit dröhnendem Motor dem Camp. Schon bald kamen ein paar

Uniformierte in Sicht, deren Dienstwagen jeden Zentimeter des knapp bemessenen ebenen Geländes für sich beanspruchten. Decker lenkte den Jeep etwa fünfzehn Meter weiter nach links, wo er eine weitgehend unbewachsene Fläche zum Parken fand, die Räder aber direkt neben dem Abgrund standen. Mit größter Vorsicht stieg er aus. Unter ihm fiel der Felsen ungefähr dreißig Meter in die Tiefe – nicht senkrecht, aber trotzdem so steil, dass man sich bei einem Sturz ordentlich verletzen konnte.

Das eigentliche Lager befand sich auf einer flachen Bergkuppe, die einen Panoramablick eröffnete und von Steilhängen, Schluchten und einem Burggraben umgeben war. Der Platz war nicht viel größer als ein Tanzsaal, erlaubte es aber den Campleitern, die Anwesenheit der Teilnehmer mit einem einzigen Blick in die Runde zu kontrollieren. Auf der linken Seite befanden sich zwei große Zelte; der Rest des ebenen Geländes war mit Schlafsäcken bedeckt. Elf schläfrige Jugendliche – Decker hatte sie gezählt – hockten auf dem Boden. Sie dösten, starrten vor sich hin oder spielten Karten, mit Sonnenblumenkernen als Spielgeld. Einige von ihnen waren noch im Schlafanzug, andere trugen Jeans und Unterhemd. Keiner der Jungs sah ihn an, als er vorüberging, aber Decker spürte, wie sich ihre misstrauischen Blicke in seinen Rücken bohrten. Es kostete ihn einige Beherrschung, sich nicht umzudrehen.

Hier in der Wildnis gab es keine klaren Zuständigkeiten – diesen Bereich teilten Deckers Leute sich mit den Rangern des Naturparks und dem Sheriff-Department. In der Regel wurden Mordfälle hier oben in den Bergen vom Sheriff übernommen, aber da Mervin Baldwin und Ernesto Golding aus der Stadt kamen, war irgendjemand so schlau gewesen, ihm Bescheid zu sagen. Decker hoffte, dass der Anruf als Hinweis auf abteilungsübergreifende Kooperationsbereitschaft zu werten war und nicht als Startzeichen für die üblichen Machtkämpfe zwischen ein paar uniformierten Machos. Er wollte den Fall gern übernehmen, und die anderen Abteilungen würden sicherlich auch einverstanden sein, solange er alle Beteiligten mit dem gebührenden Respekt behandelte. Deshalb lächelte er erst einmal freundlich, als er jetzt auf einen der Ranger zuging, und zückte dann erst seine Dienstmarke. Der Ranger war eine Frau namens Landeau, kräftig gebaut und mit breiten Handgelenken. Sie hatte ihr Haar zu einem Pferdeschwanz zusammengebunden, und auf ihrer Stirn glitzerte Schweiß. Da es noch nicht besonders warm war, zog Decker den Schluss, dass die Schweißtropfen Folge körperlicher Betätigung waren.

»Das Verbrechen fand in dem größeren der beiden Zelte statt«, sagte sie. Ihre Stimme zitterte. »Ungefähr ein Dutzend Beamte sind dabei, das Gelände zu durchkämmen.«

Decker betrachtete eingehend das Panorama. »Wonach suchen sie denn?«

»Wie bitte?«

Er wandte sich ihr zu. »Wonach suchen die Beamten in den Bergen?«

»Ach so. Nach dem Täter natürlich.«

Das Gelände war bereits gründlich zertrampelt worden.

»Weiß man denn schon, wer der Täter ist?«, fragte Decker.

»N-nein«, stotterte Landeau. »Das heißt, ich weiß es nicht ... vielleicht weiß es jemand anderes.«

Decker schwieg. Er sah sich um; sein Blick wanderte über die Jugendlichen hinweg und verharrte dann bei einem Mann, der einen Kampfanzug trug und gerade von zwei Uniformierten befragt wurde. Im Hintergrund hörte er, wie sich weitere Fahrzeuge den Berg heraufquälten.

Decker wies auf den Typen im Kampfanzug. »Wer ist das?«

»Corporal Hank Tarpin.« Sie blätterte in ihrem Notizbuch. »Ehemaliger Marineinfanterist. Bezeichnet sich selber als Chefausbilder und Naturspezialist – ist anscheinend für die Tagesaktivitäten hier im Lager zuständig. Er hat die Leichen gefunden und identifiziert.«

»Als Ernesto Golding und Mervin Baldwin.«

»Ja.«

Decker nickte. »Ich werde mal mit ihm reden.«

»Ja, Sir«, antwortete Landeau. Sie war ganz offensichtlich froh darüber, ihn loszuwerden.

Tarpin war über einsachtzig groß, hatte einen breiten Brustkorb und die kräftigen Oberarme eines Gewichthebers. Im Verhältnis zu seinem Körper wirkte sein Kopf fast klein. Aber möglicherweise lag das nur daran, dass er vollkommen glatt rasiert war. Tief liegende, braune Augen, eine große Nase, volle Lippen und ein kantiges Kinn. Er erinnerte Decker an den glatzköpfigen Meister Proper auf der Haushaltsreinigerflasche – nur ohne den Ohrring.

Die Beamten schauten auf, und Decker zeigte ihnen seine Dienstmarke, wobei er darauf achtete, dass auch Tarpin sie sah. Das Gesicht des Mannes blieb vollkommen ausdruckslos. Nicht trotzig oder feindselig, einfach nur leer. Vielleicht lag es am Schock, vielleicht steckte aber auch bewusst die Absicht dahinter, seine Gefühle zu verbergen. Decker stellte sich vor.

»Lieutenant Decker.« Tarpin sprach mit gedämpfter Stimme. »Gut, dass Sie so schnell kommen konnten. Ich wusste, dass Sie früher schon mal mit Ernesto zu tun hatten, der Junge hat es mir erzählt.« Pause. »Er mochte Sie. Ich dachte, das sollten Sie wissen.«

»Ich danke Ihnen.« Decker betrachtete die in Khaki gekleideten Sheriffs. Sie standen in der Rangfolge weit unter ihm, konnten es aber nicht leiden, wenn man sie überging.

Der kleinere der beiden war ein Sergeant. »Ich kannte den Minderjährigen, der ermordet wurde. Deshalb bin ich überhaupt hier.« Deckers Blick fiel auf die beiden Kuppelzelte, wasserdicht und neonorange. »Ist das der Tatort?«

»Ja, Sir«, erwiderte der Sergeant.

Tarpin sagte: »Da drin sieht es einfach grausig aus. Ich hab schon eine Menge Leichen gesehen, in Serbien und Ruanda, aber ... das ist schon eine Weile her. Außerdem kannte ich die beiden ... hat mich einfach umgehauen.«

Das waren seine Worte. Aber sein Gesicht zeigte noch immer keine Regung.

»Sie haben sie als Ernesto Golding und Mervin Baldwin identifiziert?«, fragte Decker.

»Ja, Sir, sie sind es.« Tarpin blickte zur Seite und rümpfte für den Bruchteil einer Sekunde die Nase, als nähme er einen fauligen Geruch wahr.

»Wann haben Sie die beiden entdeckt?«

»Als ich aufgestanden bin … so gegen fünf heute Morgen.«

»Und Sie sind direkt zu den Zelten gegangen?«

»In dem Zelt hier vorn bewahren wir die Vorräte auf. Das Zelt dahinter gehörte den Baldwins. Ich wollte schon mal das Frühstück machen, aber … es roch so komisch. Wenn man schon mal irgendwo im Krieg war und diesen Gestank gerochen hat, dann vergisst man ihn nicht so schnell wieder.«

Decker holte seinen Notizblock hervor. »Was haben Sie daraufhin getan?«

»Ich hab die Klappe zu Dr. Baldwins Zelt angehoben.« Er wandte den Blick ab. »Gott sei ihnen gnädig … nur er kann ihnen jetzt noch helfen.«

»Und Ihnen war sofort klar, dass beide tot waren.«

»Ja, Sir. Daran gab es keinen Zweifel.«

»Haben Sie ihren Puls kontrolliert?«

»Natürlich … aber da war nichts.«

»Waren ihre Körper noch warm?«

Er machte eine Pause. »Das weiß ich nicht mehr.«

Decker dachte einen Moment nach. »Ernest Golding war also im Zelt von Dr. Baldwin?«

»Ja, Sir.«

»Und warum?«

Wieder setzte Tarpin seine undurchdringliche Miene auf. »Zur Therapie. Dr. Baldwin hält seine Therapiesitzungen mit den Jungs immer in diesem Zelt ab.«

»Um fünf Uhr morgens?«

»Ich verstehe nicht ganz.«

»Sie haben gesagt, Sie hätten die beiden um fünf Uhr morgens gefunden. Da waren sie schon tot. Hält Dr. Baldwin seine Sitzungen auch schon in den frühen Morgenstunden ab?«

»Dr. Baldwin arbeitet rund um die Uhr, Lieutenant. Das ist ja gerade das Besondere an ihm. Ich hoffe, Sie wollen damit nicht irgendetwas andeuten.«

»Nein, ich stelle einfach nur Fragen.«

»Vielleicht sollten Sie sich dann lieber mal fragen, was mit *Frau*

Doktor Baldwin passiert ist – Dee Baldwin. Ich kann sie nirgendwo erreichen. Weder per Telefon noch über ihren Piepser. Ich mache mir langsam Sorgen.«

»Können Sie mir die Nummern geben? Ich werde ein paar Beamte zu ihr nach Hause schicken.«

»Klar.« Tarpin kramte in seinen Taschen. »Haben Sie einen Stift?«

Decker reichte ihm Kugelschreiber und Notizbuch.

»Ich hoffe bloß, das Ganze ist nicht so eine Art Racheakt. Die Baldwins haben schließlich auch mit anderen Jugendlichen gearbeitet, die alle möglichen Macken hatten.«

Tarpin kritzelte ein paar Nummern aufs Papier. »Das hier ist ihr Piepser, das die Nummer ihres Handys, die ist von ihrem Büro und das der Anschluss zu Hause.«

Decker nahm Notizbuch und Stift wieder an sich und tippte dann eine Nummer in sein Handy – aber hier in der Wildnis blieb die Leitung tot. »Ich muss es mit dem Funkgerät im Jeep versuchen. Das Ding hier hat keine so große Reichweite.«

Zwei Tote, eine Vermisste.

»Sind die übrigen Jungs hier im Zeltlager vollzählig, Corporal Tarpin?«

»Ja.« Tarpin wandte den Kopf ab und spuckte auf den Boden. »Wollen Sie die auch verhören?«

»Würde ich gern, ja.«

»Von denen war es keiner. Die könnten solch eine Sache doch gar nicht durchziehen, ohne es überall rumzuerzählen. Außerdem hab ich überhaupt nichts gehört. Diese Jungs sind doch reine Amateure. Richtige Jugendstraftäter nehmen die Baldwins nicht mit ins Camp. Viel zu riskant.«

»Was haben diese Jungs denn angestellt, um hier zu landen?«

»Bagatellkram ... oder auch nur gegenüber den Eltern die Beherrschung verloren. Sie sind zwar ein bisschen auf die schiefe Bahn geraten, aber wenn's hart auf hart kommt, sind sie immer noch die gleichen verwöhnten Muttersöhnchen wie früher. Sie halten sich für unheimlich taff, aber auf der Straße würden sie keine Woche lang durchhalten.« Auf Tarpins kahlem Schädel glitzerten Schweißperlen. »Aber die Baldwins haben auch andere Klienten, die ordentlich Probleme haben. Vielleicht sollten Sie lieber mit denen beginnen.«

»Ich werde mit diesen Jungs hier anfangen.« Decker ging zum Jeep hinüber, um seine Anrufe zu erledigen. »Hauptsächlich deshalb, weil sie nun mal gerade hier sind.«

Tarpin blieb ihm dicht auf den Fersen. »Von denen war's keiner. Sie sind alle wie Ernesto. Glauben Sie, ein Junge wie Ernesto wäre zu so etwas fähig?« Er beantwortete die Frage selbst. »Ausgeschlossen. Keiner von denen würde das bringen. Sie werden's schon merken, wenn Sie mit ihnen reden.«

Decker öffnete die Tür des Geländewagens. »Genau das habe ich vor, sobald die Suche nach Dee Baldwin eingeleitet ist – erst die Lebenden, dann die Toten, Corporal.«

Er musste gar nicht erst hineingehen, um zu wissen, was passiert war. Der Boden hatte sich an vielen Stellen dunkel verfärbt, wo das Blut in kleinen Rinnsalen am Boden des wasserdichten Zelts hervorgesickert war. Mehrere fragmentierte Fußabdrücke bildeten eine blutige Spur vom Zelteingang bis zur Abbruchkante des Felsens. Decker markierte sie mit Kreide und blickte den Steilhang hinunter. So weit er sehen konnte, waren dort keine weiteren Spuren vorhanden, aber das hatte nichts zu sagen. Jemand würde hinunterklettern müssen, um die Sache zu überprüfen, denn es sah nicht danach aus, als ob die Fußabdrücke an der Kante endeten. Eigenartig, aber nicht unmöglich.

Vorsichtig ging er über den staubigen Boden zurück und achtete sorgfältig darauf, wohin er seine Füße setzte. Er hob die Zeltklappe an und bückte sich, um einen Blick ins Innere zu werfen, wobei er sich bemühte, möglichst flach zu atmen.

Der Geruch des Todes stieg ihm trotzdem sofort in die Nase. Es stank nach Blut und Innereien, schlimmer als in einem Schlachthaus. Die straff gespannten Zeltwände waren voller Blutspritzer; auf dem Boden standen Pfützen aus rotem und braunem Plasma. Was einmal eine Art Doppelschlafsack gewesen war, hatte sich jetzt in einen Klumpen blutgetränkter Laken verwandelt. Die beiden Leichen lagen nebeneinander auf dem Boden, zusammengekrümmt, die Arme neben dem Körper: Offenbar war ihnen nicht einmal genug Zeit geblieben, sie schützend hochzureißen. Ernestos Oberkörper war nackt; Baldwin trug ein Unterhemd. Ihre übrige Kleidung lag in der Nähe des Zelteingangs auf einem Haufen.

Decker schloss die Augen, um nachzudenken. Eine leichte Übelkeit machte sich in seinem Magen bemerkbar, aber er ignorierte sie. Wenn die dürftige Bekleidung der Opfer zu bedeuten hatte, dass dieses Treffen mehr als nur eine Therapiesitzung gewesen war, so warf das ein ganz neues Licht auf Dee Baldwins Verschwinden. War sie vor den Tätern geflüchtet, oder hielt sie sich vor der Polizei versteckt? Womöglich war sie aber auch einfach nur morgens um sieben zum Einkaufen gefahren.

Er öffnete die Augen. Der Anblick war nicht angenehmer geworden. Die Gesichter der Toten waren bläulichweiß verfärbt und voller Blut. Jemand musste wiederholt auf die beiden geschossen haben, und zwar vermutlich – nach den von Einschüssen übersäten Körpern zu urteilen – im Affekt. Das sah nicht nach einer eiskalten Exekution aus, eher nach einem Wutausbruch – eine anschauliche Demonstration des Wortes *Overkill*. Die Austrittslöcher der Geschosse hatten die Zeltwände in einen Schweizer Käse verwandelt. Der Durchmesser der Öffnungen ließ darauf schließen, dass es sich bei der Waffe vermutlich um eine Zweiunddreißiger handelte. Der Angreifer musste einen Dämpfer benutzt haben, sonst hätte er viel zu viel Lärm verursacht. Selbst wenn die beiden Opfer noch wach gewesen wären, hätten sie keine Chance zur Gegenwehr gehabt, und wenn sie im Schlaf überrascht worden waren, hatten sie vermutlich nicht einmal mehr mitbekommen, womit sie getötet wurden.

Der Gerichtsmediziner würde später den genauen Zeitpunkt des Todes bestimmen. So wie dieser Fall lag, dürften Deckers Schätzungen jedoch ähnlich präzise ausfallen. Die Leichen waren immer noch warm. In dieser Höhe kühlte es nachts relativ stark ab. Die Morde konnten also erst vor kurzem geschehen sein.

Wenn Tarpin unschuldig war und man ihm glauben konnte, so

hatte er nichts gehört. Was bedeutete, dass die Morde während der letzten Tiefschlafphase der Nacht begangen worden sein mussten – also etwa zwei Stunden vor dem Aufwachen. Wenn Tarpin, wie er sagte, gegen fünf Uhr aufgestanden war, hatten die Morde vermutlich irgendwann um drei herum stattgefunden.

Zwischen drei und fünf…

Wo war Dee Baldwin?

Er ließ die Zeltklappe fallen und holte tief Luft, während er die Umgebung nach weiteren Spuren absuchte. Inzwischen waren auch Webster, Martinez und Bontemps eingetroffen. Martinez schrieb gerade etwas in sein Notizbuch, hielt jedoch inne, als er Decker sah. Das Trio kam zu ihm herüber, und Webster fragte: »Wie schlimm ist es?«

»Grauenhaft.« Decker wandte sich an Bontemps.

Aber noch bevor er etwas sagen konnte, wurde er von Webster unterbrochen. »Ich hab Wanda Bescheid gesagt, weil sie auch mit dem Vandalismusfall und Golding zu tun hatte. Ich dachte, für den Fall, dass es sich hier um ein weiteres Hassverbrechen handelt, sollte sie auch dabei sein.«

»Es handelt sich zwar um ein Verbrechen aus Hass, aber nicht um ein Hassverbrechen«, erwiderte Decker. »Aber es ist trotzdem gut, dass Wanda gekommen ist. Wir können hier jemand vom Jugenddezernat gebrauchen – schließlich sind die meisten unserer Verdächtigen unter achtzehn.«

Alle sahen zu den Jugendlichen hinüber, die immer noch wie betäubt auf dem Boden hockten.

Decker sagte: »Wir sollten die Jungs ihrem Alter entsprechend in zwei Gruppen aufteilen. Die über Achtzehnjährigen können verhört werden. Bei den Minderjährigen müssen wir erst das Einverständnis der Eltern einholen. Nehmt ihre Namen und Telefonnummern auf und setzt euch mit den Eltern in Verbindung. Ihr könnt sie auch ganz beiläufig mal fragen, ob sie etwas gesehen oder gehört haben, und beobachten, wie sie reagieren.

Aber denkt daran, dass wir es hier mit einem besonderen Menschenschlag zu tun haben. Sie werden sich alle so verhalten, als hätten sie etwas zu verbergen, weil das für sie der Normalzustand ist. Sie haben alle schon einiges hinter sich und tun seit Jahren nichts anderes, als ihre Schuld zu vertuschen, oder sie jemand anderen in die Schuhe zu schieben. Wir müssen also darauf achten, ob sie in anderer Weise auffällig reagieren.«

»Meint ihr wirklich, einer von denen hätte so etwas getan und wäre dann hier geblieben, um sich verhören zu lassen?«, fragte Webster.

»Vielleicht haben wir's ja mit einem echten Psychopathen zu tun«, meinte Martinez.

Bontemps warf einen Blick auf das bunt gemischte Völkchen. »Schon möglich.«

»Ich werde sehen, ob wir von Tarpin die Erlaubnis bekommen, die Rucksäcke der Jungs zu kontrollieren«, sagte Decker. »Bei der Anmeldung zu diesem Camp haben die Eltern Tarpin und Baldwin dazu ermächtigt, die persönlichen Sachen der Jungs stichprobenartig nach Drogen und anderer Schmuggelware zu durchsuchen.«

»Kommt mir irgendwie bekannt vor«, sagte Webster.

»Das ist mir bewusst«, antwortete Decker.

»Welcher von denen ist Tarpin?«, fragte Martinez.

»Der Typ im Tarnanzug«, antwortete Decker.

»Der sieht aus, als könnte er einigen Schaden anrichten. Was hat er denn für eine Aufgabe hier im Camp?«, wollte Martinez wissen. »Arschtreter?«

»Chefausbilder und Naturspezialist«, erklärte Decker. »Kümmert sich um die Tagesaktivitäten. Ich glaube, der ist hier für alles zuständig, außer für die eigentliche Gesprächstherapie.«

»Warum gehen bei mir sämtliche Alarmglocken an, wenn ich den Namen Tarpin höre?«, fragte Webster.

»Stimmt, bei mir auch«, sagte Martinez. »Aber ich weiß auch nicht, wo ich ihn hinstecken soll. Aus welcher Branche kommt er? Survivalspezialist oder so was?«

»Wahrscheinlich.«

»Das ist es!« Wanda blickte triumphierend in die Runde. »Erinnert ihr euch noch an die Hüter der Völkischen Reinheit? Darrell Holt und Erin Kershan?«

»Na klar!«, rief Webster. »Die haben doch diese Flugblätter gedruckt!«

»Auf denen auch Tarpins Name auftauchte!«, ergänzte Martinez. »War das nicht der Typ, der für die Vorrangstellung der englischen Sprache eintrat?«

»Das kommt mir jetzt aber *ziemlich* bekannt vor«, bemerkte Wanda.

Decker hob die Augenbrauen. »Das Flugblatt müsste noch irgendwo bei den Akten zu diesem Fall liegen. Ich werde sie später durchsehen.«

»Damals hatten wir nichts in der Hand, um die Hüter der Völkischen Reinheit mit Golding und der Synagogengeschichte in Verbindung zu bringen«, meinte Wanda. »Ich weiß nicht, ob Tarpin und Golding sich schon vor dieser Tragödie hier kannten, aber das wäre sicher interessant herauszufinden.«

»Was ist eigentlich aus diesem anderen kleinen Rassisten geworden? Diesem Hacker?« Decker schnippte mit den Fingern. »Ricky Moke – oder wie auch immer sein richtiger Name lautet. War das nicht auch so ein mutmaßlicher Anarchist?«

»Zumindest haben Darrell und Erin ihn damals dafür gehalten«, sagte Wanda.

»Hat der nicht auch an Baldwins Programm teilgenommen?«, fragte Martinez.

»Das sollten wir überprüfen.« Decker machte eine Pause. »Aber als Erstes müssen wir Baldwins Frau finden. Sie ist offenbar weder zu Hause noch in der Klinik, und das macht mich ziemlich nervös. Ich habe eine sofortige Durchsuchung wegen Gefahr im Verzug angeordnet, aber dann mussten wir uns wieder von dem Anwesen zurückziehen. Jetzt bin ich gerade dabei, einen richterlichen Durchsuchungsbefehl zu erwirken, vor allem für Baldwins Klinik. Tarpin hat die Vermutung geäußert, es könne sich um eine Art Racheakt handeln. Vielleicht fällt uns in den Unterlagen über Baldwins Klienten irgendwas auf.«

»Sind solche Unterlagen nicht streng vertraulich?«, fragte Martinez.

»Nicht, wenn jemand in unmittelbarer Gefahr schwebt.« Decker schwieg einen Moment. »Ein durchgeknallter Klient, der sich an seinem Psychiater rächen will. Wie hoch ist die Wahrscheinlichkeit, dass so etwas passiert? Vermutlich ebenso hoch wie die Wahrscheinlichkeit, dass wir plötzlich von ein paar ehemaligen Verbrechern gejagt werden.«

»Ist alles schon vorgekommen«, sagte Martinez.

»Aber ziemlich selten. Wisst ihr, was in dieser Hinsicht der gefährlichste Beruf ist? Anwalt. Anwälte sind anscheinend für viele Leute ein rotes Tuch. Jedenfalls kann ich nicht mit Sicherheit behaupten, dass Dee Baldwin in unmittelbarer Lebensgefahr schwebt. Es könnte sogar sein, dass sie selbst der Täter ist.« Decker beschrieb den anderen, was er im Zelt gesehen hatte. »Ich könnte mir schon vorstellen, dass eine Frau, die ihren Mann in einer solchen Situation überrascht, einfach ausrastet.«

»Ich weiß nicht, Chef«, meinte Martinez. »Glauben Sie wirklich, der Camppsychologe würde ausgerechnet hier eine Affäre mit einem Minderjährigen anfangen, wo nicht nur ein Haufen anderer Jungs, sondern auch noch Tarpin *und* seine eigene Frau ständig in der Nähe sind?«

»Vielleicht hat Dee ihm einen Überraschungsbesuch abgestattet«, sagte Wanda.

»Um drei Uhr morgens?«

»Sonst wär's ja keine Überraschung«, erwiderte Wanda. »Deshalb hat sie auch so lange gewartet. Sie hatte ihn bestimmt schon länger im Verdacht. Frauen spüren so was. Sie wollte ihn erwischen, wenn er am wenigsten damit rechnete.«

»Das könnte auch eine Erklärung dafür sein, warum das Ganze nach einem geplanten Verbrechen aussieht. Der Mörder muss einen Dämpfer verwendet haben. Sonst hätte er oder sie das ganze Camp aufgeweckt. Sie kommt also hier herauf, eine Waffe in der Hand und wild entschlossen ...« Decker dachte einen Augenblick nach. »Sie muss mit einem Fahrzeug gekommen sein. Demnach muss es auch irgendwo zwischen all diesen Reifen-spuren einen Abdruck geben, der zu ihrem Fahrzeug passt. Wir brauchen also einen Abdruck von jeder einzelnen Reifenspur hier oben und in einem Umkreis von, sagen wir, bis zu achthundert Metern – für den Fall, dass sie weiter unten geparkt hat, um sich nicht durch den Motorenlärm zu verraten. Wanda, Sie markieren jede erkennbare Reifenspur mit Kreide und lassen die Techniker einen Gipsabdruck davon anfertigen.«

Sie runzelte die Stirn. »Das wird aber ziemlich lange dauern.«

»Klar«, sagte Decker. »Ist das vielleicht ein Problem?«

»Äh, nein, Sir, ganz und gar nicht.«

»Gut. Tom und Bert werden Ihnen helfen, sobald sie fertig sind. Tom, du nimmst dir die beiden älteren Jugendlichen vor – das wird vermutlich etwas länger dauern, weil wir sie eingehend verhören müssen. Bert, du nimmst die Personalien der Minderjährigen auf und kümmerst dich um Tarpin – schließlich warst du in der Armee. Er behauptet, ein ehemaliger Marinesoldat zu sein… hat irgendwas von Serbien und Ruanda erzählt. Für mich sieht er allerdings eher nach einem Fremdenlegionär aus. Ich werde Oliver anrufen, damit er mal ein paar Erkundigungen über ihn einholt. Und ich muss Jill und Carter Golding einen Besuch abstatten, bevor sie womöglich auf andere Weise davon erfahren. Wenn natürlich einer von euch diesen Job übernehmen möchte…?«

Schweigen.

»Dachte ich mir.« Decker blinzelte in die Sonne und wusste, dass dies mal wieder ein richtig heißer Tag werden würde.

16

Sie mussten sofort geahnt haben, dass es sich diesmal wirklich um was Ernstes handelte, denn wegen eines der üblichen kleineren Gesetzesverstöße wäre Decker nicht persönlich vorbeigekommen. Aber mit einer solchen Nachricht hatten sie natürlich nicht gerechnet. Und für Decker war es unmöglich, sie ihnen auf irgendeine schonende Weise beizubringen.

Er stand da wie erstarrt und musste wieder einmal den Schock, das Grauen und all den Schmerz mit ansehen, dessen Ausmaß nur andere trauernde Eltern nachempfinden konnten – die Schreie, die Schluchzer, der plötzliche Griff ans Herz. Der Vater, der die Mutter zu trösten versucht, und die Mutter, die davon nichts wissen will. Dann folgte die unvermeidliche Leugnung.

Sie müssen sich irren.

Sind Sie sicher?

Sie könnten sich doch geirrt haben.

Woher wollen Sie das so genau wissen?

Sie irren sich!

Aber er irrte sich nicht. Dieser Teil seiner Arbeit wurde für Decker niemals leichter.

Zu Anfang würden sie ihn hassen, weil er ihnen diese schreckliche Nachricht überbracht hatte. Dann, nach ein bis zwei Wochen oder einem Monat, würden sie ihn mehr und mehr als Vermittler begreifen, als jemanden, der ein wenig Logik in diesen Irrsinn bringen konnte, ihre Verbindung zu den Ermittlungen, als jemanden, den sie anrufen und anbrüllen konnten und vor dem sie sich ihrer Tränen nicht schämen mussten. Im Lauf der Zeit würde eine Beziehung entstehen – ob symbiotisch oder feindlich, aber auf jeden Fall irgendeine Art von Beziehung.

Während er immer noch vor der Tür stand – niemand hatte ihn hineingebeten –, erklärte Decker in kurzen Sätzen, was geschehen war. Doch seine Worte verhallten ungehört.

Jills Augen hatten sich zu Schlitzen verengt. Als sie sprach, klang es eher wie ein Zischen. »So gut kennen Sie ihn doch gar nicht. Sie könnten sich geirrt haben.«

»Vielleicht sollten wir erst einmal ins Haus gehen«, sagte Decker.

Verständnislos starrten die beiden ihn an. Aus Jills spitzer, geröteter Nase tropfte Schleim auf ihren Pullover. Carters Gesicht schimmerte grünlich – der Schock hatte ihn offenbar vollkommen paralysiert. Er trug ein Arbeitshemd und Jeans. Decker senkte den Kopf und trat über die Schwelle. Widerstandslos wichen sie einen Schritt zur Seite und ließen ihn passieren. Carter sackte auf einem Stuhl zusammen und kämpfte einen Anfall von Übelkeit nieder, den Kopf zwischen den Knien. Doch dann war es Jill, die plötzlich in Richtung Badezimmer davonstürzte. Sie hörten, wie sie sich übergab.

Carter flüsterte: »Wissen Sie das auch ganz genau? Wie können Sie so sicher sein?«

»Der Campausbilder – Corporal Tarpin – hat ihn eindeutig identifiziert.«

»O mein Gott.« Tränen liefen dem Mann über die Wangen. »Und wenn er sich doch geirrt hat?«

Bittend, flehend. Es war einfach erschütternd.

»Das ist leider nicht der Fall, Mr. Golding. Ich habe ihn auch gesehen.«

Wieder dieses unerträgliche Schweigen. Bald würden die Fragen kommen. Zunächst nur zögernd, doch später immer drängender, und jede Auskunft würde die Eltern nur noch wütender machen. Decker war dieses Muster nur allzu vertraut.

»Ein Glück, dass ich zu Hause war«, sagte Carter.

Eine typisch männliche Reaktion. Er war da gewesen, um sich um seine Frau zu kümmern. Carter konnte nicht wissen, was Decker längst aus Erfahrung wusste: dass seine Frau keinen Wert auf seinen Schutz oder seine Fürsorge legte. Sie hatte nur noch einen Wunsch: Sie wollte ihren Sohn zurück, und wenn das nicht möglich war, dann konnte auch der Mann ihr in diesem Moment keine Hilfe sein.

Carter blickte auf. »Wenigstens war sie nicht allein, als sie es erfuhr.« Eine Pause. »Und Sie sind sich wirklich sicher?«

»Ganz sicher.«

Carter wies auf einen Stuhl.

Decker setzte sich.

»Was …« Mehr brachte er nicht heraus.

»Vielleicht sollten wir lieber auf Ihre Frau warten. Sie wird es auch wissen wollen, Sir. Sie wird es wissen müssen.«

Carter widersprach nicht. Schließlich kam Jill zurück, blass, mit fleckiger Haut und zitternden Händen.

Carter sagte: »Er wollte gerade erzählen …«

Schweigen.

Sie biss sich auf die Lippen, während ihr die Tränen aus den Augen stürzten. Dann nickte sie hastig.

Möglichst kurz und knapp. »Was ich Ihnen jetzt sage, ist bisher noch streng vertraulich. Dr. Baldwin ist ebenfalls ermordet worden. Man hat die beiden zusammen in Dr. Baldwins Zelt gefunden.«

Jill blickte auf und legte die Hand auf den Mund, während ihre Augen sich weiteten. »O Gott!« Sie atmete schwer. »O mein Gott! Zusammen?«

Decker nickte.

»Aber wo war Mervin?«, fragte Carter. »Wollen Sie damit andeuten, dass er es getan hat?«

Decker hätte sich am liebsten geohrfeigt, als er seinen Fehler erkannte. »Mr. Golding, es war Mervin, der ermordet worden ist. Und Dee Baldwin ist diejenige, die vermisst wird.«

Carter sprang wutentbrannt auf. »Was wollen Sie damit sagen?«

»Ich will damit nur sagen, was wir gesehen haben …«

»*Nichts* haben Sie gesehen!«, brüllte Carter. »Außerdem ist es mir scheißegal, was Sie gesehen haben, denn ich sage Ihnen, dass es nicht sein kann! Ich kenne Ernesto gut genug, um zu wissen, dass Ihre Behauptung der letzte Dreck ist! Jemand versucht, meinen Sohn in Verruf zu bringen, und ich will wissen, warum!«

Mehr als nur in Verruf. Jemand hatte seinen Sohn ermordet. Daddy schien es jedoch mehr zu empören, dass man seinen Sohn der Homosexualität verdächtigte, als dass man ihn ermordet hatte. Aber das lag einfach nur daran, dass dieser Verdacht für ihn eine willkommene Ablenkung war.

»Warum sollte jemand so etwas tun!« Carter brüllte immer noch herum. Er stieß mit dem Finger in Deckers Richtung. »Das ist … das ist …« Dann fiel er plötzlich in sich zusammen, sank in einen Sessel. Er legte den Kopf in die Hände und begann hemmungslos zu weinen. Seine Frau beobachtete ihn, immer noch zitternd und aschfahl. Sie beobachtete ihn, ohne ihn zu trösten. Es war eine schreckliche Szene. Decker wusste, wenn er jetzt etwas sagte, würde der Mann sofort aufhören zu weinen. Aber wem würde das nützen? Er wartete also noch einen Moment, bevor er zu sprechen begann: »Ich weiß nicht, was passiert ist, Sir. Aber ich werde es herausfinden.«

Carter blickte auf. »Warum sollte … Was glauben Sie?«

»Ich kann bisher noch nichts dazu sagen.«

»Aber Sie haben doch bestimmt schon einen Verdacht«, flüsterte Jill.

»Noch nicht«, erklärte Decker. »Aber wenn es so weit ist, werden Sie als Erste davon erfahren.«

»Wann können wir ihn sehen?« Jills Stimme war kaum hörbar.

»So bald wie möglich. Ich werde vorbeikommen und Sie abholen.«

»Warum dürfen wir ihn nicht jetzt schon sehen?«, fragte Carter. »Ich will ihn sehen, jetzt sofort! Ich bestehe darauf!«

»Bitte, Mr. Golding.« Decker hatte die Augen geschlossen; er sah die entsetzliche Szene vor sich und wusste, dass sie das nicht verkraften würden. »Sie müssen mir vertrauen. Ich gebe Ihnen Bescheid, sobald Sie ihn sehen können.«

Schweigen. Dann folgten die unterdrückten Schluchzer und das Händeringen.

»Wie ist er …« Carter brachte das Wort nicht heraus.

»Er war sofort tot«, antwortete Decker. »Ich bin sicher, dass er nichts gespürt hat.«

»Das habe ich nicht gemeint.«

»Aber das war es, was Sie wissen wollten«, sagte Decker. »Er hat nicht gelitten.« Er machte eine Pause. »Mir ist bekannt, dass Sie noch einen anderen Sohn haben, Karl. Ich würde gern so bald wie möglich mit ihm sprechen.«

»Warum?«, fragte Carter.

»Weil Brüder sich manchmal Geheimnisse anvertrauen. Das weiß ich aus persönlicher Erfahrung. Ich habe selbst zwei Söhne, die sich sehr nahe stehen und gegenseitig in Schutz nehmen. Ich glaube, sie sehen mich manchmal als ihren gemeinsamen Feind an. Oder jedenfalls als übertrieben fürsorglich …«

»O mein Gott!«, platzte Jill heraus. »Sie glauben doch nicht, dass Karl in Gefahr ist?«

»Nein, das wollte ich damit nicht sagen«, antwortete Decker. »Ich möchte nur herausfinden, was er über seinen Bruder weiß.«

»Unsere Kinder haben keine Geheimnisse vor uns«, sagte Carter. »Wenn Sie hier jemand etwas fragen wollen, dann bestehe ich darauf, dass Sie mich fragen.«

»Im Moment habe ich noch gar keine konkreten Fragen.« Das war gelogen. »Ich will nur keine Möglichkeit außer Acht lassen. Mr. Golding, fällt Ihnen vielleicht irgendetwas ein, das mir weiterhelfen würde?«

»Nein! Natürlich nicht! Warum fragen Sie?«

»Ich muss Sie bitten, mir keine meiner Fragen übel zu nehmen, Sir. Und Sie bitte auch nicht, Mrs. Golding. Es tut mir so Leid. Es liegt wirklich nicht in meiner Absicht, Ihren Kummer noch zu vergrößern.«

Jill starrte ihn an. »Sie wissen also nicht, wer es getan hat?«

»Nein«, erwiderte Decker.

»Und Dee Baldwin wird vermisst?«

»Wir konnten sie bisher nicht ausfindig machen.«

Jill verschränkte ihre zitternden Hände. »Und was denken Sie darüber?«

»Ich kann noch nichts dazu sagen.«

»Glauben Sie, Dee hat mit der Sache zu tun?«

»Ich weiß es nicht.«

»War es grausam?«, fragte Jill.

»Es muss sehr schnell gegangen sein«, antwortete Decker.

Ihre Unterlippe bebte. »Er hat nicht gelitten?«

»Nein.«

»Woher wissen Sie das?«

»Ich weiß es eben. Er hat nicht gelitten.«

Jill begann wieder zu weinen. »Ich möchte meinen Sohn sehen«, schluchzte sie. »Ich *muss* ihn sehen.«

»Sobald es möglich ist, werde ich persönlich vorbeikommen und …«

»Das sagten Sie bereits!«, unterbrach Carter ihn schroff.

»Ich weiß. Ich wiederhole mich.«

»Kann man die Sache denn nicht irgendwie beschleunigen?«, bellte Carter.

»Der Fall hat bei mir oberste Priorität«, erwiderte Decker. »Ich hab genau wie Sie ein Interesse daran, die Sache voranzutreiben.

Deshalb ist es auch so wichtig für mich, möglichst frühzeitig an weitere Informationen zu kommen. Ich bestehe nur ungern darauf, aber wann, glauben Sie, könnte ich wohl mit Karl sprechen?«

Jill trocknete sich mit einem zerknüllten Papiertaschentuch die Augen. »Was soll Ernesto denn Ihrer Meinung nach vor uns verheimlicht haben?«

»Ich weiß es nicht. Vielleicht gar nichts. Aber Kinder haben fast immer irgendwelche Geheimnisse. Auch wenn sie ihre Eltern lieben. Und Ernesto hat Sie beide sehr geliebt…«

Carter schnaubte verächtlich. »Ihren billigen Trost können Sie sich sparen…«

»Das war kein billiger Trost, Sir. Ernesto hat mir selbst gesagt, wie sehr er Sie beide liebt und bewundert. Das hat er mir gleich bei unserem ersten Gespräch erzählt… an dem Tag, als er die Sache mit der Synagoge gestanden hat.«

Erneut endloses Schweigen. Dann begann Jill wieder zu weinen. »Danke, dass Sie das gesagt haben.«

Decker wartete einen Moment, bevor er sprach. »Das Ganze ist nur so ein Gefühl; ich kann mich also durchaus irren. Aber ich frage mich, ob diese Sache nicht irgendwie mit dieser Vandalismusgeschichte zusammenhängt. Ob Ernesto sich vielleicht mit ein paar gefährlichen Typen eingelassen hat. Ob er möglicherweise in irgendeine üble Sache hineingeraten ist und sich dann nicht mehr getraut hat, jemandem davon zu erzählen.« Eine lange Pause. »Ich weiß es nicht. Ich stochere nur ein bisschen im Nebel herum.«

»Denken Sie dabei an bestimmte Typen?«, wollte Jill wissen.

»Im Zusammenhang mit der mutwilligen Beschädigung der Synagoge haben wir damals einige Gruppen von Neonazis überprüft…«

»Mit solchen Leuten hatte Ernesto nichts zu tun!«, protestierte Carter. Seine Stimme wurde schrill. »Warum sollte er sich auf so was einlassen?«

Decker antwortete: »Ich konnte mir einfach nicht vorstellen, warum ein Junge wie Ernesto mutwillig eine Synagoge beschädigen sollte … ich habe gedacht, dass er vielleicht unter dem Einfluss von ein paar ziemlich unangenehmen Leuten gestanden hat. Leuten, von denen er Ihnen niemals erzählen würde, aber von denen Karl vielleicht wusste …«

»Wenn Sie den Verdacht hatten, Karl könnte etwas über diese Sache wissen, warum haben Sie dann nicht gleich mit ihm gesprochen, als die Geschichte passiert ist?«, knurrte Carter wütend.

»Meiner Erinnerung nach habe ich damals gefragt, ob ich mit ihm sprechen kann«, sagte Decker. »Aber ich glaube, Sie haben Nein gesagt.«

Carter wich seinem Blick aus. »Daran kann ich mich nicht entsinnen.«

»Na ja, kann sein, dass ich mich irre«, meinte Decker.

Aber es war beiden klar, dass er sich nicht irrte.

Jill biss sich auf die Lippen. »Karl weiß bisher noch gar nicht Bescheid … oder?«

»Sie beide sind die Ersten, denen ich es mitgeteilt habe.«

»Aber er wird sicher bald davon erfahren. So etwas spricht sich blitzschnell herum.« Sie sprang auf und lief im Zimmer auf und ab. »Carter, du musst sofort in der Schule anrufen …«

Carter fuhr aus seinem Sessel hoch. »Bin schon dabei.«

»Könnten Sie jetzt bitte gehen?«, fragte Jill. »Wir brauchen ein bisschen … ich muss …« Ihre Augen wurden feucht. »Ich muss ein paar Leute anrufen.« Sie sank auf das Sofa zurück. »Ich weiß nicht, ob ich das schaffe!«

»Soll ich vielleicht jemanden für Sie anrufen?«, fragte Decker.

»Ja, meine Schwester.« Jill gab ihm die Nummer. »Ich glaube, das bringe ich nicht fertig.«

»Ich werde sie sofort informieren.«

»Ich gehe nach oben ins Schlafzimmer.«

»Soll ich Sie begleiten?«

»Nein, es geht schon …« Sie wankte zur Treppe – eine alte Frau, mit unsichtbaren Ketten gefesselt, von denen sie sich nie wieder befreien könnte. Nach ein paar Stufen blieb sie stehen und drehte sich zu ihm um. Ihre Stimme war tränenerstickt. »Wann wollten Sie Karl sprechen?«

»So bald wie möglich.«

»Kommen Sie in einer Stunde wieder.« Sie ging weiter.

Decker sah sich suchend in dem mit Möbel voll gestopften Wohnzimmer um, bis er schließlich das Telefon entdeckte. Es gab drei Leitungen; eine davon war belegt, der Knopf leuchtete rot. Decker drückte den Knopf für den zweiten Anschluss und rief Jills Schwester an. Sie hieß Brook. Er bat sie, sofort zu kommen. Als sie nach dem Grund fragte, sagte Decker, er würde ihr alles erklären, sobald sie da wäre. Er hatte es sich zur Regel gemacht, solche Nachrichten nicht am Telefon zu übermitteln.

Carter kam zurück. »Wo ist meine Frau?«

»Oben im Schlafzimmer«, antwortete Decker. »Ich warte auf ihre Schwester.«

»Auf welche? Auf Brook?«

»Ja. Gibt es denn noch mehr?«

»Philippa«, sagte Carter. »Sie lebt in San Diego. Jill hat kein sehr enges Verhältnis zu ihr. Aber sie muss es wohl auch ... erfahren.« Sein Blick wanderte ziellos durch den Raum. »Ich muss ... zur Schule fahren. Man hat Karl aus der Klasse geholt. Ich habe niemandem gesagt, warum ... nur, dass es sich um einen Notfall handelt.«

»Soll ich das für Sie übernehmen?«, bot Decker an. »Nicht um ihn auszufragen, nur so als Taxiservice, damit Sie bei Ihrer Frau bleiben können.«

Carter starrte auf einen Punkt hinter Deckers Schulter. »Keine Fragen?«

»Nein, zumindest nicht während der Fahrt. Ihre Frau sagte, ich könne in einer Stunde zurückkommen, um mit Ihrem Sohn zu sprechen.«

Carter schwieg.

»Oder ...«, begann Decker wieder, »ich bleibe hier und warte auf Brook. Dann könnten Sie losfahren und Ihren Sohn abholen.«

Carter schüttelte verwirrt den Kopf, Tränen in den Augen. »Ich weiß nicht, was ich tun soll. Was meinen Sie denn?«

»Soll ich ganz ehrlich sein? Ihrer Frau können Sie im Moment sowieso nicht helfen. Sie hat einen Schock. Aber Ihr Sohn wird Sie brauchen. Und er wird sich später daran erinnern, wer damals gekommen ist, um ihn abzuholen. Falls Sie sich nicht in der Lage fühlen, selbst zu fahren, bestelle ich einen Wagen für Sie.«

»Nein, ich kann fahren.« Carter kramte in seinen Taschen und zog die Autoschlüssel heraus. »Bis zur Schule sind es nur zehn Minuten. Das schaffe ich schon.«

Decker nickte.

»Und Sie warten hier auf Brook?«

»Ja, Sir.«

»Werden Sie es ihr sagen?«

»Wenn Sie möchten.«

»Ja, ich glaube schon ...« Er wischte die Tränen weg. »Ich muss wohl auch noch meinen Geschwistern Bescheid geben. Ich habe noch zwei jüngere Brüder.« Seine feuchten Augen blickten starr vor Kummer. »Gott sei Dank, dass meine Eltern nicht mehr leben.«

Karl hatte ebenfalls einen breiten Brustkorb und Arme wie ein Gewichtheber, woraus Decker schloss, dass irgendwo in der ektomorphen Ahnenreihe der Goldings auch noch ein mesomorphes Gen herumstreunen musste. Karls Haut war hell und noch bartlos und sein Gesicht von Eiterpickeln übersät. Seine Augen hatten einen dunkleren Blauton als die seines Bruders und waren um die Iris herum gerötet. Seine Nase schimmerte ebenfalls rot. Er starrte Decker wie einen leblosen Gegenstand an.

»Nur ein paar Fragen, Karl«, begann Decker. »Sag mir einfach, wenn es dir zu viel wird.«

»Okay.« Seine Stimme war nur ein Flüstern. »Ist es wichtig, dass wir jetzt gleich darüber reden?«

»Ja.«

Der Junge wich seinem Blick aus. »In Ordnung.«

Sie saßen auf einem Ledersofa im Zimmer des Jungen, das ungefähr die Ausmaße von Deckers Wohnzimmer hatte. Die Wände dieses Raums waren genauso lehmfarben verputzt wie die im übrigen Haus. Möbel gab es sehr wenige: ein Bett, ein Schreibtisch mit Computer, ein Fernseher auf einem Rollwagen und Regale, die mehr Videos als Bücher enthielten. Die Klimaanlage lief auf Hochtouren, und im Zimmer herrschte eine Grabeskälte.

»Als Erstes möchte ich dir mein Beileid aussprechen«, begann Decker.

Tränen liefen dem Jungen über die Wangen. Er wischte sie weg.

»Dein Bruder hat mir im Lauf der Zeit viele Dinge anvertraut«, fuhr Decker fort, »Dinge, die ihm und auch mir Sorgen machten. Ich wüsste gern, ob er mit dir auch über solche Sachen gesprochen hat.«

Karl hob den Kopf. »Worüber denn zum Beispiel?«

»Zum Beispiel über seine heimlichen Phantasien. Hat er dir auch davon erzählt?«

Die Sekunden verstrichen. Eins … zwei … drei … vier …

»Was für Phantasien?«, flüsterte der Junge.

Deckers Gesicht zeigte keinerlei Regung. »Ich frage das nicht, um dir Angst zu machen, sondern um Ernesto besser zu verstehen. Je mehr ich über ihn weiß, desto mehr wird mir das bei den Ermittlungen helfen. Ernesto war interessiert an … nein, das ist das falsche Wort. Er wurde verfolgt von schrecklichen Bildern aus der Nazizeit, Bildern von Gewaltverbrechen. Sie verfolgten ihn, aber gleichzeitig faszinierten sie ihn auch. Diese Bilder machten ihm sehr zu schaffen, aber er konnte sie einfach nicht loswerden. Außerdem hatte er das Gefühl, dass … dass der Vater deines Vaters – Isaac Golding – euch seine wahre Herkunft verheimlicht hatte.«

Schweigen.

»Hat er dir gegenüber jemals etwas in dieser Richtung erwähnt?«

Karl seufzte. »Darf ich fragen, Sir, warum … warum Sie das wissen wollen … Sir?«

Immerhin versuchte er höflich zu bleiben. Das war unter diesen Umständen schon eine Menge wert. »Ich frage mich, ob Ernesto vielleicht ein Doppelleben geführt hat und in schlechte Gesellschaft geraten ist. Und ob er versucht hat, da wieder herauszukommen, indem er Dr. Baldwin alles erzählte. Vielleicht wollte jemand diesen Informationsfluss für immer unterbinden.«

»Sie glauben, das könnte der Grund für das sein, was passiert ist?«

»Ich weiß es nicht, Karl. Deshalb muss ich dir ja diese heiklen Fragen stellen.«

»Haben Sie schon mit meinen Eltern darüber gesprochen?«

»Noch nicht.«

»Dann möchte ich Sie bitten, es nicht zu tun.« Der große Junge schluckte. »Ich glaube nicht, dass meine Mom…« Tränen »Sie hat auch so schon genug Kummer.«

»Sag mir einfach, was du weißt. Und dann überlegen wir gemeinsam, wie wir damit weiterverfahren.«

»Erst wenn Sie mir gesagt haben, was Sie wissen… Sir.«

»Gut, einverstanden. Nach dem, was Ernesto mir erzählt hat, lautete der richtige Name eures Großvaters Yitzchak Golding.« Decker sprach den Namen mit dem korrekten Rachenlaut aus – etwas, zu dem er vor fünf Jahren noch nicht fähig gewesen wäre. »Ernesto hat Nachforschungen angestellt und dabei herausgefunden, dass ein gewisser Yitzchak Golding in einem polnischen Konzentrationslager umgekommen ist. Nun ist es natürlich durchaus möglich, dass es mehr als einen Yitzchak Golding gegeben hat. Aber Ernesto hatte es sich in den Kopf gesetzt, dass euer Großvater heimlich die Identität dieses toten Yitzchak Golding angenommen hatte. Hat er dir gegenüber mal so etwas erwähnt?«

»So was in der Richtung.«

»Du hast also schon mal davon gehört?«, fragte Decker. »Dass dein Großvater ein verkappter Nazi gewesen sein soll?«

»Nicht direkt.«

»Sondern?«

»Ich hab nur gehört, dass Ernesto ein paar… ein paar Fragen hatte. Er ging damit zu Dad. Aber Dad ist ausgerastet, und damit war die Sache für Ernie gegessen.«

Decker hielt den Blick des Jungen fest. »Wenn ich die Sache also deinem Dad gegenüber erwähnen würde, dann wäre das ein wunder Punkt für ihn?«

»Ich glaube, im Moment sollten Sie das lieber nicht tun.«

»Ich werd dran denken. Was ist mit deiner Mutter?«

»Soweit ich weiß, hat er ihr nie etwas davon erzählt.«

»Gut. Dann werden wir sie auch weiterhin aus dieser Sache heraushalten.« Decker strich sich über den Bart. »Was ist mit dir, Karl? Hat er dir gegenüber auch nicht mehr davon gesprochen?«

Der Junge brach plötzlich in Tränen aus. Er schlug die Hände vors Gesicht und rief: »Es ist alles nur meine Schuld!«

»Aber, nein …«

»Doch, ist es wohl! Ich hätte etwas *sagen* müssen! Ich hätte etwas *tun* müssen! Aber ich war mir einfach *nicht sicher*!«

Decker saß stumm daneben, während der Junge herzzerreißend zu schluchzen begann. Sekunden verstrichen, Minuten. Schließlich hatte Karl sich wieder genügend gefangen, um sprechen zu können. »Das Ganze hat mit einem Projekt in der Schule begonnen – dem Familienstammbaum.« Er schniefte geräuschvoll. »Als er darauf zu sprechen kam … und Dad fast ausgerastet ist … da war Ernie klar, dass er irgendwas Schreckliches entdeckt haben musste. Ich hab ihm tausendmal gesagt, er soll die Finger davon lassen. Was geschehen ist, ist nun mal geschehen. Großvater ist tot, und seit dem Holocaust ist mehr als ein halbes Jahrhundert vergangen; es hat doch keinen Sinn, das alles wieder aufzuwärmen. Davon werden die Toten auch nicht wieder lebendig. Aber er wollte nicht auf mich hören.«

»Da warst du sicher ganz schön frustriert, was?«

»Eher sauer. Ernie benahm sich fast wie … wie ein *Besessener*!«

Decker nickte verständnisvoll. »Und was hat er dann gemacht?«

»Er wollte herausfinden, wer Opa wirklich gewesen ist. Er hat nach Argentinien geschrieben, nach Berlin, einfach überallhin. Der Gedanke, dass sein Großvater vielleicht ein … ein Nazi war, der ließ ihn überhaupt nicht mehr los. Er lernte ein paar ziemlich merkwürdige Leute kennen. Ich hätte es Dad erzählen sollen. Oder Dr. Dahl. Der wäre bestimmt irgendwas Schlaues eingefallen. Aber dann passierte diese Sache mit der Synagoge. Und Ernie fing die Therapie an. Also hab ich die Klappe gehalten, weil ich dachte, dass man so was vielleicht besser den Experten überlässt.«

»Aber das war doch auch ganz richtig …«

»Nein, war es nicht«, fiel ihm der Junge ins Wort. »Ernie ist tot! Ich hab alles falsch gemacht!«

»Das stimmt nicht, Karl«, sagte Decker. »Das musst du mir einfach glauben.«

Der Junge glaubte ihm nicht, widersprach ihm aber auch nicht.

»Hast du Angst, Karl?«, fragte Decker. »Meinst du, dass du Polizeischutz brauchst?«

»Ich weiß nicht!« Seine Unterlippe zitterte. »Ich weiß es nicht.«

»Kannst du mir irgendwelche Namen nennen?«

»Nein, verdammt noch mal! Ich wär froh, wenn ich es könnte, Sir, aber ich weiß keinen einzigen. Ich schwöre es.«

»Ich glaube dir.«

»Die ganze Sache mit der Synagoge …«, sagte Karl. »Ich hatte überhaupt keine Ahnung, dass Ernesto da so tief mit drinsteckte! Ich dachte, er denkt sich das alles nur aus, um vor seiner Freundin den harten Kerl zu markieren.«

»Ruby Ranger.«

»Die Grufti-Queen. Ich wette, sie hat hinter der ganzen Sache gesteckt! Sie ist eiskalt und total durchgeknallt!« Er sah zu Decker auf. »Ich bin nicht der Einzige, der so über sie denkt. Ihr Stiefsohn kann sie auch nicht leiden, wussten Sie das?«

Decker wusste es.

Karl sah weg. »Das hätte ich wohl lieber nicht sagen sollen.«

»Nein, nein, schon in Ordnung. Ich hab damals von mehreren Leuten gehört, unter anderem auch von Jacob, dass Ruby und Ernesto was miteinander hatten.«

»Sie müssen sie verhaften!« Karl sah Decker an. »Sie werden doch mit ihr sprechen, oder?«

»Das Letzte, was wir von ihr gehört haben, war, dass sie gleich nach der Verwüstung der Synagoge die Stadt verlassen hat. Wann hat Ernesto sie denn zuletzt gesehen?«

»Keine Ahnung.«

»Du weißt also nicht, ob sie und Ernesto nach der Geschichte mit der Synagoge weiterhin Kontakt hatten?«

Ein langer, gequälter Seufzer. »Es gab da ein paar Briefe. Ich glaube, ich weiß, wo er sie versteckt hält…« Karl stand auf. »Aber vielleicht hat er sie auch mit ins Camp genommen.«

»Warum hat er die Briefe überhaupt versteckt?«

»Weil meine Mutter hier herumschnüffelt. Ernie hat mal Drogen genommen. Hat sich fast damit umgebracht.«

»Wortwörtlich?«

Karl nickte. »Vor etwa einem Jahr haben wir ihn eines Sonntagmorgens plötzlich bewusstlos auf dem Boden gefunden. War echt ein Wunder, dass er überlebt hat. In der Zeit vorher waren meine Eltern ihm ziemlich auf die Nerven gegangen – College hier und College da, alles drehte sich nur noch ums College. Mach dies, mach das, das ist wichtig für deine Bewerbung zum College. Ernie hat's wirklich ziemlich drauf. Aber das reicht heute nicht mehr unbedingt. Nachdem er dann diese Überdosis genommen hatte, war echt die Hölle los. Meine Eltern standen kurz davor, ihn aufs Internat zu schicken. Aber dann wurden sie plötzlich ein bisschen lockerer.« Der Junge schnippte mit den Fingern. »Wahrscheinlich hat der Therapeut ihnen das geraten. Sie haben überhaupt nichts mehr gemacht, ohne vorher mit dem Therapeuten zu sprechen. Aber Ernie hatte trotzdem das Gefühl, dass sie ihm nicht vertrauten. Also hat er seine Sachen versteckt. Meist nur ein bisschen Gras, aber eben auch persönliche Dinge.«

»Wie zum Beispiel diese Briefe?«

Karl nickte. »Ich versteh einfach nicht, warum Ernie dermaßen auf diese dämliche Ziege abgefahren ist! Ich weiß nur, dass es irgendwie mit Sex zu tun gehabt haben muss. Aber Ernie hatte eine Menge Mädchen. Warum gerade sie?«

Weil sie tabu war, und gefährlich, und weil Ernesto sich schon immer gegen jedes Verbot aufgelehnt hatte. Aber das behielt Decker lieber für sich.

»Bin gleich wieder da.« Karl ging ins Zimmer seines toten Bruders. Nach zehn Minuten kam er mit leeren Händen zurück. »Ich hab nichts gefunden. Tut mir Leid. Ich hätte Ihnen gern geholfen, sie festzunageln.«

»Meinst du, die Briefe sind vielleicht im Camp?«, fragte Decker.

»Kann sein.«

»Hat er dir mal einen dieser Briefe gezeigt?«

»Ein- oder zweimal hat er mir ein paar Stellen vorgelesen – irgendwelchen Schweinkram. Ruby hielt sich wohl irgendwie für 'ne tolle Anarchistin. Völlig abgedreht!«

»Und du meinst, sie hätte hinter dieser Geschichte mit der Synagoge gesteckt?«

»Kann gut sein.«

»Und Ernesto hat dir gegenüber auch nach der Tat keine Namen erwähnt?«

»Nein.«

»Auch nicht die Namen von irgendwelchen faschistischen oder anderen rechtsextremistischen Gruppierungen?«

»Nein.«

»Hast du schon mal was von den Hütern der Völkischen Reinheit gehört?«

Kopfschütteln.

»Erin Kershan?«

»Nein.«

»Darrell Holt?«

»Nö.«

»Ricky Moke?«

»Nein. Tut mir Leid.«

»Weißt du, ob Ernesto vielleicht übers Internet mit irgendwelchen faschistischen Gruppen in Kontakt gekommen ist?«

»Keine Ahnung, wo er mit wem in Kontakt gekommen ist«, sagte Karl. »Ernie war zwar mein Bruder, aber wir sind ziemlich verschieden.«

»Hat er dir jemals einen Grund für die mutwillige Beschädigung der Synagoge genannt?«

»Einen Grund?«

»Mir ist gerade eingefallen, ob das nicht so was wie eine Mutprobe gewesen sein könnte, die er für seine Freundin ablegen musste.«

»Da bin ich überfragt.« Karl sah zu Boden. »Das Einzige, was Ernie dazu gesagt hat, war ›Frag mich nicht!‹. Aber die Sache hat ihm trotzdem ganz schön zu schaffen gemacht. Das habe ich genau gemerkt.«

»Hat er angedeutet, dass er in Gefahr ist?«

»Nein, er war nicht ängstlich, eher wütend. Es ging ihm nicht gut.«

»Hat er das gesagt?«, fragte Decker.

»Nicht mit Worten. Ich wusste es einfach.«

»Meinst du, er hat dir deshalb nichts erzählt, weil er dich schützen wollte?«

»Kann sein.«

»Aber Ruby Rangers Name ist nie gefallen?«

»Nein. Ich glaube, er wär lieber gestorben, als diese dämliche Ziege zu verpfeifen.«

Keiner von ihnen sprach aus, was beide dachten: Dass genau das womöglich geschehen war.

17

Während er zum Tatort zurückfuhr, gab Decker weitere Anweisungen durch. Der Empfang über Polizeifunk war wesentlich schlechter als per Handy, aber dafür ließen die Gespräche sich angeblich nicht abhören. Obwohl es doch heutzutage sowieso keine Privatsphäre mehr gab – in diesem Punkt hatten die Technologiegegner eindeutig Recht. »Sind die Leichen noch da?«

»Der Leichenwagen ist vor ungefähr zwanzig Minuten abgefahren«, antwortete Martinez. »Die Polizeifotografin ist aber noch hier. Soll sie auf dich warten?«

»Nein, ich arbeite dann halt mit den Aufnahmen. Hast du die Leichen nach persönlichen Gegenständen durchsucht?«

»Direkt bei ihnen war nichts zu finden. Jetzt durchforsten wir gerade ihr Gepäck. Suchen wir nach was Bestimmtem?«

»Briefe, die Ruby R. an Ernesto geschrieben hat.«

»Wie viele?«

»Drei oder vier vielleicht.«

»Ich werde Tom danach fragen. Ernestos Besitztümer sind bisher allerdings sehr spärlich – ein Schlafsack, eine Feldflasche, ein Aluteller und ein bisschen Besteck. Laut Tarpin die Standardausrüstung.«

»Um den kümmern wir uns später. Wie viele von den Jungs habt ihr inzwischen verhört?«

»Es sind nur zwei dabei, die schon volljährig sind. Tom hat mit beiden gesprochen. Er kann dir mehr dazu sagen.«

»Irgendwas Besonderes?«

»Bisher nicht.«

»Und was ist mit den anderen? Den Minderjährigen?«

»Ich weiß nur, dass Wanda und Tarpin ziemlich lange gebraucht haben, um die Eltern zu informieren. War nicht gerade einfach. Die meisten von ihnen sind nämlich gar nicht zu Hause. Sie haben die Gelegenheit genutzt, um mal ohne Junior in Richtung Karibik zu verduften. Sieben von neun Kids haben freiwillig angeboten, ihr Gepäck durchsuchen zu lassen. Aber die waren natürlich sauber. Wanda hat ihnen vorsichtig ein paar Fragen gestellt. Ich glaube, jetzt sind sie enttäuscht. Die haben wahrscheinlich gedacht, dass wir ihnen als Erstes ihre Rechte vorlesen.«

Decker lächelte. »Sieben von neun, hast du gesagt?«

»Ja, genau. Die anderen beiden sind eher Hardliner. Schon möglich, dass sie was zu verbergen haben. Aber vielleicht sind sie auch nur deshalb so unkooperativ, weil sie der Polizei einfach nicht trauen.«

»Vorbestraft?«

»Woher soll ich das wissen? Das sind schließlich Jugendliche. Aber Wanda kennt jeden, der im Jugendknast ein- und ausgeht. Sie weiß bestimmt, ob die beiden irgendwie einschlägig bekannt sind.«

»Ich werde mich um sie kümmern, sobald ich da bin. Wie heißen die beiden?«

»Brandon Chesapeake und Riley Barns. Man kann nicht behaupten, dass ihnen die Sache hier besonderen Spaß macht. Das Verbrechen scheint plötzlich seinen Reiz für sie verloren zu haben. Außerdem riecht es nicht besonders gut.«

»Hast du dich schon ausgiebig mit Tarpin unterhalten?«

»Hatte ich gerade vor … Es sei denn, du möchtest das übernehmen. Wir müssen uns schließlich auch noch um die Eltern kümmern. Ich kann mich nicht über einen Mangel an Arbeit beklagen.«

»Gut, dann warte auf mich«, sagte Decker. »Ich werde mit Tarpin sprechen. Du hast allerdings noch eine andere Aufgabe zu erledigen – Dee Baldwin. Sie ist offenbar weder zu Hause noch im Büro. Ich möchte, dass du mit ein paar Freunden von ihr sprichst und herausfindest, ob die Baldwins irgendwo ein Ferienhaus oder eine Hütte in den Bergen haben – einen Ort, an dem sie sich möglicherweise versteckt haben könnte.«

»Du meinst, sie hält sich versteckt?«

»Wer weiß? Ernesto und Mervin sahen schließlich ziemlich vertraut miteinander aus. Vielleicht hat sie aber auch nur Angst. Eine weitere Möglichkeit wäre, dass der Mörder es eigentlich nur auf Ernesto abgesehen hatte. Der Junge muss bei der Synagogensache einen Komplizen gehabt haben. Was bedeutet, dass er sich womöglich mit ein paar ganz miesen Typen eingelassen hat. Ich denke da vor allem an Ruby Ranger. Die müsstest du dann als Nächstes ausfindig machen.«

»Ich kann mir ja noch mal Alice Ranger vorknöpfen, aber ich fürchte, sie wird nicht allzu hilfsbereit sein.«

»Mach ruhig ein bisschen Druck. Die Sache ist wichtig.« Decker schwieg einen Moment. »Haben wir eigentlich inzwischen ein aktuelles Foto von Ricky Moke vorliegen?«

»Nein. Wir fanden das damals nicht so wichtig, weil Ernesto ja gestanden hatte. Soll ich mir Darrell Holt noch mal schnappen, damit er zusammen mit unserem Spezialisten eine Phantomzeichnung erstellt?«

»Erst müssen wir herausfinden, wo Dee Baldwin steckt, danach kannst du dich mit Holt beschäftigen.«

»Ist wohl kein Problem, falls man sich auf sein Auge verlassen kann … falls man sich überhaupt auf ihn verlassen kann. Könnte schließlich sein, dass er lügt.« Eine Pause. »Ist sogar ziemlich wahrscheinlich. Solche Typen lügen doch aus purer Gewohnheit.«

Er setzte sich mit Tarpin ein wenig abseits an den Rand des Steilhangs, nebeneinander, denn Decker wusste, dass die meisten Männer ungezwungener reden, wenn sie sich nicht Auge in Auge gegenübersitzen. Das Gesicht des Corporals glänzte vor Schweiß; auf seiner großen Nase hatten sich Tropfen gebildet. Er trug ein tarnfarbenes Käppi auf dem kahlen Schädel, und die Ärmel seines Hemdes waren bis zu den Ellbogen aufgerollt. Sein Gesicht zeigte immer noch denselben versteinerten Ausdruck, der es so schwierig machte, ihn zu durchschauen, und Decker nahm an, dass genau das auch Tarpins Absicht war.

Notizbuch und Bleistift schon in der Hand, hielt Decker noch einmal kurz inne, um die Aussicht zu bewundern. Endlos breiteten sich die Berge vor ihm aus, die verschneiten Gipfel, umhüllt von der bräunlichen Dunstglocke des Sommersmogs. Es war so heiß wie in einem Backofen, und obwohl sie im Schatten eines Bergahorns saßen, spürte Decker, wie ihm unter der Kleidung der Schweiß über den Körper lief. Den Blick in die Ferne gerichtet, fragte Tarpin nach Neuigkeiten über Dee Baldwin.

»Sie ist weder zu Hause noch in ihrem Büro.«

»Das ist nicht gut.«

»Allerdings. Haben Sie eine Idee, wo sie sonst noch sein könnte? Hatten die Baldwins vielleicht irgendwo einen Zweitwohnsitz? Hier in der Gegend haben wir schon alles überprüft, aber er könnte ja auch in einem anderen Bundesstaat liegen.«

»Am Wochenende sind sie manchmal ans Meer gefahren.«

Decker machte sich eine Notiz. »Aha. Und wohin?«

»Malibu Beach.«

Decker wartete, ob noch etwas folgte. »Genauer wissen Sie es nicht? Der Strand von Malibu ist ziemlich lang.«

»Nee, ich kenn die Ecke nicht so gut. Ich glaube, sie haben da was gemietet.«

Das grenzte die Suche auf höchstens hunderttausend Menschen ein. »Ein Haus? Eine Wohnung?«

»Eine Wohnung.« Tarpin machte eine Pause. »Kann gut sein, dass sie dorthin gefahren ist. Ihr Haus in Beverly Hills wird gerade renoviert, und es herrscht dort im Moment ein einziges Chaos.«

»Und deshalb sind sie für die Dauer der Arbeiten ausgezogen?«

Tarpin zuckte die Achseln. »Keine Ahnung. Dr. Baldwin hat nur gesagt, dass das Haus ein einziges Chaos ist und dass die Renovierung ihn ein Vermögen kostet. War bestimmt die Idee seiner Frau. Sie ist die Innenarchitektin … vor zwei Jahren hat sie das Büro renovieren lassen.«

»Gut. Das hilft uns weiter.« Decker gab die Informationen sofort per Handy an Martinez durch und wies ihn an, sich mit dem Department des Sheriffs von Malibu in Verbindung zu setzen. Während Decker sein Handy wieder einsteckte, nahm Tarpin sein Käppi ab, wischte sich mit einem Taschentuch über die Glatze und setzte es dann wieder auf.

»Wollen Sie wirklich irgendwelchen Leuten außerhalb Ihrer Abteilung diesen Job überlassen?«, fragte er dann.

»Wie bitte?«

»Na, diesem Sheriff Department in Malibu.«

»Warum fragen Sie?«

»Verantwortung delegieren und so«, antwortete Tarpin. »Ehrlich gesagt bin ich der Meinung, dass man die Dinge, auf die es ankommt, am besten selbst erledigt.«

»Gilt das auch für einen Mord?«

Tarpin sah Decker scharf an. Die erste erkennbare Gefühlsregung dieses Mannes war ausgerechnet Wut. »Darauf werde ich nicht antworten.«

»Ich meine damit nicht Sie persönlich, Corporal. Ich meine nur, dass so etwas einen professionellen Eindruck macht … Aufgaben zu delegieren. Was meinen Sie?«

Tarpin gab keine Antwort.

»Sie wissen, dass ich Ihnen bestimmte Fragen stellen muss«, sagte Decker. »Sie hatten schließlich die Aufsicht über das Camp. Außerdem waren Sie es, der die beiden gefunden hat. Wir sind gezwungen, den Leuten, die die Leichen finden, solche gezielten Fragen zu stellen. Hinzu kommt, dass diese Gegend hier ziemlich ruhig ist. Ich kann einfach nicht glauben, dass niemand etwas gehört haben soll.«

»Glauben Sie, was Sie wollen. Das hier ist ein freies Land.«

»Für mich sieht das Ganze nach der Arbeit eines Insiders aus.«

»Und für mich nach der eines Irren.«

»Oder eines durch und durch schlechten Menschen«, fügte Decker hinzu.

»Wie dem auch sei, Lieutenant, ich bin weder verrückt noch durch und durch schlecht.« Er wandte sich Decker zu und musterte ihn. »Einen normaleren Menschen wie mich werden Sie kaum finden.«

Soso, dachte Decker. »Eins möchte ich noch gern wissen«, sagte er dann. »Wenn Sie die Morde begangen hätten, welches Motiv hätten Sie dafür gehabt?«

»Das fragen Sie mich?«, sagte Tarpin erstaunt.

»Das frage ich Sie.«

»Ich habe kein Motiv, weil ich es nicht getan habe.«

»Aber gesetzt den Fall, ich wollte Ihnen etwas anhängen, wo müsste ich da anfangen zu suchen? Wie wäre es zum Beispiel mit Ihren Verbindungen zu den HVR? Vielleicht sollte ich bei denen mal nachfragen, was man sich dort so über Sie erzählt?«

Tarpin starrte unverwandt auf die Berglandschaft. »Klar, das können Sie tun.«

»Wussten die Baldwins, dass Sie Mitglied bei den HVR sind?«

»Was zum Teufel hat das mit dem Mord an Mervin zu tun?«

Die Worte klangen wütend, aber Tarpins Stimme blieb sanft und dunkel.

»Unter Umständen gar nichts...«

»Nein, mit Sicherheit gar nichts.«

»Wie ich hörte, sind die Baldwins sehr liberal eingestellt. Ich habe mich einfach nur gefragt, was sie wohl von Ihrer Mitgliedschaft bei den...«

»Sie haben den besten Mann für diesen Job gesucht«, unterbrach ihn Tarpin. »Und ich bin der Beste.« Ein Lachen löste sich aus der Tiefe seines Brustkorbs. »Glauben Sie etwa, ich hätte Mervin umgebracht, weil mir seine politischen Ansichten nicht passten? Die Baldwins wussten, dass ich bei den HVR bin. Mervin hat sogar einige meiner Artikel für unseren offiziellen Rundbrief Korrektur gelesen. Wir standen an entgegengesetzten Enden des politischen

Spektrums – die Baldwins und ich. Aber ich habe immer sein Recht auf eine eigene Meinung respektiert, und er dafür meins.« Endlich war ein Hauch von Emotion in den Augen des ehemaligen Soldaten zu entdecken. »Und jetzt wäre es schön, wenn Sie sich wieder mit der Aufklärung dieser Morde beschäftigen würden.«

»Ich kann mir einfach nicht vorstellen, was jemand wie Sie mit diesen Clowns von den HVR gemeinsam hat.«

»Die HVR haben landesweit über zweitausend Mitglieder. Wollen Sie etwa behaupten, die alle zu kennen?«

»*Zweitausend* Mitglieder?«

Ein Lächeln breitete sich auf Tarpins Gesicht aus. »Überrascht?«

»Ehrlich gesagt, ja.« Decker schüttelte den Kopf. »Ich hoffe nur, das sind nicht alles solche Randexistenzen wie ihre Vertreter im hiesigen Büro.«

Tarpin schwieg.

»Moment, wie hieß er doch gleich?« Decker gab vor, in seinen Notizen zu suchen. »Ach ja, Darrell Holt. Was halten Sie denn von dem?«

»Sie kennen Darrell?«

»Allerdings«, log Decker.

Tarpin ließ den Blick über die Täler schweifen. Dann nahm er einen Stein und warf ihn den Abhang hinunter. »Darrell ist kein Dummkopf. Er war in Berkeley. Die lassen keine Dummköpfe aufs College.«

Als ehemaliger Collegeabsolvent wusste Decker, dass sich darüber durchaus streiten ließ. »Was ist mit seiner Freundin? Und erzählen Sie mir nicht, die wäre auch in Berkeley gewesen. Sie sieht aus, als wär sie noch keine achtzehn.«

»Ich kenne Darrells Freundin nicht.«

»Erin Kershan?«

»Nie gesehen.«

Einen Moment lang herrschte Schweigen. Dann sagte Decker: »Ich frage mich gerade, warum Darrell Holt sich ausgerechnet die radikalste Universität in ganz Amerika ausgesucht hat. Berkeley vertritt doch genau die entgegengesetzte politische Richtung.«

»Sie haben Darrell eben nicht gekannt, als er noch jünger war.«

»Aber Sie kannten ihn schon?«

»Allerdings, Sir. Damals hatte er schulterlanges Haar, ungewaschen und ungekämmt, und steckte randvoll mit diesem linken Gefasel über Rassentrennung und so. Vor mehr als sieben Jahren hat sein Dad ihn in eines der Camps von Dr. Baldwin geschickt. Aber der Junge hat die Therapie abgebrochen und ist dann vom College abgegangen. Man kann keine Glühbirne wechseln, die nicht gewechselt werden will. Aber wie ich schon sagte: Darrell ist nicht auf den Kopf gefallen. Er kam ganz allein zur Vernunft.«

Decker war äußerst überrascht. »Darrell hat also an einem von Baldwins Naturcamps teilgenommen.« Er tippte mit dem Stift gegen sein Notizbuch. »Und bei der Gelegenheit haben Sie beide sich kennen gelernt?«

»Ja, Sir.«

»Waren Sie damals auch schon bei den HVR aktiv, Mr. Tarpin?«

»Richtig.«

»Haben Sie den Kontakt zwischen Darrell und den HVR hergestellt?«

»Nein, Sir. Ich nutze diese Camps nicht, um Mitstreiter für meine politischen Überzeugungen zu gewinnen.«

Ah ja, dachte Decker. »Dann ist Darrell also nur dank einer gütigen Vorsehung auf diese Organisation gestoßen?«

»Dank einer gütigen Vorsehung? Das bedeutet, durch Zufall, stimmt's? Ich vermute allerdings, Darrell ist bei uns Mitglied geworden, weil er sich für das, was wir zu sagen hatten, interessierte.«

»Aber Sie haben die HVR ihm gegenüber nie erwähnt, oder?«

»Na ja, schon möglich«, räumte Tarpin ein. »Ehrlich gesagt, weiß ich es nicht mehr so genau. Ist schon lange her.«

»Seit wann gehört Darrell schon zu Ihrer Organisation?«

»Seit drei oder vier Jahren, glaube ich. Fragen Sie ihn doch selbst.«

»Werd ich tun«, sagte Decker. »Wissen Sie, ob Darrell und Ernesto sich kannten?«

»Nein, Sir, woher denn?«

»Haben Sie schon mal von einem Typen namens Ricky Moke gehört?«

»Nein, Lieutenant, der Name ist mir nicht bekannt.«

»Darrell hat aber erzählt, Ricky wäre auch Mitglied bei den Hütern der Völkischen Reinheit.«

»Schon möglich. Wie ich schon sagte, die HVR haben über zweitausend Mitglieder.«

Er hatte wieder seine versteinerte Miene aufgesetzt, und Decker konnte nicht mehr feststellen, ob er log. »Können Sie mir sonst noch etwas über Darrell Holt erzählen ... aus der Zeit, als er sich hier im Camp aufhielt?«

»Schlaues Kerlchen, aber ziemlich verkorkst.«

»In welcher Hinsicht?«

»Er war ziemlich gewalttätig. Die Baldwins haben Gott weiß was mit ihm versucht, aber Darrell ließ sich auf nichts ein. Wie ich schon sagte: Er hat sich dann von allein wieder beruhigt.«

»Hat er Ihnen viel von sich erzählt?«

»Nicht besonders.«

»Und Ernesto?«

»Wieso Ernesto?«

»Hat er Ihnen viel von sich erzählt?«

»Alle Jungs reden mit mir, Ernesto eingeschlossen. Ich fordere sie nicht dazu auf ... die Baldwins sehen das nicht gern. Es beeinträchtigt ihre Therapie.« Er wandte sich Decker zu. »Ich sag Ihnen jetzt mal eins, Lieutenant. Ernesto hat die Sache mit der Synagoge aufrichtig Leid getan. Aber was haben Ernestos Probleme eigentlich mit dem Mord zu tun?«

»Bisher wissen wir noch nicht mal, auf wen es der Mörder eigentlich abgesehen hatte. Möglicherweise auf Baldwin. Vielleicht aber auch auf Ernesto.«

»Aber warum Ernesto?«, fragte Tarpin. »Der ist doch noch ein Kind.«

»Erlauben Sie mir die Gegenfrage, Mr. Tarpin. Warum Baldwin?«

»Weil die Baldwins auch schon mit Jugendlichen zu tun hatten, die wirklich gefährlich sind – richtige Psychopathen, mit diesen kalten Froschaugen, wie man sie von Heckenschützen kennt. Die Baldwins haben wirklich alles versucht, aber manchen von den Jungs ist einfach nicht mehr zu helfen.«

»Aber warum sollte jemand ausgerechnet hier oben in den Bergen einen Mord begehen? Unzugängliches Gelände, kaum Fluchtmöglichkeiten und dazu noch jede Menge Zeugen und potenzielle Gegner.«

»Kein Problem für jemand, der ein Survivaltraining hinter sich hat.«

»Wollen Sie damit sagen, der Täter müsste ein Absolvent dieses Camps gewesen sein?«

»Schon möglich.« Tarpin sah ihn an. »Warum glauben Sie denn, dass der Mörder es auf Ernesto abgesehen hatte?«

Decker zögerte. Was konnte er sagen, ohne zu viel zu verraten? »Ich bin bis heute davon überzeugt, dass Ernesto bei der Sache mit der Synagoge nicht allein war. Ich könnte mir denken, dass er vielleicht in üble Gesellschaft geraten ist, ein schlechtes Gewissen bekommen hat und deshalb von ein paar Neonazis verfolgt worden ist.« Decker tippte wieder mit dem Stift gegen sein Notizbuch. »Hat er Ihnen gegenüber jemals ein Mädchen namens Ruby Ranger erwähnt?«

Tarpin starrte wieder unbeteiligt ins Leere. »Ernesto hat ab und zu von ihr erzählt. Hörte sich nach einem ziemlichen Miststück an.«

»War *sie* schon mal bei den Baldwins in Behandlung? Oder nehmen die beiden gar keine Mädchen als Klienten an?«

»Sie nehmen jeden an, der ihre Hilfe braucht. Von Ruby Ranger weiß ich nichts. Warum sehen Sie nicht einfach in den Akten nach?«

»Dafür brauche ich einen Durchsuchungsbefehl.«

»Dann holen Sie sich doch einen.«

»Halten Sie das Mädchen für verdächtig, Corporal?«

»Allerdings.« Er spuckte auf den Boden. »Früher haben Mädchen höchstens mal Gras geraucht oder einen Scheck gefälscht. Aber heutzutage sind sie genauso schlimm wie die Jungs. Und das nennt sich dann Fortschritt.«

18

Es war schon bei hinreichendem Verdacht schwer genug, einen Durchsuchungsbefehl für einen Verdächtigen zu bekommen – aber ein Durchsuchungsbefehl für Krankenakten ließ sich so gut wie unmöglich begründen, solange einer der beiden behandelnden Ärzte noch lebte. Die Stunden schleppten sich dahin, und Decker entschloss sich, ein Team nach Beverly Hills in die Praxis der Baldwins zu schicken, um wenigstens gesprächsweise an ein paar mehr Informationen zu gelangen. Martinez durchkämmte die Strandhäuser von Malibu nach Dee. Tom und Wanda waren noch am Tatort beschäftigt, also erhielten Scott Oliver und Marge Dunn den Auftrag, ihren Charme spielen zu lassen.

Die beiden wirkten nicht besonders begeistert.

Oliver saß auf dem Beifahrersitz, als sie auf dem Freeway über den Hügel fuhren, und versuchte, seinen Ärger nicht an Marge auszulassen. Er war schlecht gelaunt, denn er hasste Wichtigtuer, und Leute mit einer Praxis in Beverly Hills waren normalerweise maßlos von sich eingenommen – man könnte auch sagen *erfolgreich*. Scott vermutete, dass Decker ihm diesen Auftrag mit Absicht zugeschanzt hatte, weil der Lieutenant immer noch sauer war wegen Olivers allzu kurzer Beziehung mit dessen Tochter Cindy. Dabei hatte *sie* schließlich *ihm* den Laufpass gegeben und kletterte inzwischen unaufhaltsam die Karriereleiter des LAPD empor. Und dabei hatte *er* die furchtbaren vierzig und damit den Zenit seiner beruflichen Laufbahn schon vor zehn Jahren überschritten. Nein, den ganzen Mist konnte er getrost vergessen. Oliver gelangte zu der Einsicht, dass Decker ihn nur deshalb nicht leiden konnte, weil er besser aussah und jede Frau haben konnte, die er wollte …

Marge unterbrach seine Tagträume. »Ich habe mit einer von Mrs. Baldwins Partnerinnen in der psychologischen Praxis telefoniert. Sie heißt Maryam Estes.« Sie zupfte einen Fussel von ihrer marineblauen Hose aus Leinen-Polyester-Gemisch, die zwar ein bisschen knittern, aber dabei immer noch vorzeigbar aussehen sollte. Das Knittern klappte auch ganz vorzüglich, mit dem Vorzeigen war es schon schwieriger. Dennoch passte der dunkle Stoff ganz gut zu ihrer hellen Haut, ihren braunen Augen und ihren dünnen aschblonden Haaren. Zu der Hose trug sie ein blaues Leinenhemd, eine passende blaue Jacke und praktische, aber elegante Segelschuhe mit Gummisohlen – ein Todd's-Imitat. Es war echtes Glück, anständige Schuhe in Größe zweiundvierzig zu finden. Ihre Füße hatten zwar genau die richtige Größe für ihre Figur, aber das half beim Schuhkauf auch nicht weiter. »Am Telefon klang sie nicht sehr hilfsbereit.«

»Klang sie hübsch?«

»Du meinst wohl jung, oder?«

»Ja, jung wäre auf alle Fälle in Ordnung.«

»Jung klang sie.« Marge bog nach links in den Sunset Boulevard ein und fuhr in Richtung Beverly Hills. »Jung und sehr nervös.«

»Ihr Job ist im Augenblick nicht der sicherste.«

»Noch ist Dee am Leben.« Marge fuhr langsamer durch die Kurven des Boulevards.

»Meinst du?« Oliver drehte die Klimaanlage eine Stufe höher. Sein anthrazitfarbener Anzug war aus besonders leichter Schurwolle, die aber bei der gegenwärtigen Hitze wie Blei auf seinem Körper lastete.

Marge dachte einen Moment nach. »Entweder hat Dee selbst die beiden umgelegt, oder sie ist auf der Flucht vor denen, die sie umgelegt haben.«

»Beide Möglichkeiten sind für die jung klingende Mrs. Estes nicht gerade erfreulich.« Oliver überprüfte im Spiegel über dem Sitz sein immer noch recht volles Haar. »Oder muss ich Dr. Estes sagen?«

»Keine Ahnung.«

»Was will Decker eigentlich genau?«

»Wir sollen Baldwins Patientenkartei durchgehen, ob irgendwelche geisteskranken Gewalttäter darunter sind. Außerdem sollen wir so viel wie möglich über Ernesto Goldings Probleme rauskriegen und nach einer Dreiundzwanzigjährigen namens Ruby

Ranger fragen, Ernestos Freundin. Aber wir müssen vorsichtig sein, denn wir haben keinen Durchsuchungsbefehl, und dann gibt es natürlich das Patientengeheimnis.«

»Okay«, sagte Oliver, »wie ist also der Plan?«

»Bring sie einfach zum Reden.« Marge hielt an einer roten Ampel und sah ihn lächelnd an. »Rasple Süßholz, bis sie alles ausplaudert, Scott.«

Er rückte seinen Schlips zurecht und strich das grau melierte Haar an den Schläfen glatt. »Kinderspiel.«

Marge bog nach rechts in den Camden Drive, der von Villen unterschiedlichster Baustile gesäumt war, die sich auf zu kleinen Grundstücken drängten. Am Straßenrand standen Magnolien, die das Sonnenlicht in den Vorgärten und auf den Hausfassaden filterten. Auf dem Santa Monica Boulevard bemerkte sie zu spät, dass sie in die falsche Richtung fuhr und nicht wenden konnte. »Ich hasse diese Stadt.«

»Ich auch.«

»Vielleicht bin ich auch bloß neidisch, weil ich es mir nicht leisten kann, hier zu wohnen.«

»Das macht mir nichts aus. Aber dass ich hier nicht einkaufen kann, das stört mich.«

»Du kannst ja auf den Schlussverkauf warten.«

»Ein Vermögen, um fünfzig Prozent heruntergesetzt, ist immer noch ein Vermögen.« Oliver sah sich um. »Cindy wohnt übrigens hier in der Gegend.«

»Das ist jetzt gar keine gute Idee.«

»Ich habe überhaupt nichts vor, ich habe nur angemerkt, dass …«

»Ganz und gar keine gute Idee.«

»Ja, ja, schon gut. Konzentrier dich auf die Straße.«

»Triffst du dich noch mit ihr?«

»Wir stecken jedenfalls beide keine Nadeln in unsere gegenseitigen Voodoopuppen, wenn du das meinst.«

»Ich hab nicht gefragt, ob ihr Todfeinde seid, sondern, ob ihr euch noch trefft.«

»Was geht dich das an?«

Ein heikles Thema. Marge lächelte. »Du hast Recht. Geht mich gar nichts an.«

»Nein, ich treffe mich nicht mit ihr. Cindy will das nicht.«

Sie schwiegen.

Dann bemerkte Oliver: »Du hast die Hausnummer verpasst.«

»Ich sollte mich mehr auf die Straße konzentrieren«, erwiderte Marge. »Jetzt muss ich noch mal um den Block fahren.«

»Die Strafe dafür, dass du nach Cindy gefragt hast.«

»Das ist ja geradezu mittelalterliches Denken. Außerdem hast du von ihr angefangen.«

»Ich darf das auch. Aber du darfst keinen Kommentar abgeben. War so nicht die Abmachung?«

»Du hast ja Recht.«

»Und wie ich Recht habe.«

»Können wir jetzt wieder Freunde sein?«

»Das würde ja heißen, dass wir vorher schon Freunde waren.« Darauf gab Marge keine Antwort, also runzelte Oliver nur die Stirn. »Okay. Freunde. Zufrieden?«

Marge tätschelte sein Knie. Das Auto kroch um den Block, bis sie schließlich einen Parkplatz in einer Tiefgarage fanden. Schweigend fuhren sie mit dem Aufzug in den elften Stock – Oliver sah ziemlich verstimmt aus – und bogen nach rechts in einen eleganten, ruhigen Korridor ein, der zur Praxis der Baldwins führte. Eine junge Frau mit kaffeebrauner Haut und hochgesteckten schwarzen Locken empfing sie an der Tür. Sie trug eine kurzärmelige weiße Seidenbluse zu einem rotbraunen Rock, der oberhalb der Knie endete, und rotbraune Pumps. Sie zeigten ihre Dienstmarken. Die Frau trat zur Seite und ließ sie. Sie war außer Atem.

»Ich bin Maryam Estes.« Als sie den Raum betreten hatten, schloss sie die Tür hinter ihnen ab. »Hier entlang.«

Sie folgten ihr den Flur hinunter, wobei ihre Absätze tiefe Abdrücke im weichen Teppich hinterließen. Sie ging schnell und etwas verkrampft.

»Sind Sie auch Ärztin?«, wollte Oliver wissen.

»Dr. Phil.«, sagte sie über die Schulter.

Schweigen.

»Ich glaube, sie mag mich«, flüsterte Oliver Marge zu.

»Halt den Mund.«

Immer noch heftig atmend, führte sie sie in ein prachtvoll ausgestattetes Büro. An den vertäfelten Wänden hingen Ölgemälde von Landschaften in vergoldeten Rahmen; auf dem glänzenden Parkett lagen mehrere Perserteppiche. Der Raum war mit eleganten Tischen, Stühlen, Sofas und Bücherschränken bestückt, die wie Antiquitäten wirkten, aber brandneu aussahen. In der Mitte befand sich ein Doppelschreibtisch aus Nussbaumholz mit üppig geschnitzten Seitenflächen: Blüten, Ranken, Blätter. Durch hohe Flügelfenster hatte man einen Ausblick auf die Stadt.

Marge sah sich um. Auf dem Schreibtisch standen zwei Computer; daneben lagen mehrere Schreibblöcke, Stifte, Ordner und Papierstapel. Sie fuhr mit dem Finger über eine freie Fläche auf der glatten Nussbaumplatte – kein Staub. Hier hatte vor kurzem jemand gründlich gewischt.

»Nehmen Sie doch bitte Platz«, sagte Maryam.

Marge setzte sich auf ein altrosa gepolstertes Sofa, Oliver jedoch schlenderte lieber im Zimmer herum und taxierte die junge Frau. Sie war nicht schön – das Gesicht war zu rund, die Augen standen zu eng beieinander –, aber sehr attraktiv. Eine tolle Figur, schöne Haut, volle Lippen, einfach zum Reinbeißen.

»Ist ja riesig.« Er schaute in ihre dunklen Augen und lächelte. »Hier könnte man ja Walzer tanzen!«

»Sie haben hier oft gruppentherapeutische Sitzungen abgehalten.« Sie wandte den Blick ab. »Dafür wird viel Platz benötigt.«

»Was kostet denn so was an Miete?«

Die Frau wurde abweisend. »Das weiß ich nicht, aber ich glaube kaum, dass das im Moment von Interesse ist.«

»Nein, wahrscheinlich nicht.«

Sehr schön Süßholz geraspelt, Scott. Aber hinter Olivers scheinbarer Inkompetenz steckte oft Methode. Marge blickte zum Schreibtisch. »Haben sich die Baldwins ein Arbeitszimmer geteilt?«

»Sie haben beide noch ein eigenes Behandlungszimmer.«

»Also außer dem Warte- und dem Ballsaal gibt es hier auch noch einzelne Behandlungszimmer?«

»Man kann eine Einzeltherapie nicht dauernd unterbrechen, weil der Partner nach einem Aktenordner suchen muss.«

»Also hier ...«, Marge wies auf die Einbauschränke aus Eichenfurnier entlang der Rückwand, »... hier stehen also die Patientenakten?«

»Die aktuellen, ja.«

»Schließen Sie die nicht weg?«

»Natürlich sind die Schränke abgeschlossen!« Maryam nahm offensichtlich Anstoß an dieser Bemerkung. »Ich will nicht unhöflich sein, aber wieso sind Sie eigentlich hier? Sollten Sie sich nicht um Dee Baldwin kümmern? Müssten Sie nicht nach ihr *suchen*?«

»Das tun wir doch, Dr. Estes – natürlich nicht wir persönlich, aber Dee Baldwin steht ganz oben auf der Suchliste der Polizei von Los Angeles. Wir sind hier, weil wir Ihre Hilfe brauchen.«

»Hilfe?« Maryam befeuchtete die Lippen. »Inwiefern?«

»Informationen«, sagte Oliver. »Wir suchen nach Schuldigen. Dr. Baldwin hat schließlich ein paar ziemlich gestörte Leute behandelt, und da dachten wir, es könnte vielleicht einer seiner Patienten gewesen sein.«

»Aus Rache«, fügte Marge hinzu. »Wissen Sie von irgendeinem Patienten, der Dr. Baldwin oder seiner Frau Rache geschworen hatte?«

Kopfschütteln. »Da fällt mir im Moment keiner ein. Und selbst wenn mir einer einfiele, könnte ich Ihnen nicht helfen. Wir unterliegen der ärztlichen Schweigepflicht.«

»Nicht wenn es um das unmittelbare Wohlergehen eines lebenden Menschen geht«, sagte Marge. »Sie kennen doch die Entscheidung im Fall Tarasoff.«

»Das gilt aber nicht, wenn die betreffende Person schon tot ist.«

»Da haben Sie völlig Recht«, stimmte Oliver zu. »Dann dürften Sie ja nichts dagegen haben, uns ein paar Fragen zu Ernesto Golding zu beantworten.«

»Da kann ich Ihnen auch nicht weiterhelfen, denn ich weiß nichts über Ernesto Golding.«

»Können wir vielleicht einen Blick in seine Akte werfen?«, fragte Oliver.

»Ganz sicher nicht!«, protestierte Maryam. »Die Erlaubnis kann ich Ihnen nicht erteilen. Da müssen Sie schon warten, bis Dee wieder auftaucht.«

»Das könnte lange dauern«, meinte Oliver. »Vielleicht eine Ewigkeit.«

»Wie können Sie so etwas Schreckliches sagen!« Plötzlich brach Maryam in Tränen aus. »Das ist alles so furchtbar! Wer kann bloß so etwas Grauenhaftes tun? Dr. Merv hatte doch überhaupt keine Feinde.«

Die beiden Polizisten ließen sie eine Weile weinen. Dann fragte Oliver: »Wie gut haben Sie denn die Baldwins gekannt?«

»Außer ein paar kleinen Feiern vor dem Urlaub hatten wir ein rein berufliches Verhältnis. Ich arbeite jetzt seit achtzehn Monaten hier, und es hat die ganze Zeit nicht ein einziges böses Wort gegeben. Sie haben sich großartig verhalten, sowohl mir als auch ihren Patienten gegenüber. Psychologen, die sich ganz ihrem Beruf widmen, und wundervolle Mentoren.« Wieder traten ihr die Tränen in die Augen. »O Gott, das ist alles so … so verwirrend!«

Sie schluchzte wieder. Marge stand auf und legte ihr sanft die Hand auf den Rücken. »Ich weiß, Sie haben das Gefühl, sie zu hintergehen … wenn Sie über ihre Fälle sprechen.« Ein tiefer Seufzer. »Was halten Sie von folgendem Vorschlag: Sie erzählen mir einfach, was Sie über die beiden und ihre Patienten sagen können. Nur so viel, wie *Sie* sagen wollen.«

»Das ist eine ziemlich schwierige Aufgabe.« Sie schnäuzte sich in ein Papiertaschentuch. »Sehr schwierig. Wissen Sie, für Psychologen ist Vertraulichkeit das A und O. Wenn unsere Patienten uns nicht vertrauen, gehen sie zu jemand anderem. Und jetzt, wo beide Baldwins aus dem Geschäft sind, bleibt alles an mir hängen. Die Patienten, meine ich. Ich muss sichergehen, dass sie mir vertrauen können.«

»Dann fangen wir doch einfach mit den grundsätzlichen Fragen an«, schlug Marge vor. »Sie wissen schon … wie lange Sie die beiden kennen … welche Art von Therapie sie anbieten … ob sie mit Erwachsenen, Jugendlichen oder Kindern zu tun haben … so was.«

Maryam hob den Kopf und trocknete ihre Tränen. »Seine Spezialität waren verhaltensauffällige Jugendliche.« Sie merkte, dass die beiden auf Erklärungen warteten. »Teenager mit Verhaltensstörungen.«

Marge nickte. »Und sind welche darunter, die zu Gewalt neigen?«

»Manche bestimmt, aber ich kenne sie nicht persönlich. Ich habe vor allem mit den Patienten zu tun, die Dee nicht mehr in ihren Zeitplan hineinbekam. Ihr Spezialgebiet sind vor allem Angstzustände, die zu antisozialem Verhalten führen. Sie wissen schon, sich in der Schule ausklinken und Ähnliches.«

»Das muss man behandeln?«, fragte Oliver. »Ich habe mich in der Schule aus Prinzip ausgeklinkt.«

»Sich *ernsthaft* ausklinken.« Maryam warf ihm einen kühlen Blick zu. »Das sind ihrer Umwelt entfremdete, suizidgefährdete Jugendliche mit maßlosen Prüfungsängsten. Meistens bei den Zulassungsprüfungen – vor allem an Colleges, aber auch an manchen Highschools und Grundschulen. Merv hat sich vor allem um die nicht kooperativen Jungen gekümmert und sie in Gruppentherapie und in seinem Naturcamp behandelt. Diese Camps waren der wichtigste Teil von Mervs Therapie, allerdings gab auch Dee dabei Seminare …«

»Moment mal, Moment mal«, unterbrach Marge. »Können Sie das mal kurz erläutern? Was soll das heißen, Zulassungsprüfungen für *Highschools*?«

»Für die Prep Schools – Privatschulen, die ihre Schüler auf die Eliteunis vorbereiten«, sagte Oliver. »Da gibt es Zulassungstests. Für die Schulen muss man sich bewerben. Das wusstest du doch, oder?«

Marge schwieg.

Oliver unterdrückte einen Seufzer. Dunn konnte nichts dafür. Sie war einfach ein zu guter Mensch. Letztes Jahr hatte sie eine

Jugendliche adoptiert, aber es gab Unmengen von Sachen, die sie *nicht* wusste.

»Muss ich mir also wegen Vega Sorgen machen?«, fragte Marge. »Sie ist doch hochintelligent. Reicht das nicht?«

»Hochintelligent sind sie alle«, erwiderte Maryam. »Aber man muss das Zulassungskomitee erst einmal auf diese Teenager aufmerksam machen. Wussten Sie, dass es Bewerber mit lauter Einsen und einem Durchschnitt von 4,3 Punkten *und* der vollen Punktzahl von 1600 beim Eignungstest gibt, die nicht für Harvard zugelassen werden?«

»Nein, das wusste ich nicht.« Marge war blass geworden. »Wie kriegt man denn einen Durchschnitt von mehr als 4,0?«

»Leistungskurse. In denen kann man fünf statt der üblichen vier Punkte bekommen. Und dann ist es natürlich auch hilfreich, wenn ein Schüler schon Collegekurse besucht hat.«

Marge dachte einen Moment nach. »Also muss der Schüler schon im College *sein*, damit er zum College zugelassen wird?«

»Es gibt spezielle Kurse an den örtlichen Universitäten«, erklärte die Psychologin.

»Warum schickt man sie dann überhaupt noch aufs College, wenn sie doch schon da gewesen sind?« Marge fasste sich an die Stirn. »Kein Wunder, dass sie Angstzustände kriegen. Und was ist mit den Angstzuständen der Eltern?«

»Wir behandeln auch eine ganze Reihe dieser Eltern«, stellte Maryam fest. »Sie sind häufig sogar das eigentliche Problem. Sie erwarten von ihren Kindern Perfektion, obwohl sie selbst in ihrer Jugend alles andere als perfekt waren. Heute läuft alles in einem ganz anderen Tempo. Wenn man mithalten will, muss man einen schnellen Start hinlegen. Das ist das digitale Zeitalter, Detective. Generation D. Computer warten nicht.«

»Früher hat man so was Leistungsdruck und Elternehrgeiz genannt.« Oliver lächelte. »Ein schlimmes Vergehen unter Psychologen.«

»Übertriebener Ehrgeiz ist eine Sache, aber Motivation etwas ganz anderes«, belehrte ihn Dr. Estes. »Die meisten, die zu Dr. Baldwin kommen, sind hoch motiviert.«

»Das Richtige?«

»Das, was ihre Chancen verbessert.«

»Zum Beispiel?«

Maryam schenkte ihnen ein herablassendes Lächeln. »Dazu ist die Therapie da. Selbst wenn ich ein paar Berufsgeheimnisse ausplaudern würde, könnten Sie doch nichts damit anfangen. Sie müssen sich schon an den richtigen Therapeuten wenden. Aber ich glaube, wir schweifen ab. Um auf Ihre Ausgangsfrage zurückzukommen: Ich glaube nicht, dass ein enttäuschter Schüler oder eine Schülerin Amok gelaufen ist, weil er oder sie nicht zu ihrer Wunschuniversität zugelassen wurde.«

»Das weiß man nie«, widersprach Oliver. »Denken Sie an diese Mutter in Texas – die hat versucht, die Klassenkameradin ihrer Tochter umzubringen, weil sie ihr den Platz bei den Cheerleadern streitig machte. Manchmal werden Menschen aus sehr trivialen Gründen getötet.«

Ihr Gesicht wurde aschfahl. »Sie müssen nicht so brutal werden.«

»Der Mord an Dr. Baldwin war brutal.«

»Aber er hat nichts mit seinen Patienten zu tun ...« Ihr Piepser ertönte. »O nein! Schon wieder ein Notfall. Seit die schrecklichen Neuigkeiten durch die Medien gegangen sind, rufen ununterbrochen Leute an. Die müssen alle unter Schock stehen. Ich muss zurückrufen.«

»Das ist schon okay«, sagte Oliver.

»Aber ich kann nicht sprechen, wenn Sie dabei sind.«

»Ich dachte, es gäbe auch noch andere Büroräume.«

Maryam runzelte die Stirn. »Es kann eine Weile dauern.«

»Wir haben Zeit.« Oliver versuchte, ernst zu blicken.

Sie stand langsam auf. »Ich komme so schnell wie möglich zurück. Sie werden in der Zwischenzeit nichts anfassen?«

»Natürlich nicht«, beruhigte sie Marge.

»Wenn ich wiederkomme und Sie in den Akten blättern ... dann kriegen Sie Probleme.«

»Das wäre eine Straftat«, meinte Oliver. »Sie wissen doch, was mit Cops passiert, wenn sie ins Gefängnis müssen.«

Sie hatte immer noch Zweifel. Mit einem letzten Blick über die Schulter verließ sie den Raum. Oliver wartete ein paar Sekunden, bis das Licht für eine der Telefonverbindungen aufleuchtete. Dann sprang er auf und schloss leise die Tür. »Lass das Licht nicht aus den Augen.« Er ging zu den Aktenschränken an der Rückwand des Raums. »Sag Bescheid, wenn sie auflegt.«

»Oliver, was hast du vor?«

Er zog an einer Schublade. »Verschlossen. Na ja, ich habe schon härtere Nüsse geknackt.« Er zog einen Dietrich aus der Tasche.

»Spinnst du?«

»Willst du mir nicht lieber helfen, anstatt mich zu beschimpfen?« Oliver schob den Dietrich in das einfache Schloss des Aktenschranks. Wenige Augenblicke später sprang die Tür auf. »Die anderen Akten interessieren jetzt nicht – nur die von Ernesto Golding. Los, Margie! Es kommt auf jede Sekunde an!«

»Mach deinen Einbruchdiebstahl schön allein. Außerdem muss ich auf die Telefonleuchte achten.«

»Ja, schon gut.« Er blätterte hektisch die Akten durch. »Mann, hat dieser Kerl Papierkrieg geliebt. Gold, Gold, Golden, Goldenberg, Goldenstein, Goldin, Golding. Jawohl, Ernesto Golding! Voilà! Hm, ist ganz schön dünn für einen so schweren Fall.«

»Du gehst einen Schritt zu weit.«

»Ich bin schon mindestens drei Schritte zu weit gegangen. Der Junge ist tot, Dunn. Was macht das jetzt noch für einen Unterschied?«

»Glaub nicht, dass ich für dich lüge.« Marge öffnete halb in Gedanken die obere Schreibtischschublade, die zu ihrem Erstaunen nicht verschlossen war. Das Lämpchen der Telefonanlage leuchtete immer noch rot. »Aber vielleicht werfe ich mal rasch einen Blick in seinen Terminkalender, wenn die Schublade schon offen ist …«

»So ist's richtig!«

»Halt den Mund, sonst komme ich wieder zur Vernunft.« Marge überflog die Seiten des Kalenders. »Meinst du nicht, dass es auffallen wird, Scott? Wenn Goldings Akte fehlt?«

»Du hast Recht.« Oliver steckte ein paar Zettel zurück in den Ordner. »Den Rest hole ich mir später.«

»Es gibt dauernd zweistündige Termine.« Marge las die Einträge. »Dauert eine Therapiesitzung nicht normalerweise eine Stunde?«

»Also hatte er irgendwelche krummen Sachen am laufen?«

»Na, ich weiß nicht… aber es gibt hinter den Namen eine Menge komische Abkürzungen.«

»Komische Abkürzungen? Was soll das heißen?«

»Großbuchstaben: S, S, S, PS, PS, S, I, S, S, E, I, E, S2, E, G, L, S, S, S2, L, M … Was glaubst du, was das heißt?«

»Woher soll ich das wissen?«

»S gibt es am meisten.«

»Vielleicht steht S für ›Schwachkopf‹?«

»So was sagt kein Psychiater.«

»Dann vielleicht ›Psychokiller‹? Nein, das wäre dann PS.«

»Das glaube ich ehrlich gesagt nicht.« Marge suchte den Raum ab. »Wenn es hier einen Kopierer gäbe…«

»Es ist ein Ringbuch, Marge. Nimm die Seiten raus und jag sie durchs Fax.«

»Das kann doch nicht wahr sein. Was tu ich hier eigentlich?« Sie nahm eine Seite heraus und legte sie ins Faxgerät. »Und was ist, wenn das Ding einen Sendebericht ausspuckt?«

»Ist doch bloß eine Telefonnummer. Mach weiter.«

Sie ließ noch eine Seite durchlaufen. Als sie wieder herauskam, ging das rote Lämpchen aus. »Schnell, Frau Doktor hat aufgelegt.« Hastig heftete sie die Seiten wieder in den Planer.

»Mist.« Er schlug die Schranktür zu, ließ sich in einen Sessel fallen und setzte seine gleichgültigste Miene auf. »Ob wir sie wohl noch mal für ein paar Minuten ablenken könnten?«

»Halt den Mund und tu so, als würdest du dich langweilen.«

»Tut mir Leid«, sagte Maryam, als sie wieder den Raum betrat. »Es hat so lange gedauert, weil gleich noch ein Anruf kam – einer nach dem anderen. Alle sind in Panik, weil Dr. Baldwin tot ist. Was für eine schreckliche und sinnlose Tragödie!« Ihre Augen füllten sich wieder mit Tränen. »Und das Schlimmste ist ja, dass wir immer noch nichts über Dee wissen.«

»Ja, das stimmt«, sagte Marge.

»Das macht einem wirklich Angst.« Maryam erschauerte. »Ich kriege eine Gänsehaut, wenn ich hier bin... ganz allein. Aber irgendjemand muss ja die Stellung halten.«

»Sind Sie die einzige angestellte Psychologin?«

»Es gibt noch vier weitere Angestellte. Aber ich bin die Einzige, die einen Abschluss in klinischer Psychologie hat. Nur ich habe die Qualifikation, um Dees Fälle zu übernehmen... daran will ich gar nicht denken. Aber ich muss wohl. Die Patienten brauchen Hilfe und Unterstützung. Ich muss für sie da sein.«

Aus dem Nichts plötzlich eine Praxis voller reicher Leute! Keine schlechte Einkommensverbesserung. Marge fragte sich, wieso sie so etwas Zynisches überhaupt dachte.

»Auf mich wartet eine Menge Arbeit«, sagte Maryam. »Es tut mir Leid, aber Sie müssen jetzt gehen.«

»Trotzdem schon mal vielen Dank«, erwiderte Oliver. »Können wir Sie noch einmal stören, wenn wir weitere Fragen haben?«

»Ja, natürlich, wenn die Hektik sich ein bisschen gelegt hat.« Maryam schluckte wieder. »Wenn mir das alles nicht mehr so nahe geht.«

»Vielen Dank«, sagte Marge. »Ich weiß, dass Sie sich bemüht haben.«

»Ich hätte Ihnen so gern weitergeholfen.«

Oliver lächelte geduldig. »Wir tun alles, was wir können.«

Dr. Estes geleitete die beiden hinaus, brachte sie sogar bis zum Lift. Als sie in der Tiefgarage angelangt waren, fragte Marge. »Also? Was meinst du?«

»Hübscher Po und wahrscheinlich keine Hintergedanken. Sie ist sauber. Was denkst du?«

»Schrecklich eingebildet, aber kein falsches Spiel.« Sie schloss das Auto auf und stieg ein. Als Oliver auf dem Beifahrersitz Platz genommen hatte, ließ sie den Motor an. »Wenn du die Dienstmarke irgendwann an den Nagel hängen willst, könntest du eine steile Karriere als Einbrecher machen.«

»Räuber und Gendarm.« Oliver grinste. »Das ist nur ein ganz kleiner Schritt, Detective Dunn.«

19

In Deckers Büro traten sich die Leute buchstäblich auf die Füße, denn es gab nicht genug Sitzgelegenheiten, weshalb Oliver noch vier braune Klappstühle hereintrug. Auch wenn dieser selbstlose Akt einige Füße entlastete, besserte sich die Stimmung kaum. Es war kurz vor drei Uhr nachmittags, und die Klimaanlage brachte kaum Linderung. Nur ab und zu spürte Decker einen Hauch lauwarmer Luft über seinen nass geschwitzten Hals streichen. Immerhin besaß er einen eigenen und sogar gepolsterten Stuhl. Webster und Oliver hatten die Jacke ausgezogen und die Hemdsärmel bis zum Ellbogen hochgekrempelt; Dunn und Bontemps trugen kurzärmlige Blusen. Auch Deckers Jacke hing über der Stuhllehne, aber er trug immer noch seine Krawatte und hatte die Manschetten zugeknöpft. So war er den Detectives ein gutes Vorbild, und außerdem, man wusste nie, wann der Captain auftauchte. Nicht dass Strapp sich wirklich über legere Kleidung beschwert hätte, aber Decker wusste, wie solche Sachen funktionierten. Das war einer der Gründe, warum er jetzt auf seinem Stuhl saß.

Webster fragte: »Wo ist Bert? Durchsucht er immer noch die Strandhäuser? Da sind's bestimmt zehn Grad weniger. Warum kriege ich nie solche Aufträge?«

Normalerweise hätte Decker darauf nicht reagiert, aber heute war er in ungnädiger Stimmung. »Hast du jetzt genug gejammert, oder kommt noch was?«

»Ich weiß nicht, Chef«, gab Webster zurück. »Die Hitze ist schrecklich, dabei haben wir erst Juni. Ich schätze, es wird diesen Sommer noch ziemlich viel gejammert werden.«

»Vielen Dank für den Hinweis. Machen wir weiter.«

Darauf hatte Wanda gewartet. Ihre Wangen waren noch dunkler als sonst, und ihre braunen Augen funkelten aufgeregt. »Okay, erinnert ihr euch an die beiden Jugendlichen, die nicht reden wollten und sich geweigert haben, ihre Rucksäcke durchsuchen zu lassen?«

»Brandon Chesapeake und Riley Barns«, antwortete Decker. »Was habt ihr über sie?«

»Zuerst mal ein paar Hintergrundinformationen.« Webster tupfte sich den Schweiß von der Stirn. »Anscheinend hatte Brandon zum wiederholten Mal den Zapfenstreich seiner Eltern nicht eingehalten und war nachts heimlich abgehauen.«

»Ganz normal für Kinder in dem Alter.«

»Nicht für mein Kind«, sagte Marge.

»Dein Kind ist ja auch vom Mars«, gab Oliver zurück.

Marge zog eine Grimasse, aber innerlich gab sie ihm Recht.

»Du bist ja bloß eifersüchtig, weil Vega so verdammt klug ist!«, mischte Wanda sich ein.

»Wer hat diese Frau eigentlich hier reingelassen?«, brummte Oliver. »Ich dachte, hier geht es um Mord und nicht ums Schule schwänzen.«

»Können wir die kleinen Seitenhiebe vielleicht lassen?« Sie waren alle müde und verschwitzt und gingen sich gegenseitig auf die Nerven. Decker wandte sich an Wanda. »Also weiter.«

Wanda hatte Olivers empfindlichste Stelle getroffen. Da er einen Rang höher und beim Morddezernat war und sie nur beim Jugenddezernat, musste sie das schnell ausbügeln. »Oliver hat Recht. Das ist ganz normaler Teenagermist, keine große Sache. Aber einmal hat Brandon in Westwood die polizeiliche Sperrstunde überschritten und eine Vorladung bekommen, und da sind seine Eltern natürlich an die Decke gegangen. Sie haben ihn zur Therapie bei den Baldwins verdonnert. Mervin hat dann das Camp vorgeschlagen, und so ist Brandon da gelandet.«

Webster fuhr fort. »Der zweite Junge, Riley Barns, wurde zusammen mit Brandon erwischt. Seinen Eltern ist es allerdings ziemlich egal, wo und wie lange ihr Sohn sich herumtreibt – sie sind sowieso nie zu Hause. Die Sache ist nur so: Riley und Brandon sind dicke Freunde. Keiner geht irgendwo ohne den anderen hin. Also sind sie beide in das Naturcamp der Baldwins gefahren. So viel zur Vorgeschichte.«

»Wir haben es also nicht mit schweren Straftätern zu tun«, sagte Oliver.

»Genau«, bestätigte Webster. »Also haben Wanda und ich uns gefragt, wieso markieren die beiden die harten Typen, wenn ihr Psychiater und einer ihrer Mitcamper zu Hackfleisch verarbeitet worden sind? Also schauen wir ihnen beiden mal tief in die Augen – und sehen vor allem Angst. Und außerdem hatten sie ihre Schlafsäcke direkt neben Merv Baldwins Zelt. Ich denke, daraus lässt sich ein klarer Schluss ziehen.«

»Sie haben etwas gesehen.« Decker war nicht sehr überrascht. Irgendjemand *musste* schließlich etwas gesehen haben. »Und was?«

Wanda sagte: »Aus Riley haben wir herausgekriegt, dass er von einer Art ›Plopp‹ geweckt wurde. Er ist nicht aufgestanden, hat sich nicht mal bewegt – hat bloß kurz die Augen aufgeschlagen und war sich nicht ganz sicher, was er gehört hatte. Dann meinte er, einen winzigen Lichtstrahl zu sehen, wie von einer kleinen Stabtaschenlampe. Und er sagt, er habe vielleicht zwei Schatten aus der Richtung der Zelte kommen und ins Gebüsch verschwinden sehen.«

»Zwei Schatten?«, fragte Decker. »Also zwei Leute?«

»Vielleicht.«

»Weiter.«

»Das ist alles«, schloss Wanda. »Keine weiteren Einzelheiten.«

Webster stellte fest: »Er war noch im Halbschlaf. Und weil danach alles ruhig blieb, ist er wieder eingeschlafen.«

»Ungefähre Ahnung, um welche Uhrzeit das war?«, fragte Decker.

»Nein … nichts.«

Marge fragte: »Glaubt ihr, der Junge hat solche Angst, dass er sich nicht mehr erinnern kann?«

»Es ist nachts stockdunkel da draußen«, erwiderte Wanda. »Außerdem ist er aus dem Tiefschlaf erwacht. *Ich* glaube nicht, dass er uns was verheimlicht.«

»Und warum hat er dann bei der ersten Befragung nichts gesagt?«

»Ich glaube, er war einfach völlig durcheinander, als er mitgekriegt hat, was passiert ist«, meinte Webster. »Er hat Brandon gleich nach Tarpins Ansprache von seinen Beobachtungen erzählt.«

»Welche Ansprache?«, wollte Decker wissen.

»Tarpin hat den Jungs erzählt, was passiert ist«, sagte Webster. »Keine Einzelheiten, nur dass in Dr. Baldwins Zelt ein Verbrechen geschehen sei und niemand etwas unternehmen und jeder bleiben solle, wo er ist, bis die Polizei eintrifft. Und da haben die beiden Jungs entschieden, dass es am besten sei, den Mund zu halten. Ich kann jedenfalls verstehen, warum sie so zurückhaltend waren.«

»Ach, das ist doch der übliche Dreck«, stellte Oliver fest. »Wir wissen doch selbst, dass jemand ins Zelt hinein- und wieder hinausspaziert ist. Ich glaube Folgendes: Entweder der Bengel lügt, um sich wichtig zu machen, und hat in Wirklichkeit überhaupt nichts gesehen, *oder* er weiß mehr, als er sagt. Wir sollten ihn noch mal vernehmen.«

»Einverstanden«, stimmte Webster zu. »Aber wir haben ein Problem. Der Junge ist minderjährig, und seine Eltern haben Angst und wollen uns nicht mehr mit ihm reden lassen. Aber wenn der Lieutenant selbst mit ihnen spricht …«

»Okay.« Decker betrachtete die Bilder auf seinem Schreibtisch, die seine Familie zeigten. »Wie viele Schatten hat Riley gesehen, sagt er?«

»Zwei«, meinte Wanda.

»Und an die Zeit kann er sich nicht erinnern.«

»Er behauptet, nein«, erwiderte Webster. »Hat bloß kurz die Augen aufgemacht und diese Schatten aus der Richtung des Zelts kommen und ins Gebüsch verschwinden sehen. Sein erster Gedanke war, dass sie irgendwelche nächtlichen Survivalspielchen machen.«

»Passierte so was öfter dort?«, fragte Marge. »Nachtwanderungen und so?«

Webster zuckte die Achseln. »Keine Ahnung. Ich werde Tarpin fragen.«

»Aber vor allem«, sagte Wanda, »war Riley todmüde, nachdem er den ganzen Tag wie bei der Grundausbildung der Ledernacken durch die Gegend gescheucht wurde, und es fiel ihm nicht schwer, sofort wieder einzuschlafen.«

»Habt ihr das Gespräch aufgenommen?«, fragte Decker.

»Nein, Sir, haben wir nicht.« Wanda wischte sich den Schweiß vom Gesicht. »Wir haben den Jungen und seine Eltern in einem schwachen Moment erwischt – sie waren noch zu geschockt, um zu protestieren –, und da haben wir genommen, was wir kriegen konnten. Wir wussten genau, dass sie jeden Moment das Weite suchen würden, also haben wir einfach so viele Fragen wie möglich gestellt, als Riley zugab, dass er etwas gehört hatte. So lange, bis sein Vater einschritt. Wir wollten nicht unfreundlich werden, weil wir davon ausgegangen sind, Sie würden später noch mal mit ihnen reden wollen.«

Decker nickte. »Und der andere Junge – Brandon? Seid ihr sicher, dass er nichts gesehen oder gehört hat?«

»Sagt er jedenfalls«, antwortete Webster. »Wir haben sie verhört, so gut es ging. Es sind fast alles Minderjährige.«

»Eine Horde verschreckter Jugendlicher, die immer noch versuchen, wie echte Kerle dazustehen. Und dazu die hysterischen Eltern …« Wanda schüttelte den Kopf. »Das war nicht gerade ein Picknick. Wir haben nichts Verdächtiges gefunden.«

»Wo sind Ernestos Sachen?«

»Sichergestellt«, antwortete Webster. »Wir haben keine Briefe von Ruby Ranger gefunden, wenn Sie das meinen. Es gibt aber welche, oder?«

»Das behauptet sein Bruder. Und es gibt keinen Grund, ihm nicht zu glauben.« Decker schrieb *Riley Barns* in sein Notizbuch. »Von den anderen Jungs steht also keiner auf der Liste der Verdächtigen?«

»Nicht nach unseren Erkenntnissen«, entgegnete Webster. »Überall das gleiche Bild, Chef. Die Jungs in diesen Camps sind vielleicht ein bisschen aufgedreht und übermütig, aber bestimmt keine in der Wolle gefärbten Psychopathen.«

»Aber warum waren sie dann im Camp?«, fragte Marge.

»Alle möglichen Gründe.« Webster zog seinen Notizblock aus

der Tasche. »Die meisten wurden wegen Drogenproblemen zu Baldwin geschickt. Die Eltern haben einen Beutel Gras oder ein paar Pillen gefunden und sind ausgerastet.«

Da kannte sich Decker aus. »Ganz normale Reaktion.«

»Ja, wahrscheinlich schon.«

Auch Wanda blätterte in ihren Notizen. »Einer hat betrunken das Auto seiner Eltern zu Schrott gefahren. Ein anderer wurde wegen Sachbeschädigung in einem Einkaufszentrum festgenommen.«

»Das ist aber schon was Ernsthaftes«, bemerkte Marge.

»Ja, aber er hat nicht seine Lehrerin abgeknallt, weil sie die falschen Turnschuhe anhatte. Die meisten Jungs wurden von ihren Eltern zu den Baldwins gebracht, ohne dass sie vorher mit dem Gesetz in Konflikt geraten waren. Manche hatten auch von ihrer Schule die Auflage bekommen. Ernesto Golding war die Ausnahme: Er ist tatsächlich wegen einer Sache angeklagt und verurteilt worden.«

»Es gibt eines, was sie alle gemeinsam haben«, warf Webster ein. »Ihre Eltern können sich das unglaubliche Honorar der Baldwins leisten: Zwanzigtausend Dollar pro Nase für drei Wochen.«

Oliver und Decker pfiffen anerkennend. Marges Augen weiteten sich. »Da haben die Baldwins eine hübsche Marktlücke entdeckt: ungezogene reiche Jungs.«

»Psychiater haben meist reiche Kunden«, sagte Webster. »Das ist nichts Neues.«

»Aber nicht immer«, meinte Decker. »Eins kann ich euch sagen: Für zwanzigtausend kriegt man normalerweise eine Menge Zeit beim Psychiater – ungefähr hundert Stunden. Das heißt, damit könnte man fast *ein Jahr lang* zweimal pro Woche eine Stunde zum Seelenklempner rennen. Wie viele Camps hat er im Sommer laufen?«

»Drei«, antwortete Webster.

»Wie viele Jungs jeweils?«

»Zwölf. Wir haben es schon ausgerechnet: Siebenhundertzwanzigtausend Dollar jeden Sommer. Und die beiden Durchgänge in den Winter- und Frühjahrsferien sind da noch gar nicht mitgerechnet; die kosten auch bloß zehntausend pro Kopf.«

»Echtes Schnäppchen«, sagte Marge.

»Und dann noch die Nachfolgebehandlung …«

»Und da behaupten die Leute, ein Diplom wäre nicht mehr als ein Stück Papier!« Decker schüttelte den Kopf. »Ich hab nur den falschen Beruf ausgesucht.«

»Was haben sie mit dem ganzen Geld angestellt?«, fragte Oliver. »So ein Einkommen muss doch zu irgendwelchen Lastern führen.«

»Tarpin meinte, dass sie wahrscheinlich ein Strandhaus in Malibu mieten, während ihr Haus in Beverly Hills umgebaut wird«, sagte Decker. »Das wird eine ganze Stange Geld kosten.« Er fügte seinen Notizen die Worte *Geld/Schulden* hinzu. »Noch eine Kleinigkeit: Darrell Holt – der Kerl von den Hütern des Völkischen Dingsbums – hat vor fünf Jahren auch an so einem Camp teilgenommen. Er muss also auch aus einer reichen Familie stammen. Das sollten wir vielleicht nachprüfen.«

»Was?«, rief Oliver. »Warum hast du mir das nicht vor zwei Stunden gesagt? Dann hätte ich auch gleich seine Akte mitgehen lassen …«

»Das hab ich überhört«, sagte Decker.

Oliver grinste. »Ich meinte das rein theoretisch.«

Bevor Decker nachhaken konnte, mischte Marge sich ein. »Was hat Holt denn angestellt, dass er in einem Baldwin-Camp gelandet ist?«

»Keine Ahnung«, erwiderte Decker. »Tarpin war nicht gerade redselig. Er hat aber erzählt, dass Darrell früher ein radikaler Linker und Student in Berkeley war. Wäre interessant zu wissen, was seinen Rechtsruck herbeigeführt hat.«

»Der Tag ist noch jung, ganz im Gegensatz zu uns«, sagte Webster. »Ich kümmere mich noch mal um diese Hüter der Völkischen Reinheit und sehe, ob ich was über Holt herausbekomme.«

Decker warf einen Blick auf seine Notizen. Er musste Nachforschungen über Holt, Ranger, Riley Barns und die finanzielle Situation der Baldwins anstellen. Und dann war da natürlich noch Bert, der nach Dee Baldwins mutmaßlicher Zuflucht am Strand suchte.

Webster fragte: »Soll ich Holt verhören oder mir rassistische Internetseiten angucken?«

»Bevor du Holt in die Mangel nimmst, Tom«, meinte Decker, »mach erst deine Hausaufgaben. Du fährst in die Innenstadt zum Holocaust Center. Die haben bestimmt Informationen über all diese Gruppen. Bei der Vandalismussache habe ich darauf verzichtet, weil Ernesto gleich gestanden hat, aber ein Doppelmord rechtfertigt ja wohl ein bisschen Aufwand. Ich will alles über Holt und Tarpin wissen – und diesen Moke, wenn du schon mal dabei bist.«

»Ich kann mir im Center gleich einen Termin geben lassen«, sagte Webster.

»Ich weiß noch was Besseres. Rina soll dich begleiten. Sie kennt sich mit dem Jargon aus, weil sie sich bei ihrer Jugendarbeit auch über die faschistischen Gruppierungen informiert hat, die weiße Überlegenheit predigen. Mach einen Termin, und wenn du einen hast, dann sage ich Rina Bescheid. Sie wird sich bestimmt freuen und eine große Hilfe für dich sein.«

»Hört sich gut an.« Webster hatte definitiv nichts dagegen, mit Deckers Frau zusammenzuarbeiten. Sie war intelligent und kompetent und noch dazu sehr hübsch. »Ich sag Bescheid, wenn ich den Termin habe.«

Auch Oliver schaute in seine Aufzeichnungen. »Wie lange ist Holt schon bei den HVR?«

»Tarpin sagt, seit vier Jahren.«

»Was ist eigentlich Tarpins Rolle in diesem Camp?«, fragte Marge. »Abgesehen von der des faschistoiden Armeeausbilders.«

Decker schenkte ihr ein sentimentales Lächeln. Manchmal – wenn Marge bestimmte Fragen auf ganz bestimmte Art stellte – vermisste er die Zusammenarbeit mit seiner früheren Partnerin sehr. »Er macht die Drecksarbeit für Baldwin. Achtet auf die Disziplin und die Erfüllung der täglichen Pflichten. Nach seiner Mitgliedschaft bei den HVR habe ich ihn nicht weiter ausgequetscht.«

»Was diesen Holt angeht«, sagte Oliver, »wäre es absolut möglich, dass ich … theoretisch bei Baldwin an seine Akte herankomme. Ich weiß, wo ich sie finde … theoretisch.«

»Wenn du das tust«, erwiderte Decker, »wäre es absolut möglich, dass du hinter schwedischen Gardinen landest, wo die Knastbrüder nur darauf warten, dir ihre harten Schwänze in den Arsch zu rammen.«

»Chef, Sie haben eine sehr bildhafte Sprache. Dann berichte ich Ihnen lieber nicht, was theoretisch in Ernesto Goldings Akte stehen könnte – die wir sowieso hätten kriegen können, weil er schließlich tot ist und es keinen Grund mehr für Geheimhaltung gibt.«

»Irgendetwas, das wir gebrauchen können?«, fragte Decker.

»Fast nur Psychogerede und Abkürzungen. Auf jeden Fall hatte er irgendeine abartige Sexsache mit dieser Ruby Ranger laufen.«

»Nazikram?«

»Genau. Aber vielleicht waren manche Sachen auch nur Phantasien, denn es ging ziemlich wild zur Sache. Ich schätze, das hat Baldwin auch gemeint.«

»Wir müssen uns diese Ranger schnappen. Wir wissen nur, dass sie in Richtung Norden verschwunden ist. Ich habe heute Morgen schon sechs Polizeistationen in der Bay Area angerufen. Sie suchen zwar nach ihr und nach ihrem Auto, aber wenn wir nicht dranbleiben, dann vergessen sie es wieder. Wanda, Sie können das Leutenerven übernehmen.«

»Ja, Sir.«

»Willst du dir Ernestos Akte ansehen, Chef?«, fragte Oliver. »Du warst doch auf der Uni. Vielleicht verstehst du ja was davon.«

»Nein, will ich nicht. Ich will noch nicht mal davon wissen, bis wir einen Durchsuchungsbefehl haben.«

»Wo wir schon bei den theoretischen Möglichkeiten sind …« Marge räusperte sich. »Nehmen wir an, ich hätte Notizen auf Baldwins Schreibtisch gefunden und kopiert und jetzt ein paar Fragen, was die Abkürzungen angeht?«

Decker starrte sie an. »Ich glaube das alles nicht.«

Oliver sagte: »Gib einfach mir die Schuld. Los, Margie, zeig uns, was du gefunden hast.«

»Ich will es gar nicht sehen«, erwiderte Decker.

»Dann schau einfach nicht hin«, gab Oliver zurück.

Aber Decker sah hin. Margie hatte mehrere Kopien von Terminkalenderseiten ausgebreitet. Sie fühlte sich schuldig – aber nicht sehr. »Zuerst dachten wir, die Abkürzungen könnten für den psychischen Zustand der Patienten stehen. Aber die Buchstaben scheinen nicht zu psychischen Krankheiten zu passen.«

»Wie zum Beispiel V für ›verrückt‹ oder N wie ›Nicht ganz dicht‹...«, sagte Oliver.

»Wie wär's mit N für ›Neurotisch‹?«, warf Webster ein. »Und ich meine nicht die Kinder, sondern die Eltern. Gibt es eigentlich noch so was wie Erziehung?«

Decker widersprach. »Vielleicht haben diese Jugendlichen wirkliche Probleme, Tom.«

»Ja klar – sie sind verwöhnt bis dort hinaus. Unsereiner würde nicht bloß einen Klaps auf die Finger kriegen, wenn wir eine Synagoge schänden.«

»Ernesto hat am Ende auch ein bisschen mehr als nur einen Klaps gekriegt«, widersprach Decker.

Webster hielt inne. »Ja, das stimmt. Ich wollte damit nicht sagen, dass er den Tod verdient hätte oder so was. Und ich meine auch nicht, dass junge Leute keine Sorgen haben. Ich frage mich nur, ob nicht manche Eltern die Baldwins als hoch bezahlte Babysitter benutzen.«

»Da ist sicher was Wahres dran«, sagte Decker. »Aber ich glaube auch, dass die meisten Eltern ganz einfach nur das Beste für ihre Kinder wollen.«

»Ganz egal, ob die Kinder das wollen oder nicht«, merkte Wanda an.

Oliver mischte sich wieder ein. »Um auf die Abkürzungen zurückzukommen: Ich dachte, PS könnte zum Beispiel für ›Psychokiller‹ stehen.«

»So was sagt kein Psychiater, Scott«, entgegnete Marge. »Maryam hat angedeutet, dass Dee Baldwin so eine Art Karriereberaterin ist... sie bringt Jugendliche an den richtigen Unis unter. Vielleicht sind das Abkürzungen von Universitäten. S kommt am häufigsten vor, und es geht ja hier um clevere und reiche Schüler, also könnte das Stanford sein.«

»Und was ist PS?«, fragte Oliver. »Pseudo-Stanford? Hey, gar nicht schlecht, was?«

»Sehr gut, Oliver«, lobte Marge ihn.

»Vielleicht die University of Pennsylvania«, sagte Webster. »Das ist eine Eliteuni, und PS bedeutet Pennsylvania.«

»Was ist dann E?«, wollte Wanda wissen. »Und M?«

»E könnte Emory in Atlanta sein«, meinte Webster. »Auch eine der besten Unis des Landes. M ist vielleicht die University of Michigan – die gilt als beste der staatlichen Universitäten.«

»Woher willst du das wissen?«, fragte Oliver verächtlich.

»Ich habe in Michigan studiert.«

»Eins zu null für dich.«

»Reg dich nicht auf.«

»Wenn die Abkürzungen für Spitzenuniversitäten stehen, wo ist dann das H für Harvard? Und das P für Princeton oder das Y für Yale?«, fragte Decker. »Und was soll I sein? Oder L? Oder S2?«

»Warteliste für Stanford?«

»Nein, glaube ich nicht.« Decker rieb sich die Schläfen. »Andere Vorschläge?«

Die Antwort war Schweigen, das von seinem Telefon unterbrochen wurde. Es war Rina. Man hörte ihr die Anspannung an – jeder hörte es, das ganze Büro.

»Die Morde sind in allen Nachrichtensendungen«, sagte sie. »Yonkie ist total durch den Wind. Falls du es vergessen haben solltest, er kannte Ernesto Golding …«

»Moment, Rina.« Decker hielt die Muschel zu und sah seine Untergebenen an. Sie standen schon, bevor er ein Wort gesagt hatte. »Gebt mir fünf Minuten.«

Sie nickten alle und waren schnell draußen. Rina fragte: »Bist du gerade in einer Besprechung?«

»War ich.«

»Über den Mord an Ernesto Golding?«

»Ja.«

»Hat Jacob dir erzählt, woher er Ernesto kannte? Er macht nur so Andeutungen.«

Decker antwortete nicht gleich.

Rina hakte nach. »Du musst es mir sagen, Peter.«

»Rina, er hat es mir persönlich anvertraut…«

»Ich bin seine Mutter, Peter!«, rief Rina. »Ach, vergiss es. Ich weiß sowieso Bescheid. Von den Drogenpartys, oder?«

Decker war einen Augenblick sprachlos.

»Ich bin zwar fromm, Peter, aber ich bin nicht weltfremd«, stellte Rina fest. »Und vor allem habe ich eine gute Nase. Seine Klamotten haben immer so nach Hasch gestunken. Nimmt man dazu noch seine früheren schlechten Noten, trotz seiner Intelligenz, muss man nicht Sherlock Holmes sein, um das rauszukriegen.«

»Und warum hast du nie mit mir darüber gesprochen?«

»Jetzt schieb nicht plötzlich mir die Schuld zu!«

»Es geht doch nicht um Schuld, Rina; ich versuche nur, dich zu verstehen, um Himmels willen!«

Rina schwieg. Dann sagte sie: »Ich wollte dich nicht beunruhigen. Du warst doch schon nervös genug, als Sammy nach Israel ging.«

»Hast du mal mit Jacob über seinen Drogenkonsum… über seinen früheren Drogenkonsum gesprochen?«, fragte Decker.

»Hat er tatsächlich damit aufgehört?«

»Soweit ich weiß, ja.«

»Nein, habe ich nicht. Ich wusste einfach nicht, wie ich das Gespräch darauf bringen sollte, ohne hysterisch zu wirken. Und wenn Yonkie eins nicht gebrauchen konnte, dann eine hysterische Mutter. Ich fand, er muss nur reifer werden. Das war wohl ein bisschen naiv, aber manchmal hab ich auch einfach keine Lust, Aufpasserin zu spielen, Peter.«

»Das kann ich sehr gut verstehen, Schatz.«

»Ich hab aber mit Shmueli darüber geredet. Ich dachte mir, wenn Jacob mit irgendjemand darüber spricht, dann mit seinem Bruder. Er hat mir geraten, einfach abzuwarten, und meinte, dass Yonkie sich auch so schon schlecht genug fühle.«

»Ich bin also nicht der Einzige, der Geheimnisse hat.«

»Offenbar nicht«, sagte Rina. »Darüber können wir später reden. Jetzt geht es um Yonkie. Er ist ziemlich verstört, Peter.«

»Weshalb?« Decker setzte sich gerade hin. »Weiß er etwas?«

»Keine Ahnung.«

»Ist Jacob jetzt zu Hause?«

»Ja. Er wollte eigentlich mit mir Shmueli vom Flughafen abholen, aber wenn du nach Hause kommst, sage ich ihm, dass er auf dich warten soll.«

»Ich bin in zwanzig Minuten da.«

»War er mit diesem Golding gut befreundet? Er sagt Nein, aber vielleicht will er mich nur nicht aufregen.«

»Ich glaube, das stimmt. Er hat mir erzählt, dass er Ernesto sechs Monate nicht gesehen hat. Es ist wahrscheinlich nur der Mord selbst. Du weißt doch, wie Jugendliche sind. Sie halten sich für unsterblich. Und dann bricht die Wirklichkeit in ihr Leben ein… mach dir keine Sorgen.«

»Und gerade lief alles so gut, die Therapie, seine Noten – ich möchte nicht, dass er als Nervenbündel an der Johns-Hopkins-Universität anfängt.«

»Es ist doch gerade erst Sommeranfang, Rina. Im Herbst geht es ihm wieder gut.«

»Aber nächste Woche will er den zweiten Studienzulassungstest für Mathe und Physik machen. Ich weiß, dass er in Prüfungen gut ist, und der S2 dürfte kein Problem sein, aber…«

Wieder fuhr Decker hoch. »Was hast du gesagt?«

»Ich weiß nicht«, sagte Rina. »Was habe ich denn gesagt?«

»Du hast gesagt, das Yonkie den S2 in Mathe und Physik macht«, antwortete Decker.

»Ach ja, genau. Er möchte gern die Erstsemesterkurse in Math…«

»S2 bedeutet Studienzulassungstest 2, S bedeutet Studienzulassungstest, PS ist der Physik-SZT…«, unterbrach Decker. »Natürlich. Das ist es. Das ist ihre Spezialität… Jugendliche in Spitzenunis unterzubringen.«

»Was ist los?«

»Das ist ein Code, den wir gerade zu knacken versucht haben. Jetzt ist alles klar. Die anderen konnten das nicht wissen, weil niemand von ihnen Kinder in dem Alter hat, die aufs College wollen.

Scotts Söhne waren nicht auf der Uni, Bontemps' Tochter auch nicht, Websters Kinder gehen noch zur Schule, und Vega ist auch noch nicht so weit. Bleibe nur ich. Ich bin manchmal wirklich ein bisschen schwer von Begriff.«

»Wovon *redest* du eigentlich?«, rief Rina.

»Rina, gibt es so einen Einstufungstest, der mit M anfängt?«

»Woher soll ich das wissen? Ich bin vor achtzehn Jahren das letzte Mal an der Uni gewesen. Kommst du jetzt nach Hause?«

»Ja. Und du weißt keinen Test, der mit M anfängt?«

»Kannst du eigentlich immer nur an die Arbeit denken?«

»Ich bin doch schon auf dem Heimweg ...«

»Was ist mit dem Test fürs Medizinstudium?«, warf Rina ein. »Der heißt MedTest oder M-Test oder so.«

»Du bist ein Genie.«

»Na, toll.« Rina war leicht genervt. »Kommst du jetzt nach Hause und kümmerst dich um deinen Sohn?«

»Auf jeden Fall. J steht bestimmt für den Juratest. Mein Gott, den habe ich ja selbst abgelegt.«

»Irgendwann in der Steinzeit.«

»Werd nicht gemein.«

»Du verdienst es nicht anders.«

»Was ist mit E?«

»E?«

»Ja, E. Was soll E heißen? Welcher Test fängt mit E an? Erdkunde kann es ja wohl nicht sein?«

Sie dachte einen Moment nach. »Geht es hier nur um Eignungstests für Unis?«

»Keine Ahnung. Woran denkst du?«

»An den EVT – Einsichts- und Verständnistest. Wird in Hannahs Schule jedes Jahr durchgeführt. In manchen Schulen gibt es stattdessen auch den so genannten Iowa-Test ...«

»Ah, das wäre dann das I«, sagte Decker. Was tat Baldwin eigentlich? Bereitete er Jugendliche auf die Standardtests vor? Und was hatte das mit dem Mord an Ernesto zu tun, wenn überhaupt? Die zweite Telefonleitung leuchtete auf. Er bat Rina, einen Moment am Apparat zu bleiben.

Martinez war dran.

Die Nachricht überraschte ihn zwar nicht, betrübte ihn aber dennoch.

Er sagte zu seiner Frau: »Tut mir Leid, Rina. Ich kann doch nicht kommen. Du kannst Jacob ebenso gut zum Flughafen mitnehmen.«

»Das klingt gar nicht gut.«

»Man hat Dee Baldwins Leiche gefunden. Anscheinend Selbstmord, könnte aber auch Mord sein. Ich muss hin.«

»Um Himmels willen! Das tut mir Leid, Peter.«

»Sag Jacob, er soll sich keine Sorgen machen. Wir haben alles unter Kontrolle.«

»Wirklich?«

»Noch nicht. Aber bald.«

Das war eine kühne Behauptung, wenn nicht sogar eine Lüge.

20

Auf der anderen Seite der Berge war es gleich fünf Grad kühler, und weil das Strandhaus auf einer Düne stand, wehte Decker eine angenehme Meeresbrise unters Sakko, als er aus dem Auto stieg. Er hatte sich in die letzte Parklücke auf dem Schotterplatz gezwängt, auf dem schon zwei Mercedes, zwei BMW, ein Porsche, ein Range Rover, ein Ford Explorer, ein Jeep, ein Honda (der von Bert Martinez), drei Streifenwagen und eine Menge leicht bekleideter Menschen herumstanden. Es war fünf Uhr nachmittags und noch sehr warm, aber die Sonne wanderte schon in westlicher Richtung. Decker war noch keine zwei Schritte weit gekommen, als Martinez ihn zwischen einen BMW und den Explorer zerrte – der beste Ort für ein kurzes, vertrauliches Gespräch.

»Ich habe die Polizei von Malibu benachrichtigt.«

Decker nickte. »Ja, es ist ihr Revier, auch wenn es unser Fall ist.«

»Die Leute, die sie geschickt haben, machen einen guten Eindruck, aber von Morddingen haben sie offenbar nicht viel Ahnung. Kommt hier wohl auch nicht so oft vor.«

»Na, ich weiß nicht, Bert. Auch die Schönen und Reichen werden manchmal umgebracht. Wann hast du sie benachrichtigt?«

»Vor ungefähr einer Stunde.«

Decker drohte ihm scherzhaft mit dem Zeigefinger. »Aber mich hast du schon vor zwei Stunden angerufen.«

»Na ja, du weißt doch…« Martinez lächelte verlegen. »Ich wollte mich erst mal selbst umschauen und ein paar Sachen festhalten.« Er schlug seinen Notizblock auf. »Zuerst ein paar Hintergrundinformationen. Ich habe beim Katasteramt nachgefragt: Die Baldwins haben hier keinen Grundbesitz. Also habe ich einen Vermieter nach dem anderen abgeklappert, weil du meintest, dass sie bestimmt was gemietet haben. Und ich bin fündig geworden. Anscheinend sind die Baldwins Gewohnheitstiere: Sie haben jeden Sommer dasselbe Strandhaus gebucht. Bloß dieses Jahr haben sie es für das ganze Jahr genommen.«

»Sie bauen ihr Haus in Beverly Hills um. Sie müssen ja irgendwo wohnen.« Decker hob die Augenbrauen. »Ich bin überrascht, dass die Vermieter so kooperativ sind. Ich dachte, sie würden ihre Kunden abschirmen.«

»Nicht die, mit denen ich gesprochen habe«, antwortete Martinez. »Sie haben nur zu gern ein paar berühmte Namen ins Gespräch einfließen lassen. Und außerdem hatten sie in diesem Fall ein Eigeninteresse an Kooperation mit der Polizei: Es macht keinen guten Eindruck, wenn in einem ihrer Häuser eine Leiche verwest. Auf den ersten Blick sieht es nach Selbstmord aus.«

»Weil…?«

»Ein einziger Schuss in den Kopf. Keine Kampfspuren – keine Schnitte oder Kratzer an Armen oder Handflächen, keine Blutergüsse an den Handgelenken. Keine äußeren Anzeichen, die auf eine Auseinandersetzung hindeuten.«

»Ein Brief?«

»Ich habe nichts gefunden. Aber wenn sie ihren Mann und den Jungen umgelegt hat, ist das Motiv klar. Ernesto war halb nackt. Vielleicht hat sie die beiden bei irgendwas überrascht.«

»Es war ziemlich warm in der Nacht«, meinte Decker.

»Suchst du nach einer Entschuldigung?«

»Willst du behaupten, dass sie um drei Uhr morgens in die Berge gefahren ist… mit Pistole und Schalldämpfer… und dann zufällig ihren Mann und einen der Jungen in einer verfänglichen Situation erwischt hat… und ausgerastet ist?« Decker runzelte die Stirn. »Also wirklich, Bert. Bei einer so gezielten und geräuschlosen Arbeit deutet alles auf einen Profi hin.«

»Dann wusste Dee vielleicht von der Affäre und hat einen Killer angeheuert. Und hinterher fühlte sie sich schrecklich schuldig und brachte sich um.«

Damit war Decker auch nicht zufrieden. »Webster hat einen von den Jungs befragt… Riley Barns. Er hat in den frühen Morgenstunden zwei Schatten in der Nähe des Zeltes herumhuschen sehen.«

»Das wusste ich noch nicht.« Martinez zuckte die Achseln. »Jedenfalls heißt die Maklerin Athena Eaton, und sie hat mir anvertraut, dass diese bescheidene Hütte – zwei Schlafzimmer, zweieinhalb weitere Räume, Küche, Bad – nur zehn Riesen im Monat kostet. Dee Baldwin hat sie zuletzt gesehen, als Dee und Merv vor drei Wochen den Vertrag unterzeichnet haben. Ein ganzes Jahr gemietet, für zehntausend im Monat, im Voraus bezahlt, dazu zwei Monatsmieten Kaution und noch eine für die Reinigung. Das sind mal eben hundertfünfzigtausend Dollar bar auf die Hand. Sie müssen mit ihrer Praxis wirklich Kohle machen.«

»Sie *haben* Kohle gemacht«, verbesserte Decker.

»Apropos Kohle machen: So wie's aussieht, wird der Besitzer die Reinigungskaution brauchen. Im Schlafzimmer liegt weißer Teppichboden.«

»Eine Menge Blut?«

»Jedenfalls so viel, dass man den Teppich nicht reinigen kann. Dee Baldwin liegt in einer richtigen Blutlache. Ein Schuss in den Mund, Kaliber .32.«

»In den *Mund*«, wiederholte Decker. »Du hast doch eben ›in den Kopf‹ gesagt.«

Martinez wurde rot. »Ich wollte sagen, dass die Kugel durch den Kopf gegangen ist.«

»Haben sie die Leiche untersucht?«

»Sozusagen.«
»Schmauchspuren?«
»Sieht so aus.«
Decker strich sich über den Schnauzbart und schwieg.
Martinez fügte hinzu: »Wenn die Jungs aus der Ballistik und dem Labor fertig sind, werden wir mehr wissen … über den Einschusswinkel und wie sie gestürzt ist … Oh, bitte lächeln, Boss. Da kommt der Chef der hiesigen Kollegen. Wir sollten ein freundliches Gesicht machen.«
Martinez stellte Decker einen Mann um die vierzig vor, braun gebrannt, mit einem teuren Anzug und gefönten Haaren. Sein Gesicht wies einige Falten auf, ein paar davon ziemlich tief, und trotz seines Baywatch-Aussehens war sein Blick der eines Polizisten.
»Detective Don Baum.« Er schüttelte Decker die Hand. »Ich möchte Detective Martinez danken, dass er gleich die örtlichen Behörden benachrichtigt hat. Das zeigt die Bereitschaft zur Zusammenarbeit, ganz zu schweigen von guten Manieren. Und so werden wir uns revanchieren. Mit Zusammenarbeit. So kommt man weiter. Und darum geht es doch.«
»Auf jeden Fall!«, entgegnete Decker. »Ist der Amtsarzt schon da?«
»Ja, Lieutenant. Er ist gerade eingetroffen. Wollen wir uns mal umsehen?«
Sie gingen auf das Gebäude zu – aneinander gereihte weiße Häuser, mit Stuck und blauen Kacheln verziert.
»Wer hat sie gefunden?«, fragte Decker.
»Ich war zuerst drin«, sagte Martinez. »Die arme Mrs. Eaton – die Maklerin – ist mir gefolgt. Ihrer Miene nach zu urteilen, hätte sie das lieber gelassen.«
»Wo ist sie?«
»In einem der Streifenwagen. Sie versucht, sich wieder zu fangen«, antwortete Baum.
»Wahrscheinlich hat ihr der Geruch den Rest gegeben«, fügte Martinez hinzu.
»Hat sie etwas angefasst?«
Martinez dachte einen Moment nach. »Vielleicht hat sie sich

auf dem Bettpfosten abgestützt. Dann habe ich sie gestützt und hinausgeführt. Ich hatte Handschuhe an.«

»Wir suchen gerade alles nach Fingerabdrücken ab«, erklärte Baum. »Kann eine Weile dauern.«

»Was ist mit dem Fotografen?«

»Sie ist gerade drin«, antwortete Baum. »Ich lasse Ihnen von allen Fotos Abzüge machen. Sechs von meinen Leuten kämmen die Gegend nach Zeugen ab. Ich werde ihre Berichte an Sie weiterleiten.«

»Danke«, sagte Decker. »Und was ist mit Dee Baldwins Wagen?«

»Das ist der Range Rover auf dem Parkplatz«, meinte Baum. »Den werden wir beschlagnahmen und ebenfalls auf Spuren und Fingerabdrücke untersuchen.«

Ein Geländewagen, dachte Decker. *Vielleicht ist sie ja doch oben im Camp gewesen. Oder jemand anderes mit ihrem Auto.* Er sagte: »Ich möchte, dass Sie auch die Reifen untersuchen. Es würde mich interessieren, was das Labor aus dem Profil rausholen kann. Und dann wäre ich Ihnen für einen Abdruck dankbar, denn ich wüsste gern, ob sie vor kurzem oben im Camp war.«

»Schon so gut wie erledigt.«

Und wenn sie oben war, was würde das beweisen? Absolut nichts. Aber das spielte jetzt keine Rolle. Jetzt ging es nur darum, Informationen zu sammeln. Hinter ihnen fuhr der Übertragungswagen eines Fernsehsenders auf den Parkplatz; seine Reifen knirschten auf dem Kies.

»Wir müssen uns ein bisschen beeilen«, sagte Decker.

Baum führte sie zum Eingang. »Das ist die Wohnung.«

An der Vorderwand war ein kleines Blumenbeet mit Fleißigen Lieschen in verschiedenen Farben und buschigem, lila blühendem Lavendel angelegt. Vor der Eingangstür der Baldwins stand ein Polizist, und von einem Türpfosten zum anderen war gelbes Absperrband geklebt. Baum riss es ab, und sie betraten einen kleinen Flur, von dem links ein Badezimmer abging. Zehn Schritte weiter standen sie in einem großen, offenen Raum: ein kombiniertes Wohn- und Esszimmer mit einer gut ausgestatteten, offenen Küchenecke an der Seite. Die Einrichtung war in sanften, warmen Tönen gehalten – Weiß, Creme, Sand. Die musselinbezogene Sitzgarnitur stand auf einem weichen, hellbraunen Teppichboden. Kreativ gestaltete Kaffeetische aus lackiertem, knorrigem Ulmenholz, ein Esstisch aus massiver Eiche. An den Wänden hingen Bilder von Seeschwalben, Enten, Pelikanen, Hochseefischen, Blauwalen, Delfinen. In einem Regal neben dem Kamin lagen Korallenstücke und verschiedene Muschelschalen. Gläserne Schiebetüren führten hinaus auf eine Veranda und boten freie Sicht auf den blauen, weiten Pazifik – Mahnung an die Bedeutungslosigkeit des Menschen.

Am Fuß der Treppe stand ein weiterer Polizist. Er nickte Baum zu, als sie die Stufen emporstiegen.

Das Obergeschoss enthielt zwei Schlafzimmer mit jeweils eigenem Bad. Das größere besaß einen Holzbalkon mit Pazifikblick. Auf einem großen französischen Bett mit einer weiß bezogenen Daunendecke türmten sich weiße bestickte Kissen. Alles sehr hell und heiter, wären da nicht der schwarze Staub und vor allem die Leiche an einer Zimmerwand gewesen. Das zerstörte den beruhigenden Zen-Effekt.

Decker starrte auf die Leiche. Dee saß halb aufrecht. Die Haltung ihrer Arme wurde von einem rosaroten Negligé verdeckt. Ihr Kopf war nach links geneigt, und Blut lief aus Mund und Nase. Neben ihr schoss eine grauhaarige, ungefähr ein Meter fünfzig große und vierzig Kilo leichte Großmutter Fotos.

Die Großmutter drückte auf den Auslöser, und Dee hielt ganz still. »Schade um die schöne Reizwäsche.« Sie sah Deckers stoische Miene. »Noch nie was von schwarzem Humor gehört?«

»Wie sind Sie denn an diesen Job gekommen?«, fragte Decker.

»Ich bin siebenundsiebzig«, antwortete sie. »Wie viele Bar Mizwas kann man im Leben fotografieren?« Sie schraubte das Objektiv von der Nikon. »Ich bin hier fertig und mache Ihnen ein bisschen Platz.«

»Danke«, sagte Decker.

»Keine Ursache«, gab die Großmutter zurück. »Ich weiß, dass Sie mich reizend finden. Sie müssen Ihr Lächeln nicht verbergen.«

Decker lächelte. Sie war tatsächlich reizend. Aber Mord war

gar nicht reizend. Dee hatte den direkten Weg ins Nichts gewählt – ein Schuss in den Mund, der das Stammhirn zerfetzte und zum sofortigen Tod führte. Für einen Laien war diese Methode ungewöhnlich. Sie schossen sich meistens in die Schläfe. Aber vielleicht hatte Dee genug Krimis gesehen. Ungewöhnlich war allerdings ihre Lage: neben dem Bett auf dem Fußboden und nicht auf dem Bett. Natürlich hätte sie auch aus dem Bett fallen können, aber die Blutspritzer schlossen dies aus.

Der Amtsarzt stand ein, zwei Meter neben der Leiche und hielt ein Röhrchen mit Blut ins Licht. Er war jung und schlank, hatte aber breite Schultern und bewegte sich etwas ruckartig. Sein Lächeln entblößte große Zähne, und die runden Augen im asiatischen Gesicht verrieten westliches Blut. Er hieß Cuck Liu.

»Fast ein bisschen zu ordentlich für einen Selbstmord.« Liu beschriftete ein Etikett für das Röhrchen, ohne die Handschuhe auszuziehen. Er klebte es auf und steckte die Blutprobe in eine Plastiktüte. »Aber ich habe gehört, dass sie ihren Ehemann in einer verfänglichen Situation mit einem jungen Mann erwischt hat?«

Decker machte eine unbestimmte Handbewegung.

»War sie eifersüchtig?«, fragte Liu.

»Ich weiß nichts über sie, außer dass sie und ihr Mann den gleichen Beruf und eine gemeinsame Praxis hatten.«

»Ein sicherer Weg in die Katastrophe. Meinen Sie nicht auch?«

»Ich spare mir meine Beurteilung für später auf, wenn ich mehr weiß. Was können Sie mir über die Todeszeit sagen?«

»Vor acht bis zwölf Stunden. Sie ist noch nicht sehr steif, aber die Unterseiten der Schenkel und Waden sind rot und geschwollen. Das Blut, in dem sie sitzt, ist von ihrem Gewebe absorbiert worden. Das dauert.«

Decker nickte. Dee war also zwischen fünf und neun Uhr am Morgen gestorben. Ein möglicher Täter hätte genügend Zeit gehabt, von den Bergen bis hierher zu gelangen und auch sie zu töten.

Der Arzt hüllte Dees Hände in Plastiktüten. »Da sind Schmauchspuren dran.«

»Sie hat die Waffe also abgefeuert«, sagte Baum.

»Nicht die Waffe«, korrigierte Liu. »Eine Waffe. Wenn sie im Tiefschlaf war oder unter Drogen stand, hätte ihr auch jemand die Waffe in den Mund stecken und mit ihrem Finger abdrücken können. Wenn ich die Blutuntersuchungen abgeschlossen habe, kann ich mehr sagen.«

»Sieht es denn für Sie nach Selbstmord aus?«, fragte Baum.

»Klar.«

»Aber es könnte auch Mord gewesen sein«, sagte Martinez.

»Klar.«

»Ist von ihrem Mund noch was übrig?«, fragte Decker.

»Der vordere Teil des Oberkiefers ist teilweise noch intakt.« Liu schob ihr einen Zahnarztspiegel zwischen die Lippen, der mit einer winzigen Taschenlampe versehen war, damit er in der dunklen Mundhöhle etwas sehen konnte. »Ja, die Schneide- und Eckzähne sind noch da. Sieht so aus, als wäre die Kugel durch den Gaumenknochen abgelenkt worden und dann schräg nach oben ins Stammhirn gedrungen.«

»Vom hinteren Gaumen noch was übrig?«, wollte Decker wissen.

»Nichts.«

»Vom vorderen?«

»Ja, ein paar Gewebefetzen ... nein, doch ein bisschen mehr. Bis zu den vorderen Backenzähnen. Ich kann sogar noch den Anfang des Gaumenbogens sehen, aber da hinten ist alles ziemlich versengt.«

»Erkennen Sie Schnitte oder Risse?«

»Kann ich nicht sagen.« Liu zog den Spiegel aus dem Mund. »Was glauben Sie?«

»Wenn man ihr die Pistole in den Mund gesteckt hätte, könnte sie sich gewehrt haben, und der Lauf hätte ihre Wangen und ihren Gaumen verletzt.«

»Das weiche Gewebe ist von der Hitze des Schusses verbrannt.« Er dachte über Deckers Theorie nach. »Ich werde darauf achten, wenn ich sie auf dem Tisch habe.«

»Und wenn Sie mir vielleicht auch noch etwas über die Menge des Pulvers an ihrer Hand sagen könnten«, fuhr Decker fort.

»Falls es tatsächlich jemand anderes war und der dabei seine Hand auf ihre Hand gelegt hat, müssen doch auch auf dessen Hand Schmauchspuren zu finden sein.«

»Dann sollten Sie vielleicht nach jemandem mit Schmauchspuren an der Hand suchen«, sagte Liu.

»Also glauben Sie, dass es kein Selbstmord war?«, fragte Baum.

»Ich glaube gar nichts«, erwiderte Liu. »Ich will nur sagen, wenn Sie einen Verdächtigen haben, sollten Sie ihn auf Pulverspuren untersuchen.«

Großartige Idee. Nur hatten sie im Moment keinen Verdächtigen. »Wo ist die Waffe?«

»Schon eingepackt«, sagte Martinez.

»Und das Projektil?«

»Steckt in der Wand«, meinte Baum. »Die Spurensicherung kümmert sich darum.«

»Ich bin so gut wie fertig. Sie können schon mal den Leichenwagen holen.« Liu blickte an sich hinunter, auf seine blutigen Handschuhe und sein Hemd. »Ich bin nicht gerade für die Zwanziguhrnachrichten angezogen.« Er streifte die Gummihandschuhe ab und warf sie in eine Tüte, auf der »Nicht steril« stand. »Wäre nett, wenn Sie die Kameraleute ein bisschen ablenken könnten: Ich möchte gern ohne Aufsehen verschwinden.«

»Um die kümmern wir uns schon«, sagte Baum.

»Wenn ich sie aufgeschnitten habe, kann ich Ihnen mehr verraten. Wann wollen Sie den Obduktionsbericht? Gestern?«

»Ja, das wäre gut«, meinte Decker.

»Typisch«, seufzte Liu. »Ich tue, was ich kann. Für gute Wellen ist es jetzt sowieso zu spät.«

»Sind Sie Surfer?«, fragte Martinez.

Liu blickte versonnen. »Nirgendwo kann man die hässliche Welt so gut vergessen wie im Innern eines herrlichen Zweimeterbrechers.«

Athena Eaton war um die fünfzig und magersüchtig, hatte pechschwarzes Haar und eine dicke Schicht Make-up im Gesicht. Als Decker sie befragen wollte, hatte sie schon drei Tabletten geschluckt und schwankte zwischen schläfrig und hysterisch verwirrt. Schließlich gab er zwei Polizisten den Auftrag, sie nach Hause zu bringen und am nächsten Tag nach ihr zu sehen. Da Baums Leute die Gegend nach Zeugen absuchten, gab es keinen zwingenden Grund für Decker, vor Ort zu bleiben.

Es waren einfach zu viele Informationen zu verarbeiten, und er benötigte mindestens eine Stunde Ruhe, um alles zu ordnen. Der Papierkram wuchs ihm schon jetzt über den Kopf, und ihm war klar, dass er bis zum Morgengrauen dafür brauchen würde. Aber bevor er damit anfing, musste er zu Hause vorbeischauen. Sein Stiefsohn Sammy kehrte nach einem Jahr in Israel zurück, und wenn er nicht da war, um ihn zu empfangen, würde er es sein Leben lang bereuen. Ganz abgesehen davon, dass er Sammy schrecklich vermisst hatte und ihn unbedingt sehen wollte.

Und da sagte man immer, Frauen hätten es schwer, Beruf und Familie unter einen Hut zu bringen.

Als er in die Einfahrt bog, durchzuckte ihn ein kurzer Schreck. Rinas Auto stand nicht vor dem Haus. Selbst bei dichtestem Verkehr hätten die beiden schon vor zwei Stunden vom Flughafen zurück sein müssen. Vielleicht waren sie in ein koscheres Restaurant zum Essen gegangen. Das hoffte er wenigstens.

Als er die Haustür öffnete, hörte er sofort die schrillen, verzerrten Schreie von Comicfiguren, die zerschmettert, zerquetscht, zerrissen oder verbrannt wurden. Er ging ins Zimmer seiner Tochter.

»Hallo.«

Hannah sah auf. »Dadddyyy!«

»Hannah Rosiiiie!«

Sie sprang auf, und er hob sie hoch und drehte sie im Kreis. Dann küsste er sie auf die Wange und setzte sie wieder ab.

»Ich hab Hunger«, beschwerte sie sich.

»Wo ist Eema?«

»Am Flughafen.« Sie setzte sich wieder vor den Fernseher. »Kannst du mir was zu essen bringen?«

»Wer passt auf dich auf?«

»Yonkie.«

»Und wo ist Yonkie?«

Die Kleine zuckte die Achseln. »Kakao und Chips?«

»Hast du schon Abendessen gekriegt?«

»Kein richtiges wie bei Eema. Aber von Yonkie habe ich vorhin Käse und Apfelmus bekommen. Und ein Glas Milch. Zählt das als Abendbrot?«

Decker war sich nicht ganz sicher. »Ich glaube, das ist o. k.«

»Also kann ich jetzt Kakao und Chips kriegen. Und eine Pflaume?«

»Ich denke, ja.«

»Toll! Willst du mit mir fernsehen?«

»Vielleicht später.«

»Okay. Ich warte auf mein Essen.«

»Ähm … solltest du nicht eigentlich was anderes machen?«

Die Siebenjährige sah ihn an. »Und was?«

»Na ja, lesen oder draußen spielen … irgendwas anderes als fernsehen?«

Sie seufzte mitleidig. »Ich bin heute schon mit Eema Schlittschuhlaufen gewesen und dann in der Bücherei und hab mir zwei neue Bücher ausgeliehen, die ich vor dem Schlafengehen lesen soll; und dann hab ich sechs Bilder mit meinen neuen Farbstiften gemalt, die nach Früchten riechen, und dann hab ich mit Yonkie eine Stunde Street Fighter II gespielt, und jetzt bin ich müde. Aber wenn du willst, dass ich den Fernseher ausmache und mich langweile, mach ich's.«

So gesehen schien fernsehen das Vernünftigste zu sein. »Nein, schon gut«, erwiderte Decker. »Du hattest anscheinend einen anstrengenden Tag.«

»Einen sehr anstrengenden Tag, Daddy. Ich bin müde und hungrig. Ein bisschen Käse reicht nicht, wenn man noch wächst.«

Decker lächelte. »Ich bring dir gleich was.« Er ging in die Küche, wo Jacob in ein Übungsbuch für seinen bevorstehenden Test vertieft war. Er hatte in seinem vorletzten Jahr an der Highschool zum ersten Mal nur gute Noten im Zeugnis gehabt. Er sah auf. »Hi.«

»Hi«, antwortete Decker.

»Du siehst fertig aus.«

»Ja, ein bisschen«, gab Decker zu. »Wo ist Eema?«

»Das Flugzeug hatte Verspätung ... und dann noch mehr ... und noch mehr ...«

»Der arme Sammy. Und warum bist du nicht mit zum Flughafen?«

»Eema meinte, dass das Warten dort zu lang dauern würde.« Er zuckte die Achseln. Ich hab mich als Babysitter zur Verfügung gestellt, weil ich die Familie und die Bequemlichkeiten des Hauses noch ein bisschen genießen wollte, bevor ich bei Wasser und Brot in eine zwei Quadratmeter große Zelle mit einer harten Pritsche gesperrt werde.«

»Ich glaube nicht, dass die Unterbringung an der Jeschiwa so schlimm ist.«

»Glaubst du.« Er klappte das Buch zu und lehnte sich zurück. Er wirkte verstört. »Ich hab ein paar Nachrichtensendungen gesehen.«

»Und?«

»Sie haben gesagt, dass Dr. Baldwin – also seine Frau... du weißt schon. Dass sie sich umgebracht hat. Was hat sie denn getan? Hat sie Ernesto und ihren Mann aus Eifersucht gekillt und sich dann selbst getötet?«

Decker zuckte die Achseln.

»Das sagen sie im Fernsehen.«

»Erstklassiger Schundjournalismus.« Decker setzte sich. »Bist du durcheinander?«

»Ja, das kann man wohl sagen. Es ist so schrecklich!«

»Hast du mit Freunden darüber gesprochen?«

»Mit welchen Freunden?«

»Hast du mit irgendjemandem darüber gesprochen?«

»Ich spreche mit dir.«

Decker schwieg.

Jacob richtete sich auf.

»Ein paar Leute haben mich angerufen.«

»Lisa Halloway?«

Jacob nickte. »Sie ist völlig verstört.« Er seufzte. »Es ist echt furchtbar. Ich habe auch ziemlich daran zu knabbern, und die

Leute rufen hier an und fragen *mich* aus. Als wäre ich die Hotline für deine Ermittlungen.«

»Kann ich was für dich tun?«

»Ich nehme nicht an, dass du mir die Telefonate abnehmen willst.«

»Dafür habe ich im Moment ein bisschen viel um die Ohren.«

»Wie wär's dann, wenn du diesen ganzen Müll für mich liest?« Er hielt das Übungsbuch für den S2 in Physik hoch. »Du kannst ja für mich den Test schreiben.«

»Klar, ich kann für dich durchfallen«, antwortete Decker.

Sein Stiefsohn grinste. »Ehrlich gesagt, weiß ich ganz gut Bescheid. Ich werd's schon schaffen.«

»Dann ist's ja gut.«

Eine lange Pause. Dann sagte Jacob: »Ich hatte übrigens nie das Gefühl, dass Ernesto schwul ist.«

»Und warum nicht?«

»Ich seh nicht schlecht aus«, erwiderte Jacob. »Mädchen und Schwule stehen auf meinen Typ. Aber er hat mich nie angemacht oder so.«

»Vielleicht bist du doch nicht sein Typ.«

Der Junge grinste. »Das kann nicht sein.«

Auch Decker grinste. »Du machst also Ernestos sexuelle Orientierung allein an deinem unwiderstehlichen Sexappeal fest?«

»Nein, ernsthaft, ich glaube einfach nicht, dass er ... er hat es immer gut gekonnt mit Mädchen. Und er hat nie Schwulenwitze gerissen, und das tun die meisten, die sich verstellen.«

»Manche Leute haben eben Geheimnisse, Yonkie.«

»O ja, da kenn ich mich aus.« Er senkte den Blick. »Ich sag dir nur, was ich beobachtet habe, vielleicht hilft's dir ja.«

»Sicher, und ich bin dir sehr dankbar. Du kanntest ihn viel besser als ich.«

Schweigen.

»Was machen wir mit dem Abendessen? Hannah hat Hunger, und ich will ihr nicht bloß einen Snack geben.«

»Wir können uns was bringen lassen«, meinte Jacob. »Hannah hat immer Appetit auf Pizza.«

»Ich glaube, wir sollten eher was Anständiges kochen. Eema und Sammy sind bestimmt auch hungrig, wenn sie nach Hause kommen.«

»Was kannst du denn kochen?«, fragte Jacob.

»Hotdogs und Rührei«, antwortete Decker.

Jacob stand auf und ging zum Kühlschrank. »He, sieh mal: Da sind noch sechs Lammkoteletts im Tiefkühlfach.«

»Lammkoteletts kann ich braten«, sagte Decker.

»Außerdem sind hier noch zwei Packungen gemischter Salat. Das würde bei Eema schwer Eindruck machen: frischer Salat.«

»Ja, ganz bestimmt.«

»Na, also.« Jacob zog die Tüten aus dem Gefrierfach. »Ein echtes Feinschmeckermenü.«

»Jacob, ist alles in Ordnung mit dir?«

Der Junge setzte sich wieder. »Nein, eigentlich nicht. Es ist alles so unwirklich. Ich hab auch mit Eema darüber gesprochen, bevor sie zum Flughafen gefahren ist. Sie glaubt, dass ich ihr etwas verheimliche – was aber nicht stimmt. Ich hab ihr alles erzählt, was ich über Ernesto wusste, und das ist eben nicht viel. Aber ich finde es schon schrecklich genug, jemanden nur flüchtig zu kennen, der so brutal ermordet wurde. Wie wirst du bloß jeden Tag mit diesen Dingen fertig?«

»Ich stelle meine persönlichen Gefühle zurück, anders geht's nicht.«

»Und es geht dir überhaupt nicht nahe?«

»Natürlich geht es nicht spurlos an mir vorüber.« Die Bilder der heutigen Opfer erschienen vor Deckers geistigem Auge. »Aber wenn man seine Arbeit tun will, muss man das beiseite schieben.«

»Und du meinst, das wär auch gut für mich?«

»Natürlich nicht, Yonkie. Das muss alles total schockierend für dich sein, auch wenn du ihn gar nicht so gut gekannt hast.«

Jacob zog eine Grimasse. »Es macht mich natürlich auch fertig, dass Eema die Sache mit den Partys rausgekriegt hat. Anscheinend wusste sie es schon die ganze Zeit.«

»Anscheinend.«

»Wusstest du, dass sie es weiß?«

»Ich hab's erst vor ein paar Stunden erfahren. Sie ist auch ziemlich gut darin, Geheimnisse zu bewahren.«

»Sie hat eigentlich genau das Richtige gesagt«, meinte Jacob. »Aber irgendwie weiß ich, dass sie mir nicht glaubt.«

»Jacob, sie liebt dich sehr. Sie macht sich viel mehr Gedanken über deine Zukunft als über deine Vergangenheit.«

»Ich weiß. Sie will, dass ich glücklich bin.«

»Genau.«

»Du willst auch, dass ich glücklich bin.«

»Genau.«

»Ernesto Goldings Eltern wollten bestimmt auch, dass er glücklich ist.«

Deckers Blick trübte sich. »Bestimmt.«

»Hast du schon mit ihnen gesprochen?«

»Ja.«

Jacob blickte zu Boden. »War es schlimm?«

»Ja.« Decker trommelte mit den Fingern auf die Tischplatte. »Jacob, hast du eigentlich vorher schon mal was von den Baldwins gehört, über deine alten Partykontakte?«

Jacob sah hoch. »Natürlich. Jeder kennt die Baldwins. Nicht nur die Leute auf den Partys. Auch einige Kids von der Jeschiwa waren in ihrer Sprechstunde. Sie sind ziemlich dick im Geschäft.«

Decker wurde neugierig. »Im Geschäft?«

»Na ja, Geschäft ist vielleicht nicht das richtige Wort. Aber er ist ziemlich gut darin, reiche Schulabgänger in Eliteunis unterzubringen.«

»Hat er die Jugendlichen auf die Prüfungen vorbereitet?«

Jacob dachte einen Augenblick nach. »Seine Frau hat viel akademische Beratung gemacht. Du weißt ja, eigentlich gibt es an jeder Schule so eine Karriereberatung. Aber den meisten Eltern reicht das nicht, und sie engagieren private Berater.«

»Private Berater …« Decker grübelte. »Und sie zahlen enorme Honorare dafür, nehme ich an.«

»Wahrscheinlich.«

»Und warum suchen sich die Jugendlichen nicht mehr wie früher ihre Unis aus?«

»Das Leben ist hart, Dad. Eine Menge Unis, eine Menge Konkurrenz. Man muss als Schüler an den richtigen Berater geraten, denn manche haben bei bestimmten Unis mehr Einfluss.«

»Was soll das heißen?«

»Das, was ich sage.«

»Für mich klingt das nach Vetternwirtschaft… oder gar nach etwas Illegalem.«

»Das ist auch nicht illegaler als so ein Netzwerk von alten Herrn, bei dem Juden, Schwarze, Latinos und Asiaten ausgeschlossen wurden.«

»Diskriminierung ist verboten, Yonkie.«

»Das heißt doch nicht, dass es sie nicht gibt. Die Spitzenuniversitäten sind alle privat und können tun und lassen, was sie wollen. Du weißt doch, was Stiftungen sind, oder? Wenn du also Stiftungsstudent bist und trotzdem die volle Gebühr bezahlst, dann ist das für die meisten Unis mehr wert als der beste Notendurchschnitt. An den staatlichen Unis wie UCLA ist es was anderes. Da kommt es nur auf die Punkte in der ersten Runde an.«

»Welche Punkte?«

»Es gibt Punkte für die Noten, für den S, für den S2. Und auch das ist nicht ganz fair. Ein schwarzer Teenager aus South Central L. A., der auf dem Schulweg Schießereien aus dem Weg gehen muss, hat einen schwereren Start als ein weißes Bürgerkind aus Encino. Und wenn man in der ersten Runde nicht zur University of California zugelassen wird, kann man immer noch Einspruch einlegen und alle möglichen weiteren Kriterien anführen. Also wirklich objektiv ist die Auswahl eigentlich nie.«

»Ich wusste gar nicht, dass es so kompliziert ist.«

»Doch, ist es. Für mich hat das nicht so viel Bedeutung, weil Eema nie besonderen Wert auf die Eliteunis an der Ostküste gelegt hat. Wenn es nach ihr ginge, würde ich auf die Yeshiva University gehen. Deshalb konnte ich mir auch diesen ganzen Auswahlstress sparen. Aber sogar unter den orthodoxen Unis gibt es Konkurrenzdruck. Ich hab schon die arrogantesten Wichtigtuer heulen sehen, weil sie den Zulassungstest vermasselt haben.«

»Und darum gibt es solche Dienstleister wie Dr. Baldwin«, stellte Decker fest.

»Ein Mitschüler hat es mir mal so erklärt: Wenn einer dieser Karriereberater einer Uni immer Spitzenstudenten schickt, würdest du als Mitglied der Zulassungskommission nicht auf seine Empfehlungen hören?«

»Haben die Baldwins denn Empfehlungen für ihre Klienten geschrieben?«

»Ich denke schon. Man kann alle möglichen Empfehlungsschreiben in seine Bewerbung packen. Angeblich sind die wichtigsten die deiner Lehrer – weil sie deine schulischen Leistungen kennen. Aber ich bin ganz sicher, dass ein paar lobende Bemerkungen über deine charakterlichen Vorzüge letztlich den Ausschlag geben. Vor zwei Jahren hat ein Junge, den ich kenne, seinen Abschluss an der Torah V'Dass gemacht und sich dann an einer sehr begehrten Uni beworben. Er besaß eine Empfehlung von einem wichtigen Politiker, der auch noch mit einem der Kommissionsmitglieder zur Schule gegangen war. Der Typ hatte zwar auch ganz gute Noten, aber letztlich sicherte ihm dieser Brief den Platz.«

»Und wie groß war der Einfluss der Baldwins?«

»Die hatten den Ruf, Wunder vollbringen zu können. Ich habe mir nie Gedanken darüber gemacht, weil ich ja davon ausging, dass ich die Yeshiva University besuchen würde. Aber dann kam die Johns Hopkins ins Spiel und Ner Yisroel und die Tatsache, dass ich mein letztes Highschooljahr mit dem ersten Unisemester zusammenlegen könnte. Das hat natürlich alles geändert, und alle meinten, was ich für ein Glück gehabt hätte. Aber es war kein Glück, sondern vor allem Eema, die immer und immer wieder Druck gemacht hat, damit sie für mich diese Möglichkeit in Betracht ziehen. Und das braucht man: Jemanden, der ständig Druck für dich macht. Insofern hatte ich schon Glück, auch wenn ich dafür jetzt einen schwarzen Hut tragen muss.«

»Wird gut zu deinen Haaren passen.«

»Super!«, sagte Jacob ohne große Begeisterung. »Ton in Ton.«

»Es hat also was gebracht, wenn die Baldwins hinter einem standen.«

»Auf jeden Fall.«

»Und was ist mit Ernesto Golding? Wo wollte er hin?«

»Ernesto hat es an die Brown University geschafft – gar nicht so leicht. Ich weiß nicht, ob sie ihn auch in Berkeley angenommen haben. Wahrscheinlich nicht, denn wenn das der Fall gewesen wäre, wäre er auch hingegangen. Ruby hat schließlich auch dort studiert.«

Decker überlegte. »Stimmt. Du hast mir erzählt, dass Ruby in Berkeley war.«

»Hab ich das?«

»Irgendwer hat es mir jedenfalls erzählt.«

»Es hat ja auch niemand behauptet, dass sie blöd ist. Nur böse.«

»Ist sie noch in Berkeley?«

»Keine Ahnung.«

»Wie alt ist Ruby Ranger eigentlich?«

»Zwei- oder dreiundzwanzig.«

Ein bisschen jünger als Darrell Holt – und der hatte ebenfalls in Berkeley studiert. »War sie auch mal bei Dr. Baldwin?«

»Woher soll ich das wissen?«

»Du weißt doch alles Mögliche, Yonkie«, sagte Decker. »Hat Ruby jemals ältere Typen mit auf die Partys gebracht?«

»Vielleicht, aber daran erinnere ich mich nicht. Ich bin ihr möglichst aus dem Weg gegangen.«

»Hast du je von einem Typen namens Darrell Holt gehört?«

Jacob dachte einen Moment nach und schüttelte dann den Kopf. »Nein. Wer soll das sein?«

»Oder Ricky Moke?«

»Auch nicht. Darf ich fragen, wer das ist?«

»Bloß Randfiguren.«

Hannah kam in die Küche und rieb sich die Augen. »Ich habe Hunger.«

»Wie wär's mit Lammkoteletts und leckerem Salat?«, fragte Decker.

»Iiiiihhh!«

Decker ergab sich ins Unvermeidliche. »Oder mit einem Hotdog?«

»Mmmh!« Die Kleine lief im Kreis um ihn herum. »Lecker, lecker, lecker!«

In diesem Moment hörten sie ein Auto kommen. »Shmueli ist wieder da!«, rief Hannah.

Jacob hob Hannah hoch. »Komm, dann wollen wir uns deinen großen Bruder mal ansehen!«

»Ja, ja, ja!«, rief Hannah.

»Ja, ja, ja!«, antwortete Jacob.

Decker wusste nicht, wer von beiden aufgeregter war.

21

Rina betrachtete ihren Ehemann, der mit konzentrierter Miene den letzten Teller abtrocknete. Er dachte über seinen Fall nach. Sie versuchte trotzdem, ein unverfängliches Gespräch anzufangen.

»Schön, dass Shmueli wieder zu Hause ist, oder?«

Decker grinste. »Ich hätte nie gedacht, dass ich das mal zugebe: Ich habe seine scharfe Zunge vermisst. Seine trockenen Bemerkungen, seine ironischen Kommentare, die manchmal schon eher sarkastisch sind, und seine glasklaren Ansichten zu allem und jedem. Toll, dass er wieder hier ist.«

»Auch wenn es nicht für lange ist.« Rina seufzte. »Aber zum Glück sind die beiden ja nicht so weit auseinander. Wir werden immer abwechselnd ein Wochenende nach New York und eins nach Baltimore fahren. Damit sich keiner von beiden benachteiligt fühlt.«

Decker sah sie an. »Wie oft willst du sie denn besuchen?«

»Wieso interessiert dich das?«, platzte Rina heraus. »Du bist doch sowieso nie zu Hause.«

Decker war geschockt. Nicht so sehr, weil die Bemerkung stimmte, sondern weil Rina sie so offen aussprach.

Rina stammelte: »O nein, das war ein furchtbarer Satz ...«

»Aber du hast ja Recht, Rina.« Er nickte. »Besuch sie, so oft du willst. Das ist in Ordnung.«

Aber sein Gesicht sagte ihr, dass gar nichts in Ordnung war. »Peter, jetzt mach nicht zu. Es tut mir sehr Leid, es ist mir einfach so rausgerutscht.«

»Ich weiß.« Er legte das Geschirrtuch beiseite und nahm sie in den Arm. »Vielleicht sollte ich mir ein Jahr Pause gönnen.« Kurzes Schweigen. »Oder... ich hab nur noch drei Jahre bis zum Fünfundzwanzigjährigen, also könnte ich auch ganz aufhören.«

»Das würdest du ja doch nicht aushalten.«

»Besser als du denkst«, sagte Decker. »Ich weiß, dass wir das Haus noch abzahlen müssen. Aber ich könnte auch was anderes machen, mich beispielsweise als Gerichtsexperte versuchen – ich bin schließlich Anwalt und Polizist. Ich kann mich sehr gut ausdrücken und bleibe unter Stress ziemlich ruhig. Weißt du, was die Spitzenleute in der Branche kriegen? Fünfhundert Dollar die Stunde.«

»Du hast sie immer als Huren bezeichnet.«

»Ich würde ja nichts sagen, woran ich nicht auch glaube.«

Rina schüttelte den Kopf. »Die bringen dich immer dazu, Sachen zu sagen, an die du nicht glaubst.«

»Ja, ich weiß.«

Sie küsste ihn und wandte sich dann ab, um die Küche weiter aufzuräumen. »Ich finde nicht, dass du eine unüberlegte Entscheidung treffen solltest, nur weil ich eine unüberlegte Bemerkung gemacht habe.«

»Okay.« Decker dachte einen Augenblick nach. »Wie wär's damit: Wenn in diesem Fall irgendwann eine Lösung in Sicht ist, nehme ich mir eine Woche frei, und wir fliegen nach Florida. Wir lassen Hannah und die Jungs zwei Tage bei meinen Eltern – dann können sie sich Disney World oder Epcot ansehen – und braten in St. Croix am Strand in der Sonne.«

»Das klingt wunderbar!«

»Weniger unüberlegt, als den Job hinzuschmeißen?«

»Ja, ganz sicher.« Sie lächelte. »Ich weiß, dass du eine Menge um die Ohren hast, Peter. Ich sitze auch nicht herum und warte, dass du mich unterhältst. Ich kümmere mich zum Beispiel um die Gastdozenten an der *schul*. Jemand vom Tolerance Center will dort über die antisemitischen Gruppierungen sprechen. Es werden bestimmt viele Leute kommen, denn ich hab in der ganzen Gegend Einladungen verschickt und mehr als hundert Anmeldungen erhalten. Allein von der First Baptist Church haben sich über zwanzig Leute angemeldet.«

»Eine ganze Menge Täufer unter eurem Dach...«

»Für die Wasserrechnung bin ich nicht verantwortlich«, erklärte Rina. »Und für das Wochenende darauf habe ich zugesagt, sonntags an einer Podiumsdiskussion teilzunehmen.«

»Vielleicht solltest du dich mal als Polizeiexpertin für rassistische und ähnliche Straftaten bewerben. Deine Leute mit meinen Leuten zusammenbringen. Meinst du, für deinen Ehemann ist irgendwo noch Platz in deinem Terminkalender?«

Sie sah ihn mit verführerischem Lächeln an. »Jetzt gerade hätte ich etwas Zeit.«

»Ich hab eigentlich nicht von Sex geredet, aber darauf kommen wir noch zurück. Ich meinte tatsächlich, dass du für mich was tun sollst. Ich brauche deine Hilfe.«

Rinas Züge hellten sich merklich auf. »Wirklich?«

»Ja, wirklich«, antwortete Decker. »Seit den Verwüstungen in der Synagoge hast du dich doch ständig mit solchen Straftaten befasst.«

»Bloß mit der Gesetzeseingabe 1082. Es fehlt nur noch so viel, und das Gesetz geht durch.« Sie zeigte mit Daumen und Zeigefinger einen Abstand von ungefähr zwei Zentimetern. »Dann ist es nicht mehr nur eine moralische Richtlinie. Eine weitergefasste Definition derartiger Hassverbrechen wird auch euch die Arbeit erleichtern.«

»Ich bin schon überzeugt. Und bei deiner Lobbyarbeit hast du doch auch im Internet nach solchen Gruppen recherchiert, nicht? Wenn du dich darüber mit Tom Webster unterhalten könntest, würdest du mir einen großen Gefallen tun.«

»Aber gern!«, sagte Rina. »Wenn er einen richtigen Überblick haben will, werde ich ihn einigen Leuten im Zentrum vorstellen.« Rina schwieg einen Moment. »Aber du tust das nicht nur, um mich bei Laune zu halten, oder?«

»Nein, natürlich nicht. Ich hab heute mit Tom darüber gesprochen. Warum soll er sich dumm und dämlich suchen, wenn du schon so viel Arbeit geleistet hast? Du wärst uns eine große Hilfe.«

»Sehr schön! Und jetzt, wo schon mal die ganze Familie zusammen ist, könnten wir doch was gemeinsam unternehmen.«

»Was, zum Beispiel?«

»Zum Beispiel ins Kino ...« Sie schlug sich vor den Kopf. »Du musst wieder zur Arbeit, stimmt's?«

»Ja. Aber das soll euch nicht davon abhalten, euch zu amüsieren.«

»Klar.« Rinas Lächeln war nicht mehr so strahlend.

»Als du am Flughafen warst, hab ich mit Jacob gesprochen«, sagte Decker.

»Über Ernestos Tod?«

»Ja.«

»Und?«

»Natürlich geht es ihm sehr nahe. Es ist ja auch furchtbar. Ich hoffe, ich konnte ihm helfen, aber ich bin mir da nicht sicher.«

»Du musst was Richtiges gesagt haben. Beim Abendessen sah er richtig glücklich aus.«

»Das liegt eher an Sammys Anwesenheit. Er liebt seinen großen Bruder sehr. Ich wusste gar nicht, wie sehr, bis ich die beiden eben bei der Begrüßung gesehen habe.«

»Ja, sie haben sich sehr gern.«

Decker spürte einen Kloß im Hals. »Danke, dass du mir so wunderbare Kinder geschenkt hast.«

Rina schlang die Arme um seinen Hals. »Mal sehen, ob du das immer noch sagst, wenn du die Rechnungen vom College bezahlen musst.«

Oliver fuhr sich mit der Hand durch die schwarzen und inzwischen fettigen Haare. Ihm war heiß, er fühlte sich verschwitzt und brauchte dringend eine Dusche. »Wenn das stimmt, was Jacob sagt, dass die Baldwins ihren Einfluss benutzten, um Jugendliche an Unis unterzubringen, dann tun sich plötzlich ganz neue Motive für den Mord auf.«

Es war neun Uhr abends, und Decker hatte alle in einen Verhörraum bestellt, weil dort mehr Platz war. Er saß am Kopfende des Tisches, auf der linken Seite Webster, Martinez und Wanda Bontemps, auf der rechten Oliver und Dunn. Nach Teams geordnet, nicht nach Geschlecht. Sie waren alle ziemlich geschafft, und Decker gab ihnen Extrapunkte für ihren Einsatz. Ordner, Schnellhefter und Zettel lagen ausgebreitet auf dem Tisch, dazwischen standen leere Pizzakartons und lauwarmer Kaffee in Plastikbechern.

Sie warteten darauf, dass die ersten Berichte hereinkamen. Besonders wichtig waren die der Ballistik. Sie waren alle sehr gespannt, ob Dee Baldwin mit Kugeln aus derselben Waffe erschossen worden war wie ihr Mann und Ernesto Baldwin. Decker hatte um höchste Eile gebeten, aber das bedeutete nur etwas, wenn im Labor wirklich jemand bereit war, sich zu beeilen.

»Was soll das heißen, Scott?« Webster stellte seinen Becher ab. »Dass enttäuschte Eltern die Baldwins umgelegt haben, weil ihr Kind es nicht nach Harvard geschafft hat?«

»Erinnert ihr euch an die Mutter«, erwiderte Oliver, »die eine sechzehnjährige Mitschülerin ihrer Tochter umzubringen versucht hat, weil sie Cheerleader geworden war und ihre Tochter nicht?«

»Ein ziemlich extremer Fall.«

»Ist das hier auch. Da hat also jemand Mervin Unsummen bezahlt, um seinen lieben Jimmy nach Harvard schicken zu können, und dann hat Merv das Wunder nicht vollbracht.«

»Und warum zahlen sie das Geld nicht einfach zurück?«, fragte Wanda.

»Vielleicht ist ja kein Geld mehr da?«

»Ja, vielleicht war Baldwin pleite«, warf Martinez ein. »Er hat jedenfalls eine Menge ausgegeben: Hundertfünfzig Riesen für ein Strandhaus, während sein Haus umgebaut wird.«

»Hatten die Baldwins Schulden?«, fragte Decker. Niemand antwortete. »Vielleicht sollten wir da mal ansetzen.«

Webster meinte: »Könnte sein, dass er jemandem Geld schuldete. Oder vielleicht einen Gefallen. Manchmal hängen Geld und

Gefallen auch direkt zusammen. Man tut jemandem einen Gefallen, damit man kein Geld bezahlen muss.«

»Aber was hatte der arme Ernesto mit der Sache zu tun?«, fragte Wanda.

»Zur falschen Zeit am falschen Ort?«, schlug Oliver vor.

»Da bin ich mir nicht so sicher«, meinte Decker. »Ernesto hat sich mit ziemlich dubiosen Gestalten eingelassen. Vielleicht war er ja die Zielscheibe.«

»Das denke ich auch«, stimmte Martinez zu. »Ihr müsstet die Spinner von der HVR mal sehen. Und außerdem, du bringst doch niemanden um, bloß weil dein Kind nicht nach Harvard gehen kann.«

»Na, vielleicht war es ja Stanford.«

Martinez wandte sich an Decker. »Du bist doch auch meiner Meinung, oder?«

Decker zuckte die Achseln. »Ihr hättet mal hören sollen, was Jake mir erzählt hat: Was man heute alles anstellen muss, um an die richtige Uni zu kommen!«

»Und Maryam Estes hättet ihr erst mal hören sollen«, fügte Oliver hinzu. »Unglaublich.«

»Vorbereitungskurse für die Studienzulassungstests«, erklärte Marge, »und Vorbereitungskurse für die Vorbereitungskurse. Und natürlich haben sie vorher auch schon Vorbereitungskurse besucht, um auf die richtige Highschool zu kommen. Und um auf die richtige Highschool zu kommen, muss man natürlich auf die richtige Grundschule gegangen sein. Womit wir bei der Vorschule wären. Wusstet ihr, dass man sich für manche ›erstklassigen‹ Vorschulen auch schon bewerben muss?«

Wanda verzog das Gesicht. »Wie kann man denn Kinder für die Vorschule testen? Die können doch noch gar nicht lesen.«

»Formen«, antwortete Marge. »Bis zehn zählen. Farben.«

»Und was ist, wenn mein Kind mit zwei Jahren noch am Daumen lutscht?«

»Maryam sagt, dein Kind wird es schwer im Leben haben, wenn es abgewiesen wird.«

»Maryam klingt ziemlich bescheuert«, erwiderte Wanda.

»Da bin ich ganz deiner Meinung, Wanda, aber so sieht es nun mal aus«, sagte Oliver. »Die Leute zahlen zwanzig Riesen im Jahr, damit sie damit prahlen können, dass ihr Kind den Unterschied zwischen einem Dreieck und einem Quadrat kennt.«

»Anscheinend verstehen die Eltern bei diesen Dingen überhaupt keinen Spaß«, sagte Decker zu Martinez.

»Und wer hat die Bestechungsgelder gezahlt, die Jacob einen Platz an der Johns Hopkins verschafft haben?«, wollte Martinez wissen.

»Das hat Jacob ganz allein geschafft. Obwohl er selbst behauptet, dass er auch Hilfe bekommen hat ... dass seine Mutter bei den richtigen Stellen Druck gemacht hat, um ihn unterzubringen.«

»Aber Baldwin habt ihr nicht gebraucht«, stellte Martinez fest.

»Wenn ich so scharf auf die Eliteunis wäre, hätte ich ihn vielleicht angeheuert«, gab Decker zu. »Aber ich bin eben mehr der ehrliche Arbeitertyp, und meine Frau ist orthodoxe Jüdin. Ihr kommt es eher darauf an, dass auf dem Campus viele anständige, fromme jüdische Mädchen herumlaufen, und nicht so sehr auf den durchschnittlichen IQ innerhalb der Studentenschaft.«

»Und wo geht Sammy hin?«, fragte Marge.

»An die Yeshiva University«, antwortete Decker. »Da ist der IQ-Schnitt bestimmt hoch genug. Aber meine Kinder haben eine Menge Freunde, die von ihren Eltern viel mehr unter Druck gesetzt werden. Was ich irgendwie komisch finde: Ich dachte, unsere Generation hat immer die Devise ›Mach dein eigenes Ding‹ vertreten.«

Martinez lachte. »Ja, wir sind eine Bande von alten Heuchlern.«

»Von ›alt‹ kann ja wohl keine Rede sein«, widersprach Oliver.

»Selbst wenn man also auf die richtige Highschool gegangen ist«, fasste Decker zusammen, »braucht man Leute wie die Baldwins, um an die richtige Uni zu kommen.«

»Genau«, nickte Oliver. »Da hast du also als Vater oder Mutter dein ganzes Geld und all deine Zeit und Mühe darauf verwandt, dass der kleine Timmy nach Harvard kann ...«

»Ich dachte, es war Jimmy«, unterbrach Wanda.

Oliver starrte sie verärgert an.

Wanda lächelte zurück. »Sprich weiter.«

»... und dann schafft es der kleine Timmy oder Jimmy nicht«, fuhr er fort. »Ich kann mir schon vorstellen, dass ein jähzorniger Mensch seinen Frust dann an Dee und Mervin Baldwin auslässt.«

»Aber was können Leute wie Dee und Merv denn eigentlich für einen Teenager tun, der nicht genug in der Birne hat?«, fragte Webster. »Man kann doch trainieren, so viel man will, aber wenn die kleinen grauen Zellen fehlen, nützt das gar nichts.«

»Na ja, sie können für die Tests trainieren. Die ähneln sich bestimmt jedes Jahr. Und wenn man genug übt, kann man sein Ergebnis sicher um ein paar Punkte verbessern.«

»Um ein paar Punkte, ja«, meinte Webster, »aber nicht ein paar hundert Punkte. Ich kenne mich mit den Zulassungstests ein bisschen aus. Wenn man den S zweimal ablegt und beim zweiten Mal viel besser abschneidet, erregt das Verdacht.«

»Vielleicht«, grübelte Decker, »wussten die Baldwins ja, wie man diese Tests am besten schafft – sie waren schließlich Psychologen. Und weil es ja auch meist Psychologen sind, die Intelligenztests konzipieren, wussten sie wahrscheinlich ganz gut, was gefragt wird.«

»Aber wie sollen sie mehr gewusst haben als andere? Diese Tests werden bis zum Prüfungstermin streng geheim gehalten.«

»Ich sag ja nicht, dass sie den Inhalt gekannt haben. Nur dass sie sich mit den Tests besonders gut auskannten, weil das ihre Spezialität war.«

»Oder vielleicht haben sie tatsächlich Bescheid gewusst«, warf Oliver ein und grinste. »Insiderinformationen? Kommt doch immer wieder vor, oder?«

»Das würde den Ruf der Prüfungsbehörde ruinieren«, hielt Webster dagegen, »wenn die Testfragen vor dem Termin nach draußen gelangen.«

»Dann hat Baldwin vielleicht jemanden dafür bezahlt«, sagte Oliver. »Diese Vorbereitungskurse waren doch so etwas wie eine Lizenz zum Gelddrucken. Colleges und Unis sind ein Riesengeschäft. Und darauf läuft das Ganze sowieso hinaus, schätze ich – aufs Geschäft.«

»Da müsste man aber mehr hinlegen als eine einmalige Bestechungssumme«, widersprach Webster. »Diese Testfragen liegen ja nicht irgendwo im Internet herum. Die Computer der Behörde sind nicht an irgendein Server-Netzwerk angeschlossen. Und es kennen bestimmt nur sehr wenige Leute das Passwort.«

»Hör doch auf, Tommy!«, rief Oliver. »Computer kann man immer knacken. Denk mal an diesen ›I love You‹-Virus letztes Jahr. Der war doch total simpel, und trotzdem hat er – wie viele? – ich glaube, drei der größten Internetanbieter lahm gelegt.«

»Da hat er Recht«, meinte Marge.

Martinez fügte hinzu: »Nur zur Information – Ricky Moke wurde doch vom FBI als Hacker verdächtigt, nicht?«

»Das ist interessant«, sagte Decker. »Aber was hat Moke mit den Baldwins zu tun?«

»Vielleicht eine Verbindung über Hank Tarpin?«, schlug Martinez vor.

Decker lehnte sich in seinem Stuhl zurück und schaute an die Decke. »Jetzt haben wir die Baldwins von unschuldigen Mordopfern zu professionellen Verbrechern mit umfassendem technischem Know-how und einem untergetauchten Neonazi als Komplizen gemacht. Ich glaube, dafür brauchen wir noch ein paar Beweise.«

»Und einen Durchsuchungsbefehl für die Praxis der Baldwins«, warf Oliver ein. »Wie sieht's damit aus?«

»Ich hoffe, den krieg ich gleich morgen früh«, antwortete Decker. »Es hat ein bisschen gedauert, bis das überhaupt durchgedrungen ist. Die Akten noch lebender Patienten sind vertraulich, das verstößt gegen die ärztliche Schweigepflicht. Man kann zwar immer Tarisoff als Präzedenzfall erwähnen, aber es ist schließlich keine unmittelbare Gefahr im Verzug, also musste ich ein bisschen mogeln. Ich habe einen Richter gefunden, der es vielleicht riskieren will, aber auch er möchte noch mal darüber schlafen.«

»Und was tun wir jetzt?«, fragte Marge. »Die Banken haben zu, also können wir seine finanziellen Verhältnisse nicht überprüfen.«

»Und wir haben noch keinen Durchsuchungsbefehl, also können wir auch seine Akten nicht überprüfen.«

»Als ich bei den HVR aufkreuzte«, fügte Webster hinzu, »war Holt verschwunden.«

»Was ist mit Dr. Lius Obduktionsbericht?«

»Hab eben angerufen«, antwortete Martinez. »Er hat noch nicht angefangen. Zu viel Arbeit dazwischengekommen. Er hofft, dass er uns morgen was sagen kann.«

»Dann schlage ich vor«, sagte Decker, »dass wir den Papierkram zu Ende bringen und dann für heute Feierabend machen.«

Alle stimmten zu. Oliver sogar mehrmals.

22

Der Schlaf einer Mutter ist immer leicht: ein kurzes Wegtauchen, bei dem das Bewusstsein nur auf *Stand-by* schaltet und beim Schrei eines hungrigen Säuglings oder dem Weinen eines Kleinkinds sofort anspringt. Dieser Reflex war so tief verankert, dass Rinas Schlaf sich nicht mehr änderte, auch als ihre Kinder längst älter geworden waren; deshalb wachte sie sofort auf, als sich die Schlafzimmertür öffnete. Zwar nur einen Spalt; doch sie spürte es, ohne es wirklich zu hören. Es war noch nicht hell, aber der Himmel hatte sich schon von Schwarz zu Grau verfärbt. Die Uhr auf dem Nachttisch zeigte fünf Uhr achtunddreißig. Sammy stand in der Tür. Sie legte den Finger an die Lippen und gab ihm zu verstehen, wieder zu verschwinden, denn sie wollte Peter nicht wecken. Sie wusste zwar nicht, wann er nach Hause gekommen war, aber sie selbst hatte sich erst um Mitternacht schlafen gelegt.

Sie zog schnell ihren Morgenmantel an und schloss die Schlafzimmertür hinter sich. Rina blinzelte in das helle Licht der Wohnzimmerlampe und versuchte, ihre Gedanken zu ordnen. Sammy war angezogen und hatte seine ledernen Gebetsriemen mit kleinen schwarzen Kästchen – die *tefillin schel jad* – um seinen Unterarm gewickelt. Auf der Stirn am Haaransatz war das andere schwarze Kästchen befestigt – der *tefillin schel rosch*. Ihr älterer Sohn sah beeindruckend aus: groß, attraktiv, mit aufrechter Haltung.

»Alles in Ordnung?«, flüsterte sie.

»Ja, ja«, antwortete er. »Das ist bloß der Jetlag. Ich bin schon seit vier Uhr auf und lerne. Dann hab ich das erste Dämmerlicht gesehen und beschlossen zu beten. Mit *mir* ist alles okay. Aber da ist ein Typ an der Tür, der Dad sprechen will…«

»Was? *Um diese Zeit?*«

»Ja, er sagt, es sei wichtig. Er macht einen ziemlich erregten Eindruck. Ich wusste nicht, ob ich Peter wecken sollte oder nicht.«

»Hat er gesagt, wie er heißt?«

»Ja, aber ich hab ihn nicht richtig verstanden. Irgendwas mit Gold…«

»O nein!« Rina schlug sich mit der Hand vor die Brust. »Carter Golding?«

»Ja, genau. Wer ist das?«

»Sein Sohn wurde ermordet…«

»Was? *Der* ist das?«

Rina nickte. »Ich glaube, ich sollte ihn fragen, was er will.«

Sammy hielt sie zurück. »Meinst du nicht, wir sollten lieber Dad wecken?«

»Erst möchte ich hören, was er will.« Sie zögerte ein wenig, als sie vor der Tür stand, aber dann machte sie sie entschlossen auf. Vor ihr stand ein kleiner, dünner Mann. Sein Gesicht war wegen der Dunkelheit und seines Barts nur schwer zu erkennen. Er war ständig in Bewegung, wippte auf den Fußballen, knetete die Hände, drehte den Kopf hin und her.

»Es tut mir so Leid«, hüstelte er, »ich dachte, vielleicht… dass Ihr Mann… dass er vielleicht auch nicht schläft… ich komme später wieder…«

»Nein, nein, bitte, Mr. Golding, kommen Sie herein«, sagte Rina. »Bitte.«

Er trat gerade so weit über die Schwelle, dass sie die Tür hinter ihm schließen konnte. Seine Kleidung sah zerknittert aus, als hätte er sie länger nicht gewechselt. Er bewegte sich wie eine Flipperkugel in einem sehr kleinen Automaten. »Ich hätte nicht herkommen sollen.« Atemlos. »Ich wecke sie mitten in der Nacht auf wie ein Wahnsinniger. Ich bin nicht wahnsinnig!«

»Natürlich sind sie das nicht …«

»Schläft Ihr Mann noch? Wecken Sie ihn nicht auf. Ich komme später …« Er starrte Sammy an und zeigte mit zitterndem Finger auf ihn. »Was hat er da am Arm … und auf dem Kopf?«

Rina drehte sich um. »*Tefillin*… Gebetsriemen.«

»Mein Vater hatte auch so etwas. Ich weiß nicht, was er damit gemacht hat.« Er schwieg einen Moment. »Was wohl aus denen geworden ist?« Golding begann, auf und ab zu gehen, die Hände hinter dem Rücken verschränkt. Groucho Marx auf Speed. »Sie haben doch die Blätter verschickt, auf denen zum Gespräch über Hassverbrechen in der Synagoge eingeladen wurde. Wir haben Geld geschickt, wissen Sie?«

»Ja, ich weiß. Vielen Dank.«

»Sie haben uns auch eine Danksagung geschickt – was sehr nett war, wo doch Ernesto die Synagoge verwüstet hat.« Tränen stiegen ihm in die Augen. »Er war kein böser Junge, müssen Sie wissen.«

»Natürlich nicht …«

»Er hat …«, Golding hustete, um sein Schluchzen zu verbergen, »… er hat immer von Ihrem Mann geredet. Hat Ihr Mann Ihnen davon erzählt?«

»Nein, mein Mann spricht nicht über seine Arbeit. Das ist vertraulich.«

»Sie haben sich unterhalten … Ihr Mann und Ernesto. Fragen Sie ihn. Ernesto war kein böser Junge.«

»Ich weiß …«

»Nein, Sie wissen gar nichts!« Golding packte ihren Arm und kam so nahe heran, dass sich ihre Gesichter beinahe berührten. »Gar nichts. Aber ich sage die Wahrheit. Er hatte sicher seine Probleme, aber er war ein guter Junge!«

Rina sah aus dem Augenwinkel, dass Sammy auf die Schlafzimmertür zuging. Sie schüttelte ganz leicht den Kopf. Anstatt den Arm wegzuziehen, legte sie ihre Hand auf die von Golding. »Niemand kennt sein Kind so gut wie die Eltern. Ich glaube Ihnen, Mr. Golding.«

Eine Träne rollte über seine Wange. Er ließ ihren Arm los, wo seine Hand einen deutlichen Abdruck hinterlassen hatte. »Ich danke Ihnen.«

»Bitte, setzen Sie sich ...«

»Ich dürfte gar nicht hier sein«, schluchzte er, »und Sie belästigen ...«

»Bitte setzen Sie sich, Mr. Golding. Ich werde meinen Mann holen.«

»Sie sind so gastfreundlich ... und das, nachdem Ernesto Ihre Synagoge verwüstet hat.« Dann brach Golding vollends zusammen, und man hörte nur noch heftiges Schluchzen.

Auch Rina traten Tränen in die Augen. »Es tut mir so Leid. Ich hole Lieutenant Decker. Ich weiß, er wird sich freuen, Sie zu sehen.«

»Nein, bestimmt nicht!« Golding schluchzte immer noch. »Ich habe ihn gestern *angeschrien*! Ich habe ihn *beleidigt*!«

»Nein, das haben Sie bestimmt nicht«, beruhigte Rina ihn. »Und außerdem schreie ich ihn jeden Tag an, und er spricht immer noch mit mir. Ich werde ihn holen.«

Sie ging in Richtung Schlafzimmer, aber Golding sprang wieder auf und packte sie am Arm. »Bitte, ich möchte Ihnen keine Unannehmlichkeiten bereiten.«

Aber Sammy war schon im Schlafzimmer verschwunden. Einen Augenblick später tauchte Decker in einem Frotteebademantel auf, der seine nackte Brust entblößte. Seine Augen waren blutunterlaufen, seine Haare ein rötliches, zerwühltes Knäuel, und seine Haut brannte wie Feuer. Das hatte sicher mit der plötzlichen Adrenalinausschüttung zu tun. Sein Herz schlug bis zum Hals.

»O mein Gott!«, rief Golding. »Ich habe Sie geweckt!«

»Schon in Ordnung, Mr. Golding.« Decker fiel auf, dass Sammy ihn aus großen braunen Augen anstarrte.

»Äh, ich ... gehe in die Küche«, sagte der Junge.

»Ich komme mit«, schloss sich Rina an, aber Golding griff wieder nach ihrem Arm. Decker wollte dazwischengehen, aber Rina hielt ihn mit erhobener Hand zurück. Golding bemerkte Deckers Reaktion nicht einmal.

»Bitte, bleiben Sie«, schluchzte er. »Sie waren so freundlich, Sie haben so eine nette Danksagung geschrieben.«

Sie warf ihrem Mann einen Blick zu und sagte: »Natürlich bleibe ich.«

»Danke!«

Rina tätschelte noch einmal beruhigend seine Hand. Ein paar Minuten verharrten alle in Schweigen; nur Goldings ersticktes Schluchzen war zu hören. Rina löste sich wortlos aus seinem Griff und holte eine Packung Taschentücher, die sie ihm reichte. »Möchten Sie ein Glas Wasser?«

»Nein, danke, es geht schon.« Er putzte sich die Nase. »Ich …« Er schnäuzte sich noch einmal. »Ich danke Ihnen.«

»Keine Ursache«, sagte Rina. »Wollen wir uns nicht setzen?«

Golding reagierte nicht, also griff Decker ein: »Bitte, Mr. Golding, nehmen Sie hier Platz.«

Decker wies ihm seinen Stammplatz zu: einen großen, gepolsterten Ledersessel mit Fußstütze – sein Lesesessel, wenn er Muße dazu hatte. Der Rest des Mobiliars war eher von verspieltem weiblichen Geschmack, mit blau-weißen Karo- und Paisleymustern. Überall lagen Spitzenkissen und -deckchen herum, und auf einem reizenden kleinen, von Hand geknüpften Teppich stand ein altmodischer weißer Schaukelstuhl. Deckers Sessel wirkte zwischen all dem wie ein fetter Scheich im Harem. Er setzte sich neben Rina auf die Couch.

»Es tut mir Leid, dass ich Sie aufgeweckt habe«, sagte Golding.

»Kein Problem«, erwiderte Decker, »das macht nichts. Können wir Ihnen eine Tasse Tee anbieten?«

»Keine Umstände, bitte.«

»Das macht keine Umstände.« Rina war schon aufgestanden. »Kräutertee vielleicht? Ich habe Kamille, Orange, Zimt, Zitrone …«

»Kamille, bitte.«

»Zucker, Zitrone?«

»Ohne alles.«

»Ich bin gleich wieder da.«

Golding flüsterte erneut. »Vielen Dank«, und wandte sich dann Decker zu. »Sie müssen mich für verrückt halten.«

War es nicht zum Verrücktwerden, was mit seinem Sohn passiert war? Golding trug ein hellgraues Sweatshirt mit Kaffeeflecken und eine Jeans.

»Haben Sie etwas Bestimmtes auf dem Herzen, Mr. Golding?«, fragte Decker, »oder wollen Sie nur so mit mir sprechen … oder etwas wissen?«

Er strich sich über den Bart. »Ich möchte mit Ihnen über etwas sprechen. Ich weiß nur nicht, wie …« Er schluckte seinen Schmerz hinunter. »Glauben Sie, dass Sie dieses Ungeheuer finden werden?«

»Ja.«

»Sie haben also schon eine Ahnung?«

»Wenn wir etwas Konkretes sagen können, erfahren Sie es als Erster.«

»Und wann wird das sein?«

»Ich weiß es nicht.«

»Bald? In einer Woche, einem Monat, einem Jahr?«

»Jeder Fall ist anders. Aber im Moment hat dieser hier oberste Priorität.«

Golding nickte. Rina kam mit zwei großen, dampfenden Bechern herein. »Bitte sehr!«

Golding nahm den Tee, trank aber nicht, sondern wärmte nur seine Hände am Becher. Er zitterte vor innerer Kälte. »Bitte, Mrs. Decker … setzen Sie sich.«

Rina ließ sich nieder und gab Decker den anderen Becher. Er nickte dankend.

Golding sagte: »Ich muss immer an eine Sache denken.«

Schweigen.

»Ich möchte über meine Familie sprechen.« Er deutete auf seine Brust. »Über meinen Vater. Ernesto vermutete bestimmte Dinge. Was er Ihnen erzählt hat … dass mein Vater ein … Sie wissen schon …«

»Ja, ich weiß«, sagte Decker.

»Das stimmt nicht«, erklärte Golding. »Nichts davon ist wahr. Ich schwöre Ihnen, es ist nicht wahr. Mein Vater war ein guter Mensch; ein rechtschaffener und frommer Mann. Er war kein Nazi! Er kann kein Nazi gewesen sein.«

»Gut ...«

»Nein! Nicht gut!« Goldings Hände zitterten, und er verschüttete heißen Tee über seine Finger. Er schien es nicht zu bemerken, obwohl er den Becher abstellte. »Sie müssen mir glauben!«

»Ich glaube Ihnen ja.« Decker sprach ganz ruhig. »Unsere Kinder stellen sich oft die unmöglichsten Dinge vor. Manchmal glaube ich, dass sie direkt Spaß daran haben, sich selbst Probleme zu bereiten. Das ist bei meinen Kindern nicht anders.«

Golding seufzte. »Ja, nicht wahr?«

»Es sieht jedenfalls so aus.«

»Und warum, glauben Sie, könnte sich Ernesto so was ausgedacht haben?«

Decker überlegte. »Er hat mir erzählt, dass bestimmte Daten nicht zusammenpassen.«

»Daten?«

»Als Ihr Vater nach Argentinien emigriert ist.«

Golding nickte.

»Ernesto meinte, dass Ihr Vater behauptet habe, er sei 1937 nach Südamerika ausgewandert. In Wirklichkeit sei er aber erst viel später in Argentinien angekommen – 1945 oder 46, nach dem Krieg. Aber junge Leute irren sich öfter mal.«

»Und auch wenn es kein Irrtum war, macht das meinen Vater noch nicht zum Nazi!« Er biss sich so heftig auf die Unterlippe, dass diese zu bluten anfing. »Ich weiß einfach zu wenig über meinen Vater. Deshalb bin ich hier.«

Wieder Schweigen.

»Mein Vater hat nie viel über seine Vergangenheit geredet. Niemand hat darüber geredet. Ich habe schnell gelernt, besser keine Fragen zu stellen. Aber deswegen ist er doch noch kein Ungeheuer. Er war freundlich und sanft und konnte keiner... F-F-Fliege was zu Leide tun! Er hat sie gefangen und ins Freie gebracht.«

»So macht es meine Frau auch«, sagte Decker.

Goldings Hände waren schon ganz rot, weil er sie so heftig aneinander rieb. »Er war kein Nazi. Aber... Ernesto hatte sicher Grund genug, neugierig zu werden. Er sagte, er hätte einen Isaac

Golding entdeckt, der im Konzentrationslager umgekommen sei.«

»Da hat es sicher mehr als einen gegeben«, meinte Decker.

»Das stimmt«, antwortete Golding. »Wie dem auch sei, ich möchte herausfinden, wer Isaac Golding wirklich war. Deshalb komme ich zu Ihnen.«

Rina – die Tochter von Überlebenden der Konzentrationslager – bot ihm Vergeben und Vergessen an. »Das ist doch längst Geschichte, Mr. Golding. Spielt das wirklich noch eine Rolle?«

Er blickte auf. »Bitte, nennen Sie mich Carter ... ja, es spielt eine Rolle. In ein paar Tagen werde ich meinen ... meinen Jungen beerdigen ...«

Er vergrub das Gesicht in den Händen und weinte – ein herzzerreißendes Schluchzen, das nur schwer zu ertragen war.

Schließlich fasste Golding sich und fuhr fort: »Nichts ... kein Schmerz kann so schlimm sein. Nichts, was Sie mir erzählen oder sagen oder tun werden, kann schlimmer sein als das. Sie können meinen Schmerz niemals nachfühlen, aber als Eltern können Sie ihn sich ... vielleicht vorstellen.«

Decker bemerkte, dass Rina leise weinte. Woran dachte sie? Den unvorstellbar schrecklichen Verlust eines Kindes? Die Schicksalsschläge, die sie selbst zu verkraften hatte – der Krebstod ihres Mannes, die Ermordung eines sehr engen Freundes und der Schmerz, viel zu früh selbst keine Kinder mehr bekommen zu können?

»Nichts, was Sie mir erzählen, könnte schlimmer sein«, wiederholte Golding. »Ich kenne die Vergangenheit meines Vaters nicht, und mein Sohn kannte sie genauso wenig. Ich möchte mehr darüber erfahren ... um meines Sohnes willen. Er hat sich dafür interessiert, und ich habe ihm den Mund verboten. Ich schulde es ihm, die Wahrheit herauszufinden.«

Decker blieb ungerührt.

Golding hakte nach: »Meinen Sie, ich sollte es lassen?«

»Sie geißeln sich selbst«, erwiderte Decker. »Das müssen Sie nicht. Sie waren ein guter, liebevoller Vater. Das weiß ich, denn Ernesto hat es mir gesagt.«

Golding liefen Tränen über die Wangen. »Ich war ein guter Vater.« Er nickte heftig. »Wirklich. Ich habe viel Zeit mit meinen Kindern verbracht. Ich hab mein Bestes getan. Ich war bestimmt nicht vollkommen, aber ich hab es versucht.« Er schnäuzte sich wieder. »Trotzdem, ich bin es meinem Sohn und seinem Andenken einfach schuldig. Und … ich müsste lügen, wenn ich das abstreiten würde … auch in mir selbst würde es eine Lücke schließen.« Er sah Decker an. »Aber ich weiß nicht, wie ich es anstellen soll. Sie sind doch Kriminalist. Ich dachte, Sie könnten mir vielleicht helfen. Vielleicht kennen Sie jemanden, der auf so etwas spezialisiert ist.«

Decker fuhr sich mit der Hand durch sein zerzaustes Haar. »Ich kenne ein paar Privatdetektive, aber die sind keine Ahnenforscher. Außerdem kosten sie viel Geld.«

»Geld spielt keine Rolle.«

»Aber es gibt keine Garantie«, entgegnete Decker.

»Die gibt es nie. Das weiß ich besser als jeder andere.«

»Wo ist Ihr Vater geboren«, fragte Rina.

Golding schaute sie an. »Irgendwo in Osteuropa. Er hat seinen Geburtsort nie erwähnt. Sie glauben gar nicht, wie verschwiegen er war.«

Decker musste diese Information einen Moment lang verdauen. »Gibt es noch irgendwelche lebenden Verwandten?«

»Alle tot«, antwortete Golding. »Meine Großeltern sind gestorben, als ich noch ganz klein war. Es gab noch eine Schwester … meine Tante. Sie hat nie geheiratet. Ich war ungefähr zehn, als sie starb.«

»Sie könnten es bei einem Familienforscher versuchen«, schlug Decker vor.

»Mr. Golding, welche Sprachen hat Ihr Vater gesprochen?«

»Bitte, nennen Sie mich Carter.« Golding dachte einen Moment nach. »Englisch und Spanisch natürlich. Mit seiner Schwester redete er in einer anderen, fremden Sprache. Ich habe immer angenommen, dass es Deutsch war.«

»Deutsch?«, fragte Rina nach. »Sind Sie sicher, dass es nicht vielleicht Jiddisch war?«

»Das kann ich nicht sagen«, antwortete Golding. »Die beiden Sprachen ähneln sich, oder?«

»Ja«, sagte Rina. »Nehmen wir mal an, Ihr Vater war Jude. Zwischen deutschsprachigen Juden und denen, die Jiddisch redeten, bestand ein himmelweiter Unterschied. Jiddisch sprachen normalerweise die armen osteuropäischen Juden, Arbeiter, Kleinbauern, kleine Händler. Die deutschen Juden waren ganz anders, viel mehr in die deutsche Gesellschaft integriert und assimiliert. Deutschsprachige Juden kamen in der Regel auch aus Deutschland sowie Ungarisch sprechende Juden – meine Eltern etwa – aus Ungarn, Rumänisch sprechende aus Rumänien… die meisten tschechischen Juden sprachen auch Tschechisch. Aber polnische Juden sprachen normalerweise Jiddisch, besonders, wenn sie aus dem Grenzgebiet zwischen Polen, Russland und der Ukraine stammten – aus Galizien.«

»Das heißt, polnische Juden sprachen kein Polnisch?«, fragte Decker.

»Einige wenige gebildete Juden schon; diejenigen, die in der Stadt lebten. Aber die meisten polnischen Juden waren arm und wohnten in diesen kleinen Dörfern in den Grenzgebieten. Sie lebten schon in Ghettos, als es das Ghetto von Warschau noch gar nicht gab. Ist Ihnen das Warschauer Ghetto ein Begriff?«

Sie schüttelten beide den Kopf.

Rina fuhr sich mit der Hand übers Gesicht. »Als die Nazis mit der Vernichtung der Juden ernst machten, trieben sie alle polnischen Juden in einem Stadtviertel von Warschau zusammen, um sie besser überwachen zu können. Das machte auch das Ausrotten leichter. Aber das ist jetzt nicht wichtig. Vielleicht später.«

Golding wippte unruhig mit dem Fuß. »Und was hätte es zu bedeuten, wenn mein Vater Polnisch gesprochen hätte?«

»Hat er denn?«, fragte Rina.

Golding zögerte ein wenig. »Ernesto hat mir ein paar Schriftstücke gezeigt… es war die Handschrift meines Vaters. Aber es war kein Deutsch. Auch keine romanische Sprache. Möglicherweise könnte es Polnisch gewesen sein.«

»Nun, das würde bedeuten, dass Ihr Vater entweder aus einer

gebildeten, städtischen jüdischen Familie stammte«, folgerte Rina, »oder dass er kein Jude, sondern Pole war.«

»Woher hatte Ernesto eigentlich seine Informationen?«, wollte Decker wissen.

»Ich habe nicht die leiseste Ahnung. Ich ...« Goldings Augen wurden wieder feucht. »... ich habe seine Aufzeichnungen aus der Schule noch nicht durchgesehen. Ich schätze, da könnte ich Hinweise finden.« Er seufzte. »Er hat mir erzählt, dass ein Isaac Golding in einem Konzentrationslager in Polen umgekommen ist. An den Namen des Lagers kann ich mich nicht erinnern. Das schien damals auch nicht so wichtig. Vielleicht war die Sprache in den Schriftstücken auch Russisch.«

»Das hätten Sie gemerkt«, sagte Rina. »Russisch wird mit kyrillischen Buchstaben geschrieben.«

»Ach ja, natürlich.«

»In den größeren Städten in Polen gibt es natürlich Archive«, meinte Rina.

»Ja, ich weiß, aber ich wüsste nicht, wie ...« Wieder seufzte er. »Dieser Teil Europas ist mir völlig fremd. Mein Vater ... er hat mir einfach keinen Anhaltspunkt über seine Vergangenheit gegeben. Er sagte immer, jetzt sind wir in Amerika, und nur das zählt. Er hat sich als Amerikaner betrachtet. Als ich gegen den Vietnamkrieg demonstriert habe, war er sehr wütend auf mich. Er ist zwar nie laut geworden, aber ich glaube, er hielt mich für äußerst undankbar. Der erste Zusatzartikel zur Verfassung und die Redefreiheit waren ihm so fremd wie die ganze Hippie- und Drogenkultur der Sechzigerjahre.«

Rina räusperte sich. »Ich wollte ohnehin morgen oder übermorgen zum Holocaust Center. Die Archivare dort sind besonders gut darin, Lücken zu füllen. Wenn Sie mir Ernestos Aufzeichnungen zur Verfügung stellen würden, könnte ich sie mir einmal ansehen ...«

»Aber erst werden wir einen Blick hineinwerfen«, unterbrach Decker sie. Er sah Golding an. »Ich möchte mir gleich heute Morgen die Sachen und das Zimmer Ihres Sohnes ansehen.«

Golding nickte zustimmend. »Wenn Sie glauben, dass es hilft, diese Bestie zu erwischen. Aber ich habe da so meine Zweifel.«

»Warum?«

»Ich denke, dass das alles gar nichts mit meinem Sohn zu tun hatte«, stellte Golding fest. »Dr. Dee Baldwin wurde ganz woanders umgebracht. Meine Junge war einfach zufällig am falschen Ort…« Er wandte sich ab. »Wenn Sie müssen, können Sie sich natürlich sein Zimmer ansehen. Aber ich habe meine Zweifel.«

»Vielen Dank«, sagte Decker.

»Und wenn Sie etwas finden, das mit meinem Vater zusammenhängt, geben Sie dann die Aufzeichnungen Ihrer Frau? Damit sie das beim Archivar im Holocaust Center nachprüfen kann?«

Was sollte Decker darauf antworten? »Mr. Golding…«

»Carter, bitte!«

»…Carter, und wenn diese Informationen… für Sie schmerzlich sind?«

»Ich habe doch schon gesagt, dass nichts so schlimm sein kann wie Ernestos Tod. Ich bin es ihm schuldig. Und ich werde es für ihn tun. Und wenn Sie mir helfen wollen, dann tun Sie es auch für ihn. Doch falls es da einen Interessenskonflikt geben sollte, werde ich einen Privatdetektiv engagieren.«

»Das könnte nötig werden«, meinte Decker.

»Vielleicht kann aber Ihre Frau in der Zwischenzeit schon etwas herausfinden.« Golding zog ein Polaroidfoto aus der Tasche, das ihn, einen älteren Mann und zwei Teenager zeigte. »Das aktuellste Foto, das ich von meinem Vater habe. Er war sehr kamerascheu.« Carter sah zu Boden. »Wenn er gesucht wurde, ist das natürlich verständlich.«

Rina nahm das Foto und betrachtete es – drei Generationen nebeneinander. Großvater Yitzchak zwischen Carter und seinen Enkeln. Carter und seine Söhne hatten Jeans und T-Shirts an und lächelten breit. Der Großvater trug einen altmodischen schwarzen Anzug mit schmalem Revers, ein weißes Hemd und eine schwarze Krawatte. Sein Gesichtsausdruck war weniger streng als… schüchtern. »Wie lange ist das her?«

»Vier Jahre. Da war Vater achtundsiebzig, der Letzte meiner Familie. Meine Mutter ist zehn Jahre vor ihm gestorben.«

Rina nickte. »Und die Jungs?«

»Ernesto war dreizehn und Karl elf.«

»Ich werde es versuchen«, sagte Rina und behielt das Foto in der Hand. »Jetzt schau ich besser mal, was Sammy macht.«

»Der Junge mit den Gebetsriemen?«

»Ja, er ist gerade aus Israel zurückgekommen.«

»Ja, sehen Sie nach ihm.« Golding stand auf und reichte ihr die Hand. »Vielen Dank, Mrs. Decker.«

Sie schüttelte seine Hand und versicherte ihm noch einmal, dass sie ihm helfen wolle. Sobald sie den Raum verlassen hatte, fing Golding wieder an, nervös und ziellos hin und her zu laufen. »Ich muss zu Jill und Karl zurück.«

»Wann kann ich mir das Zimmer Ihres Sohnes ansehen?«

Golding warf einen Blick auf die Uhr. »Meine Güte, ist es noch früh. Wie wär's in zwei Stunden? Um acht oder halb neun?«

»Gut, ich komme.«

»Lieutenant Decker, wann können wir unseren Sohn begraben? Ich weiß, Sie untersuchen einen Mord, aber meine Frau und ich, wir brauchen … etwas …«

»Einen Schlusspunkt.«

»Etwas Greifbares, das wir betrauern können.« Golding sah wieder zur Seite.

»Ich werde seine Leiche so schnell wie möglich freigeben lassen«, versicherte Decker. »Kann ich Ihnen sonst irgendwie helfen?«

Golding schüttelte den Kopf. »Es sei denn, Sie haben die Fähigkeit, Tote zum Leben zu erwecken.«

Rinas verstorbener Mann hieß Lazarus. Decker ließ sich nichts anmerken. Er fragte sich, ob dieser Name wohl ein gutes Omen oder pure Ironie war.

23

Decker saß am Küchentisch, die Zeitung vor sich ausgebreitet, nahm einen Schluck Kaffee und sagte in gespielt beiläufigem Ton: »Hör mal, Rina, mir gefällt das nicht, dass du nach der Identität von Goldings Vater forscht. Soweit ich weiß, könnte das ein mögliches Tatmotiv sein.«

Rina korrigierte den Sitz ihres Kopftuchs und schnitt Erdbeeren in eine Schüssel mit Müsli. »Ein weiterer Grund für dich, möglichst schnell herauszufinden, was hier eigentlich vorgeht.«

»Da stimme ich dir zu.« Decker blickte auf. »Genau wie du gesagt hast: Ein weiterer Grund für *mich*, es herauszufinden. Für mich, nicht für dich.«

»Und welcher deiner Detectives kennt sich mit Postholocaustjuden aus?«

»Rina …«

»Entschuldige mich. Ich muss deine Tochter füttern.« Entschlossen marschierte sie aus der Küche, kam aber eine Minute später wieder zurück. »Du hattest nicht die geringste Ahnung, was du Golding fragen solltest. Und selbst wenn du zufällig auf die richtigen Fragen gestoßen wärst, hättest du immer noch nicht gewusst, was die Antworten zu bedeuten haben. Und dabei bist *du* noch der Beste von der ganzen Truppe.«

»Jetzt wirst du aber überheblich.«

»Peter, ich tue dem Mann nur einen Gefallen – von Elternteil zu Elternteil.«

»Und ich versuche, einen Mord aufzuklären.«

»Umso besser. Ich werde dir alles mitteilen, was ich herausfinde.«

Decker verdrehte die Augen.

»Mach das nicht noch mal!«, fuhr Rina ihn an. »Hast du mich nicht gebeten, Tom Webster mit zum Tolerance Center zu nehmen?«

»Damit du ihm Zugang zu deren Informationen über antisemitische Gruppierungen verschaffst – und nicht, um genealogische Forschungen anzustellen.«

»Während er sich um die antisemitischen Gruppierungen kümmert, wechsle ich ein paar Worte mit der Archivarin.« Sie sah ihn mit einem aufsässigen Blick an. »Musst du nicht längst irgendwo sein?«

»Versuchst du mich loszuwerden?«

Rina bemerkte den verletzten Ausdruck im Gesicht ihres Mannes. Seufzend zog sie einen Stuhl heran und setzte sich neben ihn. Er legte die Zeitung beiseite, nahm einen letzten Schluck Kaffee und machte eine wegwerfende Handbewegung. »Ich muss jetzt gehen.«

»Warte.« Pause. »Tut mir Leid.«

»Warum müssen wir uns über solche blöden Sachen streiten?«, brummte Decker. »Du solltest dich nicht in meine Untersuchungen einmischen.«

»Du hattest aber keine Bedenken, mich zu bitten, Tom Webster mitzunehmen ...«

»Inzwischen habe ich meine Meinung geändert. Tom kann das auch ohne Hilfe herausfinden.«

Jetzt war Rina gekränkt. »Prima. Dann lös doch deinen Fall allein.«

»Vielen Dank, das werde ich auch.«

Keiner sagte ein Wort.

»Was ist los, Peter?«, platzte Rina schließlich heraus. »Ist das irgend so ein Egotrip?«

»Ach, hör doch auf!«

Schweigen.

Rina warf einen Blick auf ihre Armbanduhr. »Bringst du Hannah zur Schule?«

»Wenn du es möchtest.«

»Ihr gefällt es. Sie genießt die Zeit mit ihrem Vater.«

Rina stand auf. Decker hielt sie zurück. Sie schlug die Augen nieder.

»Ich hasse das!«, sagte er. »Deinetwegen kriege ich noch Herzrasen.«

»Das ist das Koffein. Oder dein Alter. Aber gib nicht mir die Schuld dafür!«

»Mein Alter? Das war ein Schlag unter die Gürtellinie, Rina! Stimmt zwar... ist aber trotzdem ein Schlag unter die Gürtellinie.«

Das war es tatsächlich. Rina setzte sich wieder. »Tut mir Leid.«

»Ich mach mir Sorgen«, sagte Decker.

»Peter, niemand wird mich verfolgen, nur weil ich versuche, Isaac Goldings wahre Identität herauszufinden.«

»Wahrscheinlich hast du Recht.«

Rina war gerührt über sein Einlenken; seine Angst entsprang der Sorge um sie. Sie küsste ihn auf die Wange. »Peter, das ist *dein* Fall. Ich habe so viele Verpflichtungen, dass ich mir nicht auch noch einen Streit mit dir aufhalsen will. Okay?«

»Ja, ja.«

»Du lässt mich auflaufen.«

»Ich stecke in einer Zwickmühle. Ich brauche Informationen, zu denen du mir verhelfen kannst, aber ich habe das Gefühl, dass ich meiner Aufgabe als Ehemann und Beschützer nicht gerecht werde, wenn ich dich da mit reinziehe.«

»Warum überlässt du es nicht mir, das zu beurteilen?« Rina geriet ins Stocken. »Welche Informationen brauchst du denn?«

Gute Frage. Decker überlegte laut: »Tom ist natürlich in der Lage, die nötige Information beim Tolerance Center zu bekommen. Aber da du dieses Präventivkomitee gegründet hast, bin ich davon ausgegangen, dass du schon jede Menge Recherchen zu örtlichen antisemitischen Gruppierungen angestellt hast... Du könntest ihm ein paar Hintergrundinformationen geben, damit er weiß, welche Fragen er stellen muss.«

»Das stimmt.«

»Und wenn du schon mal da bist, kannst du ihm dabei helfen, die richtigen Fragen zu stellen, falls er nicht weiter weiß.«

»Okay.«

»Hinzu kommt: Wenn er jemanden bei sich hat, den er kennt – und sei es auch nur flüchtig –, dann wird er sich weniger wie ein Fisch auf dem Trockenen fühlen.«

»Ich hab kein Problem damit, mit ihm zum Center zu gehen, Peter.«

Decker lächelte schwach. »Ich weiß deine Hilfe wirklich zu schätzen.«

Sie erwiderte sein Lächeln. »Ich weiß.« Pause. »Sonst noch was?«

»Nein, das ist alles.«

»Okay«, sagte Rina. »Aber jetzt hab ich ein Problem. Du musst einen Weg finden, Carter Golding zu helfen, damit es nicht so aussieht, als würde ich mein Wort nicht halten.«

Ein Dilemma. »Wie geht man eigentlich vor, wenn man etwas über ein unbekanntes Konzentrationslageropfer herausfinden möchte?«, fragte Decker.

»Zunächst mal ist Isaac Golding nicht unbekannt. Er hat einen Namen. Und es gibt Listen, Peter. Das Center verfügt über ein umfassendes Archiv.«

»Das heißt, das Einzige, was du machst, wäre ein paar Listen durchzublättern?«

»Ich weiß es nicht genau.« Rina stand auf und schenkte sich eine Tasse Kaffee ein. »Was genau hat Ernesto dir erzählt?«

»Dass es eine Diskrepanz zwischen dem angeblichen Ankunftsdatum seines Großvaters in Argentinien und dem Datum gibt, an dem er dort tatsächlich eintraf. Dann hat er mir noch erzählt, dass er von einem Yitzchak Golding weiß, der im Konzentrationslager umgekommen ist. Ich dachte, dass sein Großvater den Namen vielleicht nur erfunden hatte.«

»Wäre möglich, obwohl es mir nicht wahrscheinlich erscheint. Falls Opa ein Nazi war, der sich nach dem Krieg als Jude ausgeben wollte, was gäbe es dann Besseres, als sich selbst als toter Mann zu präsentieren? Garantiert taucht niemand auf, um das Gegenteil zu behaupten. Woher stammte Ernestos Yitzchak Golding?«

»Keine Ahnung, aber er starb angeblich in einem polnischen Lager.« Decker dachte noch einmal angestrengt nach. »Ich meine, er hätte einen Namen erwähnt. Ich hab das ganze Geständnis auf Band und werde es mir noch einmal anhören und dir den Namen sagen, wenn du versprichst, mich nicht zu verpfeifen.«

»Großes Indianerehrenwort.«

»Es war jedenfalls nicht Auschwitz, daran erinnere ich mich genau. Wenn du mir ein paar andere Konzentrationslager nennst, erkenne ich den Namen vielleicht wieder.«

Sie runzelte die Stirn. »Auschwitz war das wichtigste Lager in Polen. Ich weiß die anderen nicht alle auswendig. Ich hol mal eben die Enzyklopädie des Judentums.«

Sie ging aus der Küche und kam mit einen dicken, blauen Wälzer zurück. »Mal sehen ... Auschwitz, Belzec, Sobibor, Treblinka ...«

»Das ist es.«

»Treblinka?«

»Ja, ich bin mir sicher.«

»Warte mal.« Rina verschwand erneut und erschien wenige Augenblicke später mit einem weiteren Band. »Treblinka ... zwischen 1941 und 1943 in Betrieb. Als Vernichtungslager konzipiert ... etwa 870 000 Menschen liquidiert ...«

»O mein Gott!« Decker konnte es nicht fassen, dass so viele Menschen an einem einzigen Ort gestorben waren.

»In Auschwitz sind noch mehr umgekommen«, sagte Rina. »Weil Auschwitz länger in Betrieb war ... fast drei Jahre länger.«

»Was meinst du mit ›als Vernichtungslager konzipiert‹? Waren sie das nicht alle?«

»Einige – wie Auschwitz – wurden offiziell als ›Arbeitslager‹ bezeichnet, andere waren so genannte ›Aufenthaltslager‹. In beiden Fällen handelt es sich um eine irreführende Bezeichnung, denn das Endergebnis war das Gleiche. Die Menschen dort wurden entweder umgebracht oder starben infolge von Hunger, Unterkühlung oder Krankheiten. Laut diesem Artikel hier gibt es nur sehr, *sehr* wenige Überlebende aus Treblinka, da die spezielle Aufgabe dieses Lagers darin bestand, die jüdische Bevölkerung Polens vollständig auszulöschen.«

»Wer hat das alles angeordnet? Die Deutschen oder die Polen?«

»Die Deutschen, wobei ihnen die Polen willige Helfer waren.« Ihr Blick wanderte über die Seiten, nahm die grausigen Fakten ohne äußerliche Gefühlsregung auf. »Gefasste Flüchtlinge wurden an Ort und Stelle erschossen oder als abschreckendes Beispiel erhängt... Diejenigen, denen die Flucht in die umliegenden Gebiete gelang, wurden von den Dorfbewohnern umgehend zurückgebracht. Es gab auch einige Versuche, Widerstand zu leisten... Dr. Julian Chorazycki... der Arzt der SS-Männer. Er war ebenfalls ein Insasse...«

»Jüdischer Herkunft?«

»Ja... er und noch ein paar andere schmuggelten mithilfe einiger Ukrainer Waffen ins Lager, aber er flog auf und wurde zum Tod verurteilt. Zelo Bloch führte einen Aufstand an, an dem sich zwischen fünfzig und siebzig Lagerinsassen beteiligten. Auch er wurde hingerichtet. Schließlich brannten die Deutschen das Lager nieder... etwa siebenhundertfünfzig Häftlinge konnten fliehen, aber nur siebzig erlebten die Befreiung.« Rina sah ihren Mann an. »Wenn Carter Goldings Vater dazugehörte, dann war er einer der ganz wenigen Überlebenden – siebzig von achthundertsiebzigtausend. Das widerspricht jeder Logik.«

»Und selbst wenn er zu den wenigen Glücklichen zählte – wie groß sind die Chancen, dass seine Mutter, sein Vater und seine Schwester auch überlebt haben?«, fragte Decker.

»Gleich null«, erwiderte Rina. »Ernesto war irgendetwas auf der Spur. Woher, sagte er, hatte er die Informationen?«

»Er behauptete, er hätte sie aus dem Internet«, erwiderte Decker. »Ich glaube, dass das erfunden ist. Besitzt das Center Listen mit Überlebenden aus Treblinka?«

»Da bin ich mir ziemlich sicher.« Rina dachte angestrengt nach. »Peter, was hast du mit diesen schrecklichen Bildern gemacht, die Ernesto in der Synagoge hinterließ?«

»Wir haben sie als Beweismaterial sichergestellt. Sie müssen in irgendeinem Karton im Archiv sein. Warum? Was denkst du? Meinst du, seine Quelle könnte eine Verbindung zu Isaac Goldings Identität sein?«

»Vielleicht lassen die Kleidung oder die Gesichter oder die Umgebung Rückschlüsse auf ein bestimmtes Konzentrationslager zu.«

»Wenn ich mich recht erinnere, sahen die meisten aus wie unbekannte Tote«, sagte Decker.

»Unbekannte tote Juden.« Rina war entmutigt.

»Ich werde sie auf jeden Fall noch mal aus dem Archiv holen. Man kann nie wissen.«

Aus dem Flur hörten sie Hannah fragen, ob es nicht Zeit wäre, zur Schule zu fahren. Rina sah auf die Uhr. »O mein Gott, der Unterricht hat schon vor einer halben Stunde begonnen!«

Decker stand auf. »Das heißt, dass ich bereits eine halbe Stunde zu spät bin.«

»Ich werde sie bringen …«

»Nein, nein, ich mach das schon.« Decker zog Rina an sich und küsste sie. »Ich liebe dich.«

»Ich liebe dich auch. Und übrigens bist du gar nicht so alt!«

»Ich bin alt. Aber es ist mir egal, weil ich eine junge Frau habe … allerdings so jung nun auch wieder nicht …«

»Na, wer teilt denn hier die Tiefschläge aus?« Rina verpasste ihm einen Schlag auf die Schulter. »Kannst du damit leben, Akivelah?«

»Ich liebe es, wenn du mich Akivelah nennst. Das heißt nämlich, dass du nicht mehr sauer auf mich bist.«

»Ich bin nie sauer auf dich.«

»Quatsch, du bist ständig sauer auf mich.« Er grinste. »Ich bin nur nicht oft genug zu Hause, um es immer mitzukriegen. Pass auf dich auf. Da draußen laufen 'ne Menge Verrückte herum.«

»Das Gleiche könnte ich zu dir sagen.«

»Allerdings. Aber es würde nichts ändern.«

Das Zimmer wirkte deprimierend, als erwarte es seinen Bewohner jeden Moment zurück. Decker konnte sehen, dass der Raum einmal lebendig gewesen war – ein sich ständig veränderndes Diorama, das Ernestos wechselnde Launen und Vorlieben widerspiegelte, angefangen bei der Auswahl der CDs bis hin zu den Postern an der Wand. Beim »Arbeitsplatz« des Jungen handelte es sich um einen an den Wänden entlang verlaufenden Schreibtisch. Ernesto besaß eine teure Stereoanlage, einen teuren Computer, einen Videorecorder, einen DVD-Player, ein Faxgerät und ein Telefon – überall nur das Beste vom Besten, wo Decker auch hinsah.

Der Junge, der alles hatte: Jetzt war er nur noch eine Zahl in der Statistik.

Auf den Regalen über den Tischplatten befanden sich zahlreiche Videos, stapelweise CDs, dutzende von Sporttrophäen, zerknitterte Bonbonpapierchen, alte Briefe, überfällige Leihbücher, mehrere Papierstapel, Notiz- und Schulbücher sowie etwa dreißig Taschenbücher, die meisten davon Fantasy. Das Zimmer verfügte über drei Türen – eine zum Badezimmer, eine zu einem begehbaren Kleiderschrank und eine dritte zum Flur. In der Mitte des Raums stand ein übergroßes Bett, über das eine Tagesdecke mit Leopardenfellmuster gebreitet war – ein guter Platz zum Sortieren und Sammeln der Berge von Papier und Unterlagen, die Ernesto zurückgelassen hatte.

Decker machte sich an die Arbeit.

Zweieinhalb Stunden später hatte er sechs Jahre von Ernestos Leben mithilfe seiner Schulaufgaben rekonstruiert. Der Junge war ein anständiger Schüler – besser als Jacob zu seiner Zeit –, aber nicht unbedingt brillant. Er hatte Organisationsprobleme bei seinen Schularbeiten, den Matheaufgaben, den Aufsätzen. Kein Wunder angesichts des Chaos, das in dem Zimmer herrschte, obwohl diese beiden Aspekte – aufgeräumtes Zimmer und gut organisierte Hausaufgaben – nicht immer Hand in Hand gingen. Sammys Zimmer war ein Schweinestall, aber was seine Schularbeiten betraf, ging er absolut systematisch vor. Jacob dagegen war schon fast zwanghaft ordentlich, aber schlecht organisiert. Mit Blick für das kleinste Detail inspizierte Decker jede Schublade, jedes Regal und sogar das Bettzeug. Er sah hinter die Elektronikgeräte, klopfte die Wände ab und überprüfte den Fußboden. Er fand zahlreiche lose Blätter, aber nichts, was auf ein Projekt zu einem Familienstammbaum hindeutete. Nicht einmal Notizen, Entwürfe oder sonstige Hinweise ließen sich dazu finden.

Möglicherweise hatte Ernesto sich mit seiner Herkunft abgefunden und sämtliche Unterlagen darüber vernichtet. Decker entdeckte keinen einzigen Newsletter oder Computerausdruck von irgendwelchen weißen Suprematisten oder Neonazigruppen, keine Flugzettel von den HVR und keine Fotografien von SS-Offizieren oder toten Juden. Und auch keine obszönen Briefe von Ruby Ranger.

Im Badezimmer fanden sich ebenfalls keinerlei Hinweise. Auf dem Regal standen Aknemittel, Tabletten gegen Heuschnupfen, ein verschreibungspflichtiges Schuppenshampoo. Decker durchsuchte den Wäscheschrank, das Fach mit Toilettenartikeln und das Medizinschränkchen. Er öffnete alte Flaschen und roch daran. Klopfte eine Flasche mit Talkumpuder auf seine Hand, schnüffelte daran, gab etwas auf seine Zungenspitze und verzog das Gesicht. Es war Talkumpuder. Ernesto hatte keine verräterischen bunten Pillen, keine versteckten Injektionsnadeln, nichts Belastendes, soweit Decker das feststellen konnte.

Dann kam er zu Ernestos begehbarem Kleiderschrank.

Der Raum war deckenhoch mit Regalen voller Hemden und T-Shirts gefüllt – Polohemden, Hemden mit halbem Arm, Hawaiihemden, normale T-Shirts, Muskel-T-Shirts und Tanktops. Er besaß Hosen in jeder Farbe, Hosen aus Wollstoff und Baumwollhosen. Er verfügte über mehrere Anzüge und ein halbes Dutzend Sportjacketts, darunter zwei klassische blaue Blazer. Darüber hinaus standen stapelweise Schuhe herum.

Decker seufzte.

Als Nächstes öffnete er die eingelassenen Schubladen.

Weitere T-Shirts. Smokinghemden, gebügelt und gefaltet. Shorts und Badehosen. Unterwäsche, sowohl Slips als auch Boxershorts. Alles in allem ziemlich normal – wenn man von der Menge absah – und ziemlich deprimierend.

Zwei separate Sockenschubladen: eine für weiße Sportsocken, die andere für Herrensocken in unterschiedlichen Farben, die einen leichten Kräuterduft verströmten.

Decker begann, die Sockenpaare auseinander zu ziehen. Er fand einen kleinen Beutel mit Marihuana – nicht mehr als ein paar Gramm. Das war's aber auch schon an Drogen. Aber an der Schublade mit den Sportsocken fiel ihm etwas Ungewöhnliches auf: Wenn man diese Schublade vollständig herauszog, war sie mindestens fünfzehn Zentimeter kürzer als die andere.

Decker versuchte, die Schublade aus den Schienen zu heben,

damit er dahinter sehen konnte, aber sie ließ sich nicht bewegen. Er widerstand dem Drang, die Schublade mit brutaler Gewalt herauszureißen. Irgendwo musste es einen Knopf zum Lösen der Sperre geben. Er entfernte alle Socken und beugte sich über die leere Schublade. Da er nichts erkennen konnte, tastete er sie mit den Fingern ab und entdeckte eine winzige Vertiefung in der linken hinteren Ecke, kaum größer als eine Kugelschreiberspitze. Er nahm einen Stift aus der Tasche und drückte ihn in die Vertiefung. Sofort löste sich die Sperre. Decker zog die Schublade heraus und warf einen Blick in das dahinter liegende Geheimfach.

Am hinteren Ende des Fachs entdeckte er eine kleine Stahlkassette, die durch ein Kombinationsschloss gesichert war. Er nahm sie heraus und wog sie in der Hand. Sie war erstaunlich leicht. Das Problem war jetzt: Sollte er die Eltern nach der Kombination fragen oder die Kassette einfach mitnehmen?

Er entschied sich dafür, die Eltern zu fragen, insbesondere Carter, der die Kombination jedoch nicht kannte und noch nicht einmal von der Existenz dieser Kassette gewusst hatte. Er verhielt sich abweisend, was aber dem Bedürfnis entsprach, das Andenken seine Sohnes schützen zu müssen.

»Was erwarten Sie denn in der Kassette vorzufinden?«, fragte Golding.

»Ich weiß es nicht. Vielleicht Drogen.«

»Falls es sich um Drogen handelt, spielt das jetzt wohl kaum noch eine Rolle, oder?«

»Es sei denn, er hat damit gedealt. Das könnte der Grund für seine Ermordung gewesen sein.«

»Er hat nicht gedealt.«

»Er hat zumindest Drogen genommen. Ich habe bereits eine kleine Menge in seinen Socken gefunden. Es könnte sein, dass er in der Kassette eine Platte aufbewahrte und für seinen persönlichen Gebrauch etwas davon abgebrochen hat.«

Golding schwieg.

»Wann war Ernestos Geburtstag?«, fragte Decker.

Eine einfache Frage, die sogar Golding beantworten konnte. Er nannte Decker das Datum, wenn auch zögerlich. Nachdem Decker eine Weile an der Kombination herumgefummelt hatte, sprang das Schloss schließlich auf. Keine Drogen, keine Waffen, keine Briefe, kein Familienstammbaum, aber zahlreiche belastende Bilder, die die ganze Kassette füllten. Keine pornografischen Fotos, sondern obszöne Bilder. Männer in gestreifter Sträflingskluft, allesamt tot. Etwa zwanzig Schwarzweißaufnahmen, und alle gestochen scharf – jeder von ihnen mit einem eigenen Gesichtsausdruck im Tod. Einige mit geöffnetem Mund, andere mit aufgerissenen Augen, aber alle mit dem ausgezehrten Gesicht verhungerter Menschen.

Voller Entsetzen starrte Golding auf die Bilder. »Das ist ja entsetzlich … widerwärtig. Legen Sie sie sofort weg!«

»Ich möchte sie mitnehmen …«

»Nehmen Sie sie! Entfernen Sie sie aus meinem Haus!«

Decker hielt die Fotos so, dass Golding sie nicht sehen konnte. »Das sind Originalaufnahmen. Haben Sie eine Vorstellung, wo Ernesto die herhaben könnte?«

»Nein!«, flüsterte Golding mit Angst in der Stimme. »Nein, woher soll ich das wissen?« Seine Augen füllten sich mit Tränen. »Bitte, nehmen Sie die Fotos, und verschwinden Sie!«

»Es tut mir Leid, Sie noch einmal belästigen zu müssen …«

»Bitte. Bitte, gehen Sie endlich!«

»Mr. Golding, sind Sie sicher, dass wir uns noch intensiver mit der Vergangenheit Ihres Vaters beschäftigen sollen?«

»Ja.« Langsam richtete Golding seinen Blick auf Decker. »Ja, ich möchte, dass Ihre Frau sich mit der Vergangenheit meines Vaters befasst. Ich möchte alles darüber wissen. Ich *muss* alles darüber wissen. Aber das bedeutet nicht, dass man sie mir direkt unter die Nase hält.«

24

Normalerweise wählte sie ein paar Schnell- und Nebenstraßen, um auf die andere Seite der Hügelkette zu gelangen. Aber da sie heute nicht bei ihren Eltern vorbeischauen wollte, fuhr sie mit Höchstgeschwindigkeit den Freeway entlang, bis sie die Ausfahrt Robertson Boulevard an der 10 East erreichte, und wandte sich nach Norden durch die Stätten ihrer Kindheit.

Es war schon fast zwanzig Jahre her, dass sie in dem alten Viertel gelebt hatte. Die ganze Gegend war so jüdisch geworden, dass man sich fast in Brooklyn wähnte – wenn man von den Palmen mal absah. Nicht dass sie keine Gelegenheit gehabt hätte, in die Stadt zurückzukehren, aber sie fuhr nur selten über das Gebiet rund um ihr Elternhaus in North Beverly Hills hinaus. Die *frumm* Gemeinde ihres eigenen Viertels war vollkommen autark – von preiswerten Pizzaläden für die Jugendlichen bis zu Familienrestaurants mit Vierundzwanzigstundenservice. Koschere Metzgereien und Bäckereien waren ebenfalls reichlich vorhanden, also warum sollte sie unnötig durch die Gegend fahren? Und doch spürte sie eine gewisse Nostalgie, als sie an all den koscheren Geschäften und Läden vorbeifuhr, an den Obst- und Gemüseauslagen vor den Geschäften oder den jüdischen Buchhandlungen, die nicht nur religiöse Artikel, sondern auch *seferim* führten. Selbst der unabhängige Supermarkt Morry's – der in Wirklichkeit von einem Mann namens Irv geführt wurde – belieferte die umliegenden Häuser und bemühte sich nach Kräften, Produkte wie koscheren Käse und koschere Mehltortillas zu beschaffen.

Es gab so viele konfessionelle Schulen und Jeschiwas im Viertel, dass es von Kindern nur so wimmelte – ein Schlag in Hitlers Gesicht. Deshalb war es nur natürlich, dass eine Holocaustgedenkstätte ihren festen Sitz inmitten derjenigen gefunden hatte, die das Inferno überlebten.

Rinas eigene Eltern – beide Überlebende der Konzentrationslager – kamen langsam in die Jahre. Ihr Vater ging nun auf einen Stock gestützt, und ihre Mutter war auch nicht mehr die Schnellste, was sich selbst beim Sprechen bemerkbar machte. Aber geistig waren sie noch voll auf der Höhe, manchmal ließen die Schmerzen des Alters ihr Lächeln gefrieren. Sie liebten Hannah, doch häufig stellte Rina fest, dass das kleine Mädchen einfach zu anstrengend für sie war. Daher nahm sie sie nicht so oft mit wie früher die Jungs, und das stimmte sie traurig.

Rina warf einen Blick auf Tom Webster, der neben ihr saß, die Hände im Schoß gefaltet, die Augen geradeaus auf die Straße gerichtet. Sie hatte den Volvo waschen lassen, bevor sie ihn abholte, aber dennoch roch der Wagen ein wenig muffig. Möglicherweise lag das auch nur am typischen Smog von L. A. und weniger am Zustand des Autos. Seit sie ihn von der Polizeiwache abgeholt hatte, hatte Webster nur wenig gesagt. Zweifellos war er etwas nervös, hier mit ihr zu sitzen – der Frau seines Chefs: eine merkwürdige jüdische Frau, die ein Kopftuch trug und selbst im Sommer die langen Ärmel nur bis zu den Ellbogen hochrollte. Tom war mit seinen blonden Haaren, den blauen Augen, den kantigen Zügen und seinem breiten Südstaatenakzent so nichtjüdisch, wie man nur sein konnte. Vielleicht fühlte er aber auch eine gewisse Nervosität, weil sie zum Tolerance Center fuhren und er dort, ganz im Gegensatz zu ihr, überhaupt nicht in seinem Element war. Sie wusste, dass sie sich bemühen sollte, ein Gespräch anzufangen. Steif saß er in seinem blauen Anzug, dem weißen Hemd und der blauen Fliege auf dem Beifahrersitz. Da sie beide ziemlich warm angezogen waren, schaltete sie die Klimaanlage auf die höchste Stufe.

»Gibt es etwas, das Sie mich fragen möchten?«

Tom drehte sich zu ihr. »Nein, Ma'am, im Moment nicht.« Seine Stimme klang angespannt. »Obwohl ich davon ausgehe, dass ich später eine Menge Fragen haben werde.«

»Wir fahren nicht ins Museum. Die Forschungsabteilung ist auf der anderen Straßenseite. Dort sind auch die Bibliothek und das Archiv untergebracht, bis man die Renovierungsarbeiten abgeschlossen hat.«

»Okay.«

»Sind Sie schon mal in diesem Viertel gewesen?«

»Kann ich nicht sagen, obwohl ich schon mehrere Male in Beverly Hills war, bei den Oldtimerausstellungen am Rodeo Drive. Sie sperren die ganze Straße ab und veranstalten ein riesiges Fest. Das war klasse, besonders für meinen kleinen Sohn. Er mag Autos.«

»Da sieht man sicher ziemlich ausgefallene Modelle, oder?«

»Ich fand sie jedenfalls sehr ausgefallen. Aber ich schätze, für die betuchteren Bewohner des Viertels waren es nur ganz gewöhnliche Fahrzeuge.«

»Meine Eltern wohnen in diesem Viertel und fahren einen Pontiac«, erwiderte Rina.

Webster errötete und stammelte eine Entschuldigung.

»Ach, ich bitte Sie!« Rina lächelte. »Meine Eltern sind zwar gut betucht, aber sie interessieren sich nicht für Autos. Peter dagegen mag Autos. Und er liebt seinen Porsche. Auch mein jüngster Sohn, Jacob, steht auf Autos, besonders auf getunten.«

»Ein Junge ganz nach meinem Geschmack.«

»Ganz besonders mag er die Viper und den Sheldon… kann das sein?«

»Shelby?«

»Ja, genau, Shelby.« Rina lachte. »Meinen ältesten Sohn kümmert das alles herzlich wenig. Er lebt völlig in seiner eigenen Welt. Ist schon merkwürdig.«

»Hmmm.« Webster rutschte unbequem auf seinem Sitz hin und her. »Also… Sie sind hier aufgewachsen?«

»Ja, in diesem Viertel.«

»Aber der Lieutenant doch nicht.«

»O nein…« Rina lächelte. »Er stammt aus Gainesville in Florida.«

»Wirklich?« Webster schien überrascht. »Dann ist er also mehr Südstaatler, als ich dachte.«

»Das scheint mir auch so.«

Webster wollte etwas sagen, hielt sich aber plötzlich zurück. Trotzdem wusste Rina, welche Frage er hatte stellen wollen, wenn er sich nur getraut hätte. Wie um alles in der Welt waren sie und Peter ein Paar geworden? Sie hatten sich bei einem Fall kennen gelernt, er als Leiter der Ermittlungen und sie als Hauptzeugin. Er war weltgewandt, sie eine Provinzlerin. Sie war religiös, er eher weltlich. Er war geschieden, sie verwitwet. Sie stammten aus verschiedenen Welten, und es hätte eigentlich nicht funktionieren können.

Wenn da nicht diese außergewöhnlich starke körperliche Anziehung gewesen wäre.

Sie musste lächeln.

Das war es, was Webster wissen wollte. Aber sie schwieg und richtete ihre Aufmerksamkeit wieder auf die Straße, bewahrte eine für beide angenehme professionelle Distanz.

Das eigentliche Museum war ein hoch aufragendes Gebäude aus rosafarbenem und schwarzem Granit; die Büros auf der anderen Straßenseite wirkten wesentlich nüchterner und zweckmäßiger. Sie betraten das Gebäude durch eine von einem Wachmann gesicherte, winzige Eingangshalle; Webster zeigte seine Polizeimarke, und Rina schrieb ihren Namen in das Besucherregister. Der Wachmann gab ihre Ankunft durch ein Funkgerät weiter, und eine Minute später trat eine bleistiftdünne Frau jenseits der fünfzig aus einem der vier Aufzüge. Sie trug ein schwarzes Futteralkleid, hatte leuchtend blaue Augen und eine Fülle von kurzen, blauschwarzen Locken. Sie hätte ohne weiteres Rinas ältere Schwester sein können. Sie küsste Rina auf die Wange.

»Wie geht es dir, Rina? Dein Mann muss ja verrückt werden mit diesen schrecklichen Morden.«

»Ja, es ist furchtbar. Das ist einer der Gründe, warum wir hier sind. Darf ich dir Detective Tom Webster vorstellen? Er benötigt einige Informationen.«

Die Frau gab ihm die Hand. »Haben wir uns nicht schon einmal getroffen?«

Ihr Long-Island-Akzent war so breit, dass er schon fast unecht wirkte.

»Ich glaube nicht …«, erwiderte Webster.

»Doch, doch, das haben wir.« Sie tippte mit langen, roten Fingernägeln gegen ihren Kopf. »Aber nicht beruflich. Das war im …

im ... « Wieder tippte sie gegen ihren Kopf. » Warten Sie ... das war im ... im Baja Mexico, dem Fastfoodrestaurant. Ihr Sohn bestellte eine große Fajita mit Huhn und teilte das Ganze mit meinem Enkel, der sich dieses vegetarische Burrito bestellt hatte. Ihre Frau war damals hochschwanger. Das muss aber ... vor drei bis vier Monaten gewesen sein, bei einer dieser Autoausstellungen in Beverly Hills. « Sie drückte den Aufzugknopf. » Was hat sie bekommen – einen Jungen oder ein Mädchen? «

Webster starrte sie an. » Äh, ein Mädchen ... «

» Oh, wie wunderbar! Sie hatte sich sehnlichst eine Tochter gewünscht, Ihnen aber nichts davon gesagt, weil sie Sie nicht aufregen wollte, falls es ein weiterer Junge würde. Richten Sie ihr bitte meine besten Glückwünsche aus. «

Webster verschlug es die Sprache. Die Aufzugtüren schwangen auf, und sie gingen hinein. Als sich die Türen hinter ihnen geschlossen hatten, lächelte die Frau. » Habe ich mich eigentlich schon vorgestellt? Mein Name ist Kate Mandelbaum. Wie hieß noch gleich Ihre Frau? Karen? «

» Carrie. «

» Richtig. Und machen Sie nicht so ein besorgtes Gesicht, weil Sie sich nicht mehr an mich erinnern können. Ich hab es zu meinem Hobby gemacht, mir Gesichter und Namen einzuprägen. Sehr praktisch bei meiner Art von Arbeit. «

Im dritten Stock stiegen sie aus. Kate führte sie durch einen langen Flur, wobei ihre Hüften bei jedem Schritt hin und her schwangen, da sie Schuhe mit extrem hohen Absätzen trug. Als sie ihr Büro erreichten, drückte sie als Erstes auf den blinkenden Anzeigeknopf des Anrufbeantworters und hörte das Gerät ab, während sie gleichzeitig einen Stapel mit handgeschriebenen Telefonnummern durchsah.

» Hi, Kate ... «

Sie übersprang die Nachricht.

» Hey, Katie ... «

Wieder spulte sie das Band vor.

» Kate, hier ist Neil. Ich habe mich gefragt, ob du vielleicht den Farkas-Fall übernehmen ... «

»Nein, kann ich nicht!« Sie löschte die Nachricht.

»Hallo, Oma. Ich bin's... Reuven. Hast du Lust zum Großelterntag an unserer Schule zu kommen? Ich werde auch im Chor singen. Allerdings kein Solo. Ruf mich doch bitte unter der Nummer...«

Sie spulte erneut vor. »Als wenn ich die Nummer nicht wüsste.« Mit der Kurzwahltaste gab sie die Nummer ein. »Hallo, mein Schatz. Ich habe deine Nachricht erhalten, und natürlich werde ich zu deiner Schule kommen. Sag mir einfach, wann und wo. Ich hab dich lieb. Tschüs, mein Schatz.« Sie ließ sich auf einen Stuhl sinken und fächelte sich mit einem Prospekt etwas Luft zu. Dann wandte sie sich an Rina: »Möchtest du, dass ich ihm etwas über antisemitische Gruppierungen erzähle? Inzwischen müsstest du eigentlich genauso viel wissen wie ich.«

»Jetzt schmeichelst du mir aber«, entgegnete Rina.

Webster zog ein Notizbuch hervor. »Ich glaube, Sie haben sich schon einmal mit einer meiner Kolleginnen unterhalten... Wanda Bontemps.«

»Ja, ich kenne Wanda«, erwiderte Kate. »Sie arbeiten also mit ihr zusammen?«

»Gleiches Gebiet, aber unterschiedliche Einsatzbereiche. Ich bin von der Mordkommission.«

»Dann gehen Sie also davon aus, dass eine der faschistischen Gruppierungen etwas mit dem Mord an den beiden Psychologen zu tun hat. Würde mich nicht überraschen. Rassisten hassen Seelenklempner fast so sehr wie die Juden.«

»Die meisten Psychiater sind jüdischer Herkunft«, warf Rina ein.

»Ja, und das bestärkt sie noch in ihrer Paranoia, dass die Juden hinter ihnen her sind. Ihr Gehirn zu Pudding verwandeln... als wenn es dort irgendetwas zu verwandeln gäbe.« Kate wandte sich Webster zu. »Ich habe gehört, dass es dabei um eine Schwulengeschichte ging. Die Frau erwischte ihren Mann und den Jungen in einer kompromittierenden Situation.«

»Es handelt sich um eine laufende Untersuchung«, entgegnete Webster.

»Das bedeutet, dass er nicht darüber sprechen darf«, sagte Rina.

»Ernesto Golding, der Junge, der zusammen mit Mervin Baldwin ermordet wurde – er hat eure Synagoge verwüstet, richtig?«

Rina nickte.

»Also, glaubst du, dass es da einen Zusammenhang gibt?«

»Das darfst du mich nicht fragen«, erwiderte Rina. »Ich bin nur hier, um Detective Webster zu helfen.«

»Ach, komm schon. Dein Mann erzählt dir doch bestimmt so manches.«

»Nein, das tut er nicht.«

»Das kann ich nicht glauben.«

»Amerika ist das Land, in dem die Gedanken frei sind«, meinte Rina.

»Sehr komisch. Wie auch immer, Detective, was möchten Sie gern wissen, das Wanda Ihnen nicht erklären konnte?«

Webster dachte einen Moment nach. »Wanda ist ganz hervorragend darin, bei Hassdelikten wie dem von Ernesto Golding zu ermitteln – Vandalismus von gelangweilten, weißen, reichen Kids. Aber ein dreifacher Mord ist was anderes. Im Augenblick ermitteln wir in jede Richtung, einschließlich der örtlichen antisemitischen Gruppierungen.«

»Wie örtlich?«

»Südkaliforni …«

»In Südkalifornien wimmelt es nur so von diesen Kreaturen. San Diego und Umgebung ist beispielsweise das Territorium von Tom Metzger. Sie kennen Tom Metzger?«

»Ja, Ma'am. American Nazi Party …«

»Nein, die ANP wurde von George Lincoln Rockwell gegründet und ist in Chicago beheimatet. Nicht zu verwechseln mit dem Sitz der NSDAP, der in Lincoln in Nebraska liegt. Metzgers Partei ist die White Aryan Resistance, die Widerstandsgruppe der weißen Arier – WAR genannt.«

»Wo liegt da der Unterschied?«, wollte Webster wissen.

»Reine Nomenklatur. Sie sind alle von Hass zerfressen.«

»Wie viele Gruppierungen gibt es insgesamt in Südkalifornien?«

»Zwanzig… fünfundzwanzig. Das bedeutet nicht, dass diese Region von solchen Hampelmännern überlaufen wäre, es heißt nur, dass es schwierig ist, genaue Angaben zu machen, weil die Gruppierungen sich ständig neu formieren.«

»Können Sie mir ein paar Namen nennen?«

»Da wäre beispielsweise eine Ortsgruppe der World Church of the Creator…«

»Und wer ist das?«, fragte Webster.

»Ein Ableger der American White Party… Matthew Hale«, erwiderte Rina.

»Hale hat die Gruppe 1995 oder 1996 übernommen. Es sind Vertreter der weißen Suprematisten, deren Ansichten auf dem Sozialdarwinismus basieren – dem Recht des Stärkeren. Es ist ihnen egal, woher jemand kommt, Hauptsache, er ist weiß. Sie sind atheistisch im Gegensatz zu den christlichen rassistischen Sekten, die das Christentum dazu benutzen, ihren Rassismus zu begründen. Eigentlich hat jede ethnische Bevölkerungsgruppe ihr eigenes rassistisches Gegenstück – die Latinos haben die Aztlan, die Afroamerikaner ihre Nation of Islam. Die Weißen können aus einer Vielzahl von Möglichkeiten wählen – aus den Ortsgruppen des Ku-Klux-Klan, den Neonazis, den Straight Edges, den Skinheads, den Peckerwoods…«

»Peckerwoods?« Webster lachte. »Warum sollte sich jemand, der einigermaßen klar bei Verstand ist, Peckerwood nennen?«

»Peckerwood war ursprünglich eine abfällige Bezeichnung für Schwarze«, erklärte Kate. »Die heutigen Peckerwoods nutzen Geld aus Drogengeschäften, um ihre neonazistischen Aktivitäten zu finanzieren, wiederum im Gegensatz zu solchen Gruppierungen wie den Hammerskins, die den Drogenhandel angeblich ablehnen. Aber das sind nur die allgemeinen Parteistrukturen. Die Unterschiede sind minimal und werden von Tag zu Tag geringer.«

»Ich denke, Detective Webster interessiert sich besonders für die Hüter der Völkischen Reinheit, da sich ihr Sitz in North Valley befindet«, wandte Rina ein.

»Die Hüter der Völkischen Reinheit.« Kate nickte. »Ursprünglich eine Splittergruppe der World Church of the Creator. In den letzten vier Jahren haben sie hart an ihrem Image gearbeitet. So reden sie beispielsweise nicht mehr von der Überlegenheit der Weißen oder der weißen Rasse. Stattdessen verwenden sie Begriffe wie die Einheit der *Euroamerikaner* und stecken sie so in die gleiche Kategorie wie Afroamerikaner oder Hispanoamerikaner.« Sie setzte sich an ihren Tisch und bewegte ihre Computermaus hin und her, bis ihr Bildschirmschoner mit fliegenden Untertassen verschwand. »Ich bin mir sicher, dass die HVR eine Website haben.«

»Ja, haben sie.« Webster nannte ihr die Adresse. »Ich hatte nur gehofft, dass Sie mehr wüssten, als das, was ich im Internet gefunden habe.«

»Lassen Sie uns erst mal nachsehen, was sie denn genau predigen. Häufig sagen mir die Schlagwörter etwas über die Gruppierungen, mit denen sie verbandelt sind.« Als Kate die Internetseite aufgerufen hatte, zuckte sie zusammen. Der Bildschirm sprang dem Betrachter in bunten, dreidimensionalen Bildern entgegen: ein detailliert dargestellter Uncle Sam wachte über eine Landkarte der Vereinigten Staaten. »Also, die grafische Umsetzung ist ziemlich neu … von sehr guter Qualität. Das hat ein Profi gemacht. Sie müssen von irgendwoher eine Finanzspritze erhalten haben.«

»Woher könnte das Geld kommen?«, fragte Webster.

»Ich weiß es nicht, und genau das ist das Problem. Vor kurzem haben zwei Anhänger der weißen Suprematisten im Silicon Valley ihre Firmen für über hundert Millionen Dollar an eines der großen Computerunternehmen verkauft, um damit diese massive Briefkampagne mit Hassliteratur im Tri-State-Gebiet – Washington, Oregon, Idaho – zu finanzieren. Im Augenblick bezahlt ihr Dot-Com-Geld gerade die Verteidigung von Garvey McKenna.«

»Den kenne ich nicht«, sagte Webster.

»Ein gewalttätiger Rassist«, erwiderte Rina. »Aus der Gegend von Sacramento. Er war in die Brandanschläge auf zwei Synagogen und eine schwarze Baptistenkirche verwickelt. Zurzeit steht er wegen Raub und Körperverletzung an einem ortsansässigen jüdischen Juwelier vor Gericht.« Rina runzelte die Stirn. »Ist er nicht verurteilt worden?«

»Er hat Berufung eingelegt«, erwiderte Kate. »Es ist wirklich deprimierend. Eine unserer Vorgehensweisen gegen diese Bastarde besteht darin, sie mit Gerichtsverfahren zu überhäufen – verklag sie, bis sie pleite sind. Aber mit dem Zustrom von Geldern aus dem Technologiesektor wird es für uns immer schwerer, unsere Arbeit zu machen.«

»Was ist mit den Hütern der Völkischen Reinheit?«, fragte Webster.

»Ich weiß nicht, wer sie finanziell unterstützt.«

»Wie viele Leute loggen sich auf diese Art von Website ein?«, wollte Rina wissen.

»Diese spezielle hier …« Kate drückte ein paar Tasten. »Etwa siebzig Zugriffe pro Tag. Einige der Computernutzer haben Cookies – identifizierbare Datenpixel –, die wie eine Spur des Computers funktionieren. So können wir nachvollziehen, wo sie von hier aus hinklicken und welche anderen Websites sie besuchen. Viele von ihnen hinterlassen Pixel, die sich zurückverfolgen lassen, sodass wir den Ursprung ihrer Nachrichten herausfinden können.«

»Die exakte Adresse?«, fragte Webster.

»Nein, aber häufig die Stadt. Das Internet ist eine raffinierte Geschichte. Es verspricht den Schutz der Privatsphäre, aber tatsächlich hinterlässt es eine deutliche elektronische Spur. Man braucht nur zu wissen, wo man suchen muss.«

»Sie führen also Buch über alle Leute, die diese Websites aufsuchen?«

»Wir können unmöglich alle registrieren, aber wenn ein Name häufiger auf verschiedenen Sites auftaucht, legen wir eine Datei über ihn an. Ich kann mich immer noch nicht über die Professionalität dieser Grafik beruhigen.«

»Haben Sie schon mal von einem Typen namens Ricky Moke gehört?«, fragte Webster.

»Ricky Moke.« Kate dachte laut nach. »Nein. Wer ist das?«

»Das versuchen wir ja herauszufinden«, antwortete Webster. »Sein Name tauchte auf einer Liste des FBI über Computerhacker auf. Als die Synagoge vor sechs Monaten verwüstet wurde, habe ich Darrell Holt von den HVR befragt. Seine Assistentin, ein junges Mädchen namens Erin Kershan, erwähnte seinen Namen. Aber niemand scheint ihn zu kennen.«

»Ich werde versuchen, etwas herauszufinden.«

»Und was ist mit Darrell Holt?«

»Der ist schon eine ganze Weile bekannt«, meinte Kate.

»Irgendjemand hat mir erzählt, dass er seit etwa vier Jahren bei den HVR ist. Stimmt das?«

»Ja.«

»Also kam Darrell genau in dem Augenblick dazu, als die HVR an ihrem Image zu feilen begannen«, bemerkte Rina. »Vielleicht steht er ja hinter ihren Bemühungen um eine weiße Weste.«

»Das klingt logisch«, sagte Kate. »Darrell verfügt über eine Hochschulausbildung – University of California in Santa Cruz.«

»Ich dachte, er hätte in Berkeley studiert«, wandte Webster ein.

»Auch möglich. Er war ein Radikaler, bevor er ins konservative Lager wechselte – nichts Ungewöhnliches bei diesen Typen. Tom Metzger war Kommunist und wurde erst später ein Nazi. Ich geb Holt nachher in den Computer ein. Jetzt im Augenblick sollten wir uns mal ansehen, worauf die HVR hinauswollen. Ah, da haben wir ja schon ihren Standpunkt. Zurzeit wettern sie gegen die neue Weltordnung …«

»Und das wäre?«, fragte Webster.

»Alles, was eine Zusammenarbeit und den Frieden zwischen verschiedenen Ländern umfasst«, erwiderte Kate. »Als Bush senior Präsident war, hat er häufig von einer neuen Weltordnung gesprochen, was der Paranoia dieser Spinner bezüglich einer Regierungsverschwörung nur neue Nahrung gab. Daraufhin begannen sie, Anarchie zu predigen, wie etwa die Sprengung von Regierungsgebäuden. Willis Carto, ebenfalls aus Südkalifornien – er lebt irgendwo in Escondido –, gibt eine Zeitschrift namens *The Spotlight* heraus: eines der ältesten antisemitischen Machwerke. Zurzeit hat sich dieses Blatt fast ausschließlich auf eine Anti-NWO-Linie eingeschossen. Möglicherweise sind die HVR ein Ableger aus Escondido. Vielleicht beziehen sie ja von daher die finanziellen Mittel für ihre aufwändigen Grafiken.«

»Falls Ricky Moke existiert«, sagte Rina, »und er ein Computerspezialist ist, der mit den HVR in Verbindung steht, dann macht er die Grafiken vielleicht umsonst.«

Webster gefiel die Idee, und er hielt mit seiner Meinung nicht hinterm Berg. Er warf einen Blick über Karens Schulter auf den Monitor, die sich auf der Website weiter nach unten klickte.

»Nein, die HVR können nicht mit der TWCOC gemeinsame Sache machen. Sie sind gegen die Third Position«, meinte Kate.

»Die Third Position sagt, dass die Nationalität keine Rolle spielt, solange man nur weiß ist«, erklärte Rina.

»Sie sind weiß«, wandte Webster sich an Rina. »Könnten Sie also da eintreten?«

Kate schaltete sich ein. »Im Grunde könnte sie das, denn die Third Position glaubt nicht, dass weiße Juden wirklich Juden sind. Wenn sie also ihre Identität als Jüdin aufgäbe und die Überlegenheit der Weißen predigen würde, dann würden sie sie wahrscheinlich aufnehmen.«

»Sie wissen, dass Darrell Holt irgendwie schwarz ist?«, fragte Webster.

Kate sah vom Monitor auf und dachte einen Moment lang nach. »Wie kann man irgendwie schwarz sein? Klingt wie ›ein bisschen schwanger‹.«

»Er sieht aus, als wäre er eine Mischung verschiedener Volksgruppen«, sagte Webster. »Haben Sie ihn noch nie gesehen?«

»Nur auf Fotos. Er behauptet, er sei ein Cajun. Für mich sieht er aus wie ein typischer Einwohner von New Orleans.«

»Soweit ich weiß, behauptet er, er sei ein Akadier aus Kanada – Neuschottland. Was möglicherweise stimmen könnte, da die Neuschottland-Akadier schwarze Vorfahren haben.«

»Das würde auch erklären, warum er gegen die Third Position ist«, wandte Rina ein.

»Also haben wir es mit einem Typen zu tun, der ein Befürworter der Rassentrennung und ein Rassist ist, aber kein Vertreter der weißen Suprematisten, weil schwarzes Blut in seinen Adern fließt«, stellte Webster fest. »Warum hat er sich dann nicht einer Gruppierung wie der Nation of Islam angeschlossen?«

»Möglicherweise hat er das in Berkeley versucht, war aber nicht schwarz genug«, sagte Rina.

Webster lächelte. »Wäre das nicht ein Witz? Jemand will unbedingt Rassist sein, hat aber selbst so viele verschiedene Rassen in der Ahnenreihe, dass er in keine der Gruppen passt.«

»Also gründet er seine eigene Gruppe«, fuhr Rina fort.

»Nein, die HVR wurden vor über vier Jahren gegründet«, widersprach Kate.

»Aber sie haben vor vier Jahren ihr Image gewechselt«, gab Webster zu bedenken.

»Das hast du selbst gesagt, Kate«, meinte Rina. »Holt hat verschiedene Wandlungen durchgemacht.«

»Warum sehen wir nicht mal unter Holt nach?«, schlug Webster vor.

»Ich werde erst mal das hier schließen …« Kate verließ die offizielle Homepage der HVR und gab Darrell Holt als Suchbegriff ein. »Er hat seine eigene Website … mit einem Link zu den HVR.«

»Wer hat die HVR eigentlich gegründet?«, fragte Webster.

»Ich glaube, das war ursprünglich eine Splittergruppe der Methods of Mad White Boys – eine von Garvey McKennas Survivalmiliztruppen irgendwo in Idaho.«

»Survivalmiliztruppe«, wiederholte Webster. »Kommt McKenna vom Militär?«

»Ich glaube, ja. Er war bei den Marines, wenn ich mich nicht täusche.«

»Kommt mir irgendwie bekannt vor?«, sagte Webster. »Sagt Ihnen der Name Hank Tarpin etwas?«

»Erst seit knapp dreißig Sekunden«, erwiderte Kate. »Holts Website ist mit Tarpins Homepage verlinkt.«

25

Wenn Tarpin die Baldwins auf Grund seiner rassistischen Überzeugungen ermordet hat – warum hat er damit dann so lange gewartet?«, fragte Decker.

»Weil er Hilfe brauchte«, antwortete Oliver. »Eine ganze Reihe von Verrückten hat das Naturcamp der Baldwins durchlaufen. Tarpin musste nur den Richtigen finden.«

»Also, du meinst, dass er .... acht Jahre damit verbracht hat, den richtigen Verrückten zu finden?« Wanda Bontemps war skeptisch.

»Tarpin ist ein geduldiger Mann«, erwiderte Oliver.

Wanda widersprach ihm nicht. Scott hatte mehr Dienstjahre auf dem Buckel, und sie wollte ihm nicht dadurch auf die Palme bringen, dass sie mit ihm über seine Vermutungen stritt – die außer ihm sowieso niemand glaubte. Inzwischen war es fast zwei Uhr nachmittags, und in Deckers Büro war es so stickig wie in einer Sauna. Der Ventilator auf dem Tisch stand auf höchster Stufe, brachte aber kaum Kühlung. Stattdessen wehte er Blätter quer durch den ganzen Raum. Decker waren die Kaffeebecher ausgegangen, die er als Beschwerer für seine Aktenberge benutzte. Alle Anwesenden fächerten sich mit Handzetteln Luft zu, auf denen für das Polizeipicknick am vierten Juli im Rodgers Park geworben wurde. Ihnen allen einen glücklichen und gesegneten vierten Juli, und genießen Sie das Feuerwerk. Der Lieutenant wartete auf die Berichte aus der Pathologie und der Ballistik – vielleicht würde die Gerichtsmedizin Hinweise auf den Mörder liefern.

»Entschuldigt meine Unwissenheit«, sagte Marge, »aber sollten die Baldwins, gerade als Therapeuten, in puncto Menschenkenntnis nicht einigermaßen ausgebufft sein? Und du behauptest, dass sie keinen blassen Schimmer davon hatten, dass Tarpin hinter ihnen her war?«

»Sie waren überheblich«, beharrte Oliver. »Du weißt schon, so wie in dieser griechischen Geschichte ... Hochmut vor dem Fall.«

»*Hybris*«, antwortete Marge.

»Wieso weißt *du* so was?«

Marge erstarrte. »Zunächst mal, Scott, weil ich nicht blöde bin. Und außerdem studiert Vega *Oedipus Rex* an der Schule ein.«

»Tarpin war derjenige, der die Leichen gefunden hat«, fuhr Oliver fort. »Er war als Einziger dazu in der Lage, das durchzuziehen. Der Junge, von dem Webster erzählt hat… Riley Barns. Er meinte, er hätte ein paar Schatten gesehen.«

»Barns' Aussage war ziemlich vage«, meinte Decker. »Vielleicht hat er Schatten gesehen, vielleicht hat er aber auch nur geträumt.«

»Er hat nicht geträumt«, widersprach Oliver. »Er sah zwei Schatten – Holt und Tarpin. Beides Überlebenskämpfer; beides Milizangehörige. Sie warten, bis alles schläft, ziehen sich ihre Tarnanzüge über, legen Baldwin und Ernesto um und verschwinden wieder in den Wäldern. Tarpin geht dann zu seinen Jungs zurück, Holt legt Dee um…«

»Scott, genauso gut könntest du behaupten, Dee Baldwin hätte sich selbst umgebracht aus Reue darüber, dass sie ihren Mann und Ernesto erwischt und in einem Wutanfall umgenietet hat«, warf Martinez ein.

Marge verzog das Gesicht. »Daran glaube ich keine Sekunde.«

»Tja, aber du hast nicht gesehen, wie sie dalag. Hätte mit Selbstmord übereinstimmen können.«

»Tarpin stand mit ein paar ganz schlimmen Typen in Verbindung, Bert. Ihr alle hättet die Informationen über Garvey McKenna und seine Miliz sehen sollen – die Method of Mad White Boys«, sagte Webster.

»Das sind doch Spinner«, erwiderte Martinez.

»Das heißt aber nicht, dass sie nicht bösartig sind«, konterte Webster.

»Vielleicht ist das der Grund, warum Tarpin sich von ihnen getrennt hat«, schlug Martinez vor.

»Warum verteidigst du einen Schwachkopf wie Tarpin?«, wandte Oliver sich an Bert.

»Ich verteidige ihn überhaupt nicht«, erwiderte Martinez gereizt. »Ich halte es für eigenartig, dass Tarpin und Holt – selbst mit ihren rassistischen Ansichten – jahrelang Däumchen drehen, bevor sie schließlich die Baldwins umbringen. Zumal Tarpin und Holt sich möglicherweise schon seit Jahren kennen.«

»Vielleicht spielte Geld eine Rolle«, meinte Wanda.

»Kein schlechter Gedanke«, sagte Oliver. »Irgendjemand von den HVR bezahlt Tarpin dafür, die Baldwins umzubringen, da die Baldwins Liberale waren, Scheißseelenklempner, und die HVR wussten, dass Tarpin sie leichter als jeder andere kriegen konnte.«

Decker verzog das Gesicht. »Ich kann mich nicht erinnern, dass die Baldwins einen Feldzug gegen die HVR oder irgendeine andere antisemitische Gruppierung geführt hätten. Sie erscheinen mir als ein merkwürdiges Ziel.«

»Ist nicht auch Ernestos Vater politisch ziemlich liberal?«, fragte Wanda.

»Aha!«, rief Oliver triumphierend. »Tarpin erledigt drei auf einen Streich.«

»Ernesto wurde umgebracht, nicht sein Dad«, wandte Marge ein.

»Wenn du jemanden treffen willst, dann greif seine Kinder an«, sagte Oliver.

»Stimmt«, meinte Decker. »Aber wenn Tarpin es getan hat, stellt er sich damit direkt ins Rampenlicht. Es gibt ungefährlichere Wege, jemanden umzubringen.«

»Genau. Warum sollte Tarpin sich selbst in die Schusslinie bringen?«, fragte Martinez.

»Weil er ein scheißdämlicher Rassist ist«, erwiderte Oliver.

»Nenn mir ein Motiv, Scott«, sagte Martinez, »etwas anderes als ›weil er ein scheißdämlicher Rassist ist‹.«

»Ist das nicht genug?«

»Nein, die Tatsache, dass jemand ein dämlicher Rassist ist, macht ihn noch lange nicht zum dreifachen Mörder«, entgegnete Martinez.

»Das heißt aber auch nicht, dass er's nicht ist.«

»Also jetzt wird's langsam kindisch«, meinte Marge.

Wanda räusperte sich. »Könnte es sein, dass einer der Jungs aus dem Camp von Tarpin so begeistert war, dass er eine seiner rassistischen Ideen bis ins letzte Detail ausführte?«

»Möglich ist alles«, sagte Decker. »Ich schlage vor, wir beginnen mit dem, was wir haben. Tathergang A – dreifacher Mord. Tathergang B – Doppelmord und Selbstmord…«

»Der Killer benutzte einen Schalldämpfer«, sagte Marge. »Wenn es eine Affektgeschichte wäre, hätte Dee keine Waffe und einen Schalldämpfer bei sich gehabt.«

»Vielleicht hatte sie ihren Mann schon seit Jahren verdächtigt und brauchte nur etwas Zeit, um den nötigen Mut aufzubringen«, gab Martinez zu bedenken. »Tatsache ist doch, dass wir es nicht wissen.«

»Bert hat Recht«, sagte Decker. »Wir wissen jedoch, dass Hank Tarpin noch lebt und zur Mordzeit vor Ort war. Wir wissen, dass Hank Tarpin die Leichen gefunden hat. Wir wissen, dass Tarpin – zusammen mit Holt – Mitglied bei den HVR ist. Wir wissen, dass Tarpin ein ehemaliger Marinesoldat ist, genau wie Garvey McKenna. Wir müssen uns noch mal mit Tarpin unterhalten.«

»Obwohl wir ihn bereits vier Stunden ohne Rechtsanwalt befragt haben und nichts dabei herausgekommen ist?«, fragte Martinez.

»Versucht es noch mal«, erwiderte Decker. »Denkt euch irgendeine plausible Geschichte aus, die ihn nicht gleich nach seinem Anwalt rufen lässt.«

»Wie wär's damit: Wir vermuten, dass die Baldwins ihren Einfluss geltend gemacht haben, um ihre jugendlichen Klienten an bestimmten Universitäten unterzubringen, und würden gern Tarpins Meinung dazu hören«, schlug Marge vor.

»Das ist keine Geschichte, das ist die Wahrheit«, sagte Oliver. »Die Baldwins haben ihre Connections genutzt, um ihre Kids an die Eliteunis zu kriegen.«

»Umso besser. Das macht uns glaubwürdiger«, meinte Decker.

»Tarpin wird darüber nichts wissen«, warf Martinez ein. »Er ist nur der Campausbilder.«

»Da bin ich mir nicht so sicher«, widersprach Decker. »Vielleicht haben ihm einige der Jugendlichen davon erzählt, wie sehr sie von den Baldwins abhängig waren, wenn es um die Zulassung zu einer bestimmten Uni ging, und dass sie nur deshalb zustimmten, am Naturcamp der Baldwins teilzunehmen. Wenn du eine bessere Taktik weißt, Bert, dann schieß los.«

Schweigen.

»Okay, dann setze ich also Bert und Tom auf Tarpin an.« Decker trug die Aufgabenverteilung in sein Dienstbuch ein. »Als Nächstes müssen wir uns Maryam Estes im Büro der Baldwins vornehmen.«

»Ist der Durchsuchungsbefehl schon durch?«, fragte Marge.

»Noch nicht.« Decker blickte von seinem Notizbuch auf; sein Blick wanderte von Marge zu Oliver und wieder zurück. »Aber selbst wenn ihr jede einzelne Akte durchsuchen könntet, müsstet ihr den Bereich eingrenzen. Versucht also, Estes auf eure Seite zu bringen. Ich will, dass ihr herausfindet, ob es irgendwelche Jugendlichen oder Eltern gegeben hat, die einen Groll gegen die Baldwins hegten. Noch irgendwelche Fragen?«

Keine.

»Dann los.« Decker wandte sich an Bontemps. »Sie können die Prüfungskommission der Psychologenkammer anrufen und herausfinden, ob es in der Vergangenheit – sagen wir in den letzten zehn Jahren – irgendwelche Beschwerden über die Baldwins gegeben hat. Überprüfen Sie bitte auch die Bankunterlagen der Baldwins, Immobilien, Vermögenswerte, einfach alles, was Sie kriegen können. Vielleicht finden Sie ja heraus, wie viel sie wert waren oder ob irgendwelche größeren Summen bewegt wurden. Danach kümmern Sie sich bitte um die Versicherungen – welche Versicherungspolicen sie hatten, wer der Begünstigte ist, wer vom Tod der Baldwins irgendwie profitiert.«

»Irgendjemand sollte auch klären, ob die Baldwins Eheprobleme hatten«, warf Martinez ein. »Das würde die Doppelmord-Selbstmord-Theorie stützen.«

»Wanda, Sie hören sich bitte auch mal um, wie ihre Ehe war. Irgendwelche Neuigkeiten zu Ruby Rangers Aufenthaltsort?«, fragte Decker.

»Ich mache jeden Tag die Telefonrunde. Bisher hat niemand der Kollegen im Norden ihren Wagen gesehen«, antwortete Wanda.

»Dann ist sie vielleicht gar nicht da oben. Bleiben Sie trotzdem am Ball.« Decker schrieb Wandas Auftrag in sein Dienstbuch. »Ich glaube, fürs Erste haben wir alle genug zu tun. Ich selbst fahre gleich zum Leichenschauhaus und sehe mal nach, was die Pathologie herausgefunden hat. Ernestos Leiche wurde vor einer Stunde freigegeben. Die Beerdigung ist für achtzehn Uhr angesetzt, und ich erwarte, dass dann alle dort sind. Was auch immer passiert ist, selbst wenn Ernesto an seinem eigenen Untergang beteiligt war, es bleibt eine schreckliche Tragödie für die Eltern. Falls jemand noch etwas Wichtiges zu sagen hat – jetzt wäre die Gelegenheit.«

Stille breitete sich aus.

Decker erhob sich. »Also dann: Adios, Amigos und viel Glück.«

Der größte Teil der Freiflächen in der Bibliothek wurde von Kisten und Klappstühlen vom Vortrag am Vorabend belegt – eine sehr erfolgreiche Veranstaltung mit über zweihundert Teilnehmern, laut Georgia Rackman, der Chefarchivarin des Zentrums. Sie war eine große Frau mit kräftigen Hand- und Fußgelenken und einer beeindruckenden Frisur – blondiert und hochtoupiert. Sie hatte ein rundes, offenes Gesicht mit glatter Haut, und ihre braunen Augen wirkten durch den dick aufgetragenen Eyeliner besonders ausdrucksvoll. Georgia sprach mit einem breiten texanischen Akzent und war nicht gewillt, sich zu entschuldigen, wenn ihre Stimme hin und wieder das erträgliche Maß an Lautstärke überschritt.

»In Dallas«, so ihre Redensart, »packen wir alles groß an.«

Die Bibliothek stand voll mit Bücherregalen, die tausende von Bänden über den Holocaust und den Zweiten Weltkrieg enthielten. So viele Titel … so viele Erinnerungen: *Archives of the Holocaust, The Holocaust and the History of the Rise of Israel. Enzyklopädie des Holocaust, Tagebuch aus dem Warschauer Ghetto, Geisterbeschwörung…* Aber die Juden waren nicht die einzige vertretene Volksgruppe. Es fanden sich auch Abhandlungen zu den Massakern an den Armeniern, zum Abwurf der Atombomben auf die Städte Hiroshima und Nagasaki und das dadurch verursachte Massensterben, zur Verfolgung der Kambodschaner unter Pol Pot, zum Bürgerkrieg zwischen den Huto und den Tutsi in Afrika oder zum Blutbad in der ehemaligen belgischen Kolonie Kongo. Rina war bewusst, dass keine Menschengruppe einer Kultur ihre Verfolgung als einzigartig darstellen konnte – ein trauriges Zeugnis über den Zustand der Menschheit.

Die kleine Bibliothek beschäftigte eine Vollzeitbibliothekarin, eine Teilzeitarchivarin und zwei Austauschstudenten aus Österreich, die ihren Zivildienst ableisteten, indem sie ein Jahr in diesem Zentrum arbeiteten.

Georgia saß an ihrem Schreibtisch vor dem Computer und sah die Schwarzweißfotos durch, die Rina ihr gegeben hatte. »Die sagen mir nicht viel. Ich weiß noch nicht mal, ob sie echt sind. Das Papier sieht ziemlich neu aus.«

Rina dachte über die verschiedenen Möglichkeiten nach. »Heutzutage kann man eine Menge mit Computern machen. Oder man hat vielleicht erst vor kurzem Abzüge von alten Negativen angefertigt.«

»Das wäre denkbar.« Georgia warf noch einmal einen Blick auf die Fotos. »Bedauerlicherweise sagen sie *mir* überhaupt nichts. Aber ich werde sie mal herumzeigen. So gut wie niemand hat Treblinka überlebt. Das weißt du ja selbst.«

Rina setzte sich neben sie. »Ja, das ist mir bekannt.«

»Es würde eine Menge bringen, wenn du dieses Blatt Papier mit der polnischen Handschrift hättest. Es könnte eine Arbeitserlaubnis sein, ein Visum oder Transportpapier … dieses Dokument würde uns bestimmt weiterhelfen.«

Rina seufzte. »Ich bin sicher, dass Mr. Golding es mir sofort überlassen hätte, wenn er es zur Hand gehabt hätte.«

»Und er weiß nicht, ob es sich bei der Sprache um Polnisch handelt?«

»Stimmt.«

»Das macht einen großen Unterschied. Weil es viele Juden gab, die im Warschauer Ghetto festgehalten wurden, besonders gegen Ende – bevor die Stadt dem Erdboden gleichgemacht wurde. Dort lebten Tschechen, Estländer, Letten, Litauer, Dänen, Schweden …« Sie hob ihre Hände. »Die Nazis liquidierten sie, sobald sie sie fanden. Es wäre wirklich von großem Nutzen, mehr Informationen zu bekommen.«

»Ich wette, auch Mr. Golding wünscht, er hätte mehr Informationen. Als ich mit ihm heute Morgen sprach, war er in einem schrecklichen Zustand. Ich könnte mir vorstellen, dass er sich kaum noch an das Gespräch erinnert.« Rina seufzte. »Der arme Mann.«

»Warum beschäftigt er sich ausgerechnet jetzt damit? Gibt es für ihn im Augenblick nicht wichtigere Dinge, über die er nachdenken sollte?«

»Vielleicht möchte er aber gar nicht nachdenken, Georgia. Außerdem verarbeiten Männer den Schmerz, indem sie sich irgendeine Beschäftigung suchen. Frauen hingegen reden.«

»Aha, du hast also auch diese modernen Psychoschmöker gelesen!«

»Nein, habe ich nicht. Aber ich beobachte meinen Mann. Sobald er nervös ist, fängt er an, im Haus rumzubasteln. Was nicht schlecht ist, denn Peter ist sehr geschickt im Umgang mit Werkzeugen. Wenn ihm etwas Sorgen bereitet, werden sämtliche tropfende Wasserhähne im Haus repariert …«

Georgia lächelte. »Und du weißt nicht mal sicher, ob dieser Yitzchak Golding noch lebt oder schon tot ist?«

»So ist es«, erwiderte Rina. »Ernesto Golding, der ermordete Junge, hat behauptet, er hätte einige Informationen über einen Yitzchak Golding, der in Treblinka starb. Auch sämtliche Verwandte des Mannes starben dort. Aber es wäre möglich, dass es noch einen anderen Yitzchak Golding gab, und das könnte Mr. Goldings Vater gewesen sein. Ich weiß es wirklich nicht, Georgia. Deswegen bin ich ja hier.«

»Woher hatte er die Informationen über den Golding, der in Treblinka starb?«

»Keine Ahnung.«

»Könnte er das alles erfunden haben?«

»Klar, denkbar wär's.«

»Weißt du, in welchem Jahr Yitzchak Golding starb?«

»Nein.«

»Ich fang mal mit den Unterlagen von Records of American Gathering an. Wenn das nicht weiterhilft, suchen wir beim Roten Kreuz, im Archiv von Yad Vashem, im Zentralarchiv, bei der jüdischen Flüchtlingsorganisation HIAS... oder, oder, oder. Das Problem ist nur, dass sich die meisten Organisationen hauptsächlich mit denjenigen beschäftigen, die nach 1945 starben beziehungsweise heute noch leben. Wie du ja weißt, wurde Treblinka lange Zeit davor zerstört.« Georgia zögerte und sah noch einmal auf die Fotos. »Hmmmm.«

»Was bedeutet dieses ›Hmmmm‹?«

»Wenn Goldings Vater ein Nazi war und er Yitzchak Goldings Identität angenommen hat, dann muss er erstens gewusst haben, dass Yitzchak Golding tot war. Zweitens: Wenn er Goldings Namen angenommen hat, dann muss Yitzchak Golding einen bleibenden Eindruck bei ihm hinterlassen haben. Denn erinnere dich: Das Konzentrationslager wurde 1943 dem Erdboden gleichgemacht, und der Krieg war erst 1945 vorüber. Millionen von Juden starben, nachdem Treblinka schon lange nicht mehr existierte. Der echte Golding musste unserem Mann mindestens zwei Jahre im Gedächtnis geblieben sein. Und weißt du, was das bedeutet?«

»Nein, keine Ahnung.«

»Dass der tote Yitzchak Golding jemand war, den man kannte. Vielleicht hatte er sich an irgendeinem Aufstand beteiligt und als regionaler Held einen Namen gemacht. Wie etwa beim Aufstand im Warschauer Ghetto.«

»Die dort beteiligten Juden kamen allesamt ums Leben, die von Treblinka jedoch nicht.«

»Vielleicht war er an einem der Aufstände in diesem Konzentrationslager beteiligt. Es hat dort mehrere gegeben, wie du weißt.«

»Das ist mir schon klar. Aber den Namen Golding habe ich auf keiner der Listen entdecken können.«

»Tausende waren daran beteiligt gewesen und starben namenlos. Er könnte einer aus der großen Menge der Vergessenen sein.«

»So vergessen nun auch wieder nicht«, wandte Rina ein. »Irgendjemand trägt seinen Namen, auch wenn es kein Verwandter ist.«

»Merkwürdig. Sehr, sehr merkwürdig.« Georgia warf einen Blick auf ihre Uhr – nicht weil sie es eilig hatte, sondern weil sie angespannt war. »Was ich dir jetzt sage, bleibt unter uns, okay?«

»Schieß los.«

»Ich kenne da diesen Mann – Oscar Adler. Er ist um die neunzig... aus der Tschechoslowakei. Aber er wurde nach Warschau deportiert und später nach Treblinka verlegt, kurz vor der Vernichtung dieses Lagers. Als die Nazis versuchten, das Lager niederzubrennen – das war kurz vor dem Einmarsch der Russen –, gelang einer Hand voll Lagerinsassen die Flucht in die polnischen Wälder. Aber selbst von diesen wenigen Flüchtlingen wurden die meisten von der polnischen Polizei aufgegriffen und zu den Nazis zurückgebracht. Dieser Mann ist im wahrsten Sinn des Wortes ein Überlebenskämpfer. Er hat noch einen glasklaren Verstand, und was er sagt, ist absolut stimmig. Es gibt nur ein kleines Problem.«

Sie machte eine kurze Pause – entweder wegen des dramatischen Effekts oder weil sie nicht die richtigen Worte fand.

»Er spricht nicht über seine Erfahrungen, Rina. Ich habe ihn auf Knien gebeten, seine Geschichte für die Nachwelt aufzuschreiben. Ich habe wirklich alle erdenklichen Taktiken angewandt, um ihn zum Reden zu bringen... aber er schweigt.«

Ganz wie Goldings Vater. »Woher kennst du ihn?«

»Er lebt im gleichen Pflegeheim wie mein Onkel. Du weißt ja: Ich hab eine große Klappe, und alte Leute sind die gesprächigsten Menschen der Welt, wenn man ihnen die Gelegenheit dazu gibt. Eines Tages ließ er – halb zufällig, halb absichtlich – die Bemerkung fallen, dass er Treblinka überlebt hatte. Ich war völlig perplex und ziemlich geschockt. Ich habe dann darüber nachgedacht, wie viel er für das Zentrum tun könnte. Aber als ich die Sache ihm gegenüber erwähnte, erstarrte er zur Salzsäule. Dann wurde er rot vor Zorn und verbot mir, mit irgendjemandem darüber zu sprechen – unter welchen Umständen auch immer.

Ich hielt das zwar für schrecklich ungerecht, aber ich wollte auch nicht, dass der Mann einen Herzinfarkt bekommt. Also habe ich mein Versprechen gehalten und – bis jetzt – geschwiegen.«

Es war unfair, aber durfte Rina sich ein Urteil über jemanden erlauben, der diese ungeheuren Qualen durchlebt hatte? »Jammerschade. Ich bin mir sicher, dass es noch eine Menge Menschen gibt, die bis heute nicht wissen, was mit ihren Angehörigen geschah«, sagte Rina.

»Nicht in diesem Fall. In Treblinka wurden ganze Familien ausgelöscht – alle Generationen. So dann und wann erwähne ich Oscar gegenüber schon mal einen Namen. Ich glaube, wenn er ihn kennen würde, würde er es mir sagen. Aber bisher hat er noch keinen wiedererkannt. Denn als er nach Warschau kam, brachten die Nazis die Juden in einem derartigen Tempo um, dass er mit niemandem je länger als eine Woche zusammen war. Er hat nur überlebt, weil er sich bis zum Ende versteckt hielt.«

»Ich denke, jetzt mit neunzig hat er das Gefühl, sich das Recht nehmen zu können, nicht über die Vergangenheit zu sprechen.« Rina dachte einen Moment nach. »Gibt es etwas, das er besonders gern isst?«

Georgia machte eine wegwerfende Handbewegung. »Du kannst ihn nicht mit Essen ködern. Oscar hat keine Zähne mehr. Manchmal vergisst er sogar, sein Gebiss einzusetzen.«

»Wie wär's mit einer selbst zubereiteten Suppe?«

Georgia drehte ihre Hand abwägend hin und her. »Eine Suppe wär vielleicht nicht schlecht.«

»Soll ich ihm eine schöne Hühnersuppe kochen? Oder vielleicht eine richtig klassische Kohlsuppe mit *flanken*?«

»Du könntest beides machen.«

»Kein Problem. Ich bereite einfach zwei Töpfe Suppe zu und tu noch Matzebällchen und Kreplach-Teigtaschen in die Hühnersuppe. Unabhängig davon, ob er über seine schrecklichen Erfahrungen redet oder nicht – die Suppe bekommt er auf jeden Fall.«

»Das ist keine schlechte Idee.« Georgia zuckte die Achseln.

»Ich werde Oscar nach deinem Yitzchak Golding fragen. Aber sei nicht enttäuscht, wenn er sich weigert, mit dir zu reden.«

»Wenn er erst mal meine Suppe probiert hat, kann er nicht mehr Nein sagen.«

Georgia musterte Rina von Kopf bis Fuß. »Ich werd ihm sagen, dass du hübsch bist. Oscar hat neben einer Schwäche für gute Suppen auch ein Faible für hübsche Frauen.«

26

Als Emma Lazarus ihre berühmten Worte unterhalb der Freiheitsstatue niederschrieb, muss sie Orte wie den Foothills-Bezirk des Los Angeles Police Department vor Augen gehabt haben – ein Viertel mit einer multikulturellen Bevölkerung, bestehend aus arbeitslosen und ums Überleben kämpfenden Weißen, Schwarzen, Lateinamerikanern, Asiaten und anderen Minderheiten, die zusammen die Gruppe der Einwanderer bildeten. Es war eine trockene Region, im Sommer heiß wie in der Sahara, sodass die Luft im diesigen Smog der Autoabgase flirrte. Dieses Viertel war für Decker fünfzehn Jahre lang sein Zuhause gewesen. Tag und Nacht hatte er dort gearbeitet, selbst als der Bezirk nach der Rodney-King-Geschichte unter strengster Überwachung stand. In diesem gottverlassenen Schmelztiegel namens Northeast Valley trug seit Jahrzehnten nur einer den Titel »Held des Jahrhunderts«, nämlich Ritchie Valens. Für Bert Martinez stand der längst verstorbene Sänger noch immer an der Spitze.

Am Steuer seines Zivilfahrzeugs fuhr Martinez über die 5 North, vorbei an Häusergruppen mit abblätterndem Putz und Wohnblöcken, vorbei an Autowracks auf Grundstücken, die von Unkraut überwuchert wurden. Ihre Chrom- und Stahlteile reflektierten das grelle Sonnenlicht.

»Nicht weit von hier bin ich zur Schule gegangen«, sagte Martinez.

Webster warf ihm einen Blick zu. »Im Ernst?«

»Ja. Pacoima High. Mein Mädchen für den Abschlussball

wohnte direkt neben der Schnellstraße, als diese noch keine war. Damals gab es hier nichts außer Häusern und einem Billigkaufhaus.« Er starrte nach vorn durch die Windschutzscheibe. »Mein alter Herr war Anstreicher.«

»Das wusste ich gar nicht.«

»Ja, er und sein Bruder. In den beiden Familien gab es sieben Jungs. Mein Vater trug immer einen breiten, schwarzen Gürtel und hatte keinerlei Hemmungen, ihn auf unserem Hintern auszuprobieren.« Er lächelte. »Das war noch die Zeit, als der Kinderschutzbund sich hauptsächlich um eine warme Mahlzeit in der Cafeteria kümmerte.« Er schüttelte den Kopf bei dem Gedanken daran, wie schnell die Zeit verging. »Ich will damit nicht sagen, dass körperliche Züchtigung 'ne tolle Sache ist, aber weder ich noch meine drei Brüder haben es ihm je übel genommen. Damals war das eben so.«

»Oder vielleicht wusste dein Vater auch einfach, wann es genug war.«

»Ja, vielleicht.« Martinez holte tief Luft. »Als ich noch hier lebte, war das mein Zuhause. Jetzt kommt es mir so vor wie jedes andere heruntergekommene Viertel – deprimierend. Und dabei hat es sich noch nicht einmal so sehr verändert. Erstaunlich, was eine andere Perspektive doch ausmacht.«

»Wohnen noch Verwandte von dir hier?«

»Nein. Sobald jemand auch nur ein bisschen Geld beisammen hatte, zog er von hier weg.«

»Wo wohnt Luis?«

»Montebello.«

»Da, wo er auch arbeitet.«

»Ja. Hab ich dir schon erzählt, dass er inzwischen Sergeant ist?«

»Nein. Gratulier ihm von mir.«

»Mach ich. Die beiden anderen leben in der Nähe der Union Station.«

»Das weiß ich. Ich glaube, meine Frau hat die halbe Nachbarschaft zu dem Laden geschleppt. Ganz besonders mögen sie den Teil, wo dein Bruder den Schraubenzieher rausholt und wie verrückt auf die Garderobe einsticht, um zu demonstrieren, wie robust das Material ist.«

Martinez grinste. »Das beherrschen sie aus dem Effeff.«

Der Dodge heulte auf, als sie die lange Steigung zu den Bergen hinauffuhren. Die Temperaturanzeige kletterte unaufhaltsam nach oben – nicht rapide, aber doch Besorgnis erregend.

»Machst du mal das Fenster auf?«, bat Martinez.

»Ist jedenfalls besser, als einen Hitzschlag zu kriegen.«

Sofort füllte ein sengender Wind den Dodge. Webster seufzte und knöpfte sein Hemd auf. »Wenn man darüber nachdenkt, dann arbeiten wir in einem Bezirk, der beide Enden des Spektrums kennt. Einige sehr wohlhabende Menschen leben in dieser Region, aber auch einige nicht ganz so Betuchte…«

»Und?«, fragte Martinez.

»Manchmal, wenn ich zu so einem Haus fahre… wie dem von Alice Ranger. Sie wohnt in dieser funkelnagelneuen Villa mit allen erdenklichen Annehmlichkeiten und trinkt sich selbst ins Delirium. Und hier steh ich, ein Hochschulabsolvent, der sich den Arsch abarbeitet und schwitzt wie ein Affe – und das alles für zweiundfünfzig Riesen im Jahr.«

»Plus Zulagen.«

»Ich beschwer mich ja gar nicht«, meinte Webster. »Es gab sicher viele Wege, die ich hätte einschlagen können, aber ich hab mich nun mal für diesen entschieden, und ich will mich auch gar nicht beklagen…«

»Das sagtest du bereits.«

»Also klingt es doch so, als würde ich mich beschweren?« Webster grinste. »Mir geht es gut. Aber ich frag mich schon, was, zum Teufel, Leute wie Alice Ranger zu meckern haben. Und wir kriegen nicht nur Frauen wie sie zu sehen, sondern haben es häufig mit Leuten aus der Arbeiterschicht zu tun. Wie muss es also für einen Macho-Marinesoldaten wie Hank Tarpin sein, tagaus, tagein mit den Reichen zu arbeiten? Das nagt doch an einem, oder?«

»Nicht, wenn man selbst keine derartigen Ambitionen hegt.«

»Ach, komm schon, Bert. Niemand strebt nach einem durchschnittlichen Einkommen.«

»Tommy, wenn dein Leben und Einkommen unter dem Durchschnitt liegen, dann kann der Durchschnitt verdammt attraktiv sein.«

Webster schwieg.

»Die Armut ist nicht der Grund, warum diese Arschlöcher zu Rassisten werden«, sagte Martinez schließlich.

»Es ist einer der Gründe.«

»Es ist eine der Ausreden«, erwiderte Martinez. »Eine von vielen.«

»Gleich kommt unsere Ausfahrt, direkt hinter dem Schild da.«

Martinez fuhr auf die rechte Spur und bog in eine Straße ab, die sich bis zum Horizont durch eine strohfarbene, ausgedörrte Hügellandschaft erstreckte. Die Hitze strahlte vom Asphalt ab. Knorrige Eichen wurzelten in der steinharten Erde, und die hohen Eukalyptusbäume schimmerten silbern in der Sonne, während sie ihren würzigen Mentholatem verströmten. Auch einigen kleinen Büschen war es gelungen, in der rissigen Erde Wurzeln zu schlagen. Der Dodge kämpfte sich mühsam durch das menschenleere Gebiet, durch heiße, regungslose Luft. Aber die Sicht war hier besser, und sogar der Smog hatte sich gelichtet, weggebrannt von einer erbarmungslosen Sonne. Webster lief der Schweiß in Strömen herunter.

»Wo sind wir hier eigentlich?«, fragte Martinez.

»Cañongebiet.«

»Welcher Cañon?«

»Sierra Cañon. Neben dem Placerita Cañon – dem Naturschutzgebiet. Kennst du es?«

»Nein.«

»Ich bin vor fünf Jahren mal dort gewesen. Nicht bei dieser Hitze, sondern im Frühjahr. Mein Heuschnupfen schlug sofort Purzelbäume.«

»Du scheinst eine echte Großstadtpflanze zu sein, was?«

»Soweit ich weiß, gibt es keine Allergie gegen Zement.«

»Und wie kommen wir jetzt dahin?«

»Warte mal.« Webster warf einen Blick auf die Karte. Die Straßen auf dem Plan wirkten wie willkürliche Schnörkel und Kringel. Er gab Bert nach bestem Wissen und Vermögen Anweisungen: eine Meile hier, zwei Meilen dort entlang. Martinez folgte der gewundenen Straße, den Buchten und Kurven, und nach wenigen Minuten tauchte der Wagen in den schützenden Schatten der schmalen Täler ein, die von hoch aufragenden Platanen überschattet wurden, sodass die Temperatur um ein paar Grad fiel. Auch die Kühlwassertemperaturanzeige des Dodge sank.

»Willst du noch mal die Klimaanlage versuchen?«, fragte Webster.

»Klar doch, ich liebe die Gefahr.«

Sie schlossen alle Fenster und schalteten die Klimaanlage auf die höchste Stufe. Aber sie blies nur lauwarme Luft durch die Öffnungen ins Wageninnere. Draußen schmiegten sich kleine Holzhäuser in die Landschaft, manche nicht größer als ein Schuppen. Weiter im Cañon passierten sie eine Motorradkneipe, vor der etliche chromblitzende Harleys standen. Bärtige, fette Männer mit nacktem Oberkörper lungerten vor der Kneipe herum; die Bäuche hingen ihnen schwabbelnd über die Hose. Martinez strich sich über den Schnurrbart und nahm den Fuß vom Gas, gerade so viel, dass sie einen Blick auf ein paar der Typen werfen konnten.

»Meinst du, die HVR haben hier draußen Sympathisanten?«

»Den einen oder anderen bestimmt.«

»Lust auf ein Bier, Tom?«

»Sechzig gegen zwei. Danke, ich verzichte.«

Die Männer lachten, aber es klang ein wenig nervös. Sie tauchten immer tiefer in die Wildnis ein, entfernten sich immer weiter von der Zivilisation.

»So auf den ersten Blick würde ich mal sagen, dass Tarpin sich in Goldings Naturcamp wie zu Hause gefühlt haben muss«, sagte Webster. Er starrte auf die Karte, verfolgte die schmalen, unbefestigten Straßen, die er rot nachgezeichnet hatte. »In etwa einer Meile müssen wir nach einem Feldweg Ausschau halten – Homestead Place. Aber es gibt dort keine Straßenschilder.«

»Ich werd die Kilometeranzeige im Auge behalten.«

»Es muss auf der linken Seite sein.«

Schweigend fuhren sie weiter, suchten angestrengt nach der Abzweigung.

Webster kniff die Augen zusammen. »Da drüben – wie wär's damit?«

Martinez ging vom Gas. »So gut wie jeder andere Feldweg.«

Der Wagen kämpfte sich rumpelnd über den steinharten Pfad, und beide Detectives beteten inständig, dass die Reifen das durchhielten. Während sie dem verschlungenen Weg folgten, entdeckten sie behelfsmäßig zusammengeschusterte Hütten und Anbauten in dem niedrigen Wald. Die Bretterbuden hatten zwar eine Adresse, aber die Hausnummern entbehrten jeder Logik. Fünf Minuten später, nach diversen Kehrtwenden und mit viel Glück, fanden sie die angegebene Adresse. Als sie aus dem Wagen stiegen, schlug ihnen sengend die Mittagshitze entgegen. Aber sie war nichts, verglichen mit dem hier herrschenden Gestank.

»Himmel!« Webster hielt sich die Nase zu. »Was auch immer hier hopsgegangen ist, es muss ziemlich groß gewesen sein.«

Martinez lief der Schweiß aus allen Poren, aber nicht nur wegen der Hitze. Er war deutlich grün im Gesicht. »Das ist ja furchtbar! Und dabei haben wir den Mann gestern noch gesehen.«

»Angenommen, es ist Tarpin«, Webster wischte sich das Gesicht mit einem Hemdzipfel ab, »willst du die örtliche Polizei einschalten?«

»Sollten wir uns nicht erst mal vergewissern?«

»Das hat meine Nase schon erledigt.«

Martinez warf ihm einen Blick zu.

Webster zuckte gleichgültig die Achseln. »Okay, nach dir.«

»Ich allein? Und wenn mir jemand im Haus auflauert?«

Webster verzog das Gesicht. »Du willst nur, dass ich kotze.«

»Du bist vielleicht ein Waschlappen!«

»Vielen Dank!«

»Okay, lass uns reingehen.«

Die beiden stapften durch die Reste von getrockneten Blättern und totem Laub, spürten, wie sie unter ihren Schuhen zerbröselten. Der Gestank wurde immer unerträglicher und verwandelte sich allmählich in den fauligen Geruch von verwesendem Fleisch und Abfall. Dichte Schwärme schwarzer Fliegen umschwirrten ihre Köpfe, ihr Summen so monoton wie das Mantra eines Mönchs. Webster wedelte sie aus seinem Gesicht.

Die Tür zu Tarpins Hütte stand einen Spalt weit offen. Martinez holte ein Taschentuch hervor, wickelte es um seine Hand und gab der Tür einen kräftigen Stoß.

Weitere Fliegenschwärme kamen ihnen zusammen mit anderen Insekten entgegen – Bienen, Wespen, Mücken, Ameisen, Spinnen, Käfer und Silberfischchen. Sie alle labten sich an Fleisch, Knochen und Blut. Eine große Hausratte huschte über die Holzdielen. Inmitten des Ungeziefers und des Geruchs von Verwesung lag Tarpin in einer schwarz geränderten, dunkelbraunen Lache aus klebrigem, geronnenem Blut und anderen Körperflüssigkeiten. Die Augen waren weit aufgerissen; der Mund stand offen, und Maden krochen durch alle Gesichtsöffnungen. Sein Haar war verfilzt und feucht – eine ideale Brutstätte für alles, was sechs Beine hatte. Tarpin war vollständig bekleidet. Man hatte ihm in den Kopf geschossen.

Martinez zog eine Kamera hervor und begann zu fotografieren. Webster wippte auf seinen Fußballen vor und zurück und spürte plötzlich, wie Lichtblitze und Funken durch seinen bis dahin klaren Blick zuckten. Abrupt entschuldigte er sich und rannte hinaus.

Martinez sah ihm nach. Zumindest hatte Webster noch die Geistesgegenwart, sich außerhalb des unmittelbaren Tatorts zu übergeben. Es wäre sehr unprofessionell gewesen, das Beweismittel zu verunreinigen.

Oliver parkte seinen Hintern auf einem harten Klappstuhl und legte den Kopf in den Nacken. Er redete zur Decke, obwohl sich noch drei weitere Personen im Raum befanden. »Immer wenn wir einen Verdächtigen haben, landet er im Leichenschauhaus.«

»Das ist das Gute daran«, erwiderte Marge. »Das bedeutet nämlich, dass auf unserer Liste der noch zu befragenden Leute nur noch ein paar übrig bleiben. Das weniger Gute daran ist, dass wir die Gelackmeierten sind, wenn wir auch die durchhaben.«

Oliver setzte sich auf, zog das Jackett aus und lockerte die Krawatte. »Gibt es hier eigentlich keine Klimaanlage?«

»Im Winter funktioniert sie hervorragend.« Decker wischte sich mit einem Taschentuch übers Gesicht und warf Oliver einen braunen Briefumschlag zu. »Dein Marschbefehl, Detective. Dr. Estes erwartet dich und Marge in einer Stunde.« Er warf einen Blick auf die schweißüberströmten Gesichter seiner Leute. »Wenn ihr euch jetzt auf den Weg macht, habt ihr genügend Zeit.«

Oliver zog den Durchsuchungsbefehl aus dem Umschlag. »Wie hast du das so schnell hingekriegt?«

»Beziehungen zu den höchsten Stellen. Außerdem hat Tarpins Tod die ganze Sache enorm beschleunigt.« Decker hatte sein Jackett ausgezogen, seine Krawatte jedoch keinen Millimeter gelockert. Unter seinen Achseln zeichneten sich große Schweißflecken ab. Marge und Wanda trugen kurzärmelige Blusen, aber sie schwitzten genau so wie ihre Kollegen.

Marge warf einen Blick auf die Uhr. »Um welche Zeit ist die Beerdigung?«

»Halb sieben.«

Sie runzelte die Stirn. Dadurch blieben ihr und Oliver gerade einmal drei Stunden, um nach Beverly Hills zu fahren, die Akten der Baldwins durchzusehen und ins Valley zurückzukehren. So wie es aussah, lagen fünfzig Minuten reine Fahrzeit vor ihnen. Wahrscheinlich sogar mehr, weil sie in die Rushhour gerieten. »Das schaffen wir nicht.«

»Okay, ihr seid entschuldigt. Dieser neue Mord ändert alles«, wandte Decker sich an Wanda. »Was haben wir an Fakten?«

Wanda biss sich auf die Unterlippe. »Es sieht nicht gut aus, Sir. Das Büro der HVR wurde vollständig geräumt. Nicht ein Fitzelchen Papier zu finden.«

»Was ist mit dem Mobiliar?«, wollte Marge wissen.

»Das war noch dort«, antwortete Wanda.

»Ja, das ergibt einen Sinn«, meinte Decker. »Wer schnell verschwindet, nimmt keine Möbel mit.«

»Ich habe jemand von der Spurensuche rübergeschickt, um sich mal umzusehen«, sagte Wanda.

»Was hast du denn gehofft, da vorzufinden?«, fragte Oliver herausfordernd.

»Das kann ich nicht sagen«, erwiderte Wanda. »Aber was ich fand, war ziemlich überraschend. Wände und Möbel wiesen fast keine Fingerabdrücke auf.«

»Fast keine?«, fragte Oliver.

»Wir haben etwa ein Dutzend Fingerabdrücke zusammenbekommen… ein paar Handabdrücke. Wesentlich weniger als erwartet.«

»Irgendjemand hat das Büro also sorgfältig geputzt, bevor er sich aus dem Staub gemacht hat«, sagte Decker.

»Du meinst also, Darrell Holt hat das erledigt, bevor er abgehauen ist.«

»Ja, genau das meine ich.« Decker holte sein Notizbuch hervor. »Gebt die Fingerabdrücke mal in den Computer ein. Vielleicht spuckt er was aus.«

»Das wird Tage dauern«, erwiderte Oliver.

»Hast du vor zu verreisen?«, entgegnete Decker.

»Ich bemitleide mich ja nur, Lieutenant. So viel zu einer schnellen Lösung.«

»Ich bemitleide dich auch, Scott.« Decker versuchte, einen klaren Gedanken zu fassen. »Was wissen wir bisher? Wir wissen, dass die Baldwins Holts Therapeuten waren. Tarpin zufolge zählte Holt nicht gerade zu den schönsten Therapieerfolgen der Baldwins. Wir wissen auch, dass Tarpin Kontakte zu Holt und den HVR hatte. Das ist alles.«

»Also, falls Holt der Täter ist, müssen wir uns fragen, welchen Vorteil es ihm brachte, die Baldwins und Tarpin umzulegen.«

»Du hast Ernesto vergessen«, warf Decker ein.

»Ich glaube, er war einfach zur falschen Zeit am falschen Ort.«

»Glaubst du das wirklich?«

»Ja, das glaube ich.«

»Okay. Nehmen wir das für den Moment an, obwohl ich nicht davon überzeugt bin. Aber falls es wirklich so ist: Welches Motiv hätte Holt, die Baldwins lieber tot als lebendig zu sehen?«

»Vielleicht hatten die Baldwins etwas gegen ihn in der Hand?«, schlug Wanda vor.

»Holt kandidierte nicht gerade für einen Sitz im Kongress«, erwiderte Oliver. »Was konnten sie über ihn wissen, das peinlicher war als seine Verbindung zu den HVR?«

»Vielleicht etwas aus seiner Therapiezeit?«, bemerkte Marge. »Merkwürdige sexuelle Neigungen, die bei den HVR nicht gut angekommen wären?«

»Zum Beispiel, dass er auf kleine Jungs steht?«, fragte Oliver.

»Oder vielleicht auf kleine Mädchen?«, meinte Wanda. »Die Kleine, die für ihn gearbeitet hat, war definitiv minderjährig.«

Oliver dachte laut über verschiedene Möglichkeiten nach: »Möglicherweise war es aber auch genau umgekehrt. Vielleicht hat Holt die Baldwins erpresst und Tarpin als Mittelsmann benutzt. Vielleicht haben die Baldwins deswegen einen Rassisten wie Tarpin so lange bei sich beschäftigt.«

»Scott, wenn du aus jemandem Geld herausquetscht, dann willst du nicht, dass er stirbt«, warf Marge ein.

»Vielleicht waren es die Baldwins satt, erpresst zu werden«, erwiderte Oliver. »Vielleicht wollten sie Holt anzeigen. Und dann hat er sie umgebracht, um sie zum Schweigen zu bringen.«

Decker wandte sich an Wanda: »Gingen regelmäßig bestimmte Beträge vom Konto der Baldwins runter?«

»Ja, fast jeder Cent.«

»Schweigegeld?«, fragte Oliver.

»Oder sie haben einfach ziemlich viel Geld ausgegeben«, erwiderte Wanda.

»Was konnte Holt über die Baldwins in der Hand haben, mit dem er sie hätte erpressen können?«

»Vielleicht waren die Baldwins in jüngeren Jahren Rassisten. Wären sie so etwas wie Ex-HVR-Mitglieder gewesen, hätte das bei ihrer gegenwärtigen Klientel nicht gut ausgesehen«, sagte Oliver.

»Sie praktizieren seit über fünfundzwanzig Jahren«, wandte Decker ein. »Lange bevor die HVR gegründet wurden.«

»Dann hat Holt vielleicht über Tarpin von einer anderen Leiche im Keller der Baldwins erfahren.«

»Was für eine Art von Leiche?«, fragte Decker.

Oliver zuckte die Achseln. »Wofür waren die Baldwins denn

bekannt? Dafür, dass sie böse, reiche Jungs in ihr teures Naturcamp steckten statt sie eine echte, von ihrer Schule verhängte Strafe ausbaden zu lassen. In Ernestos Fall hieß es sogar: Camp oder Knast. Vielleicht haben die Baldwins eine Art Prämie gezahlt für jeden Jugendlichen, der ihnen von einem Richter oder einer Schule geschickt wurde. Oder vielleicht hat Holt herausgefunden, dass die Baldwins bei den Zulassungstests Insiderinformationen nutzten. Vielleicht wusste Tarpin von den Prüfungsbogen und hat die Information Holt zugespielt.«

»Warum sollte Tarpin so etwas tun?«, wollte Marge wissen.

»Weil Tarpin an diesen ganzen HVR-Schwachsinn glaubte«, erwiderte Oliver lebhaft. »Die beiden haben das Geld genutzt, um die verrückte Philosophie der HVR zu fördern.«

Wanda mischte sich ein. »Scott, das Büro der HVR war ziemlich altmodisch eingerichtet. Falls Holt Erpressungsgelder erhielt, dann hat er sie für die HVR jedenfalls nicht besonders verschwenderisch eingesetzt.«

»Dann war die HVR vielleicht eine Tarnung, um Erpressungsgelder auf ihre Privatkonten fließen zu lassen.« Oliver lächelte. »Na, wie klingt denn das?«

»Theoretisch klingt das gut«, sagte Decker. »Aber ich bin vor etwa vierzig Minuten vom Tatort zurückgekommen. Tarpin lebte in einer schlichten Einraumhütte. Holt wohnt in einem Einzimmerappartement nördlich des Roscoe Boulevard. Es scheint nicht so, als pflegten sie einen luxuriösen Lebensstil.«

»Holts Appartement wurde übrigens komplett geräumt«, fügte Wanda hinzu.

»Du meinst, Holt hat seine Wohnung komplett geräumt«, sagte Oliver.

»Wie auch immer«, entgegnete Wanda. »Jedenfalls ist die Wohnung total leer. Zurzeit überprüfen wir Holts Eltern … seinen Vater. Er ist von hier. Laut Aussage der Sekretärin von Holt senior ist Darrells Mutter schon lange weg – nicht tot, aber von der Bildfläche verschwunden.«

»Wo ist der Vater jetzt?«, fragte Decker.

»Über den Wolken – auf dem Weg hierher.«

»Was ist mit dem Mädchen? Der Minderjährigen?«, fragte Oliver.

»Erin Kershan«, sagte Wanda. »Die Adresse, die ich aus ihrem Führerschein habe, existiert nicht. Ich könnte mir vorstellen, dass sie vielleicht von zu Hause ausgerissen ist und bei Holt wohnte. Ich überprüfe das gerade.«

»Du glaubst also, dass sie dazugehört?«, fragte Oliver.

»Sie ist recht schüchtern … und erschien mir eigentlich ziemlich harmlos, als Webster, Martinez und ich die beiden vor ein paar Monaten befragten.« Wanda zuckte mit den Achseln. »Aber du weißt ja, wie junge Mädchen sind. Sie lassen sich leicht mitreißen. Vielleicht war es genau so … sie hat sich einfach von Holt und der ganzen HVR-Bewegung mitreißen lassen. Also hoffe ich mal, dass sie dazugehört. Denn falls nicht – im Gegensatz zu Holt –, wäre das gar nicht gut. Wir wollen schließlich nicht, dass sie Opfer Nummer vier …«

»Fünf«, korrigierte Decker sie. »Vergiss Ernesto nicht.«

»Gott, ist das schrecklich!« Marge war wirklich erschüttert. »Wie viele Leichen muss es noch geben, bis wir diesen Fall gelöst haben?«

»Wir tragen jedenfalls nicht zur Verbesserung der Verbrechensstatistik von L. A. bei, so viel ist mal sicher«, sagte Oliver.

Decker machte sich nicht die Mühe, ihn zu rügen. Scotts flapsiger Ton war seine Methode, mit den Gräueltaten umzugehen. Plötzlich schien die Temperatur in seinem winzigen Büro um einige Grade zu fallen.

Oliver tupfte seine Augenbraue mit einem Papiertuch ab. »Fühlt sich kühler an.«

»Ich glaub, die Klimaanlage ist endlich angesprungen.«

Marge war schlecht gelaunt. »Schön zu wissen, dass wenigstens etwas läuft.«

»Ihr zwei fahrt jetzt besser mal los. Ich möchte, dass ihr jede einzelne Akte durchgeht, so lange, bis wir was finden.«

Eine weitere Nachtschicht. »Können wir zum Abendessen eine Pause einlegen?«, fragte Oliver.

»Ihr könnt euch was zum Essen holen und dafür eine Quittung

geben lassen«, erwiderte Decker. »Sobald Webster und Martinez mit Tarpin fertig sind, kommen sie zu euch rüber und helfen euch. Wanda, Sie suchen weiterhin nach Holt und Kershan. Sehen Sie sich auch noch mal die Telefon- und Bankunterlagen der Baldwins an. Vielleicht fällt Ihnen ja was auf.«

»Ja, Sir.«

»Tom meinte, dass Tarpins Leiche vor etwa zwanzig Minuten abgeholt wurde. Ich werde den Pathologen bearbeiten, dass er sofort mit der Autopsie anfängt … oder zumindest die Kugel rausholt und in die Ballistik schickt.« Decker erhob sich und streckte seinen Rücken, bis er sich zu seiner vollen Größe von einem Meter neunzig aufgerichtet hatte. »Ich muss mich unbedingt frisch machen. Ich will bei der Beerdigung nicht stinken wie ein Iltis.« Er schüttelte den Kopf. »Obwohl es wahrscheinlich eh keiner merkt.«

27

Nachdem sie den Parkplatz verlassen hatten, fuhr Marge in Richtung Osten, bis sie auf die 405 South stießen und sich ihrem Ziel zuwandten, den Praxisräumen der Baldwins in Beverly Hills. Mit einer schnellen Lösung dieses Falls war nicht mehr zu rechnen; sie hatten nicht mal einen Verdächtigen. Um ihre Enttäuschung zu verarbeiten, konzentrierte sie sich auf den Verkehr. Oliver war ungewöhnlich still und beschäftigte sich mit der Lektüre der gemeldeten Vorkommnisse, die über den Monitor des Wagens flackerten.

Zwanzig Minuten später räusperte sich Oliver, leicht erschreckt über den Klang seiner Stimme, nachdem er so lange geschwiegen hatte: »In Brentwood gibt's einen heftigen Familienstreit.«

»Wir sind weit weg von Brentwood.«

»Ich hatte nicht vor, dahin zu fahren.«

»Warum erwähnst du es dann?«

»Weil ich mich frage, worüber die Reichen sich streiten.«

»Das kann nicht dein Ernst sein.«

»Doch, mein absoluter Ernst.«

»Scotty, sieh dir doch nur mal deine eigene Scheidung an.«

»Meine Seitensprünge waren eine Flucht vor den ständigen Nörgeleien meiner Ex über das Thema Geld! Ich mag vielleicht im Bett keine Kanone gewesen sein, aber ich hab nicht rücksichtslos Geld zum Fenster rausgeworfen. Wenn ich reich gewesen wäre, wäre alles ganz anders gekommen.«

»Glaubst du das wirklich? Ich wette, ihr hättet euch darüber gestritten, wofür ihr das Geld ausgebt.«

Das konnte Oliver nicht leugnen. Sie hatte wahrscheinlich Recht. »Diesem Problem hätte ich mich gern gestellt.«

Marge warf ihm einen mitleidigen Blick zu. Obwohl Oliver sich mit seinen üblichen jungen Blondchen traf, ging ihm die junge Mrs. Decker nicht aus dem Kopf. Cindy hatte ihm einen schweren Schlag versetzt, von dem er sich erst noch erholen musste. Er rutschte auf seinem Sitz hin und her, ein verärgerter und besorgter Mann. Das bedeutete, dass er Dinge ernst nahm. Und das bedeutete, dass er seine Arbeit gut machen würde.

»Was meinen Sie damit, Sie wollen *alle Akten* durchsehen?« Maryam Estes blockierte die Tür mit ihren dünnen, braun gebrannten Armen, an denen bis zum Oberarm hinauf dutzende von Silber- und Goldreifen hingen. »Sie können hier nicht einfach so eindringen. Das sind vertrauliche Unterlagen – aus noch nicht abgeschlossenen Fällen!«

»Der Durchsuchungsbefehl umfasst *alle* Fälle der Baldwins«, erklärte Oliver. »Und er ist auf Englisch geschrieben, Dr. Estes, was, so viel ich weiß, Ihre Muttersprache ist...«

»Für abfällige Bemerkungen ist dies gewiss nicht der richtige Zeitpunkt!«

»Sie können so empört sein, wie Sie wollen«, sagte Marge. »Lassen Sie uns einfach nur unsere Arbeit tun.«

»Das war jetzt Ihr Stichwort, uns aus dem Weg zu gehen«, fügte Oliver hinzu.

»Genau das werde ich nicht tun!«

Ein paar Sekunden lang starrten die beiden sich an. Oliver dachte darüber nach, die zuständigen Behörden einzuschalten, um sich Eintritt zu verschaffen. Wenn sie es selbst machten, würden sie dem Vorwurf, brutale Polizeigewalt angewandt zu haben, Tür und Tor öffnen. Aber ihnen lief die Zeit davon. Oliver machte einen Schritt nach vorn und kitzelte Maryam unter den Armen. Als sie unwillkürlich zusammenzuckte, duckte er sich und ging an ihr vorbei.

Pragmatismus war immer ein guter Verbündeter.

Maryam stampfte hinter ihm her und schob sich dann an ihm vorbei, wobei sie einen wütenden Blick über ihre Schulter warf. »Ich werde mich bei Ihren Vorgesetzten über Sie beschweren.«

»Das glaube ich Ihnen gern.« Oliver versuchte, nicht auf ihren wohlgeformten Hintern zu starren. Es war keineswegs so, dass er dessen Konturen genau sehen konnte, aber das Kleid war rot und ärmellos und das machte sie verdammt sexy. Ihre Haare hatte sie zu einem buschigen Pferdeschwanz zusammengebunden, sodass ihr ovales Gesicht mit der hellbraunen Haut, die durch ein paar Aknenarben ein wenig uneben wirkte, bestens zur Geltung kam. Aber diese kleinen Schönheitsfehler machten sie nur noch attraktiver. Natürlich trugen auch ihre dunkelbraunen Augen und ihre vollen roten Lippen ihren Teil dazu bei. Nur der Nasenstecker, so klein er auch war, störte ihn. Aber man konnte schließlich nicht alles haben.

Einen Moment hatte Oliver Cindys Gesicht vor Augen. Er vermisste Cindy auf eine Weise, die er niemandem einzugestehen wagte, am wenigsten sich selbst. Aber es gab durchaus Zeiten, in denen er ganz allein nachts in seinem Bett lag und über alles nachdachte … Vor einigen Tagen hatte er seinen ganzen Mut zusammengenommen und sie angerufen, um ein gemeinsames Abendessen ohne jede Verpflichtung vorzuschlagen. Zu seiner großen Überraschung hatte sie zugestimmt. Dieses Essen hätte heute Abend stattfinden sollen, aber Tarpins Tod hatte alles verändert.

Hinter der eilig vorausgehenden Maryam wandte Marge sich an Oliver: »Wir suchen erst mal nach Holt?«

»Ja.«

Marge blieb abrupt stehen. »Er gehört nicht zu den aktuellen Patienten, und wir kennen das Ablagesystem der Baldwins nicht. Wie wär's, wenn wir einen Waffenstillstand vorschlagen?«

»Von mir aus gern. Ich bin eh kein Freund davon, hübsche Damen zu verärgern.« Dann dachte er laut über verschiedene Möglichkeiten nach. »Soll ich mir mal die Schreibtische in ihrem Büro vornehmen, während du sie nach dem Ablagesystem fragst? Außerdem könnte es von Vorteil sein, Holt als Ersten zu überprüfen, weil er keiner der derzeitigen Patienten ist. Vielleicht hat sie dann weniger Probleme mit dem Datenschutz.«

Marge ging schneller, um Maryam einzuholen, und versuchte es mit Einfühlungsvermögen. »Bitte warten Sie, Dr. Estes. Lassen Sie uns doch darüber reden.«

»Da gibt es nichts zu reden.«

»Doch, eine ganze Menge sogar. Möchten Sie es denn nicht wissen?«

Ohne zu antworten, blieb Maryam stehen. Sie verschränkte die Arme vor der Brust, klopfte ungeduldig mit dem Fuß, der in offenen Sandalen steckte, auf den Boden. Die roten Nägel wippten auf und ab.

»Zunächst einmal tut mir das alles hier sehr Leid. Das muss wirklich schrecklich für Sie sein. Nicht nur die Baldwins, sondern jetzt auch noch Mr. Tarpin. Wie Sie sich vorstellen können, haben wir das Gefühl, dass die ganze Angelegenheit eine gewisse Dringlichkeit besitzt. Wir erledigen diese Arbeit hauptsächlich zu Ihrem eigenen Schutz.«

Maryams Fuß hörte auf zu klopfen. »Zu *meinem* Schutz?«

Marge riss die Augen in gespielter Überraschung weit auf. »Dr. Estes, Sie wollen mir doch nicht erzählen, dass Sie nicht auch schon daran gedacht haben. Zuerst Ihre Chefs und dann Mr. Tarpin. Im Augenblick fürchten wir wirklich, dass Sie in Gefahr sind.«

Maryam war schwer getroffen. »Hinter mir ist niemand her.« Ihre Stimme klang ein wenig zittrig. »Warum auch?«

»Warum sollte jemand hinter Merv oder Dee Baldwin her gewesen sein? Oder hinter Hank Tarpin?« Jetzt war es Zeit für

Marge, ihr Anliegen geschickt an die Frau zu bringen. »Ich glaube, die Antwort liegt in diesen Patientenakten.«

»Da stimme ich Ihnen nicht zu.«

»Wobei stimmen Sie mir nicht zu?«

»Dass jemand hinter *mir* her ist! Es hat nichts mit der Praxis zu tun. Es hängt mit dem Naturcamp zusammen – wahrscheinlich mit diesem *Mann*!«

»Tarpin?«

»Genau!« Sie versuchte nicht nur, Marge zu einem Sinneswandel zu bewegen, sondern auch, sich selbst zu überzeugen. »Das Camp war nicht mein Bereich. Wie ich Ihnen bereits bei Ihrem ersten Besuch sagte, habe ich hauptsächlich mit Dee zusammengearbeitet, Tests durchgeführt und Entspannungstherapie bei Angststörungen angeboten.« Sie presste ihre Kiefer zusammen, aber ihre Augen bewegten sich unruhig hin und her. »Eigentlich hatte ich mit Mervin nur sehr wenig zu tun. Und *absolut nichts* mit Hank Tarpin!«

»Sie mochten den Mann nicht?«, stellte Marge fest.

»Was, zum Teufel, hätte man an ihm mögen können? Er war ein Rassistenschwein!«

»Hat er Ihnen gegenüber irgendwelche Kommentare abgegeben?«

Sie presste die Lippen aufeinander. »Nicht direkt.«

»Und indirekt?«

»Nein«, gab sie zu. »Aber er stand mit dieser abscheulichen antisemitischen Gruppierung in Verbindung.«

»Den Hütern der Völkischen Reinheit?«

»Dann wissen Sie also davon.«

»Ja, das wissen wir. Hat Tarpin jemals mit Ihnen darüber gesprochen?«

»Nein, nicht er. Aber diese Ratte, die Tarpin schon mal mitbrachte, hat kein Blatt vor den Mund genommen!«

»Darrell Holt?«

Maryam war verblüfft. »Ja. Darrell Holt. Aber woher …«

»Was wissen Sie über ihn?« Marge versuchte, ihre Aufregung zu verbergen.

»Was wissen *Sie* über ihn?«, entgegnete Maryam.

Sie beantwortete eine Frage mit einer Gegenfrage. Marge machte es kurz: »Er war der örtliche Leiter der HVR.«

»Dieser kleine Wichser besaß die Frechheit, mir zu unterstellen, ich würde mich für meine Herkunft schämen. Und um in Kontakt mit mir selbst zu treten, müsste ich erst einmal herausfinden, wer ich sei. Als ob man seine afroamerikanische Herkunft verstecken könnte. Ich bin sehr stolz auf meine schwarzen Vorfahren und möchte meinen Leuten eine Art Vorbild dafür sein, was sie alles erreichen können. In meinem ganzen Leben bin ich noch nie so beleidigt worden. Am liebsten hätte ich ihn sofort rausgeworfen, aber dann kam Dr. Baldwin herein, und die drei gingen direkt ins Sprechzimmer.«

»Worüber haben sie gesprochen?«

»Keine Ahnung. Ich war von dem Gespräch derart aufgebracht, dass ich direkt in meine Mittagspause gegangen bin.«

»Haben Sie mit Dr. Baldwin darüber gesprochen?«

Sie senkte den Kopf. »Nein! Ich habe mit dieser kleinen Ratte nur einmal gesprochen. Ich wollte keine große Affäre daraus machen. Aber Tarpin hab ich durchaus zu verstehen gegeben, dass er ihn nicht mehr mitbringen soll, wenn ich da bin.«

»Holt kam also häufig vorbei?«

»Nein, nicht häufig.« Maryam zögerte. »In den achtzehn Monaten, die ich jetzt hier bin, hab ich ihn vielleicht dreimal gesehen.«

Dreimal. Also nicht nur einmal zufällig. Marge hakte nach: »Wie hat Tarpin reagiert, als Sie ihn aufgefordert haben, Holt nicht mehr mitzubringen?«

Maryam dachte einen Moment nach und meinte dann: »Im Grund hat er sich für das Verhalten der kleinen Ratte entschuldigt. Er behauptete, dass Holt zwar ein wenig direkt sei, aber auch seine guten Seiten habe.«

»Welche guten Seiten?«

»Ich habe ihn nicht danach gefragt, weil es mich nicht interessierte.«

»Warum, glauben Sie, hat Holt sich mit den Baldwins getroffen?«

Die Frage machte sie nervös. »Ich kann mir absolut keinen Grund vorstellen. Außer vielleicht, weil Dee ... sich intensiv um gestörte Menschen kümmerte. Sie hat eine ausgesprochen soziale Ader.«

»Dee *hatte* eine ausgesprochen soziale Ader«, sagte Marge.

»Ja. Sie waren beide so.«

Marge sortierte ihre Gedanken. Jedes Mal, wenn jemand von »Dr. Baldwin« sprach, dachte sie automatisch an Mervin – ein Überbleibsel aus ihrer Kindheit in Militärkreisen. Mit »Doktor« war immer ein Mann gemeint. »Dann war es Dee, die sich mit Tarpin und Holt traf?«

»Ja, habe ich das nicht gesagt?«

»Sie haben nicht genau gesagt, welcher Dr. Baldwin«, entgegnete Marge. »Wussten Sie, dass Darrell Holt früher ein Patient von Mervin Baldwin war?«

Maryams Miene verdüsterte sich. »Wer hat Ihnen denn das erzählt?«

»Tarpin«, erwiderte Marge. »Tarpin hat behauptet, dass Holt vor etwa acht Jahren bei Dr. Baldwin in Behandlung war.« Sie verzog das Gesicht. »Aber auch er hat nicht gesagt, bei welchem Doktor. Jedenfalls scheint Holt nicht gerade zu den größten Therapieerfolgen der Baldwins zu zählen.«

»Auf welche Schule ging er?«, fragte Maryam.

»Welche *Schule*?«

»Welches College. Wissen Sie, welches College Holt besuchte?«

»Angeblich hat er in Berkeley studiert. Warum fragen Sie?«

»Weil Holt möglicherweise Merv gar nicht wegen Verhaltensproblemen aufgesucht hat, sondern Dee wegen einer Studienberatung. Und wenn er in Berkeley aufgenommen wurde, war er vielleicht ja doch ein Musterpatient.«

Sie verteidigte ihre Chefs bis zum Schluss. »Mir wurde zu verstehen gegeben, dass Holt wegen Verhaltensproblemen in die Praxis kam.«

»Also dann wissen Sie mehr als ich.«

»Warum finden wir es nicht heraus?«, schlug Marge vor. »Fangen wir doch einfach mit Holts Patientenakte an.«

»Aus Ihren Fragen schließe ich, dass Sie bezüglich Darrell Holt große Bedenken haben.«

»Ja. Sie etwa nicht?«

Jetzt sah Maryam wirklich besorgt aus. Sie fasste sich an die Kehle. Plötzlich wirkte sie klein und verletzlich.

»Vielleicht sollten wir einen Blick in Holts Akte werfen?«, drängte Marge.

Maryam knibbelte an ihrem Nagel. »Folgen Sie mir.« Sie holte einen Schlüssel hervor und schloss die Tür zu einem zwei mal zwei Meter fünfzig großen, fensterlosen und von Kunstlicht beleuchteten Raum auf. Sämtliche Wände waren mit Schubladenschränken zugestellt. »Hier bewahren wir die Akten unserer ehemaligen Patienten auf.«

»Ziemlich viele Akten.«

Maryam gab keine Antwort. Sie riss die entsprechende Schublade auf und blätterte durch die zahlreichen Hängeregistermappen. Nach wenigen Minuten zog sie eine schmale Mappe hervor, holte die Unterlagen heraus und überflog die Seiten – insgesamt drei oder vier. Dann kam sie zurück und begann, die Akte sorgfältig zu studieren, wobei sie hin und wieder aufseufzte. Ihre Hände zitterten.

»Darf ich die Akte mal sehen?«, fragte Marge.

»Hier steht nichts Besonderes drin, Detective.« Maryam zögerte, die Mappe aus der Hand zu geben. Vielleicht hoffte sie, dass die Unterlagen eine Antwort enthielten. »Diese Diagnose …«, ein weiterer Seufzer, »… sie ist mit denen Tausender anderer Teenager identisch, die durch diese Praxis gegangen sind.« Sie schlug mit dem Handrücken auf die Seiten. »Holt war bei Mervin in Therapie. Er scheint ein feindseliger Teenager gewesen zu sein, der ein auflehnendes Verhalten zeigte. Außerdem machte ihm ein nicht bewältigter Ödipuskomplex in Bezug auf seinen Vater zu schaffen, der daher rührte, dass seine Mutter die Familie verlassen hatte. Da er gemischtrassig war, litt er unter einer Identitätskrise … Und mir wirft er vor …«

»Darf ich die Unterlagen bitte *sehen*?«

Maryam blickte auf; ihr Gesicht war schweißbedeckt.

Marge nahm die Akte an sich. »Vielleicht sollten Sie sich einen Moment setzen, Dr. Estes.«

»Ja, vielleicht sollte ich das wirklich …« Im Raum stand ein kleiner Klappstuhl. Maryam ließ sich darauf sinken; ihr Kinn fiel auf die Brust. »Ich glaube, dass ich unangemessen heftig reagiere. Ich bin sehr stark beeinflussbar.«

»Das ist vollkommen verständlich«, beruhigte Marge sie. »Geben Sie mir nur einen Augenblick, um einen Blick in die Akte zu werfen, okay?«

Als Marge die Notizen überflog, wurde ihr bewusst, dass Maryam improvisiert hatte. Mervin Baldwin hielt nichts von vollständigen Sätzen und benutzte Abkürzungen, wo immer es möglich war. Die Seiten enthielten mehr einzelne Worte und Satzfragmente als ganze Sätze. Das erste Blatt erinnerte an einen Terminkalender auf Rechenpapier: In der linken Spalte befanden sich mehrere Datumsangaben, hinter denen in roter Tinte scheckkartenähnliche Nummern und die Abkürzung VH standen. Aber es waren keine Geldbeträge notiert. In einigen Spalten stand der Begriff »Fortschritt«, aber einige andere trugen auch den Vermerk »Regression«.

Die eigentlichen Notizen waren auf unliniertem Papier festgehalten. Das erste Blatt trug die Überschrift FAMILIENGESCHICHTE – mit einem roten Filzstift in Blockschrift niedergeschrieben.

Vom Vater angemeldet. Mutter abw., »im Alter von zehn Jahren von der Bildfläche verschwunden«, wie V. es formulierte. Weigert sich, darüber zu sprechen. Einziges Kind von Preston und Myna Holt. Laut V. voll ausgetr. Säugling mit norm. APGAR-Wert, den V. aber nicht genau kennt. Spricht von frühreifem Kind, weiß aber nichts über die Entwicklungsschritte … Gehen, Sprechen, Sauberkeit. Verhaltensprobleme begannen mit 10, setzten sich bis in die Adoleszenz fort. Zeitgleich mit Abwh. der Mutter?

V: kalt, distanziert … sehr wohlhabend!

»Er erwähnt, dass der Vater sehr reich sei«, sagte Marge.

»Darf ich mal sehen...« Maryam überflog die Notizen. »Hier in diesem Kontext, denke ich, beschrieb Dr. Baldwin das psychologische Profil eines Mannes, der sich mehr für Geld als für sein Kind interessiert.«

»Das steht da aber nicht«, widersprach Marge.

»Weil Sie wissen müssen, wie man zwischen den Zeilen liest!«

»Wenn Sie meinen.«

Marge wandte sich der nächsten Seite zu. Weitere Datumsangaben und Schecknummern und VH. Dazu ein paar diagnostische Notizen: »Feinds. & zor., nicht bew. I-Krise auf Grund Herkunft aus div. Bevölk.gr. – M ½ schwarz, nicht bew. Ö-kom., Ursprung: Böse Brust. Mutter??? Verlassen oder beseitigt???« Sie zeigte die Abkürzungen Maryam. »Können Sie mir die bitte übersetzen?«

Maryam seufzte erneut. »Feindselig und zornig, nicht bewältigte Identitätskrise... Mutter halb schwarz, nicht bewältigter Ödipuskomplex, herbeigeführt von einer bösen Brust – das ist ein freudianischer Ausdruck für eine kalte, unbeteiligte Mutter.«

»Und was meint Baldwin mit ›Verlassen oder beseitigt‹?«, fragte Marge weiter. »Hat der Vater die Mutter vor die Tür gesetzt oder etwas Ähnliches?«

»Das kann ich Ihnen wirklich nicht sagen«, versicherte Maryam. »Offensichtlich war das etwas, an dem Dr. Baldwin und Darrell arbeiteten.«

»Ist es ungewöhnlich, dass ein Vater es ablehnt, über die Mutter zu reden?«

»Viele Männer haben Kommunikationsprobleme. Im Allgemeinen...« Maryam verzog das Gesicht. »Wenn einer der beiden Partner so beharrlich schweigt, ist es offensichtlich, dass die Situation sehr, sehr schmerzlich war – und weit über die üblichen Scheidungsprobleme hinausging.«

»Eine Affäre?«

Maryam zuckte die Achseln.

»Hat die Mutter die Familie plötzlich verlassen?«

»Das weiß ich nicht. Aber offensichtlich war es für den Vater sehr traumatisch.«

Marge warf erneut einen Blick auf das Papier mit den Spalten. »Was bedeutet VH?«

Maryam errötete. »Ich glaube, es heißt ›volles Honorar‹.«

Sie glaubt.

»Das würde Sinn ergeben«, meinte Marge. »Es steht neben Mervins Bemerkung, dass der Vater wohlhabend ist.«

Maryam blickte zur Seite; sie wollte sich nicht mit dem auseinander setzen, was das bedeutete.

Das nächste Blatt enthielt nur hastig hingekritzelte Notizen, die zu unterschiedlichen Zeiten mit unterschiedlichen Stiften festgehalten worden waren: »Aso. Verh. bei E, DM, Isolation, lange Stunden vor dem Computer. Extrem auflehnendes Verhalten!!! Perfekt für das Naturcamp. Mit V. gespr: einverstanden mit dem Juni-Kurs, VH.« Wieder zeigte sie Dr. Estes die Seite. »Wofür steht das?«

Maryam warf einen Blick auf das Papier. »Aso ist asozial. E ist Entzug. DM ist Drogenmissbrauch.«

»Und was versteht man noch mal unter ›auflehnendem Verhalten‹?«

»Wenn jemand vollkommen die Beherrschung verliert und tobt«, erklärte Maryam. »Darrell Holt hatte schwere Verhaltensstörungen.«

»Und hier steht schon wieder VH. Dieses Mal meint Baldwin wohl, dass der Vater bereit war, den vollen Preis für das Camp zu bezahlen.«

»Warum missgönnen Sie Dr. Baldwin diese Einnahmen? Es ist doch sein gutes Recht, Geld zu verdienen.«

Marge wollte es nicht auf die Spitze treiben. »Es tut mir Leid, wenn es den Anschein hat. Ich versuche nur, diesen Mann zu verstehen …«

»Er hatte seine Praxis nicht wegen des großen Geldes. Er hätte viel mehr verdienen können, wenn er zum Radio oder zu den Fernsehtalkshows gegangen wäre. Aber das lehnte er ab, weil er und Dee dies für unmoralisch hielten!«

Marge versuchte den Eindruck zu erwecken, dass Maryams Argumentation sie überzeugte. Ihr Blick fiel auf eine weitere Seite mit Notizen und Abkürzungen. Ein Termin mit dem Vater, um mit ihm über das Naturcamp zu reden.

Auf der letzten Seite – deren Datumsangabe sechs Jahre zurücklag – war die kräftige Blockschrift durch eine andere Handschrift ersetzt worden. Marge las das Wort »Harvard«, das quer über das Blatt gekritzelt war. Darunter stand der Satz: »Zulassungstestbesprechung für Samstag, den 15., vereinbart.« Sie zeigte Maryam das Papier. »Eine andere Handschrift?«

»Das ist Dees Handschrift. Offensichtlich hat sie mit Holt ein paar Stunden Studienberatung und Testtherapie durchgeführt.«

»Und Dee hat mit ihm eine Testtherapie für diesen bestimmten Samstag vereinbart?«, fragte Marge.

»Ja, sieht ganz so aus.«

»Was genau versteht man unter einer Testtherapie?«

»Ein simulierter Zulassungstest. Dabei geht man gemeinsam alle Fragen durch und erarbeitet die beste Vorgehensweise. Es ist ein Einzelvorbereitungskurs für den Studienzulassungstest.«

»Es gibt Kurse zur Vorbereitung auf den Studienzulassungstest?«

»Ja. Wenn ich mich richtig erinnere, erwähnten Sie, dass Sie eine dreizehnjährige Tochter haben. Sie werden diese Dinge schon noch erfahren.«

»Welche Art von Fragen stellen Sie bei diesen Kursen?«

»Hauptsächlich Fragen, von denen Dee annahm, dass sie repräsentativ für den Test sind.«

»Und woher bekam sie diese Fragen? Von vorherigen Tests?«

»Ganz bestimmt waren auch Fragen von vorherigen Tests dabei. Aber das genügt nicht, denn jeder hat Zugang zu den Tests der vergangenen Jahre. Dee formulierte hauptsächlich ihre eigenen Fragen, immer basierend auf ihrem umfangreichen Wissen über Prüfungssituationen. Ihre Kurse sind so konzipiert, dass sie ihre Patienten nicht nur mit typischen Testfragen vertraut machen, sondern dem Studenten auch zeigen, wie man mit einem Minimum an Prüfungsangst an den Test herangeht und so ein Maximum an Leistung erzielt. Und bevor Sie sich jetzt lustig machen, sollten Sie mal einen Blick auf Dees Ergebnisse werfen.«

»Ich mache mich überhaupt nicht lustig«, widersprach Marge. »Bei diesen Prüfungen herrscht ein enormer Druck. Der gewaltige Druck, bei allen Tests hervorragend abschneiden zu müssen, richtig?«

»Ja, es ist unvorstellbar. Ein Teil des Drucks ist natürlich selbst auferlegt, aber den meisten Druck üben die Eltern aus. Wenn es um ihre Kinder geht, sind sie gnadenlos. Man könnte meinen, dass sie sich selbst um einen Studienplatz bewerben. Wenn die Kinder nicht an dem von den Eltern gewünschten College angenommen werden, betrachten die Eltern das als ihr persönliches Versagen.«

»Warum?«

Maryam seufzte. »Weil sie ... bedauerlicherweise ... die Leistungen ihrer Kinder als Bestätigung ihres eigenen Status betrachten. Viele dieser Eltern haben keine der Eliteuniversitäten besucht. Daher wünschen sie sich, dass ihre Kinder es einmal besser haben. Und diejenigen, die an diesen Hochschulen studierten, möchten, dass ihre Kinder diese Tradition fortsetzen.« Sie fuhr sich mit der Zunge über die Lippen. »Das ist ein sehr emotionsbeladenes Thema ...«

»Das ist großer Quatsch!«, rief Marge. »Es gibt auch noch ein Leben neben der Uni.«

»Nicht in dieser extrem wettbewerbsorientierten Welt. Da braucht man etwas, um die anderen zu übertreffen – das gewisse Extra.«

»Und ist es das, was Dee Baldwin verkaufte?«, fragte Marge. »Das gewisse Extra?«

»Sie hat überhaupt nichts verkauft! Sie hat nur den Jugendlichen dabei geholfen, ihr Leistungspotenzial voll und ganz auszuschöpfen!«

»Sie wissen doch, was mit einer Maschine passiert, die ständig auf Hochtouren läuft, oder?«

»Menschen sind keine Maschinen!«

»Aber auch sie können sich ausgebrannt fühlen. Wie viel bezahlen diese Eltern, um das gewisse Extra zu bekommen?«

»Sie zahlen die Therapie und die Studienberatung. Das ist von Kind zu Kind unterschiedlich.«

»Ungefähr.«

»Dreihundertfünfzig die Stunde. Ungefähr das, was Rechtsanwälte nehmen, und dabei tut sie weiß Gott mehr Gutes als jeder Anwalt.« Sie rang die Hände. »Das ist keine leichte Aufgabe – für jeden Jugendlichen die richtige Universität zu finden. Manchmal bestehen die Eltern auf ihrer Wunschuniversität, auch wenn die Aussichten dafür sehr schlecht sind. Schließlich gibt man immer sein Bestes, egal, welches Rohmaterial man zur Verfügung hat. Aber manchmal wollen die Eltern, dass man Wunder vollbringt.«

»Und was passiert, wenn sie herausfinden, dass sie keine Wunder vollbringen können? Was passiert mit diesen Fällen?«

Einen Moment lang herrschte Schweigen. Dann sagte Maryam: »Dee hatte eine hohe Erfolgsquote. Darauf konnte sie immer verweisen.«

»Dee hat das Wort ›Harvard‹ auf Holts Karte geschrieben. Aber Holt ging nach Berkeley«, sagte Marge. »Bedeutet das, dass er nicht die Universität seiner Träume besuchen konnte?«

»Keine Ahnung.« Maryam zögerte. »Berkeley ist auch eine Eliteuniversität.«

»Aber es ist nicht Harvard …«

»Also, in manchen Fachbereichen ist Berkeley sogar besser als Harvard.«

»Aber der Name Berkeley besitzt nicht das gleiche … Prestige, oder?«

»Nur wenn man sehr engstirnig ist.«

»Oder ein zorniger, feindseliger Jugendlicher.«

»Glauben Sie etwa, dass Holt die Baldwins umbrachte, weil er *vor acht Jahren* nicht nach Harvard konnte?«

Die quälende Frage: Falls Holt sich rächen wollte, warum wartete er so lange damit? »Kommt Ihnen der Name Ricky Moke bekannt vor?«

Maryam dachte einen Moment nach und schüttelte dann den Kopf. »Nein, nicht dass ich wüsste.«

»Können Sie bitte mal nachsehen, ob die Baldwins eine Patientenakte über ihn führten?«

»Bei diesem Durchsuchungsbefehl habe ich vermutlich keine andere Wahl, oder?«

»Nein, das haben Sie nicht. Aber ich versuche, höflich zu sein.«

Maryam blickte zu Boden. »Zumindest sind Sie ehrlich. Wie alt ist er?«

»Ich weiß es nicht. Wahrscheinlich in Holts Alter.«

»Ein ehemaliger Patient?«

»Vermutlich.«

Maryam öffnete die entsprechende Schublade und blätterte die Akten durch. »Ich kann nichts finden. Aber ich überprüfe es noch einmal.« Wenige Minuten später sagte sie: »Tut mir Leid. Nichts. Könnte er einer der derzeitigen Patienten sein?«

»Sehen wir mal nach.«

Die beiden verließen den kleinen Raum und gingen wieder hinüber in das luxuriös ausgestattete, riesige Büro der Baldwins, dessen großer Doppelschreibtisch die gesamte Raummitte einnahm. Die Dekoration war sorgfältig ausgewählt: Der rosafarbene Bezug der Sofas passte perfekt zum rosafarbenen Polster der Sessel, und beide Tische zierten farblich abgestimmte Accessoires. Sogar das Landschaftsgemälde an der Wand fügte sich harmonisch in das Gesamtbild.

Oliver saß an Mervins Schreibtisch und blickte auf, als die beiden Frauen hereinkamen. Er hob fast unmerklich eine Augenbraue.

Marge ging direkt darauf ein. »Hast du was Interessantes gefunden?«

»Was *Hoch*interessantes. Rate mal, wer auf Dee Baldwins Gehaltsliste steht?«

»Darrell Holt«, erwiderte Marge.

»Darrell Holt?«, fragte Oliver erstaunt.

Diese Reaktion brachte Marge aus dem Konzept. »Etwa nicht Darrell?«

Oliver schüttelte den Kopf. »Ricky Moke.«

Maryam war verwirrt. »Wer zum Teufel ist Ricky Moke?«

Plötzlich schlug Marge sich mit der flachen Hand an die Stirn. »Ricky Moke ist Darrell Holt – und niemand anders.«

28

Dem Architekten hatte beim Bau der Kirche offenbar ein Gebäude mit viel Licht und Luft vorgeschwebt – die hohe Gewölbedecke war mit zahlreichen Fenstern und einer riesigen Lichtkuppel aus Buntglas versehen. Aber trotz des hohen, lichtdurchfluteten Raums und der auf höchster Stufe laufenden Klimaanlage ließ die Menge dicht gedrängter Menschen den Altarraum unerträglich stickig werden. Und natürlich trugen auch der Anzug und die Krawatte ihren Teil dazu bei. Innerhalb weniger Minuten war Decker schweißgebadet.

Er stand im hinteren Bereich der Kirche, eingekeilt zwischen anderen Trauergästen, die ebenfalls stehen mussten, da alle Sitzplätze für die Familie und Freunde der Goldings reserviert waren. Der mit einem kunstvoll bestickten Tuch bedeckte Sarg war vor dem Altar aufgebahrt und von Kränzen mit weißen Blüten umgeben: Lilien, Nelken, Gardenien und Rosen. Davor stand auf einer kleinen Tribüne ein in rote und weiße Satinroben gekleideter Chor und sang Kirchenlieder, die Decker nicht kannte. Aber dies war schließlich eine Unitarierkirche, und die Liturgie unterschied sich von Deckers baptistischem Hintergrund. Der wunderschöne Gesang verhallte in der Kuppel des Gotteshauses – sehnsüchtig und inbrünstig. Wenn es einen Himmel gab, dann war Ernesto mit Sicherheit dort.

Das Schluchzen war unüberhörbar und füllte den Raum. Die Familie saß in der ersten Reihe, ein in Schwarz gekleidetes Trio. Decker hatte nur einen kurzen Blick auf sie werfen können, als sie den Mittelgang entlanggingen, und auch das war ihm nur gelungen, weil er die anderen Trauergäste überragte. Er konnte Jill erkennen – klein und zerbrechlich –, die stark humpelte, als hätte sie Hüftschmerzen. Carter schleppte sich gramgebeugt neben seiner Frau den Gang hinunter. Karl, der Bruder, war in zwei Tagen um Jahre gealtert. Die Familie hielt einander fest an den Händen, klammerte sich ans Leben, eng aneinander geschmiegt wie in einem Rettungsboot.

Der Pfarrer sprach von Ernestos blühendem Leben, das von einem schrecklichen Schicksalsschlag vorzeitig beendet worden war. Und dass es jetzt an ihnen – der Gemeinde – sei, zusammenzukommen und Jill, Carter und Karl aus dem tiefen Tal der Tränen zum lebendigen Licht Gottes zu führen. Dies würde zwar viel Zeit erfordern – Monate, Jahre, Jahrzehnte – und möglicherweise auch nie gelingen, aber die Gemeinde dürfe nicht nachlassen, es immer wieder zu versuchen. Sie dürfe ihnen niemals den Rücken kehren und den wundervollen Menschen vergessen, der Ernesto Che Golding gewesen war. Er drängte die Familie, sich zum Leben zu bekennen.

Dann sprach der Geistliche die Eltern direkt an, bot ihnen Worte des Trostes. Schließlich wandte er sich an Karl – die Rolle des Überlebenden sei immer die schwierigste von allen. Er segnete den Jungen und sagte ihm, er solle versuchen, sein Leben weiterzuleben, die schönen Zeiten, die er mit Ernesto verbracht hatte, nicht zu vergessen und diese Freude zu leben. Das wäre die beste Möglichkeit, das Andenken an seinen Bruder zu wahren. Lass nicht den Tod des einen Sohnes zum Tod zweier Söhne werden.

Decker hatte dies nur allzu oft miterlebt. Der Tod forderte mehr als nur ein Opfer. Der Pfarrer musste etwa Mitte fünfzig sein – er war untersetzt, rundlich und eher unansehnlich, aber er besaß eine ungeheuere Präsenz. Er verstand es, die Familie auf direkte und persönliche Weise anzusprechen, und dennoch waren seine Worte bis in die letzte Reihe der Kirche klar und deutlich zu vernehmen.

Um sich die Zeit zu vertreiben, suchte Decker in der Menge nach vertrauten Gesichtern. Unter den Trauergästen entdeckte er den Bürgermeister, einen Senator sowie diverse Abgeordnete des Bundesstaates und der Regierung. Der Polizeichef und der Captain saßen hinter den Politikern – so wie es sich gehörte. Das Lokalfernsehen hatte im Mittelgang und den Seitengängen mehrere Kameras aufgebaut. Und weiter hinten erkannte er Lisa Halloway. Ihre Hände zitterten, und ihr Gesicht war tränenüberströmt. Auch Schulleiter Williams wischte sich die Tränen aus den Augen, und Jaime Dahl weinte hemmungslos. All seine Klassenkameraden … im gleichen Alter wie Deckers eigene Söhne. Ruby Ranger war anscheinend nicht erschienen. Andererseits konnte sie natürlich auch irgendwo in der Menge stehen. Decker kannte sie schließlich nur von ein paar Schnappschüssen.

Decker hatte einen Kloß im Hals; seine Augen schmerzten fast so wie sein Kopf, und sein Herz pochte heftig. In der Hitze schmolz er wie Butter in der Sonne, und seine Schuhe drückten vom langen Stehen. In seinen Ohren begann es laut zu klingeln … bis ihm bewusst war, dass sein Mobiltelefon läutete.

Verlegen eilte er nach draußen und drückte beim fünften Klingeln auf die Anruftaste.

»Decker.«

»Hi, ich bin's.«

Es war Marge. »Was ist los?«, fragte Decker.

»Wo bist du gerade?«

»Bei der Beerdigung.«

»Und wie lange dauert das noch?«

»Keine Ahnung. Was ist passiert?«

»Eine ganze Menge. Du solltest unbedingt herkommen.«

»Warum? Habt ihr was über Holt rausgefunden?«

»Sowohl über Holt als auch über Ricky Moke. Holt hatte geschäftlich mit Dee Baldwin zu tun. Dr. Estes hat sie in Baldwins Büro gesehen, zusammen mit Hank Tarpin. Aber jetzt hör gut zu: Es war Ricky Moke, der auf der Gehaltsliste der Baldwins stand.«

Der Groschen fiel sofort. »Holt und Moke sind ein und dieselbe Person«, sagte Decker.

»Tja, irgendwie ticken wir doch alle gleich.«

»War Moke/Holt und Dee Baldwins Beziehung ausschließlich geschäftlicher Natur?«

»Das wissen wir noch nicht. Deswegen solltest du ja möglichst schnell herkommen.« Marge erzählte ihm kurz von ihrem Gespräch mit Maryam Estes.

»Sieht ganz so aus, als hätte Scott Recht gehabt …«, meinte Decker. »Die Baldwins hatten Insiderinformationen über die Zulassungstests.«

»Stimmt. Wann, glaubst du, bist du da fertig?«

»Ich weiß es nicht. Außerdem muss ich noch mit der Familie sprechen.«

Marge seufzte. »Vielleicht kann der Kondolenzbesuch noch warten, Pete. Wir sind da auf einer heißen Spur.«

»Nein, das kann nicht warten. Erstens bin ich selbst Vater, und das gehört sich schließlich so. Ich muss ihnen mein Beileid aussprechen, und ich muss es persönlich tun. Zweitens: Wenn wir mit dieser Moke-Holt-Geschichte falsch liegen, werde ich die Hilfe der Goldings noch dringend brauchen. Allerdings hab ich nicht vor, mich hier festzuquatschen. Ich komm so schnell ich kann.«

»Du wirst auf deine alten Tage ja noch richtig emotional.«

»Das ist eines der Privilegien des Alters, Dunn.« Decker legte auf und rief dann sofort Martinez an. »Bist du noch am Tatort?«

»Wir fahren gerade auf die 215«, erwiderte Bert. »Du wolltest doch, dass wir Marge und Oliver unter die Arme greifen, oder?«

»Ich möchte, dass ihr Darrell Holts Vater aufsucht. Überprüft, ob sein Flugzeug schon gelandet ist, und befragt ihn so schnell wie möglich. Vielleicht hat er ja eine Idee, wo Darrell sein könnte.«

»Ich dachte, Wanda würde sich schon darum kümmern.«

»Ich will, dass die *Mordkommission* sich dahinter klemmt. Wir brauchen eine Handhabe gegen Darrell Holt – und zwar schnell.«

Martinez erkannte die Dringlichkeit in der Stimme seines Vorgesetzten. »Okay, wir kümmern uns um die Sache. Ich meld mich, sobald wir was haben.«

»Mach das.« Decker legte auf. So heiß es im Freien auch war, zumindest ging hier eine frische Brise. Er zog sein Jackett aus und beschloss, draußen zu warten, bis die Messe zu Ende war. Unter ein paar Platanen fand er ein schattiges Plätzchen und holte sein Notizbuch hervor.

Rasch hielt er ein paar Dinge fest:

Moke = Darrell. Gleiches Alter, gleiche Hochschule – Berkeley. Moke auf der Gehaltsliste. Welche Aufgaben konnte Moke für die Baldwins erledigt haben? Ermittlungen gegen Moke wegen Computerhacking… Darrell ein Hacker? In welchen Computer konnte Darrell sich für die Baldwins hineingehackt haben?

In den Rechner des Prüfungszentrums, um Kopien der Zulassungstests anzufertigen, bevor die Tests durchgeführt wurden. Dafür bezahlte Dee Holt/Moke. Dann drohte sie, damit aufzuhören, und Holt brachte sie alle um? Und was ist mit den HVR? Tarpin und Darrell Mitglieder der HVR. Diente das Hackergeld zur Finanzierung der HVR? Zur persönlichen Bereicherung? Tarpin hauste in einer winzigen Hütte, aber was ist mit Darrell?

Die Türen zum Altarraum öffneten sich, doch es kam niemand heraus. Ernste Musik drang durch das Kirchenportal – ein langsamer, getragener Grabgesang. Wenige Minuten später erschien der Sarg in der Türöffnung, getragen von sechs jungen Männern – Ernestos Klassenkameraden, vielleicht auch seine Cousins. Große Jungen, die hemmungslos geweint hatten, mit roten Augen, schniefenden Nasen und zitternden Lippen.

Ich ziehe dahin, der Gnade Gottes befohlen.

Direkt hinter dem Sarg erschien Jill, von Carter gestützt. Karl ging hinter seinen Eltern; er erinnerte an einen Bären, der gerade erst aus dem Winterschlaf erwacht war. Seine Augen wanderten unruhig hin und her, schienen sich auf nichts konzentrieren zu können. Als Karls Blick über Deckers Gesicht streifte, stutzte er und sah ihn noch einmal an. Dann formte er mit den Lippen lautlos die Worte: *Ich muss mit Ihnen reden!*

Decker richtete sich auf, sah ihn mit großen Augen an und drehte fragend die Handflächen nach oben: *Wann?* Er ging einen Schritt nach vorn, aber Karl schüttelte kaum merklich den Kopf und formte mit den Lippen: *Zu Hause … in einer Stunde.*

Eine Stunde reichte nicht aus, um vom Friedhof zur Praxis der Baldwins zu kommen und rechtzeitig wieder bei den Goldings einzutreffen. Da war es besser, vor Ort zu bleiben. Decker ging zu seinem Wagen und folgte der Prozession, die in Richtung Friedhof strebte.

Die Begräbnisstätte lag etwa fünfzehn Minuten entfernt, in den Hügeln des Valley, mit Blick über den smogtrüben Talkessel von L. A. Es dauerte eine ganze Weile, bis alle Trauergäste ihren Wagen geparkt und sich um das ausgehobene Grab versammelt hatten. Es war früher Abend, und die Sonne stand schon tief am Horizont. Jill musste mit ihrem Gleichgewicht kämpfen, und einmal geriet auch Carter ins Schwanken. Als der Sarg langsam in das Grab hinabgesenkt wurde, schwoll das Schluchzen zu einem Wehklagen an – laut und bewegend. Der Schmerz war kaum zu ertragen, selbst für einen erfahrenen Polizisten. Freunde und Verwandte nahmen abwechselnd den Spaten und bedeckten den Sarg vollständig mit Erde. Dies war kein christlicher Brauch, sondern eine jüdische Sitte – man wandte sich erst vom Grab ab, wenn der Sarg völlig mit Erde bedeckt war. Da es sich um eine unitarische Religionsgemeinschaft handelte, vermutete Decker, dass sie sich aus jeder Religion bestimmte Teile herausgepickt hatte.

Da standen sie nun – Jungen und Mädchen, Männer und Frauen, die in der untergehenden Sonne ihren Klassenkameraden, ihren Freund, ihren Neffen und Cousin begruben. Schließlich ging Karl einen Schritt nach vorn, nahm den Spaten und schaufelte dicke Brocken Erde auf den Sarg seines Bruders. Seine breiten Schultern zitterten vor Trauer und Kummer.

Nach einer halben Stunde war das Grab von einem Hügel frischer Erde bedeckt. Die verzweifelte Familie kehrte zum Leichenwagen zurück, und die Prozession bewegte sich den Hügel hinab. Wagen an Wagen, Stoßstange an Stoßstange. Es kostete Decker eine halbe Stunde, um wieder auf die Hauptstraße zu gelangen, und weitere zwanzig Minuten, einen Parkplatz zu finden. Er musste sich mit einer Parkbucht etwa einen Häuserblock vom Haus der Goldings entfernt begnügen.

Aus der Eingangstür strömten ihm die Trauergäste entgegen. Manche hielten ein Getränk in der Hand, andere aßen oder unterhielten sich. Niemand weinte, und Decker entdeckte kein einziges trauriges Gesicht. Es hätte eine ganz normale Party sein können, nur mit dem Unterschied, dass die Gespräche gedämpfter waren und das unbeschwerte, helle Lachen fehlte, das normalerweise den Genuss alkoholischer Getränke begleitete.

Decker bahnte sich einen Weg durch die Menge, murmelte hier und da ein »'tschuldigung« und tat so, als bemerke er die ungehaltenen Blicke nicht. Sie betrachteten ihn wie einen Elefanten im Porzellanladen. Da das Haus hohe Decken besaß, hallten die Räume vom Klappern des Geschirrs und dem Lärm der Gespräche wider, ab und zu unterbrochen von einem Schluchzen. Decker nutzte seine Größe, um einen Blick über die Menschen zu werfen, aber er konnte Karl nirgendwo entdecken. Allerdings sah er Jill, die in ihr Taschentuch weinte. Schließlich auch Carter, der dem Pfarrer gerade die Hand schüttelte. Sie standen ziemlich weit von ihm entfernt, und um zu ihnen zu gelangen, musste er sich zwischen zahlreichen weiteren Trauergästen hindurchkämpfen.

Carter bemerkte ihn als Erster und begrüßte ihn mit einem Kopfnicken. Decker nickte zurück. Es folgte ein kurzer Moment des Schweigens. Dann sagte Carter: »Reverend, das ist Lieutenant Decker…« Hier brach Golding abrupt ab, seine Unterlippe begann zu zittern, und er drehte den Kopf zur Seite.

»Ich leite die Ermittlungen«, erklärte Decker.

»Jack Waylen.« Der Reverend gab ihm die Hand.

Decker schüttelte sie. »Sie haben mir aus dem Herzen gesprochen.«

»Es war auch aus dem meinen gesprochen.«

Decker wandte sich Golding zu. »Ein sehr schöner Weg, um sich von Ihrem Sohn zu verabschieden.« Er seufzte. »Ich möchte nur, dass Sie wissen, dass Sie mich jederzeit erreichen können.«

Carter schloss die Augen. »Danke.«

»Wenn sich alles ein wenig beruhigt hat, möchte ich Sie bitten, das auch Ihrer Frau auszurichten. Ich hätte es ihr gerne selbst gesagt, aber ich glaube, dass mein Erscheinen sie nur noch mehr betrüben würde.«

»Das stimmt.« Carter verschränkte die Hände. »Vielen Dank, dass Sie gekommen sind.«

Der klassische Rausschmiss. Decker war entlassen. Langsam drehte er sich um und ging Richtung Ausgang. Wenige Augenblicke später spürte er jemanden dicht neben sich. Der Reverend hatte ihn eingeholt.

»Haben Sie schon einen Verdacht, wer den Mord begangen hat?«, fragte Waylen.

»Einen Verdacht habe ich schon«, erwiderte Decker und betrachtete den stämmigen Mann. »Aber der ist nicht für die Öffentlichkeit bestimmt.«

»Dieser Fall sollte sich nicht zu lange hinziehen. Das würde nicht nur Ihrem Image schaden, sondern auch die Moral der Gemeinde beeinträchtigen.«

»Ich tue mein Bestes, Reverend.«

»Dies ist kein gewöhnlicher Fall, Lieutenant«, sagte Waylen. »Und auch nicht irgendeine isolierte Sekte. Die Goldings gehören zur Gemeinde – sie sind geschätzte und geachtete Gemeindemitglieder. Seit der Ermordung von Dr. Sparks vor sechs Jahren hat es in unserer Gemeinde keine so schlimme Tragödie mehr gegeben. Wir brauchen eine Lösung des Falls, und wir brauchen sie schnell, damit der Heilungsprozess einsetzen kann.«

Decker sträubten sich unwillkürlich die Nackenhaare, nicht wegen Waylens Ermahnungen, sondern der Erwähnung des Namens Sparks wegen. »Wir haben damals den Fall gelöst, und wir werden auch diesen lösen.« Pause. »Haben Sie sonst noch was auf dem Herzen?«

»Wenn Sie mir etwas mitteilen möchten, bin ich immer für Sie da«, erwiderte Waylen.

»Und das gilt auch im umgekehrten Fall.« Decker blickte ihm direkt in die Augen. »Sie wissen ja, wie das ist. Polizisten und Priester stützen sich gern auf Bekenntnisse.«

Der Reverend zog eine Augenbraue hoch. Aber er hatte keine Zeit zu antworten, da Karl plötzlich auftauchte. Sofort richtete Waylen seine Aufmerksamkeit auf den Jungen, umarmte ihn und hielt seine Hände, während er mit ihm sprach: »Kann ich etwas für dich tun, Karl?«

»Nein, mir geht es gut, Reverend.«

»Ich bin immer für dich da. Ich möchte, dass du das weißt.«

»Danke, Reverend.« Der Junge blickte zu Boden und entzog dem Pfarrer seine Hände. »Ich weiß das zu schätzen.«

Niemand sagte etwas.

Schließlich wischte sich Karl mit einem Papiertaschentuch über die Stirn. »Ich bin müde.«

»Vielleicht solltest du dich etwas hinlegen«, sagte Waylen.

»Ich glaube nicht, dass ich meine Eltern jetzt allein lassen darf.« Karl sah Waylen flehend an. »Könnten ... könnten Sie sich vielleicht eine halbe Stunde um sie kümmern? Damit ... um mir schnell andere Schuhe anzuziehen ...«

»Natürlich.«

Er wandte sich an Decker. »Lieutenant ...«

»Karl ...«, erwiderte Decker.

»Vielleicht ... könnten Sie mir ein Glas Wasser bringen?«, bat der Junge.

»Selbstverständlich.«

»Ich mach das schon«, mischte sich Waylen ein.

»Reverend, ich glaube, meine Eltern ... Sie sollten besser zu Ihnen gehen.«

»Leg dich schon mal hin«, sagte Decker. »Ich bring dir ein Glas Wasser.«

»Vielen Dank.« Rasch drängte Karl sich durch die Menge, jedes Gespräch vermeidend. Decker verabschiedete sich vom Reverend und marschierte in die Küche, wo er ein Tablett mit Erfrischungsgetränken fand. Er nahm eine Limonade und ging mit dem Glas in der Hand zu Karls Zimmer. Die Tür war verschlossen.

Decker klopfte. »Ich bin's, Karl. Lieutenant Decker.«

Er hörte Schritte; dann wurde der Schlüssel umgedreht, und die Tür ging einen Spalt auf. »Kommen Sie schnell!«, sagte der Junge und verriegelte hinter Decker sofort wieder die Tür. »Ich will ... ich will einfach mit niemandem sonst reden.«

»Ich hab dir ein Glas Limo mitgebracht«, sagte Decker. »Ist das okay?«

Der Junge warf sich auf das Bett, drehte sich auf den Rücken und starrte an die Decke. »Ich bin gar nicht durstig. Ich hab nur nach einer Ausrede gesucht, damit Sie hierher kommen.«

»Wo soll ich das Glas abstellen?«, fragte Decker.

»Keine Ahnung ... irgendwo.«

Decker setzte das Glas auf dem Schreibtisch ab. Seit seinem letzten Besuch war der Raum ordentlich aufgeräumt worden und wirkte fast schon steril sauber. »Wie fühlst du dich?«

Karl reagierte nicht. Decker zog sich den Schreibtischstuhl heran und wartete.

»Am liebsten würde ich jetzt jemanden umbringen«, verkündete Karl schließlich.

»Jemand Spezielles?«, fragte Decker.

»Am liebsten meinen Bruder, aber der ist ja schon tot.« Minuten verstrichen. Dann meinte er: »Für jemand mit so viel Grips hat er sich bei Frauen ziemlich blöd angestellt.«

»Das geht den meisten Jungs so.«

»Nein, ich meine wirklich dämlich. Er hatte eine so nette Freundin, aber die hat er sitzen lassen.«

»Lisa Halloway.«

»Ja, Lisa«, sagte Karl. »Lisa war hübsch, gescheit und total verrückt nach ihm. Ich glaub, sie haben's sogar miteinander getan. Ich kann mir überhaupt nicht erklären, warum ... nein, das stimmt nicht. Ich weiß genau, warum er sich in Ruby Ranger verknallt hat.« Der Sechzehnjährige setzte sich abrupt auf, griff unter seine Matratze und zog ein schmales Bündel Briefe heraus, das er Decker zuwarf. »Letzte Nacht konnte ich nicht schlafen. Da hab ich angefangen, mein Zimmer aufzuräumen ... weil ... ach, keine Ahnung ... ich musste einfach was tun. Die hier hab ich unter meiner Matratze gefunden. Ernesto muss sie hier versteckt haben.«

»Hast du sie gelesen?«

»Ja, hab ich.« Er wischte sich über die Augen. »Bei den Baldwins ging etwas sehr Merkwürdiges vor. Die haben was gemacht, das sie nicht hätten machen sollen. Und Ruby hing da mit drin. Ich hab das Gefühl, dass sie sie erpresst hat. Und ich glaube, Ernesto wusste auch davon.«

Decker betrachtete die Briefe – drei Stück und kein Absender. Die Briefmarken stammten aus Oklahoma und trugen einen Poststempel von vor fünf, drei und zwei Monaten. »Hast du etwas dagegen, wenn ich sie gleich hier lese? Im Moment zählt jede Minute.«

»Nein, machen Sie nur.«

Decker nahm den ältesten Brief, der aus der Zeit unmittelbar nach Ernestos Vandalismusaktion datierte. Der Briefbogen selbst trug kein Datum. Er begann zu lesen:

Hey, mein kleiner Hengst,
ob du's glaubst oder nicht, deine Züchtigungskönigin hat ein paar verirrte Gefühle, unter anderem vermisst sie dich auf fleischlicher Ebene ... besonders deinen köstlichen Schwanz. Wenn ich nur daran denke, werde ich schon ganz feucht und heiß, ganz zu schweigen von der Tatsache, dass mich Männer in Uniform total anmachen. Ich frage mich, was die süße Lisa wohl davon halten würde, wenn sie mich sehen könnte, wie ich mit reichlich Sperma im ganzen Gesicht deinen Schwanz lecke und deinen Saft schlürfe ...

Decker überflog die Zeilen, bis er auf etwas Interessanteres stieß:

Ich hoffe, Dee-Baby und Gatte sind nicht wie üblich diese scheinheiligen Arschlöcher. Falls sie dir irgendwie komisch kommen, erinner sie kurz daran, dass du der Liebling in Rubys Schwanzparade bist. Das sollte sie zum Schweigen bringen. Da ich das System kenne, Loverboy, bin ich eine gefährliche Person. Das solltest du nicht vergessen. Was wir im Bett machen, ist eine Sache, aber außerhalb kämpft jeder für sich.

Der Brief war nicht signiert. Aber er war von Hand geschrieben – also nicht getippt und auch keine E-Mail. Ein enormer Vorteil, denn wenn Alice Ranger andere Dokumente mit Rubys Handschrift besaß, könnte Decker eine graphologische Analyse machen lassen, um zu überprüfen, ob die Briefe von ihr stammten. Darüber hinaus waren sie mit einem Poststempel versehen, zwar keine jüngeren Datums, aber vielleicht würde es reichen, um Rubys Aufenthaltsort herauszufinden.

»Hast du eine Idee, von welchem System sie spricht?«, wandte er sich an Karl.

»Nein. Aber sie erwähnt es mehrere Male. Offensichtlich wusste Ernesto, wovon sie sprach, da sie es nicht weiter erklärt hat. Am besten lesen Sie weiter.«

Decker nahm den nächsten Brief, der zwei Monate später abgestempelt war ... etwa einen Monat vor Ernestos Examen.

Glückwunsch, dass du auf die Brown gehst – als ob ich nicht die ganze Zeit gewusst hätte, dass du es schaffst. Glück für dich, dass dein Daddy genügend Einfluss und Kohle hatte, um den Richter zu schmieren und die Tatsache unter Verschluss zu halten, dass du ein böser, böser Junge bist, der gerne böse, böse Dinge tut.

Dann wurde sie wieder sehr explizit und gab in ordinären Worten eine detaillierte Beschreibung diverser Stellungen. Decker hatte schon die wüstesten Dinge erlebt, aber der rein sexuelle Inhalt – die Grobheit und Primitivität der Sprache – bereitete ihm körperliches Unbehagen. Er wusste, dass er den ganzen Brief sorgfältig würde lesen müssen, um zu überprüfen, ob sich darin vielleicht eine verschlüsselte Botschaft versteckte. Aber im Augenblick überflog er einfach die unflätigen Stellen, bis er zum letzten Absatz kam.

Ich kann echt nicht glauben, dass du tatsächlich darüber nachdenkst, in dieses Camp zu gehen. Es sind gerade mal zwei Monate vergangen, und du schmilzt schon wie Butter in der Sonne. Bist du vollkommen weich in der Birne? Einfluss ist nur dann gut, Loverboy, wenn man ihn auch nutzt. Du weißt doch, wie du aus der Nummer rauskommst. Wenn du auch nur erwähnst, dass du das System kennst, fallen sie um wie ein Kartenhaus. Ich meine damit nicht, dass du es ihnen direkt unter die Nase reiben sollst … das könnte ziemlich unangenehm werden. Aber ein Typ mit einem Schwanz wie deinem und all der Diskutiererfahrung aus dem Debattierunterricht sollte doch in der Lage sein, die Sache subtiler anzugehen. Sie wissen dann schon, wo der Hammer hängt. Das Camp ist die letzte Scheiße, und Tarpin ist ein verdammtes Marinearschloch! Du kannst doch nicht so schnell schlapp machen. Vielleicht muss ich doch zu dir kommen und dich ein wenig aufbauen. Dich einfach lutschen, bis dein Schwanz ganz leer ist und du dich wieder erinnerst, dass du hier die Regeln aufstellst – und nicht sie. Wenn du dich daran hältst, wirst du es noch weit bringen. Wenn nicht, bist du verloren. Und das wäre doch eine schreckliche Verschwendung deines herrlichen Waschbrettbauchs – ganz zu schweigen von deinem phantastischen Riemen.

Auch dieser Brief war nicht unterzeichnet. Decker faltete den Bogen zusammen und schob ihn wieder in den Umschlag. »Was weißt du über die Baldwins?«

Karl schüttelte den Kopf. »Wenig. Ich war nie bei ihnen in der Therapie. Ich hab sowieso noch nie 'ne Therapie gemacht. Ich bin doch nur Karl... der Trottel, der nie Probleme macht. Ernie war der Goldjunge. Brillant, aber neurotisch... wie es sich für ein richtiges Genie eben gehört. Ich dagegen, ich bin ziemlich einfach gestrickt. Ich fange gerade erst mit der elften Klasse an. Wenn alles ganz normal gelaufen wäre, dann hätte ich in einem Jahr bei den Baldwins in die Studienberatung gehen können, wie alle Schüler der zwölften Klasse an der Foreman Prep. Es ist fast schon ein Ritual.«

»Ein Ritual?«

»Das gehört zum Programm, Lieutenant. Wir gehen alle auf die gleiche Schule, haben die gleichen Freizeitaktivitäten, spielen in der gleichen Fußballmannschaft, fahren in die gleichen Sommerlager, gehen auf die gleichen Partys, drängeln uns um die gleichen Mädchen – und wenn die Zeit gekommen ist, gehen wir alle zu den Baldwins. Es ist, als hätten die Eltern Angst, aus der Reihe zu tanzen; denn das könnte möglicherweise bedeuten, dass der Nachwuchs von jemand anderem einen Vorsprung vor dem eigenen hat. Ich liebe meine Eltern, Lieutenant. Ich glaube, sie sind ziemlich... na, Sie wissen schon...«

»Integer?«

»Ja, integer. Aber selbst sie tappen in diese Falle. Sie sagen, dass sie das nur deshalb tun, weil sie unser Bestes wollen. Das stimmt natürlich, aber sie wollen auch nicht, dass wir auf ihre Freunde einen dämlichen Eindruck machen. Es wäre doch peinlich, wenn wir versagen würden. Und hier kommen die Baldwins ins Spiel. Sie bewahren die Eltern vor dieser Situation. Normalerweise kamen wir immer an die Uni, die wir ausgesucht hatten, weil die

Baldwins dieses Talent besaßen, die richtigen Jugendlichen für die richtige Schule zu finden, sodass alle glücklich und zufrieden waren. Deshalb ging man zu ihnen in die Studienberatung.«

»Hat vielleicht irgendjemand mal erzählt, dass sie die Jugendlichen nicht mit ganz legalen Mitteln in die jeweiligen Unis bekamen?«

»Nein. Davon hab ich zum ersten Mal aus diesen Briefen erfahren. Aber machen wir uns nichts vor. Die Menschen sehen gezielt weg, wenn sie kriegen, was sie wollen. An was für illegale Sachen dachten Sie denn?«

»Vielleicht hatten sie eine Art Vorsprung bei den Studienzulassungstests.«

Karl machte ein verdutztes Gesicht. »Vorsprung?«

»Insiderinformationen. Vielleicht kannten sie die Testfragen vor allen anderen.«

»Nicht dass ich wüsste«, sagte Karl.

»Ich frage mich, ob das das System ist, von dem Ruby sprach. Dass sie Insiderinformationen hatten.«

»Da wissen Sie mehr als ich«, meinte Karl und ließ sich wieder auf das Bett sinken. »Ich bin wirklich müde.«

Decker wusste, dass er besser gehen sollte. Aber dies war eine einmalige Gelegenheit. Er versuchte es mit einer anderen Vorgehensweise. »Du hast erzählt, dass ihr alle auf die gleichen Partys gegangen seid. Hat Ernesto dich mal zu einer der Feten mitgenommen?«

»Sie meinen, zu den Raves?« Karl schnaubte. »Na klar. Bis auf die Nerds und die Weicheier gingen alle von der Foreman zu den Raves. Ich bin nur zum Sehen und Gesehenwerden hingegangen, aber ich mochte sie nicht besonders. Ich steh nicht auf Drogen. Und wenn man keine Drogen nimmt, hängt man nur blöd rum. Es ist einfach öde zuzugucken, wie andere sich bekiffen oder Crack reinziehen.«

Wenn es um die wirklich wichtigen Dinge ging, war Karl alles andere als ein Trottel. »Hast du mal einen von Rubys Freunden kennen gelernt?«, wollte Decker wissen.

»Ruby kam immer ohne Freunde. Ich glaub noch nicht mal,

dass sie überhaupt welche hatte. Ich hab sie nur ein paar Mal mit ihrem Bruder gesehen, Doug dem Kiffer.«

»Also kam sie nicht regelmäßig zu den Partys?«

»Nein. Aber wenn sie auftauchte, zog sie sofort alle Blicke auf sich. Sie sah echt scharf aus. Ich mochte sie nicht, aber ich verstehe, warum Ernesto auf sie abfuhr.« Verwundert schüttelte er den Kopf. »Wenn sie auch nur die Hälfte von dem gemacht hat, worüber sie in den Briefen schreibt, würde ich eines meiner Eier opfern, um mit ihr eine Nacht zu verbringen.« Er zupfte an seiner Augenbraue. »Na ja, vielleicht doch nicht.«

»Ich verstehe, was du meinst.«

»Alle Jungs waren scharf auf sie. Aber nur Ernesto hatte den Mumm, zu ihr zu gehen und so etwas wie ein Gespräch anzufangen. Sich richtig mit ihr zu unterhalten. Meist redete nur sie, und die Jungs hörten zu, hingen regelrecht an ihren Lippen…« Karl unterbrach sich abrupt. Seine Augen wanderten rasch zu Decker, dann wich er dessen Blick aus.

»Ich weiß, dass mein Sohn auch bei einigen dieser Partys war«, sagte Decker.

»Aber nicht sehr oft.« Karl hielt noch immer seinen Blick abgewandt. »Ich hab ihn dort schon ziemlich lang nicht mehr gesehen, bestimmt seit einem Jahr. Er war echt clever und bei allen Mädchen beliebt.«

»Nur nicht bei Ruby«, ergänzte Decker.

»Oh!« Karl errötete. »Hat er Ihnen davon erzählt?«

Decker nickte.

»Ja, es war ziemlich übel. Ruby hat ständig auf ihm herumgehackt. Und Ernesto hat sie auch noch ermuntert. Schließlich hatte Jake die Schnauze voll. Er hat es ihr echt gegeben, aber das war 'ne wirklich üble Geschichte. Ich glaub, das war auch das letzte Mal, dass ich ihn gesehen hab.«

Das stimmte exakt mit dem überein, was Jacob ihm erzählt hatte. Decker wandte sich dem letzten Umschlag zu. »Lass mich noch eben diesen Brief lesen, dann verschwinde ich.«

»Okay.«

Decker überflog die Zeilen und bemerkte, dass sich der Ton geändert hatte – der Brief enthielt mehr verschleierte Warnungen als sexuelle Anspielungen.

Wenn du zu der Clique gehören willst, solltest du wissen, was du tust. Wenn du offensichtlich so leicht brichst, hat das für mich keine Bedeutung mehr. Du musst ihre Sprache sprechen, dich ihnen anpassen. Es wäre wahrscheinlich das Beste, wenn ich vorbeikäme und dir zeige, wo es langgeht. In der Zwischenzeit hältst du besser den Mund, da manche Leute dich falsch verstehen könnten. Die Baldwins kann man zwar in die Irre führen, aber sie sind nicht völlig blöd! Du musst sehr vorsichtig vorgehen – oder gar nicht.
Je länger ich darüber nachdenke, desto mehr komme ich zu der Überzeugung, dass ich unbedingt zu dir runterkommen sollte. Hier oben wird's langsam langweilig. Ich hab mich durch etwa vierzig Männer gevögelt – allesamt reiche Computernerds und über vierzig. Es ist nicht schlecht, weil sie mit mir ausgehen, mich in teure Restaurants führen und ich alle Pillen und Zigaretten bekomme, die ich will. Aber ich vermisse deinen jungen, kräftigen Schwanz. Ich muss ihn dringend wieder in mir spüren. Ja, vielleicht sollte ich tatsächlich zurückkommen, und dann können wir alle Details besprechen, bevor du nach Auschwitz-West verschifft wirst. Denn für mich ist eines völlig klar: Wir müssen unbedingt miteinander reden.

Decker las die beiden letzten Absätze zweimal. Es schien, als wäre Ruby in L. A. gewesen. Er sah Karl an. »Ernesto hatte etwas vor.«

»Ja, er hat sich bis über beide Ohren in die Scheiße geritten, der blöde Arsch!« Karl schloss die Augen. »Ich hab meinen Bruder wirklich geliebt«, sagte er schließlich.

»Daran hab ich keinen Zweifel.«

»Ich habe Ernie echt bewundert. Aber er konnte manchmal so arrogant sein … dass man sich in seiner Gegenwart total mickrig fühlte. Ruby war genauso. Glauben Sie, dass sie es war?«

»Sie ist jedenfalls nicht von der Täterliste gestrichen«, antwortete Decker. »Hast du irgendeine Idee, wo sie sein könnte?«

»Nein. Mit mir hat sie kein einziges Wort gewechselt – war weder nett noch unfreundlich. Sie hat noch nicht mal ihre kostbare Zeit damit verschwendet, auf mir rumzuhacken, so wie auf Jake. Ich war für sie einfach… einfach Luft. Was sie betraf, existierte ich überhaupt nicht.«

29

Wir haben endlich Darrell Holts alten Herrn aufgetrieben«, sagte Martinez. »Philip David Holt. Laut Auskunft seiner Privatsekretärin ist er erst vor etwa drei Stunden nach L. A. zurückgekehrt, aber er ist bereit, sich mit uns zu treffen. Er wohnt in einem der Hochhäuser im Wilshire Corridor. Seine Wohnung umfasst die gesamte zwölfte Etage.«

»Was macht er beruflich?«, fragte Decker.

»Investmentbanking, Finanzmanager«, erwiderte Martinez. »Seine Hauptniederlassungen befinden sich in Encino und Beverly Hills. Sagt dir der Name ›Holt Investments‹ was?«

»Nein, aber ich verkehre auch nicht in den Kreisen, in denen man einen Finanzmanager braucht.«

»Wahrscheinlich würdest du ihn auch dann nicht kennen. Er leitet eine der größten Investmentgesellschaften für Afroamerikaner an der Westküste. Die Vermögenswerte, die er verwaltet, liegen im Bereich von einer Milliarde Dollar. Das musst du dir mal vorstellen: eine Milliarde – eine Eins mit neun Nullen.«

»Okay, ich bin schwer beeindruckt.« Decker wechselte den Hörer von einem Ohr zum anderen. »Kann man bei dieser Klientel davon ausgehen, dass Mr. Holt Afroamerikaner ist?«

»Darrell sagt, er hätte schwarzes Blut in seinen Adern, daher würde ich mal sagen, dass man das durchaus annehmen kann.« Martinez schwieg einen Moment. »Allerdings wirkte er auf mich nicht besonders afroamerikanisch. Darrell hat eine noch hellere Haut als ich! Und so dunkel bin ich schließlich auch nicht.«

»Wann wollte er sich mit euch treffen, Bert?«

»Ich hab ihm gesagt, dass wir in etwa einer Stunde bei ihm aufkreuzen. Wir sind noch im Valley.«

»Also ist er jetzt zu Hause?«

»Ja.«

»Okay«, sagte Decker. »Folgender Vorschlag: Ich bin bereits auf der 405, kurz vor dem Sunset.«

»Dann bist du ja praktisch um die Ecke«, meinte Martinez.

»Genau. Gib mir mal die Telefonnummer dieses Gentleman, dann kann ich ihn direkt anrufen. Und da du so hervorragende Arbeit beim Aufspüren flüchtiger Personen geleistet hast, darfst du in der Zwischenzeit zurückfahren und Alice Ranger bearbeiten. Ich muss herausfinden, wo Ruby sich aufhält.«

Schweigen am anderen Ende der Leitung.

Dann sagte Martinez schließlich: »Ich kann dieses Mädchen einfach nicht leiden.«

»Da bist du nicht der Einzige. Aber hier geht's nicht um Sympathie oder Antipathie. Fahr da hin und mach einfach deinen Job.«

Zunächst einmal musste Decker am Portier vorbei, dessen Uniform der eines Zirkusdirektors ähnelte, dann an einem Rezeptionsmitarbeiter im dreiteiligen Anzug. Danach brachte ihn ein Fahrstuhlführer – in Uniform *und* weißen Handschuhen – in den zwölften Stock. Die Türen des Aufzugs öffneten sich, und Decker betrat einen Flur, der sich erst nach rechts wandte und dann nach links. Nach etwa fünfzehn Metern stand er vor einer doppelflügeligen Messingtür. Als er klingelte, ertönte ein Glockenspiel, und ein Butler in Livree öffnete die Tür. Der hohlwangige Mann musste einmal ziemlich groß gewesen sein, aber jetzt waren seine Schultern vom Alter gebeugt. Seine Augen schimmerten milchig grau, seine Haut wirkte matt, und bis auf den Kranz lockig grauer Haare, war er völlig kahl.

Im Hintergrund war Beethovens Pastorale zu hören. Decker zeigte seine Dienstmarke. »Lieutenant Decker vom Los Angeles Police Department. Mr. Holt erwartet mich.«

Der Butler ging einen Schritt zur Seite. »Ja, Sir. Bitte treten Sie ein.«

Decker hatte sofort das Gefühl zu fliegen und dann ins Bodenlose zu fallen, denn er stand vor einer deckenhohen Glasfront, die von Wand zu Wand reichte. Da die Glasscheiben keine Rahmen besaßen, schien es, als würde er direkt in die Lichter der Stadt hinaustreten. Die über drei Meter fünfzig hohe Decke des Raums war mit geschnitzten Balken und Kassetten versehen. Der Fußboden bestand aus glänzendem, schwarzem Granit, den Perserteppiche bedeckten, die ausreichend verschlissen wirkten, um wertvoll zu erscheinen. Sämtliche mit Laméstoffen in Silber- und Bronzetönen bezogene Sitzmöbel hatten geschwungene Formen und waren so groß dimensioniert, dass sie in dem geräumigen Raum nicht verloren wirkten, ihn aber auch nicht dominierten. Dagegen wurde die zweite Wand von einem deckenhohen Granitkamin beherrscht und die dritte von riesigen Ölgemälden – de Koonings Schnörkel, Motherwells abstrakte Kunst, Bacons entstellte Körper und ein einzelner Jackson Pollock mit roten Tropfen.

Im Innern der Wohnung klang die Musik jetzt lauter … sogar ziemlich laut. Die Sinfonie befand sich noch immer im ersten Satz, und Decker konnte vor seinem geistigen Auge die kleinen Zentauren sehen, die hinter anmutigen weiblichen Fabelwesen herjagten. Als junger Mann hatte er Cindy mindestens zweimal in Disneys *Fantasia* mitgenommen.

»Bitte, hier entlang.« Der Butler winkte ihn zu sich.

Er führte Decker durch einen Flur, von dem aus ein zweiter Raum abging, der mit dem ersten fast identisch war. Die gleichen Materialien bei Boden und Decke, die gleiche durchgehende Glasfront. Aber dieser Raum besaß einen kleineren Kamin, der sich eine der Wände mit einer Hightech-Multimediaanlage teilte. Eine Einbaubar auf der anderen Seite des Raums sorgte für das leibliche Wohl der Gäste, während ein schwarz glänzender Flügel mit aufgeklapptem Deckel die Raummitte einnahm.

Genau gegenüber dieses »Musikzimmers« lag das Esszimmer, in dem ein schwarz lackierter Tisch für achtzehn Personen stand. Auch hier hatte man durch eine Glasfront freie Sicht auf L. A., allerdings auf einen anderen Stadtteil. Der Tisch war vollständig gedeckt – glänzendes Geschirr, schimmerndes Silber und Kristallgläser für Weiß- und Rotwein sowie Wasser funkelten um die Wette. Nicht ein Staubkorn verunstaltete die glänzende Oberfläche des Tischs. Das Ganze erweckte den Eindruck, als erwarte Holt jeden Moment eine größere Dinnergesellschaft – auch wenn weder Küchengerüche noch irgendwelche andere Dinge darauf hinwiesen.

Der Butler führte Decker weiter bis zum Ende des Flurs, wo es eine zweite Messingtür gab. Dort betätigte er eine Klingel, und jemand öffnete ihnen von innen.

Das Schlafzimmer des Hausherrn entpuppte sich als ein knapp einhundert Quadratmeter großer Raum, der ebenfalls eine spektakuläre Aussicht bot und mit weiteren Kunstwerken aufwartete. Dieser Teil der Wohnung sah wie eine unabhängige Einliegerwohnung mit Kochnische – inklusive Herd und Kühlschrank – aus und war mit einer eigenen Multimediaanlage ausgestattet. Diverse Sofas, Sessel, Settees und Chaiselongues standen zu Sitzgruppen arrangiert, aber die Raummitte bildete ein auf einem Podest ruhendes King-Size-Bett mit einer braunen Wildleder-Tagesdecke. Am Kopfteil aus Ebenholz lehnten mehrere übergroße Wildlederkissen, an denen wiederum Holt lehnte, in einen blauen Seidenpyjama gekleidet, der an ihm wie an einem dünnen Kleiderständer herabhing. Die mokkabraune Haut in seinem kleinen, runden Gesicht spannte sich über hohen Wangenknochen und einer breiten Nase. Er hatte dunkelbraune Augen und extrem kurz geschnittenes, schwarzes Haar. Seine Füße steckten in flauschig weichen Socken, und um ihn herum befanden sich diverse Papierstapel, zwei Laptops, mehrere Mobiltelefone, ein Festnetztelefon und ein elektronischer Ticker – die neongrünen Symbole flimmerten in Deckers Augen.

»Auslandswerte.« Holt tippte etwas, während er sprach beziehungsweise schrie, um die Musik zu übertönen. »Gott hat vierundzwanzig Zeitzonen geschaffen, damit es immer irgendwo eine Börse gibt, die es zu beobachten gilt.« Er blickte auf und lächelte. »Ein kleiner Scherz. Nehmen Sie doch bitte Platz, Lieutenant Decker. Es stört Sie doch nicht, wenn ich weiterarbeite, während wir uns unterhalten? Ich bin ziemlich geschickt darin …« – Tipp, tipp,

tipp – »... mehrere Aufgaben gleichzeitig zu erledigen. Und außerdem ...« Eines der Mobiltelefone klingelte. Er nahm ab, sprach seine Order hinein und legte wieder auf. »... glaube ich nicht, dass wir viel miteinander zu besprechen hätten.«

»Ich kann Sie kaum verstehen.«

»Ich Sie dafür ganz wunderbar.«

Der Mann war nicht gewillt, die Musik leiser zu stellen. Daher schrie Decker über den Lärm hinweg: »Kann ich mich auf die Bettkante setzen?«

»Selbstverständlich.«

Wundersamerweise wurde die Musik plötzlich leiser. Überrascht blickte Holt hoch und sah den Butler in der Nähe der Multimediaanlage. Er wollte gerade etwas sagen, besann sich dann aber eines Besseren.

»Kann ich etwas für Sie tun, Sir?«, fragte der Butler.

»Ach ja, George. Zwei Tassen ...« Holt wandte sich an Decker. »Wäre Tee genehm?«

»Gern.«

»Zwei Tassen Earl Grey, George, teinfrei. Es ist schon ziemlich spät, oder? Ich habe nicht die geringste Ahnung, in welcher Zeitzone ich mich befinde. Aber ich sehe, dass es schon fast ganz dunkel ist. Wie spät haben wir?«

»Halb neun, Sir.«

»Dann reich doch noch etwas Buttergebäck dazu, George.« Währenddessen tippte Holt weiterhin auf seinem Laptop herum. »Tee und Buttergebäck. Ausgezeichnet.«

»Sehr wohl, Sir.«

Die Doppeltür schwang auf und schloss sich wieder hinter dem Butler.

»Nein, ich weiß nicht, wo ...« Holt tippte aufgeregt. »Ja! Lassen Sie mich nur eben ...« Wieder tippte er etwas und wartete. »Nur einen Moment noch. Ich möchte nur sichergehen, dass dieser Auftrag durchgeht ... Na also. Sehr schön. So, zurück zu Ihnen, Lieutenant. Ich weiß nicht, wo Darrell sich aufhält. Ich habe jeglichen Kontakt zu ihm verloren und ihn seit bestimmt drei, vier Jahren nicht mehr gesehen. Früher besaß er ein Treuhandkonto, sodass wir ihn mithilfe der Bank hätten aufspüren können. Aber soweit ich weiß, existiert dieses Konto seit etwa einem Jahr nicht mehr.«

»Sie hatten also vor vier Jahren das letzte Mal Kontakt zu Ihrem Sohn?«

Holt nahm ein weiteres Telefonat an, drehte sich zur Seite, flüsterte, legte auf und nahm sofort das nächste Gespräch an. Flüster, flüster, flüster. Er tippte etwas, rief jemanden an, flüsterte wieder und tippte erneut. Nach ein paar Minuten sagte er: »Ja, ich glaube, das ist schon so lange her. Direkt nachdem er aus dem Norden zurück nach Los Angeles kam. Als er sich mit dieser lächerlichen faschistischen Gruppierung einließ.« Holt lachte. »Verglichen mit durchschnittlichen Afroamerikanern ist Darrell sehr hellhäutig. Aber der Junge ist kein Weißer, so viel steht fest.«

»Nach allem, was ich gehört habe, hat er nie behauptet, ein Weißer zu sein. Er erklärt meinen Männern, er sei ein Akadier.«

»Na, das ist ja ein toller Witz.« Holt lachte erneut. »Darrell, der Cajun. Nicht zu glauben! Darrell hat sich viele Male immer wieder neu erschaffen. Er ist kein Akadier, obwohl seine Mutter aus Louisiana stammt. Darrell ist vielmehr … ein kleiner Psychopath. Nicht weiter verwunderlich – in Anbetracht seines genetischen Erbes.« Er warf Decker einen Blick zu. »Von ihrer Seite, nicht von meiner.«

»Seiner Mutter.«

»Seine Mutter war eine Schlampe.« Holts Nasenflügel bebten. »Ich bin mir noch nicht einmal sicher, ob Darrell wirklich von mir ist. Aber ich habe ihn angenommen, als wäre er mein eigener Sohn, weil …« Er unterbrach sich, tippte schnell ein paar Daten und nahm danach das Gespräch wieder auf. »… weil ich das Gefühl hatte, keine andere Wahl zu haben. Ich war zu beschämt, verwirrt, zu dumm und zu begeistert von der sexuellen Fähigkeit dieser Frau, um auch nur irgendwelche Fragen zu stellen. Und irgendein menschenfreundlicher Teil meiner Seele hatte Mitleid mit dem kleinen Bastard. Vielleicht stammte er ja doch von mir. Welcher Samen auch immer in die Eizelle dieser Frau eingedrungen sein mochte – das Ergebnis hatte jedenfalls eine gewisse Intelligenz. Der Junge ist nicht dumm. Nur amoralisch... und faul. Sehr, sehr faul. Er wollte immer all das hier haben...«, Holt deutete mit einer Hand auf den Raum, »...ohne auch nur einen Finger zu krümmen.«

»Hat er Sie in den letzten vier Jahren vielleicht einmal angerufen, auch wenn Sie ihn nicht gesehen haben?«

»Möglicherweise. Aber ich habe ganz bestimmt nicht mit ihm gesprochen. Er hätte doch nur Geld gewollt, also wozu sich die Mühe machen und mit ihm reden? Aber Sie können natürlich gern die Telefonrechnungen überprüfen, Lieutenant.«

»Haben Sie eine Idee, wie Darrell sein Geld verdient?«

»Er ist vierundzwanzig und ein ausgebuffter Computerexperte.« Holt warf einen Blick auf den Ticker. »Sehr schön, sehr schön, sehr schön. Worüber sprachen wir gerade?«

»Darüber, wie Darrell sein Geld verdient.«

»Der Junge hat jede Menge Fähigkeiten. Er war immerhin zwei Jahre in Berkeley. Ganz zu schweigen von der Tatsache, dass er ziemlich manipulativ ist. Nein, um ihn mache ich mir keine Sorgen.«

»Wissen Sie, ob er einen Job hat?«

»Nein, das weiß ich nicht.«

Es klopfte an der Tür.

»Ah, der Tee.« Holt drehte sich zur Seite und drückte auf den Türöffner. Die Doppeltür schwang auf. »Gerade rechtzeitig. Könntest du bitte für uns einschenken, George?«

»Natürlich, Sir.«

»George, vielleicht kannst du ja dem Lieutenant helfen. Er möchte etwas über Darrell erfahren.«

Der alte Mann unterbrach einen Moment lang seine Tätigkeit, goss dann aber weiter den Tee ein. »Ja, Sir?«

»Hast du ihn in der letzten Zeit gesehen?«

»Nein, Sir.«

Aber sein kurzes Zögern verriet Decker, dass er nicht die Wahrheit sagte.

»Hat er vielleicht hier angerufen?«, fragte Holt.

»Nein, Sir.«

Holt hob seine Hände. »Also, wenn George schon nichts über Darrells derzeitigen Aufenthaltsort weiß, dann weiß es niemand. Darrell hat George immer gemocht. Nicht wahr, George?«

»Ja, Sir.« George reichte Holt eine Porzellantasse mit Goldrand und schenkte dann Decker eine Tasse Tee ein. Anschließend servierte er Buttergebäck. Holt nahm zwei Kekse, aber Decker lehnte dankend ab.

»Ach, bitte, greifen Sie doch zu, Lieutenant«, forderte Holt ihn auf. »Das Leben braucht von Zeit zu Zeit etwas Süßes.«

»Vielen Dank, aber dieser Tee ist auch so schon wunderbar, Sir. Was können Sie mir sonst noch über Darrell berichten?«

»Ich habe Ihnen alles erzählt, was ich weiß.« Er lächelte. »Er ist ein Psychopath. Mehr gibt es nicht zu sagen. George, hast du noch etwas hinzuzufügen?«

»Nein, Sir.«

»Wann haben Sie das letzte Mal mit ihm gesprochen?«, fragte Decker.

»Vor etlichen Jahren.«

»Vor wie vielen Jahren?«

»Ich glaube, das war, als er dieser verrückten Gruppierung beigetreten ist.«

»Den Hütern der Völkischen Reinheit?«, fragte Decker.

George verzog das Gesicht. »Nichts als ein Haufen Verrückter.«

»Wohl wahr«, stimmte Holt ihm zu.

»Kann ich Ihnen sonst noch etwas bringen, Sir?«, fragte George.

»Nein, George. Im Augenblick nicht. Vielen Dank.«

George zog sich zurück. Decker wartete einen Moment, dann erhob auch er sich, die Teetasse noch in der Hand. Er nahm eine Visitenkarte aus seiner Jacketttasche. »Würden Sie mich bitte anrufen, wenn Darrell sich meldet?«

»Natürlich.« Holt schaute von einem seiner Laptops auf. »Was hat er denn eigentlich angestellt?«

»Das kann ich Ihnen leider nicht sagen, Mr. Holt. Die Untersuchungen laufen noch.«

Holt tippte wieder etwas. »Welcher Straftat auch immer Sie ihn verdächtigen ...« – tipp, tipp, tipp – »... ich bin mir sicher, dass er es war.«

Decker schwieg einen Augenblick, dann meinte er: »Ich werde die Tür hinter mir schließen.«

»Sehr schön, sehr schön. Nehmen Sie doch noch etwas Gebäck mit.«

»Vielen Dank.« Decker öffnete eine der Messingtüren und schloss sie leise hinter sich. Die Teetasse gab ihm eine wunderbare Entschuldigung. Rasch ging er den Flur entlang, vorbei an Musik- und Wohnzimmer, zur anderen Seite der Wohnung, wo er auf eine weitere Messingdoppeltür stieß. Decker drückte auf die Klingel, und für einen Moment öffneten sich die Flügel in eine höhlenartige Küche. Die Türen der schwarz-weiß lackierten Schränke besaßen eine glatte Oberfläche und keine sichtbaren Griffe. In der Mitte der Küche stand ein Profiherd mit acht Gasbrennern, über dem eine riesige Metallhaube als Dunstabzug hing. Selbst im ausgeschalteten Zustand produzierte der Herd noch eine beträchtliche Menge Restwärme. Sämtliche Arbeitsflächen bestanden aus nachtschwarzem Granit und waren vollkommen leer: kein einziges Küchengerät, kein Brotkasten, keine Mehl- oder Zuckerbehälter, keine Blumen, kein Schnickschnack, keine Bücher oder andere Kochutensilien, mit Ausnahme eines Blocks, in dem mehrere Messer mit Stahlheft steckten – so anheimelnd wie das Leichenschauhaus von L. A.

George stand vor einem Edelstahlbecken und spülte die Teekanne aus. Langsam drehten seine gekrümmten, arthritischen Hände das Porzellangefäß unter dem Wasserstrahl. Ohne sich umzudrehen, sagte er schließlich: »Der Junge war nicht durch und durch schlecht.«

»Ich denke, Sie haben Recht«, erwiderte Decker. »Es gibt immer auch eine andere Seite.«

»Er hatte es wirklich nicht leicht. Ein harter Vater, eine schlechte Mutter.«

»Wie lange arbeiten Sie schon für Mr. Holt?«

»Seit sechzig Jahren.«

Philip Holt sah aus wie Anfang fünfzig. »Das heißt, Sie waren schon bei Mr. Holts Vater beschäftigt?«, fragte Decker.

»Ja, Sir. Für Ezekial Holt. Ein intelligenter Mann – ja, das war er. Und ein guter Mann, aber mit Problemen. Er hat den Jungen verzogen. Sie beide – er und seine Mutter, Inez. Sie haben den Jungen verzogen.«

»Darrell verzogen?«

»Nein, Philip. Als Philip diese Frau heiratete, hat es Inez das Herz zerrissen. Sie wusste von Anfang an, dass diese Frau nichts taugte. Aber Philip wollte nicht auf seine Mutter hören. Philip ... sah nur das, was er sehen wollte.«

»Hatte Philip eine Auseinandersetzung mit seinen Eltern wegen dieser Frau ... wie war doch gleich ihr Name?«

»Dorothy. Aber alle nannten sie Dolly Sue.«

»Was geschah, nachdem Philip Dolly Sue geheiratet hatte?«

»Er hat sich sowohl mit seiner Mutter als auch mit seinem Vater gestritten. Beide waren gegen die Heirat.«

»Promiskuitiv«, sagte Decker.

»Sie mochte alle Männer – und nahm sie sich. Dolly mit ihren hübschen blauen Augen und ihren hellen, seidigen Haaren. Hat in einem fort geflirtet und mit diesem Südstaatenakzent geredet. Philip war völlig hin und weg.«

Blaue Augen, blondes Haar, Südstaatenakzent. »Sie war eine Weiße«, stellte Decker fest.

»Ja, eine weiße Frau. Philip lernte sie kennen, als er in Shreveport am College arbeitete. Sie war dort als Sekretärin tätig. Sobald sie herausfand, dass Philips Vater Geld besaß, ging sie mit ihm ins Bett. Und danach ... tja ... dieser Versuchung kann man nicht widerstehen.«

»Philips Vater hatte Geld?«

»Für einen Schwarzen verfügte Ezekial sogar über ziemlich viel Geld. Er war damals als Lastwagenfahrer für Coca-Cola in Atlanta tätig. Und jeden Cent, den er verdiente, steckte er in Coca-Cola-Aktien.«

»Das war sehr vorausschauend.«

»Ja, aber die Idee stammte nicht von Ezekial. Er investierte nur deshalb in Aktien, weil er ein weißes Mädchen beeindrucken wollte, das er mochte. Wissen Sie, ihr Bruder … der kaufte Aktien. Also machte Ezekial es ihm nach. Aber damals war es für einen schwarzen Mann sehr schwer, Aktien zu erwerben. Kein Börsenmakler machte mit Negern Geschäfte. Also übernahm das der weiße Junge für ihn. Er sagte, das würde Ezekial viel Geld einbringen. Während der Depression erwarb er die Aktien für Pfennigbeträge. Er hat sich damit gesund gestoßen.«

»Ein Weißer kaufte Aktien für Ezekial und ließ sie auf dessen Namen eintragen?«

»Ja, Sir. Das war ein wirklich feiner Mensch. Hat sich gegenüber Ezekial immer korrekt verhalten. Nicht alle Weißen hassten die Schwarzen. Die meisten schon, aber eben nicht alle.«

»Das ist interessant.«

»Nach dem Krieg … in den Fünfzigerjahren … kaufte Ezekial sich in Atlanta, in einem alten Schwarzenviertel, ein schönes Haus. Ein großes Haus. Und immer noch war Geld übrig. Philip wuchs als ein reicher Junge auf. Bekam eine erstklassige Ausbildung. Ging zur Universität. Er bekam *alles*, was er wollte. Das Problem war nur, dass er Dinge wollte, die nicht gut für ihn waren. Vergessen Sie nicht, das war damals in den Sechzigern. Der schwarze Mann begann erst langsam, Einfluss und Macht zu gewinnen … und Gefallen an Dingen zu finden, an denen er besser keinen gefunden hätte. Die weißen Mädchen schenkten ihm reichlich freie Liebe. Und das ließ den schwarzen Mann glauben, er sei einer von ihnen. Es war schändlich.«

George drehte den Wasserhahn zu und trocknete die Kanne ab, aber er stand immer noch mit dem Rücken zu Decker.

»Ja, so war Dolly Sue. Freie Liebe für den schwarzen Mann … für alle. Sie taugte nichts.«

»Wie lange hat es gedauert, bis das auch Philip klar wurde?«

»Oh, nicht lange.«

»Was meinen Sie mit ›nicht lange‹, Sir? Nach einem Jahr? Oder nach zwei?«

»Im dritten Jahr, um die Weihnachtszeit herum.« Er stellte die Kanne in einen der schwarzen Schränke. »Er und Dolly lebten damals hier in Los Angeles. Zu Weihnachten sind sie zur Familie nach Hause gefahren.« Er wandte sich nun zu Decker um. »Sie können mir die Tasse geben, Sir.«

Decker reichte sie ihm. »Was geschah dann?«

George drehte sich wieder zur Spüle und hielt die Tasse unter den Wasserhahn. »Er überraschte sie im Bett, mit einem anderen Mann.«

»Mit einem anderen Mann?«

»Ja, Sir.«

»Darf ich fragen, mit wem?«

George senkte den Kopf. »Ich schäme mich, es zu sagen, Sir.«

Decker schnitt eine Grimasse. »Philips Vater?«

»Ja, Sir.« Georges dunkle Gesichtshaut hatte eine leichte Rötung angenommen – wie eine Herzkirsche. »Philip und Inez wollten Weihnachtseinkäufe erledigen. Aber Philip kam früher nach Hause, weil er sich nicht wohl fühlte. Er hat sie erwischt – ja. Und Ezekial ... der lieferte sich selbst der Gnade seines Sohnes aus. Philip war zwar ein verzogener Junge, aber er war kein Monster. Er verzieh seinem Vater und versprach, seiner Mutter nichts zu erzählen. Natürlich wollte er seine Ehe mit Dolly Sue sofort beenden. Aber einen Monat später eröffnete sie ihm, dass Nachwuchs unterwegs sei.«

Schweigen.

Dann fuhr George fort: »Niemand weiß, wer Darrells wirklicher Vater ist, Sir. Beide hatten mit ihr geschlafen, daher konnten auch beide der Vater sein. Inez ... hat nie etwas davon erfahren. Und Philip ... er versuchte es wirklich, Sir. Er versuchte, die Ehe zu retten. Aber diese Frau konnte nicht aufhören zu flirten. Als das zweite Kind zur Welt kam, wurde Philip misstrauisch. Der Junge hatte eine viel zu dunkle Hautfarbe.«

»Zu dunkel?«

»Ja, Sir. Philip war nicht dunkel, weil seine Mutter aus Mexiko stammte. Und Dolly Sue war eine Weiße. Aber das Kind war rabenschwarz. Und trotzdem versuchte Philip sein Bestes, Sir. Vier Jahre lang hat er sich von diesem kleinen Monster als Vater bezeichnen lassen. Aber irgendwann wurde es dann doch zu viel für ihn. Er zwang die Mutter, das Kind zur Adoption freizugeben.«

Decker fuhr sich mit der Zunge über die Lippen. »Und, hat sie eingewilligt?«

»Ja, Sir. Sie wollte Philip nicht verlieren, und auch Darrell nicht. Sie selbst war ein Nichts und besaß auch nichts und niemanden außer ihnen. Also gab sie das Kind zur Adoption frei.«

»Sie hat tatsächlich ihr eigenes Kind, das sie *vier* Jahre lang großgezogen hatte, weggegeben?«

»Ja, Sir.« George schüttelte den Kopf. »Das war sehr traurig, Sir. Mir tat die Frau Leid, aber sie hatte kein Recht, einen Bastard ins Haus zu bringen und als Mr. Holts Kind auszugeben. Aber am meisten bedauerte ich Darrell. Dieser kleine Junge war Darrells Bruder. Es brach ihm fast das Herz, als er sah, wie man ihn wegbrachte.«

Decker bemühte sich, seine Stimme nicht allzu ärgerlich klingen zu lassen. »Das muss ein äußerst traumatisches Erlebnis für den Jungen gewesen sein.«

»Es war nicht so, dass Philip es nicht probiert hätte.«

»Eine schlimme Sache«, meinte Decker und versuchte, dem alten Mann einen Teil des Schuldgefühls zu nehmen.

»Genau, Sir.« George seufzte. »Aber selbst das hat sie nicht zur Vernunft gebracht. Sie konnte nicht mit dem Flirten aufhören. Daher hat Philip sie schließlich vor die Tür gesetzt. Er gab ihr etwas Geld, unter der Bedingung, dass sie ihre Sachen packt und verschwindet. Darrell war damals zehn. Der Junge hat sich fast die Augen ausgeweint. Mr. Holt konnte es irgendwann nicht mehr aushalten und holte mich aus dem Haushalt seines Vaters, damit ich mich um Darrell kümmerte. Ich war derjenige, der dem Jungen nachts die Hand hielt, wenn er nicht schlafen konnte.«

»Aber trotz allem hat er Darrell bei sich behalten. Warum?«

»Der Junge war sein eigenes Fleisch und Blut – möglicherweise sein Bruder, vielleicht sein Sohn, jedenfalls sein eigen Fleisch und Blut. Als er diese Frau vor die Tür setzte, teilte Philip seinem Vater mit, dass er Darrell nicht allein aufziehen könne. Deshalb bin ich in diesem Haushalt hier gelandet.« George stellte die Teetasse auf die Granitarbeitsfläche. »Sie starb wenige Jahre später... nachdem Mr. Holt sie hinausgeworfen hatte.«

»Wie starb sie?«

»Irgendeine Infektion, Wundbrand... ihr Bein musste amputiert werden. Es war schrecklich. Mr. Holt kam für die Einäscherung auf. Glaubte, das wäre nur anständig.«

Was für ein netter Mensch, dachte Decker. Doch durfte er sich als Richter aufspielen? Warum eigentlich nicht? Er kümmerte sich um seine Tochter, auch nach seiner Scheidung, er kümmerte sich um die Söhne seiner Frau, liebte sie, erzog sie und behandelte sie, auch wenn es ihn manchmal den letzten Nerv kostete, wie seine eigenen Kinder – was sie dem Gesetz nach ja auch waren. Er hatte verdammt noch mal das Recht, den Richter zu spielen.

»Und der kleine Bruder?«, wollte Decker wissen. »Was geschah mit dem kleinen Jungen?«

George zuckte die Achseln. »Ich weiß es nicht, Sir. Darrell... hat mir einmal erzählt, der Junge sei gestorben. Und dann hat er wieder behauptet, der Junge lebe noch und sei von einer wirklich reichen Familie adoptiert worden. Irgendwann später hat er mir gesagt, der Junge sei ein Black Muslim geworden. Er erfindet Geschichten – so ist Darrell nun mal. Er hat sich schon immer alle möglichen Geschichten ausgedacht.«

Decker nickte. »Vielen Dank für den Tee, George.«

»Keine Ursache.« George drehte sich zu Decker um. »Bitte denken Sie nicht zu schlecht von Darrell. Er hatte es wirklich nicht leicht.«

»Das sehe ich auch so«, erwiderte Decker. »Wann haben Sie das letzte Mal etwas von Darrell gehört, George? Und diesmal muss ich die Wahrheit erfahren.«

»Vor drei Tagen«, gestand der Butler. »Der Junge wollte Geld... genau wie Mr. Holt gesagt hatte.«

»Und, haben Sie es ihm gegeben?«

»Vierhundert Dollar... von meinem Ersparten. Das war zwar nicht sehr klug, aber wie ich schon sagte – der Junge hatte es nicht leicht.«

»Haben Sie eine Idee, wo er sein könnte?«

»Nein, Sir. Bis vor drei Tagen hatte ich drei Jahre lang nichts von ihm gehört.«

»Welchen Eindruck machte er auf Sie? Einen nervösen oder eher ruhigen?«

»Er war ganz fahrig. Ich dachte, es sei deshalb, weil er wieder wegwollte, bevor sein Vater nach Hause kam. Ich habe ihm noch gesagt, er könne über Nacht bleiben … und dass sein Vater nicht so bald zurückkommen würde. Aber er nahm nur das Geld und ist gleich wieder verschwunden.«

»Und was hat er zu Ihnen gesagt?«

»Er sagte ›Danke, George. Ich danke dir. Ich hab dich lieb.‹« Dem alten Mann traten Tränen in die Augen. »Ich glaube, er hat es ernst gemeint.«

»Davon bin ich überzeugt.« Decker zögerte, fügte dann aber hinzu: »Ach, übrigens, dieser verschwundene Bruder von Darrell … war sein Name vielleicht Richard … Ricky als Koseform?«

George sah ihn mit großen Augen an. »Woher wissen Sie das?«

»Nur eine Vermutung, Sir.« Decker klopfte dem Butler freundschaftlich auf die Schulter. »Nur eine Vermutung.«

30

Decker saß vor Mervs Computer. »Wie viele Jahre stand Moke auf der Gehaltsliste?«, wollte er wissen.

»Offiziell?« Oliver legte eines der Geschäftsbücher zur Seite und nahm ein anderes in die Hand. »Ich hab hier insgesamt sechs Schecks, die auf ihn ausgestellt wurden, der erste vor etwa drei Jahren.«

»Und in welcher Höhe noch mal?«, fragte Decker. »Fünf Riesen pro Scheck? Sieh mich nicht so an, Oliver. Ich hab zurzeit verdammt viel um die Ohren.«

Oliver versuchte, sein höhnisches Grinsen zu verbergen. »Der erste Scheck war auf tausendfünfhundert Dollar ausgestellt, der nächste auf zweitausend, dann auf zweieinhalb, der vierte auf fünf, der danach auf siebeneinhalb und der letzte auf zehn große Scheine.

Das war übrigens vor sechs Monaten. Vielleicht wollte Moke noch mehr, und Baldwin hat sich schließlich geweigert zu zahlen.«

»Du sprichst vom weiblichen Part der Baldwins, richtig?« Marge saß vor Dees Computer. »Sie hat die Schecks für Moke ausgestellt.«

»Ja, ich spreche von Dee«, sagte Oliver.

»Aber Dee hat lange nicht alle Schecks ausgestellt«, bemerkte Decker.

»Stimmt«, bestätigte Oliver. »Merv hat fast die gesamte Buchhaltung …«

»Stimmt nicht«, schaltete Maryam Estes sich ein. »Der Wirtschaftsprüfer erledigte die Buchhaltung. Merv unterzeichnete nur die Schecks.«

Decker warf ihr einen Blick zu. »Woher wissen Sie das?«

Maryams Kopf zuckte fast unmerklich zurück. »Ich hatte irgendwann mal ein paar Fragen zu meinem Gehaltsscheck. Merv sagte mir, dass ich mich mit dem Wirtschaftsprüfer in Verbindung setzen sollte.«

»Was für Fragen?«, erkundigte sich Marge.

»Keine besonderen. Dee hatte vergessen, mir ein paar Überstunden zu berechnen, als ich für sie bei der Gruppentherapie eingesprungen bin. Sie war nicht gerade genial, was die Buchhaltung betraf. Deshalb habe ich mich an Merv gewandt. Das Ganze klärte sich dann ziemlich schnell auf.«

»Und wer unterzeichnete Ihren Gehaltsscheck?«, fragte Oliver.

»Dr. Baldwin … Merv.«

»Obwohl Sie hauptsächlich für Dee gearbeitet haben«, bemerkte Marge. »Das ist genau das, was ich meine. Merv unterzeichnete die meisten Schecks, aber nicht die, die Moke bekam. Darum kümmerte sich Dee. Ich glaube, sie war auch diejenige, die ihn einstellte. Vielleicht hat sie ihren Ehemann auch über die ganze Geschichte im Dunkeln gelassen.«

»Alle Schecks gingen von einem Konto ab«, erklärte Oliver. »Also: Selbst wenn es nicht Mervs Idee war, Moke einzustellen, müsste er trotzdem von der Sache gewusst haben. Das waren schließlich keine Pfennigbeträge.«

Maryam seufzte verzweifelt und versteckte ihr Gesicht hinter einem Buch. Decker, Marge und Oliver hatten sich über das gesamte Büro ausgebreitet. Der Schreibtisch der Baldwins war übersät mit Patientenakten, Belegen, Geschäftsbüchern, Terminkalendern und Papierstapeln. Oliver kümmerte sich um den Papierkram und sortierte und ordnete alle losen Zettel; Marge saß am Computer und durchforstete Dee Baldwins Dateien, während Decker sich Merv Baldwins Computer widmete.

In der Zwischenzeit machte Maryam den schwachen Versuch, sich von der ganzen Sache zu distanzieren, indem sie vorgab zu lesen oder ihren eigenen Papierkram zu erledigen. Ihr Mobiltelefon klingelte derart häufig, dass Marge sie gebeten hatte, es auszuschalten. Hin und wieder warf Oliver einen Blick auf die Psychologin. Sie war nervös und angespannt, und ihr Gesicht wirkte verkrampft. Regelmäßig gab sie irgendwelche Kommentare von sich, insbesondere dann, wenn sie das Gefühl hatte, dass ihre ehemaligen Vorgesetzten auf unfaire Weise angegriffen wurden. Oliver hatte wiederholt auf die Dauer einer solchen Durchsuchung hingewiesen und sie mehr oder weniger aufgefordert, doch nach Hause zu gehen. Aber Maryam hatte einen klaren Auftrag: Sie wollte den bis dahin unbefleckten Ruf der Baldwins wahren.

Sowohl Oliver als auch Marge versuchten, sich von ihr fern zu halten. Decker hingegen schien völlig unempfänglich für ihre Animositäten.

»Ihre Chefs waren aber nicht besonders gut organisiert«, beschwerte er sich nach einiger Zeit.

Sie starrte ihn aus feuchten Augen an. »Ich würde diese Mitteilung ja gern weiterleiten, aber ich fürchte, dass es nicht mehr viel Zweck hat!«

Decker wandte sich wieder dem Computer zu. Die Dateien waren allesamt belanglos – Vorlagen für Geschäftsbriefe und Patientennotizen. In einem Punkt hatte Marge offensichtlich Recht: Moke war anscheinend in Dees Zuständigkeit gefallen. Jetzt musste Decker nur noch herausfinden, wofür Moke bezahlt worden war.

Er blickte von Mervs Monitor auf. »Die Schecks wurden erstmals vor drei Jahren ausgestellt. Holt trat den HVR vor etwa vier Jahren bei. Also brauchten sie etwa ein Jahr für den Aufbau ihrer krummen Geschäfte – welche das auch immer gewesen sein mögen.«

Maryam konnte sich nicht zurückhalten. »Sie irren sich!« Sie war ganz rot im Gesicht vor Empörung. »Da liegen Sie völlig falsch…«

»So kategorisch würde ich das nicht sagen«, erwiderte Decker. »Darrell Holt alias Ricky Moke hat entweder Dee erpresst oder irgendwelche illegalen Geschäfte für sie oder beide Baldwins erledigt. Und wenn Holt sie erpresst hat, bedeutet das, dass die Baldwins irgendetwas auf dem Kerbholz hatten. Und Sie kennen ja bereits meine diesbezügliche Vermutung, daher will ich mich nicht noch einmal wiederholen.«

»Zum hundertsten Mal«, entgegnete Maryam. »Man kann sich nicht einfach in den Computer der Prüfungsbehörde hacken, um Vorabversionen der Zulassungstests oder irgendwelcher anderer Tests zu bekommen. Die haben ihr eigenes Netz, das mit keinem anderen Computer verbunden ist!«

Decker verlor langsam die Geduld. »Und zum hundertsten Mal erkläre ich Ihnen jetzt, dass es wahrscheinlich einen Insider bei der Prüfungsbehörde gegeben hat, der die Daten aus dem Prüfungscomputer heruntergeladen und auf den der Baldwins oder vielleicht auf Holts Computer übertragen hat…«

»Sie sind doch schon alle Dateien durchgegangen…«

»Noch nicht alle«, seufzte Marge.

»Außerdem sind wir keine professionellen Hacker«, fügte Decker hinzu und schnaubte. »Vielleicht sollten wir den ganzen Kram einpacken und mit aufs Revier nehmen…«

»In diesen Computern befinden sich Patientenakten!«, protestierte Maryam. »Ihr Durchsuchungsbefehl erlaubt Ihnen die Durchsuchung und nicht das Stehlen von Unterlagen. Dies ist eine unglaubliche Verletzung der Privatsphäre…«

»Dr. Estes…«

»Warum sollten die Baldwins so etwas tun?«, rief die Psychologin. »Und alles riskieren, wofür sie gearbeitet haben? Sie wissen, dass die Erfolgsquote der Baldwins viel weiter zurückgeht und nicht erst vor drei Jahren begann! Sie haben sich seit mindestens zehn Jahren einen Ruf auf dem Gebiet der Testvorbereitung erworben!«

»Der Konkurrenzdruck ist unerbittlich«, erwiderte Marge. »Das haben Sie selbst gesagt.«

»Konkurrenz unter den Studenten, aber doch nicht unter den Psychologen. Die Baldwins waren eine Klasse für sich. Ihre Unterstellungen sind ... ich bin mir nicht mal sicher, ob dieser Moke und dieser schreckliche Holt wirklich ein und dieselbe Person sind.«

»Was wetten wir?«, fragte Marge trocken.

Maryam rollte mit den Augen. »Das ist ausgesprochen infantil.«

»Wollen Sie meine Meinung dazu hören?«, fragte Oliver.

»Vermutlich werde ich sie ja gleich zu hören bekommen – ob ich nun will oder nicht.«

»Dee war gezwungen, ganz oben an der Spitze dieser Testgeschichte zu bleiben, weil sie sehr hohe Honorarrechnungen stellen musste.« Oliver nahm einen Stapel Papiere in die Hand – Kreditkartenbelege. »Diese Dame hatte einen schlichten, aber exklusiven Geschmack. Hier sind Rechnungen von Gucci, Tiffany, Armani, Valentino, Escada, Zegna ... das muss für ihren Gatten gewesen sein ...«

»Von der Renovierung ihres Hauses in Beverly Hills ganz zu schweigen«, fügte Marge hinzu. »Und dann zehn Riesen im Monat für die Miete ihrer Strandwohnung ...«

»Aber wo sind dann diese mysteriösen Zulassungsdateien?«, fragte Maryam. »Sie haben keinerlei Beweise!«

»Die werden wir schon noch finden«, brummte Decker. »Vielleicht nicht ich persönlich, aber irgendjemand anders. Selbst wenn sie gelöscht wurden, gibt es zig Möglichkeiten, sie wieder zurückzuholen. Gut, vielleicht nicht zig ...«

»Sie wissen doch überhaupt nicht, wovon Sie reden!«, bemerkte Maryam spitz.

»Sie aber auch nicht«, entgegnete Decker. »Wenn Dee Baldwin

jemanden dafür bezahlt hat, sich in nichtöffentliche Dateien zu hacken, können Sie von Glück sagen, wenn Sie aus dieser Geschichte herauskommen, ohne Ihrem Ruf zu schaden. Vielleicht sollten Sie schon mal darüber nachdenken, sich einen Anwalt zu besorgen. Sie sind schließlich Teil dieser Praxis, Dr. Estes.«

Wieder füllten sich Maryams Augen mit Tränen. »Ich kann das alles nicht glauben.«

»Wir versuchen nur, Ihnen zu helfen ...«

»Genau das tun Sie nicht!« Maryam vertiefte sich wieder in ihre Lektüre, aber ihr nervös wippendes Bein deutete darauf hin, dass sie alles andere als ruhig war. Schließlich legte sie das Buch zur Seite. »Ich werde einen Spaziergang machen. In fünf Minuten bin ich wieder zurück.«

Decker nickte.

Eingeschnappt zog sie ab. Nachdem die Tür mit einem lauten Knall ins Schloss gefallen war, stieß Marge einen Seufzer der Erleichterung aus. »Gott sei Dank!«

»Freu dich nicht zu früh«, meinte Oliver. »Wahrscheinlich steht sie hinter der Tür und versucht zu lauschen.«

»Meinst du wirklich?«

»Sieh mal nach.«

»Ach was.« Marge machte eine wegwerfende Handbewegung. »Soll sie doch mithören.« Sie setzte sich wieder auf ihren Stuhl, stieß sich dann aber leicht vom Schreibtisch ab und rollte einen halben Meter nach hinten. »Weißt du was, Pete? Nachdem ich Georges Geschichte gehört habe, tut mir Holt fast ein bisschen Leid.«

»Auch wenn er ein Massenmörder ist?«

»Ja ... obwohl ... vielleicht auch nicht.«

»Wenn die Geschichte überhaupt stimmt«, meinte Decker.

Oliver blickte überrascht hoch. »Hattest du nicht gesagt, der alte Mann machte einen ehrlichen Eindruck?«

»Richtig«, erwiderte Decker. »Ich frag mich nur, ob er nicht ein wenig übertrieben hat. Um etwas Mitgefühl zu wecken, weil er weiß, dass Holt in echten Schwierigkeiten steckt.«

»Scheint mir nicht allzu kompliziert zu sein, Georges Geschichte zu überprüfen«, sagte Oliver.

»Wie denn?«, fragte Decker. »Die Mutter ist angeblich tot. Und wer weiß schon, was mit dem Kind passiert ist?« Er rieb sich die Stirn, spürte, wie sich eine Kopfschmerzattacke ankündigte. »Ich denke, wir sollten uns zunächst mal darauf konzentrieren, Holt zu finden.«

»Ich hoffe sehr, dass wir richtig liegen… damit, dass Holt und Moke ein und dieselbe Person sind. Falls nicht, stehen wir ziemlich dumm da«, sagte Marge.

»Diese Briefe, die du von Karl bekommen hast. Bist du sicher, dass sie echt sind?«, fragte Oliver.

»Warum sollten sie das nicht sein?«, erwiderte Decker.

»Das Ganze könnte eine falsche Spur sein«, erklärte Oliver. »Vielleicht war Karl der Täter und hängt jetzt Ruby Ranger die Geschichte an.«

Decker reagierte verärgert. »Erstens hat Karl Ruby gehasst. Zweitens: Warum sollte er seinen Bruder umbringen?«

Oliver zuckte die Achseln. »Okay. Vielleicht weiß er ja wirklich nicht, wer seinen Bruder getötet hat, aber er hängt Ruby was an, weil er sie hasst.«

Decker wich aus. »Der Junge ist kein Machiavelli.«

»Was ist mit Ernesto?«, fragte Marge. »War er vielleicht an diesen krummen Geschäften beteiligt?«

»Ich bin mir nicht sicher«, antwortete Decker. »Sämtliche von Rubys Briefen enthielten versteckte Drohungen oder Schlimmeres. Es wäre möglich, dass Ernesto sich eines Besseren besonnen hat und daran dachte, die ganze Geschichte auffliegen zu lassen. Und das war dann sein Todesurteil.«

»Dieser Jugendliche, der eine Synagoge zerstört und mit Hakenkreuzen beschmiert, soll also einen plötzlichen Sinneswandel durchgemacht haben?«, fragte Marge zweifelnd.

»Ich hab ein paar Mal mit Ernesto gesprochen«, sagte Decker. »Er fühlte sich wirklich ziemlich mies wegen dieses Vorfalls. Und das in Kombination mit Rubys Warnungen, nichts zu tun, was er vielleicht bereuen könnte.« Decker dachte laut über verschiedene

Möglichkeiten nach. »Vielleicht war das der Grund, warum er um drei Uhr morgens mit Merv Baldwin in dessen Zelt gesprochen hat. Vielleicht wollte er ihm mitteilen, was es mit den Aktivitäten seiner Frau auf sich hatte …«

»Oder er drohte, zur Polizei zu gehen, falls Merv ihm kein Schweigegeld zahlte«, platzte Oliver heraus.

»Und deswegen hat Holt sie alle umgelegt?« Marge verzog das Gesicht.

»Warum nicht?«, erwiderte Oliver. »Sie waren alle eine Bedrohung für ihn. Sie wussten von Holts krummen Dingen.«

»Das würde aber bedeuten, dass auch Ruby Ranger eine Bedrohung darstellt«, merkte Marge an.

»Es sei denn, sie steckt mit drin«, meinte Decker.

»Also, wie haben Holt und Ruby Ranger sich kennen gelernt?«

»Sie waren beide zur gleichen Zeit in Berkeley«, sagte Decker.

Oliver rieb sich das Kinn. »Holt ist älter als sie, oder?«

»Zwei Jahre«, erwiderte Decker.

»Darrell ist seit vier Jahren in L. A. Das bedeutet, dass sie nur ein Jahr gemeinsam dort studiert haben.«

»Vielleicht haben sie sich ja auch hier irgendwo kennen gelernt«, warf Marge ein. »Hat dein Sohn nicht erzählt, dass Ruby sich für Nazis oder faschistische Gruppierungen interessiert?«

»Sie hat solche Bemerkungen fallen lassen, wie Hitler sei ein Held oder so was Ähnliches. Ich kann mich nicht mehr an den genauen Wortlaut erinnern. Wäre gut möglich, dass sie mal mit den Ideen der HVR geflirtet hat.«

Oliver mischte sich wieder ein. »Genau das versteh ich nicht. Wie kann Holt der Sprecher einer Gruppierung sein, die im Grunde die angebliche Überlegenheit der weißen Rasse propagiert, wenn er selbst zum Teil schwarz ist?«

»Holt hasste seinen schwarzen Vater, weil Daddy seine Mutter und seinen Bruder fortgejagt hat. Deshalb verleugnet er seine schwarze Herkunft und identifiziert sich mit dem Opfer – seiner Mutter –, die eine Weiße war«, erklärte Marge.

»Nicht von Anfang an«, gab Decker zu bedenken. »Er war ein typischer Berkeley-Revoluzzer.«

»Aber er hat eine große Metamorphose durchlaufen und sich am Ende auf Mamis Seite geschlagen, weil sie die große Verliererin war und Daddy ein Mistkerl.«

»Ich hab nicht gesagt, dass sein Dad ein Mistkerl war.«

»Du hast gesagt, er sei ein Arschloch«, widersprach Oliver.

»Ja, schon, aber vielleicht war seine Frau auch eins.«

»Vielleicht taugte sie nicht als Ehefrau, war aber eine gute Mutter. Außerdem hatte Darrell nie die Gelegenheit herauszufinden, wer sie wirklich war, denn sie und Darrells Bruder wurden in die Verbannung geschickt.« Marge rollte mit ihrem Stuhl wieder vor den Computer. »Gefällt euch meine Erklärung? Daran habe ich die ganze letzte Stunde gebastelt.«

»Freud wäre stolz auf dich«, lobte Decker sie.

»Nein, jetzt mal im Ernst«, beharrte Marge. »Meint ihr nicht, das ergibt einen Sinn?«

»Wasser auf meine Mühlen«, erwiderte Oliver.

»Wir schaffen es im Leben nicht, all diese Daten zu knacken. Wir brauchen professionelle Hilfe«, sagte Decker.

»Ganz meine Meinung«, bestätigte Marge. »Aber sie wird nie zulassen, dass wir die Computer mitnehmen, es sei denn, wir erfinden irgendeine plausible Erklärung.« Sie dachte einen Moment nach. »Wir brauchen Holt. Meinst du nicht, dass der Vater was verschwiegen hat?«

Decker zuckte die Achseln. In dem Moment klingelte sein Handy. Er drückte auf den grünen Knopf. »Decker.«

»Erin Kershans richtiger Name lautete Erin Beller.« Wandas Stimme klang ganz aufgeregt. »Sie ist eine fünfzehnjährige Ausreißerin aus Scarsdale. Ihre Eltern suchen seit sechs Monaten nach ihr. Sie ist auch vorher schon mal abgehauen, aber immer nur für eine Woche. Das letzte Mal hat sie sich mit einem zwielichtigen Motorradtypen aus dem Staub gemacht, den sie während eines Familienurlaubs in Woodstock aufgegabelt hat.«

»Gibt es Hinweise, wo sie sich zurzeit aufhalten könnte?«

»Ja. Die Familie hat Verwandte in L. A. – in Brentwood. Verwandte, die sie nicht besonders mögen.« Wanda gab Decker die Adresse durch. »Die Bellers haben die Frammels – die Brentwood-

Verwandten – angerufen, um ihnen kurz mitzuteilen, dass Erin ausgerissen ist, und sie zu bitten, dass sie ihnen Bescheid sagen, falls diese bei ihnen auftaucht. Natürlich haben sich die Frammels dazu bereit erklärt.«

»Aber bis jetzt ist das noch nicht passiert.«

»Richtig. Aber das bedeutet nicht, dass Erin sich nicht vielleicht doch bei den Frammels aufhält.«

»Und Sie haben die Bellers darauf hingewiesen, dass sie ihre Verwandten in Brentwood nicht anrufen sollen, oder?«

»Ja. Ich habe ihnen erklärt, wenn sie Erin jetzt wieder einen Vorsprung gäben, würden wir beide sie verlieren – sie, die Familie, und wir, die Polizei. Das Ganze gefiel den Eltern nicht sonderlich – sie möchten unbedingt mit ihr reden –, aber im Augenblick arbeiten sie mit uns zusammen.«

»Ich bin nicht weit von Brentwood entfernt«, sagte Decker. »Vielleicht sollte ich den Frammels einen kleinen Überraschungsbesuch abstatten.«

»Ich glaube, das wäre keine schlechte Idee, Sir.«

Alice Ranger war so dünn wie eh und je. Die Falten im Gesicht hatte sie mit mehreren Schichten Grundierung abgedeckt, was ihr ein gespenstisches Aussehen verlieh. Aber das Make-up schien frisch aufgelegt, als wollte sie ausgehen. Falls dem tatsächlich so war, zeigte sie jedoch keinerlei Anzeichen von Eile. Im Gegenteil – sie gab sich sehr freundlich, als handle es sich bei dem Besuch von Martinez und Webster um ein geselliges Beisammensein. Sie trug einen braunen Hosenanzug; die Fußnägel ihrer nackten Füße leuchteten in einem dunklen Violettton.

»Hereinspaziert, hereinspaziert.« Eine Begrüßung wie bei alten Freunden. »Kann ich Ihnen etwas zu trinken anbieten?«

Webster schüttelte den Kopf, aber Martinez erklärte, ein Glas Wasser wäre nicht schlecht. Er entstammte einer Kultur, in der es als Beleidigung galt, die angebotene Gastfreundschaft abzulehnen.

Alice betrachtete ihn missmutig. Obwohl sie versuchte, auf einer Stelle stehen zu bleiben, schwankte sie ein wenig. »Nur Wasser?«

»Wasser, Saft, eine Cola …«

»Wie wär's mit einer Cola-Rum?«

»Nein, vielen Dank.«

»Seien Sie doch nicht so schüchtern.«

»Wie wäre es stattdessen mit einer Tasse Kaffee?«, bat Martinez.

»Kaffee?«, fragte sie ungläubig. »Die Cocktailstunde ist schon lange angebrochen, Detective.«

»Vielen Dank, aber ich hätte trotzdem gern einen Kaffee. Könnten Sie gleich eine ganze Kanne machen?«

»Eine ganze Kanne?«

»Ja. Tom trinkt bestimmt auch eine Tasse. Und Sie doch auch, oder?«

Alice verzog das Gesicht. »Sie wollen, dass ich Kaffee trinke?«

»Ja. Das wäre nett, Mrs. Ranger.«

»Gut.« Sie schwankte, und es dauerte einen Moment, bis sie sich wieder im Griff hatte. »Ich mach Ihnen Kaffee.«

»Vielen Dank.«

»Bin gleich wieder da.«

»Okay.«

»Aber nicht weglaufen.«

»Nein, keine Sorge«, beruhigte Webster sie.

»He, Sie können ja sprechen«, bemerkte Alice spöttisch.

»Ja, Ma'am.«

Alice grinste leicht irre. »Bin gleich wieder da.«

»Ja, Ma'am.«

Schließlich setzte sie sich in Bewegung. Martinez ließ seinen Blick kurz durch das Wohnzimmer schweifen, in der Hoffnung, anhand der Einrichtung Informationen über die Familie zu erhalten. Bedauerlicherweise bestand sie aus einer riesigen Schneelandschaft – ein weißer Teppichboden, auf dem cremefarbene und weiße Möbel wie dicke Findlinge standen. Die Kunstwerke an den vanillegelben Wänden wirkten langweilig, und die Beistelltische waren so leer wie eine Wüstenebene. Keine Fotografien, keine Vasen, Schalen oder sonstige Dekorationen. Kein Fernseher und keine Stereoanlage. Aber eine wohlgefüllte Bar mit verspiegelter Rückwand und Granittheke, die die Hälfte des Raums einnahm.

Webster war Martinez' Blick gefolgt, der an der Bar hängen blieb. »Was meinst du, wie viel Wermut diese Frau schon intus hat?«, flüsterte er.

»Das geht nur sie und Gott was an. Unser Job ist es, sie wieder halbwegs nüchtern zu kriegen, damit wir uns mit ihr unterhalten können.«

»Dazu braucht es mehr als nur eine Tasse Kaffee.«

»Dann müssen wir uns eben Zeit lassen.«

»Wie wär's, wenn ich mal nach oben verschwinde, um nachzusehen, ob Ruby vielleicht doch zurück ist?«, schlug Tom vor. »Das könnte der Grund sein, warum ihre Mutter so angesäuselt ist.«

»Gute Idee«, meinte Martinez. »Und wenn sie nicht da ist, kannst du dich ein wenig in ihrem Zimmer umsehen. Ich bleib hier unten. Wenn sie zurückkommt und sich wundert, wo du bist, sag ich, du wärst mal zur Toilette.«

»Okay. Ich glaub, sie mag dich sowieso lieber als mich.«

»Das liegt daran, dass ich lächle, wenn ich mit ihr rede.«

Webster nickte, stand auf und schlich leise die schmale Treppe hinauf. Er erinnerte sich, dass Rubys Zimmer im zweiten Stock lag und eher ein Speicher als ein herkömmlicher Raum war. Als er die Tür öffnete, konnte er seine Enttäuschung kaum verbergen. Sämtliche Gothic-Pracht war verschwunden – an ihrer Stelle befand sich nun ein unpersönliches Gästezimmer mit elfenbeinfarbenen Wänden, einem hellen Eichenboden, Perserteppichen und einem Doppelbett mit altrosa Tagesdecke und passend gepolstertem Kopfbrett. Außerdem hatte man noch einen Fernseher in einem Eichenschrank sowie zwei Nachttischchen in den Raum gequetscht. Harmlos und nichts sagend – Ruby war schon lange nicht mehr hier gewesen.

Aus alter Gewohnheit oder Langeweile inspizierte Webster rasch die Schubladen, sah unter dem Bett und den Möbeln nach, schob seine Hand unter das Kissen, hob kurz die Decke an und steckte seinen Arm zwischen Matratze und Bettrahmen. Aber was hatte er hier zu finden gehofft? Eine Schusswaffe? Eine versteckte Computerdiskette? Ein Versteck mit Geld oder Drogen?

Das Einzige, was er fand, waren Staubflusen.

Als er wieder ins Wohnzimmer zurückkehrte, saß Alice bereits mit dem Kaffee am Tisch.

»Haben Sie sich verlaufen?«, fragte sie ihn.

»Ich hab nur nach dem Raum für kleine Jungs gesucht.«

»Im zweiten Stock? Schon mal was von einer Gästetoilette gehört?« Sie rollte mit den Augen und ging zur Bar. »Sie haben herumgeschnüffelt.«

Webster grinste verlegen. Diese Dame war nicht annähernd so betrunken, wie er geglaubt hatte.

»Sie werden von Rubys Sachen hier nichts mehr finden«, sagte Alice. »Ich hab das ganze Zimmer neu gestaltet – und mich noch nie in meinem Leben so wohl gefühlt. Ihren Müll zu entrümpeln war die beste Therapie. Dieses Mädchen hat von Anfang an nur Ärger gemacht.«

»Inwiefern?«, fragte Martinez.

»Inwiefern?« Alice schüttelte den Kopf und kehrte mit einem Glas, das eine bernsteinfarbene Flüssigkeit und ein paar Eiswürfel enthielt, an den Tisch zurück. »Lügen, trinken, stehlen. Und das waren noch die guten Eigenschaften.« Aber ihr Gesicht verriet großen Kummer. »Das Schwierigste ist, erst mal an diesen Punkt zu gelangen. Hat man sich jedoch einmal zu einer Trennung entschlossen, ist der Rest ganz leicht. Das hätte ich schon viel früher tun sollen.« Sie befeuchtete die Lippen mit ihrem Drink. »Jetzt, wo sie weg ist … ist es ruhiger. Mich lässt jetzt vieles kalt. Sogar seine Flittchen.« Sie legte den Kopf schräg. »Und auch er.«

»Er« war offensichtlich ihr Ehemann.

»Wann haben Sie Ruby das letzte Mal gesehen?«, fragte Webster.

»Wann haben Sie Ruby das letzte Mal gesehen?«, parierte Alice. »Das war auch das letzte Mal, dass ich sie gesehen habe.«

»Das war vor etwa sechs Monaten«, sagte Martinez. »Und seitdem ist sie nicht mehr bei Ihnen aufgetaucht?«

»Nein.«

»Nicht einmal, um sich mal kurz zu melden?«

»Erst recht nicht, um sich kurz zu melden.«

»Und was ist mit Geld?«

»Nichts. Obwohl das der einzige Grund wäre, weswegen sie sich überhaupt mit mir in Verbindung setzen würde. Nein, ich habe nichts mehr von ihr gehört. Ruby war in den vergangenen Jahren immer gut bei Kasse. Wahrscheinlich hurt sie rum. Oder klaut. Oder dealt.«

»Wie steht's mit Computerhacken?«, fragte Martinez.

»Womit?«

»Mit Computern spielen?«

»Ja, Ruby hat viel mit Computern zu tun gehabt.«

»Ich hab in ihrem Zimmer keinen Computer gesehen«, sagte Webster.

»Den hat sie mitgenommen.«

»Was haben Sie mit Rubys alten Sachen gemacht, Mrs. Ranger?«

»Weggeschmissen. Ich hätte sie am liebsten im Kamin verbrannt – Sie wissen schon –, um ein Zeichen zu setzen. Aber ich hatte Angst, den Feueralarm auszulösen.«

»Hat Ruby irgendwelche Disketten oder CD-ROMs zurückgelassen?«, hakte Webster nach.

»Nicht dass ich wüsste.« Alice ließ die Eiswürfel in ihrem Glas kreisen. »Ich hab ihr einen Laptop gekauft. Das Beste vom Besten – einen Toshiba. Hat mich fast tausendachthundert Dollar gekostet. Mann, war ich blöd.«

»Also haben Sie alles, was sich noch in ihrem Zimmer befand, weggeworfen?«, fragte Martinez.

»Weggeworfen, weggegeben. Sie hatte eine alte Nintendo-Konsole. Die hab ich der Wohlfahrt geschenkt. Außerdem habe ich ihr Bett, ihre Möbel, ihren alten Fernseher und ihre zurückgelassenen Kleidungsstücke weggegeben. Was mich betrifft, ist dieses Mädchen nur noch auf der Geburtsurkunde meine Tochter.«

»Sie sind ziemlich verbittert«, meinte Webster.

»Wütend.«

»Wissen Sie, ob Ruby an irgendwelchen illegalen Geschäften beteiligt war?«, wollte Martinez wissen.

»Sie hat mit Drogen gehandelt«, erwiderte Alice. »Das ist illegal.«

»Welche Art von Drogen?«

»Keine Ahnung... ich hab sie nie gefragt. Sie dealt schon seit ihrem vierzehnten Lebensjahr. Nein, ich wüsste nicht, dass sie in wirklich schlimme Sachen verwickelt wäre. Aber sie bewegte sich in üblen Kreisen.«

»Was meinen Sie damit?«

»Sie hat seltsame Typen mit nach Hause gebracht. Der Letzte war wirklich unheimlich. Ein Schwarzer. Mit sehr heller Haut, aber man konnte es trotzdem erkennen.«

»Darrell Holt?«

Alice dachte einen Moment nach. »Er hat sich nie vorgestellt. Er war zweimal hier. Ich hab damals ein Machtwort gesprochen. Keine Jungs auf deinem Zimmer, hab ich gesagt. Sie hat mir ins Gesicht gespuckt und gemeint, sie würde mit jedem f..., mit dem sie f... wolle.« Die Frau seufzte. »Ich hätte sie rauswerfen sollen.« Sie begann zu weinen. »Aber sie war schließlich meine Tochter.«

»Hat sie sonst noch Freunde mitgebracht?«

»Ein- oder zweimal kam der Junge mit, über den das in der Zeitung stand.« Alices Augen wurden feucht. »Derjenige, der...«

»Ernesto Golding«, ergänzte Martinez.

Alice wischte sich die Tränen von den Wangen. »Was ist eigentlich passiert?«

»Das versuchen wir gerade herauszufinden«, erklärte Webster.

»Glauben Sie, dass Ruby irgendwas damit zu tun hat?«

»Was meinen Sie denn?«, konterte Martinez.

»Gar nichts! Ich wusste doch nie, was dieses Mädchen gerade trieb.« Aber ihr Blick strafte sie Lügen.

Martinez bohrte weiter. »Haben Sie Ernesto mal kennen gelernt?«

Alice nickte. »Einmal. Er kam her, um auf Ruby zu warten. Allerdings tauchte sie nicht auf. Er hat versucht, höflich zu sein. Ich empfand das als sehr nett.« Ihre Augen füllten sich wieder mit Tränen. »Ruby... hatte immer ein großes Mundwerk, aber sie würde nie... sie könnte nie... Sie verstehen schon.«

Sie verstanden.

»Ernesto... war nett.« Sie nahm einen Schluck von ihrem Drink. »Er war Rubys Spielzeug des Monats. Sie hat ihn wahrscheinlich ausgenutzt. Aber Leute ausnutzen ist etwas anderes als... ist etwas ganz anderes als... sie würde nie...« Aber Alice klang nicht sehr überzeugt. »Sie würde so etwas niemals tun!«

»Sie meinen, jemanden umbringen?«, ergänzte Webster.

Alice verzog das Gesicht. »Meine Tochter ist keine Mörderin!«

Offensichtlich wollte diese Frau nichts auf ihren eigenen Nachwuchs kommen lassen, auch wenn sie noch so sehr behauptete, dass er ihr egal sei.

Martinez sagte mit sanfter Stimme: »Sie haben alles versucht.«

»Allerdings«, stimmte Alice ihm zu. »Ich habe wirklich mein Bestes versucht. Aber mein Bestes war offensichtlich nicht gut genug. Ich hab es einfach nicht geschafft.«

»Haben Sie eine Idee, wo sie sich aufhalten könnte?«

»Nein, aber wenn Sie sie finden, sagen Sie ihr, dass sie mir noch Geld für das Entrümpeln ihrer Sachen schuldet.«

Webster dachte kurz nach und meinte dann: »Mrs. Ranger, haben Sie zufällig noch eine alte Telefonrechnung aus der Zeit, in der Ruby noch zu Hause wohnte?«

»Möglicherweise.«

Eine lange Pause.

»Könnten Sie sie für uns heraussuchen?«

»Was, jetzt?«

»Ja, jetzt«, antwortete Martinez.

»Das kann eine Weile dauern.«

»Macht nichts. Wir haben Zeit.«

Alice starrte in ihr Glas. »Sie steckt wirklich in Schwierigkeiten, oder?« Wieder eine lange Pause. Dann flüsterte sie: »Ist sie in Gefahr?«

Martinez zuckte mit den Achseln, gab aber keine Antwort. Alice spürte, wie sie zu zittern begann. Es war immer das Unausgesprochene, das ihr wirklich Angst machte.

31

Das Haus lag an einer Bergflanke. Es war eines dieser Gebäude, die gefährlich nahe am Rand eines Steilhangs balancierten – zwar von Betonpfeilern gestützt, aber gebaut von einem jener Optimisten, die das Auftreten von Erdbeben in Südkalifornien hartnäckig ignorierten. Da es bereits dunkel war, ließ sich die Farbe der Fassade nur schwer bestimmen, aber das Haus schien irgendwie hellbraun und weiß verputzt und mit weißen Stuckelementen verziert zu sein. Auf Grund der Hanglage blieben die tragenden Elemente des zweigeschossigen Hauses zum größten Teil unsichtbar, weil sie wahrscheinlich tief in den Fels gegraben und dort verankert waren. Der Charme dieser Gebäude ging weit über das bloße Spiel mit der Gefahr hinaus: Die meisten besaßen eine sensationelle Aussicht auf die grünen Cañons und die glitzernden Lichter der Stadt in der Ferne.

Da das Haus von einem Metallgitter umgeben war, musste Decker klingeln, um hineinzugelangen. Ihm kam plötzlich der Gedanke, dass es den Überraschungseffekt beeinträchtigen würde, wenn er sich als Detective zu erkennen gab. Er blickte sich kurz um. Hinter dem Gitter sah er eine kurze asphaltierte Auffahrt, auf der ein schwarzer Mercedes stand. Vor der Umzäunung, am Rand der kurvenreichen Straße, waren ein Geländewagen und ein drei Jahre alter Mustang geparkt.

Decker klingelte. Eine Frauenstimme quäkte ihn durch die Gegensprechanlage an.

»Ja?«

»Gehört Ihnen der orangefarbene Mustang, der hier draußen auf der Straße steht?«

»Wer ist denn da?«

»Wir sind dabei, ihn abzuschleppen. Er hat vier unbezahlte Strafzettel.«

»Was? Warten Sie! Justin! Komm sofort her! Da draußen ist ein Mann …«

»Ich werd den Wagen jetzt an den Haken nehmen.«

»Warten Sie doch!«

»Geht nicht«, sagte Decker. »Ich muss meinen Job machen.«

»Das muss ein Irrtum …«

»Kein Irrtum. Einige der Strafzettel sind über ein Jahr alt.«

»Warten Sie! Schleppen Sie den Wagen nicht ab. Warten Sie noch einen Moment!« Dann schrie sie: *»Justin! Komm sofort her!«*

Decker reagierte absichtlich nicht. Einen Augenblick später ging langsam das Tor auf. Licht ergoss sich aus der Haustür, und eine Frau kam herausgelaufen. »Hören Sie mal! Wer sind Sie überhaupt?«

Sie war so dünn wie eine Bohnenstange und wirkte energisch – spitze Nase, hohle Wangen, kräftiges Kinn und eine glänzende helle Stirn mit glatten schwarzen Haaren, die nach hinten gekämmt und mit Haarspray fixiert waren.

»Was glauben Sie eigentlich, was Sie hier …« Keuchend blickte sie sich um. »Ich seh gar keinen Abschleppwagen.«

Decker zog seine Dienstmarke hervor und zeigte sie ihr. »Das liegt daran, dass hier auch kein Abschleppwagen steht. Ich leite die Ermittlungen im Mordfall Baldwin. Und ich wette, Sie wissen, warum ich hier bin, Mrs. Frammel.«

Panik in den Augen, wanderte ihr Blick hektisch von der Dienstmarke zu Deckers Gesicht, dann wieder zurück zur Dienstmarke. »Ich … ich möchte …«

»Lassen Sie uns doch hineingehen. Es muss ja nicht gleich die ganze Nachbarschaft mithören.« Decker versuchte, sie am Ellbogen ins Haus zu schieben, aber sie widersetzte sich.

»Sie werden wiederkommen müssen, wenn mein Mann zu Hause ist.«

»Sie bieten einer wegen Mordes gesuchten Verdächtigen Unterschlupf«, erwiderte Decker. »Ich glaube nicht, dass ich noch einmal wiederkommen muss.«

Die Frau war erneut wie vor den Kopf geschlagen. »Wegen … wegen … nein, nein, nein. Da liegen Sie völlig falsch.«

»Lassen Sie uns hineingehen, dann können Erin und Sie mir alles erklären.«

Bei der Erwähnung des Namens ihrer Nichte zuckte die Frau zusammen. »Verdammter Mist! Warum passieren mir immer wieder solche Sachen?«

»Lassen Sie uns hineingehen.«

»Woher soll ich wissen, ob Ihre Marke überhaupt echt ist und Sie mich nicht überfallen, sobald wir im Haus sind?«

»Weil ich Sie sonst schon längst überfallen hätte.« Decker machte einen Schritt zur Seite, spazierte an ihr vorbei zur Haustür und drückte sie auf. Als er das Haus betrat, versanken seine Füße in einem hochflorigen grauen Teppich, und sein Blick wanderte automatisch zu der Glaswand vor seiner Nase.

Der Ausblick war atemberaubend – ein sensationelles Panorama aus funkelnden, vielfarbigen Lichtern. Darunter lagen lang gestreckte, tiefschwarze Flächen, vermutlich Waldgebiete, die man nur am Tag erkennen konnte. Der Raum war mit Möbeln ausgestattet, die vor fünfzehn, zwanzig Jahren modern gewesen waren: Ledersofas und Sessel mit geflochtenen Lehnen, viel Chrom und Glas. Auf einer Seite des Raums befand sich eine Bar aus Granit, während ein Granitkamin die gegenüberliegende Wand dominierte. Auf dem Kaminsims stand ein riesiges, ungerahmtes Gemälde, das ein im Sprung begriffenes Tier zeigte – vielleicht ein Hirsch, vielleicht ein Puma, vielleicht aber auch ein matisseartiger Tänzer.

»Wo ist sie?«, fragte Decker.

»Ich möchte meinen Anwalt anrufen.«

»Das steht Ihnen natürlich frei. Aber es könnte die ganze Sache für Sie schwieriger machen. Denn wenn Sie Ihren Anwalt einschalten, muss ich ganz offiziell vorgehen … und beispielsweise jemanden verhaften. Aber, bitte, lassen Sie sich nicht aufhalten.«

Die Frau klopfte unruhig mit dem Fuß auf. »Ich will wenigstens meinen Mann anrufen.«

»Bitte. Tun Sie das.« Decker warf einen Blick auf seine Uhr. »Ich habe allerdings nicht viel Zeit. Wenn ich die Befragung nicht hier durchführen kann, muss ich Erin mit aufs Revier nehmen. Zum Revier, in dem ich arbeite … im Valley.« Sein Blick wanderte wieder zur Aussicht. »Sie können ja auch mitkommen, wenn Sie wollen.«

»Dann lassen Sie mich wenigstens meine Schwester anrufen.« Pause. »Das würde die Sache allerdings verkomplizieren.«

»Sie kennen Ihre Schwester am besten.«

»Meine Schwester ist nicht das Problem, es ist ihr Mann. Wenn der noch faschistischer wäre, könnte er ein Nazi sein. Und das ist wirklich eine Leistung für ihn als Jude.« Sie rollte mit den Augen. »Nicht dass ich was gegen Juden hätte. Er ist nur einfach ein Arschloch.«

»Davon gibt es in fast jeder Familie eins. Ich möchte jetzt wirklich gern mit Erin sprechen.«

»Ich *wusste*, dass das keine gute Idee war, sie aufzunehmen. Sie wirkte so … so verängstigt.«

»Natürlich ist sie das. Deshalb will ich ja mit ihr reden.«

Sie rang die Hände. »Ich weiß wirklich nicht …«

Sie sprach mehr mit sich selbst als mit Decker. Schließlich sagte Decker: »Während Sie sich entscheiden, werde ich mich ein wenig umsehen.« Er wandte sich ab und marschierte durch einen langen Flur, der mit dem gleichen hochflorigen Teppichboden ausgelegt war – so weich, dass man fast das Gefühl hatte, durch Schlamm zu waten.

Die Frau lief hinter ihm her. »Sie können hier doch nicht einfach … Gottverdammich! *Justin, mach sofort diese verdammte Musik aus!*«

Als keine Reaktion erfolgte und die Musik weiterhin durch das Haus dröhnte, erklärte sie Decker: »Sie bleiben, wo Sie sind. Ich werde nicht zulassen, dass die Polizei mich oder Erin oder sonst irgendjemanden schikaniert. Das arme Kind hat schon genug durchgemacht.«

Decker ging zurück ins Wohnzimmer, weg von dem ohrenbetäubenden Lärm. »Dann erzählen Sie mir davon.«

Die Frau presste die Lippen zusammen.

»Mrs. Frammel, mein Besuch ist wahrscheinlich das Beste, was Ihrer Familie passieren kann. Irgendjemand – oder auch mehrere *Irgendjemands* – hat in den vergangenen beiden Tagen vier Menschen umgebracht. Ich glaube nicht, dass der oder die Täter zögern werden, noch weitere vier Menschen zu ermorden.«

Sie erschauerte. »Wie können Sie so etwas Schreckliches sagen?« Ihre Hand fuhr an die Kehle. »Sie sind absichtlich so grausam. Genau wie mein Schwager.«

»Ich bin nicht grausam, ich versuche nur, Ihnen den Ernst der Lage klarzumachen.«

Die Frau schlang die Arme um ihren Körper. »Sie ist in keinem dieser Zimmer.«

Decker musterte Mrs. Frammels Gesicht; es wirkte arglos, besorgt und betroffen. »Wo ist sie?«

»Warum sollte ich Ihnen trauen... wie war doch gleich Ihr Name?«

»Lieutenant Peter Decker. Ich stehe auf der Titelseite Ihrer Tageszeitung und werde zum Tod von Dee Baldwin zitiert. Wo ist Erin, Ma'am?«

Die Frau zögerte. »Wir haben eine Höhle... unten im Fels. Mein Mann... wollte einen... einen engeren Kontakt zur Natur haben. Er hat den Raum aus dem Berghang herausgegraben.« Sie verzog das Gesicht. »Die Höhle ist sein ganzer Stolz. Er hat alles allein gemacht. Aber sie entspricht nicht ganz den Vorschriften.«

»Ich verspreche Ihnen, dass ich Sie nicht der Baubehörde melden werde. Wie komme ich dahin?«

Sie forderte Decker auf, ihr zu folgen, und führte ihn durch eine große, offene Küche mit zahlreichen Edelstahlgeräten, Edelstahlarbeitsflächen und weiß lackierten Küchenschränken. In der Mitte stand ein runder Esstisch, dessen Fuß eher an eine gigantische Sprungfeder erinnerte. Auch die Stühle mit den schwarzen Ledersitzflächen ruhten auf sprungfederartigen Gestellen. Wenn man nur hart genug damit wippte, würden sie einen vielleicht durch den Raum katapultieren.

»Hier entlang«, sagte die Frau.

»Vielen Dank, Mrs. Frammel.«

»Doreen.«

»Vielen Dank, Doreen«, wiederholte Decker.

»Ich sollte jetzt wohl ›Gern geschehen‹ sagen, aber das wäre gelogen.« Sie lachte höhnisch. »Warum, zum Teufel, muss er diese Musik immer so ohrenbetäubend laut spielen?«

»Um Sie zu ärgern.«

»Na, das ist ihm jedenfalls mühelos gelungen.« Sie öffnete eine Schublade und nahm einen Schlüssel heraus. Dann führte sie Decker in die Waschküche, in der eine Miele-Waschmaschine Wäsche durcheinander wirbelte. Doreen starrte einen Moment auf die sich drehende Trommel. »Manchmal glaube ich, das ist besser als jedes Kabelfernsehen.«

»Es hat auf jeden Fall mehr Dynamik.«

Doreen rang sich ein kleines Lächeln ab. »Sie ist wirklich vollkommen verkorkst. Ich wär die Letzte, die das bestreitet. Aber sie hat es nicht verdient, ins Gefängnis zu wandern, nur weil sie – genau wie meine Schwester – bei Jungs einen miserablen Geschmack hat.«

»Ein miserabler Geschmack wird nicht mit einer Gefängnisstrafe geahndet. Aber Beihilfe zum Mord.«

»Sie ist eine dumme Gans«, beharrte Doreen. »Machen Sie das Kind doch nicht so schlecht.«

»Warum lassen Sie mich nicht erst mal mit ihr reden?«

Die Frau rieb sich die Augen und schloss eine Tür auf. Sie drückte auf einen Schalter, und ein schmaler gelber Lichtstrahl beleuchtete einen steilen, niedrigen Treppenabgang. »Passen Sie auf, wo Sie hintreten, und achten Sie auf Ihren Kopf. Ich hoffe, Sie leiden nicht an Platzangst?«

»Nein, keine Sorge.«

»Dann haben Sie mir etwas voraus. Ich hasse diese Treppe. Um ehrlich zu sein, ich glaube, mein Mann ist vollkommen verrückt.«

Die nach unten führenden Holzstufen waren wacklig und zu schmal für seine Füße. Bei manchen musste Decker den Fuß seitlich aufsetzen; außerdem war er gezwungen, sich zu bücken, um nicht mit dem Kopf anzustoßen. Als er die letzte Stufe erreichte, ging er fast vollständig nach vorn gebeugt. Die Treppe endete vor einer weiteren Tür. Heavy-Metal-Musik drang durch die Felswände, allerdings gedämpft, sodass Decker nur das Wummern der Bässe hörte.

Doreen klopfte. »Erin, Schätzchen, mach bitte auf, ich bin's.«

Keine Antwort.

Sie klopfte erneut. »Erin?«

Nichts.

»Mach schon auf!« Sie hämmerte gegen die Tür.

Plötzlich wurde die Musik leiser, und die Tür ging einen Spalt auf. Das Mädchen warf einen kurzen Blick in die Runde und wollte sofort die Tür wieder zuschlagen. Aber Decker hatte ihre Reaktion vorausgeahnt. Da er bereits richtig stand, brauchte er sich nur nach vorn zu lehnen, um die Wucht der Tür mit der Schulter abzufangen – mit der Schulter *ohne* ehemalige Schussverletzung. Gleichzeitig stemmte er sich mit seinem ganzen Gewicht gegen die massive Holztür, sodass sie weit aufflog.

Als er den Raum betrat, konnte er zwar aufrecht stehen, aber an manchen Stellen streifte die Decke sein Haar, sodass der Raum nicht mehr als zwei Meter hoch sein konnte.

Decker nahm deshalb an, dass Mr. Frammel relativ klein sein musste.

Der Raum als solcher war recht geräumig – fast zwanzig Quadratmeter –, und man hatte den Boden mit Korkplatten ausgelegt. Aber die Wände waren aus dem Felsgestein herausgehauen worden, was dem Raum etwas Höhlenartiges gab. Lediglich die vierte Wand bestand aus einer riesigen Glasscheibe, und im vorderen Bereich war der Raum so konstruiert, dass man den Eindruck hatte, der Boden sacke unter den Füßen weg, was Decker ein Gefühl des Schwebens oder Fallens vermittelte – irritierend, aber originell, so viel musste er Mr. Frammel lassen.

Die Höhle enthielt ein Bett, einen Fernseher sowie einen Schreibtisch mit Computer, Modem, Telefon und Faxgerät. In dem darüber angebrachten Regal standen neben zahlreichen Videokassetten auch ein paar Bücher, von denen sich fast alle mit wahren Verbrechen beschäftigten. Grässliche Geschichten. Decker konnte sich an den einen oder anderen Fall erinnern. Er fragte sich, ob Mr. Frammel vielleicht irgendwo Peitschen und Ketten versteckt hielt.

Erin hatte sich inzwischen hinter einer Tür eingeschlossen – wahrscheinlich das Badezimmer.

Decker stellte die plärrende Stereoanlage ab. »Komm schon raus, Erin. Ich bin hier, weil ich dir helfen will.«

»Sie gehören doch auch zu denen. Verschwinden Sie!«

»Zu wem?«

»Dieser weltweiten Allianz – der neuen Weltordnung.«

»Ich gehöre zu niemandem.«

Erin schwieg.

Decker dachte einen Moment nach. »Okay. Wenn du dich hinter der Tür sicherer fühlst – kein Problem. Beantworte einfach meine Fragen, okay?«

Sekunden verstrichen, schließlich war eine ganze Minute vergangen, bis sie endlich reagierte.

»Tante Doreen?« Die Stimme hinter der Tür klang kleinlaut.

»Ja? Ich bin hier.«

»Tut mir Leid.«

»Ist schon okay, Schätzchen. Komm, mach bitte auf. Er …« Mit saurer Miene warf sie einen Blick auf Decker. »Ich glaube, er ist wirklich hier, um dir zu helfen.«

»Sie glauben?«, flüsterte Decker.

Sie fauchte zurück: »Ich weiß doch überhaupt nicht, wer Sie sind.«

»Tante Doreen?«, jammerte Erin hinter der Tür.

»Ja, Erin. Was ist denn? Komm raus, okay?«

Die Frau wurde langsam ungeduldig.

Decker wandte sich erneut an sie und flüsterte: »Vielleicht sollten Sie Ihren Mann oder Ihre Schwester anrufen.«

»Und Erin hier mit Ihnen allein lassen?«

Decker ging einen Schritt nach vorn, bis er fast Brust an Brust mit Doreen stand. »Glauben Sie im Ernst, Sie könnten sie vor mir beschützen?«

Sie schluckte.

Decker ging wieder einen Schritt zurück. »Hören Sie, ich bin einer von den Guten. Wenn Sie mir nicht glauben, rufen Sie doch einfach die Polizei an.«

Die Frau zögerte.

»Tante Doreen?«

»Was ist, Erin?«

»Meinst du, es ist okay?«

Ein Seufzer. »Ja, Süße, ich meine, es ist okay. Ich glaube, es ist Zeit, dass wir mit der Polizei sprechen.«

Einige Sekunden vergingen ... dann öffnete sich langsam die Tür.

32

Das Mädchen war ein Strich in der Landschaft: dürre Ärmchen und Beinchen und fast kein Körper. Sie hatte lange, braune Haare, die dünn und stumpf herunterhingen, und große braune Augen über schmalen, zusammengepressten Lippen. Ihre Nase war gerötet und triefte. Mit spillerigen Fingern wischte sie Tränen und Rotz weg.

»Sie ist furchtbar erkältet«, erklärte Doreen.

»Bitte, gehen Sie nach oben, Mrs. Frammel«, sagte Decker mit Nachdruck in der Stimme. »Wir kommen schon allein zurecht.«

Doreen warf Erin einen Blick zu. Das Mädchen nickte.

»Ich lass die Tür offen«, verkündete Doreen schließlich. »Ruf mich, wenn du was brauchst.« Dann machte sie sich an den Aufstieg ins Erdgeschoss. Decker wartete, bis ihre Schritte verhallten. Dann nahm er auf dem Rand des Betts Platz. Erin saß in der gegenüberliegenden Ecke, die Beine unter ihren ausgezehrten Körper geschlagen, den Kopf gegen ein paar Kissen in ihrem Rücken gelehnt.

Decker holte sein Notizbuch und ein kleines Diktiergerät hervor. »Macht es dir etwas aus ...?«

Sie schüttelte den Kopf.

»Du musst bitte laut antworten, Erin. Das Gerät kann keine Kopfbewegungen registrieren.«

»Sie können das Gespräch ruhig aufzeichnen. Es ist mir egal.«

»Gut.« Decker stellte die Lautstärke ein und legte das Gerät dann mitten aufs Bett. »Seit wann drückst du schon?«

Erins Augen zuckten nervös, und ihr Blick blieb an dem Diktiergerät hängen.

»Keine Sorge. Ich werde dich nicht auffliegen lassen. Ich bin nur neugierig«, sagte Decker.

»Keine Ahnung. Seit über einem Jahr.« Sie rieb ihre Nase, stand auf und schloss die Tür. Dann ließ sie sich wieder auf das Bett fallen, sodass das Diktiergerät hochhüpfte. »Deswegen bin ich so lange bei Darrell geblieben. Er hat mich immer mit allem versorgt.«

»Was ist mit dem Motorradfahrer passiert, mit dem du abgehauen bist?«

»Ein echter Wichser, der Typ.« Sie richtete sich auf. »Ich dachte, mit ihm hätte ich ausgesorgt… stattdessen ließ er mich dafür anschaffen.« Ihre Mundwinkel sackten nach unten. »Das Arschloch.«

»Was ist mit Darrell?«

»Der ist auch ein Arschloch. Krank im Kopf, aber das sind die meisten Typen. Allerdings musste ich bei ihm nicht anschaffen gehen für meine Ration. Ich musste ihm nur das geben, was er wollte, so wie er es wollte. Sexspielchen – mit ihm und ihr.«

»Ist ›ihr‹ Ruby Ranger?«

Sie nickte.

»Was für Sexspiele?«

Sie zuckte mit den Achseln.

»Hat er irgendwelche Videoaufnahmen gemacht?«

»Nicht dass ich wüsste.« Geräuschvoll zog sie den Rotz hoch. »Die beiden… haben gern Teenager auf Partys aufgerissen… mit ihnen rumgemacht… und ihnen irgendwelche komischen Ideen in den Kopf gesetzt. Das haben sie am liebsten gemacht… ihnen komische Ideen in den Kopf gesetzt.«

»Wie hast du sie kennen gelernt?«

Sie kratzte sich mit einem schmutzigen Fingernagel am Kopf. »Der Biker, mit dem ich abgehauen bin, war Mitglied in einer Gang. Deren Anführer hat mich gegen Geld an Darrell weitergegeben. Völlig irre. Haben mich für einen Tausender oder so verkauft.«

»Verkauft?«

»Ja, war aber nicht so schlimm. Ich musste dafür nicht anschaffen gehen.«

»Und was musstest du stattdessen machen?«

»Nur diese Spielchen spielen ... mich festbinden lassen und laut schreien ... halt so tun, als ob ich Angst hätte.« Sie verzog das Gesicht und streckte die Zunge heraus. »Völlig dämlich, aber immer noch angenehmer, als auf den Strich zu gehen. Ich glaub schon, dass ich hätte abhauen können – Darrell hätte mich bestimmt nicht verfolgt –, aber ich beschloss zu bleiben. Da war es jedenfalls besser als zu Hause.«

»War das Leben zu Hause wirklich so schlimm?«

Ihre Miene verdüsterte sich. »Meine Eltern sind echte Arschlöcher. Meine Mom ist diese Supermami, die nie was gegen meinen Riesenarsch von Dad sagt. Meine Schwester ist die Prinzessin, und ich bin die blöde Kuh bei uns in der Familie. Ich konnte ihnen nie etwas recht machen. Es hieß immer nur, wie doof ich wär, wie hässlich und dass ich es nie zu etwas bringen würde ...«

Tränen traten in ihre Augen. »Er hat mir nie vertraut. Immer durchsuchte er meine Schubladen. Anfangs hat er nichts gefunden, weil ich ja auch gar nichts gemacht hatte. Aber später hat er meine Vorräte entdeckt und mich in irgend so eine Anstalt für Drogenabhängige gesteckt. Mann, dabei hab ich doch nur Hasch geraucht, und er tat so, als würde ich an der Nadel hängen. Also hat er mich auf so eine Schule für Versager geschickt. Von da bin ich dann abgehauen. Später hieß es, er würde mich in ein Erziehungsheim oder eine Besserungsanstalt stecken oder in irgendeine Einrichtung, die noch schlimmer war als diese Versagerschule. Ich hab ihm gleich gesagt, nur über meine Leiche. Und dann hab ich ihm eine gescheuert, und er hat mir eine gescheuert. Ich bin auf den Boden geknallt und hab mir den Kopf angeschlagen. Dieser Arsch hat mich fast ins Krankenhaus gebracht.«

»Warum hast du ihn nicht angezeigt?«

Sie weinte. »Er hat Beziehungen. Das Leichteste war, einfach abzuhauen. Meine Mutter war richtig wütend, dass mein Vater mich geschlagen hatte. Aber natürlich nicht wütend genug, um ihn rauszuwerfen. Stattdessen hat sie vorgeschlagen, wir sollten irgendwo ein paar Tage zusammen hinfahren. Also sind wir nach Woodstock. Und da hab ich Brock getroffen.«

»Den Motorradfahrer.«

Sie nickte und ließ sich wieder in die Kissen sinken.

Decker versuchte, objektiv zu bleiben, aber es fiel ihm schwer. All diese kaputten Familien.

»Darrell war ein Perversling, aber zumindest hat er mir nicht wehgetan. Und er hat mir meinen Stoff besorgt. War für ihn kein Problem, er war immer flüssig.«

»Die Baldwins haben ihn gut bezahlt?«

Sie zuckte die Achseln.

»Was hat er dir von ihnen erzählt?«

»Nicht viel. Ich hab mich nicht in Sachen eingemischt, die mich nichts angingen.«

»Und was ging dich an?«

»Na, die Arbeit bei den HVR, wo ich Darrell geholfen hab. Zuerst dachte ich, er wäre irgendwie geistesgestört, was mir aber egal war, weil er mir Geld gab. Aber dann... nach einer Weile... ich weiß auch nicht... hab ich mich dran gewöhnt. Das, was Darrell sagte, machte irgendwie Sinn. Besonders die Sachen über die Juden und dass sie alles kontrollieren. Denn wenn man einen Vater hat wie ich – der größte Kontrollfreak auf der Welt –, kann man das mühelos nachvollziehen. Genau das haben Darrell und ich gemein. Wir hassen beide unsere Väter!«

Irgendwie lief alles immer auf die Fehler der Eltern hinaus – was Decker ein mulmiges Gefühl bereitete. Natürlich gab es jede Menge anderer Erklärungen für Jacobs aufsässiges Verhalten – der Verlust seines Vaters in früher Kindheit, die sexuelle Belästigung, die erneute Heirat seiner Mutter, das neue Kind und sein angeborenes Temperament. Aber hatte Decker wirklich alles in seiner Macht Stehende getan, um dem Jungen durch diese Zeit zu helfen? All diese Nächte, die er durchgearbeitet hatte, statt zu Hause nach dem Rechten zu sehen.

In der Zwischenzeit redete Erin weiter: »Nach einer Weile hab ich mich reingefunden... in die gesamte Philosophie der HVR. Darrell hat mir erzählt, die meisten Ideen hätte er von irgend so einem genialen Typen namens Ricky Moke. Ich bin zwar nicht die Hellste, aber ich hab nicht lange gebraucht, bis ich raushatte, wer

Moke war. Aber ich hab mich nicht weiter drum gekümmert. Das war schließlich Darrells Sache – diese unterschiedlichen Persönlichkeiten. Er hatte zigtausend davon. Die meisten zeigten sich bei seinen Sexspielchen.«

»Wann benutzte Darrell den Namen Darrell Holt und wann Ricky Moke?«

»Ricky Moke war sein ganz schlimmer Finger.« Sie beugte sich mit einem abgebrühten Grinsen vor, wodurch sie um Jahre älter und um Jahrzehnte härter wirkte. »Irgendwann ist er dann wirklich diese Ricky-Person geworden, mit eigenem Pass, Sozialversicherungsausweis und Abschlussdiplom. Mann, das hat mir echt imponiert. Ich hab ihm gesagt, er soll mir auch so was besorgen. Es war, als hätte Darrell sich in zwei Hälften geteilt. Als Darrell war er der politische Aktivist. Manchmal fand ich das richtig merkwürdig, weil Darrell von Ricky wie von einer anderen Person sprach. Einer wirklich anderen Person. Als wären sie zwei völlig verschiedene …«

»Ich hab's verstanden.«

»Und Darrell erzählte all diese Sachen … dass er – obwohl er ihn bewunderte – Ricky nicht mochte, weil der irgendwelche illegalen Sachen machte, wie Computer hacken und Bomben basteln und diese perversen Sexspiele. Um ehrlich zu sein, gefiel mir Ricky besser als Darrell. Er war aufregender. Ricky wurde vom FBI gesucht, wussten Sie das?«

»Wegen seiner Aktivitäten als Hacker.«

»Ja, wegen Computerhacken und wegen der Bomben.«

»Auf das mit den Bomben hab ich noch keine Hinweise.«

»Dann gehen Sie der Sache doch mal nach. Das traue ich Ricky glatt zu.«

»Ricky *ist* Darrell, Erin.«

»Ich weiß«, erwiderte der Teenager. »Aber sie sind so lange zwei unterschiedliche Menschen gewesen, dass ich mir das kaum vorstellen kann. Darrell … ist irgendwie seltsam, aber genial.«

»Das habe ich auch gehört.«

»Warum sollten Sie das bezweifeln? Die meisten Perversen sind genial.«

»Nein, Erin, das stimmt nicht. Es gibt zahlreiche dumme perverse Menschen.«

»Nicht die, die ich kenne.«

»Möglicherweise. Aber ich will dir mal was sagen. Die Cleveren sind meist die Gefährlichsten, weil sie in der Lage sind, ihre Verbrechen zu planen. Diese Morde geschahen nicht zufällig. Sie wurden geplant, und wir beide wissen, wer sie geplant hat.«

Erneut traten Tränen in ihre Augen. Sie gab ihm keine Antwort.

Decker drängte weiter: »Du musst mir unbedingt sagen, wo Darrell ist.«

»Ich weiß es nicht …«

»Doch, du weißt es!«

Aber sie leugnete es weiterhin ab, indem sie ihn wütend anstarrte und den Kopf schüttelte. »*Nein, ich weiß es nicht!* Darrell ist ein Survivalspezialist, falls Sie es vergessen haben. Er war mit sechzehn oder siebzehn in Baldwins Camp. Das fand er ätzend, aber dort hat er gelernt, wie man in der Wildnis überlebt. Und was er da nicht lernen konnte, hat ihm Hank Tarpin beigebracht, nachdem Darrell Mitglied der HVR geworden war. Darrell ist jahrelang als Ricky Moke immer wieder in den Wäldern untergetaucht. Er behauptet, er hätte überall im ganzen Land kleine Verstecke angelegt. Da kann er sich jahrelang verbergen. Sie werden ihn niemals finden. Nicht einmal das FBI hat es geschafft.«

»Hast du nicht irgendeine Vermutung?«

»Nein. Und falls er in der Wohnung angerufen hat, um zu hinterlassen, wo er hin ist, hab ich die Nachricht nicht bekommen. Ich bin sofort abgehauen, als ich hörte, dass Ernesto und der Doktor umgenietet worden sind.«

»Die Adresse, die du uns gegeben hast, war falsch. Wo hast du wirklich gewohnt?«

»Bei Darrell.«

»Und es hat dir nichts ausgemacht, dass er in dieser Nacht nicht nach Hause gekommen ist?«

»Nö. Er war oft die ganze Nacht weg.«

»Was hat er dann getan?«

»Woher soll ich das wissen?«

»Rate einfach.«

»Vielleicht war er bei Ruby.«

»Und wo wohnt Ruby?«

»Keine Ahnung.«

Decker dachte einen Moment nach. Irgendetwas stimmte nicht. Zu dem Zeitpunkt, als die Synagoge verwüstet wurde, wohnte Ruby noch zu Hause. Danach zog sie wieder in den Norden. Wanda hatte ihm die ehemalige Adresse gegeben. Doch anschließend war sie erneut abgetaucht und vermutlich nach L. A. zurückgekehrt. Also, wo wohnte sie?

Alice Ranger schwor Stein und Bein, dass sie ihre Tochter seit Monaten nicht gesehen hatte. Das leere Zimmer schien das zu bestätigen. Und Wanda suchte noch immer nach Rubys derzeitigem Aufenthaltsort. Sie hatte bereits beim Straßenverkehrsamt nachgefragt, bei den Elektrizitätswerken, beim Gaswerk, bei örtlichen Kreditkartengesellschaften, bei Rubys ehemaliger Bank ... Aber bisher war keine neue Adresse aufgetaucht. Langsam kam es Decker so vor, als ob Ruby auch eine zweite Identität hatte, so wie Darrell seinen Ricky Moke. Beide – Darrell und Ruby – wussten, wie man im Internet Dinge manipulierte. Sie konnten aus tausenden Kilometern Entfernung unter hunderten verschiedenen Namen in jedes beliebige Netz eindringen – ein weites Betätigungsfeld für folgenschwere Verbrechen.

Erin redete ununterbrochen weiter: »... hab meinen ganzen Kram in eine Tasche gestopft und bin dann hierher geflüchtet. Ich hab Darrell nie meinen wirklichen Nachnamen verraten. Aber ich weiß, dass er in der Lage gewesen wäre, ihn rauszufinden, wenn er gewollt hätte.« Sie knabberte an einem nicht mehr vorhandenen Fingernagel; ihre Fingerkuppen waren rau und gerötet. »Glauben Sie, dass er hier auftaucht?«

»Der Gedanke ist mir auch schon gekommen.«

»Diese Gegend wird zwar kontrolliert, aber die Wachleute sehen nicht sehr Furcht erregend aus. Ich könnte sie wahrscheinlich ausschalten, wenn ich eine Waffe hätte.«

Decker betrachtete Erins kindliches Gesicht. Die Kälte ihrer Worte jagten ihm einen Schauer über den Rücken. »Ich werde das

Revier in West L. A. bitten, jemanden hier rauszuschicken. Die werden dann ein paar Streifenwagen Patrouille fahren lassen, bis die ganze Geschichte geklärt ist.«

»Gut. Ich möchte nicht, dass meiner Tante was Schlimmes zustößt. Sie ist der einzige Mensch auf der Welt, der jemals *nett* zu mir war«, sagte Erin.

Sie war wirklich ein gebrochener Mensch, aber keineswegs harmlos. Gerade Heroinhuren – vor allem wenn sie noch jung waren und in ihrem kurzen Leben auf der Straße schon ziemlich viel erlebt hatten – waren absolut unberechenbar.

»Also blieb Darrell, obwohl er mit dir zusammenwohnte, nächtelang weg?«

»Manchmal.«

»Hat er dir irgendwas darüber erzählt?«

»Nein. Ich hab angenommen, dass er bei Ruby war und sie ihre Spielchen abzogen.«

»Und es war dir egal, was Darrell machte?«

»Sie meinen, ob ich eifersüchtig war?« Sie lachte. »Es war mir völlig egal, solange er mich gut behandelte.«

Gut behandelte – das hieß, sie mit Stoff versorgte. »Ich dachte mehr an diese illegalen Sachen. Hast du dir keine Sorgen gemacht, dass die Polizei dich eines Tages schnappen könnte?«

»Doch, schon. Aber der Stoff war das Risiko wert.« Sie rieb sich die Nase. »Meinen Sie, ich soll mich testen lassen?«

»Auf Aids?«

»Ja. Als ich bei Darrell eingezogen bin, hat er darauf bestanden, dass ich einen Test mache. Der war übrigens negativ. Seitdem hab ich es nur mit … äh … mit drei anderen Typen getrieben. Soll ich trotzdem noch mal einen Test machen?«

»Wäre keine schlechte Idee.«

»Ja, dachte ich mir auch schon.« Sie schniefte. »Sie werden mich verhaften oder so, richtig?«

»Richtig.«

»Ich brauche einen Anwalt, nicht?«

»Ja«, sagte Decker. »Wenn du dir keinen leisten kannst, bekommst du einen gestellt.«

»Meine Eltern haben Geld. Sie werden mir schon jemanden beschaffen.« Sie sah ihn an. »Was ist mit meinen Entzugserscheinungen? Ich werd keinen kalten Entzug machen.«

Sie erteilte Befehle, als ob sie eine Wahl hätte. Aber warum sie unnötig aufregen? Das würde es nur schwerer machen, sie einzuliefern. »Wenn du mit uns kooperierst, werde ich dafür sorgen, dass du in eine Klinik kommst und unter ärztlicher Aufsicht einen Entzug machen kannst.«

»Sie meinen, mit Methadon?«

»*Wenn* du kooperierst«, betonte Decker noch einmal. »Ich hab noch ein paar Fragen, Erin. Hast du Ernesto Golding je kennen gelernt?«

Über die Antwort musste sie nicht lange nachdenken. »Vor langer Zeit. Ruby hat ihn ein paar Mal mit zu den HVR gebracht. Kurz bevor er die Synagoge verwüstete.«

»Hast du davon gewusst, dass Ernesto die Synagoge verwüsten wollte?«

»Sie meinen, bevor er es getan hat?«

»Ja, genau.«

»Nein, vorher wusste ich nichts davon ... erst nachher. Weil es in allen Nachrichten war.«

»Ich glaube, jemand hat Ernesto dabei geholfen. Was meinst du, Erin?«

»Keine Ahnung.«

»Jemand wie Darrell Holt zum Beispiel.« Er schaute sie an. »Es würde sich gut machen, wenn du die Wahrheit sagst, Erin. Du erleichterst dein Gewissen, und ich erleichtere dir die Sache mit dem Entzug.«

»Soweit ich weiß, hatte Darrell mit der Verwüstung der Synagoge nichts zu tun.«

»Und Darrell als Ricky Moke?«

»Nö, der auch nicht.«

Decker musterte sie. »Du glaubst wirklich, Ernesto hat die Synagoge ganz allein verwüstet?«

»Weiß nicht. Ich sag nur, dass es nicht Darrell war. Oder Ricky. Oder ich.«

»Und was ist mit Ruby Ranger?«

Erin zuckte die Achseln. »Nein, Ruby würde so was nie tun. Die könnte sich doch dabei ’nen Nagel abbrechen. Die Braut hat sich nie selbst die Finger schmutzig gemacht. Aber ich kann mir schon vorstellen, dass sie Ernesto dazu angestiftet und ihm als Belohnung dafür Sex versprochen hat. Das war doch das, was sie am liebsten tat … Leuten komische Ideen in den Kopf setzen.«

Sie senkte den Blick und errötete. Decker fragte sie, woran sie dachte. Nach kurzem Zögern erzählte sie: »Ich war nur so verblüfft über Ernestos Ermordung. Es war … ein Schock.«

»Du wusstest es nicht?«

»*Nein!* Ich bin völlig ausgeflippt, total.« Sie klang überzeugend, aber das musste nichts bedeuten. »Ich dachte, er wäre …« Sie unterbrach sich.

»… ein Teil des Baldwin-Schwindels?«, ergänzte Decker.

»›Einer von uns‹, wollte ich sagen«, antwortete Erin. »Keine Ahnung, ob man ihn absichtlich umgenietet hat oder ob er einfach zur falschen Zeit am falschen Ort war.«

»Was glaubst du?«

»Ich weiß, dass Darrell über diese Synagogensache ziemlich sauer war. Aber nachdem Ernesto gestanden hatte, dachte ich … alles wäre wieder okay.«

»Was hat Darrell so sauer gemacht?«, wollte Decker wissen. »Ich dachte, so etwas würde in sein eigenes großartiges Selbstbild passen.«

»Es lenkte den Verdacht auf die HVR«, erklärte Erin. »Und öffentliche Aufmerksamkeit war das Letzte, was Darrell wollte. Schließlich hatte er diese Sache mit Dee Baldwin am Laufen … die Testgeschichte.«

»Erzähl mir davon.«

»Ich weiß nichts darüber.«

Decker fixierte sie. »Wir können hier weiterreden … oder ich bring dich aufs Revier …«

»Das tun Sie doch sowieso.«

»Stimmt. Aber auf der Wache wäre ich nicht der Einzige, der sich mit dir unterhalten würde.«

»Was ist das hier. Eine Folterkammer oder so? Da hab ich schon Schlimmeres erlebt.«

»Okay, wie du willst...«

»Wonach hatten Sie noch mal gefragt?«

»Was weißt du über die Baldwins?«

»Da kann ich nur... irgendwie raten, okay?«

»Okay.«

»Okay.« Sie setzte sich auf. »Soweit ich mitgekriegt hab, hat die Alte Ricky Moke dafür bezahlt, dass er sich in den Rechner des Prüfungszentrums hackt, um Kopien der Fragen für die Zulassungstests zu besorgen oder so. Er hatte dieses ganze Netzwerkding am Laufen, weil man den Kram nicht einfach über das Internet kriegen konnte. Sie haben irgendwelche Schutzvorrichtungen dort, wie Firewalls... was aber für Ricky kein wirkliches Problem ist. Aber anscheinend hat das Prüfungszentrum seinen eigenen Computer, der überhaupt nicht ans Netz angeschlossen ist. Doch Ricky kannte eine Menge Leute. Ich glaube, er hat jemand geschmiert.«

»Welche Rolle spielte Hank Tarpin dabei?«

»Er war bei den HVR.«

»Und auch Angestellter der Baldwins.«

»Stimmt, er war der große Boss im Naturcamp.«

»Hatte er auch was mit dem Hacken zu tun?«

»Keine Ahnung. Warum fragen Sie ihn nicht selbst?«

Machte sie Witze? »Das würde ich, wenn er nicht tot wäre, Erin«, antwortete Decker.

Das Mädchen wurde kalkweiß im Gesicht. »Oh!« Sie steckte sich eine abgekaute Fingerspitze in den Mund. »O Gott! Wann?«

»Wir haben ihn vor etwa sechs Stunden gefunden. Es war überall in den Nachrichten...«

»Wer, zum Teufel, schaut sich so was an!« Ruckartig sprang sie auf und lief auf und ab, wobei sie die ganze Zeit auf ihrem Daumen herumkaute. »Mann, der lässt ja wirklich nichts aus, wie?«

»Ich frage dich noch einmal: War Tarpin an dieser Computersache beteiligt?«

»Wollen Sie mich verarschen?«, lachte sie. »Tarpin war ein

Idiot. Er bildete sich ein, alles Schlechte kommt aus dem zwanzigsten Jahrhundert!«

Sie lief vor dem Panoramafenster hin und her. Eine falsche Bewegung, und sie würde gut hundert Meter in die Tiefe stürzen.

»Setz dich hin, Erin!«, befahl Decker.

Sie schien ihn nicht zu hören. »Hank war ein typischer Hüter der Völkischen Reinheit – alles sollte wieder so werden wie in den guten alten Zeiten, als der weiße Mann der starke, allmächtige, aber gütige Vater war.«

Decker stand auf und packte sie am Arm. Instinktiv schlug Erin um sich. »Ich mache mir Sorgen, dass dir was passieren könnte«, sagte er. »Du stehst verdammt nahe am Fenster.«

Sie schaute sich um und erkannte plötzlich, dass sie nur ein paar Zentimeter von der Glaswand entfernt war. »Oh ... ja klar.« Sie setzte sich wieder. »Es ist irgendwie verlockend, wissen Sie. Nur einfach dagegentreten und springen.«

Sein Gehirn durchzuckte ein Bild, wie seine eigene Tochter einen Berghang hinabstürzte. Sofort schlug sein Herz schneller.

Es geht ihr gut, sagte er sich. *Sie macht ihren Job drüben in Hollywood und hat alles im Griff. Genau genommen hat sie alles viel besser im Griff als du.* »Es gibt Leute, mit denen du dich unterhalten könntest, nachdem wir die Sache hier geklärt haben.«

»Klar, Seelenklempner. Nein, danke!« Sie lachte bitter. »Schaun Sie sich doch nur an, was mit den Baldwins passiert ist.«

»Und du glaubst wirklich, dass Tarpin nichts mir der Computersache zu tun hatte?«

»Genau. Der Tarpin, den ich kenne, hatte diesen schrägen Ehrenkodex – zum Beispiel war es okay zu hassen, solange man das ehrlich zugab. Vielleicht war das so eine Sache, die er bei den Marines gelernt hat.« Sie schaute Decker an. »Hank war nämlich bei den Marines.«

Das war Decker bekannt. »Aber vor sechs Monaten hatte Maryam Holt und Tarpin in Dee Baldwins Büro gehen sehen. Wenn Tarpin nicht an der Sache beteiligt war, worum hatte es sich bei den Treffen dann gehandelt?«

»Tarpin ...« Sie holte tief Luft und stieß sie wieder aus. »Ungefähr als diese Vandalismussache passiert ist, hatten er und Darrell Streit miteinander. Wie lange ist das her? Sechs Monate?«

»In etwa.«

»Ich hab nur den Schluss davon mitgekriegt.«

»Worum ging es dabei?«

»Es hatte was mit der Richtung zu tun, in die sich die HVR bewegte.« Unruhig wippte sie mit dem Fuß. »Sie wissen, dass es Tarpin war, der Darrell vor drei, vier Jahren Dee vorgestellt hat?«

»Nein, das wusste ich nicht«, sagte Decker.

Erin wurde munter. »Die HVR gingen langsam den Bach runter, und Darrell brauchte dringend Geld, um weitermachen zu können. Also traf er sich mit Hank, und Hank brachte Dee dazu, Darrell einen Job zu verschaffen. Sie ließ ihn die Computerarbeit machen, denn sie selbst hatte null Ahnung davon. Darrell erzählte mir, dass sie ihm zuerst nur Sekretariatskram gegeben hätte. Aber dann lernten Darrell und Dee sich besser kennen ... ziemlich gut sogar, ehrlich gesagt.« Ihr Grinsen wurde anzüglich. »Und bei Arbeit und Vergnügen führte eins zum anderen.«

»Wer hat den Vorschlag gemacht, ins Prüfungszentrum einzubrechen?«

»Wahrscheinlich Darrell. Aber das weiß ich nicht sicher. Ich weiß nur, dass Hank sich wegen Darrell mächtig aufgeregt hat. Er sagte Dinge wie, Darrell würde die Integrität der HVR in den Schmutz ziehen und die Baldwins schädigen. Darrell behauptete die ganze Zeit, es wäre Dees Idee gewesen, also solle Hank seine Klappe halten.«

»Also mochte Tarpin die Baldwins?«

Sie rieb sich die Nase. »Tarpin mochte die Jungs ... nicht weil er mit ihnen ins Bett wollte, sondern weil er auf diese Naturcampidee stand. Er war gern Mister Marine. Ich glaube nicht, dass er irgendeinem der Jungs wehgetan hat, auch nicht Ernesto. Und ich kann mir absolut nicht vorstellen, dass er die Baldwins umgenietet hat.«

Decker erwog verschiedene Fragen. Hatte Tarpin damit gedroht, den Hackerbetrug auffliegen zu lassen? War das der Grund für seine Ermordung? Wenn ja, hatte Darrell sich dafür sechs Monate Zeit gelassen. Und dann war da noch Ernesto. Wie passte er ins Bild? Decker fragte Erin danach.

Sie senkte den Blick. »Einmal… als Darrell dachte, dass ich schlafen würde, hörte ich, wie Ruby ihm etwas erzählte… und sagte, Ernesto sei ein Problem.«

»Ein Problem…« Decker wartete, bis er wieder Blickkontakt mit dem Mädchen aufnehmen konnte. Dann sah er ihm fest in die Augen. »Was hat er darauf geantwortet?«

»Ich glaube, so was wie ›Kümmere dich um ihn‹.«

Kümmere dich um ihn.

»Und wonach klang das für dich, Erin?«

Das Mädchen schwieg.

Diese kleine Psychopathin! Sie hatte es die ganze Zeit gewusst.

»Hast du mir nicht gerade erzählt, Ernestos Tod wäre ein Schock für dich gewesen?«, fragte Decker.

»So war's auch!«

»Dann wiederhole ich meine Frage: Wonach hat ›Kümmere dich um ihn‹ für dich geklungen, Erin?«

Sie begann zu weinen. »Ich *wusste* doch nicht, dass Ernesto *sterben* würde!«

»Aber du wusstest, dass etwas passieren würde…«

»Ich hab gedacht, Darrell würde nur… den Coolen spielen oder so.«

»Jemanden umzubringen ist cool?«

»Legen Sie mir nicht solche Sachen in den Mund!« Jetzt schluchzte sie. Decker ließ sie einen Moment lang in Ruhe, dann sagte er: »Also hat Ruby Ernesto über die Klinge springen lassen?«

»Woher sollte ich das wissen? Ich bin doch nur die dumme Junkiebraut, die von einem Schuss zum anderen lebt!«

Eine dumme, verrückte, *verlogene* Junkiebraut, wollte Decker hinzufügen. Er stellte das Diktiergerät ab, beugte sich vor, packte das Mädchen an den Schultern und starrte ihm direkt in die ausdruckslosen Augen. »Erin, wo steckt Darrell?«

»Keine Ahnung«, wimmerte sie. »Ich schwör's.«

Decker ließ sie los, lehnte sich zurück und gab ihr einen Augenblick, um sich wieder zu fangen. Seine Augen fixierten sie. »Gib mir einen Anhaltspunkt, Mädchen! *Irgendwas!*«

»Er versteckt sich irgendwo in den Hügeln zwischen Santa Barbara und Orange County. Ich glaube nicht, dass er Südkalifornien verlassen hat…«

»Genauer!«, brüllte Decker.

»Hören Sie auf, mich anzuschreien!«, brüllte sie zurück.

»Was ist da unten los?«, rief eine körperlose Stimme von oben. Doreen eilte zu Hilfe. »Ich komme jetzt runter!«

Decker starrte Erin an. »Du steckst in Schwierigkeiten…«

»Ich weiß nicht, wo er ist!«, kreischte sie. »Fragen Sie doch Ruby Ranger! Sie kennt Darrell viel länger als ich.«

Doreen erschien. »Das Verhör ist zu Ende!«

»Kein Problem. Ich nehme sie fest…«

»Was?« Doreen war entsetzt. »Sie können doch nicht…«

»Ich kann, und ich werde. Wollen Sie mitkommen? Ehrlich gesagt wäre mir das sogar lieber.«

»Aber meine Kinder…«

»Dann eben nicht.«

»Und Sie nehmen sie einfach fest?«, wollte Doreen wissen.

»Ich nehme sie mit aufs Revier zu einer weiteren Befragung«, korrigierte Decker. »Ich werde sie auch nicht in Untersuchungshaft stecken, sondern eine Beamtin vom Jugenddezernat informieren, die sie einliefert. Das Ganze wird etwa eine Stunde dauern.« Zu Erin gewandt, sagte er: »Dir bleibt also genug Zeit, dich zu waschen und umzuziehen.« *Und dir einen letzten Schuss zu verpassen,* lautete die unausgesprochene Botschaft. »Aber du darfst die Tür zum Badezimmer nicht abschließen. Wenn du das tust, trete ich sie ein.«

»Warum?«, fragte Doreen.

»Vorschrift«, antwortete Decker. »Ich muss sie die ganze Zeit im Auge behalten.«

»Aber ich hab doch mit Ihnen *kooperiert*«, meinte Erin eingeschnappt.

»Das ist der einzige Grund, warum ich dich überhaupt ins Badezimmer gehen lasse, Erin«, konterte Decker.

»Okay. Dann sollte ich vielleicht ... ins Bad gehen.« Ihre Blicke begegneten sich. »Vielleicht sind sie ja zusammen – Ruby und Darrell –, aber anders, als Sie denken.«

Ihr Mund verzog sich zu einem verschlagenen Grinsen. Decker hätte ihr am liebsten eine geknallt. Stattdessen sagte er: »Das ist kein Spiel, Erin. Du steckst in großen Schwierigkeiten. Wenn ich herausfinde, dass du irgendwas verbirgst, werde ich dich nicht nur mit Freude *einbuchten*, sondern du kannst auch deinen Krankenhaus ...«

»Das reicht jetzt!«, platzte Doreen dazwischen.

Aber Erin ließ sich nicht beirren. »Ich hab Ihnen doch gesagt, ich weiß nicht, wo er steckt.« Kurze Pause. »Ich hab echt *Angst*, Mann!«

»Und zu Recht!«, bestätigte Decker. »Erinnere dich an die Dinge, die bei deinem Aufenthalt in der Entziehungsklinik passiert sind. Glaubst du, Gefängnis ohne medizinische Hilfe wird dir besser gefallen?«

»Hören Sie auf, ihr zu drohen!«, rief Doreen.

»Ich drohe ihr nicht, ich sage nur die Wahrheit«, erwiderte Decker. »Wenn du mir hilfst, helfe ich dir. Macht dir das Leben leichter.«

»Ich *weiß* doch nicht, wo sie sind«, wiederholte Erin. »Ich würde es Ihnen wirklich sagen, aber ich weiß es nicht!«

»Du wiederholst dich. Wie wär's mit etwas Neuem?«

»Okay, okay ... wie ... wie wär's damit? Darrell denkt, dass Rubys große Klappe ein Problem ist.«

Decker ließ sich das durch den Kopf gehen. »Klingt gut. Ein großes Problem?«

»Ein sehr, sehr großes.« Da war das Grinsen wieder. »Sie weiß alles über Darrells Geschäfte. Und jetzt will Darrell weiterziehen. Also ist sie ein Problem.« Sie schnippte mehrmals mit den Fingern. »Welches Wort hat er noch mal benutzt? Eine Be ...«

»Belastung?«, ergänzte Decker. »Wie stark belastet sie ihn?«

Erin schaute zur Seite. »So sehr, dass er sich um sie kümmern muss. Darrell mag keine schwebenden Verfahren. Er liebt ... dauerhafte Lösungen.«

»Und das heißt?«

Mit ausgestrecktem Zeige- und Mittelfinger formte sie den Lauf eines Revolvers und deutete mit dem Daumen als Hahn einen Schuss an. Ihr Mund verzerrte sich zu einem brutalen Grinsen, als sie ihre Tante anblickte und sagte: »Was soll's? Ich hab die Schlampe gehasst!«

33

Er war einer jener alten Männer, die das nicht zu ihrem Aussehen passende Haar eines jungen Mannes hatten: dicht und voll und dabei so weiß wie Schnee. In früheren Zeiten musste er einmal ein echter Blondschopf gewesen sein. Mit seinen hellblauen Augen und dem blassen Teint hätte er jederzeit als einer von Hitlers »Übermenschen« durchgehen können – und vielleicht war das ja auch der Grund, warum er so lange in Freiheit gelebt hatte, bevor man ihn in einen Güterwaggon schob und in Richtung Tod schickte. Seine Existenz war der Beweis dafür, dass es Wunder gab.

Am Ende eines langen Lebens trug Oscar Adler die Spuren des Alters wie Tapferkeitsmedaillen: Sein Gesicht und seine Hände waren von Altersflecken übersät. Auf seiner Stirn sah man mehrere glänzend rosafarbene Vertiefungen – Narbengewebe, das nach der Entfernung von Wucherungen zurückgeblieben war. Auch Rinas Vater hatte sich einige Basaliome entfernen lassen, weil er ebenfalls sehr hellhäutig war. Ihre beiden Eltern besaßen sehr blasse Haut und helle Augen, aber ihre Mutter hatte immer darauf geachtet, einen Hut zu tragen, wenn sie in die Sonne ging. Letztendlich hatte es sich ausgezahlt – Mamas Haut sah auch im Alter noch wunderbar aus.

Oscar war noch älter als Rinas Eltern. Die Haut seiner Wangen spannte sich straff wie eine Gummimaske über die darunter liegenden Knochen. Seine Augen, umrahmt von verhärmten Gesichtszügen, lagen tief in den Höhlen, und ihre Iriden wirkten wie Stecknadeln hinter den dicken Brillengläsern. Bemerkenswerterweise besaß er immer noch seine eigenen Zähne, auch wenn sie schadhaft und gelb waren. Rina hatte dies festgestellt, als Oscar lächelte, während er ihre Suppe schlürfte.

Der Mann besaß einen gesunden Appetit. Es war ihm gelungen, sich ein ganzes Stück *flanken* einzuverleiben – nur schade, dass er ein Drittel davon wieder ausspuckte.

»Sie essen zu schnell«, schimpfte sie.

»Naaah«, gab er zurück.

»Sie nehmen zu große Stücke …«

»Ein bissel Fleisch.«

»Kein bissel. Asach. Zu viel.«

Oscar machte eine wegwerfende Handbewegung und versuchte, ein weiteres Stück Fleisch hinunterzuschlingen, woraufhin er erneut zu husten begann. Rina klopfte ihm vorsichtig auf den Rücken. »Alles in Ordnung?«

»Ja, ja, schon gut …«

Sie griff nach dem Löffel. *»Esse de Kraut.«*

»Kohl hat keine Proteine.«

Er besaß eine Fistelstimme, und es kostete ihn Mühe, die Worte aus seinem Kehlkopf hervorzupressen.

»Aber viele wertvolle Vitamine«, erwiderte Rina. »Und er schmeckt, stimmt's?«

Oscar schwieg.

»Stimmt's?«

»Stimmt, stimmt. Du musst nicht Jiddisch mit mir reden. Ich spreche Englisch.«

»Sie haben Jiddisch mit mir gesprochen.«

»Ein *bissel Fleisch* ist kein Jiddisch.«

»Oh. Was ist es dann für eine Sprache?«

»Es ist … ein Ausdruck.«

»Ein jiddischer Ausdruck.«

»Es ist … Englisch.«

»Nur wenn man Teppichreiniger verkauft.«

Sie saßen im Speisesaal des Pflegeheims. Achtzig über achtzig Jahre alte Juden, die große Mehrzahl von ihnen Frauen. Einige von ihnen mussten in ihrer Jugend echte Schönheiten gewesen sein – das sah man an ihren immer noch ebenmäßigen Gesichtszügen. Aber die Zeit hatte sie in die Kategorie »ältere Menschen« eingeordnet, was in mancher Hinsicht auch gewisse Erleichterungen mit sich brachte; vor allem für die Frauen hatte der Druck nachgelassen. Heute brauchten sie sich wegen des Extrastückchens Kuchen keine Sorgen mehr zu machen, und wenn sie aßen und ihr Gewicht hielten, galt dies als Zeichen guter Gesundheit. Wie nicht anders zu erwarten, unterschieden sich die Bewohner auch in ihrem persönlichen Erscheinungsbild ganz beträchtlich. Einige Frauen hatten Make-up aufgelegt und sich mit Schmuck herausgeputzt, während andere, nicht immer die ältesten, sich mit Morgenmänteln und Pantoffeln begnügten.

Das bin ich in fünfzig Jahren, dachte Rina, *wenn ich Glück habe.* Ganz egal, wie wichtig und bedeutsam die Gegenwart auch sein mochte – sie würde sich bald in die Vergangenheit verwandeln, denn so war nun einmal der Lauf der Dinge. Rina hatte zu viele frühe Tode miterlebt, um ihres eigenen Älterwerdens wegen in Depression zu verfallen.

Sie strich ihren roten Baumwollrock glatt und schob die Ärmel ihrer weißen Bluse bis zu den Ellbogen hoch. Die Klimaanlage lief zwar, aber die Luft fühlte sich lauwarm an, denn ein zu kühler Luftzug würde den im Saal versammelten alten Menschen mit ihren fragilen Knochen und geschwollenen Gelenken nicht gut tun. Zwanzig Tische waren über den von Neonlicht durchfluteten Raum verteilt. Durch die geöffneten Fensterläden konnte Rina einen Blick auf den Mond und die Sterne werfen. Der schwarzweiß karierte Linoleumboden war ausgebleicht, aber sauber, und die Wände hatte man vor kurzem mit einem Rosenrankenmuster neu tapeziert. Lateinamerikanische Frauen in weißen Arbeitskitteln schoben Rollwagen zwischen die Tische und verteilten die Tagessuppe: Hühnernudelsuppe.

Das stellte Rina vor ein Problem.

Zuerst hatte die Küche sich geweigert, Rina Oscar ihre Suppe servieren zu lassen, und zwar weniger aus gesundheitlichen Gründen – sie hatte ganz bewusst auf Salz verzichtet –, sondern weil die Diätassistentin befürchtete, dass Rinas gehaltvolle Suppe einen Aufstand unter den Bewohnern auslösen würde. Also bot Rina an, Oscar die Suppe in seinem Zimmer zu geben. Aber auch dieser Vorschlag wurde abgelehnt. Was wäre, wenn Oscar daran erstickte? (Ganz offensichtlich musste Oscar sehr häufig würgen.) Daraufhin machte Rina das Angebot, sich mit Oscar auf die Terrasse des Pflegeheims zu setzen. Und auch das wollte man ihr nicht gestatten.

Nach zwanzig Minuten des Bettelns und Verhandelns lenkte die Diätassistentin schließlich ein: Oscar durfte seine Suppe im Speisesaal mitten unter den anderen Bewohnern zu sich nehmen.

Doch das gefiel den meisten nicht. Neidisch beäugten sie seine Mahlzeit. Und noch komplizierter wurde die Angelegenheit dadurch, dass Oscar beim Essen schmatzte – halb unbewusst, halb absichtlich.

»Sie ist gut«, verkündete er.

»Natürlich. Sie ist ja auch hausgemacht.«

»Nicht jede hausgemachte Kohlsuppe ist gut. Manchmal sind sie zu fettig.«

»Meine nicht.«

»Vielen Dank.«

Oscar nickte; sein Kopf wirkte wie eine Baumwollkapsel auf einem langen, dünnen Stiel. Er trug ein kurzärmliges, blau-rot gestreiftes Hemd und eine beigefarbene Hose. Seine Ellbogen waren so knochig und spitz, dass er dafür eigentlich einen Waffenschein gebraucht hätte. Er aß geräuschvoll, bis die Schale leer war. Dann schob er sie Rina hin.

»Hast du noch mehr?«, wollte er wissen.

»Für morgen.«

»Warum für morgen?«

»Die Diätassistentin hat gesagt, dass Sie nur zwei Teller essen dürfen.«

»Warum?«

Rina zuckte die Achseln.

»Ich hab jetzt Hunger. Gib mir noch was Suppe.«

»Das darf ich nicht. Sie sagte, zwei Teller. Wenn ich nicht auf sie höre, wirft sie den Rest der Suppe weg.«

»Warum zwei Teller?«

Rina beugte sich zu ihm hinüber. »Ich glaube, die anderen werden sonst neidisch …«

»Naaah.«

»Ich glaube, Sie bekommen noch etwas vom normalen Abendessen, wenn Sie wollen …«

»Naaah.«

»Möchten Sie auf Ihr Zimmer gehen, Oscar?«

Er dachte einen Moment darüber nach und schüttelte dann den Kopf.

»Sollen wir ein wenig spazieren gehen?«

Erneutes Kopfschütteln.

»Also bleiben wir noch ein Weilchen hier sitzen?«

Diesmal nickte er. Eine der Kellnerinnen war eine junge Latina namens Yolanda. Sie bot Rina etwas zu essen an.

»Nur eine Tasse Tee, bitte«, antwortete Rina. »Möchten Sie Tee, Oscar?«

»Tee ist gut.«

»Zwei Tee, bitte.«

»Oscar mag seinen mit Honig«, sagte Yolanda. »Wie ist es mit Ihnen?«

»Für mich auch, bitte.«

»Bin sofort zurück.«

»Lassen Sie sich Zeit«, erwiderte Rina.

Oscar griff nach dem Teller und fuhr mit dem Finger über die Innenseite des Randes, wobei ein wenig Suppenrest an der Fingerspitze hängen blieb. Gierig leckte er sie ab. Rina seufzte, nahm den Teller und stand auf. »Das ist lächerlich.«

»Wohin gehst du?«, fragte Oscar aufgeregt.

Wie ein Kind, das etwas falsch gemacht hatte. »Ich hole Ihnen noch etwas Suppe.«

Sie marschierte in die Küche. Nach zehnminütigem Verhandeln kam sie mit einem halb vollen Teller zurück. »Das sind ja *Tyrannen* da drin.«

Oscar nickte. »Siehst du, was wir uns hier gefallen lassen müssen?«

Es hörte sich an wie: »Diest du, waf wir und hier defallen lassn müssn?«

»Andererseits können sie auch nicht alle alles essen lassen«, sagte Rina.

»Warum nicht?«

»Hier sind eine Menge Leute auf strenger Diät.«

»Das ist nicht mein Problem.«

»Aber das Problem von jemand anderem«, erwiderte Rina.

»Von jemand anderem schon... aber nicht meins.« Oscar schlürfte den letzten Rest des halben Tellers. »Jetzt hab ich genug. Vielen Dank.«

»Gern geschehen.«

»Und du bist eine Freundin von Georgia?«

»Ich kenne Georgia, das stimmt.«

»Bist du auch so neugierig wie sie?«

»Einspruch – weder Georgie noch ich sind neugierig... nur interessiert.«

»Naaah. Du bist vorbeigekommen, um mich auszufragen. Glaubst du wirklich, du kannst einen alten Mann mit Suppe bestechen?«

»Ich habe Vertrauen in meine Kochkünste. Meine Mutter ist eine ausgezeichnete Köchin.«

»Also lebt deine Mutter noch?«

»Beide Eltern sind noch am Leben. Meine Mutter ist siebenundsiebzig, mein Vater zweiundachtzig.«

»Junge Hüpfer.«

»Das werde ich ihnen erzählen.«

»Woher kommen sie?«

»Meine Mutter wurde in Deutschland geboren, mein Vater stammt aus Ungarn.« Rina schwieg einen Moment. »Eigentlich ist meine Mutter viel mehr Ungarin als Deutsche. Sie ist nach Budapest gekommen, als sie zehn war. Ihre Mutter starb noch vor dem Krieg bei einem tragischen Unfall. Sie spricht nicht gern darüber.«

»Kann ich ihr nicht verdenken.«

»Ich auch nicht«, sagte Rina. »Und trotzdem ist es schade. Sie weiß so viel über die Geschichte unserer Familie, aber sie will es nicht weitergeben. Es wird für immer verloren sein.«

»Manche Dinge bleiben besser für immer verloren«, bemerkte Oscar.

»Anscheinend.« Aber Rinas Gesichtsausdruck strafte ihre Worte Lügen.

»Warum ist die Vergangenheit so wichtig?«, fragte Oscar mürrisch. »Wir lernen aus der Vergangenheit? Wir haben noch *nie* aus der Vergangenheit gelernt.«

»Ich weiß nicht, ob das wirklich stimmt.«

»An guten Tagen, wenn meine Augen noch etwas erkennen können, lese ich die Zeitung. Und danach frage ich mich, warum ich das getan hab. Das Morden nimmt kein Ende.«

»Stimmt.«

»Die Vergangenheit ... pfffff!« Er winkte mit knochigen Fingern ab. »Nichts! Nur leerer Raum!«

»So denkt auch meine Mutter. Aber manchmal glaube ich, dass sie an ihr nagt. Wenn sie ihr ins Gesicht sehen würde ...«

»Naaah. Sie sieht ihr ins Gesicht. Ich weiß es. Sie kommt zurück, in Albträumen. Schreckliche, schreckliche Träume. Träume, über die man nicht sprechen kann, Träume, die man nicht psychoanalysieren kann, Träume, die sich nicht mit Schlafmitteln unterdrücken lassen. Träume, die einen auf ewig verfolgen. Es ist schon schrecklich genug, dass es im Schlaf wiederkehrt. Warum soll ich auch noch darüber nachdenken, wenn ich wach bin?«

Im Stillen gestand Rina sich ein, dass er gute Argumente hatte. Dann sagte sie: »Ich weiß nicht, wie das bei Ihnen ist, Oscar, aber wenn meine Mutter am Tag darüber sprechen würde, würden die Albträume in der Nacht vielleicht verschwinden.«

»Nein. Du irrst dich. Dann denkt sie am Tag darüber nach *und* hat Albträume in der Nacht.« Oscar atmete schwer. »In welchen Lagern sind sie gewesen?«

Die Frage kam so beiläufig und nüchtern, als ob er sich nach ihren Geburtsorten erkundigt hätte.

»Auschwitz. Mein Vater war auf der jüdischen Seite, aber meine jüdische Mutter war bei den *gojim* – in Monowitz.«

Oscars Blick blieb ausdruckslos.

»Das Arbeitslager des Konzentrationslagers.« Rina biss sich auf die Lippen. »Meine Mutter hat dunkles Haar, aber helle Haut und blaue Augen ...«

»Deine Mutter ging als eine von denen durch?«

»Ich glaube, der Kommandant wollte, dass sie das tat. Sie war unglaublich schön. Er ... mochte sie.«

»*Oy.*«

»Ihr Aussehen hat ihr wahrscheinlich das Leben gerettet. Alle ihre Freundinnen gingen auf die jüdische Seite – nach Birkenau –, und sie alle wurden ermordet. Und natürlich sprach sie Deutsch, und das verschaffte ihr entscheidende Vorteile vor den ungarischen Mädchen. Der Kommandant ließ sie in der Küche arbeiten. Es war ein schreckliches Leben, aber so ist sie nicht verhungert. Und dabei hat sie auch meinen Vater kennen gelernt ... sie schmuggelte Essen auf die andere Seite. Mein Vater war der ›Essensholer‹ für das Männerlager.«

»Wenn sie entdeckt worden wäre, hätte man sie erschossen.«

»Ja, einiges hat sie uns schon erzählt. Sie hatte furchtbare Angst. Sie sagte immer, der erste Schritt wäre der schlimmste gewesen. Alles Weitere sei ihr dann ganz selbstverständlich erschienen.«

»Sie ist eine Heldin.«

»Ich glaube, sie war einfach verliebt. Papa war ein sehr gut aussehender Mann – selbst mit nur fünfundfünfzig Kilo.« Rina lächelte. »Sie zählte sich selbst zu den Glücklichen. Sie hatte Brot und Suppe und gelegentlich einen Knochen, an dem sie herumnagen konnte. Zwar rasierte man ihr die Haare ab, aber es gab sauberes Wasser, und ihr Kopf blieb – außer in der Sommerhitze – von Läusen verschont. Sie meinte oft, verglichen mit den jüdischen Häftlingen wäre sie sich wie eine Königin vorgekommen. Ich weiß nicht, wie die anderen überlebt haben.«

»Man tut, was man kann.«

Rina zuckte die Achseln.

Oscars Augen verdunkelten sich. »Also verstehst du, warum es so schwer ist, darüber zu reden.«

»Ja, natürlich. Es ist eigenartig. Meine Mutter kann über den Holocaust sprechen. Es ist nur ihre Mutter …«

»Aber einige Leute können nicht darüber reden. Und das solltest du respektieren.«

»Unbedingt.«

»So … dann sage ich vielen Dank für die Suppe … und auf Wiedersehen.«

Rina konnte ihre Enttäuschung nicht verbergen. Aber sie wollte auch nicht in ein Wespennest stechen, ohne zuvor die Erlaubnis des Mannes einzuholen. »Vielleicht komme ich nächste Woche vorbei, Oscar, und besuche Sie wieder.«

»Dann bekommst du die gleiche Antwort.«

Rina lächelte. »Die Suppe hat Ihnen so gut geschmeckt. Beim nächsten Mal schmuggeln wir sie in Ihr Zimmer.«

»Du glaubst, ich rede, wenn du mit mir allein bist?«

»Nein. Ich glaube, dass wir beim nächsten Mal auf die feindlichen Blicke verzichten können.« Sanft drückte sie seine Hand. »Wiedersehn.«

Aber Oscar hielt ihre Hand fest. Tränen traten in seine Augen.

»Schon gut«, meinte Rina. »Ich bin nicht gekränkt. Bitte.«

Die Augen blieben feucht. »Warum tust du das?«

Rina zuckte nur mit den Achseln.

»Gib mir den Namen«, knurrte Oscar.

»Yitzchak Golding.«

Er dachte lange nach und schüttelte den Kopf. »Nein.«

»Gut, das wäre dann geklärt. Ich werde auch weiterhin vorbeikommen und Sie besuchen …«

»Du darfst nicht vergessen … sie haben jeden Tag Menschen umgebracht. Im Normalfall arbeiteten sie eine Woche und wurden dann erschossen oder vergast. Zu- und Abgänge … es kamen immer neue Juden ins Lager, die ermordet werden mussten. Sogar das Stammpersonal … niemand überlebte länger als ein paar Monate. Fast eine Million Juden auf einem Friedhof. Leichen über Leichen. Und sie alle … verloren … vergessen.«

»Nicht vergessen«, widersprach Rina. »Sie werden nie vergessen werden. Die jüdischen Gesetze würden das nie erlauben. Sie kennen doch die *Halacha*... über den Fund des unbekannten Toten, der innerhalb der Stadtgrenzen ermordet wurde. Den *chok* bezüglich der rothaarigen Färse.«

Oscar blickte sie verständnislos an.

»Es stammt direkt aus dem *Chumesch*: Wenn man einen toten Körper innerhalb der Stadtgrenzen findet und niemand die Verantwortung für ihn übernimmt, ist die gesamte Gemeinde dafür verantwortlich. Und es ist die Pflicht der Gemeinde, diesem Toten ein anständiges Begräbnis zukommen zu lassen. Und mehr versuche ich auch nicht, Oscar: Ich will diesem Mann ein anständiges Begräbnis zukommen lassen.«

»Ich kenne den Namen nicht. Woher kennst du ihn?«

»Ich tu jemandem einen Gefallen. Nicht weil er ein Freund ist, sondern weil er ein Vater ist. Sein Sohn wurde ermordet, Oscar.«

»*Oy!* Das ist schrecklich!«

Langsam berichtete Rina ihm die ganze Geschichte. Mitten in ihrer Rede schloss Oscar die Augen. Aber Rina wusste, dass er immer noch – und ganz bewusst – zuhörte. Als sie geendet hatte, waren die meisten mit ihrem Abendessen fertig. Ihre Stimme erschien ihr lauter als zuvor, weshalb sie ein wenig leiser weitersprach. »Ich besitze ein Bild von ihnen ... von ihnen allen. Ich hab es vom Sohn des Mannes bekommen, von Carter Golding ...«

»Carter? Was ist das für ein Name?«

»Ein *gojim*-Name. Seine Mutter war keine Jüdin.«

»Also ist er auch kein Jude. Warum hilfst du einem Goj, wenn es so viele Juden gibt?«

»Er ist ein Vater.«

Mit einem gekrümmten Finger forderte der alte Mann sie auf, ihm das Bild zu zeigen. Rina holte das Foto aus ihrer Handtasche. Darauf waren der Großvater, der Vater und die zwei lächelnden Söhne zu sehen. Oscar starrte auf das Foto.

»Yitzchak ist der ältere Mann ...«

»Ich weiß. Ich bin nicht dumm.«

Die alte Reizbarkeit war wieder da. Das freute Rina. »Ich wollte damit nicht sagen ...«

»Naaah«, unterbrach Oscar sie rüde. »Willst du wissen, wie er meiner Meinung nach aussieht?«

»Ja, natürlich«, antwortete Rina aufgeregt.

»Er sieht aus wie ein alter Mann, dem ich noch nie begegnet bin. Hier nimm's wieder«, sagte Oscar. »Es würde nichts nützen, wenn ich es mir noch länger anschaue.«

Rina ergriff das Foto. »Oscar, darf ich Sie um einen letzten Gefallen bitten?«

»Frag ruhig.«

»Vor sechs Monaten wurde eine *schul* unten im Valley verwüstet … erinnern Sie sich daran?«

Die Augen des alten Mannes wurden trübe. »Vielleicht.«

»Das war meine *schul* …«

»*Oy vey.*«

»Die Person, die das Verbrechen gestanden hat …«, sie ließ Oscar noch einmal einen Blick auf das Foto werfen, »… war dieser Junge. Und er ist auch derjenige, den man ermordet hat.«

Oscar starrte sie an. »Das verwirrt mich. Und derselbe Junge hat geglaubt, dass sein Großvater … Vielleicht solltest du noch mal von vorn anfangen.«

»Gern, aber vielleicht sollten wir uns ein etwas ruhigeres Plätzchen suchen.«

Oscar winkte ab. »Warum hilfst du den Eltern eines so schlechten Jungen?«

»Verwirrt.«

»Schlecht.«

»Verwirrt«, beharrte Rina.

»Schlecht und verwirrt. Beides gehört zusammen.«

»Als der Junge die *schul* verwüstete«, fuhr Rina fort, »hinterließ er alte Schwarzweißfotografien. Offensichtlich besaß er eine große Menge davon – schlimme Fotografien von Toten. Aber sie sahen anders aus als alle anderen Bilder, die ich je zuvor gesehen habe.«

Oscar wartete.

»Wir haben alle die Berge von Leichen gesehen …« Rina wandte den Kopf ab; es war zu schmerzhaft, dem alten Mann in die Augen zu sehen. »Aber diese Bilder waren alles Einzelaufnahmen von jüdischen Männern und Jungen.« Sie spürte, wie sich ihr die Kehle zuschnürte. »Richtig belichtet, sehr scharf – was es noch unerträglicher machte, sie zu betrachten.«

Oscar schwieg.

Rina hatte ihn eigentlich bitten wollen, sich die Bilder anzusehen. Aber sie brachte die Worte nicht heraus. »Ich weiß nicht.« Sie drückte ihm erneut die Hand. »Ich sollte jetzt besser gehen.«

»Du willst, dass ich sie mir anschaue.«

»Nein ... nein, das sollten Sie nicht.«

»Diese Bilder ... die Leichen ... sind sie nackt?«

Rina dachte einen Augenblick nach. »Einige ja, andere nein.«

Irgendetwas leuchtete in Oscars Augen auf. »Zeig mir noch mal das Foto – von dem alten Mann und den beiden Jungen.«

Rina gab ihm das Bild. Dieses Mal studierte Oscar es lange und gründlich. »Dieser Junge ...«, er deutete mit einem krummen Finger auf Karl Golding, »... ich kenne ihn.«

»Das ist nicht derjenige, der gestorben ist, Oscar«, sagte Rina verblüfft.

»Das hab ich auch nicht behauptet. Ich sagte ... ich kenne ihn.«

»Woher?«

Er wedelte mit einem Finger vor ihrer Nase herum, während er nachdachte. »Diese hinterlassenen Bilder. Keine Leichenberge, stimmt's? Es war immer nur ein Körper auf jedem Bild zu sehen.«

»Ganz genau. Woher wissen Sie das?«

»Dieser Junge ...«, der Finger wedelte weiter. »Wenn er vier, vielleicht fünf Jahre älter wäre ... vielleicht, nur vielleicht könnte er der Junge mit dem Fotoapparat sein. Der polnische Junge. Etwa ... sechzehn. Kein Junge vom Dorf, sondern aus der Stadt.«

Rina war wie betäubt. Aber natürlich, das ergab endlich einen Sinn. Wenn Oscar sich an jemanden erinnern konnte, würde es niemand mit dem Gesicht eines alten Mannes sein, der sich selbst Yitzchak Golding nannte, sondern jemand Junges – ein junges Gesicht, das sich vor rund sechzig Jahren in Oscars Geist eingebrannt hatte. »Sie erinnern sich an einen Jungen mit einem Fotoapparat?«

»Ja, es gab damals einen Jungen mit einem Fotoapparat. Er machte seine Bilder etwa eine Woche, bevor das Lager niederbrannte.«

Rina deutete auf Karl. »Und er sah aus wie dieser Junge.«

Oscar nickte.

»Nicht wie dieser Junge.« Sie zeigte auf Ernesto.

»Nein, wie dieser.« Erneut deutete er auf Karl.

»Ein polnischer Junge«, sagte Rina. »Wer war er?«

Oscar zuckte die Achseln. »Ein Junge mit einem Fotoapparat. Also nahm ich an, dass er Geld hatte. Ich dachte, sein Vater wäre ein hohes Tier bei der *polnischen Polizei.*«

Die polnische Polizei. Rina nickte. »Können Sie mir sonst noch was über ihn sagen?«

Wieder begann der Finger zu wedeln. »Er machte Fotos durch den Zaun ... er stand unter Strom, der Zaun. Wenn man zu fliehen versuchte ...« Oscar klatschte laut in die Hände. »Wie eine Mücke an der Laterne. Man konnte hören, wie sie verschmorten ... man konnte es riechen.« Er hielt sich die Hände vor den Mund, ließ sie dann sinken. »Also berührte er den Zaun nicht. Du hast die schlimmen Schwarzweißbilder dabei?«

Rina nickte.

»Zeig mir eins.«

Rina durchsuchte ihre Brieftasche und zog das am wenigsten abstoßende Foto heraus, das sie finden konnte: ein spindeldürrer alter Mann, der aussah, als ob er in einem gestreiften Pyjama schlafen würde.

Oscar studierte das Bild: »Ja ... ja. Siehst du diese hellen Streifen? Das ist der Zaun. Das ist der Zaun!«

Rina presste eine Hand vor den Mund und nickte. »Ja, ich sehe ihn.«

Er gab Rina das Foto zurück. »Ich kenne den Jungen nicht. Einige von uns haben ihn angesprochen, ihn gebeten, sie zu fotografieren. Ein Mann ... hat seinen toten Sohn gebracht ... damit der Junge ihn fotografiert. Ich?« Er schüttelte den Kopf. »Ich habe nicht mit ihm geredet. Er kam für fünf oder zehn Minuten an den Zaun, machte Fotos und verschwand wieder in den Wäldern. Niemand blieb zu lange in der Nähe des Lagers. Sonst wurde man erschossen.« Oscar kratzte sich geräuschvoll an der Stirn. »Er brachte Brot ... kein richtiges Brot, das meiste war Brotersatz ... Sägespäne ... aber besser als das, was wir hatten. Er nahm es, formte kleine Kügelchen daraus und warf sie durch die Lücken im Zaun. Er hat nie danebengeworfen. Sehr guter Arm.« Oscar nickte bewundernd. »Und sehr gefährlich. Wenn etwas den Zaun berührte, löste es einen Stromstoß aus. Dann war die Wache gewarnt, dass etwas vorging. Aber er hat nie danebengeworfen.«

Die Tränen strömten über Rinas Gesicht. »Er brachte euch zu essen?«

»Kleine Brotkügelchen – Brotersatz. Und Möhren- und Rübenstückchen. Und einmal ... winzige wilde Erdbeeren. Kannst du dir vorstellen, was das für ein Luxus war? Erdbeeren! Warschau hatte nichts! Und er hatte Erdbeeren ... und konnte sich leisten, sie zu verschenken. *Oy vey*, er war ein sehr reicher Junge. Der Junge mit dem Fotoapparat, der uns mit Stückchen Essen bewarf.«

»Hat er mit den Häftlingen gesprochen?«

Oscar dachte kurz nach, schüttelte dann den Kopf. »Nein, er sagte nie ein Wort. Machte nur Fotos. Vielleicht wollte er über die toten Juden lachen, nachdem wir alle verschwunden waren.«

»Oder er wollte die Erinnerung bewahren. Wenn er euch etwas zu essen brachte, konnte er doch nicht so grausam sein.«

»Vielleicht gefiel es ihm auch, dass die Juden sich wie Tiere im Zoo aufführten – wie bei einer Tierfütterung. Denn wir haben uns wie Tiere benommen und den Boden umgewühlt, um die Brotkügelchen oder Rübenstückchen zu finden.«

»Wenn er euch Ärger hätte bereiten wollen, hätte er zumindest einmal den Zaun getroffen. Warum sollte er sonst so sicher treffen, *nu*?«

»Du willst das Gute in ihm sehen.«

»Ja«, nickte Rina, während sie gegen die Tränen ankämpfte.

»Das ist lieb von dir.« Oscar zuckte die Achseln. »Winzige Brotkügelchen. Sie schmeckten wie ... so gut wie deine Suppe.«

»Das ist ein wunderbares Kompliment.«

»Ja, das ist es.«

»Soll ich Ihnen noch mehr von den Fotos zeigen, die in der Synagoge gefunden wurden? Vielleicht sind es die Bilder, die der Junge gemacht hat.«

»Du sagst, es sind nur Tote darauf zu sehen?«

»Ich erinnere mich nicht mehr, Oscar. Vielleicht waren einige von ihnen noch am Leben.«

»Egal. Heute sind sie alle tot.«

»Vielleicht hat er auch Sie fotografiert.«

»Wenn er es getan hat, will ich das Bild nicht sehen!« Er sagte es laut und kraftvoll. Dann ließ er die Luft aus seinen Lungen strömen, als ob es sein letzter Atemzug wäre. »Dieser Junge... vielleicht wollte er helfen. Vielleicht auch nicht. Doch selbst wenn er wirklich helfen wollte, war er kein großer Held. Nichts dergleichen.«

Schweigen.

Dann fuhr Oscar fort: »Er war höchstens ein kleiner Held.« Und mit einem säuerlichen Lächeln fügte er hinzu: »Immerhin – ein kleiner ist besser als gar kein Held.«

34

Die Angelegenheit würde wieder mal die ganze Nacht dauern, daher beschloss Decker, kurz noch einmal zu Hause vorbeizuschauen. Als er in die Auffahrt einbog, sah er, dass hinter den Wohnzimmerfenstern kein Licht brannte, was bedeutete, dass seine Familie ausgegangen war und sich ohne ihn amüsierte. Er hätte also genauso gut auch auf dem Revier bleiben können. Die Erkenntnis, dass er weder gebraucht noch vermisst wurde, weckte gemischte Gefühle in ihm. Aber da er schon mal zu Hause war, beschloss er, sich schnell mit einer Dusche zu erfrischen und seine Sachen zu wechseln.

Als er das Haus betrat, fiel ihm sofort auf, dass es nicht völlig dunkel war. Aus Jacobs Zimmer drang Licht... aber keine Musik. Auch keine Unterhaltung. Sein Magen verkrampfte sich.

Immer wenn das Haus so ruhig und Jacob allein war, beschlich Decker der quälende Verdacht, dass etwas Verbotenes vor sich ging. Auch wenn er noch so häufig sein Vertrauen in den Jungen beteuerte – es gelang ihm einfach nicht, ihm wirklich ganz und gar zu trauen.

Auf Zehenspitzen schlich er zur Zimmertür und lauschte einen Moment. Nichts. Dann klopfte er.

Sofort antwortete ihm Jacobs Stimme, er könne hereinkommen. Decker hoffte nur, dass der Junge seinen Seufzer der Erleichterung nicht gehört hatte. Eine Jarmulke aus schwarzem Leder auf dem Kopf, saß Jake an seinem Schreibtisch, über einen dicken Band des Talmud gebeugt, und studierte konzentriert den aramäischen Text. Dann schaute er auf.

»Hi.«

»Bist du allein zu Hause?«

»Hannah ist auch noch hier.«

»Oh.« Decker lauschte, nahm aber nur das Rauschen der Klimaanlage wahr. »Ich höre den Fernseher gar nicht.«

»Es ist nach neun, Dad. Sie schläft.«

Er bekam ein schlechtes Gewissen. »Ja, natürlich!«

»Soll ich nach ihr sehen?«

»Das mach ich schon.« Aber Decker ging nicht sofort; er war völlig fasziniert vom für ihn ungewöhnlichen Studieneifer seines Stiefsohns. »Ich dachte, wir hätten Sommer.«

»Ich versuchte, etwas aufzuholen, bevor ich zur Jeschiwa gehe. Ich will da keine schlechte Figur machen.«

»Das geht gar nicht.«

»Du wärst überrascht. Es ist verblüffend: Je mehr du lernst, desto mehr weißt du.«

»Binsenweisheiten und ihr wahrer Kern …«

»Sammy und ich haben die letzten zwei Stunden zusammen gelernt, aber dann rief ein Freund von ihm an. Ich hab ihm zugeredet rauszugehen. Er sah ein bisschen blass aus.«

»Und du wolltest nicht mit?«

»Jemand muss ja zu Hause bleiben und auf Hannah aufpassen. Eema ist in irgendeinem Altersheim und redet mit einem ehemaligen Lagerinsassen. Sie hatte mir zwar angeboten, früher nach Hause zu kommen, damit ich ausgehen kann. Ich glaube, sie befürchtet, dass ich zu ernst werde – das muss man sich mal vorstellen! Ich sagte ihr, das wäre kein Problem. Aus irgendeinem Grund schien dieser Besuch sehr wichtig für sie zu sein. Außerdem hab ich nichts gegen ein wenig Ruhe. In letzter Zeit war es hier hektisch genug.«

Decker drückte einen Kuss auf die Jarmulke. »Tut mir Leid, Jacob.«

»Schon okay.« Er stand auf. »Du siehst müde aus. Wir haben noch Reste im Kühlschrank. Soll ich dir was machen, während du duschst?«

»Das wäre lieb.«

Ohne ein weiteres Wort ging Jacob an ihm vorbei in die Küche. Decker warf einen kurzen Blick in das Zimmer seiner Tochter, sah aber nur ihre rotblonden Löckchen auf dem Kopfkissen. Auf Zehenspitzen schlich er an ihr Bett. Sie schlief tief und fest und roch nach Shampoo. Er lächelte und war wie immer erstaunt, dass solch ein Wunder seinen Lenden hatte entspringen können. Er verließ den Raum mit einem sehnsüchtigen Gefühl im Herzen, zog sich aus und stellte sich unter die heiße Dusche. Nachdem er in frische Sachen geschlüpft war, ging er in die Küche, wo ein Stück Truthahnfleisch, Kartoffelpüree, Brokkoligemüse und ein frischer Salat auf ihn warteten. Sein Stiefsohn trug ein schwarzes T-Shirt und schwarze Hosen. Vor langer Zeit war Jacob nichts als Haut und Knochen gewesen, und auch heute noch wirkte er hager, aber das Gewichtheben hatte dafür gesorgt, dass er eine breite Brust, kräftige Arme und eine feste Bauchmuskulatur bekam. Jetzt stand er auf der Schwelle zum Mann. Ein oder zwei Jahre noch, und er konnte James Dean Konkurrenz machen – ein zorniger junger Mann mit herausforderndem Blick und spöttischem Grinsen. Doch was ihn wirklich gefährlich machte, war seine Intelligenz.

»Manchmal kannst du echt Wunder wirken.« Decker aß mit Genuss.

»Im Resteaufwärmen bin ich ganz groß! Willst du einen Kaffee?«

»Ich mach mir einen.«

»Nein, Dad, lass nur. Kein Problem.« Während Jacob den Kaffee aufsetzte, bemerkte er, dass der Teller seines Stiefvaters schon leer war. »Es ist noch was da, wenn du willst.«

»Nein, danke, ich platze gleich.« Decker lehnte sich zurück. »Zu schnell gegessen. Das ist nicht gut.« Er seufzte. »Irgendwann lass ich mich pensionieren.«

»Irgendwann.« Jacob beobachtete, wie der Kaffee in die Kanne tropfte. »Warst du bei Ernestos Beerdigung?«

Decker nickte.

»Ziemlich emotionale Sache, was?«

»Allerdings.« Er sah auf, wollte etwas sagen, besann sich dann aber anders.

»Was ist?«, fragte Jacob.

»Nichts.«

»Nein, was ist?«

Decker rieb sich die Stirn. »Du kennst nicht zufällig einen von Ruby Rangers Freunden, oder?«

Da war das spöttische Grinsen wieder. »Nein. Aber ich kenne viele ihrer Feinde. Jeder hasste sie.«

»Kennst du jemanden, zu dem sie gehen würde, wenn sie in Schwierigkeiten steckte?«

Jacob setzte sich. »Was ist los? *Steckt* sie in Schwierigkeiten?«

»Ich denke schon.«

»Überrascht mich nicht. Sie ist wirklich durch und durch verdorben.«

»Vielleicht schlägt das gerade auf sie zurück. Ich glaube, sie schwebt in großer Gefahr. Sie wird vermisst, und niemand weiß, wo sie ist. Wenn du Leute kennst, bei denen sie unterschlüpfen könnte, würde ich das gern erfahren. Es wäre gut zu wissen, dass sie noch lebt.«

Jacob wurde blass. Einen Moment fragte Decker sich, ob Jacob etwas mit ihrem Verschwinden zu tun hatte. Und obwohl ihm das mehr als absurd vorkam, beschlich ihn das ungute Gefühl, dass er auf etwas gestoßen war. Forschend betrachtete er das Gesicht des Jungen. »Gibt es irgendwas, das du mir sagen willst?«

Jacob schwieg, aber er wirkte unsicher.

»Jacob …«

»Nein!« Er drehte sein Gesicht weg. »Ich weiß gar nichts!«

Decker blieb keine Zeit für ein subtileres Vorgehen. »Hör auf, mich anzulügen, verdammt noch mal! Sie steckt in Schwierigkeiten, Jacob. *Also spuck's aus!*«

»Ich hab nicht die geringste Ahnung, wo sie ist!«, brüllte Jacob. »Warum, zum Teufel, nimmst du eigentlich immer nur das *Schlechteste* von mir an? Ich bin kein Vollidiot! Und wenn du das glaubst, *kannst du mich am Arsch lecken*!«

Ohne nachzudenken, gab Decker ihm eine Ohrfeige, die den Abdruck seiner Hand hinterließ. »Wag es ja nicht, noch *ein einziges Mal* so mit mir zu sprechen!«

Die Augen des Jungen funkelten, während er sich die brennende Wange hielt und seinen Stiefvater hasserfüllt anstarrte. »Ich könnte dich anzeigen.«

»Nur zu, du Großmaul! Ich geb dir die gottverdammte Telefonnummer!«

Tränen traten in Jacobs Augen. »Wieso darfst du fluchen und ich nicht?«

»Weil ich ein Vater und ein Heuchler bin.« Decker umfasste das Kinn des Jungen und schaute ihm direkt in die Augen. »Sie ist entweder Täter oder Opfer. In jedem Fall steckt sie tief in der Scheiße! Also – *was* weißt du über die Sache?«

Jacob riss sich los und schaute zu Boden, wobei er sich immer noch die Wange hielt. »Ich habe keine Ahnung, wo sie steckt.«

Decker schwieg. Dann sagte er sanft: »Aber du weißt etwas.«

Jacob brauchte eine Weile, um seine Stimme wieder zu finden, die zwischen Verlegenheit und Wut schwankte. »Du weißt doch, dass ich … Ich hab dir doch erzählt, dass ich auf einer Party mit ihr aneinander geraten bin.«

»Du hast mir erzählt, du hättest ihr gedroht, sie umzubringen.«

Jacob nickte. »Irgendwie schon.«

»Weiter!«

»Nach … unserem Streit bin ich aus dem Haus gestürmt. Ich wusste sowieso nicht, was ich da gewollt hatte. Das war ein paar

Wochen, nachdem du mich mit Shayna erwischt hast. Ich hatte dir versprochen, mit dem Stoff aufzuhören. Das hab ich auch gemacht. Eigentlich wollte ich noch nicht mal zu dieser blöden Party gehen. Aber dann rief Lisa an... und sagte, sie wäre eingeladen, wollte aber nicht allein hingehen. Ich war immer noch ziemlich wütend.« Er seufzte. »Also hab ich mich davongeschlichen. Ich bat Sammy nicht, mir zu helfen, aber ich wusste, er würde mich decken, wenn's drauf ankam.«

Als ob ich das nicht wüsste, dachte Decker. Er hatte die Hände gefaltet, um zu verhindern, dass er Jacob noch eine Ohrfeige gab. Er hätte den Jungen am liebsten gewürgt. Ihn einfach bei den Schultern gepackt und geschüttelt. Doch er zügelte seine Wut – nicht aber seine Ungeduld.

»Komm endlich zur Sache!«

»Ja, aber das ist nicht so leicht!«

Decker schluckte und zählte bis fünf. »Erzähl weiter.«

»Wie auch immer – ich bin abgehauen, einfach losmarschiert und hab mir geschworen, nie wieder zu so was hinzugehen. Nie mehr! Und ich habe es echt so gemeint. Plötzlich holte Ruby mich ein, packte mich am Arm und bat mich, langsamer zu gehen... weil sie mit mir reden wollte. Sie wirkte völlig verändert. Wie ein ganz anderer Mensch. Es war irgendwie eigenartig.«

Und seltsam vertraut. Sie beide – Darrell und Ruby – wechselten meisterhaft ihre Persönlichkeiten. »Und weiter?«

»Wir fingen an zu reden. Wir haben etwa zwanzig Minuten vor dem Haus gestanden... genau genommen war es zwei Häuser weiter. Dann fragte sie mich, ob ich mitfahren wollte... nur um zu reden.«

»Und bist du mitgefahren?«

»Nicht sofort. Zuerst sind wir zu ihrem Auto gegangen und haben uns da weiter unterhalten.« Er schaute zur Seite. »Nur unterhalten.«

Decker machte eine ungeduldige Handbewegung.

»Sie hatte Pillen.« Seine Augen wurden feucht. »Ich weiß, dass ich schwach bin. Das macht mich total krank. Aber darum geht es jetzt nicht. Wir haben uns völlig zugedröhnt... echt abgeschossen.«

»Was hast du geschluckt?«

»Irgendwelche Aufputschmittel ... Uppers. Nach ein paar Minuten passierten seltsame Dinge.«

Wut kochte in Decker hoch. »Was für Dinge?«

»Sexuelle.« Jacob konnte ihm nicht ins Gesicht sehen. »Ich war high und sie auch. Sie hat angefangen, mich anzufassen, wusste genau, was sie tat. Sie hat mich total verrückt gemacht.« Er flüsterte: »Alles Weitere muss ich dir doch nicht beschreiben, oder?«

»Ihr hattet Sex.«

»Es war etwas komplizierter. Sie ließ den Wagen an und brachte mich irgendwohin – ich schätze, wir sind so etwa zehn, fünfzehn Minuten gefahren ... aber das ist schwer zu sagen, weil ich so high war und so erregt. Wir können jedenfalls nicht sehr weit von der Party entfernt gewesen sein, aber es war ziemlich abgelegen, irgendwo in den Bergen. Sie brachte mich zu dieser Hütte ... ein Ort, an dem sie offensichtlich schon viele Male vorher gewesen war.«

Zum ersten Mal konnte Decker den Zweck hinter dieser Beichte erkennen. Sie hatte ihn irgendwohin gebracht. *In ein Versteck!*

Erin hatte gesagt: *Er versteckt sich irgendwo in den Hügeln zwischen Santa Barbara und Orange County. Ich glaube nicht, dass er Südkalifornien verlassen hat.*

Ein Versteck.

Dräng ihn nicht, dräng ihn nicht. Er wird sich leichter erinnern, wenn du ihn nicht drängst.

Jacob nahm die Hand von seiner Wange. Der Abdruck von Deckers Hand war nachgedunkelt, und er spürte, wie Scham in ihm hochkroch, aber er wagte nicht, Jacob zu unterbrechen.

»Die Hütte war fast völlig leer«, fuhr er fort, »nur ein großer Raum mit einem großen Bett. Und sie hatte einen Schrank voll mit Sachen – Kostümen.« Er befeuchtete seine Lippen. »Sachen für ihre Phantasien.«

Decker wartete.

»Ihre Phantasien waren einfach schrecklich, schrecklich, *schrecklich*.«

»Welche Art von Phantasien?«

»Sie wollte...« Er vergrub sein Gesicht in den Händen. »Sie wollte, dass ich mich verkleide. Sie meinte, dass sie das total anmachen und auf Touren bringen würde.«

Der Junge war aschfahl im Gesicht, seine Stimme nur noch ein Flüstern.

»Es war die Uniform eines SS-Offiziers. Es hätte sogar eine echte sein können.« Er kniff die Augen fest zusammen, aber die Tränen liefen ihm aus den Augenwinkeln. »Es war alles da – Lederpeitsche, Stiefel, Stricke – und sie wollte, dass ich so tat, als ob ich... du weißt schon... einer von denen war. Sie sagte mir, ich solle Deutsch mit ihr sprechen. Aus irgendeinem Grund glaubte sie, ich würde Deutsch können. Warum, zum Teufel, sollte ausgerechnet *ich* Deutsch können?«

Er hielt inne.

»Sie... sie wollte, dass ich sie fessle. Sie wollte, dass ich sie schlage... sie auspeitsche. Sie wollte... dass ich so tue, als ob ich sie vergewaltige. Sie meinte, davon würde sie kommen.«

Sie schwiegen. Und jetzt begriff Decker, woher Ernestos Phantasien stammten... dies hier in Kombination mit der ungewissen Herkunft seines Großvaters. Welche abscheulichen Ideen hatte sie diesem armen Jungen in den Kopf gesetzt? Was hatte sie der labilen Psyche seines Stiefsohns angetan? Die Zeit verging unendlich langsam. Decker spürte, dass er am ganzen Körper zitterte, wie sein Herz in der Brust schlug. Er legte eine Hand auf den Mund.

»Und, hast du es getan?«

Jacob schüttelte den Kopf. »Ich stand unter Drogen, aber... irgendein Instinkt...« Tränen liefen über seine Wangen. »Plötzlich wurde mir speiübel. Ich dachte, ich müsste sterben. Ich sah, wie sich der Boden unter mir auftat – wie bei Korach in der Wüste – und konnte förmlich spüren, wie ich fiel und fiel und fiel...«

Eine lange Pause.

»Und...«, sagte Decker.

Jacob fuhr sich über die Augen und zwang sich, seinen Stiefvater anzusehen. »Ab da verwischen sich meine Erinnerungen... weil ich wirklich voll zugedröhnt war. Ich muss abgehauen sein...

und zwar ziemlich schnell, denn sie war außer Atem, als sie mich eingeholt hatte. Wir waren im Freien, mitten im Nirgendwo. Jedenfalls hatte ich keine Ahnung, wo ich mich befand. Ruby sah schrecklich aus – furchtbar. Sie entschuldigte sich überschwänglich, und das haute mich um. Ich hatte sie noch nie so aufgelöst gesehen. Sie meinte, sie hätte nur ein Spiel spielen wollen, das sie schon mehrmals mit anderen Typen durchexerziert hätte – und sie alle wären darauf abgefahren. Sie wollte nur, dass wir beide ein bisschen Spaß hätten. Sie versuchte wirklich, mich … zu besänftigen. Dann sagte sie, es täte ihr Leid, dass sie mich so wütend gemacht hätte. Sie wurde ganz reumütig und begann zu weinen. Sie heulte und heulte und hörte gar nicht mehr auf damit! Und in dem Moment, ich weiß auch nicht … tat sie mir *Leid*.«

Erneut wischte er sich die Tränen aus den Augen.

»Ich hatte keine Ahnung, wo ich war, und sie schien so … aufgelöst. Ich überlegte … wie ich sie beruhigen könnte, damit sie mich nach Hause brachte. Einfach, um diesen Albtraum zu beenden. Und ich schwor bei Gott: Wenn ich je aus diesem Schlamassel herauskäme, würde ich alles tun, um ein für alle Mal clean zu werden. Nicht mehr stehlen, nicht mehr auf die Partys gehen, keine Drogen mehr nehmen, keinen Mist mehr bauen …«

»Jacob, die Frau wird vermisst …«

»Ich schweife ab, ich weiß«, flüsterte Jacob. »Ich versuche ja schon, mich auf das Wesentliche zu beschränken, okay?«

»Okay.« Decker beugte sich vor, und Jacob zuckte unwillkürlich zurück. In Deckers Magen stieg Übelkeit auf. Er griff nach der Hand des Jungen und küsste sie. »Mach weiter, mein Sohn. Es ist alles in Ordnung.«

Jacobs Schultern zuckten. »Wir gingen also zurück zur Hütte. Ich versuchte ihr zu sagen, dass alles okay wäre, dass ich nicht sauer sei und dass wir beide einfach nach Hause fahren sollten.« Er sah zur Seite. »Irgendwann ging es wieder los. Ich weiß auch nicht, wie es passiert ist.«

Eine lange Pause.

»Wir … haben miteinander geschlafen. Einfach … so … ganz normaler Sex. In … dreißig Sekunden … war alles vorbei.« Er blickte in die ernsten Augen seines Vaters. »Ich war noch Jungfrau.«

Decker spürte sein Herz so schnell schlagen, dass es ihm fast den Atem raubte. Der Junge hatte solch großen Kummer, dass er ihn am liebsten umarmt und die Schmerzen verjagt hätte. Aber er hielt sich zurück. »Hat sie sich über dich lustig gemacht?«

»Nein … ganz im Gegenteil.« Er betastete seine wunde Wange. »Es wäre besser, wenn sie's getan hätte. Dann könnte ich sie jetzt wenigstens richtig hassen. Stattdessen meinte sie, ich solle ruhig liegen bleiben … während ich noch in ihr war … denn in ein paar Minuten würde ich wieder steif werden, und beim zweiten Mal würde es länger dauern und besser sein. Und genauso ist es dann auch gewesen.«

Decker fuhr sich mit den Fingern durch das dichte Haar. »Hast du ein Kondom benutzt?«

»Ja.«

»Du musst mir in diesem Punkt die Wahrheit sagen.«

»Dad, ich schwöre auf Abbas Grab …«

»So weit musst du nun auch wieder nicht gehen«, unterbrach Decker ihn. »Woher hattest du das Gummi, wo euer Rendezvous doch eher spontan war?«

»Ich glaube nicht, dass Ruby in der Hütte wohnte. Ich denke, es gehörte irgendeinem Typen. Er hatte eine ganze Schublade voller Kondome. Ich vermute, dass der ganze Mist – die Peitschen, Stiefel und Uniformen –, dass der ihm gehörte und nicht Ruby.«

Darrell Holts Liebesnest. »Was passierte nach dem Sex?«, fragte Decker.

»Wir zogen uns an, und sie brachte mich nach Hause«, antwortete Jacob. »Auf der Fahrt fiel kein Wort mehr. Nichts. Nicht mal ein Auf Wiedersehen.« Er atmete schwer. »Ich hab sie danach nicht mehr gesehen. Nicht mehr mit ihr gesprochen, eigentlich mit keinem von ihnen. Das Ganze ist über ein Jahr her, und ich schwöre, dass ich seitdem nichts Stärkeres mehr angerührt habe als ein Aspirin. Außerdem werde ich den Mädchen aus dem Weg gehen, bis ich … älter bin. Es ging einfach … zu leicht. Die ganze Sache hat mich zu Tode erschreckt! Auf eine Art und Weise, wie du das nie könntest. Geht doch nichts über einen Blick in die Hölle, wenn man wieder einmal richtig dankbar sein will. Seit damals versuche ich, mein Leben in den Griff zu kriegen, auch wenn es manchmal schwer ist.«

»Und du glaubst, dass Ruby dort sein könnte? In dieser Hütte?«

Er zuckte die Achseln. »Vielleicht.«

»Du hast Mut – das muss ich dir lassen. Es war richtig, mir davon zu erzählen.«

»Ich hatte keine Wahl. Wir sind alle *tselem Elokim* – erschaffen als Gottes Ebenbild.« Er lächelte traurig. »Schätze, die Rabbis haben mir doch was beigebracht.«

Decker schloss die Augen und öffnete sie wieder. »Tut mir Leid mit der Ohrfeige. Das war dumm von mir.«

»Ich habe die Nerven verloren, du hast die Nerven verloren.« Jacob lächelte erneut. »Ich hätte ja zurückgeschlagen, aber du bist größer und stärker als ich. Man kann alles von mir behaupten – aber nicht, dass ich nicht pragmatisch bin.«

Decker stand auf. »Wir müssen deine Wange kühlen.«

»Warum? Ist sie geschwollen?«

»Ja.«

»Stark?«

»Und wie.« Decker holte einen Eisbeutel aus dem Kühlfach und reichte ihn Jacob. »Hier.«

Jacob legte ihn sich auf die Wange. »Mir fliegen dauernd Basketbälle an den Kopf, und ich habe ständig rote Striemen und Beulen im Gesicht, weil ich so eine helle Haut habe. Das ist in ein paar Stunden verschwunden. Mach dir keine Sorgen.«

Decker gab keine Antwort; er fühlte sich ausgelaugt und erschöpft. Er war gut zehn Zentimeter größer und bestimmt dreißig Kilogramm schwerer als Jacob. Er hatte nicht nur als Vater versagt, sondern auch als Mensch. Andererseits musste er seinen Job erledigen, so gut er konnte, was ihn allem Anschein nach zu einem ordentlichen Cop machte.

Jacob klopfte ihm beruhigend auf die Hand. »Wirklich, Dad, es ist alles okay. Mach dir deswegen keine Sorgen.«

»Gab es irgendwas an diesem Ort, an das du dich erinnern kannst?«, fragte Decker.

»Ja. Und das ist der Zweck dieser ganzen Beichte. Als wir nach Hause fuhren, sah ich ein Straßenschild – Herald Way. Und fünf, vielleicht zehn Minuten später waren wir wieder auf dem Devonshire. Wenn ich damals schon meinen Führerschein gehabt und selbst hätte fahren können, wäre mir sicher mehr aufgefallen. Ich kannte die Straßen noch nicht so gut wie heute.«

»Wie alt warst du?«

»Noch keine sechzehn. Sie war etwa zweiundzwanzig. Ziemlich krass, was? Offensichtlich steht sie auf Jungs in diesem Alter – ich, Ernesto, und wahrscheinlich gab es noch andere.«

Das stimmte mit dem überein, was Erin ihm erzählt hatte. »Sie hat dich also an irgendeinen Ort in den Bergen mitgenommen, aber nicht weit von der Stadt entfernt«, stellte Decker fest.

»Genau.«

»Wenn ich dich dorthin bringen würde, glaubst du, dass du dich noch an mehr erinnern könntest?«

»Möglicherweise.«

Decker stand auf. »Dann lass uns fahren.«

»Was ist mit Hannah?«

»Du weißt, wo Sammy ist?«

»Ja.«

»Ruf ihn an und sag ihm, er soll zum Babysitten nach Hause kommen. Das hier hat Vorrang.«

»Ich könnte Eema bitten …«

»Nein!« Decker bemerkte, dass er die Stimme erhoben hatte. »Sie bringt mich um, wenn sie rausfindet, dass ich dich auf die Suche nach einem Verrückten mitnehme.« Sein Blick wanderte zur Wange seines Sohns. »Sie wird mich schon aus anderen Gründen umbringen. Manchmal bin ich wirklich ein Idiot ersten Ranges!«

»Willkommen im Klub!« Jacob erhob sich von seinem Stuhl. »Vergiss es einfach, Peter. Ich hab dich dieses Jahr ziemlich genervt. Was heute passiert ist, bleibt unter uns.«

Decker konnte sich nicht daran erinnern, wann der Junge ihn das letzte Mal Peter genannt hatte. Anscheinend bedeutete das eine Art Wende in ihrer Beziehung. »Während du Sammy anrufst, sage ich Webster und Martinez Bescheid. Ich möchte, dass Profis bei unserer Suche dabei sind. Außerdem wissen sie vielleicht, wo, zum Teufel, dieser Herald Way ist.«

35

Auf der Karte sah sie aus wie ein kleines Rinnsal, das sich in die Berge ergoss. Nach dem neuesten Stadtplan von L. A. gab es auf dem ganzen Herald Way nur eine einzige Kreuzung, und zwar mit einer vergleichsweise größeren Straße namens Manor Lane. Bert Martinez fuhr; Tom Webster hockte auf dem Beifahrersitz, mit einer Hand am Griff seines im Halfter steckenden Revolvers. Decker saß auf dem Rücksitz; er war zwar angeschnallt, lehnte aber halb über dem Körper seines Stiefsohns und bedeckte ihn wie einen Mantel. Tagsüber waren die Temperaturen im Valley auf über fünfunddreißig Grad geklettert, und auch in der Nacht blieb es warm und stickig. Jacob schwitzte unter dem Gewicht seines Vaters.

»Dad, ich kann kaum atmen.«

»Bleib unten.«

»Ich bin unten! Wenn ich noch weiter unten wäre, könnte ich nicht mal aus dem Fenster sehen. Das ist doch nicht der Zweck der Übung, oder?«

»Fahr langsamer, Bert.« Decker schaute sich um. Keine Straßenbeleuchtung; alles war dunkel, leer und bewaldet. Der Geruch von verfaulendem Laub mischte sich mit dem beißenden Gestank von Stinktiermarkierungen. Die feuchte Luft war erfüllt vom Sirren der Insekten, zwischen das sich die Rufe von Eulen mischten. Dazu kam das kontinuierliche Brummen des Verkehrs auf dem weit entfernten Freeway. »Okay, halt mal hier an.«

Martinez trat auf die Bremse. Sie standen an der angegebenen Straßenkreuzung. »Hier sind die Schilder – Manor Lane und Herald Way.« Decker beugte sich nach vorn und deutete durch die Windschutzscheibe. »Genau im Scheinwerferlicht.«

Jacob nickte.

»Erinnerst du dich an die Stelle?«

Der Junge neigte sich ebenfalls vor. »Ja …« Jacobs Herz schlug heftig. »Ja, das ist es.«

»Bist du sicher?«

»Ja, ich erinnere mich daran, dass die Straßenschilder nach unten zeigten … schief standen. Eigentlich sollte ich vorn sitzen – weil ich da auch gesessen habe, als sie mich nach Hause fuhr.«

»Ich weiß. Aber der Rücksitz ist sicherer. Du sitzt genau hinter deinem damaligen Platz, also dürfte deine Sicht ziemlich genau die gleiche sein.«

»Ja schon, aber ich kann eben nicht richtig durch die Windschutzscheibe sehen. Das ist ein Unterschied, Dad.«

»Du wirst leider darauf verzichten müssen. In welche Richtung von hier aus, Jacob?«

»Ich … ich weiß nicht genau.«

»Kein Problem. Lass dir Zeit.«

Die Stimme seines Stiefvaters klang beruhigend. Unangenehme Erinnerungen tauchten in Jacobs Gedanken auf. Er machte einige Handbewegungen, die Kurven simulieren sollten, schüttelte dann aber den Kopf. »Ich erinnere mich, dass wir den Berg heruntergefahren sind. Wo steigt die Straße am stärksten an?«

»Links«, erwiderte Webster.

»Also fahren wir nach links«, befahl Decker. »Setz dich wieder hin und schnall dich an.«

»Schon gut, schon gut. Du benimmst dich wie meine Mutter.«

»Wenn ich deine Mutter wäre, wärst du jetzt nicht hier.«

Martinez bog nach links in eine nur teilweise betonierte Straße ein. Obwohl der Honda Schritttempo fuhr, protestierten die Stoßdämpfer bei jedem Buckel, jeder Mulde und jedem Schlagloch. Kies knirschte unter den Reifen. Bert legte den Schalter für den Vierradantrieb um. »Ich wusste doch, dass dieses Auto eines Tages mal ganz nützlich sein würde.«

»Brauchst du das heute zum ersten Mal?«, fragte Webster.

»Für Bergstraßen schon. Meine Frau schaltet immer den Vierradantrieb ein, wenn es gießt.«

»Kommt dir irgendwas bekannt vor?«, fragte Decker seinen Sohn.

Jacobs Blick wanderte über die Formen und Schatten des Geländes. »Nein. Es … es sieht alles gleich aus.«

»Mach dir keine Sorgen. Es ist nur ein Versuch. Niemand erwartet Ergebnisse von dir.«

Das war auch gut so, denn er würde keine liefern können. Jacob schluckte. Peter machte sich keine Vorstellung davon, wie sehr Drogen die Wahrnehmung beeinflussen konnten. Wenn man zugedröhnt war, erlebte man die wildesten Sachen. Einige Erinnerungen aus dieser Nacht hatten sich unauslöschlich in sein Gedächtnis eingebrannt, so unverwechselbar wie ein Fingerabdruck. Der Eukalyptusbaum beispielsweise, dessen Stamm sich im Cañonwind bog, bis er geborsten war: Er hatte Jacob an ein buckliges altes Weib mit einem Wanderstab erinnert – Ruby hatte er sich so vorgestellt, selbst noch, nachdem sie miteinander im Bett gewesen waren. Sogar jetzt, wo ihr Leben in Gefahr war, konnte Jacob nicht anders, als in ihr einen Dämon zu sehen.

Sein Blick glitt über die Berghänge, auf der Suche nach der ungewöhnlichen Silhouette. Im Sommer stand hier alles in voller Blüte; die Konturen der fruchtbaren Flora zeichneten sich vor dem pechschwarzen Himmel ab. Er hatte seinem Vater nichts von dem geborstenen Baum erzählt, sonst hätte Dad ihn alle zehn Sekunden gefragt, ob dieser oder jener Ast der richtige sei. Wenn er seine Psyche nicht noch mehr gefährden wollte, durfte Jacob sich keinen weiteren Fehler erlauben.

Wo war dieser Baum? Gab es ihn überhaupt?

Der Wagen rollte im Schritttempo den Weg entlang. Webster fragte: »Liegt die Hütte direkt *am* Herald Way?«

»Nein, ich glaube nicht«, antwortete Jacob.

»Also suchen wir nach einer Seitenstraße?«

»Ich denke schon.«

»Das Problem ist nur, dass auf der Karte keine Seitenstraßen eingezeichnet sind.«

»Ich erinnere mich, dass wir die Richtung gewechselt haben …« Jacob fuhr sich mit der Zunge über seine von der Hitze aufgesprungenen Lippen. Dann holte er einen Stift mit Lippenbalsam hervor und trug ihn auf. »Es ist ziemlich lange her.« *Und ich schwebte damals auf Wolke sieben.* »Es könnte auch eine scharfe Kurve gewesen sein.«

»Davon gibt's hier reichlich«, meinte Martinez.

Und dann entdeckte er das alte Weib. Himmel noch mal, es war tatsächlich immer noch da, mit Wanderstab und allem Drum und Dran. »Hier sind wir richtig«, sagte Jacob. »Der geborstene Baum...« Er deutete darauf. »Ich erinnere mich an ihn. Ich wette, es gibt auch eine Abzweigung.«

»Da ist sie.« Martinez brachte den Wagen zum Stehen. »Auf der linken Seite.« Der Weg war nicht viel breiter als ein Wanderpfad, aber immer noch breit genug, um ihn mit dem Auto zu bewältigen. Im Licht der Scheinwerfer konnte er dünne Reifenspuren erkennen – ein leichtes Motorrad oder ein Mountainbike. »Sollen wir reinfahren, Chef?«

»Ab hier wird die Sache gefährlich.« Decker starrte in die enge Passage. »Wir sollten uns erst über eine Fluchtroute Gedanken machen. Wenn er uns auf einem Motorrad überrascht, haben wir Probleme zu manövrieren.«

»Aber dann ist er ungeschützt«, wandte Webster ein, »während *wir* sicher im Auto sitzen.«

»Genauso gut könnte er uns umkreisen und unsere Reifen zerschießen, und wir kämen nicht an ihn ran«, entgegnete Martinez. »Wir sollten zu Fuß weitergehen.«

»Dann sitzen wir auf dem Präsentierteller«, gab Webster zu bedenken.

»Aber wenn wir mit dem Auto weiterfahren, macht das Lärm«, erwiderte Martinez. »Damit kündigen wir erst recht unser Kommen an.«

»Bert, wenn wir zu Fuß weitergehen, sind *wir* ungeschützt, ohne irgendeine Absicherung.«

»Es gibt genug Deckung. Und wir haben Waffen. Solange er nicht mit Granaten um sich schmeißt oder die Gegend vermint hat, kann nichts passieren. Und selbst dann – wenn die Sache brenzlig wird, können wir immer noch Verstärkung anfordern.«

»Wir sind nicht hier, um irgendwas zu unternehmen«, unterbrach Decker. »Das heißt mit anderen Worten: keine Überraschungsangriffe, ganz egal, wie leicht es aussieht. Das ist hier lediglich eine Erkundungstour. Dann holen wir Verstärkung. Ich mache mir nur Sorgen, weil wir Jacob mitnehmen müssen.«

»Du brauchst mich«, sagte Jacob.

»Allerdings ...«

»Ich hab keine Angst.«

»Und genau das ist das Problem. Du solltest welche haben.«

»Okay, dann habe ich Angst.«

Decker warf ihm einen Blick zu. Jacob lächelte. »Wie wär's mit ein paar Codenamen – Caleb und Joshua?«

»Übertreib's nicht!«

Jacob wurde wieder ernst. »Ich will's doch nur wiedergutmachen.«

»Da gibt's nichts gutzumachen.« Decker berührte die Wange seines Stiefsohns.

Aber Jacob glaubte ihm nicht. »Wie wär's, wenn ich ein paar hundert Meter weit reingehe und nachsehe, ob ich was wiedererkenne? Was kann dabei schon schief gehen?«

»Eine Menge«, erwiderte Decker.

»Zum einen: Selbst wenn ich die Hütte finden sollte, heißt das noch lange nicht, dass Ruby dort ist. Zum anderen: Warum die ganze Sache nicht zu Ende bringen, wenn man schon so kurz davor steht?«

»Man lebt länger.«

»Du hast ja nur Angst wegen Eema.«

»Stimmt, aber das ist nicht alles«, meinte Decker lächelnd.

»Lass Tom und mich reingehen und uns umsehen«, schlug Martinez vor. »Du kannst hier bei ihm bleiben ...«

»Aber ihr wisst nicht, wonach ihr suchen müsst«, entgegnete Jacob. Ohne zu fragen stieg er aus dem Wagen. Decker zog ihn sofort wieder herein und packte ihn am Arm. Dann legte er den Finger auf die Lippen und flüsterte: »Wir drehen sofort um, wenn ich es sage.«

Jacob nickte. Er spürte den Druck auf seiner Brust. Sein Atem ging schnell und flach. Die beiden anderen tauchten neben ihnen auf, und während Martinez die Stablampe hielt, bewegten sie sich zu viert Schritt für Schritt die Abzweigung hinauf. Insekten zirpten, Eulen schrien, Kojoten heulten.

Fünfzehn Meter den Berg hinauf.

Zu beiden Seiten des Wegs ragten hohe Bäume in den Himmel. Die Beschaffenheit des Geländes sorgte für eine begrenzte Sicht: Nur mit großer Mühe konnte man etwas erkennen, das jenseits des Blätterdachs lag. Der Himmel hellte sich auf, von Pechschwarz zu Stahlblau, als der Mond langsam höher stieg – eine silberne Sichel.

Dreißig Meter.

Ihre Schritte waren rhythmisch und leise, bis auf ein gelegentliches Kratzen auf dem Boden. Jedes Geräusch, das sie verursachten, wurde von den nächtlichen Tierlauten übertönt.

Sechzig Meter.

Martinez hielt die Stablampe nach unten, weil er ihre Anwesenheit nicht durch einen versehentlichen Lichtstrahl in ein unsichtbares Hüttenfenster verraten wollte. Der Nachteil dabei war, dass er an dem dicht bewachsenen Berghang kaum etwas erkennen konnte.

Einhundert Meter.

Deckers Schritte wurden langsamer, seine Haltung zögerlicher, während sie den nicht kartografierten Weg hinaufstiegen und sich immer mehr vom Wagen entfernten. Die Reifenspuren waren einfach verschwunden … hatten sich in Luft aufgelöst. Wohin führten sie?

Hundertzwanzig … hundertvierzig Meter, und immer noch kein Anzeichen einer Hütte. Abgesehen von dem in Schlangenlinien verlaufenden Pfad gab es keinerlei Hinweise auf eine menschliche Wohnstätte. Entweder lag die Hütte viel weiter entfernt, als sie dachten, oder sie war vom Dickicht verdeckt.

Einhundertfünfzig Meter weit den Weg hinauf … keine große Entfernung, nur ein kurzer Sprint zurück zum Auto. Etwa zehn Sekunden … vielleicht fünfzehn. In fünfzehn Sekunden konnte eine Menge passieren. Deckers wachsende Sorge um die Gesundheit seines Sohnes überwog den Gedanken an ein Leben, das *vielleicht* in Gefahr war. Er hatte Jacob die ganze Zeit am Arm gehalten. Jetzt verstärkte er seinen Griff, sodass der Junge sich aufbäumte.

»Wir gehen zurück«, flüsterte er.

»Was? Warum?«, flüsterte Jacob zurück.

»Weil wir zu weit vorgedrungen sind. Weil ich es sage.«

»Aber wir sind fast da.«

Martinez mischte sich ein: »Wie weit noch?«

»Ich bin mir nicht sicher, aber ich glaube, wir sind kurz davor«, beharrte Jacob.

»Du glaubst?« Decker schüttelte den Kopf. »Das reicht mir nicht. Du weißt noch nicht mal, ob das die richtige Abzweigung war.«

»Doch, ich bin mir ganz sicher. Ich war zwar zugedröhnt, aber auch dann bleiben einem Dinge im Gedächtnis.« Er musterte das Gelände eingehend. Dann kniff er die Augen zusammen und schob seinen Kopf vor. »Ist das ein Licht da oben?«

»Wo?«, fragte Martinez.

Jacob deutete auf die Stelle. »Sehen Sie diesen Lichtfleck in etwa … ich schätze hundert Metern, rechts von der großen Platane?«

Obwohl seine Nachtsicht nicht die Beste war, konnte Decker einen weit entfernten Lichtschein ausmachen. »Vielleicht ist dort tatsächlich etwas.«

»Ihr sprecht alle über das Licht weiter rechts oben?«

»Genau«, bestätigte Jacob.

»Etwa auf zwei Uhr«, sagte Martinez. »Jetzt seh ich's auch. Was sollen wir machen, Chef?«

Decker antwortete: »Wir sollten umkehren, bevor …«

Plötzlich leuchtete das schwache Licht heller und breiter. Zum Nachdenken blieb keine Zeit … und kaum genug zum Reagieren. Decker warf sich auf seinen Stiefsohn und riss ihn zu Boden.

Martinez, ein Vietnamveteran, zog Webster nach unten, sodass beide bäuchlings auf der Erde landeten. Die Kugeln kamen in einem gleichmäßigen Abstand – *tack, tack, tack, tack* – und pfiffen über ihre Köpfe hinweg. Immer noch auf dem Bauch, zerrte Decker Jacob in einen Busch.

Manche Dinge vergisst man nie.

Die Sekunden verstrichen. Dann verschwand das Licht. Es herrschte wieder Dunkelheit. Vielleicht konnte Decker aber auch nur nichts sehen, weil er mit dem Gesicht am Boden lag und keine freie Sicht hatte. Sein Herz schlug ihm bis zum Hals. Er wusste, dass er dies hier überleben würde, nicht um seiner selbst willen, sondern Jacobs wegen. Der Junge hatte sich das Kinn aufgeschlagen und zitterte am ganzen Körper. Abgesehen davon schien er in Ordnung zu sein.

Martinez sprach als Erster. »Glaubst du, er hat ein Infrarot-Zielfernrohr?«

»Wahrscheinlich«, erwiderte Decker. »Er ist ein Survivalexperte.«

»Dann sieht er uns wie bei Tageslicht«, sagte Martinez.

»Sofern er uns überhaupt sehen kann«, meinte Decker.

»Warum schießt er dann nicht weiter?«, fragte Webster.

»Weil er uns nicht sehen kann«, antwortete Decker.

»Die Büsche sind ziemlich dicht, Chef«, sagte Martinez. »Wenn du unter den Bäumen bleibst und ins Tal kriechst, hast du eine gute Chance. Du nimmst Jacob mit, und ich lenke ihn ab.«

»Wenn du das tust, kannst du dir genauso gut eine Zielscheibe auf die Stirn malen«, entgegnete Decker.

»Also, was jetzt?«, wollte Webster wissen.

Decker zog sein Handy hervor. Das Signal war schwach, aber trotz des Rauschens konnte man die Notrufnummer gut hören. »Wir bleiben, wo wir sind, und warten auf die gottverdammte Verstärkung.«

Kurze Zeit später trafen die ersten Streifenwagen ein; ihre Reifen ließen Sand und Kieselsteine hochspritzen. Decker konnte die Staubwolken gut erkennen, obwohl die Fahrzeuge an der Straßenkreuzung abgestellt wurden, ein gutes Stück von ihrem unbequemen Lagerplatz entfernt. Aber auch das Eintreffen der Uniformierten samt Sirenen und Warnlichtern führte nicht zu weiteren

Gewehrsalven und hielt alle in einem Schwebezustand. Befand sich der Schütze immer noch in der Hütte? Oder war er oder sie geflohen? Vielleicht wartete er ja auch nur den richtigen Augenblick ab, um jeden abzuknallen, der in Sicht kam. Genauso gut konnte es sein, dass die Cops außer Reichweite des Schützen parkten. Das Problem bestand nun vor allem darin, alle sicher nach unten zu den Wagen zu bringen.

»Wir sind zu viert…«, flüsterte Decker in sein Telefon, »… etwa hundertfünfzig Meter die Straße hinauf, auf der rechten Seite. Wie viele Streifenwagen habt ihr vor Ort?«

»Zwei… ein dritter ist unterwegs. Trifft gerade ein.«

»Okay. Im Augenblick wird nichts unternommen, bis noch mehr Wagen da sind. Wir brauchen sie, weil ich an jedem Ende der Straße eine Blockade mit zwei Streifenwagen will, Standardaufstellung, Kühler gegeneinander. Außerdem brauchen wir zwei Autos, die uns hier rausholen. Informiert die Hubschrauber erst, wenn wir weg sind. Sobald weitere Wagen eintreffen, kriegt ihr neue Anordnungen.«

Decker legte auf.

»Wir bleiben einfach hier und warten?«, fragte Jacob.

»Genau. Liege ich zu sehr auf dir drauf?«

»Irgendwie schon.«

»Gut.«

Die Zeit verging. Aus weit entferntem Klagen wurde lautes Heulen. Dann sah man Lichter auf der Straße, und Leuchtbalken schleuderten rote und blaue Stroboskopblitze in die Dunkelheit. Das Licht brachte Decker zwar bessere Sicht, machte sie aber auch angreifbarer. Dann klingelte das Telefon.

»Wir haben sechs Wagen.«

»Zwei bleiben an Ort und Stelle«, ordnete Decker an, »zwei fahren den Weg hinauf, und zwei holen uns ab. Fahrt langsam den Pfad entlang; ich sage euch, wann ihr anhalten müsst. Lasst die Köpfe unten beim Fahren – das meine ich wörtlich. Ich weiß nicht, ob der Täter euch im Visier hat, aber man sollte kein Risiko eingehen. Dem Klang der Schüsse nach ist der Täter etwa… zweihundert Meter über eurem Standort, auf der rechten Seite des

Wegs. Wir alle haben ein Licht gesehen. Ich weiß nicht, ob es von einer Taschenlampe oder einer Glühbirne stammt. Wenn es aus einer Taschenlampe kam, ist der Schütze beweglich, also trefft Vorkehrungen. Wenn es eine Glühbirne war, können wir davon ausgehen, dass es eine Art Hütte zwischen den Büschen gibt, die über einen Stromanschluss verfügt. Aber wir kennen den genauen Standort nicht.«

»Was für eine Waffe hat er benutzt?«

»Klang wie eine Halbautomatik. Ich glaube, es waren sechs oder sieben Schüsse.«

»Wir kommen euch jetzt holen.«

»Dann mal los.«

Von seinem Standort aus konnte Decker die Wagen nicht erkennen, nur rote und hellblaue Reflexionen der rotierenden Warnlichter. Doch kurz darauf hörte er, wie die Motoren angelassen wurden und Reifen über den Kies knirschten. Sekunden später kamen zwei Fahrzeuge in Sicht und fuhren langsam den Weg hinauf.

»Ich kann euch jetzt sehen«, sagte Decker. »Weiterfahren… weiter… weiter… weiter… weiter… weiter. Okay, jetzt eine Wende machen, ranfahren und anhalten. Stellt den Motor ab und duckt euch.«

Das Motorengeräusch erstarb.

»Gut«, sagte Decker. »Wir sind unmittelbar links von euch… knapp dreißig Meter entfernt. Haltet die Köpfe unten, kriecht nach hinten und öffnet die hinteren Türen, aber nur ein kleines Stück. Ich möchte nicht, dass er sieht, wie eine Tür aufgeht. Verstanden?«

»Ja, Sir.«

Er legte auf. »Möchtest du lieber den oberen oder den unteren Wagen, Bert?«

»Mir egal. Der obere ist okay.«

»Gut, dann nehmen wir den unteren.« Sobald Decker sah, wie sich eine Tür leicht öffnete, sagte er zu Jacob: »Das Ganze läuft folgendermaßen ab: Du hältst deinen Kopf weiterhin gesenkt und kriechst rüber zur hinteren Tür des unteren Wagens. Dann öffnest du die Tür ganz leicht, gerade so weit, dass du hindurchpasst, und rutscht dann auf dem Bauch in den Wagen. Nicht die Tür schließen, denn ich werde direkt hinter dir sein. Alles klar?«

»Alles klar.«

»Jacob, jedes Stückchen Haut, das nicht von Stoff bedeckt ist, wird wahrscheinlich aufgeschürft werden. Aber das ist völlig egal – *bleib um Himmels willen unten.* Das Gleiche gilt auch, wenn du im Wagen bist. Bleib auf dem Boden liegen, bis ich dir etwas anderes sage. Und komm bloß nicht auf die Idee, den Kopf zu heben und dich umzuschauen. Es ist sehr wichtig, dass du tust, was ich dir sage.«

»Verstanden.«

»Beweg dich so wenig wie möglich. Ich bin direkt hinter dir.«

»Es wird schon schief gehen.«

»Dein Optimismus hat etwas richtig Erfrischendes.« Er stemmte sich leicht vom Boden hoch, damit Jacob unter ihm hervorkriechen konnte. »Und los!«

Jacob glitt unter seinem Stiefvater hervor und robbte über den Waldboden. Er trug ein Hemd mit kurzen Ärmeln, was ein großer Fehler war. Seine Arme wurden von den am Boden liegenden Zweigen, Steinen, Kieseln, Blättern, Tannenzapfen, Stacheln und dornigen Samenkapseln aufgeschürft, wanderten unter sein Hemd und zerkratzten seinen Bauch. Das Schlimmste waren die winzigen Steinchen, die sich in seiner Bauchbehaarung verfingen und daran rissen, während er über die Erde kroch. Nur seine Beine bekamen nichts ab – dem Himmel sei Dank für Levi Strauss und knöchelhohe Reeboks.

Eigentlich hätte er Angst haben sollen.

Stattdessen war er irgendwie aufgedreht.

Peter hatte immer gesagt, dass Adrenalin der ultimative Kick sei. Er stellte jedenfalls verblüfft fest, wie ruhig er blieb und wie er zugleich jeden Augenblick genoss. Viel zu schnell war alles vorüber. Er griff nach oben, schob seine Finger unter den Rand der Tür und öffnete sie gerade so weit, dass er sich bäuchlings auf den Boden des Fonds schlängeln konnte. Einen Augenblick später lag Peter schon auf ihm und sprach in sein Handy.

»Habt ihr die anderen? Gut, dann nichts wie weg hier!«

Die Autos fuhren den Hügel hinunter. Decker wartete, bis sich der Wagen hinter der Straßensperre befand. Dann richtete er sich auf, öffnete die Tür, stieg aus und streckte Jacob eine Hand entgegen. Jacob ergriff sie und stand Sekunden später ebenfalls draußen neben dem Wagen. Er blinzelte, als er in das helle Licht der vielen Scheinwerfer trat. Peter telefonierte schon wieder.

»Ich brauche drei Hubschrauber. Ich benötige Licht, und zwar sofort!« Dann wandte er sich an den ersten Streifenpolizisten, den er sah: »Bringen Sie diesen jungen Mann nach Hause.«

»Ich hätte nichts dagegen, noch ein bisschen hier zu bleiben«, protestierte der Junge.

»Sehr witzig, Jacob. Jetzt mach, dass du hier wegkommst.« Dann drehte er sich zu Martinez um. »Schick ein Team los.« Er runzelte die Stirn. »Ich schätze, wir müssen zuerst die Hütte finden.«

»Lieutenant Decker?«

Decker drehte sich um. Es war Sebastian Bernard – allgemein nur Bastard genannt –, ein uniformierter Sergeant, Mitte vierzig, mit zwanzig Jahren Erfahrung. Bastard war groß und kahl und hatte einen großen Leberfleck über der rechten Oberlippe – ein Cindy-Crawford-Muttermal im XXL-Format.

»Wollen Sie ein Team reinschicken?«

»Ich denke gerade darüber nach.«

»Wie viele Fenster, wie viele Türen?«

»Wenn ich das wüsste! Erst mal müssen wir die Hütte finden und dann rauskriegen, ob irgendwelche Sprengladungen auf uns warten.«

»Wir könnten einen Hund raufschicken und warten, was passiert. Oder wir werfen ein paar Rauchbomben.«

»Aber das würde es doppelt so schwer machen, Fallen auszumachen.«

»Ich kann ein paar Gasmasken ranschaffen.«

»Masken helfen nur beim Atmen, nicht beim Sehen.« Decker kratzte sich am Kopf. »Wir schicken ein paar Wagen rauf, und ich leite sie mit der Flüstertüte.«

»Kann ich mitkommen?«, fragte Jacob.

»Nein, du kannst nicht mitkommen!«, schnauzte Decker. »Bist du völlig verrückt geworden? Was machst du überhaupt noch hier?« Er wandte sich wieder an den Uniformierten – ein Milchbart, kaum älter als Jacob. »Habe ich Ihnen nicht befohlen, den Jungen nach Hause zu bringen, Officer?«

Der Beamte lief rot an. Jacob kam ihm zu Hilfe: »Du weißt, dass ich schon mal in der Hütte war. Lass mich wenigstens einen Grundriss zeichnen.«

Bastard drehte sich zu ihm um. »Du warst da schon mal drin?«

Jacob spürte, wie ihm heiß wurde. »Das ist lange her.«

»Besser als nichts!« Bastard sah ihn an und wartete. Decker unterdrückte seinen Ärger darüber, dass Jacob ihn ausgetrickst hatte.

»Ich erinnere mich nur an einen Raum. Man öffnet die Tür und steht direkt vor einem Bett. Dann erinnere ich mich auch noch an einen Schrank und ein Badezimmer. Wie gesagt – es war winzig. Eine Hütte.«

»Gibt's eine Küche?«, fragte Bastard.

»Ich hab keine gesehen. Vielleicht ist sie mir aber auch nicht aufgefallen.«

»Fenster?«, fragte Decker. »Wie viele?«

»Fenster, Fenster ...« Jacob versuchte, sich die Hütte vorzustellen. »Eins vorne, neben der Eingangstür.« Er wedelte mit der Hand hin und her. »Eins an der linken ... nein, an der rechten Wand. Eins an der Vorderwand, auf der rechten Seite, wenn man hereinkommt oder links, wenn man in der Hütte steht. Die Schranktür war auf der linken Seite, wenn man mit dem Gesicht zur Rückwand stand.«

»Also erinnerst du dich nur an zwei Fenster?«, fragte Decker.

»Und eins im Bad«, sagte Jacob. »Mattglas ... klein. Zu klein, um hindurchzuklettern.«

»Und keine Küche?«, wiederholte Bastard.

»Nicht dass ich wüsste.« Er überlegte ein paar Sekunden. »Aber ich glaube, es gab eine Kochplatte.«

»Was ist mit Außentüren?«, wollte Decker wissen.

»Die Vordertür. Und es gab noch eine Tür … links neben dem Schrank.«

»Gegenüber vom Fenster?«

»Ja. Als ich aus der Hütte gerannt bin, habe ich diese Tür genommen, und ich bin geradewegs in die Berge gelaufen. Sonst war absolut nichts zu sehen.«

»Okay, du hast uns sehr geholfen«, gab Decker zu. »Und jetzt verschwindest du von hier.« Zu Bastard, Martinez und Webster sagte er: »Wir suchen die Hütte, umstellen sie und versuchen's zuerst mit dem Megafon. Wenn keine Antwort kommt, schießen wir ein paar Tränengasgranaten rein und warten ab, ob das jemanden raustreibt. Gibt's dann immer noch keine Reaktion, schicken wir den Hund und das Einsatzteam rein, um sicherzugehen, dass der Hundesohn keine Türen oder Fenster präpariert hat. Und erst wenn dann alles klar ist, gehen wir rein und sehen uns um. Falls der Schütze verschwunden ist – und davon gehe ich eigentlich aus –, müssen wir die Hügel nach ihm durchkämmen. Im Grunde können wir schon damit anfangen, das Hinterland abzuriegeln, sobald die Hubschrauber hier sind und für besseres Licht sorgen.«

Als Decker in den Streifenwagen steigen wollte, stand Jacob wieder neben ihm. »Ich weiß, dass du schrecklich viel zu tun hast, aber ich wollte mich noch kurz verabschieden.«

Decker war in Gedanken bereits bei der bevorstehenden Aktion. Seine Augen sahen Jacob, aber seine Aufmerksamkeit war auf andere Dinge gerichtet. »Danke für deine Hilfe, Jacob, aber du musst jetzt wirklich hier verschwinden.«

Jacob lächelte, aber die Reaktion entmutigte ihn. »Ich weiß. Bis nachher. Pass auf dich auf.«

Decker fuhr seinem Sohn über den Kopf und glitt dann auf den Fahrersitz des Streifenwagens. Inzwischen hatte sich der zerfurchte Weg in eine hell erleuchtete Promenade verwandelt, auf der die Wagen Stoßstange an Stoßstange standen, Decker rief sich die ungefähre Position des winzigen gelben Lichts ins Gedächtnis, wobei er die Platane als Orientierungspunkt benutzte, und entdeckte die Hütte, die sich unter Bäumen und Sträuchern duckte. Sie brauchten etwa zwanzig Minuten, um die Autos in Stellung zu bringen, und weitere zwanzig Minuten, um die Hütte zu umstellen.

Er versuchte es mit dem Megafon, jedoch ohne Erfolg. Als Nächstes flogen Tränengasgranaten durch die Fenster. Scheiben zerbarsten und spuckten kristallene Scherben und Splitter in die Nacht. Dann quoll Rauch aus dem Inneren – dichte, in Schwaden aufsteigende graue Wolken. Decker wartete, aber niemand kam aus der Hütte gelaufen. Vielleicht hatten sie sich im Bad verkrochen. Also schoss er eine Granate durch das kleine Fenster dort.

Keine Reaktion.

Als ihm die Vorräte ausgingen, schickte er sein Einsatzteam vor, um die Türen und Fenster auf Sprengfallen zu untersuchen. Nachdem er das Zeichen erhalten hatte, dass alles in Ordnung sei, zog Decker sich die Maske über und trat die Vordertür ein. Eine Hitzewelle erfasste seinen Körper und drückte ihm die Kehle zu. Er spürte, wie seine Beine unter ihm nachgaben, wie ihm schwindlig wurde. Er zwang sich, langsam und gleichmäßig zu atmen.

Nicht zu tief, nicht zu flach.

Da er eine Vollmaske trug, hörte er jeden seiner Atemzüge überlaut. Er schwitzte heftig, während er sich vorwärts kämpfte.

Von Sicht konnte nicht die Rede sein: Die schwere Maske, die Dunkelheit und der Rauch sorgten dafür, dass Decker kaum seine Füße sah. Er knipste die Taschenlampe an, erreichte damit aber nur, dass sich der dunkelgraue Qualm in hellgrauen verwandelte. Er tastete an der Wand nach einem Lichtschalter, konnte aber keinen finden. Als er sich langsam vorwärts bewegte, stieß er mit seinen Beinen etwa in Kniehöhe plötzlich auf ein unbewegliches, sperriges Objekt, wodurch er vornüberstürzte und die Taschenlampe fallen ließ. Als er das Gleichgewicht wieder gefunden hatte, beugte er sich nach unten, um festzustellen, worüber er da gestolpert war. Seine Handflächen versanken in etwas Weichem und Federndem.

Man öffnet die Tür und steht direkt vor einem Bett.

Er fühlte eine Matratze.

Die Taschenlampe war auf den Boden gefallen und sandte einen trüben Lichtstrahl in Richtung Zimmerdecke. Die Staubteilchen reflektierten die Strahlen und hüllten den Raum in einen unheimlichen Schimmer. Immer noch konnte Decker kaum etwas erkennen. Seine Finger glitten über Haufen von Bettzeug, klopften die Decken und Laken ab.

Und dann fühlte er etwas Festes.

Sein Herz begann zu rasen, während er sich vorbeugte, um herauszufinden, was er entdeckt hatte. Er hielt einen Fuß in der Hand – immer noch warm, was aber nicht verwunderlich war, weil in der Hütte eine Gluthitze herrschte. Der Fuß gehörte zu einem Bein. Er folgte dem Bein weiter aufwärts und stellte fest, dass es zu einem Körper gehörte – zum nackten Körper einer Frau, deren Arme an zwei Bettpfosten gefesselt waren. Er ging so nahe heran wie er konnte, aber Rauch und Ruß verwehrten ihm die Sicht. Doch der Geruch von Blut war unverkennbar.

Als er sich aufrichtete, spürte er, wie ihm schwindlig wurde und er zu schwanken begann. Er wartete einen Moment, bis sein Gleichgewicht und seine Ruhe wiederkehrten; dann beugte er sich über den Körper und presste seine Finger gegen die weiche Stelle am Hals.

Er suchte nach dem Puls, und als er ihn gefunden hatte, konzentrierte er sich sofort auf Erste-Hilfe-Maßnahmen: Die Blutung stillen, auf Schock behandeln, Transport zum Hubschrauber.

Doch hier war nicht Vietnam, sondern Los Angeles, frühes einundzwanzigstes Jahrhundert.

Es gibt hier Profis für so was, Decker.

Er band ihre Handgelenke los, griff nach dem Mikrofon und rief die Ambulanz.

36

Er war irgendwo da draußen, verborgen im Schutz der Dunkelheit, inmitten der Wildnis. Vielleicht war er nervös, vielleicht aber grinste er nur bei dem Gedanken daran, dass die Polizei jetzt alle Hebel in Bewegung setzte, mitten durch sein Territorium trampelte und Katz und Maus mit ihm spielte. Decker war nicht allzu optimistisch, selbst als die Suchscheinwerfer der Helikopter über das dicht bewachsene Gebiet glitten und die Cops mit ihren Taschenlampen jeden Baum und jeden Strauch absuchten. Es gab einfach zu viele Möglichkeiten, sich in den Hügeln zu verstecken.

Trotzdem musste Decker den Schein wahren, weil sonst die Gefahr bestand, Holt ganz zu verlieren. Möglicherweise würde ihn diese Demonstration der Stärke davon abhalten, endgültig Amok zu laufen. Und vielleicht wäre es ja am Morgen, im Licht der Sonne und mithilfe einer ausgeruhten Mannschaft möglich, den Mistkerl aus seinem Versteck aufzuscheuchen.

Er gab seinen Leuten zwei Grundregeln mit auf den Weg.

Regel eins: Lasst euch nicht erschießen.

Regel zwei: Es wird nicht geschossen – selbst wenn man auf euch schießt.

Denn aller Wahrscheinlichkeit nach konnte man davon ausgehen, dass die größte Gefahr vom eigenen und nicht vom feindlichen Feuer drohte. Nachdem er die Aufgaben, die Positionen und die einzelnen Suchabschnitte verteilt hatte, überprüfte er noch einmal seine eigene Ausrüstung. Zufrieden stellte er fest, dass alles funktionierte, und entschloss sich dann, das Gelände auf eigene Faust zu durchstreifen – eine ebenso tollkühne wie verrückte Entscheidung. Noch vor einer Stunde hatte er angeordnet, dass seine Männer nur zu zweit auf die Suche gehen durften, und sie ermahnt, immer dicht beisammenzubleiben, weil Rückendeckung die Grundvoraussetzung fürs Überleben sei. Außerdem war es über dreißig Jahre her, dass Decker seine Fähigkeiten als Dschungelkämpfer erprobt hatte. Aber die Stimme der Rache ließ sich nicht zum Schweigen bringen: vier Menschen erschossen und ein Mädchen fast totgeschlagen.

Er wusste, dass Martinez ihn nur zu gern begleitet hätte, und auch, dass Bert – ebenfalls ein Vietnamveteran – eine gute Spürnase und einen sechsten Sinn für Gefahren besaß. Aber er wollte nicht die Verantwortung für Berts Sicherheit übernehmen. So übertrug er seinem Detective vorübergehend die Leitung der Operation. Martinez ahnte, dass Decker etwas plante.

»Wohin gehst du?«

»Ich schau mich nur mal um. Bin in zwanzig Minuten wieder zurück.«

»Was meinst du mit ›nur mal umschauen‹? Du willst doch wohl nicht allein losziehen, oder?«

Aber Decker war bereits in Richtung der Bäume unterwegs und tat so, als würde er Martinez nicht mehr hören. Er hatte sein Funkgerät, sein Handy, eine Waffe, Munition und eine Taschenlampe dabei und war auf alles vorbereitet.

Die Nachtluft war erfüllt vom Geruch des feuchten Holzes und vom Sirren der Moskitos. Er fächelte sich das Gesicht und scheuchte Schwärme von Stechmücken auf, als er den kegelförmigen Strahl seiner Taschenlampe über den Waldboden gleiten ließ. Jeder seiner Schritte verkündete laut sein Kommen. In den ersten Minuten konnte er die anderen Suchtrupps noch hören, doch je tiefer er in den schwarzen Nebel des Niederwalds eintauchte, desto leiser klangen die Stimmen. Noch etwas tiefer in den Wald hinein … fünf Minuten, dann zehn, fünfzehn. In der Ferne glaubte Decker Frösche quaken zu hören, ein Laut, den seine Ohren schon seit langer Zeit nicht mehr vernommen hatten. Beruhigend, weil absolute Stille nur den Toten vorbehalten ist. Weit weg von der Hektik und den Menschen, begann sein Gehirn, in viele Richtungen gleichzeitig zu denken.

In Vietnam hatte er meist die Aufräumarbeiten erledigt, nachdem der Vietcong irgendwo zugeschlagen hatte. Aber es hatte auch Zeiten gegeben, hauptsächlich gegen Ende seiner Dienstzeit, in denen er nur noch von unerfahrenen Rekruten umgeben war, wo er zum *Point Man*, zum Pfadfinder und Minenräumer seines Zugs, bestimmt wurde. Er hatte genug Draufgänger erlebt, die bei solchen Operationen beide Beine verloren, und er war alles andere als scharf darauf gewesen, einer von ihnen zu werden – aber was blieb ihm übrig? Diesen Job einem der Neulinge zu überlassen, hätte bedeutet, sich seinen Sarg zu zimmern. Die ganze Zeit über war er von panischer Angst erfüllt gewesen, obwohl er versuchte, sich nichts anmerken zu lassen. Offenbar war ihm das auch ziemlich gut gelungen – entweder das, oder die Männer unter seinem Kommando hatten ihrerseits viel zu viel Angst gehabt, um zu bemerken, wie unsicher ihr Anführer war.

Die Männer heil von Punkt A nach Punkt B zu bringen, während der VC versuchte, sie einzeln abzuknallen. Die Straßen freihalten, damit die Truppen ungehindert darüber marschieren konnten. Die Heckenschützen waren schon übel genug, aber nicht annähernd so Furcht einflößend wie die Landminen.

Er stellte fest, dass er schwitzte, obwohl die Luft sich abgekühlt hatte und alles feucht und glitschig war.

Bilder tauchten in seinen Gedanken auf.

Nachdem sie Ruby das Blut aus dem Gesicht gewaschen hatten, tastete Decker sie ab und versuchte festzustellen, ob ihr Körper unverletzt geblieben war. Ihre Wangenknochen schienen nicht gebrochen zu sein, genau wie ihr Unterkiefer, obwohl sich Haarrisse so nicht nachweisen ließen. Auch ihr Oberkiefer schien unversehrt zu sein, wenn man von den ausgeschlagenen Zähnen einmal absah. Die Nase war gebrochen, die Lippe gespalten, und beide Augen waren von den Schlägen völlig zugeschwollen. Sie würde eine ganze Weile Schmerzen haben, aber die Zeit und genügend Medikamente würden alle Wunden heilen – sogar sehr gut heilen, wenn ihre Eltern den richtigen Arzt finanzierten. Los Angeles war die Hauptstadt der Schönheitschirurgie, in der überkronte Zähne und Nasenkorrekturen völlig selbstverständlich waren.

Auch ihr Körper war misshandelt worden. Striemen von Peitschenhieben zogen sich wie purpurrote Schlangen über Rücken und Unterleib. Blaue Flecken übersäten Oberschenkel und Brust. Als er sie fand, war sie an Hand- und Fußgelenken gefesselt. Ihre Hände schienen unverletzt zu sein, abgesehen von den Fingerspitzen, die unter der mangelnden Durchblutung gelitten hatten – auf dem rosa-weißen Fleisch wirkten die Nägel wie glänzend schwarz poliert. Aber mit ein bisschen Glück würden sie sich erholen. Ihre Fußgelenke waren mit einem dickeren Strick ans Bett gefesselt, und als Decker die Knoten löste, schimmerten ihre Füße bläulichgrau. Doch schon als man sie auf die Trage hob, hatten sie wieder etwas Farbe bekommen – ein gutes Zeichen.

Decker wischte sich die Stirn mit dem Handrücken ab. Feiner Sand kratzte über seine Haut.

Samenflüssigkeit und Blut sickerten zwischen ihren Schenkeln hervor, was darauf schließen ließ, dass nicht nur ein Penis gewaltsam in sie eingedrungen war. Sobald sich der Rauch gelegt hatte, würde die Hütte genauestens untersucht werden, Zentimeter für Zentimeter und Dielenbrett für Dielenbrett. Nur der Himmel wusste, was sie dort finden würden. Er dachte an Jacob, der in diesem Rattenloch seine Unschuld verloren hatte, und die Wut schnürte ihm die Kehle zu. Wie konnte ein so intelligenter Junge nur so *dämlich* sein!

Aber wenn die Weichteile das Denken übernahmen, setzte der Verstand aus. Und wie häufig war das der Fall? Er hatte noch nie einen Mann erlebt, egal, ob hetero oder schwul, der sich nicht von seinem Schwanz leiten ließ. Manchmal war das ja auch nicht das Schlechteste – schließlich hatte sein Schwanz ihn zu Rina geführt. Aber letztlich war es sein Herz gewesen, das ihn bei ihr bleiben und bereitwillig und ohne Groll Dinge wie Religion, Carpools und Schmachtfetzen im Kino akzeptieren ließ.

Ein plötzliches Knacken brachte ihn in die Wirklichkeit zurück. Sein Herz begann wie wild zu hämmern, und seine Sinne schalteten auf höchste Alarmstufe. Einigermaßen entsetzt erkannte er, dass er vor sich hin geträumt hatte. Wie dumm konnte ein Mensch bloß sein?

Er blieb stocksteif stehen … und wartete. Ströme von Schweiß liefen über sein Gesicht. Unbewusst hatte er seine Waffe aus dem Gürtel gezogen und seine Taschenlampe ausgeschaltet. Die Sekunden verstrichen. Langsam drehte Decker den Kopf und ließ seinen Blick suchend über die Schatten wandern. Schließlich entdeckte er ein Paar gelb glühender Augen, die ihn musterten. Sie waren größer als die einer Hauskatze, gehörten vielleicht einem großen Opossum oder einem kleinen Kojoten. Dann verschwanden sie.

Er zählte bis sechzig, schob den Revolver ins Halfter zurück, schaltete die Taschenlampe ein und machte sich wieder auf den Weg. Das Gelände begann leicht anzusteigen, und er wünschte sich, er hätte besseres Schuhwerk angezogen. Inzwischen konnte er die Lichter der Suchmannschaften nur noch als winzige Leuchtpunkte erkennen, nicht größer als die Sterne über ihm.

Er achtete sorgfältig darauf, wohin er trat, um seine Position nicht zu verraten. Das abrupte Knacken hatte ihn in Alarmbereitschaft versetzt. Er war der Jäger, Holt die Beute. Ein Fehler, und die Rollen würden sich vertauschen. Mit dem Licht seiner Taschenlampe suchte er nach frischen Fußspuren, Blätterhaufen oder Lehmklumpen, die vor kurzem eingedrückt oder zertreten worden waren… nach einem Hinweis darauf, wo Holt stecken könnte.

Eine gute Idee, aber sie führte zu nichts.

Er stieg immer weiter den Berg hinauf.

Seine Gedanken wanderten zurück zu Holts Kindheit und der Tatsache, wie furchtbar es für Darrell gewesen sein musste, seinen jüngeren Bruder so zu verlieren – ein kleines Kind, abgelegt wie alte Kleidung. Wenn Philip Holt aus besserem Holz geschnitzt gewesen wäre, hätte er das Baby als sein eigenes angenommen. Decker hatte Rinas Söhne genauso gewissenhaft erzogen, wie er seine eigenen Töchter erzog – oder erzogen hatte. Andererseits waren Rinas Jungs nicht das Resultat einer ehebrecherischen Verbindung.

Er marschierte noch ein paar Minuten weiter, blieb dann stehen und sah sich um. Er befand sich mitten im Dickicht. Er wollte gerade sein Funkgerät einschalten, um sich nach dem Stand der Dinge zu erkundigen… als er es hörte.

Blitzschnell duckte Decker sich hinter einen Busch.

Er erstarrte.

Es war ein tiefes Knurren, so völlig tonlos, dass es wie ein schnelles, andauerndes Knacken klang. Plötzlich fühlte die Luft sich stickig an, und der Schweiß brach ihm aus allen Poren. Einen Moment herrschte Stille, dann war sie wieder da – die bedrohliche Warnung.

Ich bin hier. Das ist mein Revier und nicht deins. Wag es ja nicht, dich mit mir anzulegen.

Sosehr er sich auch bemühte – Decker konnte absolut nichts erkennen, keine Umrisse, keine Formen, nur ein verschwommenes

Grau in Grau. In seiner starren Haltung verkrampften sich die Beinmuskeln, aber er widerstand dem Drang, sich zu bewegen, seinen Körper in eine bequemere Position zu bringen. Fast alle nachtaktiven Tiere verfügten über ausgeprägt gute Sinne.

Ausgerechnet jetzt musste ihm so etwas passieren. Aber er befand sich schließlich auf fremdem Territorium. Er erwog die Möglichkeit: Wölfe jagten in Rudeln, aber Großkatzen waren Einzelgänger. Und das Knurren stammte nicht von etwas Hundeähnlichem – also standen seine Chancen jetzt bestenfalls unentschieden.

Zehn Sekunden … zwanzig … dreißig, vierzig. Eine ganze Minute verstrich, in der alles sehr langsam ablief, sozusagen in Zeitlupe. So lang zogen sich die Minuten sonst nur hin, wenn er auf dieses gottverdammte Laufband musste, wo er ins Schwitzen geriet, ohne auch nur einen Meter vorwärts zu kommen. Das war fast wie im sonstigen Leben, dachte er. Und beim Sex war es genau umgekehrt: Die Zeit verflog in Lichtgeschwindigkeit.

Warum war das Leben so ungerecht?

Obwohl wahrscheinlich kaum mehr als eine Minute vergangen war, erschien es ihm, als hätte er eine ganze Stunde regungslos zugebracht. Wildkatzen waren von Natur aus Einzelgänger, und dieser Berglöwe würde keine Ausnahme bilden.

Zumindest *hoffte* er, dass es nur *ein* Berglöwe war.

Das Knurren ertönte ein drittes Mal. Dann hörte er ein leises Rascheln. Decker versuchte, anhand des Geräusches den Standort des Tiers auszumachen – irgendwo vor ihm, ein wenig links. Mit äußerster Vorsicht ließ er auch das Funkgerät auf den Boden gleiten und zog seine Waffe aus dem Gürtel.

Als Deckers Augen sich an die Dunkelheit gewöhnt hatten, verlangsamte seine Atmung sich auf ein stoßweises Hecheln. Ganz langsam ließ er auch die Taschenlampe zu Boden sinken, nahm den Revolver in beide Hände und ging in Schießhaltung.

So blieb er stehen und wartete.

Weitere Zeit verstrich. Er hörte ein leises Murren … Blätterrascheln. Kaum wahrnehmbar … wie ein gedämpftes Flüstern.

Dann ein erneutes Knurren, das jetzt eher wie ein Schnurren klang, dem kurz darauf ein Tappen folgte. Irgendetwas lief auf allen vieren.

Dann nichts mehr.

Wo zum Teufel steckte das Biest?

Deckers Lippen waren trocken, sein Hals fühlte sich an wie ein Reibeisen. Ein plötzlicher Hustenreiz stieg in seiner Kehle auf, doch er konnte ihn gerade noch unterdrücken.

Dann wieder Geräusche. Decker versuchte verzweifelt, sie zu deuten – etwas zwischen Schlecken und Schlürfen. Das Tier trank, obwohl nur Gott allein wusste, wo es hier Wasser gab. Der Boden unter Deckers Füßen war hart und staubig. Trotz der feuchten Luft hatte es hier seit Monaten nicht mehr geregnet.

Das Schlabbern endete, und danach trat bedrohliche Stille ein. Er hörte nichts außer seinem eigenen Atem.

Plötzlich ein Knacken, das Decker einen Schauer über den Rücken jagte. Dann ein typisches Knirschen – Kiefer, die etwas Hartes zermalmten.

Er hatte irgendein Tier beim Fressen gestört.

Erneutes Nagen ... Kauen ... Knirschen.

Wieder ein lautes *Knack,* das ihn erstarren ließ.

Ganz ruhig bleiben, Deck.

Schlapp, schlapp ... schlürf, schlürf.

Es trank Blut ...

Dann wieder Kauen. Es schien gar nicht mehr aufzuhören.

Vielleicht hatte die Katze eine größere Beute erlegt. In diesem Teil der Berge gab es mehr als genug Wild, dazu streunende Hunde, Wölfe und ... Kojoten.

Die Geräusche brachen abrupt ab. Darauf folgte ein Tapp-Tapp. Zweige knackten unter den Pfoten.

Zwei glühende Augen spähten prüfend durch das Dickicht. Ein dünner Streifen Mondlicht gewährte Decker einen kurzen Blick auf einen weißen Fangzahn.

Tu's nicht, Kätzchen. Ich bin ein tödlicher Schütze!

Er sprach sich Mut zu. Bis auf die Augen konnte er nichts erkennen. Auf die Wildkatze zu schießen, war natürlich nur der letzte Ausweg – er musste versuchen, sie zu verscheuchen. Ohne seine Haltung zu verändern, glitt eine Hand langsam auf den Boden und tastete herum, bis sie die Taschenlampe fand. Seine Finger umklammerten das Metall, langsam brachte er die Lampe auf gleiche Höhe mit den Augen der Wildkatze und ließ den Lichtstrahl aufblitzen.

Keine Reaktion.

Er schwenkte den Strahl ein paar Mal hin und her.

Nichts geschah. Doch plötzlich entzogen sich die fremdartigen Augen seinen Blicken, und er hörte, wie die Katze ging… sie lief nicht, sie ging. Aber die Geräusche kamen nicht näher, sondern verklangen langsam.

Er sandte ein schnelles *Gomel* zum Himmel, ein Gebet, das man als Dank zur Errettung aus Gefahren sprach. Ein Stoßgebet, das er schon häufig gesprochen hatte… viel zu oft war es gerade noch mal gut gegangen. Wann würde ihn sein Glück endgültig verlassen?

Denk jetzt nicht darüber nach.

Er wartete lange.

Schließlich richtete er sich auf und brach sofort in einen Hustenanfall aus – ein scheußliches, trockenes Bellen. Das Wasser stieg ihm in die Augen, Schleim tropfte aus der Nase, und Speichel kam aus seinem Mund. Den Revolver noch in der Hand, wischte er sich das Gesicht am Jackenärmel ab und leuchtete danach mit der Taschenlampe ins Dickicht. Doch da war nichts.

Dann ging er in die Richtung, in der er das Beutetier vermutete. Der Anblick rief das nackte Grauen in ihm hervor.

Die untere Hälfte des Gesichts war verschwunden, abgefressen bis auf den Schädelknochen, die Augenhöhlen und einige wenige Zahnstümpfe. Oben am Schädel konnte man noch immer das Haar erkennen – dichtes, braunes Kraushaar, das jetzt wie eine Clownsperücke aussah. Der Rumpf war bis auf die Rippen verschwunden, die Bauchhöhle völlig ausgeweidet, wodurch sich die Hüft- und Beinknochen vom Brustkorb gelöst hatten. Ein Bein war bis auf die Knochen abgefressen; nur der lange Oberschenkelknochen schien unversehrt. Das andere Bein, ein paar Zentimeter vom Rumpf entfernt, lag unberührt da – es war immer noch in Jeansstoff gehüllt, und der Fuß steckte in einem Turnschuh. Der ganze Boden fühlte sich feucht und klebrig an, aber an den Überresten dessen, was einst ein menschlicher Körper gewesen war, fand sich kaum noch Blut. Die Katze hatte ihren Durst gründlich gestillt.

Decker wich langsam zurück, die Nasenflügel aufgebläht vom Gestank des Urins. Neben dem Berg aus Knochen, Fleisch und zerrissenem Stoff lag ein Haufen frischer Fäkalien, noch so warm, dass von ihm Dampf in die kühle Nachtluft aufstieg – ein grauenvoller Gestank. Decker drehte sich der Magen um. Er machte schnell ein paar Schritte nach rechts und übergab sich. Dann griff er zum Funkgerät und stellte die Verbindung zu Martinez her. »Ich hab ihn gefunden.«

»Wo?«, fragte der Detective. »Chef, wo steckst du? Alles in Ordnung mit dir?«

»Mir geht's gut.« Decker atmete tief durch. »Ich kann meinen Standort nicht genau bestimmen ... irgendwo nordöstlich der eigentlichen Suchabschnitte. Ich richte den Lichtstrahl meiner Lampe in die Luft und lasse ihn kreisen. Die Helikopter sollen danach suchen.«

»Brauchst du Verstärkung?«

»Nein. Er ist tot.«

»Tot?«

»Toter geht's nicht.«

»Soll ich das Einsatzteam rufen?«

»Nicht nötig. Ich brauche nur noch den Coroner. Sag dem Doc, er soll einen Leichensack mitbringen ... die kleinste Größe reicht.

37

Er wusste nicht, was mehr schmerzte, seine Knochen oder sein Kopf, aber es spielte gar keine Rolle. Das einzige Schmerzmittel, das er zur Hand hatte, war ein Vivimed; damit würde er also auskommen müssen, obwohl die Schmerzen weit über das hinausgingen, was man ohne rezeptpflichtiges Mittel bekämpfen konnte. Decker fühlte sich schmutzig und müde. Außerdem war ihm schlecht, und ihm wäre nichts lieber gewesen, als sich unter seiner Bettdecke zu verkriechen. Aber auf seinem Schreibtisch stapelte sich der Papierkram, durch den er sich hindurcharbeiten musste. Er versuchte, die wichtigsten Daten herauszufinden. Doch er war zu müde zum Nachdenken.

Marge tauchte kurz nach sieben in seinem Büro auf. »Ich würde Vega gern zur Schule bringen.«

Decker hatte Mühe, sich auf ihr Gesicht zu konzentrieren. Es erschien ihm völlig verschwommen. »Gute Idee, mach das. Wir reden später. Oder auch erst morgen, wenn du willst.«

»Nein, ich bin gegen zwei wieder da. Bist du dann hier?«

»Ja, natürlich.«

Sie betrachtete seine geröteten, müden Augen. »Vielleicht wäre es besser, du würdest auch für eine Weile nach Hause fahren. Du siehst ziemlich fertig aus. Im Vergleich zu dir ist ein Penner gut gekleidet.«

Decker warf einen Blick auf seinen verknitterten Anzug. »Wenn der aus Leinen statt aus Schurwolle wäre, würd das jeder schick finden.«

»Aber das ist kein Leinen, Pete. Ehrlich gesagt glaub ich noch nicht mal, dass das Schurwolle ist.«

»Ein Wollmischgewebe. Jetzt entschuldige dich aber.«

»*Tuuut* mir Leid.« Marge zog einen Stuhl heran und setzte sich ihm gegenüber. »Ist das nicht eine Ironie des Schicksals?«

Verwirrt suchte Decker nach einer passenden Antwort.

»Der Survivalexperte, der aufgefressen wurde«, erklärte Marge. »Wie *konnte* das nur passieren?«

Decker zuckte die Achseln. »Keine Ahnung.«

»War es denn … war es denn ein außergewöhnlich großer Puma?«

»Ich weiß es nicht. So nah bin ich nicht rangekommen.«

»Weil Pumas nämlich keine ausgewachsenen Männer reißen. Normalerweise begnügen sie sich mit Hunden und kleinen Kindern. Und wenn der Typ auch nur annähernd irgendwelche Survivaltechniken beherrscht hätte, wäre er nicht über einen Puma gestolpert.«

»Vielleicht verströmte Holt Angstschweiß. Tiere können so etwas riechen. Und selbst wenn er ein eiskalter Killer war, wäre doch so ziemlich jeder ein klein wenig nervös, wenn ihm die Polizei von halb Los Angeles auf den Fersen ist. Vielleicht war die Wildkatze aber auch nur richtig ausgehungert. Oder Holt stieß unvermutet auf ein Pumaweibchen mit Jungen, das ihren Nachwuchs verteidigte.«

Marge war nicht überzeugt. »Du rationalisierst das Ganze. Er hätte es besser wissen müssen.«

»Dann war Holt vielleicht gar nicht der Survivalexperte, für den Erin ihn hielt. Schließlich hat er auch in allem anderen gelogen. Warum also nicht auch in diesem Punkt?«

Marge rieb sich die Stirn. »Aber war er denn so ein Computergenie, wie Erin behauptete?«

»Da ich keins bin, kann ich es nicht beurteilen«, erwiderte Decker.

Marge beugte sich über den Schreibtisch, nahm Deckers Tasse und nahm einen Schluck lauwarmen Kaffee. »Wir brauchen Experten, um in sämtliche Dateien von Dee Baldwin hineinzukommen. Das ganze System steckt voller Firewalls.«

»Was ist mit Mervs Dateien?«

»Die haben wir auch noch nicht alle überprüft. Aber es sind Dees Dateien, die möglicherweise Informationen zu den entwendeten Zulassungstests enthalten.«

»Glaubst du denn, wir sind auf der richtigen Spur, nach dem zu urteilen, was ihr beide inzwischen eingesehen habt?«

Sie runzelte die Stirn. »Welche Spur verfolgen wir noch mal?«

»Dee Baldwins Zugang zu Vorabversionen der Zulassungstests.«

»Ja, richtig. Was wir bisher wissen, ist Folgendes: Dee hat Holt für etwas bezahlt. Und ich glaube nicht, dass sie ihm wegen seines guten Aussehens oder seines charmanten Wesens Geld überwiesen hat. Auf ihrem Computer sind Links zu anderen Systemen angelegt, aber noch ist uns nicht bekannt, zu welchen. Außerdem hatte sie zahlreiche Testdateien auf dem Rechner, die wir mühelos öffnen konnten. Laut Dr. Estes handelt es sich dabei um alte Zulassungstests, die sie zu Studienzwecken archivierte, vergleichbar den Zulassungstestversionen, die im Fachhandel offiziell erhältlich sind.«

»Wir sollten uns diese Dateien noch mal ansehen und überprüfen, wann sie auf Dee Baldwins Computer übertragen wurden. Danach werden wir versuchen herauszufinden, wann man diese Tests den Bewerbern offiziell vorgelegt hat. *Falls* das Computerdatum vor dem eigentlichen Testdatum liegt – oder auf den gleichen Tag fällt –, würde das bedeuten, dass Dee Insiderinformationen besaß.«

»Okay.« Marge notierte den Auftrag in ihrem Notizbuch. »Ich werd mal checken, wie es Scott geht. Vielleicht sehen wir uns die Baldwin-Praxis heute Nachmittag noch mal an.«

»Und was ist mit Merv?«

Sie zuckte ratlos die Achseln.

»Und Ernesto? Habt ihr den Rest seiner Akte entschlüsseln können?«

»Ja, haben wir. Er schien Fortschritte zu machen. Daher könnte es sich bei dem mitternächtlichen Stelldichein tatsächlich um eine Therapiestunde gehandelt haben.«

»Oder – falls Rubys Andeutungen in den Briefen stimmen – war Ernesto vielleicht gerade dabei, Merv von den illegalen Aktivitäten seiner Frau zu erzählen.«

»Warum sollte er das tun?«

»Den Jungen drückte das schlechte Gewissen. Vielleicht hat er gedacht, Merv würde ähnlich empfinden. Und das war dann möglicherweise der Grund, warum Holt beide umgelegt hat. Er hatte von Ruby einen Tipp bekommen und den Rest dann allein erledigt.«

»Gott, ist das deprimierend.«

»Allerdings.«

Marge gähnte.

»Geh nach Hause!«, befahl Decker.

Marge ignorierte ihn. »Wenn Ruby Ranger aufwachen und uns

alles erklären könnte, würde das die ganze Sache enorm beschleunigen.«

»Sie ist wach... ich meine, bei Bewusstsein«, entgegnete Decker. »Das heißt, im Augenblick ist sie das nicht, weil sie operiert wird. Irgendwann auf dem Weg zum OP ist sie kurz aus ihrer Ohnmacht erwacht. Für welche Vergehen haben wir Beweise gegen sie?«

»Für keins«, erwiderte Marge. »Soweit Scott und ich das beurteilen können, stand sie nicht auf der Gehaltsliste der Baldwins.«

»Na, großartig.«

»Aber wir haben nicht alle Dateien öffnen können – also, wer weiß... Was ist mit Erin?«

»Sie wurde auf Kaution freigelassen. Diese beiden Mädchen haben sich gehasst. Ich kann zwar nicht beschwören, dass beide in den Mordfall verwickelt waren, aber ich bin mir sicher, dass sie ihre Finger in illegalen Aktivitäten hatten. Erin leidet unter enormen Entzugserscheinungen, und Ruby ist eine bekannte Hackerin. Ich wette, wir können sie gegeneinander ausspielen.«

»Willst du versuchen, Erin als Kronzeugin zu gewinnen?«

»Erin oder Ruby – je nachdem, welche zuerst das Handtuch wirft.«

»Erin ist noch minderjährig – sie können wir leichter davonkommen lassen.«

»Aber Ruby hat als Volljährige wesentlich mehr zu verlieren, wenn sie nicht die Seite wechselt. Wir reden mal mit dem Staatsanwalt und lassen uns überraschen. Vielleicht kann sie uns ja auch sagen, was mit Ernesto passiert ist.«

Sie schwiegen eine Weile, dann meinte Decker: »Armer Ernesto. Zuerst hat Ruby ihm im wahrsten Sinne des Wortes den Kopf verdreht, und als er langsam begreift, was Sache ist, legt dieser Mistkerl ihn einfach um.«

»Holt hat auch Dee umgelegt«, sagte Marge. »Hat seine eigene goldene Gans aus dem Weg geräumt.«

»Holt hatte Angst, dass Dee ihn verpfeifen würde... das ist jedenfalls meine Vermutung.« Decker rieb sich die Augen. »Ich schätze, wir sind schlauer, wenn wir mit Ruby gesprochen haben.

Es gibt noch so vieles, was wir nicht wissen, und bei einem solch groß angelegten Betrug mit so vielen Toten... ich kann nur hoffen, dass wir alle Beteiligten schnappen. Und was noch viel wichtiger ist: Ich hoffe und bete, dass nicht noch mehr Leichen auftauchen.«

»Amen.«

»Bis wir alles herausgefunden haben, sollten wir mit äußerster Sorgfalt vorgehen. Das bedeutet, dass wir die Tatorte noch einmal unter die Lupe nehmen, um sicherzugehen, dass wir nichts übersehen haben. Außerdem müssen wir die Zeugen noch einmal befragen... das ganze Gelände erneut sondieren. Vielleicht hat ja doch jemand Holt in Dees Strandhaus hineingehen oder herauskommen sehen, selbst wenn es nicht am eigentlichen Mordtag war. Und nicht zuletzt müssen wir die Jungs im Camp ein zweites Mal befragen – und zwar jeden Einzelnen.«

»Das haben wir doch schon getan.«

»Ich habe ganz bewusst ›ein zweites Mal‹ gesagt. Der Teufel steckt im Detail. Was mich betrifft, sind die Ermittlungen noch nicht abgeschlossen. Es könnten noch dutzende von Menschen in den Fall verwickelt sein, von denen wir bisher gar nichts ahnen.«

»Ich hab gehört, was du gesagt hast, *mon capitaine*. Aber im Augenblick bin ich einfach zu müde zum Denken.«

»Wolltest du nicht sowieso nach Hause gehen?«

»Ja, wollte ich.« Aber Marge machte keinerlei Anstalten, sich zu erheben.

»Gibt es irgendeinen Grund, dass du dir so viel Zeit lässt?«

»Erschöpfung.«

»Und?«

»Und... ehrlich gesagt, fühle ich mich hier besser aufgehoben und kompetenter als zu Hause.« Marge seufzte. »Bei unserer Arbeit haben wir eine bestimmte Vorgehensweise. Man führt Ermittlungen durch, folgt einem bestimmten Ablauf. Sicherlich gibt es hier und da ein paar Probleme, aber im Grund genommen läuft doch alles...« Sie streckte einen Arm aus und deutete eine schnurgerade Linie an. »Aber zu Hause... ich weiß nicht so recht... da werden die Regeln erst mitten im Spiel aufgestellt.«

Decker nickte.

Marge musste lächeln. »Wahrscheinlich ist es was anderes, wenn man sie von klein auf großgezogen hat.«

»Nein, im Grunde genommen nicht.«

»Ach, komm schon«, beharrte Marge. »Ihr habt doch eine gemeinsame Geschichte, gemeinsame Erinnerungen.«

»Gute Erinnerungen und schlechte. Du glaubst doch nicht im Ernst, dass Jacob nicht auch Rina ein paar empfindliche Schläge verpasst hätte?«

»Arme Rina. Wie kommt sie mit all dem zurecht?«

»Rina ist sehr beherrscht. Nicht dass sie schmerzunempfindlich wäre, aber …« Ratlos drehte er die Handflächen nach oben. »Äußerlich gibt sie sich sehr ruhig. Das macht mich ganz rasend. Sie sollte lieber wie ich vor Wut mal platzen.« Er warf einen Bleistift quer durch den Raum. »Vielleicht hat sie aber auch schon zu viel mitgemacht, als dass sie sich vom schlechten Verhalten eines Jugendlichen auf die Palme bringen ließe.«

»Du hast immer gesagt, Jacob sei der problemlosere der beiden. Was ist passiert?«

»Einiges. Das Leben steckt wirklich voller Überraschungen, Marjorie.«

»Jacob ist ein intelligenter Junge, Pete. Er wird das schon schaffen.«

»Das sag ich mir auch immer.« Er legte mehrere Blätter Papier aufeinander. »O Mann … ich fühl mich ziemlich beschissen. Vielleicht sollten wir beide nach Hause gehen.«

»Und uns dort beschissen fühlen?«

»Wir haben uns selbst unser Lager bereitet, Margie. Dann können wir uns genauso gut auch darauf niederlassen.«

Es war erst acht Uhr morgens, aber schon bevölkerten mehrere Besucher das Haus. Es konnten natürlich auch Verwandte sein, denn Rina glaubte, bei einigen Frauen eine gewisse Ähnlichkeit mit Jill zu entdecken. Darüber hinaus hielten sich noch etwa ein Dutzend Jugendliche im Haus auf. Möglicherweise Cousins oder Freunde von Karl, vielleicht auch ehemalige Klassenkameraden von Ernesto. Sie unterhielten sich leise; die Jungen schauten betreten auf ihre Füße, während sich die Mädchen mit Taschentüchern die geröteten Augen wischten. Innerhalb kürzester Zeit kam eine von Jills Doppelgängerinnen auf Rina zu, musterte sie von Kopf bis Fuß und brachte schließlich ein höfliches Nicken zu Stande. »Ich bin Brook Hart. Kann ich Ihnen irgendwie helfen?«

»Sind Sie Jills Schwester?«, fragte Rina.

»Ja. Was kann ich für Sie tun, Mrs. ...?«

»Mein Name ist Rina Decker.«

»Oh.« Brook betrachtete sie misstrauisch. »Die Frau des Detective.«

»Ja, aber ich bin nicht in einer Polizeiangelegenheit hier.«

»Weshalb dann? Noch dazu mit dieser großen Aktentasche?« Brooks Gesicht rötete sich. »Ich will nicht unhöflich sein, aber dies ist für die Familie eine sehr schwere Zeit. Sicher haben Sie dafür Verständnis.«

»Ja, natürlich. Eigentlich bin ich gekommen, um mit Mr. Golding zu sprechen. Der Inhalt der Aktentasche ist für ihn.«

»Oh.« Wieder dieser misstrauische Blick. »Und was ist da drin?«

»Das ist privat.«

»Oh ... wie privat?«

»Ist er zu sprechen?«

Brook runzelte die Stirn. »Warten Sie einen Moment.«

»Vielen Dank.«

Aus dem Moment wurden mehrere Minuten. Rina vertrieb sich die Zeit, indem sie unauffällig die anderen Gäste beobachtete. Eines der Mädchen schien sich auch für sie zu interessieren. Vielleicht lag es an Rinas Kleidung – ihr einfacher blauer Pullover, der mittellange Jeansrock, und die schwarze Schottenmütze, die ihr Haar fast vollständig bedeckte. Fast alle anderen Frauen im Raum trugen Hosen.

Das Mädchen starrte sie noch immer an. Selbst mit dem Nasenpiercing war es ein hübsches junges Ding mit dunklen Haaren, dunklen Augen und Grübchen in den Wangen. Rina konnte sich nicht erinnern, sie schon einmal gesehen zu haben, trotzdem erwiderte sie ihr Lächeln. Dadurch ermutigt kam das Mädchen langsam auf Rina zu und streckte ihr die Hand entgegen.

»Ich bin Lisa Halloway. Sie sind Jacobs Mutter, stimmt's?«

Rina nahm die kleine Hand und drückte sie. »Ja, das bin ich. Sind wir uns schon einmal begegnet?«

»Nein, aber Sie sehen genauso aus wie Jacob... oder vielmehr sieht er genauso aus wie Sie.«

»Schön, dich kennen zu lernen, Lisa. Woher kennst du Jacob?«

»So halt.«

Von den Drogenpartys.

»Wie geht es ihm?«, fragte Lisa.

»Im Augenblick ist er sehr niedergeschlagen und bedrückt über das, was mit Ernesto Golding passiert ist. Wahrscheinlich geht's dir ähnlich.«

Lisas Augen wurden feucht. »Ich war Ernestos Freundin... Exfreundin.« Tränen liefen über ihre Wangen. »Es ist... es ist alles so unwirklich.«

Instinktiv streckte Rina die Hände aus und zog das Mädchen an sich, das in ihren Armen bitterlich zu weinen begann. Rina seufzte, während sie ihr über das Haar strich.

»Das Leben ist beschissen!«, stieß Lisa hervor.

»Manchmal.«

»Immer.«

»Nein, nicht immer.«

Lisa befreite sich aus der Umarmung. »Dann wecken Sie mich bitte, wenn der nicht beschissene Teil kommt.«

»Das wird nicht nötig sein.« Rina lächelte. »Du wirst es wissen, wenn es so weit ist.«

Lisa fuhr sich über das Gesicht und trat einen Schritt zurück. »Grüßen Sie bitte Jacob von mir.«

»Mach ich.«

»Sagen Sie ihm, er soll doch mal vorbeikommen.«

Von wegen, dachte Rina. »Aber gern«, erwiderte Rina. Als sie dem Mädchen nachsah, das sich wieder zu seinen Klassenkameraden gesellte, tauchte Carter plötzlich neben ihr auf. Sein Gesicht wirkte verhärmt, seine Haut war fahl, und sein Bart schien über

Nacht vollständig ergraut zu sein. Er war nicht sehr groß, und jetzt wirkte er geradezu winzig. Er trug einen schwarzen Pullover und eine schwarze Hose; seine Füße steckten in weißen Sportsocken und sahen aus, als wären sie bandagiert. »Haben Sie etwas schlafen können?«, fragte Rina.

»Nein. Ich glaube nicht, dass ich jemals wieder schlafen kann.«

»Es tut mir so Leid.«

»Mir auch.« Er zupfte an seinem Bart. »Brook hat mir gesagt, dass Sie hier sind.«

»Können wir uns irgendwo ungestört unterhalten?«

»Alle Schlafzimmer sind von Familienmitgliedern belegt – mit Ausnahme unseres Schlafzimmers, aber Jill hält sich dort auf. Ich möchte sie ungern stören.«

»Natürlich nicht. Vielleicht gehen wir in die Küche oder in Ihr Arbeitszimmer?«

»Dieses Haus hat nicht viele abgetrennte Räume. Mit Ausnahme der Schlafzimmer sind alle Bereiche offen. Ich wollte immer ein offenes Haus mit durchgehenden Flächen. So sind meine Frau und ich nun mal. Alles offen … nichts zu verbergen. Was auf der Packung steht, ist auch drin. Genauso wollte ich es, weil … weil die Geschichte meiner Familie irgendwie immer im Verborgenen lag.« Er sah sie direkt an. »Ich vermute, das ist auch der Grund, warum Sie hier sind.«

»Ja.«

»Wie lautet das Urteil?«

»Mr. Golding, können wir uns nicht vielleicht in eines der Bäder zurückziehen?«

»Ist es wirklich so schlimm?«

»Nein, nur kompliziert. Wie wäre es mit einem Badezimmer im oberen Stock? Ich nehme doch an, dass Sie Ihre Bäder von innen abschließen können.«

»Natürlich können wir unsere Bäder von innen abschließen. Wir sind doch nicht pervers!«

Rina spürte, wie ihr die Röte ins Gesicht stieg. »Natürlich nicht.«

Carter schüttelte den Kopf. »Es tut mir Leid, dass ich Sie so angefahren habe …«

»Ist schon in Ordnung, Mr. Golding …«

»Nein, das ist es nicht! Und nennen Sie mich verdammt noch mal Carter!«

»Natürlich.«

Golding starrte sie an und sah dann verlegen zur Seite. »Ich weiß nicht, was mit mir los ist. Ich kann mich überhaupt nicht mehr beherrschen … ich kann nicht …«

»Hören Sie, Carter. Mein Mann starb, als ich vierundzwanzig war. Das ist zwar nicht das Gleiche, aber es gibt gewisse Ähnlichkeiten. Sie müssen sich nicht für Ihr Verhalten entschuldigen. Ich hab das jedenfalls nie getan.«

Er betrachtete sie. »Woran ist Ihr Mann gestorben?«

»Gehirntumor.«

»Bitte entschuldigen Sie.« Er schüttelte den Kopf. »Gott, das war schrecklich unhöflich von mir.«

»Nein, ich fand die Frage nicht schlimm. Und Sie sollten es auch so sehen. Können wir jetzt irgendwohin gehen und uns unterhalten?«

»Ja.« Er nickte lebhaft. »Ja, natürlich. Oben. Bitte, hier entlang.«

Gemeinsam stiegen sie die Treppe hinauf. Dadurch dass sie ihren eigenen Kummer preisgegeben hatte, wirkte Rina in den Augen des Mannes menschlicher. Eigentlich war es ihr nur so herausgerutscht. Yitzchak lebte seit mehr als zehn Jahren nicht mehr, und sie war mit Peter inzwischen länger verheiratet als mit ihm. Hin und wieder schlich er sich in ihre Gedanken, aber das geschah nur selten am Tag. In ihren Träumen hingegen … ihre Träume waren immer so real … er fragte sie dann, warum sie nicht auf ihn gewartet hatte. Und wenn sie am Morgen aufwachte, wurde sie von einem schrecklichen Schuldgefühl geplagt. Das ergab zwar keinen Sinn, aber so war es nun mal.

Carter führte sie nach oben ins Badezimmer, in dem sich eine Toilette und ein kleines Waschbecken mit einem runden, geschliffenen Spiegel befanden. Ihr Spiegelbild beunruhigte sie einen Moment, da in jüdischen Haushalten im ersten Trauermonat alle Spiegel verhängt werden. Carter verschloss die Tür, klappte den Deckel der Toilette herunter und bot ihn ihr als Sitzplatz an.

»Nein, danke«, sagte Rina, »aber möchten Sie sich nicht setzen?«

Golding musste nicht lange überredet werden. »Ich begrüße es sehr, dass Sie hierher gekommen sind, Mrs. Decker. Und noch dazu um diese frühe Uhrzeit.«

»Ach, ich bin bereits seit halb sechs auf.«

»Sie hätten mich anrufen sollen. Ich war auch schon wach.«

Rina lächelte.

»Sind Sie ein Frühaufsteher?«, fragte Golding.

»Nein, eigentlich nicht, aber ich hatte noch so vieles zu erledigen. Zuerst musste ich zum Revier und meinen Mann dazu überreden, mir noch ein paar der sichergestellten Fotos aus der Asservatenkammer zu holen...«

»Was für Fotos?«

»Fotos, die nach der Verwüstung der Synagoge zurückgelassen wurden, und Fotos aus dem Zimmer Ihres Sohnes.«

»Die Fotos der Toten?« Golding ließ den Kopf zwischen seine Knie sinken. »Mein Vater... was hat er verbrochen?«

»Carter, ich würde niemals so früh hier auftauchen, wenn ich schlechte Neuigkeiten hätte. Lassen Sie mich es Ihnen nur einfach erklären, und dann können Sie so viele Fragen stellen, wie Sie wollen.«

Langsam richtete er sich auf. »Es ist also gar nicht schlimm?«

»Nein, es ist nicht schlimm...«

»Nur kompliziert.« Golding sah sie direkt an. »Tut mir Leid. Bitte, fahren Sie fort.«

Plötzlich versuchte jemand, von außen die Tür zu öffnen.

»Besetzt!«, rief Golding. »Verschwinde.« Das Geräusch leiser werdender Schritte. Carter lachte bitter auf. »Ich bin zu erschöpft, um höflich zu sein. Bitte, reden Sie weiter.«

Rina räusperte sich. »Vieles von dem, was ich Ihnen jetzt erzählen werde, ist reine Vermutung, aber ich glaube, dass es sich so zugetragen hat. Als Ernesto alte Papiere und Dokumente durchgegangen ist, um sein Referat zur Familiengeschichte zu schreiben, hat er diese schrecklichen Schnappschüsse gefunden...«

»Meinen Sie, ich sollte sie mir ansehen?«

»Sie sind sehr drastisch. Aber wenn ich mit meiner Geschichte fertig bin, werden Sie sie vielleicht gern sehen wollen. Darf ich fortfahren?«

»Natürlich.«

»Ernesto fand diese Bilder unter den Sachen Ihres Vaters. Und als er weitere Nachforschungen anstellte, entdeckte er einige Unstimmigkeiten bei der Einwanderung Ihres Vaters nach Amerika. Er nahm das Schlimmste an ... was wirklich sehr bedauerlich ist, denn ich habe mit jemandem gesprochen, der vielleicht Kontakt zu Ihrem Vater hatte, als dieser noch ein Junge war – als sie beide noch Jungen waren. Ich zeigte ihm das Familienfoto, das Sie mir gegeben hatten – das Bild von Ihnen, Ihrem Vater und Ihren beiden Söhnen. Ihren Vater erkannte er nicht, aber bei Ihrem Sohn Karl glaubte er eine gewisse Ähnlichkeit mit jemandem festzustellen, den er in seiner Jugend getroffen hatte.«

»Karl war Dad wie aus dem Gesicht geschnitten«, sagte Carter aufgeregt. »Wer ist dieser Mann?«

»Einer der wenigen Überlebenden von Treblinka.«

»Also war mein Vater tatsächlich in dem Lager?«

»Nein, das glaube ich nicht. Ich erzähle Ihnen jetzt etwas über einen vielleicht sechzehnjährigen Jungen – ein Pole, kein Jude. Das Ganze spielte sich um 1943 ab, kurz bevor Treblinka von den Nazis niedergebrannt wurde. Dieser Junge, der Sohn eines polnischen Polizisten, schlich sich regelmäßig in die Nähe des Lagers, direkt bis an den Elektrozaun. Dort nahm er Fotos von den Lagerinsassen auf: Manche lebten noch, andere waren schon tot. Ich weiß nicht, warum er diese Bilder machte. Aber ich weiß, dass er dadurch sein eigenes Leben aufs Spiel setzte. Er gehörte nicht der SS an, und wenn man ihn erwischt hätte, wäre er erschossen worden. Darüber hinaus gab der Junge den Insassen Lebensmittel – Ersatzbrot, kleine Stückchen Möhren, Rüben und Kartoffeln ... einmal sogar Erdbeeren. Jedes Nahrungsmittel war ein kostbares Gut, nicht nur bei den Lagerhäftlingen, sondern auch bei der gesamten polnischen Bevölkerung. Daher war das, was der Junge tat, sehr, sehr großzügig. Und es ist denkbar, dass dieser Junge Ihr Vater war.«

»Wie hieß dieser Junge?«, flüsterte er.

»Das weiß ich nicht. Und auch der Mann, mit dem ich gesprochen habe, wusste es nicht.«

»Und wer ist dann Isaac Golding?«

»Keine Ahnung. Ernesto hatte irgendwelche Informationen, aus denen hervorging, dass Yitzchak Golding in Treblinka gestorben ist. Aber mir ist nicht bekannt, woher er sie hatte.«

»Wenn mein Vater also nichts verbrochen hat, warum nahm er dann diesen Namen an?«

»Vielleicht war es nicht er, sondern seine Eltern, die das taten, weil sie die Namen von Toten benötigten, um den Kriegsverbrechertribunalen zu entkommen und sich falsche Papiere zu beschaffen. Ich sage nicht, dass es so gewesen ist, aber wer weiß? Vielleicht hat Ihr Vater aber auch diesen Namen angenommen, weil es der Name eines Lagerinsassen war, der einen besonders nachhaltigen Eindruck bei ihm hinterlassen hat. Möglicherweise war es eine Geste, um diesen Mann zu ehren. Vielleicht können Sie das selbst herausfinden. Es gibt zahlreiche Listen und Archive. Sie wissen jetzt, dass Yitzchak Golding nach Treblinka gebracht wurde. Wenn Sie intensiv genug nachforschen, stoßen Sie vielleicht irgendwo auf Yitzchak Goldings wahre Geschichte. Das hängt ganz davon ab, wie weit Sie gehen möchten.«

Beide schwiegen einen Moment. Draußen versuchte erneut jemand, die Badezimmertür zu öffnen.

»Besetzt!«

»'tschuldigung«, erwiderte eine gedämpfte Stimme.

Schließlich wandte Golding sich wieder an Rina. »Dieser Mann, von dem Sie sprachen … ist er glaubwürdig?«

»So glaubwürdig, wie man es sich nur wünschen kann, wenn man bedenkt, dass er über neunzig ist. Er kennt den Namen des Jungen nicht, und er weiß auch nicht, wer Yitzchak Golding war. Aber er sagt, dass die Fotografien Bilder von Treblinka zeigen. Er hat sogar den Elektrozaun wiedererkannt.« Rina sah zur Seite und wischte ein paar Tränen weg. »Es war sehr schwer für ihn, diese Bilder zu betrachten. Aber er hat es auf sich genommen, um Ihnen zu helfen, weil er nicht wollte, dass irgendjemand länger leiden musste. Er bezeichnete den jungen Fotografen als kleinen Helden. Wenn dieser Junge Ihr Vater war, sollten Sie sich darüber freuen.«

»Und was, wenn nicht?«

»Das hängt davon ab, wie weit Sie gehen möchten.«

»Er hat meinen Vater als kleinen Helden bezeichnet?«

»Ja.«

»Mein Vater war ein kleiner Held. Ihr Mann hat gesagt, dass möglicherweise auch mein Sohn als kleiner Held gestorben ist... als er versuchte, das Richtige zu tun. Aber vielleicht wollte er nur, dass ich mich besser fühle.«

»Nein, so etwas würde Peter nicht machen«, widersprach Rina. »Wenn er Ihnen gesagt hat, dass Ihr Sohn das Richtige tun wollte, dann entspricht das der Wahrheit.«

Wieder schwiegen beide. Dann fuhr Rina fort: »Die meisten Menschen kommen nie auch nur in die Nähe eines Helden – und Sie haben gleich zwei in der Familie.«

»Sie meinen, ich *hatte* zwei.« Carters Gesicht war tränenüberströmt. Schließlich erhob er sich. »Ich danke Ihnen für alles, was Sie getan haben, Mrs. Decker. Und noch dazu so schnell.«

»Das war doch nicht der Rede wert, Carter. Und bitte sagen Sie Rina zu mir. Wir haben beide so viel durchgemacht, dass wir uns ruhig beim Vornamen nennen können.«

38

Vor Rubys Krankenhauszimmer hielten mehrere Polizisten Wache; Jacobs Blick fiel sofort auf ihre Waffen. Peter bat ihn, einen Moment zu warten. Jacob beobachtete, wie sein Stiefvater mit den Uniformierten und den Beamten in Zivil sprach. Nach ein paar Minuten kam Peter zurück und sah ihn mit ernster Miene an.

»Es geht ihr immer noch ziemlich schlecht. Nur fünf Minuten, okay?«

»Musst du jetzt ein paar Vorschriften umgehen?«, fragte Jacob.

»Kein Problem. Hauptsache, du beeilst dich.«

»Ich werde dich nicht blamieren.« Jacob lächelte, aber er war sichtlich nervös. Der erste Schritt war immer der schwerste. An der Türschwelle blieb er stehen. Das Bett links war leer – Rubys Bett stand rechts, direkt am Fenster. Sie war umgeben von medizinischen Geräten.

Auf Zehenspitzen näherte er sich ihrem Bett, bis er sie leise ansprechen konnte. Sie bemerkte ihn nicht. Wie auch? Sie schien völlig unfähig, den Kopf auch nur einen Millimeter zu bewegen. Das ganze Zimmer war von einem starken, unangenehmen Geruch erfüllt. Jacob fuhr sich mit dem Handrücken über den Mund und starrte auf Ruby hinunter.

Sie hatte die Augen geschlossen, und ihr Kopf war vollständig bandagiert. Das, was zwischen dem Verband herausschaute, war rot und geschwollen. Ein breiter Gazestreifen verdeckte Nase und Wangen. Zwischen den wunden Lippen konnte er abgebrochene Zähne erkennen.

Sie lag seit drei Tagen im Krankenhaus. Gestern hatte sie nach ihm gefragt, und er hatte volle vierundzwanzig Stunden gebraucht, um all seinen Mut zusammenzunehmen.

Jetzt öffnete sie ihre blutrot unterlaufenen braunen Augen. Sie wanderten zu Jacob und musterten ihn von Kopf bis Fuß. Dann murmelte Ruby etwas. Da er sie nicht verstehen konnte, ging er näher heran.

Leise sagte sie: »Du bist gewachsen.«

Jacob fuhr mit der Zunge über seine Lippen. »Ein paar Zentimeter.«

»Wie groß bist du?«, nuschelte sie. »Einsachtzig, einsfünfundachtzig?«

»Knapp einsachtzig. Der Kleinste von den Männern in unserer Familie.«

»Ja ...« Ihre Stimme war kaum zu hören. »Dein alter Herr ist wirklich groß.«

»Der zählt nicht.« Jacob zuckte zusammen. »Ich meine, er zählt genetisch nicht. Er ist mein Stiefvater.«

»Stimmt.« Als Ruby langsam den Kopf drehte, sah er den Schmerz in ihren Augen. »Was hast du ihm erzählt?«

»Alles.«

Die violett geschwollenen Lider hoben sich ein wenig.

»Ich musste ihm von der Hütte erzählen, also musste ich ihm auch den Rest beichten.« Jacob zwang sich, sie anzusehen. »Er hatte das Gefühl, dass du in Lebensgefahr schwebst.«

Sie schloss die Augen. »Gar nicht schlecht für einen Itzig... hätte nicht gedacht, dass so ein Wichser wie du... das tun würde.«

Jacob antwortete nicht, sondern starrte auf ihr bandagiertes Gesicht. »Ich schätze, Vergewaltigungsphantasien sind besser als eine echte Vergewaltigung.«

Abrupt öffnete sie die Augen und sah ihn wütend an. »Du Arschloch!«

Jetzt wurde Jacob laut. »Seitdem bin ich in den Augen meines Vaters der letzte Dreck – und das nur, um dein Leben zu retten! Du hast Nerven, mich einen Itzig und Wichser zu nennen!«

»Halt die Klappe, okay?« Ihr Atem ging schwer und stoßweise. Nach einer Weile sagte sie leise: »Es gibt Schlimmeres im Leben, als ein Itzig und ein Wichser zu sein.« Wieder schloss sie die Augen. »Ich wander ins Gefängnis. Nicht wegen der Morde – davon hab ich nichts gewusst –, sondern wegen der Computergeschichte. Das halbe FBI steht vor meiner Tür.« Sie versuchte zu lächeln. »Als ob ich irgendwohin gehen könnte.«

Jacob reagierte nicht.

»Ich bin zwar... Ersttäterin und... von meinem Vater missbraucht worden... sodass ich eigentlich Bewährung kriegen müsste. Aber keine Chance. Zu viele Tote. Ich muss meine Zeit absitzen.«

»Das tut mir Leid«, log Jacob.

»Nein, tut es nicht.«

»Ja, du hast Recht.«

Die aufgequollenen Lippen versuchten, sich zu einem Lächeln zu verziehen. »Ach, Scheiß drauf! Ich werd die Filmrechte für teures Geld verkaufen. Außerdem... sind Lesben gar nicht so schlecht. Ich bevorzuge zwar Jungs, aber... Muschis lecken kann ich besser als jeder Mann.«

»Schon wieder ganz die Alte, wie?«

»Du mich auch, Lazarus!«, höhnte Ruby. »Selbstgerechter Wichser. Dein Gott hat vielleicht verhindert, dass du die Uniform angezogen hast… aber Er konnte nicht verhindern, dass du wie ein Kaninchen gerammelt und es auch genossen hast, Mann.«

Der Hieb saß. Jacob versuchte, die Erinnerung wie eine tote Haut abzustreifen. »Wenn ich nicht völlig zugedröhnt gewesen wäre…«

»Ach, wirklich? Ja, ja, versuch dich nur rauszureden! Zuerst warst du zugedröhnt, aber später… war die Wirkung weg. Du hättest die ganze Nacht rumgemacht, *Yonkie*, wenn ich dich nicht gebremst hätte!«

Der nächste Volltreffer! Jacob sank in sich zusammen. Er wich ihrem Blick aus. »Also gut, es hat mir gefallen. Na und?«

»Na und? Du hast mich gehasst… aber mich trotzdem gevögelt. Was sagt dir das wohl über dich selbst?«

»Das sagt, dass ich ein Idiot bin. Glückwunsch, Ruby. Du hast es mir richtig gezeigt.«

Es gelang ihr, den Mund zu einem selbstgefälligen Lächeln zu verziehen, das aber nicht lange anhielt, denn einen Moment später traten ihr Tränen in die Augen. »Schreibst du mir, wenn ich im Gefängnis bin?«

Ihre Stimme klang so traurig, dass er erschrak. Aber sein Hass war stärker als sein Mitgefühl. »Nein, das werde ich nicht tun.«

»Vielleicht eine kleine Geburtstagskarte? Für dein erstes Mädchen?«

Er drehte sich zu ihr und sah, wie ihre Tränen auf die Bandage tropften. Sie weinte Blut. Ihre Stimme klang leise und zittrig… flehentlich, wie an jenem besagten Abend. Und plötzlich dämmerte es ihm. Trotz all des coolen Gehabes und der hässlichen Worte, die sie ihm an den Kopf geworfen hatte, mochte sie ihn. Er warf einen Blick auf den Monitor und verfolgte die Herzfrequenzkurven, wie er es im Biologieunterricht gelernt hatte. Ja, sogar Ruby hatte ein Herz. »Wann hast du Geburtstag?«

»Am fünfundzwanzigsten August.«

»Okay. Ich schick dir eine Karte.«

Beide schwiegen.

Ruby schloss die Augen. »Du warst die Nummer eins unter den Jungs, Lazarus... der feuchte Traum aller Mädels. Und deshalb hab *ich* dich ja auch gekriegt. Wenn du erst mal raushast... was du tun musst... wirst du bestimmt irgendein hübsches *jüdisches* Mädchen sehr glücklich machen... da bin ich mir sicher.«

Jacob fühlte sich fast ein bisschen geschmeichelt. »Das will ich doch hoffen.«

Da war sein Schlusssatz. Wortlos drehte er sich um und verließ den Raum. Sein Stiefvater stand am Ende des Flurs und unterhielt sich mit jemandem vom FBI, aber als er Jacob sah, unterbrach er das Gespräch.

»Alles klar?«, fragte Decker.

Jacob nickte.

Schweigend gingen sie den langen Flur entlang, vorbei an einem Krankenpfleger, der einen Wagen mit blutgefüllten Phiolen vor sich herschob. Als sie allein und außer Hörweite waren, sagte Decker: »Du bist nicht der letzte Dreck.«

Jacob errötete. »Hast du mitgehört?«

»Zufällig gehört«, korrigierte Decker ihn. »Aber nur einen Teil. Du hast deine Stimme gesenkt.«

»Hab ich rumgebrüllt?«

»Du hast dein Missfallen darüber geäußert, dass man dich als Itzig und Wichser bezeichnet hat. Ich wollte nicht noch mehr hören, deswegen bin ich weggegangen.«

»Das war sehr nett von dir.«

»Ob du es nun glaubst oder nicht – ich versuche wirklich, deine Privatsphäre zu respektieren.«

Schweigend gingen sie weiter. Nach einer Weile meinte Decker: »Ich bin für dich eine Enttäuschung, stimmt's?«

Jacob blieb abrupt stehen und starrte ihn an. »Wie bitte?«

»Als Eema und ich geheiratet haben, hast du gedacht, du würdest einen echten Helden zum Vater kriegen. Jemanden, der dich beschützen und den schwarzen Mann von dir fern halten würde. Und möglicherweise habe ich das auch geschafft. Aber du hast dir auch einen Kumpel erhofft – jemanden, mit dem du reiten gehen kannst, Fußball spielen… jemanden, der vielleicht deine Mannschaft trainiert, jemanden, mit dem du lange Gespräche führen kannst. Aber statt einen Freund hattest du auf einmal einen mürrischen Erwachsenen am Hals, der nicht nur die ganze Zeit arbeitete, sondern dir auch noch deine Eema wegnahm.«

Jacob schluckte; seine Augen hingen wie gebannt an Peters Lippen. »So hab ich das nie gesehen.«

»Doch, hast du. Du bist nur höflich.« Decker eilte zum Aufzug, Jacob folgte ihm. Decker drückte den Abwärtsknopf und wartete schweigend. Schließlich sagte er: »Nimm nur vergangene Nacht. Obwohl ich dir eine Ohrfeige verpasst habe, bist du zu mir gekommen, um dich zu verabschieden. Und anstatt mich auch nur dreißig Sekunden auf dich zu konzentrieren, hab ich dich schnell weggeschickt, weil ich so so viel zu tun hatte…«

»Das war doch ganz verständlich.«

»Das war unnötig. Wie viel Zeit kostet eine Umarmung und ein Kuss? Es tut mir sehr Leid, dass ich dich so ungerecht behandelt habe.«

Ein leises »Ping« ertönte, als sich die Aufzugtür öffnete. Sie fuhren schweigend hinunter in die Tiefgarage.

Als sie ausstiegen, sagte Jacob plötzlich: »Du siehst das völlig falsch. *Ich* bin die große Enttäuschung. Ich hab dir und Eema nichts als Ärger bereitet. Manchmal frage ich mich, warum du dich überhaupt noch mit mir abgibst. Ich weiß, dass du dazu verpflichtet bist, weil du meine Mutter geheiratet hast, aber das ist es doch nicht allein. Ich weiß, dass du dir wirklich Mühe gibst. Und dabei bin ich noch nicht mal dein leiblicher Sohn. Vielleicht ist das aber auch der Grund, warum du das so gut wegstecken kannst…«

Decker wirbelte herum und packte Jacob bei den Schultern. »Du und Sammy… ihr seid genauso meine Söhne, wie Cynthia und Hannah meine Töchter sind. Blutsverwandtschaft hin oder her: Was auch immer mit Eema geschieht, ihr habt mich für den Rest eures verschissenen, kleinen Lebens am Hals.«

Jacob brachte ein kleines Lächeln zu Stande. »Aus deinem Mund klingt das wie ein Todesurteil.«

»Frag mal Cindy. Ich bin sicher, dass sie es manchmal genauso empfindet.«

»Mir macht das nichts aus, Peter. Ich mag dich.«

Decker umarmte ihn so fest, dass er die Knochen des Jungen knacken hörte. »Ich dich auch, Jacob. Und ich werde dich schrecklich vermissen. All diese vergangenen Jahre ... ich kann die Zeit nicht zurückdrehen. Es tut mir Leid ...«

»Hör auf damit!«, rief Jacob, senkte dann aber die Stimme. »Lass uns ...« Er brach ab und legte seinen Arm um die Hüfte seines Stiefvaters. »Lass uns endlich hier verschwinden.«

»Gute Idee.«

Gemeinsam gingen sie zum Wagen.

»Ruby sagt, dass sie ins Gefängnis muss«, meinte Jacob nach einer Weile.

»Ich bin zwar kein Hellseher, aber ich vermute mal, dass sie Recht hat.«

»Für diese Computergeschichte oder wegen Mordes?« Jacob rieb sich die Augen. »Sie behauptet, sie hätte nicht gewusst, was Moke getan hat.«

»Und, nimmst du ihr das ab?«

Jacob dachte einen Moment nach und schüttelte dann den Kopf.

»Du magst sie, oder?«, fragte Decker.

»Nein. Ich finde sie widerlich.«

»Aber trotzdem fühlst du dich zu ihr hingezogen.«

»Wenn man auf Zombies steht.«

Schweigen.

Schließlich ein Seufzer von Jacob. »Vielleicht ein bisschen.«

»Kann ich gut verstehen.« Arm in Arm marschierten sie durch die Tiefgarage zu Deckers Wagen.

»Du hast letzte Nacht wirklich gute Arbeit geleistet«, sagte Jacob. »Ich war total beeindruckt, wie du so plötzlich das Kommando übernommen ... und innerhalb kürzester Zeit alles geregelt hast. Ich war richtig stolz, dein Sohn zu sein.«

Decker gestattete sich ein kleines Lächeln. »Danke. Du hättest nichts Schöneres sagen können.« Er sah zur Seite. »Trotzdem denke ich, dass du mir erlauben solltest, deiner Mutter von dieser Geschichte …«

»Dann wird sie uns beide zur Schnecke machen, Dad.«

»Sie sollte erfahren, wie dämlich ich bin.«

»Dann wird sie herausfinden, wie dämlich ich bin. Und mal ehrlich – wer braucht schon den ganzen Ärger? Außerdem war es klasse … das Ganze mal aus der Nähe mitzukriegen. Das hatte was.«

»Du redest, als ob es dir gefallen hätte, Yonkele.«

»Ein bisschen … nein, total gut, um ehrlich zu sein.«

»Sag bloß so was nicht!«, rief Decker. »Deine Mutter kriegt sonst noch einen Herzinfarkt.«

»Also werden wir ihr nichts erzählen. Ein weiteres kleines Geheimnis.« Er seufzte. »Und da sind in den vergangenen Jahren ja so einige zusammengekommen, oder?«

Decker legte seinem Sohn die Hand auf die Schulter. Er war noch so jung und trug doch schon eine so schwere Last. »Ich weiß, dass du mir in dieser Hinsicht nicht traust, aber alles wird gut werden. Es wird sich alles fügen, Yonkele.«

»Klar.«

»Ja, glaub mir. Das Einzige, was du brauchst, ist ein intelligentes, schönes, liebes, jüdisches, frommes Mädchen mit sexy Figur und ausgeprägter Libido.«

»Unbedingt!«

»Es gibt sie wirklich …«

»Nein, Dad. Die gibt es *nicht*!«

»O doch, mein Junge. O doch.« Ein verschmitztes Lächeln spielte um Deckers Mund. Er hob eine Augenbraue. »Glaub mir, es gibt sie.«

Jacob starrte ihn an. »Bäääh!«

»Bäääh?«

»Ja, bäääh. Hör auf, so zu grinsen! Sie ist meine Mutter!«

»Wir kommen alle gleich auf die Welt, Yonkel, in uns steckt sowohl ein Engel als auch ein Teufel …«

»*Hör auf!* Ich liebe meine Mutter!«

»Ich liebe sie auch. Nur ein klein wenig … *anders* als du …«

»Das ist ja ekelhaft!« Er drehte sich um und marschierte zum Wagen.

Decker grinste und schob die Hände in die Hosentaschen. Armer Jacob. Er dachte tatsächlich, er hätte den Sex erfunden.